黃文吉詞學論集

黃文吉著

臺灣 學生書局 印行

黃文吉詞學論集

黃文吉

臺灣學生書局印行

自　序

　　本校彰化師大的學生常說：讀書、社團、愛情，是大學生活的金三角，缺一不可。而大學教授的金三角是什麼呢？應該不外是一般所說的教學、服務、研究吧！學生的本分是認真讀書，教授的本分當然要認真教學；學生為了培養人際關係，參加社團，教授當然也要重視群體，積極服務；至於學生在花前月下追求愛情的同時，許多教授則選擇在書房、研究室默默的從事學術研究。

　　首先將做學問和愛情混為一談的，應該是王國維。他在《人間詞話》曾舉情詞佳句說明了成就大學問的三個歷程，其中之一是引用柳永〈蝶戀花〉：「衣帶漸寬終不悔，為伊消得人憔悴」，點出做學問必須和追求愛情一樣的認真與執著，最後才能夠有所成就。

　　回顧踏上大學講壇已二十多年，如果說教學是我的本分，服務是我的責任，那麼研究則應該是自己的興趣吧！其實這三者也是息息相關，當我們在從事教學、服務時，研究是最堅實的後盾，研究也必須與教學、服務結合，才更能發揮學術的光與熱。

　　多年來個人在擔任「大一國文」課程的同時，對國文教材的編纂也極為關注，曾在本系創系主任李威熊教授的策劃下，主持編纂《大學國文精選》一書，首開現代文學、本土文學融入大學國文教

材之風氣。另外在中小學教科書開放的潮流中,個人也參與編纂康熙版（原大同版）的《高中國文》、《中國文化基本教材》,及康軒版的《國中國文》,由此對語文教育略盡棉薄之力。

「中國文學史」是一門開拓學生文學視野的課程,個人除了在課堂上儘量引導學生外,曾申請國科會專題計畫,主持編纂《臺灣出版中國文學史書目提要(1949－1994),附中國文學史總書目(1880－1994)》,以方便學界了解「中國文學史」這門學問的研究成果。另外,爲了幫助學生增廣閱讀中國文學原著,以厚植學問根基,特別主編了《中國文學史參考作品選》,以供學生課外閱讀。並在中山學術文化基金會的邀請下,將個人研究中國文學的心得,撰寫《中國詩文中的情感》一書,從情感的角度切入,讓社會大眾對中國文學有更深一層的認識與觸發。

在浩瀚的中國文學領域中,個人對詩歌的感情特別深厚,尤其詞學更是陪伴我走過無數的青春歲月。二十多年前我的第一本拙著《千家詩詳析》,固然是爲了糾正坊間傳本的謬誤,但其中的賞析也爲日後詩歌鑑賞熱潮立下一個里程碑。後來國立編譯館有鑒於詩歌教育的重要,邀請多位教授與作家合編一套《中國古典詩歌欣賞系列》,供中小學生課外閱讀,我也參與國中、高中部分的編寫。

個人在詞學研究方面,除了撰寫碩士論文《朱敦儒詞研究》、博士論文《宋南渡詞人研究》（已由臺灣學生書局出版）外,也因在大學及研究所講授「詞選」、「詞學研究」、「詩詞專題研究」等課程,所以不斷蒐集資料,努力鑽研,既主編了《詞學研究書目(1912－1992)》,以方便學界檢索,又出版了《北宋十大詞家研究》一書,將北宋著名的詞家逐一研究,使詞史的發展脈絡更加清楚。

　　專書之外，個人也陸陸續續寫了許多單篇論文，或發表在期刊、學報，或應學術會議之邀而作，這些論文大半和詞學有關。近年來在研究所授課時，經常以自己的經驗，舉相關論文爲例啓導學生，但單篇論文影印麻煩，零散保存不易，於是決定擇選和詞學相關的論文彙爲一篇，以方便學生上課參考，也可提供詞學界同好指教，同時爲自己在詞學園地多年的耕耘，留下一個較完整的紀錄。

　　總括本論文集所收的二十四篇論文，約可分爲四方面：前八篇大抵是針對整體唐宋詞而發的，並且嘗試以較宏觀的角度來探討。如首篇〈從詞的實用功能看宋代文人的生活〉一文，揭示了詞體透過即席、贈妓、唱和、慶生、送別、贈答等種種實用功能，與宋代文人日常生活產生密切的聯繫，這是宋詞勃興的重要因素。接著〈唱和與詞體的興衰〉、〈宋代歌妓繁盛對詞體的影響〉、〈壽詞與宋人的生命理想〉等三篇，即是承繼首篇的唱和、贈妓、慶生等論題，加以擴充與深入探討，企圖從文學作品的社會性及實用性觀察詞體的發展演變。文學除了實用功能與當代社會息息相關外，其主題內涵和歷史文化、神話傳說，也是密不可分。如〈「漁父」在唐宋詞中的意義〉、〈唐宋詞中「鷗鳥」的意義〉兩篇，乃探討「漁父」、「鷗鳥」在唐宋詞中所呈顯的意義，由於比較缺乏客觀寫實的形象，因此印證認知文化符碼對解讀文學作品的重要性。詩歌的語言經常是一種弔詭語言，表面看起來似乎矛盾，乃至荒謬，個人在〈詞中的荒謬〉一文，列舉唐宋詞的數種荒謬類型，其實都符合後人所歸納出的修辭原理。〈宋人四篇稼軒詞集序文之探討〉一文，旨在闡論前人對稼軒詞的評價問題，從中也反映出詞集序跋在詞學研究中不容忽視的地位。

　　其次七篇則都和《天機餘錦》有關。明抄本《天機餘錦》藏在
國家圖書館，個人因受到大陸學者王兆鵬先生之託，查看它是否僞
書，因而發現它保存許多佚詞，於是寫成了〈詞學的新發現——明
抄本《天機餘錦》之成書及其價值〉一文，考辨此書編纂的資料來
源、編者及成書時間，並論及此書在保存詞學文獻上的價值。接著
便將它所保存的宋金元佚詞及明人詞分別輯出，加上新式標點並略
作考校，寫成〈《天機餘錦》見存宋金元詞輯佚〉及〈《天機餘錦》
見存瞿佑等明人詞〉二文。資料整理完成之後，我又藉著這些新資
料做研究，宋金元佚詞部分，寫了〈《天機餘錦》——曾揆詞研究〉、
〈《天機餘錦》見存金元佚詞析論〉二文；明詞部分也寫了〈明初
杭州府學詞人群體研究——以酬唱詞爲對象〉、〈瞿佑詞校勘輯佚
及板本探究〉二文。爲了讓這部《天機餘錦》秘籍能廣佈天下，爲
學術界所利用，個人並和王兆鵬、童向飛兩位先生合作，將《天機
餘錦》全書加以校點，由瀋陽：遼寧教育出版社重新排印出版。而
《天機餘錦》保存的明詞中，以瞿佑的佚詞最多，高達一百四十餘
首，因此個人以「瞿佑詞編年注釋集評及研究」爲題，申請國科會
專題計畫補助，目前計畫已將近完成，希望出版之後能讓學界一睹
瞿佑詞的全貌。

　　接著四篇是和現代詞學家有關的論文。梁啓超爲清末民初的重
要人物，個人有鑒於他是一位性情中人，喜歡讀詞、背詞、塡詞、
評詞，並對詞家做研究，因此我爲他撰寫了〈梁任公的詞學〉一文，
俾讓世人了解大人物以詞寄託感情的另一面貌。我的碩、博士論文
指導教授是鄭因百（騫）先生，他一生從事詩詞曲的創作與研究，出
版的著作高達二十種，發表的論文合計也有百餘編，受其教導的學

生更是難計其數,因此在老師去世時,我寫了一篇〈從詩到曲,一代宗師——鄭因百先生〉,介紹他在學術上的成就。另外一篇〈愛桐陰滿庭清晝——敬悼因百師〉,也是當時哀悼老師的文章,如今將它和其他論文放在一起,用以表示對先師的感念。〈從詞學界的「北山」談學術交流〉一文,爲本人參加中央研究院中國文哲研究所主辦的「第一屆詞學國際研討會」,在會中與大陸學者的互動與心得,透過對這些詞學研究者的介紹,說明學術交流的重要性。

最後五篇則是和詞學文獻資料相關的文章。〈衣帶漸寬終不悔——我編《詞學研究書目(1912-1992)》〉一文,是個人編完《詞學研究書目》之後所寫的介紹文字,列舉這部書目的五項特點,以方便學界使用。近年來臺灣研究所蓬勃發展,許多研究生對找資料常發生困擾,因此我寫了一篇〈詞學資料的檢索與利用〉,希望對詞學有興趣的後起之秀,能有引導作用。〈詞學論評的總匯——增訂本《詞話叢編》評介〉一文,則是對唐圭璋新增訂的《詞話叢編》本,所作的介紹與評論,一方面肯定唐氏的貢獻,也舉出後人可以繼續努力的地方。最近海峽兩岸學者合作編纂《當代中國唐代文學研究叢書》,爲研究唐代文學的專書寫提要,研究論文作摘要,個人負責臺灣有關研究唐五代詞部分,因此將這部分的導言以〈臺灣五十年來唐五代詞研究綜述〉爲題收入本論文集,或者可讓學界了解臺灣五十年來唐五代詞的研究成果。一般研究專著之末,都附有參考書目,個人有鑒於各篇論文,大都已詳注引文出處,因此不再重列。而個人在研究所講授詞學時,曾編了一份詞學研究要籍簡單目錄供學生參考,今將這份目錄加以增補充實,題爲〈詞學研究要籍目錄〉,安排在本論文之末,或許比參考書目對讀者更有所助益

吧！

　　以上這些論文，最早發表於民國七十一年，最晚則是目前才剛
完成，前後共二十餘年之久，今天重讀舊作，某些看法或許會有所
改變，但爲了保持原作面貌，除了修改一些明顯的錯誤及統一注釋
體例外，其他則不再更動。至於論文原來發表的刊物，或另有轉載、
收錄，在每篇論文之末均已詳加註明，在此不贅。

　　回想在研究的道路能夠平順走來，累積了一些研究成果，除了
要感謝過去老師的教導，及許多學術界朋友的砥礪、協助外，這麼
多年來，家母及內人的幫忙料理家事，照顧小孩，維持一個和樂的
家庭，使我可以全心投入工作，這種恩情，實非三言兩語所能形容，
在此謹奉上最高的敬意與謝意。

　　　　　民國九十二年十月　**黃文吉**謹誌於國立彰化師範大學國文系

《黃文吉詞學論集》

目　次

自　序 --- I

從詞的實用功能看宋代文人的生活 ----------------------------------- 1

唱和與詞體的興衰 --- 21

宋代歌妓繁盛對詞體之影響 -- 41

壽詞與宋人的生命理想 --- 69

「漁父」在唐宋詞中的意義 -- 89

唐宋詞中「鷗鳥」的意義 -- 109

詞中的荒謬 --- 133

宋人四篇稼軒詞集序文之探討 --------------------------------------- 143

詞學的新發現——明抄本《天機餘錦》之成書及其價值 --------- 161

《天機餘錦》見存宋金元詞輯佚 ------------------------------------ 191

《天機餘錦》——曾揆詞研究 --------------------------------------- 221

《天機餘錦》見存金元佚詞析論 ------------------------------------ 245

《天機餘錦》見存瞿佑等明人詞 ------------------------------------ 289

明初杭州府學詞人群體研究——以酬唱詞爲對象 ------------------ 343

瞿佑詞校勘輯佚及板本探究 -- 383

梁任公的詞學 -- 427

從詩到曲，一代宗師——鄭因百先生 ------------------------------ 449

愛桐陰滿庭清晝——敬悼因百師 ------------------------------------ 459

從詞學界的「北山」談學術交流 ------------------------------------ 463

衣帶漸寬終不悔——我編《詞學研究書目（1912－1992）》 ---- 469

詞學資料的檢索與利用 --- 475

詞學論評的總匯——增訂本《詞話叢編》評介 ------------------- 487

臺灣五十年來唐五代詞研究綜述 ---------------------------------- 495

詞學研究要籍目錄 -- 517

從詞的實用功能看
宋代文人的生活

一、前 言

　　任何一門藝術，其起源皆與實用功能息息相關，後隨著技巧、意境不斷地提升，形而下的實用功能逐漸蛻變，終而躍上形而上的「道」，這就是「藝術」。如書法，原本只是實用的記載功能，後來卻能脫離實用功能單獨存在，成爲一種藝術。又如飲茶，原本只是止渴的實用功能，但也能夠變成「茶道」——一種品茗的生活藝術。文學亦是如此，它是一門語言文字的藝術，語言文字原本也只是溝通的媒介而已。以上這些藝術從實用功能升爲藝術之後，它的實用功能並沒有喪失，也因爲還有這些實用功能，藝術本身的生命才能生生不息，否則根源一斷，藝術的花朵也將枯萎。

　　詞原本只是音樂的附庸，它的功能僅供歌者演唱而已，後來經過文人不斷地創作，卻也能夠單獨成爲文學的一種體式，變成宋代文學的代表。詞成長茁壯，爲大眾所喜愛之後，它又附加產生許多的實用功能，如酬贈、唱和、祝壽等等，這些具有實用功能的作品，許多人

往往站在文學的立場加以抨擊、鄙視，如北宋倚聲家初祖——晏殊，他是詞史上第一位大量製作壽詞的人，但一般論者對這些作品多半持否定的態度，如陸侃如、馮沅君合著的《中國詩史》說：

> 《珠玉詞》中實有不少『魚目』，……所謂『魚目』者，實指下列三種詞：一、祝壽的詞，……二、詠物的詞，……三、歌頌昇平的詞，……這三種詞約占《珠玉詞》的三分之一，就中壽詞尤多。這三種詞大都無內容，少風味，讀之味如嚼蠟，而壽詞尤劣。❶

詹安泰《宋詞散論》也說：

> 晏殊的內容，大都不出男歡女愛，離情別緒，沒有什麼特異的地方，其中還有不少祝壽之詞，尤其令人煩厭。❷

其實不只是現代人對壽詞有意見，清末民初的況周頤在《蕙風詞話》也說：「宋人多壽詞，佳句卻罕覯。」❸，宋人如張炎、沈義父他們也感嘆：「壽詞最難作」❹。當然從文學的觀點看具有實用功能的壽詞，它的藝術價值較低是事實，但換個角度，如果沒有這些實用功

---

❶ 陸侃如、馮沅君：《中國詩史》（臺北：明倫出版社，1969年1月），頁620－621。

❷ 詹安泰：《宋詞散論》（廣州：廣東人民出版社，1982年1月），頁190。

❸ 況周頤：《蕙風詞話》（臺北：河洛圖書出版社，1975年），頁143。

❹ 〔宋〕張炎著，夏承燾校注：《詞源》（臺北：木鐸出版社，1982年5月），頁28，說：「難莫難於壽詞」；〔宋〕沈義父著，蔡嵩雲箋釋：《樂府指迷》（臺北：木鐸出版社，1982年5月），頁78，也說：「壽曲最難作」。

能在推波助瀾，詞如果沒有與現實生活結合，變成文人日常生活的一部分，它是否有如此輝煌的成就，則頗有疑問。因此本文擬從具有實用功能的詞作，來觀察宋代文人的生活。

二、即席──賓筵別宴，佐歡寄情

詞原本是歌詞，寄生在音樂的身上，人在酒酣耳熱之際，最容易放縱自己，舒展歌喉高吭一曲，乃人之常情，按當時情境填作新詞，亦文人之能事，我們看《尊前集》這個書名，就可見一斑。又夏承燾先生〈令詞出於酒令考〉❺一文，更可看出詞與宴席之間的關係。由於詞具有吟唱佐歡助興的實用功能，因此宋代詞人產生了許許多多的即席之作。如宋神宗熙寧八年（1075），楊繪在翰林，十二月立春日開宴，設滴酥花，陳汝羲即席賦〈減字木蘭花〉（纖纖素手）❻，全詞描繪盤裏的滴酥花，將形狀、顏色、香味，一一刻畫出來，如此作品，對宴飲氣氛應不無幫助。又如翰林學士聶冠卿，曾在李良定席上賦〈多麗〉詞，極力鋪敘宴遊快樂，其中寫漂亮女子：「有翩若驚鴻體態，暮為行雨標格。逞朱唇、緩歌妖麗，似聽流鶯亂花隔。慢舞縈回，嬌鬟低嚲，腰肢纖細困無力。」尤其生動，難怪當時知泉州的蔡君謨，寄信給李良定云：「新傳〈多麗〉詞，述宴遊

---

❺　《詞學季刊》3卷2號（1936年6月），頁12－14。

❻　〔宋〕陳元靚：《歲時廣記》（臺北：新文豐出版公司，1985年《叢書集成新編》本），卷8，引《復雅歌詞》。

之娛，使病夫舉首增歡耳。」**❼**

　　宋代詞人似乎每人都有即席之作，如張先、蘇軾、黃庭堅、毛滂、葉夢得、陸游、辛棄疾等人的詞集，即席之作便占有很高的比例。我們歸納即席之作約有如下之創作動機：

(一)席上記趣

　　宋人很喜歡將宴席的歡樂，形之於詞，這正是文人在徵逐酒食之餘，不忘風雅的表現。如張先在霅溪席上，當時有楊繪（元素）、劉述（孝叔）、蘇軾（子瞻）、李常（公擇）、陳舜俞（令舉）等人與會，張先賦〈定風波令〉：

> 西閣名臣奉詔行。南牀吏部錦衣榮。中有瀛仙賓與主。相遇。平津選首更神清。　　溪上玉樓同宴喜。歡醉。對堤杯葉惜秋英。盡道賢人聚吳分。試問。也應旁有老人星。**❽**

　　上片將每位與會者的身分點出來，首句指楊侍讀元素，次句指劉吏部孝叔、三句指蘇子瞻、李公擇二學士，末句指陳賢良令舉。下片則寫歡聚景象，結語頗爲風趣。

(二)席上勸酒

　　詞既是尊前產物，席上塡詞勸酒則理所當然。如蘇軾〈南鄉子〉

---

❼　〔宋〕吳曾：《能改齋漫錄》（臺北：木鐸出版社，1982年5月），卷16，頁469。

❽　唐圭璋：《全宋詞》（臺北：世界書局，1976年10月），冊1，頁74。以下引詞除另有標注者外，皆據《全宋詞》，爲免繁瑣，不一一註明。

〈席上勸李公擇酒〉、〈減字木蘭花〉(以大琉璃杯勸王仲翁)、陳師道〈西江月〉(席上勸彭舍人飲)、毛滂〈剔銀燈〉(同公素賦，俾歌者以七急拍七拜勸酒)、葛勝仲〈減字木蘭花〉(公弼姪初授官，以此勸酒)等比比皆是，茲舉黃庭堅〈木蘭花令〉為例：

> 庾郎三九常安樂。使有萬錢無處著。徐熙小鴨水邊花，明月清風都占卻。　　朱顏老盡心如昨。萬事休休休莫莫。樽前見在不饒人，歐舞梅歌君更酌。(歐、梅，當時二妓也。)

題注說：「庾元鎮四十兄，庭堅四十年翰墨故人。庭堅假守當塗，元鎮窮，不出入州縣。席上作樂府長句勸酒。」作品一方稱許老友之風骨，一方則勸老友開懷暢飲。

(三)席上酬贈唱和

詞人在餞席上，難免離情依依，順手寫出送別的作品，如李之儀〈採桑子〉(席上送少游之金陵)、舒亶〈菩薩蠻〉(席上送寅亮通直)、米芾〈阮郎歸〉(海岱樓與客酌別)、謝薖〈菩薩蠻〉(陳虛中席上別李商老)、葉夢得〈永遇樂〉(蔡州移守穎昌，與客會別臨芳觀席上)、辛棄疾〈水調歌頭〉(淳熙己亥，自湖北漕移湖南，周總領、王漕、趙守置酒南樓，席上留別)等都是極富感情的作品。在席上詞人也常一時興起，填詞贈給與會者，如張先〈木蘭花〉(席上贈同邵二生)、蘇軾〈醉落魄〉(席上呈元素)、黃庭堅〈西江月〉(老夫既戒酒不飲，遇宴集，獨醒其旁，坐客欲得小詞，援筆為賦)、蘇庠〈臨江仙〉(席上贈張建康)等，或呈長輩，或送晚輩，或贈親友，或應坐客要求，不一而足。至於席上唱和更屢見不鮮，如葛勝仲〈浣溪沙〉(少薀內翰同年寵速，且出

後堂，並制歌詞侑觴，即席和韻二首）、李綱〈水調歌頭〉（同德久諸季小
飲，出示所作，即席答之）、辛棄疾〈滿江紅〉（盧國華由閩憲移漕建安，
陳端仁給事同諸公餞別，國華賦詞留別，席上和韻）、史達祖〈齊天樂〉（湖
上即席分韻得羽字）等，可見宋代文人觴詠酬唱之盛。

　　由於詞體適合賓筵別宴、佐歡寄情的實用功能，因此宋詞產生
這麼多的即席之作，由此也顯示出宋代文人的宴飲風氣，葉夢得《石
林避暑錄話》卷二記載：

> 晏元獻（殊）雖早富貴，而奉養極約。惟喜賓客，未嘗一日不
> 燕飲，而盤饌皆不預辦，客至旋營之。頃見蘇丞相子容嘗在
> 公幕府，見每有嘉賓必留，但人設一空案一杯。既命酒，果
> 實蔬茹漸至。亦必以歌樂相佐，談笑雜出。數行之後，案上
> 已粲然矣。稍闌即罷遣歌樂，曰：「汝曹呈藝已徧，吾當呈
> 藝。」乃具筆札，相與賦詩，率以為常。前輩風流，未之有
> 也。

這一段文字，很生動地將宋代文人喜歡宴飲，即席賦詩（賦詞亦然）
的情形記錄下來，瞭解當時的風氣之後，我們看到如此眾多的即席
之作，便不足為奇了。

三、贈妓——佳人詞客，獻藝逞才

　　歐陽炯〈花間集敘〉說：「綺筵公子，繡幌佳人，遞葉葉之花
箋，文抽麗錦；舉纖纖之玉指，拍按香檀。不無清絕之詞，用助嬌
嬈之態。」這固然是晚唐五代那批才子佳人密切合作的寫照，這種

風氣，到了北宋不僅未嘗稍衰，反而愈演愈盛。宋太祖「黃袍加身」取得政權，爲了防止類似兵變發生，削奪石守信等之兵權，曾藉酒酣勸說：「多置歌兒舞女，日飲酒相懽，以終其天年。」❾這種享樂觀念配合當時娼妓制度，造成宋代文人風流的性格。北宋政府設有「官妓」（亦稱「營妓」）❿，這些官妓籍屬「教坊」，「平日『籍其姓名，鱗差以俟命』，凡繫名官籍的，若遇『番期』，便須聽點祗應『官唱』，行不由己，所以稱作『官妓』」⓫。除「官妓」外，士大夫還蓄有「家妓」。

北宋詞人許多作品都與「官妓」有關，如柳永〈擊梧桐〉，據楊湜《古今詞話》說：「柳耆卿嘗在江淮倦一官妓，臨別，以杜門爲期。既來京師，日久未還，妓有異圖，耆卿聞之快快。會朱儒林往江淮，柳因作〈擊梧桐〉以寄之云云，妓得此詞，遂負□竭產，泛舟來輦下，遂終身從耆卿焉。」⓬

其他如蘇軾、黃庭堅、周邦彥等大家也都曾作詞贈官妓。蘇軾在元祐末，自禮部尚書帥定州日，應宴中官妓求，作〈戚氏〉詞，他當時正與客論穆天子事，頗訝其虛誕，遂資以應之，隨聲隨寫，

---

❾　〔宋〕李燾等：《續資治通鑑長編》（臺北：世界書局，1964年），卷2。

❿　鄧之誠：《骨董瑣記》（上海：上海書店，1991年《民國叢書》本）說：「宋太宗滅北漢，奪其婦女隨營，是爲『營妓』之始。後復設『官妓』，以給事州郡官幕不攜眷者。」龐德新：《宋代兩京市民生活》（香港：龍門書店，1974年9月），頁150，認爲「營妓」之名，唐代早已有之，即指妓籍在州郡隸之樂營者，相沿至宋，樂營則未再設，但「營妓」仍與「官妓」一名通用。

⓫　龐德新：《宋代兩京市民生活》，頁154。

⓬　唐圭璋：《詞話叢編》（臺北：新文豐出版公司，1988年2月），冊1，頁25。

歌竟篇就，才點定五六字。⑬黃庭堅過瀘南，瀘帥留府，曾作〈浣溪沙〉贈給瀘帥所寵之官妓盼盼，盼盼拜謝，唱〈惜花容〉一詞侑觴。翌日出城遊山寺，盼盼乞詞，又作〈驀山溪〉以見意。⑭周邦彥初在姑蘇，與營妓岳七楚雲者游甚久，後歸自京師，首訪之，則已從人矣，明日飲於太守蔡巒子高坐中，見其妹，遂作〈點絳脣〉寄之。⑮

另外又有許多與「家妓」相關的作品，如趙令畤〈浣溪沙〉（穩小弓鞋三寸羅），題注說：「劉平叔出家妓八人，絕藝，乞詞贈之。腳絕、歌絕、琴絕、舞絕。」晁補之〈勝勝慢〉（朱門深掩）及〈點絳脣〉（檀口星眸），題注說：「家妓榮奴既出有感」。毛滂〈訴衷情〉（花陰柳影映簾櫳），題注說：「三月八日仲存席上見吳家歌舞」。

由於北宋設「官妓」、「家妓」的風氣很盛，所以詞人贈妓之作俯拾皆是，如蘇軾、李之儀、黃庭堅、晁補之、毛滂、向子諲等人，更是風流倜儻，箇中能手。

南宋雖無「官妓」，管理官妓的「教坊」業已廢除⑯，但南宋士大夫設「家妓」的風氣並不稍減。如韓淲〈浣溪沙〉（夜飲潘舍人家，有客攜家妓來歌）、姜夔〈鶯聲繞紅樓〉（甲辰春，平甫與予自越來吳，攜家妓觀梅于孤山之西村，命國工吹笛，妓皆以柳黃為衣）等，可見其大概。南宋沒有「官妓」，詞作中當然見不到「官妓」的影子，杭州則有「瓦舍」甚多，吳自牧《夢梁錄》說：「杭城紹興間駐蹕於此，殿巖楊和王因軍士多西北人，是以城內外刱立瓦舍，招集妓樂，以為

---

⑬ 〔宋〕吳曾：《能改齋漫錄》，見同註❼，卷17，〈東坡戚氏詞〉條，頁500。

⑭ 〔宋〕楊湜：《古今詞話》，見同註⑫，頁31。

⑮ 〔宋〕王灼：《碧雞漫志》，卷2。見同註⑫，頁90。

⑯ 參見王書奴：《中國娼妓史》（臺北：萬年青書店，1974年11月），頁108。

軍卒暇日娛戲之地。今貴家子弟郎君，因此蕩遊，破壞尤甚於汴都也。其杭之瓦舍，城內外合計有十七處。」❶這說明了南宋娼妓之盛比北宋有過之而無不及，我們從詞人作品中更能印證，如張孝祥〈浣溪沙〉（次韻戲馬夢山與妓作別）、〈菩薩蠻〉（贈等妓）、郭應祥〈昭君怨〉（醉別小妓麗華）、〈浣溪沙〉（贈陳惜惜、憐憐）、謝直〈卜算子〉（贈妓）、劉辰翁〈鷓鴣天〉（贈妓），辛棄疾、張炎的詞集中更有許多贈妓之作。

　　由於詞體生性柔媚，適合吟弄風月，文人自古多情，尤其在娼妓興盛的時代，一方獻藝，一方逞才，各展所長，因此贈妓之作，綿延不絕，我們似乎看到宋代文人與娼妓如影隨形。蘇軾〈南歌子〉（師唱誰家曲）題注：「《冷齋夜話》云：東坡守錢塘，無日不在西湖。嘗攜妓謁大通禪師，大通慍形於色。東坡作長短句，令妓歌之。」這固然是蘇軾表現狂放不羈的個性，另外恐怕也是風氣使然吧？

四、慶生——頌德祈福，和樂吉祥

　　詞最初的實用功能，不過為賓筵別席、遣情寄興之樂章，但佐清歡，未登大雅。所以我們從早期的《敦煌曲》，到晚唐五代詞集中，僅能發現少數賀壽內容的作品，如《敦煌曲》的〈拜新月〉（國泰時清晏）、〈虞美人〉（再安社稷垂衣理）、〈感皇恩〉（四海天下及諸州），張說〈舞馬詞〉（綵旄八佾成行），王建〈宮中三臺〉（池北池南草綠），司空圖〈楊柳枝〉（聖主千年樂未央）等，而且大都僅限

---

❶　〔宋〕吳自牧：《夢粱錄》，卷19。見《東京夢華錄（外四種）》（臺北：大立出版社，1980年10月），頁298。

於頌揚君王而已，對象並不普徧。

　　到了北宋，晏殊是詞史上第一位大量製作壽詞的人，祝壽的對象也擴充許多。此後製作壽詞的風氣便逐漸開展，如柳永有〈送征衣〉（過韶陽）、〈永遇樂〉（薰風解慍）向皇上獻壽，〈巫山一段雲〉（蕭氏賢夫婦）用於一般人生日，王觀〈減字木蘭花〉（瑞雲仙霧）壽女婿，晁端禮〈慶壽光〉（丹宸疏恩）壽九十一歲高齡的叔祖母，米芾〈訴衷情〉（薰風吹動滿池蓮）及〈鷓鴣天〉（暖日晴烘候小春）都是壽獻汲公相國，另外黃庭堅、晁補之兩人的壽詞較多，有七、八首，但大抵而言，北宋文人並不流行用詞來祝壽慶生，直到南北宋之交，作壽詞的風氣才真正興盛起來。

　　南北宋之交壽詞之所以會如此蓬勃發展，這與當時崇奉道教有極大關係。因道教不外講求長生昇仙之事，壽詞的內容亦是如此，在上者迷信道教，以求壽考，當然在其生日時更喜歡聽到有關赤松彭祖、松椿龜鶴之類的吉祥話，下位者也以此逢迎，因此祝賀皇上、太后、宰執、長官生日的詞作就這樣不斷產生。影響所及，同僚、親朋，以至父母、兄弟、妻子、兒女，也都流行用詞慶生，壽詞的對象就變成極為廣泛。

　　南北宋之交的詞人中，寫應制壽詞最多的，應該要算曹勛，宮廷裏面，從皇上到皇太后、皇后、貴妃、太子、藩王等，他都曾為他們作壽詞，文字典雅，某些調子還是刻意為之的自度曲。另外，詞人為先進、長官或同僚賀壽的作品也很常見，如劉一止〈驀山溪〉壽葉左丞相（夢得）、朱敦儒〈念奴嬌〉壽楊子安（畏）侍郎、張元幹〈滿庭芳〉、〈望海潮〉、〈十月桃〉都是壽富樞密（直柔）等，這類作品常以歌頌德業為主，如劉詞云：「聲名德業，漢代誰居右」，

朱詞亦云：「天與奇才英識，貫日孤忠，凌雲獨志，曾展回天力」。
也有壽親朋的，如葛勝仲賀叔父八十大壽作〈西江月〉，祝友人生
日作〈訴衷情〉，王之道壽伯父作〈滿庭芳〉、壽伯母〈千秋歲〉，
楊无咎爲向子諲作〈水調歌頭〉。賀親長的詞大都爲其祈福增壽，
葛詞云：「天教眉壽過期頤，常對風光沈醉。」祝賀朋友則比較不
受拘束，針對朋友處境而富有變化，如楊詞是在子諲退隱薌林時所
作，他說：「早歲辭榮軒冕，歸伴赤松游。……況得長生趣，千歲
肯懷憂。」爲家人賀壽慶生的作品以張綱寫的最多，如壽其父榮國
公就有八首之多，賀其妻安人共作了五首，即使兒子堅生日也寫了
一首〈臨江仙〉。以詞祝賀妻子生日在當時很流行，除張綱外，周
紫芝也有〈減字木蘭花〉、〈點絳唇〉二首是題「內子生日」，寫
的最富情調則非向子諲莫屬，如他的〈驀山溪〉（一陽纔動）一點都
不流俗。至於自作生日詞，周紫芝〈水調歌頭〉題注自謂最早，從
詞中「五十九年非」句，知作於紹興十一年（1141），但向子諲在〈江
北舊詞〉中，就有〈望江南〉、〈好事近〉爲自己生日而作，即使
趙鼎〈賀聖朝〉，丙辰歲（紹興六年，1136）生日作，都比他還早，只
不過周紫芝不自知而已。其實推本溯源，最早自作生日詞的，應算
是晏殊，如〈少年遊〉：「家人拜上千春壽，深意滿瓊巵」、〈漁
家傲〉：「誰喚謝娘斟美酒，縈舞袖，當筵勸我千長壽」、〈拂霓
裳〉：「慶生辰，慶生辰是百千春」等詞都是。由於風氣所趨，壽
詞在周紫芝、張綱、向子諲、李彌遜、王以寧、張元幹、王之道、
楊无咎、曹勛、史浩等人的詞集內，占有很大的份量。❸

---

❸ 參閱拙著：《宋南渡詞人》（臺北：臺灣學生書局，1985年5月），頁81-83。

到了南宋，詞人寫詩詞的風氣更為興盛。南宋的詞人幾乎每個人都有壽詞留傳下來，其中以洪适、趙彥端、程大昌、管鑑、張孝祥、廖行之、辛棄疾、劉仙倫、郭應祥、韓淲、程珌、魏了翁、洪咨夔、吳泳、王邁、劉克莊、張榘、李曾伯、方岳、吳文英、陳著、姚勉、陳允平、何夢桂、劉辰翁、蔣捷等人的壽詞數量最為可觀。

宋代壽詞的興盛，將詞的實用功能推展到極峰。由於它受內容的限制，較難有發揮的空間，一般都不外乎頌德祈福，充滿和樂吉祥的氣氛。當然也有人能超越壽詞的範圍，言志抒懷，則難能可貴。但壽詞真正可貴之處，是文人能把詞打入莊嚴的生活層面，壽辰是很隆重的日子，將原本歌女口中輕佻的詞體，用來祝壽，使詞登上大雅之堂，為各階層所喜愛，它促進詞體發達則不無貢獻，我們從這麼多的壽詞，從祝壽對象的廣泛，或自壽、壽妻子，可看出宋代文人生活輕鬆活潑、溫馨祥和的一面。

五、唱和──分題次韻，風雅流行

詞之所以興盛，個人認為，應該是「唱和」行為造成。我們聽到一首好聽的歌，時常會不知不覺跟著哼了起來，這是一種自然反應，如《論語・述而篇》記載：「子與人歌而善，必使反之，而後和之。」是說孔子聽到別人唱歌，如果唱得好，一定請他再唱一遍，然後自己又和他一遍。這種「和」的本能，聖人也是與我們相同。在晚唐五代時，文人聽到某支詞調很優美。當興起「和」的念頭，便依曲拍填上文字，這就是「詞」，大家喜歡以文字「唱和」，才造成填詞風氣的興盛。試舉中唐詩人白居易與劉禹錫為例，白居易

曾用〈憶江南〉調子填了三首詞，懷念江南美景，劉禹錫也用〈憶江南〉填了兩首，自注說：「和樂天春詞，依〈憶江南〉曲拍爲句」，這是詩人依曲填詞的第一次自白，也是早期的和詞。劉禹錫的和詞是一種「和題」，根據白居易〈憶江南〉題意來填詞。早期詞調名稱與詞的內容是一致的，當時的人填詞就是一種「和曲拍」、「和題」的行爲。後來逐漸演變，只「和曲拍」而不「和題」，很多詞的內容和題意不合，到了宋代，詞人必須在詞調下另加題目了。

由於填詞本身是一種「和」的行爲（自製曲、或先作詞再譜曲者除外），因此宋代文人用詞來「唱和」就成爲稀鬆平常之事。我們分析宋詞的唱和方式約有下列幾種：

(一)和　題

宋人填詞，只顧曲拍而不管詞調原意如何了，如有詞人用詞歌詠某種主題，其他詞人亦跟著歌詠這個主題，這就是「和題」。如王灼《碧雞漫志》卷二記載：「向伯恭（子諲）用〈滿庭芳〉曲賦木犀，約陳去非（與義）、朱希眞（敦儒）、蘇養直（庠）同賦，『月窟蟠根，雲巖分種』者是也。然三人皆用〈清平樂〉和之。……後伯恭再賦木犀，亦寄〈清平樂〉，贈韓璜叔夏云云，韓和云云。初，劉原父（敞）亦於〈清平樂〉賦木犀云云。同一花一曲，賦者六人，必有第其高下者。」向子諲用〈滿庭芳〉賦木犀，其他人也跟著同樣賦木犀，雖然用的是〈清平樂〉調子，也都算是「和題」。又如李之儀〈浣溪沙〉（和人喜雨）、舒亶〈浣溪沙〉（和仲閭對棋）、晁補之〈下水船〉（和季良瓊花）、陳師道〈減字木蘭花〉（和人對雪）等，都是「和題」之作。

(二)分 題

有時詞人相聚，每人分配一個主題來吟詠，這叫做「分題」。如舒亶〈點絳脣〉（周圍分題得湖上聞樂）、〈卜算子〉（分題得苔）、晁補之〈滿江紅〉（赴玉山之謫，與諸父泛舟大澤，分題為別）、毛滂〈西江月〉（長安秋夜與諸君飲，分題作）等都是。

(三)和韻（也稱「次韻」）

就是用他人的韻腳來填詞，這是宋人最常見的方式，但在晚唐五代的詞作裏並未見，因為早期詞體的地位不高，等到宋代把詞體當作像詩體一樣，於是把作詩和韻的方法運用在填詞上。最早用詞來和韻的是張先，他有〈少年游〉（渝州席上和韻）、〈定風波令〉（次子瞻韻送元素內翰）、又（再次韻送子瞻）等和韻之作，後經蘇軾的大力推動，北宋的詞人如李之儀、舒亶、黃庭堅、晁補之等都有很多和韻的作品，南北宋之交這個風氣更加興盛，如毛滂、葛勝仲、張繼先、葉夢得、李光、朱敦儒、周紫芝、李綱、趙鼎、向子諲、李彌遜、張元幹、王之道等人都很喜歡和韻，尤其王之道，他的和韻之作多達一百餘首，占其作品的大部分。南宋更不用說了，其中以陳三聘和范成大詞一卷，方千里、楊澤民、陳允平和周邦彥《清眞詞》之專集最為有名，填詞到了如此亦步亦趨的地步，斲喪性靈莫此為甚。難怪周濟《介存齋論詞雜著》要發出：「南宋有無謂之詞以應社」之嘆！

(四)分　韻

　　北宋詞人雅集，流行「分題」，到了南宋，則更進一步流行「分韻」。「分韻」是在座每位詞人分一韻字，各按其韻字來押韻填詞，如管鑑〈蝶戀花〉（辛卯重九，余在試闈，聞張子儀、文元益諸公登舟青閣分韻作詞。既出院，方見所賦，以「玉山高並兩峰寒」爲韻，尚餘「並」字，因爲足之）、吳潛〈滿江紅〉（景回計院行有日，約同官數公，酌酒於西園，取呂居仁〈滿江紅〉詞「對一川平野，數間茅屋」九字分韻，以餞行色，蓋反騷也。余得「對」字，就賦）、吳文英〈暗香〉（送魏句濱宰吳縣解組，分韻得「闊」字）、張炎〈西河〉（依綠莊賞荷，分「淨」字韻）等都是。

　　詞的唱和，大都是應酬之作，難免流於「因文造情」，所以張炎《詞源》說：「詞不宜強和人韻」，陳廷焯《白雨齋詞話》更嚴加指摘：「詩詞和韻，不免強己就人，戕賊性情，莫此爲甚」❶。但和韻並非一無是處，有時因其限制，反顯功力，所謂「盤根錯節，方見利器」，如蘇軾和章粢楊花詞〈水龍吟〉就是一例。而它最大的貢獻，在於提升大家填詞的興趣，增加切磋機會，以造成詞的發展與興盛。日人村上哲見論東坡詞說：

　　　　神宗熙寧四年（1071），三十歲的東坡赴杭州任通判，他的
　　　　開始填詞，好像是從此以後的事。……張先晚年往來於鄉里
　　　　的湖州，及離此不遠的杭州之間，以風雅名士爲當地人所敬
　　　　重。我們見其詞集，與許多官員文人有詞贈答，除東坡，還

---

❶　〔清〕陳廷焯著，屈興國校注：《白雨齋詞話足本校注》（濟南：齊魯書社，1983年11月），卷10，頁763。

包括當時這兩州的知事可知（如蔡襄、鄭獬、陳襄、楊繪——以上
知杭州，唐詢、李常——以上知湖州）。而其中含有雙方留下的作
品，能確定和韻應酬的，也相當多，因此可以推測當時這個
地方，是以張子野為中心，由愛好詞的文人所形成的社交圈。
所以我們猜想，東坡之所以成為詞人，是從加入其中之後才
開始的。❷

村上先生從詞的唱和來看張先對東坡詞的影響，是很有見地的。如
果細心的話，看看賀鑄〈青玉案〉（凌波不過橫塘路）一詞在宋代引起
的回響，將發現和這首詞的作品居然高達二、三十首，詞是如何興
盛，由此也可思之過半了。從詞的唱和方式及那麼多的唱和作品，
當有助於我們瞭解宋代文人重視風雅，以詞會友的生活概況。

六、送別及其他——酬答弔賀，析理述懷

在詞的實用功能中，送別之作亦是大宗。古時文人以仕宦為主
要出路，宦途風波不定，無論進退，任所隨時都會遷轉，即使蒙召
赴闕，還是免不了要與親朋故舊分離，萬一獲罪貶逐，則要四海為
家了。於是宋代文人便常藉詞來送行留別，表現出極深厚的情誼，
並給遠行者精神的慰藉與鼓勵。晚唐五代的詞人，雖然也寫下許多
離情別恨之作，但都屬於男女之間的情感，到了北宋，才把它運用
在親朋同事送別之上。

---

❷ 村上哲見：《宋詞研究——唐五代北宋篇》（東京：創文社，1976年3月），
頁311－312。

北宋首先大量用詞來送別的，應該是張先，如他曾作〈玉聯環〉送臨淄相公（晏殊）、〈轉聲虞美人〉及〈山亭宴慢〉送唐彥猷（詢）、〈天仙子〉送鄭毅夫（獬）、〈天仙子〉及〈離亭宴〉送李公擇（行）、〈漁家傲〉送程公闢（師孟）、〈定風波令〉送楊元素（繪）、〈醉垂鞭〉送祖擇之（無擇）、〈定風波令〉送蘇子瞻（軾）等，從這些作品可知，詞已經與文人的日常生活逐漸結合在一起。蘇軾受張先的影響，所以他在熙寧七年（1074）所作的四十二首中，大約半數（二十首）屬於送別詞，十六首為贈答詞，只另外六首屬東坡以前所作那類普通的詞。可知東坡作詞，心頭常有特定人物為贈與對象，初期又以送別為主。蘇詞日後卒能脫穎而出，擴大了詞的題材，這初期的作品無疑有其先驅的功用。❷❶東坡之後的詞人，如黃庭堅、晁補之、陳師道也有許多送別的作品。

南北宋之間政局混亂，君臣上下同樣在流徙中活命，送別的作品更加興盛，其中以張元幹送胡銓的〈賀新郎〉（夢繞神州路）最為有名，劉熙載《藝概》說：「詞莫要於有關係，張元幹仲宗因胡邦衡謫新州作〈賀新郎〉送之，坐是除名，然身雖黜而義不可沒也。⋯⋯詞之興觀群怨，豈下於詩哉？」❷❷送別詞發展到此，已不再是純粹抒情酬贈而已，也可表現忠憤鬱勃之氣，難怪乎辛棄疾要大作送別詞了。

除了送別之外，詞也常用來贈答，如蘇軾〈少年遊〉（端午贈黃守徐君猷）、〈南鄉子〉（重九涵輝樓呈徐君猷）、〈臨江仙〉（疾愈登望湖樓贈項長官），辛棄疾〈水調歌頭〉（再用韻答李子永提幹）、〈沁

---

❷❶ 西紀昭著，孫康宜譯：〈蘇軾初期的送別詞〉，《中外文學》7卷9期（1978年10月），頁67。

❷❷ 〔清〕劉熙載：《藝概》（臺北：廣文書局，1974年10月），卷4，頁9。

園春〉（答余叔良）、又（答楊世長）、〈玉樓春〉（用韻答傅嚴叟、葉
仲洽、趙國興）等。也有人把詞用來申賀，如王庭珪〈蝶戀花〉（贈丁
炎、丁旦及第）、趙必瑑〈朝中措〉（賀益齋令嗣娶婦）；用來致謝，如
周紫芝〈踏莎行〉（謝人寄梅花）、陳亮〈南鄉子〉（謝永嘉諸友相餞）；
用來嬉戲，如黃庭堅〈滿庭芳〉（雪中戲呈友人）、向子諲〈鷓鴣天〉
（曾端伯使君自處守移帥荊南，作是詞戲之）；用來訓示，如米芾〈點絳
脣〉（示兒尹仁尹智）、辛棄疾〈最高樓〉（吾擬乞歸，犬子以田產未置
止我，賦此罵之）；用來勸勉，如戴復古〈賀新郎〉（兄弟爭塗田而訟，
歌此詞主和議）；用來問疾，如李之儀〈臨江仙〉（病中存之以長短句見
調，因次其韻）；用來悼亡，如蘇軾〈江城子〉（悼夫人王氏）、趙佶〈醉
落魄〉（預賞景龍門追悼明節皇后）、高觀國〈喜遷鶯〉（代人弔西湖歌
者）；用來題書、題畫、題扇、題壁，如周密〈玉漏遲〉（題吳夢窗
《霜花腴詞集》）、韓淲〈浣溪沙〉（題美人畫卷）、周純〈菩薩蠻〉（題
梅扇）、張繼先〈喜遷鶯〉（題郭南仲庵壁）等等，從這麼多的實用功
能，我們可以看出宋代文人生活上的點點滴滴，其至嬉笑怒罵，都
一一表現在詞作中。詞之用可謂大矣！

七、結　語

　　一般人談論文學，都極力避免觸及它的實用功能，似乎談到實
用功能便有損於文學的崇高性，其實文學應該是「體一而用殊」，
它固然不是爲某種用途而存在，但它能融入現實生活裏面，發揮各
種不同的實用功能，則未嘗不可。本論文分析探討詞的實用功能，
以觀察宋代文人的生活，約可歸納下列三點：

(一)就即席、贈妓功能觀之

除可印證詞是「花間尊前」產物外，更有助瞭解宋代宴飲、冶遊之習尚，及文人風流浪漫之生活，明乎此，對於司馬光作〈西江月〉（寶髻鬆鬆挽就）、歐陽修作艷詞，將不至感到驚訝，否則以後人衛道觀念來看這些詞，便無法接受，難怪有人要為他們辨誣。

(二)就唱和、慶生觀之

可發現詞脫離鄙俗，直指向上一路，而登大雅之堂。文人不再視詞為小道，故可和題、分題，更可和韻、分韻，成為平日交往的一部分。又加上慶生功能，詞益顯尊貴，可適用於任何對象，有人批評壽詞無價值，是「風雅之衰」❷❸，但站在詞的普及而言，應該是「風雅之盛」才對。

(三)就送別、贈答、弔賀等功能觀之

可發現詞與日常生活緊密連接在一起，文人無論生離死別之事，喜怒哀樂之情，皆可入詞，這正代表詞已成為宋代文人抒情達意、析理述懷的重要工具了。

——原載《國際宋代文化研討會論文集》（成都：四川大學出版社，1991 年 10 月），頁 275－289。又載《國立編譯館館刊》20 卷 2 期（1991 年 10 月），頁 33－44。

---

❷❸ 劉毓盤說：「詞之宗宋，猶詩之宗唐，然而賀壽惡詞，賢者不免，亦風雅之衰也。」見《詞史》（臺北：盤庚出版社，1978年），頁81。

唱和與詞體的興衰

一、前 言

　　文學與實用功能是息息相關的，然而一般人在探討文學時，都僅就文學本身之價值立論，至於具有實用功能之作品，往往受到忽略、鄙視。如果我們能以較寬廣的視野來面對這些作品，將會發現這些文學性較低、實用性較高的作品，對於某種文學體式的生命歷程，都曾經產生過深遠的影響。如：詞原本只是音樂的附庸，它的功能僅供歌者演唱而已，後來經過文人不斷地創作，卻也能夠單獨成為一種文學體式，變成宋代文學的代表。詞為大家喜愛之後，它又附加產生許多實用功能，如即席、贈妓、慶生、送別等等酬贈之作，這些實用功能促成詞體的發展興盛，但相對地，許多詞人只一味在實用功能上打轉，無法創作出富有性靈的作品，也造成詞體的衰微。個人曾在一九九一年四川大學舉辦的「國際宋代文化研討會」，發表一篇〈從詞的實用功能看宋代文人的生活〉，藉著探討詞的種種實用功能，以觀察宋代文人的生活。❶其中有一小節是透過

---

❶　該篇論文收在《國際宋代文化研討會論文集》（成都：四川大學出版社，

詞的唱和，來瞭解宋代文人重視風雅，以詞會友的生活概況。經過
這些年的不斷思考與搜集資料，再度引起我對詞的唱和這個問題的
興趣，而有本論文之作。

　　關於詞的唱和，歷來論者貶多於褒，如清李佳《左庵詞話》說：
「余向不喜作和韻詩詞，蓋以拘牽束縛，必不能暢所欲言。若押韻
妥諧，別出機軸，十不得一。」（卷下）❷、陳廷焯《白雨齋詞話》
更大肆抨擊：「詩詞和韻，不免強己就人。戕賊性情，莫此為甚。
張玉田謂詞不宜和韻，旨哉斯言。」（卷八）。❸其實宋張炎《詞源》
所說的「詞不宜強和人韻」，是有條件的，他說：「若倡者之曲韻
寬平，庶可賡歌；倘韻險又為人所先，則必牽強賡和，句意安能融
貫？徒費苦思，未見有全章妥溜著。」所以他主張：「我輩倘遇險
韻，不若祖其元韻隨意換易，或易韻答之。」（卷下）。❹張炎並不
像陳廷焯那樣斬釘截鐵反對和韻，他所反對的是和險韻而已。也有
人對和韻持肯定的態度，如清末民初的詞家況周頤就曾主張初學作
詞，應從和韻著手，他在《蕙風詞話》說：「初學作詞，最宜聯句、
和韻。始作，取辦而已，毋存藏拙嗜勝之見。久之，靈源日濬，機
括日熟，名章俊語紛交，衡有進益於不自覺者矣。」❺關於詞是否適

1991年10月），頁275－289。並發表在《國立編譯館館刊》20卷2期（1991
　　年12月），頁33－44。

❷　唐圭璋：《詞話叢編》（臺北：新文豐出版公司，1988年2月），冊4，頁
　　3153。

❸　同前註，冊4，頁3970。

❹　同前註，冊1，頁265。

❺　同前註，冊5，頁4414。

合和韻，和韻作品價值的高低，並不是本文所要探究的重點，本文所要探討的是唱和在詞體的發展過程中所扮演的角色，俾瞭解作爲詞的實用功能之一的唱和，對詞體的興衰有過深遠的影響。

二、唱和與詞體的起源

詞是配樂的歌詞，它的起源與「胡夷里巷之曲」密不可分。❻爲了給這些新興的曲子配上歌詞，於是便產生了詞。但我們不禁要問：一支曲子配上一種歌詞，可以供人歌唱，不就可以了嗎？爲什麼同一個詞調，有那麼多人來填它？胡適在〈詞的起源〉一文中，曾論及填詞的三個動機：

㈠樂曲有調而無詞，文人作歌詞填進去，使此調因此更容易流行。

㈡樂曲本已有了歌詞，但作於不通文藝的伶人倡女，其詞不佳，不能滿人意，於是文人給他另作新詞，使美調得美詞而流行更久遠。

㈢詞曲盛行之後，長短句的體裁漸漸得文人的公認，成爲一種新詩體，於是詩人常用這種長短句體作新詞。形式是詞，其實只是一種借用詞調的新體詩。這種詞未必不可歌唱，但作

---

❻ 《舊唐書・音樂志》（臺北：鼎文書局，1983年11月）說：「自開元已來，歌者雜用胡夷里巷之曲。」一般論詞的起源，大都認爲「胡夷之曲」與「里巷之曲」，是詞的兩大來源。如鄭振鐸：〈詞的啓源〉，《小說月報》20卷4期（1929年4月）、姜亮夫〈「詞」的原始與形成〉，《現代文學》1卷5期（1930年11月）等，都持這種看法。

者並不注重歌唱。❼

胡適同時認爲：「唐五代的詞的興起，大概是完全出於前兩種動機的。」個人並不反對初期的填詞有前面兩種動機，但他並沒有給我們解釋：爲什麼同一個詞調，在唐五代時已有那麼多的文人來填它？難道是文人對文人所填的詞也不滿意，才有一連串的作品產生？胡雲翼在〈詞的起源〉一文中，有一段話值得注意，他說：

> 到了中唐，懂得音樂的詩人，他們看著拿律絕做詩歌，實在是不十分協樂；同時又看樂工們做的長短句的歌詞，音調和諧，體製新穎，乃亦依其歌詞的曲拍，戲填爲長短句的歌詞。一個詩人偶然填了一首，又一個詩人起來效尤填一首，一再嘗試成了功，漸漸地風行，於是長短句的詞體便在文人的社會裡確立起來。❽

這裡所說的：「一個詩人偶然填了一首，又一個詩人起來效尤填一首」，這種解釋似乎可解答我們前面的疑惑，雖然他用「效尤」措詞失當，應用「效法」才對。但我覺得：「效尤」或「效法」都只是揣測而已，並不足以說明這個問題的眞相，個人認爲，唐五代時一個詞調有那麼多的文人來填它，是因爲「唱和」造成的。

首先，我們需要瞭解，唱和是人類的一種自然本能，當我們聽到一首美妙的歌曲，常常會不由自主地跟著哼了起來，這是自然本

---

❼ 胡適：〈詞的起源〉，原載《清華學報》1卷2期（1924年12月），後收入其所編《詞選》（臺北：臺灣商務印書館，1970年11月）附錄。

❽ 胡雲翼：〈詞的起源〉，原載《現代學生》2卷7期（1933年4月），本文引自趙爲民、程郁綴：《詞學論薈》（臺北：五南圖書出版公司，1989年7月），頁86。

能的反映。《論語・述而篇》記載：「子與人歌而善，必使反之，而後和之。」是說孔子聽到別人唱歌，如果唱得好，一定請他再唱一遍，然後自己又和他一遍。這種「和」的本能，聖人也是與我們相同。在《文選》（卷四十五）有一篇〈宋玉對楚王問〉，宋玉說了這樣一個故事：「客有歌於郢中者，其始曰〈下里巴人〉，國中屬而和者數千人；其為〈陽阿薤露〉，國中屬而和者數百人；其為〈陽春白雪〉，國中屬而和者，不過數十人；引商刻羽，雜以流徵，國中屬而和者，不過數人而已；是其曲彌高，其和彌寡。」這段故事很生動地提示我們，能迎合大眾口味的音樂，必引起較多的共鳴。唐代的新聲——「胡夷里巷之曲」，就是在這種情況之下風靡全國。

唐五代的文人，聽到某支曲子非常優美，當興起「和」的念頭，有些人哼哼就算了，有些人覺得曲子雖然優美，但沒有歌詞，或者雖有歌詞，但覺得不滿意，因此按照曲拍填上文字，這就是「曲子詞」，也就是「詞」。這和胡適所說唐五代填詞的兩個動機相同，只是我為他找出填詞的心理基礎。

其次，我順著這個心理基礎，來說明為什麼同一個詞調有那麼多的文人來填它。當某個文人填了一首詞之後，其他的文人聽、或唱、或讀了這首作品之後，受到感動，也興起「和」的念頭，便依曲拍填上文字，於是同一詞調有不同的人來填它。試舉中唐詩人白居易與劉禹錫為例，白居易曾用〈憶江南〉調子填了三首詞，懷念江南美景，劉禹錫也用〈憶江南〉填了兩首，自注說：「和樂天春詞，依〈憶江南〉曲拍為句。」❾茲各舉一首為例：

---

❾　張璋、黃畲：《全唐五代詞》（上海：上海古籍出版社，1986年2月），頁97。以下引唐五代詞，皆據《全唐五代詞》，為免繁瑣，不一一註明。

> 江南好，風景舊曾諳。日出江花紅勝火，春來江水綠如藍，
> 能不憶江南？（白居易〈憶江南〉）
>
> 春去也，多謝洛城人。弱柳從風疑舉袂，叢蘭裛露似霑巾，
> 獨坐亦含嚬。（劉禹錫〈憶江南〉）

這是詩人依曲填詞的第一次自白，也是早期的和詞。我們觀察劉禹錫的和詞不但不是「次韻」（用原唱者相同的韻腳），也不是「依韻」（用原唱者相同韻部的字），它只是根據〈憶江南〉題意來填詞。早期詞調名稱與詞的內容是一致的，當時的人填詞是一種「和曲拍」、「和題」的行為。

　　白居易與劉禹錫唱和的詞很多，又如〈楊柳枝〉，這支曲子是將舊曲翻為新聲，白居易曾作〈楊柳枝二十韻〉排律，自注云：「〈楊柳枝〉，洛下新聲也。洛之小妓有善歌之者。詞章音韻，聽可動人，故賦之。」⑩白居易聽了洛陽小妓唱〈楊柳枝〉，深受感動，除了作二十韻的排律詩記載此事外，他也以〈楊柳枝〉新聲與劉禹錫唱和，兩人前後共填了十二首，也都是「和曲拍」、「和題」，其中雖有一、二處韻字相同，如第一首：

> 六幺水調家家唱，白雪梅花處處吹。古歌舊曲君休聽，聽取
> 新翻楊柳枝。（白居易）
>
> 塞北梅花羌笛吹，淮南桂樹小山詞。請君莫奏前朝曲，聽唱
> 新翻楊柳枝。（劉禹錫）

---

⑩　〔唐〕白居易著，顧學頡校點：《白居易集》（北京：中華書局，1979年10月），卷32，頁734。

只有末句韻字「枝」相同，二句的韻字則不相同，可見劉禹錫並不是有意的要「次韻」。除了劉、白的唱和之作外，盧貞也受白居易一首賦永豐柳的〈楊柳枝〉感動，因而作了一首〈楊柳枝〉，《全唐詩》題作「和白尚書賦永豐柳」，題下有序云：「永豐坊西南角有垂柳一株，柔條極茂。白尚書曾賦詩，傳入樂府，遍流京都。近有詔旨取兩枝植於禁苑。乃知一顧增十倍之價，非虛言也。因此偶成絕句，非敢繼和前篇。」❶ 白居易賦永豐柳的詞是這樣：

> 一樹春風萬萬枝，嫩於金色軟於絲。永豐南角荒園裡，盡日無人屬阿誰？

相傳宣宗聽了這首詞，乃命使者取永豐柳兩株，植在禁中。❷ 〈楊柳枝〉是舊曲翻新聲，有劉、白的唱和，又有宣宗皇帝詔命取柳故事，因此引起共鳴的作品自然很多，薛能一口氣填了十九首，頗有爭勝的意味。❸

另外，張志和的〈漁父〉詞，也是流傳甚廣，和作甚多的作品。根據南唐沈汾《續仙傳》的記載：

> 真卿為湖州刺史，與門客會飲，乃唱和為〈漁父〉詞，曰：

---

❶ 〔清〕清聖祖御定：《全唐詩》（臺北：文史哲出版社，1978年12月），冊7，頁5270。

❷ 〔唐〕孟棨：《本事詩·事感》（臺北：新文豐出版公司，1985年《叢書集成初編》本）。

❸ 薛能〈楊柳枝序〉云：「此曲盛傳，為詞者甚眾。文人才子各衒其能，莫不條似舞腰，葉如眉翠，出口皆然，頗為陳熟。能多於詩律，不愛隨人，搜難抉新，誓脫常態，雖欲勿伐，知音其舍諸？」見張璋、黃畬：《全唐五代詞》，頁245。

「西塞山邊白鳥飛，桃花流水鱖魚肥。青箬笠，綠蓑衣，斜風細雨不須歸。」真卿與陸鴻漸、徐士衡、李成矩共和二十五首，遞相夸賞。❶

清張宗橚《詞林紀事》卷一引《西吳記》也有類似的記載。張志和共作有〈漁父〉詞五首，當時的和作今存有十五首，但都已佚名。❶其兄張松齡也有一首和作留傳下來。張志和的〈漁父〉詞對後世的影響非常深遠，如李煜、歐陽炯、蘇軾、黃庭堅、張元幹、陸游、徐俯、朱敦儒、張羽、謝常、查慎行等等，他們或題詠於畫卷之上，或以漁家生活入詞，或受其意境之啓迪，或仿效其生活志趣，或按其詞牌格調形式，甚至直接襲用此詞原句。❶除了對國內的影響外，也飄洋過海影響到東瀛，日本嵯峨天皇有和張志和〈漁歌子〉五闋，作於日本弘仁十四年（823），即唐穆宗長慶三年。皇女智子內親王與滋野貞主都有和天皇之作，所以神田喜一郎認爲日本塡詞開始於嵯峨天皇的君臣唱和之作。❶以上無論張松齡的和作，或十五首佚名的和作，或日本天皇、皇女等的和作，都僅是和曲拍、和題之作，

---

❶ 見〔宋〕李昉等編：《太平廣記》（臺北：文史哲出版社，1987年），卷27引。

❶ 十五首和作，收在溫庭筠《金奩集》卷末，題爲張志和作。清人曹元忠在〈鈔本金奩集跋〉中考辨說：「當是同時諸倡和或南卓柳宗元所賦者，本題〈漁父〉十五首和張志和，傳鈔本以爲衍『和』字而去之。」朱孝臧〈金奩集跋〉也贊同這種說法。見《彊村叢書》（臺北：廣文書局，1970年3月）。

❶ 參見陳耀東：〈張志和漁歌子的流傳和影響〉，《浙江師範學院學報》1983年4期，頁42－48。

❶ 神田喜一郎著，施議對譯：〈塡詞的濫觴〉，見夏承燾：《域外詞選》（北京：書目文獻出版社，1981年11月），頁85－91。

並沒有「次韻」、「依韻」的情況出現。

　　從前面所引的例證，我們當可瞭解，在唐五代時，詞由於是配樂的歌詞，故美妙的歌曲或優秀的歌詞，都很容易引起其他文人「和」的自然衝動，當時「和」詞的作法是隨著曲拍、題意來填詞，還沒有人把它當作像詩一樣「次韻」、「依韻」來作，可見當時所強調的重點在配合音樂歌唱而已。

三、唱和與詞體的發展、興盛

　　胡適認為填詞的第三個動機：「詞曲盛行之後，長短句的體裁漸漸得文人的公認，成為一種新詩體，於是詩人常用這種長短句體作新詞。形式是詞，其實只是借用詞調的新體詩。這種詞未必不可歌唱，但作者並不注重歌唱。」他並舉例說：「後來方纔有借用詞調作詩的，如蘇軾、朱敦儒、辛棄疾皆是。」⑱在這個階段裡，詞體已從音樂的附庸跳脫出來，具有獨立的文學生命。我們試從唱和方式的演變，也可看出詞體的發展與興盛。

　　一般而言，北宋前期是繼承晚唐五代的小令時期，但也開拓宋詞發展興盛的新機運。這時期作家的唱和，一方面是在「和曲拍」、「和題」，另一方面已有「和韻」的情況出現。換句話說，是從歌曲的自然唱和，過渡到詩體的人為唱和。這時期最值得注意的作家是張先。

　　張先和柳永齊名，他在文學史上的聲譽雖比不上柳永，但我從

⑱　同註❼，頁15、18。

唱和的角度來看，他是將詞體變爲一種新詩體的關鍵性人物。張先留傳下來的和作有七首，其中除了〈勸金船〉（流杯堂唱和翰林主人元素自撰腔）、〈木蘭花〉（和孫公素別安陸）外，**⓳**其他五首：〈好事近〉（和毅夫内翰梅花）、〈漁家傲〉（和程公闢贈別）、〈少年游〉（渝州席上和韻）、〈定風波令〉（次子瞻韻送元素内翰）、又（再次韻送子瞻），**⓴**都是次韻。張先是最早將作詩的次韻方法用在填詞上。他已經肯定詞體的地位與功能，認爲詞也可以和詩一樣。蘇軾〈張子野詞跋〉云：「子野詩筆老妙，歌詞乃其餘波耳。」**㉑**蘇軾推崇張先的詩，認爲他填詞只是餘事，但不容否認的，張先是開詞的詩化的先鋒，尤其對蘇軾的影響極爲深遠。日人村上哲見論蘇軾的詞說：

> 神宗熙寧四年（1071），三十歲的東坡赴杭州任通判，他的開始填詞，好像是從此以後的事。……張先晚年往來於鄉里的湖州，及離此不遠的杭州之間，以風雅名士爲當地人所敬重。我們見其詞集，與許多官員文人有詞贈答，除東坡，還包括當時這兩州的知事可知（如蔡襄、鄭獬、陳襄、楊繪——以上知杭

⓳〈勸金船〉（流杯堂唱和翰林主人元素自撰腔）只是和曲拍而已，蘇東坡也有一首〈勸金船〉，題注云：「和元素韻，自撰腔命名。」蘇東坡的〈勸金船〉既註明和韻，張先的〈勸金船〉與東坡所用韻腳不同，故只是和曲拍而已。〈木蘭花〉只是註明「和孫公素別安陸」，孫公素作品未見，故無法確知是否次韻。

⓴張先的作品，根據唐圭璋：《全宋詞》（臺北：世界書局，1976年10月），冊1，頁57－87。以下所引宋人詞作，皆據《全宋詞》，爲免繁瑣，不一一註明。

㉑金啓華等編：《唐宋詞集序跋匯編》（臺北：臺灣商務印書館，1993年2月），頁17。

州，唐詢、李常——以上知湖州）。而其中含有雙方留下的作品，能確定和韻應酬的，也相當多，因此可以推測當時這個地方，是以張子野爲中心，由愛好詞的文人所形成的社交圈。所以我們猜想，東坡之所以成爲詞人，是從加入其中之後才開始的。㉒

村上先生從詞的唱和來看張先對東坡詞的影響，是很有見地的。

相反地，我們看柳永的詞，他連一首和韻的作品都沒有，原因何在呢？他走的是唐五代「和曲拍」、「和題」的路線，他塡的詞是給歌女唱的，並不是與士大夫、文人相唱和，所以他所塡的詞一定要符合曲拍，才能唱，歌詞也一定要通俗化，市井大眾才能聽懂，他的詞音樂性很高，但難免流於鄙俗，這是他最常受人詬病的地方，他大量製作長調，在曼妙的歌聲中，將情感曲盡形容，加上歌女替他傳播，使其作品達到「凡有井水飲處，即能歌柳詞」㉓的境地。

在北宋前期的詞人中，我們又可陸續發現一些次韻之作，如尹洙〈水調歌頭〉（和蘇子美）、韓維〈踏莎行〉（次韻范景仁寄子華）、滕甫〈蝶戀花〉（次長汀壁間韻）兩首等，而被李清照評「作一小歌詞，則人必絕倒，不可讀也」㉔的王安石，他也有五首次韻的作品，這五首都是和俞紫芝（字秀老），而且用的都是〈訴衷情〉調子，其中三

㉒ 村上哲見：《宋詞研究——唐五代北宋篇》（東京：創文社，1976年3月），頁311—312。

㉓ 〔宋〕葉夢得：《避暑錄話》（臺北：新文豐出版公司，1985年《叢書集成新編》本）卷下。

㉔ 〔宋〕李清照〈詞論〉，見〔宋〕胡仔：《苕溪漁隱叢話》（臺北：長安出版社，1978年12月），後集，卷33，頁254。

首用同樣的韻腳和俞紫芝的鶴詞，兩首則和俞紫芝另外的作品，像這樣一再次韻，顯然他已經將詞當作詩體一樣，比較不注重歌唱。

　　從北宋前期的唱和作品，我們可看出詞的發展隱然有兩條主流：一條是承繼唐五代以歌唱為目的的「應歌」路線，如柳永就是。一條是詞逐漸被當作詩而用來酬唱的「應社」路線，如張先、王安石等即是。「應歌」、「應社」名詞是出自周濟《介存齋論詞雜著》，他說：「北宋有無謂之詞以應歌，南宋有無謂之詞以應社。」㉕薛礪若《宋詞通論》加以闡釋說：「北宋詞多半作過即付樂工或妓女以資歌唱，故只求聲調之諧美，往往忽於文辭的內容，此即周氏所謂『有無謂之詞以應歌』者是也。南宋詞（指中末期而言）多係文人一種團體──詞社──的聚歡酬唱之作，純為文人雅士的消遣資料，其下等的作品，僅係一種『應社』的『無謂』作品了。」㉖我們姑且不管「應歌」、「應社」的有謂、無謂問題，詞從張先開了「次韻」風氣之後，詞體即一直不斷地往「應社」方面發展，尤其北宋後期蘇軾的出現，更促進了這個風潮。

　　蘇軾的《東坡樂府》中，約有三十首的次韻作品，在這麼多的作品中，值得我們注意的，是他對詞體的掌握、運用，是多麼熟練，如他一口氣用相同的韻腳作了五首〈浣溪沙〉，題序說：「十二月二日，雨後微雪，太守徐君猷攜酒見過，坐上作〈浣溪沙〉三首。明日酒醒，雪大作，又作二首。」尤其他的〈水龍吟〉（次韻章質夫楊花詞），更受大眾的肯定，王國維《人間詞話》曾稱讚說：「東坡

㉕　同註❷，冊2，頁1629。

㉖　薛礪若：《宋詞通論》（臺北：臺灣開明書店，1980年1月），頁51。

〈水龍吟〉詠楊花，和韻而似原唱。章質夫詞，原唱而似和韻，才之不可強也如是。」❷由於蘇軾的大量次韻，當時和他作品的人也不少，如蘇門四學士的黃庭堅，就有〈鵲橋仙〉（次東坡七夕韻）、〈南鄉子〉（重陽日寄懷永康彭道微使君，用坡舊韻）、〈點絳脣〉（重九日寄懷嗣直弟，時在涪陵。用東坡餘杭九日〈點絳脣〉舊韻）、〈南柯子〉（東坡過楚州，見淨慈法師，作〈南歌子〉。用其韻贈郭詩翁二首）等五首，晁補之也有〈八聲甘州〉（揚州次韻和東坡錢塘作）、〈滿庭芳〉（用東坡韻題自畫蓮社圖）等二首，其他像李之儀、郭祥正、陳師道等，也都有次韻東坡的詞作。在這樣往來唱和頻繁的環境中，自然造成當時詞壇的盛況，許多的優秀作品便不斷產生。

　　胡適所舉的借用詞調作詩的，除代表北宋後期的蘇軾已如上述外，其他朱敦儒代表的是南宋前期，辛棄疾代表的是南宋中期。❷在南渡之後，詞的詩化更進一步的發展，龍沐勛說：

> 自金兵入汴，風流文物，掃地都休。士大夫救死不遑，誰復究心於歌樂？大晟遺譜，既已蕩爲飛煙，而「橫放傑出」之詞風，更何有於音律之束縛？此南宋初期之作者，惟務發抒其淋漓悲壯之情懷，不暇顧及文字之工拙，與律之協否，蓋已純粹自爲其「句讀不葺之詩」，視東坡諸人之作，尤爲解放，亦時會使之然也。宋室南渡以來，既以時勢關係，與樂

---

❷　同註❷，冊5，頁4247。

❷　本文詞人的分期，根據鄭師因百編：《詞選》（臺北：私立中國文化大學出版社，1982年4月）。

　　　譜之散佚，不期然而詞風爲之一變。❷⁹

因此，南渡詞人以詞唱和的風氣更加興盛，如毛滂、葛勝仲、張繼先、葉夢得、李光、朱敦儒、周紫芝、李綱、趙鼎、向子諲、李彌遜、張元幹、王之道等人，都留下許多次韻的作品，尤其王之道，他的次韻之作多達一百餘首，占其作品的大部分。到了南宋中期，詞人幾乎沒有不以詞唱和，就以辛棄疾爲例，他的次韻作品高達一六九首之多。透過這些客觀的資料，這麼多的唱和作品對詞體的發展、興盛究竟起了什麼作用？個人認爲至少有以下幾點：

　　㈠以文會友，促進風雅流行：詞人之間彼此以詞唱和，在朋友督促下，不得不提筆填詞，作品於是源源不斷產生，即使唱和本身的作品或許價值不高，但寫多了自然也會有一些佳作出現，如北宋後期的李之儀，他的作品留傳下來有九十多首，和韻的作品近三十首，約占三分之一，雖然整體的成就不高，但也有不少傳誦之作，如〈卜算子〉（我住長江頭）即是。毛晉〈姑溪詞跋〉說：「中多次韻、小令，更長於淡語、景語、情語。……至若『我住長江頭，君住長江尾。日日思君不見君，共飲長江水。』直是古樂府俊語矣！」❸⁰他這麼多的和韻之作，或許就是一股創作的原動力。

　　㈡逞才競能，提昇詞藝技巧：詞人唱和之時，難免有較量的意味，如李清照夫婿趙明誠，接到李清照的〈醉花陰〉（薄霧濃

---

❷⁹　龍沐勛：〈兩宋詞風轉變論〉，《詞學季刊》2卷1號（1934年10月），頁1—23。

❸⁰　同註㉑，頁34。

雲愁永晝），務欲勝之，忘食廢寢三天三夜，共作了五十闋。
❸雖然沒有勝過李清照，但在競藝的過程中，對創作技巧必有
所幫助。

㈢追慕學習，造成詞風流派：同時代的詞人互相唱和，將影響
彼此的風格，蘇軾、辛棄疾與眾多詞人次韻，吸收他人的優
點，故能成其大。而他們的作品，後代的詞人追和甚多，宋
人追和蘇軾者約有百首，追和辛棄疾者亦有三十多首，從追
和的眾多作品中，我們隱然可看到蘇、辛詞的流派。

㈣累積經驗，擴充詞境內容：在詞的唱和中，也有所謂的「和
題」，就是有詞人歌詠某種主題，其他詞人亦跟著歌詠這個
主題，唐五代詞人的唱和，都是根據詞調名稱的意義來歌詠，
這是早期的「和題」。宋人填詞已不顧詞調的原意了，他們
常相約歌詠某個主題，如王灼《碧雞漫志》卷二記載：「向
伯恭（子諲）用〈滿庭芳〉曲賦木犀，約陳去非（與義）、朱希
眞（敦儒）、蘇養直（庠）同賦，『月窟蟠根，雲巖分種』者
是也。然三人皆用〈清平樂〉和之。……後伯恭再賦木犀，
亦寄〈清平樂〉，贈韓璜叔夏云云，韓和云云。初，劉原父（敞）
亦於〈清平樂〉賦木犀云云。同一花一曲，賦者六人，必有
第其高下者。」向子諲用〈滿庭芳〉賦木犀，其他人也跟著
同樣賦木犀，雖然用的是〈清平樂〉調子，也都算是「和題」。
也有所謂「分題」，就是詞人相聚，每人分配一個主題來吟

---

❸ 〔元〕伊世珍：《嫏嬛記》（臺北：新文豐出版公司，1985年《叢書集成
新編》本）。

詠，如舒亶〈點絳脣〉（周圍分題得湖上聞樂）、〈卜算子〉（分題得苔）、晁補之〈滿江紅〉（赴玉山之謫，與諸父泛舟大澤，分題爲別）、毛滂〈西江月〉（長安秋夜與諸君飲，分題作）等都是。詞人透過和題與分題，對事物的觀察將更細微，爲了避免人云亦云，必別出心裁，經過這樣經驗的累積，亦使詞境內容擴充了。

因此，從北宋後期到南宋中期，可說是詞最興盛、繁榮的時期，這和當時唱和盛行有密不可分的關係。

四、唱和與詞體的衰微

王國維《人間詞話》說：「文體通行既久，染指遂多，自成習套，豪傑之士 亦難於其中自出新意，故遁而作他體，以自解脫。一切文體所以始盛終衰者 皆由於此。」❸詞到了南宋中期的辛棄疾，算是已到了極盛時期，這個詞體註定要走向由盛而衰的境地。我們從詞的唱和情形也可看出這個趨向。

首先，我們可以發現從南宋之後，追和的作品日多。詞用前人作品的韻，就是「追和」。追和的動機是尚友古人，對古人的作品有強烈的感受與喜愛，因而起了模倣之心，像前面所述，張志和的〈漁父〉詞，對後代詞人的影響，使他們也吟詠漁父的生活與境界，這雖然也是「追和」（和題意）之一，但沒有次韻，所以受限較小。最早以次韻方式追和前人作品的，是李之儀〈憶秦娥〉，他是用李

---

❸　同註❷，冊5，頁4252。

太白〈憶秦娥〉的韻腳，亦步亦趨填了一首。但這種作法在北宋結束之前並不多見，到了南宋之後，則變成非常普遍的作法。後來愈演愈烈，如方千里、楊澤民、陳允平追和周邦彥《清眞詞》，各以專集出現，像這樣專以追和前人爲能事，已顯示出詞人創造力的衰落，只能在技巧方面下功夫，詞體焉能不衰？

其次，南宋詞人流行「分韻」。北宋詞人雅集常有「分題」之作，早在范仲淹就曾有一首〈剔銀燈〉（與歐陽公席上分題）。北宋後期如前面所舉的舒亶、晁補之、毛滂等都有「分題」之作。但到了南宋，演變成進一步的「分韻」。「分韻」是在座每位詞人分一韻字，各按其韻字來押韻填詞，如管鑑〈蝶戀花〉（辛卯重九，余在試闈，聞張子儀、文元益諸公登舟青闊分韻作詞。既出院，方見所賦，以「玉山高並兩峰寒」爲韻，尚餘「並」字，因爲足之）、吳潛〈滿江紅〉（景回計院行有日，約同官數公，酌酒於西園，取呂居仁〈滿江紅〉詞「對一川平野，數間芳屋」九字分韻，以餞行色，蓋反騷也。余得「對」字，就賦）、吳文英〈暗香〉（送魏句濱宰吳縣解組，分韻得「闈」字）、張炎〈西河〉（依綠莊賞荷，分「淨」字韻）等都是。從詞的「分韻」，固然可看出文人風雅之一面，但受到韻腳的限制，因文造情，自然也難從中創作出好的作品，詞體的沒落則是無可避免的。

最後，我們觀察「次韻」的演變，也愈來愈勉強，頗有使氣逞能的意味，如姜夔〈慶宮春〉詞序云：「紹熙辛亥除夕，予別石湖歸吳興，……後五年冬，復與俞商卿、張平甫、銛朴翁自封禺同載詣梁溪，道經吳松，……平甫、商卿、朴翁皆工于詩，所出奇詭，予亦強追逐之；此行既歸，各得五十餘解。」他所敘述的雖然是勉強追逐作詩的事，在填詞次韻方面亦是如此，如〈水龍吟〉詞序云：

「黃慶長夜泛鑑湖，有懷歸之曲，課予和之。」這樣應人家的要求
作和詞，而不管是否有所感，是不足取的。又如〈卜算子〉，詞序
云：「吏部梅花八詠，夔次韻」，也依樣畫葫蘆和了八首，如此勉
強次韻會有好成績嗎？其他如劉克莊，他和林希逸〈沁園春〉十首，
到第五首已是：「五和韻，狹不可復和」，之後仍勉強繼續和完。
劉辰翁〈唐多令〉詞序說：「龍洲曲已八九和，復為中齋勉強夜和，
中有數語，醉枕忘之。」和韻到此地步，實無多大意義，難怪乎張
炎要高呼：「詞不宜強和人韻」（見前引）。

五、結　語

　　一種文體的興衰，除了文體本身的內在因素外，必有許許多多
的外在因素，這是一個非常宏觀的問題，本文把這麼大的問題，凝
聚在「唱和」這樣的焦點上，則是相當微觀的，以微觀的角度來看
宏觀的問題，是難免以管窺天，以蠡測海。但從我們的探討過程中，
當可看出這樣一條脈絡來：

　㈠在唐五代時期，由於新聲的傳入，文人受音樂感動，而興起
　　了和的念頭，便為新曲填上了詞，之後有文人受到新曲新詞
　　感動，亦同樣興起和的念頭，便依曲拍填上文字完成和詞，
　　於是同一詞調產生許多作品。這時的唱和是一種自然感動，
　　和詞的製作只是遵照曲拍，及詞調題意來填，並無其他限制。

　㈡北宋前期，大抵承繼唐五代的作法，是配合音樂來填詞，所
　　以唱和的方式亦如前代。但已經逐漸有人把它當作詩一樣看
　　待，它的地位提高，文人也以填詞相唱和，這時分題、次韻

的作品陸續出現。

㈢北宋後期至南宋前期、中期，是詞體興盛繁榮時期，詞體的
　文學性壓過詞體的音樂性，唱和的方式和詩並無兩樣，呈現
　多樣化，唱和的作家及作品增多，同時也產生許多偉大的作
　家及作品。

㈣南宋中期之後，許多文人填詞只是爲唱和而存在，追和、
　分韻、次韻大行其道，使文人缺乏創造性，詞體便逐漸衰
　微。

　從以上對唱和與詞體興衰的探討，或許可以給我們一種教訓，
文體的興盛，固然需要像唱和這種實用功能來鼓舞、支撐，但如果
只一味重視它的實用功能，如沈雄《古今詞話》所說：「屬和工而
格愈降矣」，❸唱和愈工巧作品格調愈低，則適得其反。文學畢竟需
要創造力，李佳《左庵詞話》說：「凡前人名作，無論詠古詠物，
既經膾炙人口，便不宜作和韻，適落窠臼。必須用翻案法，獨出新
意，方足以爭奇制勝。否則縱極工穩，亦不過拾人牙慧。」❹所以我
們在學習模仿前人的作品當中，必須能入能出，善用前人之長而不
要被前人所牽絆，能獨創新意，方有所成。

　　——原載《國立彰化師範大學國文系集刊》1期（1996年6月），

　　頁37—54。

---

❸　同註❷，冊1，頁846。

❹　同註❷，冊4，頁3163。

宋代歌妓繁盛對詞體之影響

一、前　言

　　文學並非單一存在的現象，它不僅與作家所處的時代、環境息息相關，進而擴充到整個歷史文化，亦密不可分。個人近年來從事詞學研究，即嘗試從較宏觀的角度來探討詞，如在第一屆詞學國際研討會發表的〈漁父在唐宋詞中的意義〉一文（中央研究院中國文哲研究所籌備處主辦，1993 年 4 月 22－24 日），曾由歷史文化的縱切面，試圖解讀唐宋兩代許多描寫「漁父」的作品所反映出來的意義。

　　最近閱讀謝桃坊《中國詞學史》，他論述現代詞學研究的趨勢時說：「詞學研究另一逆向發展是將對象置于廣闊的文化背景下進行橫向的多學科研究，試圖開拓研究的新領域。……將文學置於民族文化系統內去發現它與整個文化系統及某些子系統之間的各種聯繫，藉以揭示某些非常隱祕的深層的民族文化心理特徵。」他並舉宋詞的發展與歌妓、與音樂、與宋詩、與理學等都有密切的關係，認為這樣將詞學置於廣闊的文化背景下，研究的道路也將會愈益寬

廣❶。這一段話令我心有戚戚焉,個人早在一九九一年七月於四川成都召開的「國際宋代文化研討會」,曾發表一篇〈從詞的實用功能看宋代文人的生活〉❷,即從詞的即席、贈妓、唱和、慶生、送別、贈答、弔賀等等功能,以探索詞與宋代文人生活之密切結合。最近在本校國立彰化師範大學國文系第一次系學術討論會,又發表一篇〈唱和與詞體的興衰〉❸,針對文人之唱和現象探討與詞體發展之關係,即是上篇論文有關唱和部分的再深入研究。本論文亦承繼這個方向,將「贈妓」部分予以擴充,欲探究宋代歌妓對詞體之影響。

　　有關宋代歌妓與詞之關係,前人已有不少論述,在專書部分,如王書奴在一九三二年撰寫《中國娼妓史》(上海:三聯書店,1988年2月)時,已立有專章〈宋代娼妓與詞〉,但僅列舉作詞與唱詞的娼妓,而缺少分析。近年出版有關青樓文學的專著,如嚴明《中國名妓藝術史》(臺北:文津出版社,1992年8月),陶慕寧《青樓文學與中國文化》(北京:東方出版社,1993年7月),雖也都有專章敘述,但彼等所重在於介紹能詞之歌妓,或歌妓與詞人交往之情形,至於歌妓對詞體之影響,則較少論及。在論文部分,亦有數篇,如樸人〈娼妓與宋詞〉(《中央日報》,1963年2月14日)、謝桃坊〈宋代歌妓考略〉(《中華文史論叢》,1983年4輯,頁181-195;後收入作者所著《宋詞概論》(成都:四川文藝出版社,1992年8月,頁45-63)、古

---

❶　謝桃坊:《中國詞學史》(成都:巴蜀書社,1993年6月),頁445-446。

❷　收入北京大學古文獻研究所、四川大學古籍整理研究所編:《國際宋代文化研討會論文集》(成都:四川大學出版社,1991年10月),頁275-289;又發表於《國立編譯館館刊》20卷2期(1991年12月),頁33-44。

❸　刊登於《國立彰化師範大學國文系學報》1期(1996年6月),頁37-54。

贊偉〈歌妓與宋詞〉(《贛南師範學院學報》,1987 年 2 期)、陶第遷〈宋代聲妓繁華與詞的發展〉(《學術研究》,1991 年 1 期,頁 121－126) 等,這些論文已或多或少論及歌妓對詞體之影響,但大多偏重歌妓對詞的傳播、或詞人描寫歌妓等方面,而對詞體本身產生怎樣的影響,則往往點到為止,並無深入而全面的探討,因此本論文在前人研究的成果基礎上,繼續往歌妓對詞體影響之方向推進,擬從詞體的形式、內容、風格等方面考察,以探究宋代歌妓繁盛對詞體所產生之影響。

二、宋代歌妓繁盛及其意義

　　詞,本是配合音樂歌唱的歌詞,它由詞人填製完成之後,不只是靠文字來傳播,而最主要的是靠樂聲,樂聲的創造者─歌妓,便是詞人與聽眾之間一個非常重要的橋樑。歐陽炯〈花間集敘〉說:「綺筵公子,繡幌佳人,遞葉棄之花箋,文抽麗錦;舉纖纖之玉指,拍按香檀。不無清絕之詞,用助嬌嬈之態。」這段話是晚唐五代詞人與歌妓密切合作的寫照,也說明了詞從開始就與歌妓結下不解之緣。到了宋代,隨著時代的需要,歌妓愈加繁盛,對詞體的影響也日益深遠。

　　宋代歌妓大致可分為三類:㈠官妓。包括教坊的歌妓、中央及各地方官署的歌妓。地方上的官妓一般居於樂營,由樂營將管束,也稱為「營妓」。㈡家妓。是貴族及士大夫之家所蓄養擅長歌舞的美女,她們既非妾而又不同於一般的奴婢。㈢私妓。指市井妓女,私妓中有以賣淫為主的,而其中之歌妓則以賣藝為主也兼賣淫。宋

代的重要都市中凡歌樓、酒館、平康諸坊和瓦市等處，都是私妓們積聚與活動的地方❹。宋代的歌妓雖也有賣淫的情形❺，但她們還是以賣藝爲主，憑著唱詞的特殊技藝獲得社會大眾的肯定。宋代政府也有規定：「閫帥、郡守等官，雖得以官妓歌舞佐酒，然不得私侍枕席」❻。可見宋代的歌妓與後代專門賣淫的娼妓是不太相同的。

宋代歌妓的繁盛，我們可從下列的記載窺其大概。《東京夢華錄》卷二〈酒樓〉條載：

> 凡京師酒店，門首皆縛綵樓歡門，唯任店入其門，一直主廊約百餘步，南北天井兩廊皆小閣子，向晚燈燭熒煌，上下相照，濃妝妓女數百，聚於主廊檐面上，以待酒客呼喚，望之宛若神仙。

這是孟元老記述北宋汴京的酒樓，單單一家任店，即有妓女數百，望之若神仙，我們在訝異其規模之餘，也深深體會到宋代歌妓之盛況，難怪孟元老在《東京夢華錄·序》上說：「舉目則青樓畫閣，繡戶珠簾，……新聲巧笑於柳陌花衢，按管調絃於茶坊酒肆。」這

---

❹ 參考謝桃坊：《宋詞概論》（成都：四川文藝出版社，1992年8月），頁48－56。

❺ 宋代娼妓賣淫情形，《都城紀勝》〈酒肆〉條有載：「菴酒店，謂有娼妓在內，可以就懽，而於酒閣內暗藏臥牀也。門首紅梔子燈上，不以晴雨，必用箬匡蓋之，以爲記認。其他大酒店，娼妓只伴坐而已。欲買懽，則多往其居。」見孟元老等著：《東京夢華錄外四種》（臺北：大立出版社，1980年10月），頁92。

❻ 〔清〕陳夢雷主編：《古今圖書集成·藝術典》（臺北：鼎文書局，1985年），卷824，娼妓部紀事之六十三引《委巷叢談》。

是北宋京城的實況，應該值得相信。至於南宋雖只剩半壁山河，但歌舞昇平、妓女之多，並不亞於北宋，《武林舊事》卷六〈酒樓〉條載：

> 以上皆市樓之表表者，每樓各分小閣十餘，酒器悉用銀，以競華侈。每處各有私名妓數十輩，皆時妝袨服，巧笑爭妍。夏月茉莉盈頭，春滿綺陌。凭檻招邀，謂之「賣客」。

這是周密追記南宋臨安的酒樓，和北宋汴京的酒樓一樣，美女如雲，爭妍鬥艷，以招徠客人。整個時代環境如此，那些居於領導地位的士大夫家，也不落社會風氣之後，大蓄家妓。如高懷德「聲伎之妙，冠於當時，法部中精絕者，殆不過之」（《宋朝事實類苑》卷十八〈河市樂〉條）、宋祁「多內寵，後庭曳羅綺者甚眾」（《苕溪漁隱叢話・前集》卷二十六〈宋景文〉條引《東軒筆錄》）、歐陽修家有年輕貌美歌妓「八九姝」（梅堯臣〈次韻和醻永叔〉詩）、韓琦「家有女樂二十餘輩」（《宋朝事實類苑》卷八〈韓魏公〉條）、蘇軾「有歌舞妓數人」（《古今圖書集成・藝術典》卷八二四）、張鎡有「名妓數十輩」（《西湖遊覽志餘》卷十），即使以收復中原為職志的抗金義士辛棄疾，在其詞中也見有女侍整整、田田、錢錢、粉卿、阿卿等多人。

　　宋代歌妓既然如此繁盛，這種現象並不是憑空產生，如果從宋人的生活底層觀察，應具有下列之意義：

　　㈠享樂思想的發達。宋太祖「黃袍加身」取得政權之後，為了防止類似兵變發生，削奪石守信等之政權，曾藉酒酣勸說：「人生如白駒過隙，所以好富貴者，不過欲多積金錢，厚自娛樂，使子孫無貧乏爾。卿等何不釋去兵權，出守大藩，擇便好田宅市之，為子

孫立永遠不可動之業；多置歌兒舞女，日夕飲酒相歡，以終天年。」
（《宋史紀事本末》卷二，〈收兵權〉）君主爲鞏固政權，鼓吹臣下「多
置歌兒舞女」，及時行樂，自然會對社會風氣造成影響。加上宋代
政治安定、經濟繁榮、城市發達，更提供了堪以享樂的環境。《道
山清話》也記載了晏殊的一段故事：

> 晏元獻尹京日，辟張先爲通判，新納侍兒，公甚屬意。先能
> 爲詩詞，公雅重之，每張來，令侍兒出侑觴，往往歌子野所
> 爲之詞。其後王夫人浸不容，公即出之，一日，子野至，公
> 與之飲，子野作〈碧牡丹〉云云，令營伎歌之，至末句，公
> 憮然曰：「人生行樂耳，何自苦如此。」亟命於宅庫支錢若
> 干，復取前所出侍兒。既來，夫人亦不復誰何也。❼

晏殊爲了所出歌妓而感嘆，說出「人生行樂耳，何自苦如此」這樣
的話，不僅是偶發的感觸而已，也正代表宋人的普遍心聲，因此我
們在宋詞中常常看到類似這樣的句子：「暮去朝來既老，人生不飲
何爲？」（晏殊〈清平樂〉）、「行樂直須年少，尊前看取衰翁」（歐
陽修〈朝中措〉），也就不足爲奇了。

㈡宴飲酬酢的頻繁。歌妓的主要工作是在酒席尊前，佐歡勸飲，
宋代歌妓的繁盛，亦與整個社會的宴飲風氣有密切關係，吳自牧《夢
梁錄》卷二十〈妓樂〉條載：「朝廷御宴，是歌板色承應。如府第
富戶，多于邪街等處，擇其能謳妓女，顧倩祇應。或官府公筵及三

---

❼ 〔清〕王奕清等撰：《歷代詞話》卷4引，見唐圭璋：《詞話叢編》（臺北：
新文豐出版公司，1988年2月），冊2，頁1158。

學齋會、縉紳同年會、鄉會，皆官差諸庫角妓祇直。」「歌板色」是教坊十三部之一，專主歌唱的。從朝廷御宴到官府公筵或當戶家宴，都須要歌妓祇應，而宋人又喜歡宴飲，送往迎來，交際應酬無不開宴，也使歌妓疲於奔命，應接不暇，洪邁《夷堅丁志》卷十二記載儀真一位官妓說：「身隸樂籍，儀真過客如雲，無時不開宴，望頃刻之適不可得。」在這樣頻繁的宴飲環境中，難怪宋詞有那麼多的即席之作，其中很多又是贈給歌妓或描寫歌妓的。

　　㈢聽歌唱詞的喜愛。宋代歌妓是從事演唱工作的女藝人，由於社會大眾喜歡聽歌唱詞，自然促使這一行業人口的激增。吳曾《能改齋漫錄》卷十一〈錢文僖賦竹詩唱踏莎行〉條載：

> 公在鎮，每宴客，命廳籍分行剗襪，步於莎上，傳唱〈踏莎行〉，一時勝事，至今稱之。

這是錢惟演聽歌妓唱詞的場面，頗為特別，故被稱為美事。不僅士大夫喜愛聽詞，社會大眾也是如此，所以「燕館歌樓，舉之萬數」（《東京夢華錄》卷五〈民俗〉條），「酒樓歌館，直至四鼓後方靜」（《都城紀勝》〈市井〉條），連官府促銷酒，也要借助名歌妓演唱詞，以招徠顧客，《夢梁錄》卷二十〈妓樂〉條載：

> 自景定以來，諸酒庫設法賣酒，官妓及私名妓女數內，揀擇上中甲者，委有婷婷秀媚，桃臉櫻唇，玉指纖纖，秋波滴溜，歌喉宛轉，道得字真韻正，令人側耳聽之不厭。

歌妓唱詞有這樣大的影響力，顯示出市井百姓對詞的著迷，這也是宋詞之所以興盛的重要因素。

㈣心靈感情的空虛。我們古代的婚姻大都是經過「父母之命，媒灼之言」，婚姻講求「門當戶對」，往往出自於地位財富之考量，男女間的心靈是否契合、感情能否融洽，則被忽略了，在婚姻與愛情不能合一的情況下，男人常以狎妓蓄妓作爲一種補償。而許多士大大在仕途失意之餘，也常流連舞榭歌臺，藉著歌妓的淺斟低唱，以彌補受創的心靈。另外男人不尊重女性，將女性視爲玩物的好色心理，也是促成歌妓繁盛的原因。以上這些因素雖然錯綜複雜，但都不外乎心靈的空虛與感情的寂寞。因此我們看到宋詞中那麼多描寫離愁別恨男女之間的愛情，其實它的對象不是閨女貴婦，而絕大多數是歌妓。瞭解時代風氣之後，當我們發現文獻上記載「范文正公屬意小鬟妓」（《能改齋漫錄》卷十一）、「歐陽文忠公親一妓」（錢恠《錢氏私志》）、「劉原父惑官妓得病」（《能改齋漫錄》卷十一）等也就不足爲奇。而最令人無法接受的莫過於那些登徒子的酒後醜態，如魏泰《東軒筆錄》卷七載：

> （楊）繪性少慎，無檢操；居荊南，日事游宴，往往與小人接。一日，出家妓筵客夜飲，有選人胡師文預會。師文本鄂州豪民子，及第爲荊南府學教授，尤少士檢。半醉，狎侮繪之家妓，無所不至。

像這種藉酒以壯色膽的行爲，則顯得非常下流。

三、宋代歌妓繁盛對詞體形式之影響

歌妓是以唱詞為業的女藝人，由於她們美妙的歌喉，使附庸於音樂的詞，得以淋漓盡致展現出最高的藝術境界，歌妓將詞轉換成歌的過程，其實已經融入歌者的肢體表情、心靈情感的藝術再創造，因此不同歌者的表達有不同的效果。詞透過歌妓的演唱，以喚起聽眾的共鳴，這種影響是直接的、立體的，它不比案頭閱讀，須要細嚼慢嚥，聽眾很容易從聽覺、視覺等獲得感官的滿足，再由心靈底層泛起了迴響。歌妓是詞體傳播上的大功臣，自不待言。歌妓為了生活，她們需要不斷的演唱，也需要有人不斷填詞供她們演唱，宋代的歌妓繁盛已如上述，這一股力量對詞體的影響是不容忽視的。首先從詞體的形式方面加以探討，宋代歌妓繁盛對詞體形式之影響，至少有下列幾點：

㈠在詞調創新方面。歌妓唱詞的目的在於娛樂聽眾，滿足聽眾感官的需求，因此除了其演唱技巧或裝束打扮外，所唱的詞也必須求新求變，才能不斷引發聽眾的興趣，獲得聽眾的掌聲。詞的求新求變有兩方面，一是歌詞的翻新，根據舊有的調子填上新詞，這是舊瓶裝新酒的方法，詞調雖然是舊的，但填上新詞更換內容之後，也會帶給聽眾耳目一新、不同的感受。這也是為什麼同樣的詞調有那麼多人填它的原因之一。尤其在宴席上，那些能詞之士，為了增加飲酒的氣氛，經常即席揮灑，交給歌妓演唱，如毛滂〈剔銀燈〉（簾下風光自足）題序云：「同公素賦，侑歌者以七急拍七拜勸酒」，周紫芝〈鷓鴣天〉（年少登高意氣多）題序云：「重九登醉山堂，戲集前人句作〈鷓鴣天〉，令官妓歌之，為酒間一笑，前一首，自為之也。」

在這種情況之下，要自度曲比較難，一般都用大家比較熟悉的調子，如〈浣溪沙〉、〈臨江仙〉、〈清平樂〉、〈鷓鴣天〉、〈蝶戀花〉等，如此對歌妓演唱也比較方便。另外一種是詞調的創新。有許多知音之士，包括樂工或文人，他們爲歌妓創製新調，填上新詞，以全新的歌聲娛人或自娛。宋初開國未久，在草創時期中，詞調亦多沿襲晚唐五代舊製，直到仁宗朝，經過休養生息之後，才締造出繁華太平的新時代，到處都是舞榭歌臺、青樓畫閣，大眾極力追求耳目之娛，舊調逐漸不能滿足社會需要，於是市井新聲競起，柳永詞中有多處描述當時盛況，如〈木蘭花慢〉：「風暖繁絃脆管，萬家競奏新聲」、〈長壽樂〉：「是處樓臺，朱門院落，絃管新聲騰沸」，在這種風氣之下，歌妓也以唱新聲爲榮，柳永〈木蘭花〉寫道：「佳娘捧板花鈿簇，唱出新聲群艷伏」，因此歌妓往往變成新聲的催生者，柳永〈玉蝴蝶〉又道：「要索新詞，殢人含笑立尊前。按新聲、珠喉漸穩，想舊意、波臉增妍」，而事實上，柳永由於經常流連煙花巷陌，偎紅倚翠，與歌妓來往甚密，《樂章集》中所見的歌妓名字即有：師師、香香、安安（見〈西江月〉）、秀香（見〈晝夜樂〉）、英英（見〈柳腰輕〉）、瑤卿（見〈鳳銜杯〉）、蟲蟲（見〈征部樂〉及〈樂賢賓〉）、心娘、佳娘、蟲娘、酥娘（見〈木蘭花〉）等十多位，所以他大量爲她們創製新調，填作新詞，李清照〈詞論〉說：

> 逮至本朝，禮樂文武大備，又涵養百餘年，始有柳屯田永者，變舊聲，作新聲，出《樂章集》，大得聲稱於世。❽

---

❽ 〔宋〕胡仔：《苕溪漁隱叢話》（臺北：長安出版社，1978年12月），後集，卷33，頁254。

葉夢得《避暑錄話》卷下也有記載：

> 柳永，字耆卿。爲舉子時，多游狹邪。善爲歌辭，教坊樂工
> 每得新腔，必求永爲辭，始行於世，於是聲傳一時。

柳永要不是出入平康小巷，受到歌妓的請託，也不可能「變舊聲，作新聲」，或爲新腔填詞，可見歌妓對詞調的創新是有相當貢獻的。

　　㈡在詞調長短方面。關於詞調的長短，《草堂詩餘》開始約略分爲小令、中調、長調，清毛先舒《填詞名解》卷一則予以固定字數，他說：「凡填詞五十八字以內爲小令，自五十九字始至九十字止爲中調，九十一字以外者俱長調也，此古人定例也。」萬樹《詞律・發凡》不以爲然說：「此亦就《草堂》所分而拘執之，所謂『定例』，有何所據？若以少一字爲短，多一字爲長，必無是理。如〈七娘子〉有五十八字者，有六十字者，將名之曰小令乎？抑中調乎？如〈雪獅兒〉有八十九字者，有九十二字者，將名之曰中調乎？抑長調乎？」所言甚是，鄭師因百也斥毛氏之說爲「穿鑿附會，於古無據的說法，不足憑信」，並另外劃分：「大概七八十字以下即是小令，八九十字以上即是長調」❾，這種分法比較不受拘泥，也比較符合詞調的發展歷程。唐五代的詞調以小令爲主，雖然也有些長調，如鍾輻〈卜算子慢〉、杜牧〈八六子〉及敦煌曲中的〈拜新月〉、〈傾杯樂〉等約十首左右，但爲數不多。入宋以後，詞調以小令爲主的情況就逐漸改變了，新創的詞調反而以長調爲主，小令退居次要地位，並且新創的小令也全是雙調，沒有再創單調的小令了。爲

---

❾　鄭師因百：《從詩到曲》（臺北：中國文化雜誌社，1971年3月），頁96。

什麼會產生這種情形呢？這和歌妓演唱也有密切關係。小令的名
稱，夏承燾認為是出於宴席間所行的酒令❿，吳熊和對此有進一步申
說：

> 酒席間行令，就是酒令，犯者須受罰。唐時宴飲常於席上設
> 「席糾」或「觥使」，以掌酒令，由歌舞伎任其事，稱酒妓
> 或酒令妓女。酒令妓女以其所擅長的歌舞用於行令，於是歌
> 與令兩者合一，出現了由酒令演變而來的歌令這一名稱。❶

由於令詞原本用於行酒令，所以它勢必不能太長，雖然後來不一定
再用於行酒令，但歌妓唱這種短章令詞以侑觴勸飲則成為習慣，這
也是唐五代的詞調以小令為主的原因。小令形式短小，對歌者而言
似乎較容易掌握，但相對的，它也比較呆板、單調，而缺乏競爭力，
尤其在歌妓繁盛的宋代，必須求新求變，於是更能表現歌唱技巧的
長調應運而生，我們只要從長調所用的長短句錯綜複雜，不像小令
大都以五、七言句為主，句式也都用上二下三或上四下三，即可看
出這種形式在表演藝術上的挑戰性。柳永《樂章集》中大量製作長
調，即是因應新時代的產物。宋翔鳳《樂府餘論》云：「按詞自南
唐以後，但有小令。其慢詞蓋起宋仁宗朝。中原息兵，汴京繁庶，
歌臺舞席，競賭新聲。耆卿失意無俚，流連坊曲，遂盡收俚俗語言，
編入詞中，以便伎人傳習。一時動聽，散播四方。其後東坡、少游、

---

❿　參見夏承燾：〈令詞出於酒令考〉，《詞學季刊》3卷2號（1936年6月），
　　頁12－14。

❶　吳熊和：《唐宋詞通論》（杭州：浙江古籍出版社，1985年1月），頁93。

山谷輩，相繼有作，慢詞遂盛。」柳永許多長調的名稱和內容如：〈晝夜樂〉、〈柳腰輕〉、〈長相思〉、〈玉蝴蝶〉、〈離別難〉、〈合歡帶〉等，一看便知道和歌妓有密切關係。而其聲情寬舒諧婉，或沈著幽怨，絕無悲壯、慷慨者，皆很適合歌妓融入其感情，發揮其歌藝技巧，所以很快傳遍天下。

詞調中最短的詞是不分段的，稱為單調，較長的詞分為兩段，稱為雙調、或雙疊，也有分三段、四段的，稱為三疊、四疊。詞以雙調最常見，單調次之，三疊的詞有〈夜半樂〉（一百四十四字）、〈寶鼎現〉（一百五十五字）、〈戚氏〉（二百十二字）等，四疊的詞只有〈鶯啼序〉（二百四十字）一種，都極為罕見，單調的小令流行於唐五代，到了宋代則以雙調為主了。詞從小令發展到長調後，為什麼沒有繼續發展，產生更多的三疊、四疊的詞？這和歌妓演唱也有很大的關係，像三疊、四疊這樣長的詞，對唱者而言實在非常辛苦，胡仔《苕溪漁隱叢話》後集卷三十九云：「晁次膺〈綠頭鴨〉一詞，殊清婉，但樽俎問歌喉，以其篇長憚唱，故湮沒無聞焉。」〈綠頭鴨〉這個調子一名〈多麗〉，共有一百三十九字，歌妓都因為篇長而憚唱，更何況三疊、四疊已經長到二百多字？所以我們觀察萬樹《詞律》所收的長調，一百字至一百二十字的調子還不少，但一百二十字以上者則屈指可數，由此我們也可知道歌妓演唱一闋詞所能承受的長度極限吧？

㈢在審音協律方面。宋代許多詞人，他們填詞的目的往往是供歌妓演唱的，如晏幾道〈小山詞自序〉云：「始時，沈十二廉叔，陳十君龍，家有蓮、鴻、蘋、雲，品請謳娛客，每得一解，即以草授諸兒。吾三人持酒聽之，為一笑樂而已。」（《彊村叢書》本）在這

種情況填詞，最起碼的要求，就是要合律可歌，否則即使再好的作品，折拗檀口鶯舌，是不受歡迎的。沈義父《樂府指迷》說：

> 前輩好詞甚多，往往不協律腔，所以無人唱。如秦樓楚館所歌之詞，多是教坊樂工及闐井做賺人所作，只緣音律不差，故多唱之。求其下語用字，全不可讀。

這是很現實的情況，爲了歌唱，就必須符合音律，只要音律不差，對歌妓而言，就是好詞，至於下語用字，其意思是否連貫可讀，則是次要的問題。所以宋代許多人論詞，都提出審音協律的要求，如李清照〈詞論〉云：

> 蓋詩文分平側，而歌詞分五音，又分五聲，又分六律，又分清濁輕重。且如近世所謂〈聲聲慢〉、〈雨中花〉、〈喜遷鶯〉，既押平聲韻，又押入聲韻；〈玉樓春〉本押平聲韻，又押上去聲，又押入聲。本押仄聲韻，如押上聲則協，如押入聲則不可歌矣。❷

「可歌」與「不可歌」是李清照論詞的重點，所以她這麼強調協合音律。劉克莊〈跋劉瀾樂府〉亦云：「詞當叶律，使雪兒、春鶯輩可歌」（《後村大全集》卷一○九），這都是根據詞是供歌妓演唱的觀點來立論。而許多人在分辨詩詞之不同，也強調在於可歌與否，張炎《詞源》論虛字云：「詞與詩不同，詞之句語有二字三字四字至六字七八字者，若堆疊實字，讀且不通，況付之雪兒乎？」詞爲了

---

❷ 同註❽。

可歌,所以句語不能堆疊實字,要運用虛字,句語才能靈活,詩則沒有這方面顧慮。沈義父《樂府指迷》對填詞的標準,首先認爲「音律欲其協,不協則成長短之詩」,也同樣以協律可歌作爲詩詞的區隔。

詞在歌妓長期支配之下,於是有些人想要擺脫歌妓的影響,填詞並不一定要給歌妓演唱,只是藉詞來抒發自己的所思所感而已,也就是以蘇軾爲首的豪放派,他們「以詩爲詞」,把詞當作是一種新體詩來創作,不過分牽就音律,也就是「曲子中縛不住者」（吳曾《能改齋漫錄》卷十六引晁無咎評蘇軾語）,雖然如此,他們還是免不了要「著腔子唱好詩」（同上引晁無咎評黃庭堅語）,換句話說,他們固然可以不完全符合歌妓的唇吻標準,但仍舊需要按照詞調的格律填詞,依樣畫壺蘆,填出詞的模樣。沈義父《樂府指迷》云:

> 近世作詞者不曉音律,乃故爲豪放不羈之語,遂借東坡、稼軒諸賢自諉。諸賢之詞,固豪放矣,不豪放處,未嘗不叶律也。如東坡之〈哨徧〉、楊花〈水龍吟〉,稼軒之〈摸魚兒〉之類,則知諸賢非不能也。

可見豪放派的詞人並沒有完全擺脫「能歌可唱」的範式,因爲詞本來就是供歌妓演唱的,這種影響極爲深遠。

(四)在造語用字方面。詞爲了配合歌妓演唱,自然以審音合律爲首要,而造語用字也是要按照這項原則,使歌者「口吻調利」,唱來順口,聽者清楚易懂,聞即入耳。因此要避免用典、避掉書袋、賣弄學問,使詞確實能達到「老嫗皆解」,造語用字一定要口語化、通俗化。柳永的詞之所以能夠透過歌妓傳播,達到「凡有井水飲處,

即能歌柳詞」（葉夢得《避暑錄話》卷下）的境地，其主要原因在於文字通俗。當然有些士大夫不願隨俗，他們使詞走向雅化、詩化，其作品的傳播就比不上柳永，胡仔《苕溪漁隱叢話》卷三十九引《藝苑雌黃》云：「柳之樂章，人多稱之。然大概非羈旅窮愁之詞，則閨門淫媟之語，若以歐陽永叔、晏叔原、蘇子瞻、黃魯直、張子野、秦少游輩較之，萬萬相遼。彼其所以傳名者，直以言多近俗，俗子易悅故也。」姑不論柳永與歐陽修等人的成就如何，但單就柳永的詞「言多近俗」，符合歌妓口吻，所以能廣爲流傳則是事實。

除了通俗化、口語化之外，詞的造語用字也要符合歌妓女子的身分，詞既然要透過檀口櫻唇以發妙音，則必須要儘量運用女性的的語言，選擇柔媚的文字，如此歌妓才容易將其感情融入，俾使歌藝發揮到極致。元陸輔之《詞旨》卷下曾摘錄宋代名家詞句用字精鍊者，稱爲「詞眼」，共二十六則，如：「燕嬌鶯姹」、「綠肥紅瘦」、「寵柳嬌花」、「籠燈燃月」、「醉雲醒雨」、「柳暗花瞑」、「玉嬌香怨」、「蝶淒蜂慘」、「愁羅恨綺」、「移紅換紫」、「選歌試舞」、「三生春夢」等，無一不是如此，可見詞的造語用字亦無法脫離歌妓的影子。

四、宋代歌妓繁盛對詞體內容之影響

張炎《詞源》論「賦情」云：「簸弄風月，陶寫性情，詞婉於詩；蓋聲出鶯吭燕舌間，稍近乎情可也。」張炎論詞主張「雅正」，但也不得不承認詞適合寫風月情懷的優點，而且詞要透過歌妓的傳播，他只得說：「稍近乎情可也。」事實上，宋代文人運用詞體所

表現出來的，不僅稍近乎情而已，而大多是整個情感的融入。錢鍾書在評論宋詩時說：「宋代五七言詩講『性理』或『道學』的多得惹厭，而寫愛情的少得可憐。宋人在戀愛生活裏的悲歡離合不反映在他們的詩裏，而常常出現在他們的詞裏。……據唐宋兩代的詩詞看來，也許可以說，愛情，尤其是在古代禮教眼開眼閉的監視之下那種公然走私的愛情，從古體詩裏差不多全部撤退到近體詩裏，又從近體詩裏大部分遷移到詞裏。」⑬錢氏的見解相當正確,而宋人「公然走私的愛情」對象是誰呢？就是那些色藝雙全爲他們唱詞的歌妓。所以宋代歌妓變成宋詞的表現主體，對詞體內容產生極深遠的影響，約可從下列幾點敘述。

　　㈠歌妓的容貌、姿態及才藝，爲宋代詞體內容的大宗。歌妓的社會地位雖然不高，但她們都擁有動聽的歌喉及優美的體態，在藝術表演過程中特別容易引人注目，因此她們的一顰一笑、舉手投足，從髮型到鞋樣，無不被寫入詞中，如寫髮型：「高鬟照影翠煙搖」（張先〈西江月〉）、「寶髻鬆鬆挽就」（司馬光〈西江月〉）、「粉圓雙蕊髻中開」（晏幾道〈鷓鴣天〉）、「蟬鬢寶鈿浮動」（賀鑄〈鷓鴣天〉）；寫臉、眉：「羞臉粉生紅」（晏幾道〈臨江仙〉）、「香靨凝羞一笑開」（秦觀〈浣溪沙〉）、「露蓮雙臉遠山眉」（晏殊〈訴衷情〉）、「靚妝眉沁綠」（晏幾道〈臨江仙〉）、「嬌眼橫波眉黛翠」（蘇軾〈減字木蘭花〉）；寫肌膚：「肌肉過人香」（張先〈夢仙鄉〉）、「玉如肌」（歐陽修〈長相思〉）、「膚瑩玉」（蘇軾〈訴衷情〉）；寫手、手指：「纖

⑬　見錢鍾書：《宋詩選注》（臺北：木鐸出版社，1980年6月），序，頁9－10。

纖素手如霜雪」（蘇軾〈勸金船〉）、「玉指纖纖嫩剝蔥」（歐陽修〈望江南〉）；寫腰肢：「英英舞腰肢軟」（柳永〈柳腰輕〉）、「楚女腰肢天與細」（歐陽修〈減字木蘭花〉）；寫衣著、鞋樣：「兩重心字羅衣」（晏幾道〈臨江仙〉）、「裙帶石榴紅」（蘇軾〈南鄉子〉）、「揉藍衫子杏黃裙」（秦觀〈南歌子〉）、「文鴛繡履」（張先〈減字木蘭花〉）、「從伊便、窄襪弓鞋」（黃庭堅〈滿庭芳〉）等等，實不勝枚舉。

　　而對歌妓才藝的描寫，也是宋代詞人所擅長，如張先寫歌妓彈琵琶、胡琴的美妙樂音，曾創造了許多形象化的語言：「啄木細聲遲，黃蜂花上飛」（〈醉垂鞭〉）、「嬌春鶯舌巧如簧，飛在四條絃上」（〈西江月〉）、「盡書撥，抹幺絃，一聲飛露蟬」（〈更漏子〉）；寫歌妓優美的歌喉，也有極吸引人之處：「不須回扇障清歌，脣一點、小於珠子，正是殘英和月墜，寄此情千里」（〈師師令〉）、「聲宛轉，疑隨煙香悠颺，對暮林靜，寥寥振清響」（〈慶春澤〉），另外歐陽修的一首〈減字木蘭花〉，寫歌妓唱詞的情景尤其生動：

　　　　歌檀斂袂。繚繞雕梁塵暗起。柔潤清圓。百琲明珠一線穿。
　　　　櫻脣玉齒。天上仙音心下事。留住行雲。滿坐迷魂酒半醺。

詞除了從正面描寫歌妓唱歌的動態、及柔潤清圓、餘音繞梁的歌聲外，結拍更從如痴如醉的聽眾襯托演唱之成功。

　　㈡歌妓是宋代詞人愛情的主要對象，使離愁別緒、相思互慕的內容充滿詞篇。宋代詞人與歌妓發生愛情，成為詞作的本事，在詞話中俯拾皆是，如張先的〈謝池春慢〉（繚繞重院），宋楊湜《古今詞話》載：

張子野往玉仙觀，中路逢謝媚卿，初未相識，但兩相聞名。
子野才韻既高，謝亦秀色出世，一見慕悅，目色相授。張領
其意，緩轡久之而去，因作〈謝池春慢〉以敘一時之遇。❶

這是典型的男才女貌、一見鍾情的愛情故事。又如周邦彥的〈點絳
唇〉（遼鶴西歸），王灼《碧雞漫志》卷二載：

周美成初在姑蘇，與營妓岳七楚雲者游甚久，後歸自京師，
首訪之，則已從人矣。明日飲於太守蔡巒子高坐中，見其妹，
作〈點絳唇〉曲寄之云云。

這是另一種失意的愛情故事。更有朋友為歌妓爭風吃醋，以致反目
動刀的情事，周密《浩然齋詞話》載：

劉過改之嘗遊富沙，與友人吳仲平飲於吳所歡吳盼兒家，嘗
賦詞贈之。所謂「雲一窩。玉一梭。淡淡衫兒薄薄羅。輕顰
雙黛蛾」，盼遂屬意改之。吳憤甚，挾刃刺之，誤傷其妓，
遂悉繫有司。時吳居父為帥，改之以啟上之云：「韓擒虎在
門，顧麗華而難戀，陶朱公有意，與西子以偕來。」居父遂
釋之，然自是不復合矣。改之有「春風重到憑闌處，腸斷粧
樓不忍登」，蓋為此耳。❶

宋人詞話記載詞的本事往往不太可信，但以上三則故事至少也代表

---

❶ 唐圭璋：《詞話叢編》（臺北：新文豐出版公司，1988年2月），冊1，頁
24。

❶ 同前註，冊1，頁223。

詞人與歌妓錯綜複雜的愛情，有相慕、有失戀、有爭風吃醋，我們明白宋代歌妓是引發詞人的愛情泉源之後，看到流連秦樓楚館的柳永、晏幾道、秦觀，或岸然位居中樞的晏殊、歐陽修等，均有那麼多情意深厚、相思離愁的作品，也將會視為當然或不覺訝異了。

㈢歌妓的不幸遭遇，無論歌妓自述或詞人代言，都增加詞體內容的社會性。歌妓不斷的唱詞，久而久之，自然對詞體的填作，亦略窺一二，如杭妓琴操，不僅能指出一倅閒唱秦觀〈滿庭芳〉詞之失誤，並且將此詞改作陽字韻，而得到蘇軾的稱賞❶。加上歌妓常有機會與文人接觸來往，受其薰陶，提昇了文學素養，故歌妓中不乏善詞者，由於彼等無社會地位，作品常湮沒無聞，但《全宋詞》從宋人筆記、詞話中亦收錄有不少歌妓的作品，較知名者如：成都樂妓陳鳳儀、瀘南妓盼盼、蘇州官妓蘇瓊、長沙妓譚意哥、都下肢聶勝瓊、成都妓趙才卿、天台營妓嚴蕊等，她們的作品雖然也不離相思別愁，但由於她們處在不平等的地位和人家談愛情，能像都下妓聶勝瓊有美滿結局者畢竟少數❷，她們終究擺脫不了社會價值觀之下愛情受害者的宿命，所以同樣是相思別愁，她們寫得特別淒涼悲愴，

---

❶ 〔宋〕吳曾：《能改齋漫錄》（臺北：木鐸出版社，1982年5月），卷16，頁483。

❷ 楊湜《古今詞話》載：「李公之問儀曹解長安幕，詣京師改秩。都下聶勝瓊，名娼也，資性慧黠，公見而喜之。李將行，勝瓊送之別，飲於蓮花樓，唱一詞，末句曰：『無計留君住，奈何無計隨君去。』李復留經月，為細君督歸甚切，遂別。不旬日，聶作一詞以寄之，名〈鷓鴣天〉曰…，李在中路得之，藏於篋間。抵家為其妻所得，因問之，具以實告。妻喜其語句清健，遂出粧奩資募，後往京師取歸。瓊至，即棄冠櫛，損其粧飾，奉承李公之室以主母禮，大和悅焉。」見同註❶，頁43－44。

如陳鳳儀〈一絡索〉送成都太守蔣龍圖如此寫著：「此去馬蹄何處？沙堤新路。禁林賜宴賞花時，還憶著、西樓否？」趙才卿在送都鈐帥席上作〈燕歸梁〉寫道：「漢主拓境思名將，捧飛詔欲登途。從前密約盡成虛。空贏得，淚流珠。」陳、趙兩人的作品反映出那些官員只顧自己仕途之得意，無視歌妓愛情之存在，歌妓充其量是逢場作戲的對象而已，深刻表達歌妓心裏的無奈與悲哀。另有一位不知名的蜀中妓，她寫一首送行的〈市橋柳〉，如此道：「後會不知何日又。是男兒、休要鎮長相守。苟富貴、無相忘，若想忘，有如此酒。」她很識大體又很堅強地鼓勵愛人去追求功名富貴，不要因兒女情長妨害前途，最後卻也掩不住自己內心的恐懼、矛盾，因男人富貴之後常常另結新歡，怎會在意她這樣身分卑微的歌妓呢？所以只好拿起酒來與對方共誓，希望對方富貴之後不要相忘。而最令人同情的，莫過於嚴蕊，她因政治因素受到朱熹的迫害[18]，寫出一首〈卜算子〉，詞開頭道：「不是愛風塵，似被前身誤」，反映歌妓淪落風塵之無奈，結尾又道：「若得山花插滿頭，莫問奴歸處」，表現歌妓對恢復自由之渴望。諸如此類歌妓的悲哀，是社會上歌妓階層的普遍現象，幸好她們能詞，透過作品申訴自己的不幸遭遇，

---

[18] 王奕清等撰《歷代詞話》卷八引《雪舟脞語》載：「唐仲友知台州，晦庵為浙東提舉，互相申奏。壽皇問宰執兩人曲直。對曰：『秀才爭閒氣耳。』仲友眷官妓嚴蕊奴，晦庵繫治之。及晦庵移去，提刑岳霖行部至台，蕊乞自便。岳問曰：『去將安歸？』蕊賦〈卜算子〉云云，岳笑而釋之。」見同注[14]，冊2，頁1242。但王國維《人間詞話刪稿》認為此詞係仲友戚高宣教作，使蕊歌以侑觴者，見朱子糾唐仲友奏牘。」見同註[14]，冊5，頁4264。唐圭璋：《全宋詞》（臺北：世界書局，1976年10月）根據《夷堅支志》庚卷10，仍定此詞為嚴蕊作，今從之。

不但爲詞體增添有血有淚的內容，也爲歷史留下最眞確的見證。

　　另外有不少詞人悲憫歌妓，將她們可憐的身世遭遇形諸筆墨，成爲歌妓的代言人，如柳永《樂章集》中的許多作品，皆寫歌妓的理想與願望，表達歌妓內心的痛苦和作者對歌妓的深切同情。他的〈集賢賓〉寫道：「縱然偷期暗會，長是匆匆。爭似和鳴偕老，免教斂翠啼紅」、〈迷仙引〉亦寫道：「萬里丹霄，何妨攜手同歸去。永棄卻、煙花伴侶。免教人見妾，朝雲暮雨」，說出了歌妓希望過正常的夫妻生活，早日擺脫苦海的理想，可是她們的願望大多落空，所以〈少年游〉如此寫著：「一生贏得是淒涼。追前事、暗心傷。……王孫動是經年去，貪迷戀、有何長？」眞是道盡歌妓的心酸。晏殊也有一首題作「贈歌者」的〈山亭柳〉：

　　　家住西秦。賭博藝隨身。花柳上、鬥尖新。偶學念奴聲調，有時高過行雲。蜀錦纏頭無數，不負辛勤。　　數年來往咸京道，殘盃冷炙謾消魂。衷腸事、託何人。若有知音見採，不辭徧唱陽春。一曲當筵落淚，重掩羅巾。

作者透過歌妓自述的筆法，寫一位曾盛極一時的歌妓，因年老色衰而被遺棄的不幸遭遇，充分反映出社會上這群出賣色藝的歌妓，在美人遲暮之後的共同悲哀，令人同情。

　　㈣歌妓的淒涼身世，成爲詞人個人遭遇或家國衰敗的寄託，提昇了詞體的意境。自從屈原在《楚辭》中大量運用美人香草爲象徵之後，在文學作品中，絕代佳人與曠古才士、美人晚景與烈士暮年往往被融合在一起，歌妓大都色藝雙絕，具有突出的社會形象，可是她們出身寒微，淪落紅塵，多半晚境淒涼，這與才德之士沈淪下

僚的矛盾情形諸多吻合，因此「相逢何必曾相識，同是天涯淪落人」，文學作品的感興寄託便由此展開了。宋代歌妓繁盛，詞人失意挫折之際，常從歌妓的淒涼身世，映照作者懷才不遇，有志難伸的背影，前面所舉的晏殊〈山亭柳〉，表面固然是描述歌妓遭棄的不幸遭遇，但隱隱約約中也流露出作者憂傷哀怨的心情，爲何如此呢？鄭師因百說：「此詞云西秦咸京，當是知永興時作。時同叔年逾六十，去國已久，難免抑鬱；此詞慷慨激越，所謂借他人酒杯澆胸中塊壘者也。」❶所論極是。另外又如劉克莊的〈賀新郎〉〈妾出於微賤〉，題作「席上聞歌有感」，作者也是以歌妓自述的筆法，上闋自陳出身微賤，熟諳弦管，慕〈國風〉之正聲，無意競逐浮華淫麗之俗曲；下闋感嘆知音難遇，平生所持〈離鸞〉之操，竟曲高和寡，無人賞識。表面上是寫歌妓，其實是作者抒發個人懷才不遇的感嘆。蔣哲倫分析此詞說：「劉克莊生活在奸佞當道，黨爭激烈的時代，一生四次遭受迫害，被罷去官職。但始終堅持愛國愛民的理想，堅持正義，與奸佞作鬥爭。詞中以正聲比喻正義，以歌女的潔身自好，比喻自己堅守節操、不能同流合污的精神。」❷將作者遭遇與歌妓身世結合在一起，頗有見地。劉克莊的朋友趙以夫，曾用同調次韻這首詞，下半闋云：「少時聲價傾梁苑。到中年、也曾落魄，霧收雲卷。待入漢庭金馬去，灑筆長江袞袞。好留取、才名久遠。」借用司馬相如的典故安慰劉克莊，更能顯示劉克莊以歌妓自況之不誣。

---

❶　鄭師因百：《詞選》（臺北：中國文化大學出版部，1982年2月），頁29。

❷　見《唐宋詞鑑賞辭典·南宋遼金卷》（上海：上海辭書出版社，1988年8月），頁1917。

另外還有亂世詞人藉著歌妓寄托家國之痛、禾黍之悲。如南北宋之交的詞人朱敦儒，在北宋時期過著是「花間相過酒家眠」（〈臨江仙〉）、「佳人挽袖乞新詞」（〈鷓鴣天〉）的浪漫生活，宋室南渡後，他曾寫一首〈鷓鴣天〉：

> 唱得梨園絕代聲，前朝惟數李夫人。自從驚破霓裳後，楚奏吳歌扇裏新。　秦嶂雁，越溪砧。西風北客兩飄零。尊前忽聽當時曲，側帽停杯淚滿巾。

李夫人即北宋汴京名妓李師師，封瀛國夫人[21]。作者透過李師師唱詞的風靡絕代，代表過去北方的繁華，而以忽聽當時舊曲，引發對中原故土的懷念，使婉艷柔媚的詞體，也能夠具有反映時代的使命。南宋遺民詞人張炎，其詞集亦有大量與歌妓相關的作品，某些在入元之後完成的，大都寄托了深沈的故國之思，如〈國香〉（鶯柳煙堤），詞序云：「沈梅嬌，杭妓也，忽于京都見之。把酒相勞苦，猶能歌周清眞〈意難忘〉、〈臺城路〉二曲，因囑余記其事。詞成，以羅帕書之。」詞中寫道：「相看兩流淚，掩面凝羞，怕說當時。」又如〈霜葉飛〉（繡屏開了），詞序云：「毗陵道中聞老妓歌」，下闋寫道：

> 同時流落殊鄉，相逢何晚，坐對眞被花惱。貞元朝士已無多，但墓煙衰草。未忘得春風窈窕。　卻憐張緒如今老。且慰我留連意，莫說西湖，那時蘇小。

---

[21]　〔宋〕周密：《浩然齋詞話》，見同註[14]，冊1，頁232。

作者都藉著「同是天涯淪落人」,與歌妓相看流淚,表達了亡國的悲痛。清朱彝尊曾作一首〈解珮令〉(十年磨劍)自題詞集道:「老去填詞,一半是、空中傳恨,幾曾圍、燕釵蟬鬢?」或許就是這類作品的最佳註腳吧!

五、宋代歌妓繁盛對詞體風格之影響

宋代歌妓之繁盛,固然顯示出宋人喜歡聽歌唱詞,但如果我們進一步觀察,將會發現宋人有獨重女音的癖好。北宋中期有一位詞人李薦,曾寫一嘲笑善謳老翁的詞〈品令〉:

> 唱歌須是,玉人檀口,皓齒冰膚。意傳心事,語嬌聲顫,字如貫珠。　　老翁雖是解歌,無奈雪鬢霜鬚。大家且道,是伊模樣,怎如念奴。

這首詞很清楚反映時代風尚,宋人不僅喜歡聽歌,而且還要注意歌者的姿色,真是極盡耳目之娛,在這種情況之下,整個歌壇變成年輕貌美歌妓的天下,因此也對詞體風格造成影響。王灼《碧雞漫志》卷一曾對這種現象提出批評:

> 古人善歌得名,不擇男女。…唐時男有陳不謙、謙子意奴、高玲瓏、長孫元忠、侯貴昌……。女有穆氏、方等、念奴、張紅紅、張好好、……。今人獨重女音,不復問能否。而士大夫所作歌詞,亦尚婉媚,古意盡矣。

批評歸批評,宋人獨重女音而造成詞體風格婉媚則是事實。為什麼

會如此呢？詞人填詞爲了讓歌妓演唱，所以無論形式或內容都要配合女性之特質，如創製纏綿婉約的新詞調，選擇陰柔秀麗的字眼，大量地抒發風月情懷等，使詞不得不走向婉媚的風格。關於這點，宋人也已經有了自己的立場，他們強調詞的當行本色，無一不是針對詞要符合歌妓演唱的基本要求，能夠符合歌妓演唱的，就是本色，不能夠符合的，則非本色，陳師道《後山詩話》云：

> 子瞻以詩爲詞，如教坊雷大使之舞，雖極天下之工，要非本色。

教坊雷大使之舞，指的是男人跳舞，跳得再好，也不是本色，這個比喻是深具意義的，它和俞文豹《吹劍續錄》所載：「學士詞，須關西大漢，執鐵板唱『大江東去』。」有異曲同工之妙，其言外之意，指的是東坡詞不適合歌妓演唱，所以並非本色。相對的，劉克莊在〈翁應星樂府序〉說：「長短句當使雪兒、囀春鶯輩可歌，方是本色。」（《後村大全集》卷九十七），其他同樣強調詞要符合歌妓演唱的，如王炎〈雙溪詩餘自序〉：「蓋長短句宜歌而不宜誦，非朱唇皓齒無以發其要妙之聲。」（四印齋匯刻《宋元三十一家詞》）、張炎《詞源》論「字面」云：「蓋詞中一個生硬字用不得，須是深加煅煉，字字敲打得響，歌誦妥溜，方爲本色語。」由以上本色、非本色之辨，可瞭解到宋人正在建立一種以歌妓爲主體的詞學觀，當然也有不少反對聲浪，如胡仔在《苕溪漁隱叢話》後集卷二十六就直接指摘後山的話不對，認爲東坡詞傑出者如「大江東去」等十餘首，皆「絕去筆墨畦徑間，直造古人不到處，眞可使人一唱而三嘆。」姑不論兩者孰是孰非，在歌妓繁盛的時代，詞體風格的走向勢必無

法擺脫歌妓的影響，這也是為什麼前人總把詞體風格定位在「婉約」、「柔媚」的風格上，尤其在與詩比較時更能凸顯這種風格，如張炎《詞源》論「賦情」云：「簸弄風月，陶寫性情，詞婉於詩」、王又華《古今詞論》引李東琪的話說：「詩莊詞媚，其體元別」、田同之《西圃詞說》引魏塘曹學士云：「詞之為體如美人，而詩則壯士也。如春華，而詩則秋實也。如夭桃繁杏，而詩則勁松貞柏也。」分辨詩詞風格之不同均極有見地。

詞體既然為了適應「燕釵蟬鬢」之環境，「雪兒、春鶯」之檀口，而很自然地形成了婉媚的風格之後，另有一批以蘇東坡為主的豪放派詞人努力想突破這種框架，也有他們的成就。但在歌聲鬢影中，婉媚風格的主旋律一直在宋代詞境迴蕩著，即使它已不再受限於歌妓之演唱時亦是如此，沈義父《樂府指迷》論「詠花卉及賦情」時說：「作詞與詩不同，縱是花卉之類，亦須略用情意，或要入閨房之意。然多流淫艷之語，當自斟酌。如只直詠花卉，而不著些艷語，又不似詞家體例，所以為難。」另外王炎《雙溪詩餘自序》也說：「長短句名曰『曲』，取其曲盡人情，惟婉轉嫵媚為善，豪壯語何貴焉？」（四印齋彙刻《宋元三十一家詞》）所以他雖然「家貧清苦，終身無絲竹，室無姬侍，長短句之腔調，素所不解」（見同上），但他還是寫了不少「纖手行杯紅玉潤，滿眼花枝，雨過臙脂嫩」（〈蝶戀花〉）、「老來尚可花邊飲，惆悵相攜失玉人」（〈鷓鴣天〉）等風格婉媚的作品，由此可見，宋代歌妓對詞體風格影響之深遠了。

六、結　語

　　詞是配合燕樂歌唱的文字，屬於音樂文學，宋代歌妓繁盛，宋人獨重女音，整個歌壇皆是鶯吭燕舌之聲，在這種情況之下，詞體受到了極大的影響。由前面的探討分析，我們當可瞭解，詞體的形式，無論在詞調創新、詞調長短、審音協律、造語用字等各方面，都與歌妓演唱有密不可分的關係。而詞體的內容，歌妓也成為宋詞的表現主體，歌妓的容貌、姿態及才藝，為宋代詞體內容的大宗；歌妓是宋代詞人愛情的主要對象，使離愁別緒，相思互慕的內容充滿詞篇；另外歌妓的不幸遭遇，無論歌妓自述或詞人代言，都增加了詞體內容的社會性；還有一些詞人，將歌妓的淒涼身世，變為其個人遭遇或家國衰敗的寄託，提昇了詞體的意境；凡此種種，都顯示出歌妓在詞體內容中的重要性。文學的形式、內容決定了風格，然而詞要交付歌妓演唱，其形式、內容都要配合女性之特質，因此也造就了詞體婉媚的主要風格。由宋代歌妓繁盛對詞體影響的諸多現象，讓我們深深體會到，任何一種文體的發展興盛，與社會脈動息息相關，詞體要不是經過宋代詞人與歌妓的密切合作，相信也就不會成為一代之文學了。

　　　　——原載《第一屆宋代文學研討會論文集》（高雄：麗文文化事
　　　　　業公司，1995 年 5 月），頁 209－235。

壽詞與宋人的生命理想

一、前　言

　　生，是生命的開始，死，是生命的結束，自古以來，生死一直被當作大事。慶生的習俗雖然由來已久，顏之推《顏氏家訓·風操》卷二載：「江南風俗，兒生一期，爲製新衣，盥浴裝飾，……親表聚集，致讌享焉。自茲已後，二親若在，每至此日，嘗有酒食之事耳。無教之徒，雖已孤露，某日皆爲供頓，酣暢聲樂，不知有所感傷。」可見南朝民間已有慶生之情事。但古代朝廷只有上壽之禮，並未見有慶生之禮，有，則從唐明皇開始。翟灝《通俗編·儀節·生日》卷九考證說：「《唐書》：『太宗謂長孫無忌曰：某月日是朕生日，世俗皆爲歡樂，在朕翻爲感傷。』按：歷代人主生日，宴樂爲壽，實盛于唐，明皇開元十七年八月，上以生日宴百官花萼樓下，百官上表，請以每歲八月五日爲千秋節，由是代襲爲典；士夫亦略觀效，慶賀成俗。」由於唐代爲朝廷慶生之開端，文學作品反映這方面的內容尚不多見，就詞而言，僅能找到少數賀壽的作品，如《敦煌曲》的〈拜新月〉（國泰時清晏）、〈虞美人〉（再安社稷垂衣理）、〈感皇恩〉（四海天下及諸州），張說〈舞馬詞〉（綵旄八佾成

行），王建〈宮中三臺〉（池北池南草綠），司空圖〈楊柳枝〉（聖主千年樂未央）等，這些大都僅限於頌揚君主，對象並未遍及各階層。

到了宋代，整個情況有很大的轉變，文學作品與慶生風氣密切結合，從北宋開始已逐漸流行壽詞，在北宋後期以至南宋，可說興盛到極點，這時候幾乎沒有文人不用詞來祝壽慶生的，不僅祝賀皇上、太后、宰執、長官、同僚、朋友，也祝賀父母、兄弟、妻子、兒女，更有自壽的，壽詞的對象非常廣泛，詞成為祝壽慶生的重要工具，祝壽慶生也變成宋詞的重要內容。

由於祝壽慶生是應酬性的禮儀，因此壽詞的題材難免受到許多限制，要脫俗創新並非易事，宋代的詞論家就曾發出壽詞難作之嘆，如張炎《詞源》卷下說：「難莫難於壽詞。倘盡言富貴，則塵俗；盡言功名，則諛佞；盡言神仙，則迂闊虛誕。當總此三者而為之，無俗忌之詞，不失其壽可也。」❶沈義父《樂府指迷》也說：「壽曲最難作。切宜戒壽酒、壽香、老人星、千春百歲之類。須打破舊曲規模，只形容當人事業才能，隱然有祝頌之意方好。」❷

壽詞固然難作，而後人對它的評價又是如何呢？很可惜的，我們所看到的大都是負面的批評，如況周頤《蕙風詞話續編》卷一說：「宋人多壽詞，佳句卻罕觀。」❸劉毓盤《詞史》也說：「詞之宗宋，猶詩之宗唐，然而賀壽惡詞，賢者不免，亦風雅之衰也。」❹其他針

---

❶ 唐圭璋：《詞話叢編》（臺北：新文豐出版公司，1988年2月），冊1，頁266。

❷ 同前註，冊1，頁282。

❸ 同前註，冊5，頁4540。

❹ 劉毓盤：《詞史》（臺北：臺灣學生書局，1972年4月），頁82。

對單一詞家的壽詞作評論時也都持否定的態度，如陸侃如、馮沅君
合著《中國詩史》評晏殊詞說：「《珠玉詞》中實有不少『魚目』，……
所謂『魚目』者，實指下列三種詞：一、祝壽的詞，……二、詠物
的詞，……三、歌頌昇平的詞，……這三種詞約占《珠玉詞》的三
分之一，就中壽詞尤多。這三種詞大都無內容，少風致，讀之味如
嚼蠟；而壽詞尤劣。」❺因此一般詞選對壽詞也都排斥不錄，如朱彝
尊《詞綜・發凡》說：「宣、政而後，士大夫爭爲獻壽之詞，聯篇
累牘，殊無意味，至魏華父（魏了翁）則非此不作矣。是集於千百之
中，止存一二，雖華父亦置不錄也。」❻

　　雖然歷來的詞論家對壽詞大加抨擊，但個人希望能跳脫前人的
成見，在撰寫〈從詞的實用功能看宋代文人的生活〉一文中，有部
分關係到壽詞，曾以宏觀的立場給壽詞如下的肯定：「壽詞眞正可
貴之處，是文人能把詞打入莊嚴的生活層面，壽辰是很隆重的日子，
將原本歌女口中輕佻的詞體，用來祝壽，使詞登上大雅之堂，爲各
階層所喜愛，它促進詞體發達則不無貢獻，我們從這麼多的壽詞，
從祝壽對象的廣泛，或自壽、壽妻子，可看出宋代文人生活輕鬆活
潑、溫馨祥和的一面。」❼近年來林玫儀有〈稼軒壽詞析論〉，李晉
棠、陳北祥合撰有〈稼軒祝壽詞思想內容評析〉，皆一致給稼軒壽
詞許多正面的評價。❽可見這些應酬文字，還是含有作者的情感、思

---

❺　陸侃如、馮沅君：《中國詩史》（臺北：明倫出版社，1969年1月），頁620
　　−621。

❻　朱彝尊：《詞綜・發凡》（臺北：世界書局，1980年5月），頁7。

❼　《國立編譯館館刊》20卷2期（1991年12月），頁39。

❽　林玫儀：〈稼軒壽詞析論〉，《中國文哲研究集刊》2期（1992年3月），

想在裡面，不容一筆抹煞。

最近個人經常翻閱《全宋詞》中有關的壽詞，並參閱侯健主編的《歷代祝壽詩詞欣賞》（北京：作家出版社，1991 年 3 月），及劉尊明撰的〈宋代壽詞的文化內蘊與生命主題〉一文（《中國文哲研究通訊》3 卷 2 期〔1993 年 6 月〕，頁 56－75），再度引起我對壽詞內在生命的關注。生日既然是一個人生命的開端，隨著歲月的增長，每年遭逢此日，不管是自己過生日或為別人祝壽，詞作裏面必蘊含有作者對生命的期許，正如現代人用蛋糕慶生，點蠟燭許願一般，表面上固然行禮如儀，而所說出來的願望卻往往是生命中的一種理想，即使是為別人頌禱祈願，在「己所欲施於人」的情況下，也常常隱含作者自己的生命希望。因此本文擬透過這些以往不受人重視的壽詞，以窺宋人生命理想的究竟。

二、珍惜生命──健康長壽的期望

人生苦短，這是人類與生俱來的悲哀，聖者如孔子，也曾發出「逝者如斯夫，不舍晝夜」（《論語·子罕篇》）之感嘆，更何況多愁善感的文人呢？於是乎諸如此類的詩句：「生年不滿百，常懷千歲憂」（《古詩十九首》）、「對酒當歌，人生幾何」（曹操〈短歌行〉）、「人壽百年能幾何，後來新婦今為婆」（晉·無名氏〈休洗紅二首〉之一）、「人生七十古來稀」（杜甫〈曲江二首〉之二），可謂俯拾皆是；

頁 275－289。李晉棠、陳北祥合撰：〈稼軒祝壽詞思想內容評析〉，《海南師院學報》1993 年 1 期，頁 59－65。

在宋詞的藝苑裏，感慨人生短暫的句子：「兔走烏飛不住，人生幾度三臺」（晏殊〈清平樂〉）、「人生如逆旅，我亦是行人」（蘇軾〈臨江仙〉）、「世事短如春夢，人情薄似秋雲」（朱敦儒〈西江月〉）、「嘆人生相逢百年歡笑，能得幾回又」（何夢桂〈摸魚兒〉），亦充斥字裡行間。在感慨之餘，相對的，健康長壽也變成人類共同的願望。從古老的民歌《詩經》裏頭，就有許許多多祈壽的句子：「爲此春酒，以介眉壽」（〈豳風·七月〉）、「稱彼兕觥，萬壽無疆」（同上）、「如南山之壽，不騫不崩」（〈小雅·天保〉）、「樂只君子，萬壽無期」（〈小雅·南山有臺〉）、「以孝以享，以升眉壽」（〈周頌·載見〉）等等，難怪程節齋〈沁園春〉（壽許宰二月初一）開頭即云：「三百篇詩，三十六篇，以祈壽言」❾，這並非虛言。

因此，宋代詞人寫詞祝壽慶生時，無不以祈壽爲主要內容，如晏殊自壽詞〈少年游〉寫道：「家人拜上千春壽，深意滿瓊巵。綠鬢朱顏，道家裝束，長似少年時。」除寫家人滿懷深情捧酒拜壽，也寫自己身體健康，永保年輕。管鑑爲妻壽寫〈鷓鴣天〉，也祝福其妻長壽：「一陽生後逢生日，日漸舒長壽更長」，並希望她青春永駐：「年年一爲梅花醉，醉到千回鬢末霜」。韋驤以〈醉蓬萊〉爲父親慶壽時，一方面慶賀父親享有高壽：「慶事難逢，世間須信，八十遐齡，古來稀少」，一方面又祝禱他能更上一層樓，克享大年：「滿奉金觥，暫停牙板，聽雅歌精禧。惟願增高，龜年鶴算，鴻恩紫詔」。鄒應龍的母親及伯母都是九十多歲人瑞，他在兩首〈鷓鴣

---

❾　本文所引宋人詞作，皆根據唐圭璋：《全宋詞》（臺北：世界書局，1976年10月）。

天〉的壽詞開首寫道:「九十吾家兩壽星」、「壽母開年九十三」,皆直接指出她們的高齡,引以爲榮,在另一首壽母的〈卜算子〉更祝禱說:「無數桂林山,不盡灘江水。總入今朝祝壽杯,永保千千歲。」希望老人家能萬壽無疆。葛勝仲慶賀叔父八十大壽,作〈西江月〉云:「人生七十尚爲稀,況是釣璜新歲。……天教眉壽過期頤,常對風光沈醉。」「釣璜新歲」是用姜尙八十歲垂釣磻溪得玉璜,後遇文王重用典故,點明叔父享有八十高齡值得慶賀,並祝他長壽能達到「期頤之年」(百歲)。另外,葛勝仲獻汲公相國壽所作的〈鷓鴣天〉下片也寫道:「壽彭祖,壽廣成。華陽仙裔是今身。夜來銀漢清如洗,南極星中見老人。」汲公相國,指呂大防,哲宗時封汲國公,並曾擔任宰相,葛勝仲爲他祝壽,以彭祖、廣成、華陽仙裔、南極星等許多與長壽有關的典故,祝他能享高壽。

從以上這些例子,無論自壽、壽親人、或壽長官,他們都以健康長壽相賀,雖然這些都是壽辰無可避免的應酬話,但也反映出他們對生命的共同理想,希望身體健康,長命百歲。宋人大量製作壽詞,頌禱生命永存,這正表現人類對有限生命的珍惜,值得深思。

三、享受生命──美滿家庭的歌頌

中國自古以來即是非常重視家庭的民族,認爲家庭是國家社會安定的重要基礎,正如《禮記·大學》所說:「一家仁,一國興仁;一家讓,一國興讓」,而家庭的和樂與否,是由夫婦之關係開始,《禮記·中庸》云:「君子之道,造端乎夫婦,及其至也,察乎天地」,所以《詩經·桃夭》祝賀人家嫁女兒說:「桃之夭夭,其葉

蓁蓁；之子于歸，宜其家人」，以能和睦夫家爲新娘祝福。

　　詞本是流行於酒樓妓館的歌詞，其內容脫離不了男女之間的情愛，而女主角也大都以歌妓爲主，因此詞中的男女關係帶給人有不太健康的觀感，似乎宋代文人普遍存在著婚外情。但如果我們就壽詞的領域來看，將會發現以詞祝賀妻子生日在當時也頗爲流行。這些壽內的作品並不是道貌岸然光講一些門面話，而充滿丈夫對太太的濃情蜜意，表現出宋代文人家庭生活浪漫的一面。如楊无咎〈漁家傲〉（十月二日老妻生辰）寫道：

　　昨日小春饒得信。明宵新月初生暈。又對壽觴斟九醞。香成陣。歡聲點破梅梢粉。　　琪樹長青資玉潤。鴛鴦不老眠沙穩。此去期程知遠近。君休問。山河有盡情無盡。

詞的上片點明生辰的時節，及慶壽的歡樂，是應景的寫法。下片則寫夫妻間的情感，如琪樹之長青，歷久而彌堅，又如鴛鴦之眠沙，無比恩愛穩固。結語暗示老妻生辰之後，將有遠行，但不管路程遠近，對妻子的感情是永無止境，勝過山高水長。像這樣大膽表達對太太的深情，可以看出宋人感情生活健康的一面。

　　我們常說：「少年夫妻老來伴」，夫妻結褵之後攜手創造家庭，在人生旅途上同甘共苦，將兒女撫育成人，等年老時更是最知心的伴侶，我們看周紫芝這首「內子生日」的〈點絳脣〉：

　　人道長生，算來世上何曾有。玉尊長倒。早是人間少。　　四十年來，歷盡閒煩惱。如今老。大家開口。贏得花前笑。

夫妻歷經四十年的患難，如今白頭偕老，在花前開口談笑，這是多

麼幸福溫馨的畫面,周紫芝用很淺顯自然的文字,表達了夫妻多年來長相廝守的感情,來為自己的太太祝壽,平淡中有深長的韻味。又如力主抗金的志士陳亮,他的壽內詞〈天仙子〉也是如此鶼鰈情深:

> 一夜秋光先著柳。暑力平明羞失守。西風不放入簾幃,僥永晝。沈煙透。半月十朝秋定否。　　指點芙蕖凝佇久。高處成蓮深處藕。百年長共月團圓,女進酒,男稱壽,一點浮雲人似舊。

陳克的太太是七月十五日壽辰,詞的上片便集中描寫夏秋之交的時令特點,說明秋光雖已先反映在柳樹上,但真正的秋天還未到來。下片則寫夫妻恩愛,兒女成人,正如眼前荷花已結蓮藕,並希望能百年好合,共明月團圓,即有一點浮雲(指人生挫折),也不妨礙與太太共度此生,情意可謂纏綿深厚。

　　宋人除在壽詞中表現對太太的深情外,也常以妻賢子孝、家庭和樂為榮,如曹彥約壽妻的這首〈滿庭芳〉:

> 老子今年,年登七十,阿婆年亦相當。幾年辛苦,今日小風光。遇好景,何妨笑飲,依前是、未放心腸。人都道,明明了了,強似簡兒郎。　　幸償。婚嫁了,雙雛藍袖,拜舞稱觴。女隨夫上任,孫漸成行。慚愧十分圓滿,無以報、辦取爐香。頻頻祝,百年相守,老子更清強。

作者與老伴都已是古稀之年,想過去幾十年的含辛茹苦,將兒女撫養長大,如今他們都已成家立業,感覺十分圓滿,這都是老伴的功勞,所以擺宴慶賀,並焚香禱祝,願百年常相廝守,自己身體更清

爽強健。全詞沒有艱澀的話語、高深的道理，但從簡單的家庭成就，卻含有無限的幸福快樂，反映出宋人的生命理想，令我們玩味無窮。所以張綱在自己生日時，寫了一首〈驀山溪〉，表達這樣的願望：「吾今已醉，解作醒時語。千里念重親，望家山、雲天盡處。深深發願，只願早休官，居顏巷，戲萊衣，歲歲長歡聚。」希望早點休官，返家與父母歡聚，這才是人生樂事。李彌遜為太太生日寫的〈醉落托〉也表明：「人生一笑難相屬。滿堂何必堆金玉。但求身健兒孫福。鶴髮年年，同泛清尊菊。」身體健康、家庭美滿即是人生最大的幸福，又何必追求金玉滿堂呢？宋末江萬里壽二親的〈水調歌頭〉則有更高一層的寫法：

> 生日重重見，餘閏有新春。為吾母壽，富貴外物總休論。且說家懷舊話，教學也曾菽水，親意儘欣欣。只此是真樂，樂豈在邦君。　　吾二老，常說與，要廉勤。盧陵幾千萬戶，休戚屬兒身。三瑞堂中綠醑，釀就滿城和氣，端又屬人倫。吾亦老吾老，誰不敬其親。

他認為孝敬雙親，讓家庭和樂融融，這才是真樂，並不在於富貴權位，而今有幸居高位，更須記取雙親教語，為政要廉勤，讓治邑家家戶戶都能奉行孝道，一團和氣，所以作者不僅追求自己家庭幸福美滿，更要使普天之下的家庭幸福美滿，這種胸襟是相當偉大的。

四、發揚生命──功名德業的追求

生命既然是那麼短暫，如何將有限的生命充分發揮，使無形的

生命永留人間，以使自己不朽，這一直是人類追求的一個目標，因
此古人有立德、立功、立言三不朽的說法❿，《古詩十九首·迴車駕
言邁》也寫道：「人生非金石，豈能長壽考？奄忽隨物化，榮名以
為寶」，將不朽的榮名當作寶貝，以彌補人生短暫的缺憾。因此宋
人在壽詞中，也經常表現對功名德業的追求。如陸游祝友人王伯禮
立春日生日的壽詞〈感皇恩〉：

> 春色到人間，綵旛初戴。正好春盤細生菜。一般日月，只有
> 仙家偏耐。雪霜從點鬢，朱顏在。　　溫詔鼎來，延英催對。
> 鳳閣鸞臺看除拜。對衣裁穩，恰稱毬紋新帶。箇時方旋了、
> 功名債。

這首詞是陸游於乾道六年（1170）初任夔州通判所寫，他當時四十六
歲，正渴望受到朝廷的重用。王伯禮擔任夔州路安撫，陸游除對友
人表達美好的祝願外，同時也抒發自己樂觀、積極和渴望獲得功名
的情感。上片寫春天裏的感受，點明祝壽的主題。下片寫對友人的
祝願，希望伯禮能為朝廷重用，獲取功名。結句「箇時方旋了、功
名債」，寫出了詞人祝壽時的最大心願。這些描述，既是對友人而
言的，同時也反映了作者對功名的渴望和追求。⓫又如丘崈為葉夢錫
總領壽的〈洞仙歌〉：

---

❿　見《左傳》（臺北：藝文印書館，1973年《十三經注疏》本），襄公二十
　　四年，頁609。
⓫　參考侯健：《歷代祝壽詩詞欣賞》（北京：作家出版社，1991年3月），頁
　　168－169。

一番好景，近鶯花時候。繞過收燈便晴晝。正熊羆、占夢日，戲綵稱觴，當此際，須信人間未有。　光華分瑞節，粉署蘭臺，誰出如公望郎右。氣如虹，才吐鳳，指掌功名，餘事也，千載猶當不朽。待闢國、清邊取封侯，看肘後、黃金印懸如斗。

詞的上片寫葉總領的生辰在元宵節收燈之後，約正月下旬，故云「近鶯花時候」，這時向他祝壽的景況熱鬧非凡，是人間前所未有。下片則歌頌葉總領的聲望、才華，祝禱他能夠立功邊疆，獲得封侯配黃金印，千載不朽。其他如韓淲次韻倅車壽守的〈水調歌頭〉也寫道：「功名事，臺閣路，好同登。只今報政歸詔，輿論正蜚聲」，祝禱郡守能成就功名，官升臺閣，如今已政績聲譽卓著，不久即可奉詔歸返朝廷。王邁的〈瑞鶴仙〉是壽葉路鈐二月初一生日，詞末祝福道：「對花朝稱，朱顏未老，儘有功名事業。便張韓劉岳傳名，何如一葉。」「張韓劉岳」指南宋中興名將張浚、韓世忠、劉琦、岳飛，作者期勉葉路鈐，將來必能建立功業，留名青史，勝過張韓劉岳四位名將。

　　除了功名的祝頌之外，也有以德業節操相許，這是發揚生命，追求不朽的另一種方式，如黃格壽留守劉樞密的〈水調歌頭〉：

富貴不難致，名節幾人全。渡江龍化，於今，五十有三年。歷數朝堂諸老，誰似武夷仙伯，操行老彌堅。吾道適中否，一柱獨擎天。　湖南北，江左右，屢藩宣。韓公城下，烽火靜、米斗三錢。人願公歸台鼎，我願公歸中隱，九老要齊肩。歲歲祝公壽，風月伴梅仙。

劉樞密指劉珙，孝宗朝累官知樞密院事。黃格在這首壽詞中，特別稱頌他是富貴名節兩全之人，尤其操行更是老而彌堅，鮮有人能望其項背。最後並希望他能歸「中隱」（隱於閒官），不要再操勞於台鼎高位，保持名節，安享「風月伴梅仙」的高雅生活。從作者的稱頌祝願，可見宋人對名節的重視。宋人喜歡梅花，梅花在寒冬挺立崢嶸，是君子節操的象徵，所以黃格用「風月伴梅仙」來表現劉樞密的高風亮節。在高觀國爲梅溪壽的〈東風第一枝〉詞中，則通篇皆以梅花比喻壽星：

> 玉潔生英，冰清孕秀，一枝天地春早。素盟江國芳寒，舊約漢宮夢曉。溪橋獨步，看灑落、仙人風表。似妙句、何遜揚州，最惜細吟清峭。　　香暗度、照影波渺。春暗寄、付情雲杳。愛隨青女橫陳，更憐素娥窈窕。調羹雅意，好贊助、清時廊廟。羨韻高、只有松筠，共結歲寒難老。

梅溪即史達祖，是南宋一位著名詞人，其詞以詠物見長，高觀國與他交誼深厚，常相唱和。由於壽星本身喜歡梅花，自號梅溪，所以作者便從溪邊的梅花寫起，透過梅花來贊頌朋友。其中的用語如「玉潔」、「冰清」、「仙人風表」、「付情雲杳」、「調羹雅意」等，皆融合了梅花與人格，歌頌史達祖的品格、風韻、情操和功績。詞的結尾更云：「羨韻高、只有松筠，共結歲寒難老」，以梅與松竹爲歲寒三友，比喻史達祖是一位有高雅風韻的氣節之士。

從以上壽詞對功名德業的祈祝頌揚，可見宋人不甘於庸碌一生，希望能建功立德，將生命發揚光大，名垂後世。

五、燃燒生命──社會責任的承擔

社會是一個群體，個人生活在群體之中，必須善盡一己之力量，方能維持群體之生存，進而使群體更加發達繁盛，尤其一個有理想的知識分子，更無時無刻念茲在茲以此為己任。如孔子栖栖，突不暇黔為倡行仁政，墨翟遑遑，席不及煖在呼籲兼愛，皆在燃燒一己之生命，為天下蒼生請命。孟子力主性善，高唱仁義，區分王霸，反對功利，曾對齊宣王說：「樂民之樂者，民亦樂其樂。憂民之憂者，民亦憂其憂。樂以天下，憂以天下，然而不王者，未之有也。」（《孟子·梁惠王下》）宋代兩位著名的知識分子──范仲淹及歐陽修，更將孟子的這種思想反映在文學作品中。范仲淹的〈岳陽樓記〉，將「樂以天下，憂以天下」化為「先天下之憂而憂，後天下之樂而樂」的名言，歐陽修〈醉翁亭記〉亦將「與民同樂」思想寄寓在「人知從太守遊而樂，而不知太守之樂其樂也」之文字中，都深深打動後世讀者的心，傳誦不絕。

北宋末年，金人入侵，汴京淪陷，宋室南遷，中原陸沈，這是有宋一朝空前之大變局，史稱「靖康之難」。這個變局之後，對詞體也產生深遠的影響。個人在《宋南渡詞人·自序》曾這麼認為：「金人以異族竊據中原，擄去徽、欽二宗，對宋人而言是奇恥大辱，因此激發起民族尊嚴、愛國熱潮，幾乎每位詞人都有充滿民族意識的作品。本來詞的內容是以風月相思、醉歌綺語為主，被視為『小道』，但經南渡詞人注入這些傷時感事、慷慨憤激的成份，則不當

再被薄爲『小技』了」。⑫其實不止一般的作品，就連酬酢的壽詞，都反映出知識分子的滿腔熱血，欲燃燒生命，恢復失土，中興宋朝。如辛棄疾爲韓南澗尚書壽甲辰歲的這首〈水龍吟〉：

> 渡江天馬南來，幾人眞是經綸手。長安父老，新亭風景，可憐依舊。夷甫諸人，神州沈陸，幾曾回首。算平戎萬里，功名本是，眞儒事，君知否。　　況有文章山斗。對桐陰、滿庭清晝。當年墮地，而今試看，風雲奔走。綠野風煙，平泉草木，東山歌酒。待他年，整頓乾坤事了，爲先生壽。

韓南澗尚書即韓元吉，南澗是他的號，曾官吏部尚書。甲辰歲指孝宗淳熙十一年（1184），當年韓氏六十七歲，閑居上饒之南澗，辛棄疾四十五歲，亦落職家居上饒之帶湖，時相過從。⑬這首詞是藉著祝壽，抒發內心的憤懣不滿，並噴吐自己的豪情壯志。作者一方面爲朝廷無人、神州久久未復，表示無限悲痛；一方面則勇於站出來，糾正一般人妥協保身的錯誤觀念：「平戎萬里，功名本是，眞儒事，君知否」，認爲請纓殺敵，建立功名，才是眞儒；最後並立下宏願：「待他年，整頓乾坤事了，爲先生壽」，以光復河山，重建家國爲職志，全詞鏗鏘大聲，正氣凜然，令人讀了精神爲之一振。辛棄疾這類壽詞還不少，如壽趙漕介菴的〈水調歌頭〉寫道：「聞道清都帝所，要挽銀河仙浪，西北洗胡沙。回首日邊去，雲裏認飛車。」

---

⑫　拙著：《宋南渡詞人》（臺北：臺灣學生書局，1985年5月），自序，頁4。
⑬　繫年根據鄭師因百：《辛稼軒年譜》（臺北：華世出版社，1977年1月），頁74、80。

透過豐富的想像力，寄托他消滅金人，報效國家的熱望。又如壽葉丞相〈洞仙歌〉亦寫道：「好都取山河獻君王；看父子貂蟬，玉京迎駕」，預祝丞相葉衡能收復失土，還都汴京，建立偉大功勛，從中亦表現作者恢復中原的理想抱負。諸如此類的例子，實不能以應酬文字而等閒視之。❹

　　除了辛棄疾外，其他詞人在國家只剩半壁山河時，亦同樣憤慨傷痛，於壽詞中表露對戡定禍亂，中興宋室的期待，如楊炎正壽稼軒的〈滿江紅〉詞：

> 壽酒如澠，拚一醉、勸君休惜。君不記、濟河津畔，當年今夕。萬丈文章光焰裏，一星飛墮從南極。便御風、乘興入京華，班卿棘。　　君不是，長庚白。又不是，嚴陵客。只應是，明主夢中良弼。好把袖間經濟手，如今去補天西北。等瑤池、侍宴夜歸時，騎箕翼。

作者為稼軒之朋友，其詞集《西樵語業》有壽稼軒詞三首，可見兩人交往密切。這首詞透過浪漫手法，豐富想像，以天上列星降生來讚美辛棄疾的才高氣壯。並說他不同於長庚星降生之李白，也不同於漢代客星之嚴子陵，而是明主夢中的良弼。所以希望辛棄疾能發揮天縱英才，掃蕩金人，光復國土，功成之後，再騎箕翼回到列星的行列。「好把袖間經濟手，如今去補天西北」，其實不僅是對辛棄疾的激勵話，也是當時有志之士的共同心聲。我們在南宋的壽詞

---

❹　有關辛棄疾壽詞中寓有愛國思想，可參閱林玫儀：〈稼軒壽詞析論〉、及李晉棠、陳北祥合撰：〈稼軒祝壽詞思想內容評析〉，見同註❽。

中，像這樣呼喚恢復，期待報國的豪言壯語，還經常可見，如趙磻老壽葉樞密（衡）的〈醉蓬萊〉：「飲江胡馬，一望雲旗，倒戈投贄」，及〈鷓鴣天〉：「擎天八柱愈崢嶸。將軍犁卻龍庭後，歲傍鼇山奏太平」；李廷忠壽制帥董侍郎的〈賀新涼〉：「聽取今朝宣閫令，洗盡蠻煙塞霧」；李曾伯甲午壽尤制使的〈水龍吟〉：「旌旗才舉，胡雛馬上，聞風西走。……待官軍，定了長安，貂蟬侍、未央酒」等，皆是南宋知識分子在國家危難之際，欲盡一己之力承擔社會責任的生命理想。

六、優游生命──樂天適性的體悟

孔子在道不行的時候，曾有「乘桴浮于海」的感觸（《論語·公冶長篇》）；在與學生座談言志中，曾晳說：「莫春者，春服既成，冠者五六人，童子六七人，浴乎沂，風乎舞雩，詠而歸。」孔子亦極為讚嘆。（《論語·先進篇》）人生不如意十常八九，大廈將傾，往往非一人之力所能獨支，如何在「盡人事」之後，又能保持「聽天命」之灑脫，這是人生中不可或缺的修鍊。佛教在處理人生的困境時，經常強調因緣、破執，道家則重視自然，倡論逍遙、齊物，這些都頗能打動人心。宋代結合儒釋道的理學盛行，對孔子所罕言的性與天命則有更深一層的體會與發揮，因此，宋人在面對失意挫折時，似乎能保持理性與冷靜，如蘇軾以「超然」之姿遊於物之外，故無往而不樂，在〈定風波〉詞中寫道：「回首向來蕭瑟處，歸去，也無風雨也無晴」，對人生的風雨陰晴，不著於心，故風雨其奈我何？

　　姑不舉一般作品，純粹以壽詞而論，即可反映出宋人在燃燒的生命被澆熄之後，對樂天適性有深刻的體悟，而轉向優游生命的道路來。王千秋爲趙可大生日寫的〈水調歌頭〉詞云：

> 披錦泛江客，橫槊賦詩人。氣吞宇宙，當擁千騎靜胡塵。何事折腰執版，久在泛蓮幕府，深覺負平生。踉蹡眾人底，欲語復吞聲。　　慶垂弧，期賜杖，酒深傾。願君大耐，碧眸丹頰百千齡。用即經綸天下，不用歸謀三徑，一笑友淵明。出處兩俱得，鵁鶄亦鷗鵬。

這首詞上片盛讚趙可大爲允文允武之將才，英勇豪邁，本應受到重用，領軍爲國殺敵，可是卻長久屈居幕府，在眾人底下，忍氣吞聲，深深爲他感到痛惜。下片先呼應慶壽主題，爲他祝賀，接著勉勵他要「大耐」，珍重身體。最後安慰他順應天命，達則兼善天下，窮則獨善其身，出處無不自得，能如此，胸襟開放，海闊天空，即使鵁鶄小鳥，亦可如鷗鵬逍遙遨遊。從詞中慰勉的這番話，宋人在不如意時的退路不是很清楚嗎？

　　宋代在南渡之初，朝野上下想要收復失土，救回徽、欽二宗，尚有一番朝氣，可是後來議和派得勢，只求苟安，不思進取，許多詞人眼見恢復無望，在失意悲觀之際，以佛道思想相慰藉，加上江南山水絕佳，足供逍遙，因此他們以堅強的生命力，突破內心的衝突矛盾，使之歸於平淡悠閒，詞作於是表現曠達高遠的風格，即使壽詞也充滿樂天適性的思想，如周紫芝自壽詞〈水調歌頭〉：

> 白髮三千丈，雙鬢不勝垂。人間憂喜如夢，老矣更何之。蓬

玉行年過了，未必如今俱是，五十九年非。擬把彭殤夢，分
付與癡兒。　　君莫羨，客起舞，壽瓊卮。此生但願，長遣
猿鶴共追隨。金印借令如斗，富貴那能長久，不飲竟何爲。
莫問蓬萊路，從古少人知。

詞題云：「十月六日於僕爲始生之日，戲作此詞爲林下一笑。世固
未有自作生日詞者，蓋自竹坡老人始也。」其語氣頗爲自得⑮。由「未
必如今俱是，五十九年非」句知是紫芝六十歲（紹興十一年，1141）的
作品，這首詞雖爲戲作的生日詞，其實並未脫離言志，詞的上片已
看透人生，認爲人間無論憂喜都是一場夢，所以也就不必計較今是
昨非、彭（長壽）殤（短命）禍福之分別了。下片更進一步表達自己的
願望，不追求富貴，不期待神仙，只要能回歸自然，與猿鶴相隨，
一盃在手，樂聖忘憂，則是人生最大的幸福。其他的詞人在壽詞中
表現厭倦官場，想要歸隱山林，充滿達觀知命、樂天適性思想的句
子，可謂俯拾皆是，如趙鼎丙辰歲生日作的〈賀聖朝〉：「凌煙圖
畫，王侯富貴，非翁雅意。願翁早早乞身歸，對青山沈醉」；黃人
傑自壽的〈祝英臺〉：「貴和富。此事都付浮雲，無必也無固。用
即爲龍，不用即爲鼠。便教老卻英雄，草廬煙舍，也須有、著閒人
處」；李仲光自壽的〈鵲橋仙〉：「詩書萬卷，綺琴三弄，更有新

---

⑮　雖然周紫芝謂最早自作生日詞，其實向子諲在〈江北舊詞〉中，就有〈望
　　江南〉、〈好事近〉爲自己生日而作，即使趙鼎〈賀聖朝〉，丙辰歲（紹
　　興六年，1136年）生日作，都比他還早，只不過周紫芝不自知而已。如果
　　要推本溯源，最早自作生日詞的，應算是晏殊，如〈少年遊〉：「家人拜
　　上千春壽，深意滿瓊卮」、〈漁家傲〉：「誰喚謝娘斟美酒，縈舞袖，當
　　筵勸我千長壽」、〈拂霓裳〉：「慶生辰，慶生辰是百千春」等詞都是。

詞千首。從今日日與遨遊，便是天長地久」；劉克莊丁巳生日作的〈水龍吟〉：「笑先生此手，今堪何用，苔磯上、堪垂釣。……待自賤年甲，繳還官職，換山翁號」；吳潛壽吳叔永文昌、季永侍郎的〈八聲甘州〉：「我亦歸來巖壑，正不妨散誕，笑口頻開。算人間成敗，何用苦驚猜。便江南、求田問舍，把歲寒、三友一圈栽。今宵酒，只消鯨吸，不要論杯」等，無一不看破了紅塵功名富貴，想追求恬然自適的逍遙生活，這些作品，對長久處在紛擾汲營的芸芸眾生，無異是一帖清涼劑。

七、結　語

人的生命，就有形的肉體而言，是相當脆弱的，但相對的，就無形的精神而言，則是無比的剛強，正因為有這一股精神在，人無論遇到任何的挫折困境，皆能堅持一分理想，勇敢地活下去，這正是人類生生不息的重要因素。南宋遺民詞人劉辰翁壽詞〈減字木蘭花〉寫道：

> 脾神喜樂。壽酒一杯勝服藥。過卻明朝。頂上新霜也合銷。
> 　小春三日。便學春暄梅影出。醉把梅看。比似茱萸更耐寒。

劉氏生逢宋、元易代之際，雖有滿腔熱血，卻無從發揮，尤其面對亡國的現實，內心更是無比的悲痛。他在這首晚年自壽詞裏，上片以飲壽酒比作「服藥」，想借壽酒消除心中的愁苦，固然間接表現出黍離之悲。但作者對生命並未絕望，下片以十月小陽春和梅花，

代表人間還有美好的事物，結尾寫梅花耐寒，更反映他在艱苦困境中堅強活下去的精神，這是值得敬佩與學習的。

　　我們從以上的探討分析，宋人爲慶生祝壽所寫的詞作，在頌禱祈福聲中，反映出他們的生命理想，其內容有的是健康長壽的期望，代表宋人對有限生命的珍惜；有的是歌頌美滿家庭，表達夫妻恩愛，代表宋人如何享受生命；有的是重視功名德業的追求，代表宋人如何發揚生命，以達不朽；有的是社會責任的承擔，代表宋人想要燃燒一己之生命，以照亮群體；有的則是樂天適性的體悟，表現出宋人優游生命，以求安度此生；他們處在不同的情境中，則有不同的反映，這些都是生命底層的聲音，我們豈可因它的酬酢功能而等閒視之呢？

　　——原載《宋代文學研究叢刊》2 期（1996 年 9 月），頁 411－425。

「漁父」在唐宋詞中的意義

　　文學，固然是作家個人才華的顯現，但不容否認的，它也是整個社會、乃至全體歷史、文化的表徵。我們研究文學，不能把它當作一個孤立的現象，如果能從較寬廣的角度作全面的考察，將會發現文學背後的複雜性，它不僅是作家個人境遇問題，在與當時政治、社會、經濟、地理等橫的聯繫，或與歷史、文化等縱的繼承，都是息息相關。日本學者瀧澤精一郎在〈漁父辭（上）──中國古典文學の一系譜〉文中，❶曾從屈原的〈漁父〉探討中日漢詩在文學上的傳統性及作者的新意工夫。另外，于翠玲女士的〈話說「漁父」形象〉、艾陰范先生的〈談張志和「漁夫」的暗示性形象〉，❷或從歷代的詩文、繪畫中，探討漁父這個虛構人物所寄寓的文化內涵；或從單篇詞作裏，論述漁父形象所暗示的特殊意義。方延豪先生〈漁父詞的研析〉，❸亦列舉許多漁父詞，歸納其中所述漁家樂一類的話，都只

---

❶　瀧澤一文，發表在《國學院大學栃木短期大學紀要》2期（1968年），頁37
　　－49。及《中國關係論說資料》10號第2分冊（1968年），頁92－98。

❷　于文發表在《文史知識》1991年6期，頁107－110。艾文發表在《遼寧師大
　　學報》1984年4期，頁85－87。

❸　方文發表在《中華文化復興月刊》12卷11期（1979年11月），頁58－61。

能代表他們的理想和寄託。以上這些論文，都已觸覺到文學作品中的「漁父」，並不是單純現實生活中的捕魚人而已，應該從其他方面去瞭解作品眞正的含意。本文擬在前人的基礎上，就唐宋詞中描寫「漁父」的作品，繼續加以剖析，俾瞭解「漁父」這個主題所反映出來的意義。

一、「漁父」形象的來由

「漁父」是我國文學、藝術描繪的主要題材之一，除了現實社會中有捕魚爲業這個角色外，在許許多多的文學作品中，它往往超脫現實行業的層次，含有其他特定的意義。因此，我們要探討「漁父」在唐宋詞中的意義之前，首先要從文化、歷史背景，去瞭解「漁父」形象是如何產生的。

在古人的作品中，最早塑造「漁父」這個形象，是《莊子》。〈漁父〉篇塑造一位「須眉交白，被髮揄袂」的漁父，這種外型已經不同於一般的漁人，再從他訓誡孔子多事，不在其位而謀其政，並向孔子述說「大道」等言談來看，他又充滿了智慧、思想。當他「刺船而去」時，孔子對他的恭敬與讚美，在在顯示這位漁父是「有道」之人。這位漁父是誰呢？成玄英疏說：「漁父，越相范蠡也；輔佐越王句踐，平吳事訖，乃乘扁舟，游三江五湖，變易姓名，號曰漁父。」❹這種說法太過拘泥穿鑿，其實他就是莊子在〈刻意〉篇

---

❹　〔清〕郭慶藩：《莊子集釋》（臺北：河洛圖書出版社，1974年3月），頁1024。

所說：「就藪澤，處閒曠，釣魚閒處，无爲而已矣」的「江海之士，避世之人」。莊子本人就是符合這個身分，說漁父是莊子的化身，或許更貼切些。

《楚辭》中也有〈漁父〉篇。篇中借著屈原與漁父的問答，表現出兩種不同的處世典型：屈原積極執著、義無反顧，是濟世者典型；漁父通權達變、明哲保身，是避世者典型。漁父的對話：「不凝滯於物」、「與世推移」、「淈其泥而揚其波」、「餔其糟而歠其醨」等，都成爲避世者的格言。

姑不論《莊子》、《楚辭》〈漁父〉篇的眞僞問題，這兩篇所塑造出來的漁父形象，影響後世卻非常深遠。如東漢張衡〈歸田賦〉：「諒天道之微昧，追漁父以同嬉。」西晉阮籍〈詠懷詩〉：「漁父知世患，乘流泛輕舟。」唐岑參〈觀釣翁〉：「竿頭鈎絲長丈餘，鼓枻乘流無定居；世人那得解深意，此翁取適非取魚。」等等，「漁父」形象所代表的意義——避世隱者，似乎已經定型了。

「漁父」這個形象如果一直只停留在虛構的層次，或許它的影響不致如此之廣、感人不致如此之深，前面我們說莊子就是「漁父」最好的化身，因爲莊子視名位爲弊屣，曾釣於濮水之上，對楚王厚遇持竿不顧。❺此外，在中國歷史上，確實也曾出現像莊子這樣的隱者，而被後人所歌頌。張炎〈聲聲慢〉（門當竹徑）賦漁隱：「欸乃一聲歸去，對筆牀茶竈，寄傲幽情。雨笠風簑，古意謾說玄眞。知魚淡然自樂，釣清名、空在絲綸。笑未已，笑嚴陵、還笑渭濱。」❻

---

❺ 同上註，頁604。

❻ 唐圭璋：《全宋詞》（臺北：世界書局，1976年10月），冊5，頁3476。本文所引宋人詞作，皆根據《全宋詞》，爲免繁瑣，不另註明。

詞中所提及的渭濱、嚴陵、玄眞，就是歷史上最著名的三位漁隱：呂尚、嚴光、張志和。

呂尚，根據《史記》卷三二〈齊太公世家〉載：「蓋嘗窮困，年老矣，以漁釣奸周西伯。……於是周西伯獵，果遇太公於渭之陽，與語大說。……載與俱歸，立爲師。」呂尚由漁隱而出仕，佐武王建立功業，「姜太公釣魚」遂成爲家喻戶曉的美談。

嚴光，根據《後漢書》卷八十三〈逸民列傳〉的記載，他字子陵，少與光武同遊學，光武即位，變名姓，隱身不見，被羊裘釣澤中。帝思其賢，物色得之，除諫議大夫，不就，歸耕於富春山，後人名其釣處爲嚴陵瀨。這種不攀附權貴的偉大人格，亦是後世許多文人爭相歌頌的對象。❼

張志和，根據《新唐書》卷一九六〈隱逸傳〉記載，他十六歲舉明經，肅宗時待詔翰林，授左金吾衛錄事參軍。後貶南浦尉，赦還，隱居江湖，自號「煙波釣徒」。每垂釣不設餌，志不在魚也。嘗欲以大布製裘，嫂爲躬績織，及成，衣之，雖暑不解。帝嘗賜奴婢各一，志和配爲夫婦，號漁童、樵青。與顏眞卿、陸羽相善，顏眞卿爲湖州刺史，志和來謁，眞卿欲館之，志和曰：「願爲浮家泛宅，往來苕、霅間。」善圖山水，酒酣，或擊鼓吹笛，舐筆輒成。著《玄眞子》，亦以自號，李德裕稱其「隱而有名，顯而無事，不窮不達，嚴光之比。」

三位漁隱的事蹟，經過史家的記載，或民間傳說的敷演，遂成

---

❼ 明人曾將歌頌嚴光的詩文編爲《釣臺集》，如吳希孟編《釣臺集》八卷（明嘉靖刊本）、楊束編《釣臺集》二卷（明萬曆刊本），其中保存不少詞作。

爲膾炙人口的故事，深深打動人心，於是相傳他們的垂釣處——「釣魚臺」就有多處，常供騷人墨客憑弔追思。我們無論從古人的作品，或歷史上著名隱士的傳記，所交織而成的「漁父」形象，已經不是單純的捕魚人，不能把它當作一般的行業來看，因爲他畢竟超脫一般行業純粹的謀生方式，而已融入整個中國文化精神所塑造出來的隱者代表，如果我們欣賞這類描寫「漁父」的文學作品，若只停留在一般行業的層次，相信會產生許多疑問，爲什麼這些人和我們現實人生中打魚的人不太一樣，他們永遠那麼逍遙快樂，幾乎體會不到風浪之苦。所以這時我們必須超越行業的層次，從整個文化、歷史背景，來看漁父這個形象的特殊含義，相信對文學作品的理解，才會更深一層，也可察覺到作者內心深處。

二、張志和是唐宋漁父詞之祖，更是漁父的典型

在張志和之前，《全唐五代詞》雖錄有元結的〈欸乃曲〉，❽以「漁父」作題材，其四云：「零陵郡北湘水東，浯溪形勝滿湘中，溪口石顛堪自逸，誰能相伴作漁翁？」顧況也有一首〈漁父引〉：「新婦磯邊月明，女兒浦口潮平，沙頭鷺宿魚驚。」他們的作品一方面在形式上，還是屬於齊言，缺乏詞的特徵——長短句的活潑變化，另方面在寫作技巧上，漁父的形象沒有很鮮明地刻劃出來。顧

---

❽　全唐五代詞有兩種：一是林大椿輯、鄭琦校訂：《唐五代詞》（北京：文學古籍刊行社，1956年7月）。一是張璋、黃畬編：《全唐五代詞》（上海：上海古籍出版社，1986年2月）。本文引唐五代人詞作，皆根據張、黃兩氏所編《全唐五代詞》，不另註明。

況的〈漁父引〉透過景物的描繪，寫出漁父所處環境的幽靜，在宋代也極爲人傳誦，黃庭堅、徐俯都曾取它和張志和的〈漁父〉詞合爲〈浣溪沙〉歌之，但顧況的〈漁父引〉終究比不上張志和〈漁父〉詞影響那麼深遠，其原因除上述兩點外，最主要還是在於作品所蘊含的作者生命，前面我們根據《新唐書》瞭解張志和的事蹟，再讀他的作品將會有強烈的感受。

張志和的〈漁父〉詞共有五首，這五首是聯章體，每一首末句都有個「不」字，以彼此貫穿，不容割裂。茲錄之如後：

> 西塞山前白鷺飛，桃花流水鱖魚肥，青箬笠，綠簑衣，斜風細雨不須歸。
> 釣臺漁父褐爲裘，兩兩三三舴艋舟，能縱櫂，慣乘流，長江白浪不曾憂。
> 雪溪灣裏釣魚翁，舴艋爲家西復東。江上雪，浦邊風，笑著荷衣不歎窮。
> 松江蟹舍主人歡，菰飯蓴羹亦共餐。楓葉落，荻花乾，醉宿漁舟不覺寒。
> 青草湖中月正圓，巴陵漁父櫂歌連。釣車子，橛頭船，樂在風波不用仙。

這五首詞所要表現的漁父形象，都在末句，這位漁父不憂江浪、不歎窮、不怕寒，在風波中自得其樂，勝過神仙，因此一點斜風細雨對他而言，根本就不在乎。像這樣的捕魚人，在現實生活中是否普遍？如果不普遍的話，詞中的「漁父」又代表著什麼意義？吳調公先生在賞析「西塞山前白鷺飛」這首詞時說：「由於作者張志和

並不是一個眞正的漁父，而是以『煙波』爲寄托的文人式的『釣徒』，所以詞中除了具有民間文學的質樸、清新之氣外，還融和著一種出污泥而不染的古代高蹈文人的淡泊、澄潔的高情遠意。」❾他很精確掌握到漁父只不過歸隱文人的寄託而已，說得更貼近一點，其實他就是張志和的化身，作品充滿著張志和的生命。

吳小如先生在〈讀張志和漁歌子〉一文說：「這五首詞的抒情主人公的確包含著作者自己的性格和形象在內，在一定程度上是張志和自我精神面貌的寫照。但這一組詞畢竟是客觀描寫，並不專指自己（作者本人不過是以士大夫身分隱居江湖，即使乘一葉扁舟垂釣於水上，也只能是『玩兒票』而已），而是鄭重地在描述多數眞正以打魚爲生的漁父，這一點必須弄清楚。」❿吳先生前面的說法大致不錯，但後面說這一組詞是客觀描寫，鄭重地在描述多數眞正以打魚爲生的漁父，個人並不以爲然，這五首詞表面是客觀而生動地刻劃漁父的形象，但每首末句顯現出詞的題旨卻是主觀的，它難道是一般漁人的眞正心情嗎？其實是作者替隱居避世者（包括自己）戴上箬笠、穿上簑衣，而其思想、情感是遮掩不住的。

張志和的〈漁父〉詞之所以爲人喜愛，是他確實是一位品格高潔的隱士，而作品所表現的，正是作者人格的反映。他的作品加上他的人格所塑造出來的「漁父」形象，即成爲唐宋詞中「漁父」的典型，對後世產生極深遠的影響。⓫我們試看張志和給「漁父」的新

---

❾ 唐圭璋主編：《唐宋詞鑑賞辭典》（南京：江蘇古籍出版社，1986年12月），頁25。
❿ 吳小如：《詩詞札叢》（北京：北京出版社，1988年9月），頁154。
⓫ 張志和〈漁父〉詞對我國後世詞壇及日本詞學的興起，都有過深遠的影響，

造型:「青箬笠,綠簑衣」,普遍被以後的詞人採用,如蘇軾〈調笑令〉:「漁父。漁父。江上微風細雨。青簑黃蒻裳衣。」蘇庠〈點絳脣〉(冰勒輕颸):「篛笠青簑,未減貂蟬貴。」葉夢得〈鷓鴣天〉(天末殘霞捲暮紅):「旁人不解青簑意,猶說黃金寶帶重。」等到處都是。而張志和「浮家泛宅」的事跡,在後人的詞作中也不斷出現,如胡舜陟〈漁家傲〉(幾日北風江海立):「我本綠簑青箬笠。浮家泛宅煙波逸。渚鷺沙鷗多舊識。行未得。」向子諲〈驀山溪〉(掛冠神武):「風勾月引,催上泛宅時,酒傾玉,鱠堆雪,總道神仙侶。」胡仔〈滿江紅〉:「泛宅浮家,何處好、苕溪清境。占雲山萬疊,煙波千頃。」等皆是。

　　詞的起源雖然來自民間,但經過文人參與,一唱百和,形成了填詞風氣而興盛起來,⓬張志和既首唱〈漁父〉詞,當時及後代紛紛響應,《全唐五代詞》收有其兄張松齡「和答弟志和」〈漁父〉(樂是風波釣是閒)一首、及佚名和張志和〈漁父〉詞十五首;宋代如蘇軾、黃庭堅、徐俯、朱敦儒等,皆喜愛志和〈漁父〉詞,因其曲度不傳,所以增補字句,用〈浣溪沙〉、〈鷓鴣天〉歌之;即使宋高宗趙構看到黃庭堅所書張志和〈漁父〉詞十五首,⓭都亦步亦趨和其

　　可參閱陳耀東:〈張志和漁歌子的流傳和影響〉,《浙江師範學院學報》1983年4期,頁42-48。《中國古代、近代文學研究(複印報刊資料)》1983年11期,頁107-113。

⓬　詞的興盛與唱和的關係,可參閱拙文〈從詞的實用功能看宋代文人的生活〉,《國際宋代文化研討會論文集》(成都:四川大學出版社,1991年10月),頁275-289。及《國立編譯館館刊》20卷2期(1991年12月),頁33-44。

⓭　趙構〈漁父詞〉序云:「紹興元年七月十日,余至會稽,因覽黃庭堅所書

韻，也作了十五首；像這些作品，「漁父」所代表的，有可能是眞正的漁人嗎？如趙構和作第十一：

> 誰云漁父是愚翁。一葉浮家萬慮空。輕破浪，細迎風。睡起蓬窗日正中。

詞中的「漁父」只不過是隱逸文人的化身罷了！

三、「漁父」在佛教影響下的新意義

「漁父」避世歸隱的形象，在《莊子》、《楚辭》中，原本是與儒者如孔子、屈原相對的角色，它是道家色彩極爲濃厚的人物。到了唐代，佛教盛行，詞與佛教的關係又極爲密切，如敦煌曲子詞中就有許多佛曲，因此在釋徒的作品中，「漁父」又蒙上佛家的色彩。最值得我們注意是《船子和尙撥棹歌》。船子和尙，即釋德誠，爲唐元和、會昌間人，該書久已失傳，施蟄存先生著有〈船子和尙撥棹歌〉專文介紹，並將其作品四十首同時刊出，**⑭**《船子和尙撥棹歌》才復傳於世。我們從船子和尙的作品可以發現，漁父不只是隱

張志和〈漁父詞〉十五首，戲同其韻，賜辛永宗。」這十五首是當時諸家和作，並非張志和作，黃庭堅誤，趙構也隨之而誤。

⑭ 施文發表在《詞學》2輯（上海：華東師範大學出版社，1983年10月），頁168－174。《漁父撥棹子》原39首，又加上明楊愼《藝林伐山》所載1首，共40首，在同輯刊出，頁175－178。此本是清嘉慶9年（1804）法忍寺釋漪雲達邃續輯《機緣集》重刊本，後與上海圖書館藏元至治壬戌（1322）坦上人原刻本合併影印，書名題爲《船子和尚撥棹歌》（上海：華東師範大學出版社，1987年10月）。

士，而且已充滿佛教的氣息，如：

> 靜不須禪動即禪。斷雲孤鶴兩蕭然。煙浦畔，月川前。槁木
> 形骸在一船。
> 莫道無修便不修。菩提癡坐若爲求。勤作棹，慧爲舟。者個
> 男兒始出頭。

〈撥棹歌〉的句法和張志和〈漁父〉詞的句法完全相同，但兩者所
表現出來的趣味卻大不相同，張志和的作品固然有道家隱逸思想在
裏面，但穿戴青箬笠、綠簑衣之後，尚不失純眞自然；船子和尙給
漁父穿上袈裟之後，字裏行間充滿說教味道，如前一首寫禪坐，達
到渾然忘我境界，人的形骸是多餘的。後一首寫修道，要勤奮，發
揮智慧，才能渡過苦海。又如：

> 乾坤爲舸月爲篷。一帶雲山一逕風。身放蕩，性靈空。何妨
> 南北與西東。

這一首寫人的性靈如果能「空」，不我執，則無往而不適？但作者
透過自然設喻，把天地比作船，月亮比作篷，想像力非常豐富，整
首詞讀來就比較不具蔬筍味。

有了船子和尙藉「漁父」形象說法之後，宋代也有許多和尙如
法泡製，如淨端就作有〈漁家傲〉四首，試舉一首爲例：

> 浪靜西溪澄似練。片帆高挂乘風便。始向波心通一線。群魚
> 見。當頭誰敢先吞嚥。　　閃爍錦鱗如閃電。靈光今古應無
> 變。愛是憎非都已遣。回頭轉。一輪明月升蒼弁。

淨端，自號安閒和尚，崇寧二年（1103），一日辭眾，歌〈漁父〉數聲，一笑趺坐而化。❺這種圓寂方式實非紅塵眾生所能辦到，所歌〈漁父〉自然是一種佛曲，它的內容脫離不了弘揚佛法，我們從這首〈漁家傲〉可窺其一二。他透過漁父乘舟垂釣，從錦鱗閃光聯想到人的靈光今古無變，拋棄愛憎是非，悟道之後，心中自然升起一輪明月。

又如惠洪，他是一位俗塵未盡、求名過急的和尚，❻很喜歡填詞，存有《石門長短句》二十一首。其中有八首〈漁父詞〉述古德遺事。敘述萬回、丹霞、寶公、香嚴、藥山、亮公、靈雲、船子等八位和尚的事蹟。雖然這些〈漁父詞〉內容大部分與漁父無關，但相信以這個詞調清幽淡雅的聲情，正適合表達高僧事蹟。所述的船子，即作《漁父撥棹歌》的船子和尚釋德誠，他寫道：「萬疊空青春杳杳。一簑煙雨吳江曉。醉眼忽醒驚白鳥。拍手笑。清波不犯魚吞釣。」船子和尚與漁父的形象似乎是分不開了。

我時常在想，漁父與出家人有那些相同之處？爲何會被釋徒攀附？或許是漁父浮家泛宅，正如出家人雲遊四海，漁父不慕名利，出家人看破紅塵，江浪風波猶如人間苦海，漁舟正是出家人超渡工具吧？但有一點難以理解的，漁父釣魚，出家人茹素，兩者豈不矛盾？船子和尚〈撥棹歌〉云：「雖慕求魚不食魚，網簾蓬戶本空無。」又云：「香餌竿頭也不無，向來只是釣名魚。」既不食魚，何以要釣魚呢？後來我讀了可旻（北山法師）的詞，他用〈漁家傲〉說佛法，

<hr>

❺　同註❻，冊2，頁636，淨端小傳。
❻　《四庫全書總目提要》〈石門文字禪〉條云：「平心而論，惠洪之失在於求名過急，又身本緇徒，而好爲綺語。」

前面有一段序言，我才深深體會到漁父與出家人的關係，他說：

> 我家漁父，不比泛常。……披忍辱之簑衣，遮無明之煙雨。
> 慈悲帆掛，方便風吹。撐般若之扁舟，游死生之苦海。誓山
> 月白，覺海風清。釣汩沒之眾生，歸涅槃之籃籠。如斯旨趣，
> 即是平生。

經過他的解說，我才恍然大悟，出家人的漁父，他拿著釣竿，並不
是在釣魚，而是釣陷在苦海中的芸芸眾生，如此的漁父，被披上了
袈裟，也就不足爲奇了。

四、漁父是唐宋文人的心靈歸宿

漁父從中國歷史文化的傳承中，已經變行業角色爲高潔隱士的
代表，在唐代中葉，由張志和、釋德誠的重新造型，它的隱者形象
愈加鮮明，並蒙上佛家色彩。唐宋時代的許多文人，或因個人境遇
挫折，或受困於亂世，常身在魏闕，心懷江湖，或眞正歸隱山林，
不問世事，在塡詞時漁父也就成爲他們喜歡描寫的對象，試述唐宋
重要的漁父詞作家及作品。

唐代除了張志和、釋德誠之外，最重要的漁父詞作家莫過波斯
詞人李珣。珣字德潤，妹舜弦爲玉衍昭儀。嘗以秀才預賓貢，蜀亡
不仕。❶在五代十國之際，士人風骨掃地，其人品算是佼佼者。他的
作品以漁父爲主題的，計有〈漁歌子〉四首、〈南鄉子〉一首、〈漁

---

❶ 張璋、黃畬編：《全唐五代詞》，頁634，李珣小傳。

父〉三首、〈定風波〉二首，共十首。「漁父」在這些詞裏所代表
的意義，他都很直率地說出來，如：「不見人間榮辱」、「名利不
將心掛」、「不議人間醒醉」、「輕爵祿，慕玄虛，莫道漁人只爲
魚」、「避世垂綸不記年」、「誰知求道不求魚」等皆是。眞正的
漁人爲了生活，無不希望魚兒滿載而歸，但他所寫的漁父，是沒有
名利心，不問世事，而且是求道不求魚的人。這個漁父當然就是作
者的自畫像，因此《栩莊漫記》說：「〈漁歌子〉、〈漁父〉、〈定
風波〉諸詞，緣題目自抒胸境，灑然高逸，均可誦也。」⓲所見甚是。

　　其次，像李煜「題供奉衛賢春江釣叟圖」所作〈漁父〉二首、
和凝〈漁父〉一首、歐陽炯〈漁父〉兩首、敦煌詞〈浣溪沙〉兩首（浪
打輕船雨打蓬）及（捲卻詩書上釣船）等作品裏面的「漁父」形象，都值
得我們玩味，如敦煌詞〈浣溪沙〉這首：

　　捲卻詩書上釣船，身披蓑笠執魚竿。棹向碧波深處去，幾重
　　灘。　　　不是從前爲釣者，蓋緣時世掩良賢。所以將身嚴藪
　　下，不朝天。

我們雖然不曉得作者是誰，但作者透過身處嚴藪之下的漁父，向腐
敗的朝廷抗議，其用意是很明顯的。

　　北宋前期由於天下承平，舞榭歌臺林立，士大夫耽於享樂，自
然少有人想當「漁父」了。柳永潦倒一生，他雖「忍把浮名，換了
淺斟低唱」（〈鶴沖天〉），卻沒聽他唱過「漁父」詞。晏幾道是個
落魄王孫，他唱過「彩袖殷勤捧玉鐘，當筵拚卻醉顏紅」（〈鷓鴣天〉），

⓲　蕭繼宗評點校注：《花間集》（臺北：臺灣學生書局，1977年1月），頁503引。

「漁父」距離他似乎也很遙遠。晏殊、歐陽修則更不用說了。這時他們偶而也會寫到漁人，但在詞裏只是布景而已，並不是主角，更不能顯示特別的意義，如柳永〈夜半樂〉（凍雲黯淡天氣）：「殘日下，漁人鳴榔歸去。」〈望遠行〉（長空降瑞）：「好是漁人，披得一簑歸去，江上晚來堪畫。」晏殊〈浣溪沙〉（紅蓼花香夾岸稠）：「漁父酒醒重撥棹，鴛鴦飛去卻回頭。一盃鎖盡兩眉愁。」等都是把他當作景物之一來描寫，晃眼即過，不能帶給我們什麼深刻的印象。

北宋後期政爭激烈，宦途險惡，文人又開始想到唱〈漁父〉詞了。在曲調散失的情況下，他們改用〈浣溪沙〉、〈鷓鴣天〉來唱，慰情聊勝於無，如蘇軾、黃庭堅都曾唱過。黃庭堅〈鷓鴣天〉末兩句云：「人間底是無波處，一日風波十二時。」應該也是有感而發吧？蘇軾另有〈漁父〉詞四首，是一組聯章體的作品，他將漁父與酒作密切的聯繫。酒，往往是苦悶的麻醉品，同時也是快樂的揮發劑；蘇軾藉著漁父喝酒、醉酒、酒醒、傲笑等不同姿態，刻劃漁父生活的逍遙自在，「一笑人間千古」，世上的是非得失又何須計較呢？尤其最後以忙碌官人借舟南渡作結，隱含對官場的輕蔑。蘇軾這一組〈漁父〉詞，還影響到南宋的戴復古，他同樣以四首詞來寫漁父喝酒，每首的第一句都和蘇詞相同，內容也極為接近，如第四首末兩句：「古來豪傑盡成塵，江山秋復春。」正是蘇詞「一笑人間千古」最好的注腳。這時期另值得注意的漁父詞作家，是比蘇軾稍早的徐積。他生於天聖六年（1028），卒於崇寧二年（1103），「養親以孝著，居鄉以廉稱」，政和間賜諡節孝處士，《宋史》卷四五九將他列在〈卓行〉傳中。徐積曾寫了一組漁父詞，共六首，每一首他都另立題目，即：〈漁父樂〉、〈無一事〉、〈堪畫看〉、

〈誰學得〉、〈君看取〉、〈君不悟〉；從題目已可窺其內容大概，我們舉最後一首〈君不悟〉為例：

> 一酌村醪一曲歌。回看塵世足風波。憂患大，是非多。縱得榮華有幾何。

漁父的歌聲正代表著這位節孝處士的心聲。

　　南北宋之間是中國歷史上的一大變局，靖康之難、宋室南遷，都深深刺痛人們的心。在慷慨高歌之後、恢復無望之時，他們低迴不已的就是漁父詞。如蘇庠、惠洪、徐俯、葉夢得、朱敦儒、周紫芝、李綱、向子諲、張元幹、史浩、趙構、李石、洪适等，都曾留下描寫漁父的作品。他們之中有的繼續將張志和〈漁父〉詞添字配新曲，如徐俯〈浣溪沙〉、〈鷓鴣天〉各兩首、朱敦儒〈浣溪沙〉一首；也有和擬前人的〈漁父〉詞，如周紫芝擬張志和作了六首，向子諲因張松齡〈漁父〉詞廣其聲為〈浣溪沙〉，趙構和佚名〈漁父〉詞十五首，更有把漁父故事編成歌舞表演，如史浩〈漁父舞〉、洪适〈漁家傲引〉；可見張志和所造的「漁父」新形象，無論從帝王到民間，都受到深深喜愛。其中最值得我們探討的作家，則非朱敦儒、李綱莫屬。

　　朱敦儒，是南北宋之交創作力最強、作品最豐富的詞人，其一生可分為南渡前少年時期、南渡漂泊及出仕時期、晚年閑居時期等三個階段，作品也表現出浪漫濃妍、沈咽慷慨、閑澹曠達等三種不同風格。⓳他看到國事不可為，恢復無望，終於在紹興十九年（1149），

⓳　關於朱敦儒作品分期，可參閱胡適：〈朱敦儒小傳〉，《詞選》（臺北：

六十九歲時上疏請歸，過著退隱的生活。他以〈好事近〉作了六首漁父詞，頗能代表他晚年的風格，難怪張惠言的《詞選》在全部《樵歌》中就只青睞漁父詞四首，另加〈好事近〉（失卻故山雲）一首，共五首。⑳雖然陳廷焯《白雨齋詞話》卷一對此表示不滿說：「朱希眞漁父五章，亦多淺陋處，選擇既苛，即不當列入。」他在批評之餘，還不忘讚美說：「余最愛其次章結句云：『昨夜一江風雨，都不曾聽得。』此中有眞樂，未許俗人問津。又三章結句云：『經過子陵灘畔，得梅花消息。』靜中生動，妙合天機，亦先生晚遇之兆。」將作品視爲「晚遇之兆」，未免失之穿鑿，但這些漁父詞，確實能把朱敦儒晚年厭惡擾攘塵世的心境，追求逍遙自適生活的思想表現出來，把它當作晚年詞作的代表，並不爲過。如第一首：

> 搖首出紅塵，醒醉更無時節。活計綠簑青笠，慣披霜衝雪。
> 　晚來風定釣絲閒，上下是新月。千里水天一色，看孤鴻明滅。

首句以「搖首」動作，將漁父厭倦塵世、鄙視權位之心表露無遺，末句以「孤鴻」作結，孤鴻象徵著清高的漁父，兩者遙相呼應。其中有漁父生活的描述，有自然景物的刻劃，以烘托漁父淡泊名利的

臺灣商務印書館，1975年5月），頁188。及拙著：《宋南渡詞人》（臺北：臺灣學生書局，1985年5月），頁110－119。

⑳　朱敦儒〈好事近〉（漁父詞）6首，應該是：「搖首出紅塵」、「眼裏數閒人」、「漁父長身來」、「撥轉釣魚船」、「短櫂釣船輕」、「猛向這邊來」等，「失卻故山雲」這首不包括在裏面。張惠言《詞選》卷2選〈好事近〉5首，包含「失卻故山雲」，皆題爲「漁父」。

心志、及超脫凡俗的意境，詞中的漁父，就是作者最好的寫照。

李綱，在宋金交涉中，他是站在主戰立場，宋高宗即位之初，曾拜爲相，可惜僅七十七日而已。**㉑**李綱懷有救國救民的滿腔熱血。但在受挫後，也難免流露退隱念頭，他的四首〈望江南〉漁父詞，就是這種情況的產物。詞序說：「予在沙陽，當作〈滿庭芳〉一闋，寄陸惇禮。末句云：『何時得，恩來日下，簑笠老江湖。』今蒙恩北歸，當踐斯言，因作漁父四時詞以道意，調寄〈望江南〉。」他按春、夏、秋、冬四時來寫漁父的生活情形，這些都是李綱理想中的隱居生活，如寫夏：「涼一霎，飛雨灑輕簑。滿眼生涯千頃浪，放懷樂事一聲歌。不醉欲如何。」寫秋：「鱸鱖美，新釀蟻醅浮。休問六朝興廢事，白蘋紅蓼正凝愁。千古一漁舟。」這位快樂的漁父，正是李綱心中自己的影子。

南宋只剩半壁山河，政爭並未稍戢，排除異己時有所聞，對仕途失望者日益增多，加上佛道流行，江南景色秀麗，更助長隱逸之風。有些奸邪小人，亦自鳴清高，以博取聲譽。在這種環境之下，代表隱者形象的「漁父」便競爲文人歌詠的對象，於是造成漁父詞的大盛。較重要者有：張掄〈朝中措〉十首、陸游〈漁父〉五首、戴復古〈漁父〉四首、薛師石〈漁父〉七首、王諶〈漁父詞〉七首、蒲壽宬〈漁父詞〉十五首等。其他一、兩首者，或有詞句欽慕漁隱者，則不計其數。就以張掄、陸游爲例。

張掄，根據張端義《貴耳集》卷下記載，他是孝宗朝的幸臣，

㉑ 〔明〕陳邦瞻：〈李綱輔政〉，《宋史紀事本末》（臺北：里仁書局，1981年12月），卷60，頁624。

與《宋史・佞倖傳》的曾覿、龍大淵等同列，其人品可見一斑。但他所作的〈朝中措〉漁父詞十首，卻流露出對漁父的企慕：「謾道金章清貴，何如簑笠從容」、「買斷一江風月，勝千戶封侯」，他認爲「人生所貴，逍遙快意，此外皆非」，所以要看破紅塵：「選甚掀天白浪，未如人世風波」、「慕名人似蟻貪羶，擾擾幾時閒」，如果能像漁父「東來西往，隨情任性」，「此是人間蓬島，更於何處求仙。」他如此頌揚「漁父」，「漁父」對他而言，應該不是釣取清譽的煙幕？或許是一種覺醒或懺悔吧！

　　陸游，這位臨終前還念念不忘復國的詩人，也作有〈漁父〉詞五首。詞序說：「燈下讀玄眞子漁歌，因懷山陰故隱，追擬。」陸游於淳熙七年（1180）爲給事中趙汝愚所劾，遂奉祠家居，至淳熙十三年（1186）春起知嚴州，其間留居山陰歷五年餘，此詞繫年在淳熙十四年嚴州任上作。㉒陸游讀了張志和〈漁父〉詞，牽動他懷念剛結束的家居日子，這些詞雖是擬作，但也寄有無限的感慨，如「蘋葉綠，蓼花紅。回首功名一夢中」、「長安拜免幾公卿。漁父橫眠醉未醒。」尤其第三首：

> 鏡湖俯仰兩青天。萬頃玻瓈一葉船。拈棹舞，擁簑眠。不作天仙作水仙。

我們似乎看到陸游換下甲冑、穿戴簑笠，悠遊於山水之間，讀來也使人名利之心皆盡。

㉒　夏承燾、吳熊和：《放翁詞編年箋注》（上海：上海古籍出版社，1981年6月），附錄3〈陸游年譜簡編〉，頁162－164。

　　從以上的詞人及其作品，我們可以感受到，「漁父」並不是真正捕魚爲生的人，而是詞人看透擾攘塵世，所尋找到的一個心靈歸宿。

五、結　語

　　劉克莊〈木蘭花慢〉（漁父詞）唱道：「海濱簑笠叟，駝背曲，鶴形臞。定不是凡人，古來賢哲，多隱於漁。」「漁父」在文人心目中，只是隱者的表徵，因此每當隱逸思想興盛的時代，歌詠「漁父」的作品也就大量產生。這些作品固然能表達士大夫階層的心聲，但他們是否曾站在眞正漁人的立場，爲漁人代言？像以天下爲己任的范仲淹，他的〈江上漁者〉這首詩所寫：「江上往來人，但愛鱸魚美；君看一葉舟，出沒風波裏。」能夠反思漁人打魚的心酸？在唐宋詞中這類的作品幾乎沒有，我們所看到的千篇一律充滿作者主觀意識，詠讚漁父看破紅塵、不慕名利、逍遙自在、享受山水等內容，或者稍有觸及風浪之苦，但馬上又被人世間險惡的風波遮掩了。所以我們偶而發現關懷漁人的詞作，則有如空谷跫音，讓人驚訝與興奮，如南宋詞人王質〈滴滴金〉（晚眺）：

　　陰陰溼霧霜無汁。江氣逼、樹聲滴。荒林只見夕陽入。誰喚晚煙集。　　漁翁猶把釣竿執。簑共笠、時時茸。風剛浪猛早收拾。天外暮雲黑。

作者在晚眺時，看到風浪中的漁翁，心生憐憫，勸他及早收拾回家。這才是現實人生。王質雖然也有文人式的詠讚漁父的快活：「華堂

只見燈花好，不見波平月上時。」但他寫漁人與風浪搏鬥的場面，真教人動容，〈滿江紅〉（漁舟）：

> 莽莽雲平，都不辨、近山遠水。儘徘徊、尚留波面，未歸灣尾。浪猛深深鷗抱穩，波寒縮縮魚沈底。恐狂風、顛雨岸多摧，舟難艤。　　船蓬重，拖不起。簑衣溼，森如洗。想杖頭未足，杯中無計。漁網吹翻無把捉，釣竿凍斷成拋棄。到高歌、風靜月明時，誰如你。

結尾雖然同樣落入文人式觀點，但其它字句確實生動刻劃漁人生活的艱苦。另外，南宋末年叛宋降元的蒲壽宬，他有一首〈欸乃詞〉（贈漁父劉四）：

> 白頭翁。白頭翁。江海爲田魚作糧。相逢祇可喚劉四，不受人呼劉四郎。

這樣粗獷的漁父形象，比起先前所舉的那些漁父文謅謅的，感覺上真實親切多了。這首詞頗有民歌味道，我們不能因人廢言。因此個人覺得，唐宋詞很像中國傳統的山水畫，寫意的成分居多；寫實的成分少，在「胸中丘壑」理念的支配下，它的題材內容往往缺少變化，所重視的在於意境的高低。雖然唐宋兩代詞人寫下這麼多的漁父詞，但「漁父」所代表的只是隱者的形象，或蒙上佛家色彩成爲釋徒說法的方式，反映詞人尋找的心靈歸宿，可惜欠缺現實的透視，未能表現真正漁人的個性與生活風貌，這是我們探討「漁父」在詞中的意義時，所感受到的一點遺憾。

——原載《第一屆詞學國際研討會論文集》（臺北：中央研究院中國文哲研究所籌備處，1994 年 11 月），頁 139－156。

唐宋詞中「鵲鳥」的意義

一、前　言

　　孔子說：「小子何莫學夫詩？詩，可以興，可以觀，可以群，可以怨。邇之事父，遠之事君；多識於鳥獸草木之名。」❶自從《詩經》以降，各體詩歌作品也都大量載入鳥獸草木之名，唐宋詞當然並不例外。詩人創作時，往往透過外在的景物，來表達內心的情意，也就是以具象來顯現抽象，因此，詩人在選擇各種景物當題材時，並非無意識的，詩中的一草一木、一鳥一獸，其實大都含有作者的情意。王國維《人間詞話刪稿》有「一切景語皆情語」之說❷，其道理在此。

　　詞體自晚唐五代興起之後，很快的就成為文人抒情表意的工具，由於詞體生性體質婉約，作者善於運用纖美軟媚的景物於詞中，因此唐宋詞中花鳥幾乎處處可見。以「鵲鳥」而言，唐宋詞中不僅

---

❶　《論語·陽貨篇》卷17。《十三經注疏》（臺北：藝文印書館，1973年5月），冊8，頁156。

❷　唐圭璋：《詞話叢編》（臺北：新文豐出版公司，1988年2月），冊5，頁4257。

有許多與「鵲」相關的調名，如〈鵲踏枝〉、〈鵲橋仙〉、〈夜飛鵲〉、〈聞鵲喜〉、〈雪明鳷鵲夜慢〉等，在作品中用到「鵲」字的，就有三二五處之多，❸本論文擬針對這些作品，探討「鵲鳥」在唐宋詞人心目中所代表的意義。

　　鵲，通稱喜鵲，在動物學上屬於鳥綱雀形目鴉科。牠的外形像烏鴉，但具長尾。頭背黑褐色，羽毛在光線映照下變換出藍、綠、紫的光澤，肩、腹、翼尖都是白色。生性活潑好奇，走路時大搖大擺的發出刺耳的啁啾聲。❹古人聽到牠的鳴聲喳喳，所以稱之爲「鵲」；認爲牠靈能報喜，所以稱爲「喜鵲」；而牠生性最惡潮溼，所以又稱爲「乾鵲」。❺

二、「鵲聲生暗喜」──報喜

　　宋向滈〈菩薩蠻〉(望行人) 寫道：「金鴨水沈煙。待君來共添。鵲聲生暗喜。翠袖輪纖指。細細數歸程。臉桃春色深。」❻閨中女子想念遠行的丈夫，聽到鵲鳥的叫聲，讓她心中竊喜，用手指細數丈夫的歸期，臉上春意盎然。鵲鳥報喜的傳說由來已久，舊題師曠《禽

---

❸　根據「網路展書讀」網站「唐宋詞多媒體網路教學系統綜合檢索」（http://cls.hs.yzu.edu.tw/TST/HOME.HTM）所得的統計。

❹　參見科林・哈里森、阿倫・格林史密斯合著，陳長青譯：《自然珍藏系列－鳥類圖鑑》（臺北：貓頭鷹出版社，1996年1月），頁392。

❺　參見〔明〕李時珍：《本草綱目》（臺北：鼎文書局，1973年9月），卷49，頁1475。

❻　唐圭璋：《全宋詞》（臺北：世界書局，1976年10月），冊3，頁1522。本文引用宋詞時，都根據此版本，不再另注。

經》云：「靈鵲兆喜。」張華注：「鵲噪則喜生。」❼晉王嘉《拾遺記》卷六並錄有一則故事：「昔漢武帝時，四夷賓服，有獻馴鵲，若有喜樂事，則鼓翼翔鳴。」❽這些記載都反映古人相信鵲鳥能預知喜訊，牠的鳴叫代表向人報喜。而鵲鳥所報的喜訊也有將它特指某一事情，如晉葛洪《西京雜記》卷三引漢代陸賈對樊噲語：「乾鵲噪而行人至。」❾認爲鵲鳥鳴叫是遠行人將回來的徵兆。基於以上的傳說與認知，因此，詩人在從事創作時，往往將鵲鳥當作一種喜訊，尤其視爲行人將歸之兆。如南朝梁蕭紀〈詠鵲〉云：「今朝聽聲喜，家信必應歸。」❿唐宋之問〈發端州初入西江〉云：「破顏看鵲喜，拭淚聽猿啼。」⓫唐劉希夷〈代秦女贈行人〉云：「今朝喜鵲傍人飛，應是狂夫走馬歸。」等等都是這種用法。我們觀察唐宋詞中以鵲鳥爲報喜之兆可謂俯拾皆是，如馮延巳〈謁金門〉寫道：

> 風乍起，吹縐一池春水。閑引鴛鴦香徑裡，手挼紅杏蕊。
> 　　鬥鴨闌干獨倚，碧玉搔頭斜墜。終日望君君不至，舉頭

---

❼　舊題〔周〕師曠著，〔晉〕張華注：《禽經》，《景印文淵閣四庫全書》（臺北：臺灣商務印書館，1985年2月），冊847，頁685。

❽　〔晉〕王嘉：《拾遺記》卷6，《景印文淵閣四庫全書》，冊1042，頁341。

❾　〔晉〕葛洪：《西京雜記》卷3，《景印文淵閣四庫全書》，冊1035，頁14。

❿　逯欽立輯校：《先秦漢魏晉南北朝詩》（臺北：木鐸出版社，1983年9月），冊下，頁1900。本文引用先秦漢魏晉南北朝詩時，都根據此版本，不再另注。

⓫　〔清〕清聖祖御定：《全唐詩》（臺北：文史哲出版社，1978年12月），冊1，頁654。本文引用唐詩時，都根據此版本，不再另注。

聞鵲喜。⓬

此詞寫閨中女子在春日懷想遠方的丈夫，整日盼望他能夠歸來，抬頭遙望甚久以致碧玉搔頭都斜墜下來，雖然整天眺望都不見丈夫回來，但當她抬頭聽到鵲鳥的叫聲，使她心中暗喜，因為鵲鳥是來報喜的，換言之，她的先生歸期已將不遠了。

鵲鳥在唐宋詞人的心目中，固然是來報喜的，而詞中所希望的喜訊以什麼為最多呢？由於古人認為喜鵲鳴叫為行人將歸之兆，而且唐宋詞大多描寫離別相思之情，因此鵲鳥所報的喜訊也以行人即將回來為大宗，正如南唐馮延巳〈謁金門〉所描寫的一樣，以下的鵲鳥都是為歸期而出現的：

> 歸路苦無多，正值早秋時節。應是畫簾靈鵲，把歸期先說。（晁補之〈好事近〉）
> 鞭箇馬兒歸去也，心急馬行遲。不免相煩喜鵲兒。先報那人知。（辛棄疾〈武陵春〉，此首別作石孝友詞）
> 歸期將近。料喜鵲先知，飛來報了，日日倚門等。（趙善括〈摸魚兒〉）
> 芳徑聽鶯，暗驚心事，畫簷聞鵲，試卜歸期。（王泳祖〈風流子〉）

歸期固然令人期待，但如果無法重逢時，能得到對方的音信也足夠令人心情雀躍，所以鵲鳥除了為唐宋詞人預報歸期的喜訊之

⓬ 曾昭珉等編：《全唐五代詞》（北京：中華書局，1999年12月），冊上，頁676。本文引用唐五代詞時，都根據此版本，不再另注。

外，同時也報告音信即將來到的消息，如：

> 馬頭雙鵲飛來喜。惜凝望、音書至。一掬離懷千萬事。（劉一止〈青玉案〉）
> 鵲踏畫簷雙噪。書到。和笑拆封看。歸程能隔幾重山。遠約數宵間。（許棐〈荷葉盃〉）

鵲鳥既然是一種報喜的信使，因此唐宋詞人描寫各種喜事時，都難免讓牠在詞中喳喳幾聲，以增加歡樂的氣氛，如李彌遜爲某學士生日所寫的〈醉花陰〉云：「池面芙蕖紅散綺。鵲噪朱門喜。……瘦鶴與長松，且伴臞仙，久住人間世。」鵲鳥似乎也知道人的壽辰，對著朱門高鳴祝壽。王大烈祝賀人家生女所寫的〈驀山溪〉云：「和氣散千門，更靈鵲、前村報喜。月宮仙子，昨夜下瑤臺。」鵲鳥這回是爲弄瓦之喜而鳴。又如劉克莊蒙受君恩主管崇禧觀所寫的〈賀新郎〉云：「主判茅君洞。有檐間、查查喜鵲，曉來傳送。幾度黃符披戴了，此度君恩越重。」透過檐間喜鵲的鳴叫聲，表現作者得以奉祠歸里的欣喜心情。以上舉凡壽辰、生育、蒙受君命等種種喜事的吟詠，作者都運用鵲鳥以報喜的姿態出現，令人愉悅。

相對的，人們所盼望的喜事如果一直無法實現，連帶的也會對鵲鳥報喜產生懷疑，《全唐詩》卷二十七所錄雜曲歌辭〈昔昔鹽〉有一首〈恆斂千金笑〉寫道：「從軍人更遠，投喜鵲空傳。夫婿交河北，迢迢路幾千。」閨中婦人原本希望從軍的丈夫早日歸來，但丈夫卻越行越遠，使她感覺鵲鳥報喜並不是眞的。像這樣反用鵲鳥報喜的傳說，在唐宋詞中相當常見，如敦煌曲子詞有一首〈鵲踏枝〉寫道：

　　巨耐靈鵲多瞞語，送喜何曾有憑據。幾度飛來活捉取。鎖上
金籠休共語。　　　比擬好心來送喜。誰知鎖我在金籠裡。欲
她征夫早歸來，騰身卻放我向青雲裡。**⓭**

　　這首作者佚名的民間詞，透過征婦與鵲鳥的對話，表現征婦對征夫
的相思之情。上片寫征婦責怪鵲鳥，經常飛來報喜，卻沒有一次應
驗，所以氣得將鵲鳥活捉關到籠子裡。下片則寫鵲鳥訴說被關的委
屈，並祝願征婦的丈夫早日歸來，以便讓自己恢復自由。這首詞寫
鵲鳥報喜因無法應驗而被關，設想相當新奇，征婦與鵲鳥的對話也
活潑有趣，從中反映出征婦思夫之苦令人印象深刻。以下再舉數首
反用鵲鳥報喜的例子：

　　　玉人何處去，鵲喜渾無據。雙眉愁幾許。（南唐馮延巳〈醉花間〉）
　　　對鏡時時淚落。總無心、淡妝濃抹。晨窗夜帳，幾番誤喜，
　　　燈花詹鵲。（秦觀〈水龍吟〉）
　　　船回沙尾。幾誤紅窗聽鵲喜。尺素空傳。轉首相逢又隔年。
　　　（蔡伸〈減字木蘭花〉）
　　　信杳杳，鵲聲近有無憑據。腸斷家何處。（王之道〈千秋歲〉）
　　　別夢記春前，春盡苦無歸日。想見鵲聲庭院，誤幾回消息。
　　　（程垓〈好事近〉）
　　　待夫君、驪駒不至，鵲聲還誤。（劉克莊〈賀新郎〉）

　　這些詞都透過鵲鳥報喜不可靠，或者被鵲鳥叫聲所誤而空歡喜一
場，以凸顯離別相思之苦。如此反用的句子因顛覆了鵲鳥報喜的傳

⓭　同註**⓬**，頁935。

統，讀來別有趣味，而且比正用多了一層轉折，所以在表達感情方面也顯得較為深刻。

三、「雨餘乾鵲報新晴」──報晴

宋曹冠〈江神子〉（南園）詞寫道：「雨餘乾鵲報新晴。曉風清。聽鶯聲。飛蓋南園，遊賞賦閒情。」作者在一個雨後新晴的早晨，乘車到南園遊賞。詞中的鵲鳥稱作「乾鵲」，而且會向人們報告天氣晴朗。「乾鵲」一詞早見於《淮南子·泛論訓》：「乾鵲知來而不知往。」高誘注云：「乾鵲，鵲也，人將有來事憂喜之徵則鳴，此知來也。……乾讀如乾燥之乾。」❶鵲鳥除能預知未來之外，大概也因牠生性喜歡晴天，天氣一放晴馬上出來鳴叫，人們看到牠就知道天氣將要轉晴了，所以稱牠為「乾鵲」。如《詩經·召南·鵲巢》「惟鵲有巢」馬瑞辰通釋所云：「鵲即乾鵲，今之喜鵲也，…鵲性喜晴，故名乾鵲。」❶但另有一說，認為「乾」應該音「ㄑㄧㄢˊ」，鵲為陽鳥，先事物而動應，故名。宋吳曾《能改齋漫錄·辨誤一》有云：「前輩多以『乾鵲』為『乾』，音『干』，或以對『淫螢』者有之。唯王荊公以為『虔』字，意見于『鵲之彊彊』，此甚為得理。余嘗廣之曰：乾，陽物也。乾有剛健之意。而《易》統卦有云：『鵲者，陽鳥，先物而動，先事而應。』《淮南子》曰：『乾鵲知

---

❶ 〔漢〕高誘注：《淮南子·泛論訓》（臺北：世界書局，1974年5月），卷13，頁223。

❶ 〔清〕馬瑞辰：《毛詩傳箋通釋》（臺北：臺灣中華書局，1965年11月《四部備要》本），卷3，頁1。

來而不知往，此修短之分也。』以是知音『干』爲無義。」⑯姑不論
兩說何者爲是，但在宋代詞人的眼光中，鵲鳥報晴則是無庸置疑的。
如蘇軾〈江神子〉一詞云：

> 夢中了了醉中醒。只淵明。是前生。走遍人間，依舊卻躬耕。
> 昨夜東坡春雨足，烏鵲喜，報新晴。　　雪堂西畔暗泉鳴。
> 北山傾。小溪橫。南望亭丘，孤秀聳曾城。都是斜川當日境，
> 吾老矣，寄餘齡。

這首詞蘇軾自注云：「陶淵明以正月五日遊斜川，臨流班坐，顧瞻
南阜，愛曾城之獨秀，乃作〈斜川詩〉，至今使人想見其處。元豐
壬戌之春，余躬耕於東坡，築雪堂居之。南挹四望亭之後丘，西控
北山之微泉，慨然而歎，此亦斜川之遊也。」可知這首詞寫於元豐
五年壬戌（1082），蘇軾當時被貶在黃州。整首詞寫他在黃州東坡躬
耕生活的消遙自得，並將東坡週遭景物和陶淵明的斜川相比，表達
自己想學陶淵明歸隱田園，以終老於此。詞中寫道：「昨夜東坡春
雨足，烏鵲喜，報新晴。」可見這隻鵲鳥，作者認爲牠是來報晴的。
　　宋詞中還有不少寫到鵲鳥報晴的句子，茲再列舉一些詞句如下：

> 林表初陽光似洗，屋角呼晴雙鵲。（袁去華〈念奴嬌〉）
> 曉陰薄。隔屋呼晴噪鵲。（袁去華〈蘭陵王〉）
> 新晴天氣。畫簷聞鵲。（范成大〈秦樓月〉）
> 鵲噪晴空，燈迎誕節，槐堂歡笑。（趙磻老〈醉蓬萊〉）

---

⑯　〔宋〕吳曾：《能改齋漫錄》（臺北：木鐸出版社，1982年5月），卷3，
　　頁45。

爲問幾日新晴，鳩鳴屋上，鵲報簷前喜。（辛棄疾〈念奴嬌〉）

以上的例子鵲鳥都和晴天結合在一起，牠的報晴意味至爲明顯。雖然宋代詞人認爲鵲鳥能夠報晴，但前代的詩詞如《全唐詩》、《全唐五代詞》中卻找不到相同的用法**⓱**，只有《全唐詩》有兩處鵲鳥和晴天關係較爲接近，一是皮日休〈喜鵲〉所云：「棄壇在庭際，雙鵲來搖尾。欲啄怕人驚，喜語晴光裏。」一是韓偓〈秋深閑興〉所云：「晴來喜鵲無窮語，雨後寒花特地香。」這兩處只是說喜鵲在晴天中叫著，並沒有特別指出是爲報晴而來，所以鵲鳥報晴的說法應該是到了宋代才普遍流傳。

四、「今夕銀河憑鵲度」──相會

宋謝薖〈定風波〉（七夕莫莫堂席上呈陳盧中）詞上片云：「牛女心期與目成。彌彌脈脈得盈盈。今夕銀河憑鵲度。相遇。玉鉤新吐照雲屏。」寫牛郎織女長期相思，今夕靠鵲鳥搭橋，才得以渡過銀河相會。這裡是用鵲鳥爲牛郎織女搭橋的傳說故事。《白孔六帖·鵲部》引《淮南子》云：「烏鵲塡河成橋，渡織女。」**⓲**唐韓鄂《歲華紀麗》卷三〈七夕〉引漢應劭《風俗通》云：「織女七夕當渡河，

⓱ 根據「故宮寒泉古典文獻全文檢索資料庫」（http://libnt.npm. gov.tw/s25/index.htm）《全唐詩》檢索系統，及「網路展書讀」網站「唐宋詞多媒體網路教學系統綜合檢索」（http://cls.hs.yzu.edu.tw/ TST/HOME.HTM）。

⓲ 〔唐〕白居易原本，〔宋〕孔傳續撰：《白孔六帖》卷95，《景印文淵閣四庫全書》，冊892，頁537。

使鵲爲橋。」❶到了宋羅願《爾雅翼》卷十三則有更詳細的記載：「涉秋七日，鵲首無故皆髠，相傳以爲是日河鼓（即牽牛）與織女會於漢（天河）東，役烏鵲爲梁以渡，故毛皆脫去。」❷傳說中牛郎、織女分居天河兩岸，每年七月七日地上的鵲鳥飛上天河搭橋，使之相會，鵲鳥頭上的毛也因此被踩禿了。後世文人於是以「烏鵲塡橋」這個傳說作爲典故，來描寫男女或夫妻之間的短暫相會，如唐權德輿〈七夕〉詩云：「今日雲軿渡鵲橋，應非脈脈與迢迢。」寫牛郎織女七夕鵲橋相會，可解相思之苦。另唐劉商〈送女子〉一詩則云：「青娥宛宛聚爲裳，烏鵲橋成別恨長。」寫與女子短暫相聚，即將分離，就像牛郎織女分隔鵲橋兩邊。

唐宋詞中以描寫七夕爲主題的作品相當多，所以運用鵲橋的典故經常可見，在眾多的七夕詞中，最爲人所稱頌的莫過於秦觀的〈鵲橋仙〉：

> 纖雲弄巧，飛星傳恨，銀漢迢迢暗度。金風玉露一相逢，便勝卻、人間無數。　　柔情似水，佳期如夢，忍顧鵲橋歸路。兩情若是久長時，又豈在、朝朝暮暮。

寫牛郎織女一年只有一次七夕的短暫相會，卻已勝過人間那些不是眞心相愛的無數相聚，兩人固然捨不得踏著鵲橋歸路再次分離，但作者認爲感情只要久久長長，又何必一定要朝夕相處呢？本詞跳脫爲牛郎織女感傷的窠臼，提升愛情的境界，令人激賞。以下再舉一

---

❶　〔唐〕韓鄂：《歲華紀麗》卷3，《四庫全書存目叢書》（臺南：莊嚴出版社，1995年9月），冊166，頁35。

❷　〔宋〕羅願：《爾雅翼》卷13，《景印文淵閣四庫全書》，冊222，頁367。

些運用鵲橋代表相會的詞句：

> 喜鵲塡河仙浪淺。雲軿早在星橋畔。街鼓黃昏霞尾暗。（歐陽
> 修〈漁家傲〉）
>
> 金風玉露。喜鵲橋成牛女渡。天宇沈沈。一夕佳期兩意深。
> （蔡伸〈減字木蘭花〉）
>
> 雲容掩帳，星輝排燭，待得鵲成橋後。匆匆相見夜將闌，更
> 應副、家家乞巧。（楊无咎〈鵲橋仙〉）
>
> 鵲橋初會明星上。執手還惆悵。莫嗟相見動經年。猶勝人間
> 一別、便終天。（袁去華〈虞美人〉）
>
> 銀河自有鵲爲橋，又那要、蘭舟桂檝。（郭應祥〈鵲橋仙〉）

　　在眾鳥中爲什麼要以鵲鳥架橋來渡牛郎織女呢？根據閩南一帶
民間的傳說：織女和牽牛幽會被天帝發現，被關在房裡不准出來，
正在遙望流淚，窗外飛來了一隻鵲鳥，她就叫鵲鳥飛去對牽牛說「你
每七日來和我相會一次」。口笨的鵲鳥去了，卻把「七日」說成「七
夕」，於是這對情人只能每年七夕會一次。爲了處罰鵲鳥的錯誤，
因此命牠架橋。**㉑**這個傳說應該由來已久，在宋詞中就有晏幾道〈鷓
鴣天〉寫道：

> 當日佳期鵲誤傳。至今猶作斷腸仙。橋成漢渚星波外，人在
> 鸞歌鳳舞前。　　歡盡夜，別經年。別多歡少奈何天。情知
> 此會無長計，咫尺涼蟾亦未圓。

㉑　王孝廉：《中國的神話與傳說》（臺北：聯經出版事業公司，1977年2月），
　　頁210。

張鎡〈木蘭花慢〉（七夕）也寫道：「被鵲誤仙盟，經年恨阻，銀漢迢迢。牛閒更停弄杼，趁佳期、華幄傍星橋。」可見鵲鳥傳錯訊息而受懲罰架橋的傳說，在宋代已經普遍流行了。

在七夕的習俗中，有一種用蜘蛛來乞巧的儀式，如《開元天寶遺事》卷二〈蛛絲卜巧〉條記載：「帝與貴妃每至七月七日夜，在華清宮游宴時，宮女輩陳瓜花酒饌列於庭中，求恩於牽牛織女星也。又各捉蜘蛛閉於小盒中，至曉開，視蛛網稀密以爲得巧之候，密者言巧多，稀者言巧少。民間亦效之。」❷宋吳自牧《夢粱錄》卷四〈七夕〉亦載：「乞巧于女牛。或取小蜘蛛，以金銀小盒兒盛之，次早觀其網絲圓正，名曰『得巧』。」❷蜘蛛在古代又稱「嬉子」、「喜蛛」，因含有「喜」，所以被認爲吉祥喜慶之物，晉葛洪《西京雜記》卷三引漢代陸賈對樊噲語：「乾鵲噪而行人至，蜘蛛集而百事喜。」❷由於蜘蛛是喜事的徵兆，又是乞巧的媒介，因此在唐宋詞中經常和鵲鳥一起出現報喜，或和鵲橋並用於七夕的作品中。如：

> 蜘蛛喜鵲誤人多，似此無憑安足信。（歐陽修〈玉樓春〉）
>
> 馬上匆匆聽鵲喜，朦朧月淡黃昏。……暫別寶奩蛛網遍，春風淚污榴裙。（晁補之〈臨江仙〉）
>
> 鵲喜蛛絲都未判。連環空約腕。（趙彥端〈謁金門〉）

---

❷ 〔五代〕王仁裕：《開元天寶遺事》卷2，《景印文淵閣四庫全書》，冊1035，頁854。

❷ 〔宋〕孟元老等著：《東京夢華錄外四種》（臺北：大立出版社，1980年10月），頁159－160。

❷ 〔晉〕葛洪：《西京雜記》卷3，《景印文淵閣四庫全書》，冊1035，頁14。

> 候蛛絲,占鵲喜。依舊濃愁一紙。(黃機〈更漏子〉)
>
> 蛛絲有恨,鵲橋何處,回首又成惆悵。(王之道〈鵲橋仙〉)
>
> 想天津、鵲橋將駕,看寶奩、蛛網初抽。(葛立方〈多麗〉)
>
> 銀漢橋成烏鵲喜,金奩絲巧蜘蛛吐。見幾多、結綵拜樓前,穿針女。(京鏜〈滿江紅〉)

以上這些詞例,都是蜘蛛和鵲鳥並列,有的是正用,說兩者是傳報喜訊;有的則是反用,說兩者報喜並不可靠;有的還以對仗方式呈現,顯得特別工整。

五、「夜深烏鵲向南飛」──漂泊、淒涼

宋陳三聘〈南柯子〉(七夕)詞上片寫道:「月傍雲頭吐,風將雨腳吹。夜深烏鵲向南飛。應是星娥顰恨、入雙眉。」透過七夕的淒涼景象,表現織女聚少離多的痛苦。這裡「烏鵲向南飛」,出自三國魏曹操〈短歌行〉:「月明星稀,烏鵲南飛。繞樹三匝,何枝可依?」曹詩以烏鵲南飛、無枝可棲,寄寓亂世之中,英雄流離失所的現象。後世文人於是以「鵲飛」、「烏鵲飛」、「烏鵲南飛」、「南飛烏鵲」等當作典故,如唐劉滄〈八月十五日夜玩月〉詩寫道:「中秋朗月靜天河,烏鵲南飛客恨多。」唐儲嗣宗〈宋州月夜感懷〉詩也寫道:「寂寞青陵臺上月,秋風滿樹鵲南飛。」或寫漂泊的痛苦,或寫處境的淒涼。

在唐宋詞中,我們也經常見到「烏鵲南飛」的句子,如向子諲〈清平樂〉(滁陽寄邵子非諸友):

　　雲無天淨。明月端如鏡。烏鵲遶枝棲未穩。零露垂垂珠隕。

　　　　扁舟共絕潮河。秋風別去如梭。今夜淒然對影，與誰斟

　　酌姮娥。

這首詞是作者漂泊他鄉，寄給朋友的作品。詞中寫他在異鄉的孤單
淒涼，只有形影相弔，對月獨酌。其中「烏鵲遶枝棲未穩」，正象
徵作者漂泊無定的生活。再舉一些詞句爲例：

　　賢人命，從來薄。流水意，知誰託。遶南枝身似，未眠飛鵲。
　　（晁補之〈滿江紅〉）

　　夜深鵲轉南柯。慘別意、無奈愁何。他年事、不須重問，轉
　　更愁多。（周紫芝〈沙塞子〉）

　　滿院啼螿人未眠。掩重關。烏鵲南飛風露寒。（蔡伸〈憶王孫〉）

　　疏星外、烏鵲南飛。今何夕，空浮大白，一笑共誰持。（袁去
　　華〈滿庭芳〉）

　　周郎英發人間少。謾依然、烏鵲南飛，山高月小。（宋自遜〈賀
　　新郎〉）

　　歎行雲流水，寒枝夜鵲，楊柳灣頭。浪打石城風急，難繫莫
　　愁舟。（張炎〈甘州〉）

以上這些南飛的鵲鳥，得不到安穩的棲所，隱含作者漂泊無定、處
境淒涼的生活寫照。

　　〈短歌行〉中無枝可棲的烏鵲，在文人的心目中也常成爲一隻
受驚的鵲鳥，所以「驚鵲」一詞，往往也比喻漂泊、無處棲身的人。
如唐方干〈送葉秀才赴舉兼呈宮呂少監〉詩寫道：「尊盡離人看北

斗，月寒驚鵲繞南枝。」唐錢起〈秋夜梁七兵曹同宿二首〉也寫道：
「星影低驚鵲，蟲聲傍旅衣。」這兩首詩以「驚鵲」和「離人」、
「旅衣」相對，可見受驚的鵲鳥和漂泊的旅人關係極為密切。唐宋
詞中「驚鵲」也經常出現，茲舉南宋范端臣〈念奴嬌〉一詞為例：

> 尋常三五，問今夕何夕，嬋娟都勝。天豁雲收崩浪淨，深碧
> 琉璃千頃。銀漢無聲，冰輪直上，桂涇扶疏影。綸巾玉麈，
> 庾樓無限清興。　　誰念江海飄零，不堪回首，驚鵲南枝冷。
> 萬點蒼山何處是，修竹吾廬三徑。香霧雲鬟，清輝玉臂，醉
> 了愁重醒。參橫斗轉。轆轆聲斷金井。

這首詞是作者漂泊他鄉，在十五月圓的時候，想念起自己的家園及
妻子，表現出無限的惆悵。詞中的「驚鵲南枝冷」，正是作者「江
海飄零」的淒涼寫照。另外如晁補之〈臨江仙〉：「曾唱牡丹留客
飲，明年何處相逢。忽驚鵲起落梧桐。……莫歎今宵身是客，一尊
未曉猶同。」曹組〈品令〉：「獨倚屏山欲寐，月轉驚飛烏鵲。促
織兒、聲響雖不大，敢教賢、睡不著。」等詞中受驚的鵲鳥，也都
有漂泊為客的意味。

另外在寒天出現的鵲鳥，就成為「凍鵲」，如呂渭老〈浣溪沙〉
寫道：

> 風掃長林雪壓枝。紛紛凍鵲傍簾飛。一尊聊作破寒威。　　春
> 意正愁梅漏泄，客情尤怕病禁持。曲闌干外日初遲。

這些傍簾飛的「凍鵲」，和作者漂泊為客似乎也互相呼應。

六、「羞臨鵲鑑」、「鵲爐香細」、「鵲錦新恩」
——裝飾

宋楊澤民〈瑣窗寒〉詞云：「倦拂鴛衾，羞臨鵲鑑，懶開窗戶。」描寫閨中女子因想念浪遊不歸的丈夫，而封閉自己，形容憔悴，羞於照鏡。這裡的「鵲鑑」，是指背後鑄有鵲鳥形狀的銅鏡。為什麼要以鵲鳥作為銅鏡的裝飾呢？根據《太平御覽》卷七一七引漢東方朔《神異經》云：「昔有夫婦將別，破鏡，人執半以為信。其妻與人通，其鏡化鵲飛至夫前，其夫乃知之。後人因鑄鏡為鵲安背上，自此始也。」㉕因為有這樣的一則故事，所以鵲鳥就和鏡子扯上關係，「鵲鏡」也成為鏡子的另外一個詞語了。如梁吳均〈和蕭洗馬子顯古意〉詩六首其三云：「願為飛鵲鏡，翩翩照離別。」宋代詞人賀鑄《東山詞》也曾兩次用了「鵲鏡」這一詞語，一在缺調名（原調名為〈小重山〉，作者新命調名已缺。首句只剩「隔水桃花」四字）中云：「□妝飛鵲鏡臺前」；一在〈國門東〉（原調名〈好女兒〉），全詞如下：

> 車馬匆匆。會國門東。信人間、自古銷魂處，指紅塵北道，
> 碧波南浦，黃葉西風。　　埃館娟娟新月，從今夜、與誰同。
> 想深閨、獨守空床思，但頻占鏡鵲，悔分釵燕，長望書鴻。

這是一首以離別相思為題材的作品，上片寫的是離別的情景，末三

㉕　〔宋〕李昉等撰：《太平御覽》（臺北：新興書局，1959年1月），卷717，頁3134。

句具體的描繪離別的地點與時間,用的是鼎足對,「紅」、「碧」、「黃」為顏色對,「北」、「南」、「西」為方位對,極為精美工整。下片則進一步描寫遠行者的道里之思。遠行者想念閨中人,卻從閨中人的情思下筆,說閨中人獨守空床,日夜盼望我的音信,期待我的歸來。末三句也是用鼎足對,按照文意,「鵲」、「燕」、「鴻」三字本可省略,但如果徑作「頻占鏡,悔分釵,長望書」,那就一點生氣都沒有了。作者匠心獨運,用了這三種飛鳥,使對仗句變得活潑生動。㉖其中「頻占鏡鵲」,即「頻占鵲鏡」的倒裝,是說頻用鵲鏡來占卜行人是否歸來,及具體的歸來日期。㉗

宋晏殊〈殢人嬌〉詞下片云:「鳳笙移宮,鈿衫迴袂。簾影動,鵲爐香細。南真寶籙,賜玉京千歲。」描寫壽宴上既有樂舞的耳目之娛,又有縷縷爐香滿足賓客的嗅覺,主宰人壽的南極老人星將以符籙賜給壽星千歲。這是一首祝壽的作品,其中的「鵲爐」語本南朝齊王琰《冥祥紀》:「(費崇先)每聽經,常以鵲尾香爐置膝前。」㉘因為鵲鳥尾巴長,古人以鵲尾為造型所製成的長柄香爐,就稱為「鵲

㉖ 參見《唐宋詞鑑賞辭典·唐五代北宋卷》(上海:上海辭書出版社,1988年4月),頁919-920,鍾振振鑑賞。

㉗ 以鏡占卜,也是古人習俗,〔元〕伊世珍:《瑯嬛記》(臺北:新文豐出版公司,1985年《叢書集成新編》本)卷上引《貫子說林》云:「鏡聽咒曰:『並光類儷,終逢協吉。』先覓一古鏡,錦囊盛之,獨向竈神,勿令人見,雙手捧鏡,誦咒七遍,出聽人言,以定吉凶;又閉目信足走七步,開眼照鏡,隨其所照,以合人言,無不驗也。昔有一女子卜行人,聞人言曰:『樹邊兩人。』照見簪珥,數之得五,因悟曰:『樹邊兩人』,非『來』乎?五數,五日必來也。」至期果至,此法惟宜於婦女。」

㉘ 見魯迅輯:《古小說鉤沉》(臺北:盤庚出版社,1978年10月),頁518。

尾香爐」、或簡稱「鵲尾爐」、「鵲爐」。在宋詞中這種香爐頗爲常見，茲再舉數例如下：

> 映山黃帽螭頭舫，夾岸青煙鵲尾鑪。（蘇軾〈瑞鷓鴣〉）
>
> 小亭露壓風枝動。鵲爐火冷金瓶凍。（舒亶〈菩薩蠻〉）
>
> 鵲尾吹香籠段，且醉金蕉。（葛立方〈春光好〉）
>
> 醉面勻紅，香囊暗惹，鵲尾煙頻炷。（姚述堯〈念奴嬌〉）
>
> 鵲尾鑪生香篆細，又作如何祈祝。（廖行之〈念奴嬌〉）

宋吳文英〈鳳池吟〉（慶梅津自鐵漕除右司郎）詞下片云：「長安父老相語，幾百年見此，獨駕冰輪。又鳳鳴黃幕，玉宵平溯，鵲錦新恩。」這是一首祝賀人家升官的作品，其中「駕冰輪」，比喻升遷之速；「平溯」也是比喻升遷；「鵲錦新恩」，根據《宋史・輿服志》卷一五三：「景德元年，始詔河北、河東、陝西三路轉運使、副，並給方勝練鵲錦。」❷❾所以這裡是指梅津初爲幕僚，後來繼升運判之事。❸⓿皇帝所賜給官員的「鵲錦」，一定是上面繡有鵲鳥圖案，以表示喜氣。吳文英在〈高陽臺〉（送王歷陽以右曹赴闕）詞中又云：「春風侍女衣籌畔，早鵲袍、已暖天香」，「鵲袍」的用法也是和「鵲錦」一樣，有特定的升遷意涵。另外在宋詞中，如章斯才〈水調歌頭〉（壽楊憲）：「衣袞繡，袍練鵲，紐雙縈。」用法也是一樣。又王沂孫〈高陽臺〉（紙被）：「籌熏鵲錦熊氈，任粉融脂浣，猶怯

---

❷❾ 〔元〕脫脫等撰：《宋史・輿服志》（臺北：鼎文書局，1980年5月），卷153，頁3572。

❸⓿ 根據楊鐵夫箋釋：《夢窗詞全集箋釋》（臺北：學海出版社，1975年2月），頁168。

癡寒。」這裡的「鵲錦」只用原意,指繡有鵲鳥的錦被,並沒有引申爲升遷之意。

以上所舉的「鵲鑑」、「鵲爐」、「鵲錦」,或由於傳說鏡化爲鵲,或由於鵲鳥尾長、報喜等因素,而使鵲鳥成爲器物的裝飾,也因此出現在詞人的作品中。

七、「鳷鵲樓高」、「阿鵲頻頻」──其他

唐宋詞中,還有些詞語含有「鵲」字,雖和鵲鳥未必有關,但因相當常見,所以也特別舉出來。如蘇軾〈哨遍〉詞所云:「任滿頭紅雨落花飛。漸鳷鵲樓西玉蟾低。尙徘徊、未盡歡意。」描寫賞花及聽歌看舞,雖然已經到了落花成陣,月亮西沉的地步,但仍然興致勃勃,還要歡樂下去。這裡的「鳷鵲樓」,即鳷鵲觀,是漢武帝在長安甘泉宮外所建的一座樓臺。《文選·司馬相如〈上林賦〉》:「過鳷鵲,望露寒,下棠梨,息宜春。」郭璞注引張揖曰:「此四觀,武帝建元中作,在雲陽甘泉宮外。」❸唐李頎〈送康洽入京進樂府歌〉云:「新詩樂府唱堪愁,御妓應傳鳷鵲樓。」詩中所指的是長安的鳷鵲樓。

除了北方長安有「鳷鵲樓」外,在南方也有一座「鳷鵲樓」,位在江蘇南京。南朝梁吳均〈與柳惲相贈答〉詩之一云:「日映昆明水,春生鳷鵲樓。」唐李白〈永王東巡歌〉之四亦云:「春風試

---

❸ 〔梁〕蕭統編,〔唐〕李善注:《文選》(臺北:藝文印書館,1971年3月),卷8,頁131。

暖昭陽殿，明月還過鳷鵲樓。」王琦注：「吳均詩『春生鳷鵲樓』，是皆謂金陵之昭陽殿、鳷鵲樓也。舊注以爲在長安者，非是。」❸因此南宋詞人作品中所出現的「鳷鵲樓」，指的應該都是南京的「鳷鵲樓」。

如楊冠卿〈水龍吟〉寫道：「石城鍾阜，雄依天塹，鼎安神器。鳷鵲樓高，建章宮闊，玉繩低墜。」這裡很明顯是在描寫南京城的「鳷鵲樓」及「建章宮」。「建章宮」一般所認識的是漢代長安的宮殿，其實南朝宋時也曾在南京築「建章宮」。❸南朝齊謝脁〈暫使下都夜發新林至京邑贈西府同僚〉詩曾寫道：「金波麗鳷鵲，玉繩低建章。」當時謝脁所至的「京邑」，就是南京城，所以「鳷鵲」、「建章」指的是位在南京城的「鳷鵲樓」及「建章宮」，而楊冠卿的詞句也顯然是化自謝脁的詩句。茲再舉一些描寫「鳷鵲樓」的詞句如下：

> 鳷鵲樓高天似水，碧瓦寒生銀粟。（徐俯〈念奴嬌〉，此首別作李邴詞）
> 鳷鵲樓高，建章門迥，星河耿耿。（曾覿〈水龍吟〉）
> 雲海沈沈，峭寒收建章，雪殘鳷鵲。（康與之〈漢宮春〉）
> 鳷鵲樓高晚雪融。鴛鴦池暖暗潮通。（張孝祥〈浣溪沙〉）
> 鳷鵲樓前迎風處，吹墮乘槎星使。（魏了翁〈賀新郎〉）

---

❸ 瞿蛻園等校注：《李白集校注》（臺北：里仁書局，1981年3月），頁549。

❸ 〔梁〕沈約：《宋書·前廢帝紀》（臺北：鼎文書局，1980年5月）卷7：「（永光元年秋八月）甲申，以北邸爲建章宮，南第爲長楊宮。」

以上的作者都是南宋詞人，所以寫的應該也都是南京城的「鴉鵲樓」。

另外，在宋詞中還有一個常用的詞語「阿鵲」，如黃中〈瑞鶴仙〉（用陸淞韻）云：「任相如多病，沈郎全瘦，都沒音塵寄問。便做無、阿鵲頻頻，可能睡穩。」意思是說縱使自己多病憔悴，情人卻無音訊存問，毫不惦念我，我即使不打噴嚏頻頻，又怎能睡得安穩呢？「阿鵲」原是噴嚏聲的象聲詞，古人認爲有人在背地裡記憶惦念，則會打噴嚏。所以也用來表示背地裡被人說及。❸ 茲再舉數例如下：

> 不怕與人尤殢。只怕被人調戲。因甚無箇阿鵲地。沒工夫說裡。（辛棄疾〈謁金門〉）
>
> 阿鵲數歸程。人倚低窗小畫屏。（洪咨夔〈南鄉子〉）
>
> 四海皆兄弟，阿鵲也、同添一歲。（孫惟信〈水龍吟〉）
>
> 阿鵲。幽芳月淡，紫曲雲昏，有人說著。（趙聞禮〈瑞鶴仙〉）
>
> 一聲阿鵲。人在雲西角。（無名氏〈霜天曉角〉）

以上除孫惟信〈水龍吟〉的打噴嚏另有添歲的意義外，❸ 其餘的打噴嚏則都指有人在背地裡記憶惦念，或背地裡被人說及。

---

❸ 參見張相：《詩詞曲語辭匯釋》（北京：中華書局，1997年1月），卷6，「阿鵲」條，頁841。

❸ 張相：《詩詞曲語辭匯釋》引李處全守歲詞《玉樓春》云：「要知一歲巳尋儂，聽打個驚人噴嚏。」證明打噴嚏有添歲之徵。見同前注，頁842。

八、結 語

宋程大昌〈浣溪沙〉（餞萬大卿。前一夜有月，此日不得用樂作）詞
云：「物本無情人有情。百般禽咮百般聲。有人聞鵲不聞鶯。」在
唐宋詞中，雖然「群鶯亂飛」，「鶯」字的出現高達一二三六處之
多，❸比起「鵲」字的三二五處幾乎高達四倍，但確實也有不少詞人
喜愛鵲鳥，將鵲鳥寫入作品裡面。鵲鳥原本只是飛禽的一種，牠和
其他萬物一樣都是一種客觀的存在，而由於人類的主觀情感因素，
於是將「無情」的鵲鳥變成「有情」，和人類的日常生活乃至於情
感世界產生密切的聯繫。從本文的歸納探討之後，鵲鳥在唐宋詞中
主要有以下六種意義：

(一)報 喜

由於鵲鳥聲音喳喳吵雜，顯得特別喧鬧，似乎和喜慶的熱鬧氣
氛相呼應，所以自古就被認為喜事來臨的象徵，普遍在民間流傳，
因此詞人心目中的鵲鳥，也是以報喜最為大宗。古人最痛苦的感情
負擔，莫過於離別，江淹〈別賦〉即點出：「黯然消魂者，唯別而
已矣！」如果遠行的人能夠回來，則是莫大的喜事，因此鵲鳥報喜，
又成為行人將歸之兆，在唐宋人相思念遠的詞作中，鵲鳥大部分以
這樣的意義出現。

---

❸ 根據「網路展書讀」網站「唐宋詞多媒體網路教學系統綜合檢索」
（http://cls.hs.yzu.edu.tw/TST/HOME.HTM）所得的統計。

㈡報 晴

鵲鳥生性喜歡乾燥，在天氣放晴時經常在第一時間出來鳴叫，因此古代又有人認爲牠能預知天晴。但這種報晴的說法，在唐代的詩詞中並未出現，可能到了宋代才普遍流傳，所以宋詞中有不少的鵲鳥是以報晴的姿態出現的。

㈢相 會

牛郎織女七夕鵲橋相會的傳說由來已久，這則愛情故事非常浪漫感人，尤其在初秋乍涼的星空，遙望這兩顆隔著天河的明星，不禁讓天下有情男女引發許多遐思。像北宋大文豪歐陽修就曾以〈漁家傲〉和〈鵲橋仙〉寫下四首歌詠七夕的作品，其中〈鵲橋仙〉的調子還是歐陽修首創，調名因詞中有「鵲迎橋路接天津」句而來。❸❼宋代詞人吟詠七夕的作品相當多，因此鵲鳥架橋渡牛女的民間故事也大量被寫入詞中，不論是同情牛郎織女一年一次相會，或者是欽羨兩人感情永固，「鵲橋」也就具有男女相會的特殊意義。

㈣漂泊、淒涼

鵲鳥雖然在傳說中有報喜、報晴、相會等多種吉祥意涵，但生長在亂世的一代梟雄曹操，卻從南飛的烏鵲中引發有異於傳統的感觸，而寫出流傳千古的〈短歌行〉，「月明星稀，烏鵲南飛。繞樹三匝，何枝可依？」也成爲後世大眾琅琅上口的名句。因此詞人在

---

❸❼ 參見〔清〕清聖祖敕撰：《御製詞譜》（臺北：閩汝賢據殿本縮印，1976年1月），卷12，頁214。

漂泊流離時，經常想到自己就像無枝可棲的烏鵲；或者處境淒涼、心情鬱悶時，週遭伴隨著總是寒枝夜鵲；這時的鵲鳥已不再報喜，而寓含有漂泊、淒涼的意義。

(五)裝　飾

由於《神異經》記載鏡化爲鵲的神奇故事，使鵲鳥成爲銅鏡背後的圖案，「鵲鏡」一詞自然比平常的鏡子具有意涵。又由於鵲鳥尾巴長，古人製香爐就特別以鵲尾爲造型，這種長柄香爐就稱爲「鵲爐」。鵲鳥是吉祥的徵兆，因此古人喜歡將牠繡入錦袍中，而成爲「鵲錦」、「鵲袍」，以上這些詞語也出現在宋詞中，但這時的鵲鳥並不是鮮活的生命，牠只不過是裝飾而已。

(六)其　他

在唐宋詞中另有常見含「鵲」字的詞語，如「鳷鵲樓」、「阿鵲」，「鳷鵲樓」是樓臺名，「阿鵲」只是噴嚏聲的象聲詞，其實和鵲鳥並沒有關係，因爲這些詞語也常出現，故附帶提及。

從本文的討論歸納，我們可以發現一個事實，就是詞人在將鵲鳥寫入作品時，鵲鳥已經不再只是自然的生命，而是染有人文色彩的另一個生命；尤其中國文化經過長期的積累，神話故事、民間傳說、社會習俗、歷代詩文等都將某一自然景物，往往賦予某些固定的意義，所以我們要理解前人的作品，必須先破解作者取材的景物所代表的特殊意義，如此才能深入到作品的底層，對作者的創作心境有更深的體認。

——原載《宋代文學研究叢刊》8 期（2002 年 12 月），頁 217－236。

詞中的荒謬

　　在現實的人生舞臺上，天天都有稀奇古怪的劇情在上演，在正常人的眼光中，總覺得格格不入，相當荒謬，如有人在水底結婚，有人比賽接吻，等等鮮事不一而足。但如果大家都依照一種模式，一種規矩，有板有眼生活，試想這世界還有什麼可觀呢？或許人生必須有些荒謬來點綴，才會顯得多彩多姿，社會才能成為一個萬花筒，這就是現代人的口頭禪——「多元化」吧？在文學的領域上也是如此，如果天下所有的作品都像公文一樣，按照主旨、說明、辦法一定的格式去創作，想也就沒有所謂的文學了。文學作品貴在創新，而新奇本身在旁人看來往往是一種荒謬，文學作品的名句，往往是最荒謬的。因此本文試從詞中提出一些荒謬的句子，供大家欣賞。

第一種荒謬：「風乍起，吹皺一池春水」

　　「風乍起，吹皺一池春水」，這是馮延巳〈謁金門〉的名句。馮延巳在南唐李璟時為相，他的詞寫得非常好，有一次李璟曾戲弄他：「吹皺一池春水，干卿底事？」馮延巳對曰：「未如陛下『小

樓吹徹玉笙寒』（〈攤破浣溪沙〉）」。君臣都是詞人，這種對話很有意思，不管「風把春水吹皺」，或是「玉笙將小樓吹寒」，都是「干卿底事」？如果與卿無關，造這些句子不是很荒謬嗎？我們再看溫庭筠的名句：「梧桐樹，三更雨，不道離情正苦，一葉葉，一聲聲，空階到明。」（〈更漏子〉）這也是很荒謬的句子，「梧桐樹，三更雨」跟他什麼關係，「空階滴到明」又干卿底事呢？所以我們以理性的眼光去看，這些名句都是荒謬的，如果以這種眼光去看世界，人是人，物是物，我是我，你是你，大家好像都不相干，如果以有情的眼光去看的話，物我可以合一，人己亦可一體，人飢己飢，人溺己溺，這個世界就熱鬧起來了。

在《莊子·秋水篇》裏有一段很有名的辯論——莊子與惠子游於濠梁之上，莊子曰：「儵魚出遊從容，是魚之樂也。」惠子曰：「子非魚，安知魚之樂？」莊子曰：「子非我，安知我不知魚之樂？」惠子曰：「我非子，固不知子矣；子固非魚矣，子之不知魚之樂全矣。」莊子曰：「請循其本。子曰『汝安知魚樂』云者，既已知吾知之而問我，我知之濠上也。」這一段辯論很有意思，如果我們從邏輯推理來看似乎是惠施佔上風，莊子只是強辯而已。但也並不能認爲莊子說「魚在游很快樂」是錯誤的，因爲莊子是以感性的眼神來看魚，「魚在游很快樂」是誰在快樂呢？其實應該是莊子很快樂，如果他心情不快樂的話，看魚在游恐怕就如在痛苦深淵中掙扎一樣。

我們回過頭來看前面的詞句：「風乍起，吹皺一池春水」，是不是眞的「干卿底事」？「春水被吹皺」到底是誰被吹皺，其實就是作者的心。就像一般人寫作文常用的句子：「在我平靜的心湖裏，盪漾起陣陣的漣漪。」作者描寫一個痴情的女子：「鬥鴨欄干獨倚，

碧玉搔頭斜墜，終日望君君不至，舉頭聞鵲喜」，所以借用擬人化的手法，把感情移到無生命的春水上，使春水也變成有生命，被風吹皺了。「小樓吹徹玉笙寒」，這種「寒」也是李璟內心的淒涼寒意，所以接著「多少淚珠何限恨，倚欄干」。溫庭筠的「梧桐樹，三更雨，不道離情正苦，一葉葉，一聲聲，空階滴到明」，因為溫庭筠陷在離別的痛苦裏面，雨打在梧桐樹葉的聲音，雨滴到天亮，這正是他夜長難熬，不斷落淚的寫照。詞人以有情的眼光去看世界萬物，所以世界萬物都蒙上詞人的色彩，很多不相干的事物，都變成有意義了。我們常說：「情人眼中出西施」，本來是一位東施，但在有情的眼光裏就變成西施了。因此遠山會含笑，花也會凝愁帶恨，杜甫的「感時花濺淚」、「恨別鳥驚心」，也就不值得稀奇了。

我再舉一些這類型的詞句，如牛希濟〈生查子〉：「記得綠羅裙，處處憐芳草」、歐陽修〈蝶戀花〉：「淚眼問花花不語，亂紅飛過鞦韆去」、蘇軾〈水調歌頭〉：「不應有恨，何事長向別時圓」、李清照〈如夢令〉：「知否，知否，應是綠肥紅瘦」。

第二種荒謬：「試問閒愁都幾許？一川煙草，滿城風絮，梅子黃時雨」

這是賀鑄〈青玉案〉的名句，他因此贏得「賀梅子」的稱號，以後的詞人凡是用〈青玉案〉詞牌來填詞的，大部分都是和他的韻，影響非常深遠。但這些句子看起來也非常荒謬，「一川煙草，滿城風絮，梅子黃時雨」和閒愁有什麼關係呢？愁是抽象的，煙草、風絮、梅雨都是具體的，似乎風馬牛不相干。但只要加以深究，把兩

者的共同點提出來，就可豁然貫通。「一川煙草」是比喻愁的多，「滿城風絮」是比喻愁的亂，「梅子黃時雨」是比喻愁的長，這樣子我們就知道詞人的閒愁是如何的多，如何的亂，如何的長。用具體來比喻抽象，讓人似乎可以捉摸，難怪乎變成名句了。比喻最重要的是要能捉住喻體（被比喻的本體）和喻依（比喻的部分）的共同點，否則就變成各說各話了。像蘇軾〈日喻〉一文所敘述的，有個瞎子，沒有見過太陽，就問人家太陽像什麼？有人告訴他太陽像銅槃。後來他聽到鐘的聲音，以為是太陽。瞎子又問人家太陽像什麼？有人告訴他像蠟燭，後來他摸到簫，以為是太陽。這是瞎子沒有掌握到喻體和喻依的共同點。太陽似銅槃，是指它的形狀，並不是指它的聲音；太陽似蠟燭，是指它的光，並不是指它的形狀。因為瞎子誤會了，才有這種差錯。我們讀文學作品，也要注意這種共同點，才能體會其中的奧妙。如有人用比喻：「書本就像降落傘」，知道「要打開才有用」這個共同點後，一定發出會心的微笑，否則就不知所云了。

以下我們再看詞中同屬這類型荒謬的句子，如李煜〈清平樂〉：「砌下落梅如雪亂，拂了一身還滿」，又「離恨恰如春草，更行更遠還生」、歐陽修〈踏莎行〉：「離愁漸遠漸無窮，迢迢不斷如春水」、秦觀〈八六子〉：「恨如芳草，萋萋剗盡還生」、李彌遜〈謁金門〉：「愁似落花難掃，一醉一回才忘了，醒來還滿抱」、辛棄疾〈青玉案〉：「東風夜放花千樹，更吹落星如雨」、辛棄疾〈念奴嬌〉：「舊恨春江流不盡，新恨雲山千疊」。

第三種荒謬：「只恐雙溪舴艋舟，載不動許多愁」

這是李清照〈武陵春〉的詞句，全首是：「風住塵香花已盡，日晚倦梳頭。物是人非事事休。欲語淚先流。　聞說雙溪春尚好，也擬泛輕舟。只恐雙溪舴艋舟，載不動許多愁。」愁是一種感受，一種概念，一種抽象名詞，並不是具體的東西，怎麼會有重量，使雙溪舴艋舟載不動呢？是不是很荒謬？

我們再看呂渭老的〈卜算子〉：「若寫幽懷一段愁，應用天為紙」，天怎麼當紙，即使天可以當紙，愁真的要用那麼大的紙才寫得完嗎？這是不是也很荒謬？

如果我們寫文章處處以常理來創作的話，讀者一定索然無味。東漢王充《論衡》曾說：「俗人好奇，不奇，言不用也。故譽人不增其美，則聞者不快其意；毀人不益其惡，則聽者不愜於心。聞一增以為十，見百益以為千。」夏桀、商紂真的有那麼壞嗎？其實並沒有那麼壞，早在孔子時代，子貢就曾說過：「紂之不善，不如是之甚也。是以君子惡居下流，天下之惡皆歸焉。」（《論語‧子張篇》）所以桀紂的壞，是後人不斷吹牛，把他們說的那麼壞，如果求真實，不能亂吹牛，但文學作品則不然，不說的壞一點，有誰喜歡聽呢？當然歷史要求真實，不能亂吹牛，但文學作品則不然，必須要吹牛，才會贏得讀者的喜愛。《詩經‧大雅‧雲漢篇》形容旱災的慘烈，云：「周餘黎民，靡有孑遺」，這並不是說人民全部死光，如果周朝人民沒有一個留下來，中國歷史恐怕要改寫了。其實它只是一種誇張的形容而已，所以孟子說：「說詩者，不以文害辭，不以辭害

志。」（《孟子·萬章篇》）就是說不要因為表面的文辭，而誤解了作者眞正內心的含意。如我們描寫戰爭的慘烈，用「血流漂杵」，是不是眞的血能把杵漂浮起來，當然不是，這是一種誇大其辭而已。因此我們重新檢視「只恐雙溪舴艋舟，載不動許多愁」，並不是說愁眞的有重量，小舟載不動，而是誇大形容心情的痛苦，愁的沈重，不是泛舟就可排遣。同樣地，呂渭老的〈卜算子〉：「若寫幽懷一段愁，應用天爲紙」，也是誇大形容內心的愁非常多，並不是三言兩語所能敘述完的，因此才說出應用天爲紙。

我們再看詞中這一類型的句子，如范仲淹〈御街行〉：「愁腸已斷無由醉，酒未到，先成淚」、葉夢得〈襄陽歌〉：「百年三萬六千日，一日須傾三百杯」、呂渭老〈一落索〉：「一山紅葉爲誰愁，供不盡、相思句」、張孝祥〈念奴嬌〉：「盡吸西江，細斟北斗，萬象爲賓客」等，這些句子表面看起來荒謬，但我們不能「以文害辭，以辭害志」，須要瞭解作者的用意。

第四種荒謬：「小舟從此逝，江海寄餘生」

這是蘇軾〈臨江仙〉的句子，整首詞是：「夜飲東坡醒復醉，歸來彷彿三更。家童鼻息已雷鳴，敲門都不應，倚杖聽江聲。　　長恨此身非我有，何時忘卻營營。夜闌風靜縠紋平，小舟從此逝，江海寄餘生。」根據葉夢得《避暑錄話》記載：「子瞻與客飲江上，夜歸，江面際天，風露浩然，有當其意，乃作歌詞，所謂『夜闌風靜縠紋平，小舟從此逝，江海寄餘生』者，與客大歌數過而散。翌日喧傳子瞻夜作此詞，挂冠服江邊，拏舟長嘯去矣。郡守徐君猷聞

之，驚且懼，以爲州失罪人，急命駕往謁，則子瞻鼻鼾如雷猶未興。」當時人聽了東坡「小舟從此逝，江海寄餘生」的詞句，以爲他眞的溜走，要依靠江海過活，才會鬧出笑話，這是一件很荒謬的事情。

另外朱敦儒的〈朝中措〉：「先生筇杖是生涯。挑月更擔花。把住都無憎愛，放行總是煙霞。　飄然攜去，旗亭問酒，蕭寺尋茶。恰似黃鸝無定，不知飛到誰家。」裏面的「挑月更擔花」，花可以擔，月亮如何挑呢？不是很荒謬嗎？

其實「小舟從此逝，江海寄餘生」，及「挑月更擔花」都只是象徵著另外一種意義而已。「江海」象徵著自由、開闊、無拘無束，東坡覺得一生汲汲營營於宦途，常身不由己，因此極欲擺脫，想追求自由自在的生活，所以說「小舟從此逝，江海寄餘生」，並不是眞的要駕著小舟，在江海中過日子。而朱敦儒詞中的「梅花」、「月亮」，也都用來當作「高潔」、「超脫塵俗」的象徵，所以「挑月更擔花」並不是眞的要挑月擔花。

我們再看一些這類型的句子，如溫庭筠〈菩薩蠻〉：「新貼繡羅襦，雙雙金鷓鴣」，「雙雙金鷓鴣」象徵著愛情的永固，以襯托這位女子失去愛情的悲哀。李煜〈浪淘沙〉：「金劍已沉埋，壯氣蒿萊」，金劍象徵著復國的希望，現在把金劍沉埋，代表希望已經幻滅了。蘇軾〈定風波〉：「回首向來蕭瑟處，歸去，也無風雨也無晴」，風雨象徵逆境、挫折，晴天象徵順境、如意，「也無風雨也無晴」表現出東坡憂樂兩忘的曠達心境。

第五種荒謬：「樓前芳草接天涯，勸君莫上最高梯」

這是周邦彥〈浣溪沙〉的句子，整首詞是：「樓上晴天碧四垂，樓前芳草接天涯，勸君莫上最高梯。　新筍已成堂下竹，落花都上燕巢泥，忍聽林表杜鵑啼。」上片寫的景色這麼優美，晴空萬里，一片芳草，為什麼勸人家不要上最高梯，實在令人感覺納悶、荒謬。

我們再看李清照〈鳳凰臺上憶吹簫〉的句子：「生怕閒愁暗恨，多少事欲說還休。今年瘦，非干病酒，不是悲秋。」她今年的瘦，和病酒、悲秋都沒有關係，到底為何消瘦呢？好像存心要讓讀者猜謎一樣。

文學作品有時要「一語道破」，要「顯」，但有時則要「欲說還休」，要「隱」，「顯」大都用在說理，「隱」則大都用在言情。因為言情如果太露的話，就會變得肉麻，沒有韻味，而失去了情調，所以很多詞人在言情時，常常用含蓄曲折的手法，讓讀者去猜，去體會、領略，顯得韻味無窮，感人有時也就特別深。

再看李清照的句子：「今年瘦，非干病酒，不是悲秋」，是為什麼消瘦呢？她接著說：「明朝，這回去也，千萬遍陽關，也即難留」，又說：「記取樓前綠水，應念我、終日凝眸。凝眸處，從今更數，幾段新愁。」原來作者明天又要和她先生離別，以後又有幾段新愁。以前的舊愁也是離愁，她的瘦是因為離別，為情消瘦，別後好不容易見面，又要離別，她的舊愁又變新愁，瘦了又要更瘦，真令人同情。如果她直接說：「今年瘦，為了離愁」，豈不索然無味嗎？

　　我們再舉詞中一些名句當例子，如李煜〈相見歡〉：「翦不斷，理還亂，是離愁？別是一般滋味在心頭。」以前很多人說這首詞時，都用直接的解說——「翦不斷，理還亂，就是離愁。」那麼「別是一般滋味在心頭」，就很難解釋了。這裏應把「是離愁」當作問句，「是離愁嗎？」其實不是，「別是一般滋味在心頭」，是什麼滋味呢？就是國家滅亡的滋味，亡國的深愁大恨，而不只是一般的離愁而已。歐陽修的〈踏莎行〉：「樓高莫近危欄倚，平蕪盡處是春山，行人更在春山外。」一樣是「勸君莫上最高梯」，但他的理由並不相同，歐陽修的理由是眺望不到遠行的人，因爲已經被春山遮住了，如果上高樓遠眺，只增加傷感而已。周紫芝〈鷓鴣天〉：「相逢不似長相憶，一度相逢一度愁。」爲什麼相見爭如不見？因爲相見又要分離，所以一次相逢又多一次愁。

　　以上我們看了這麼多詞中荒謬的句子，仔細分析都有它的用意，也都符合修辭技巧，如第一種荒謬：「風乍起，吹皺一池春水」，就是修辭學上的「轉化」；第二種荒謬：「試問閒愁都幾許？一川煙草，滿城風絮，梅子黃時雨」，就是修辭學上的「譬喻」；第三種荒謬：「只恐雙溪舴艋舟，載不動許多愁」，就是修辭學上的「夸飾」；第四種荒謬：「小舟從此逝，江海寄餘生」，就是修辭學上的「象徵」；第五種荒謬：「樓前芳草接天涯，勸君莫上最高梯」，就是修辭學上的「婉曲」；都還是可以理解的。如果有志從事文學創作者，平日能多觀察作品，吸取前人創作的經驗，相信也能創造一些荒謬的句子，變成不朽的名句。

——原載《復興崗週刊》2317－2320 期（1990 年 7 月 14 日、7 月 21 日、7 月 28 日、8 月 4 日）第二版〈學術園地〉。

宋人四篇稼軒詞集序文之探討

一、前　言

　　「序」這種文體，不外乎在「序作者之意」（孔安國語），不論「自序」或「爲他人作序」，都在「自我介紹」或「介紹他人」。所以除了客觀的說明介紹外，多含主觀的認識與判斷，「自序」根本不用說，即使「爲他人作序」者，因身分的關係，或師或友，或子孫後代，或弟子門人，至少也是風格見解相近者，因此往往變成「臺上演戲，臺內叫好」的現象。話雖如此，但「推論本原」、「廣大其義」❶的功用亦不容抹煞，因自己人對自己的瞭解總是比較深刻，評論出來的東西不是我們在臺下者所能見得到的。所以我們除了在臺下認眞的看戲之外（詳讀作者之作品），另一方面也須傾聽他們自己人的說法（瞭解序跋），再配合行家的意見（參考後人之評論），相信透過這樣多方面之考察，對一本書，一個作家，所得到的理解應該是較全面而正確的。以下我們就來探討宋人四篇稼軒詞序，並以

---

❶　〔清〕姚鼐：〈古文辭類纂序目・序跋類〉，王文濡評校：《古文辭類纂評註》（臺北：臺灣中華書局，1972年4月），頁2。

之爲基礎，運用上面所說的程序，希望對辛詞得到一個完整的看法。

二、四篇詞序作者概述

首先要說明的，我們提出來討論的四篇文章。一是范開的〈稼軒詞序〉❷。二是劉克莊的〈辛稼軒集序〉❸。三是陳模的〈論稼軒詞〉❹。四是劉辰翁的〈辛稼軒詞序〉❺。在這四篇文章當中，除了陳模〈論稼軒詞〉不是序文之外，其餘都是。雖然這篇文章不是序文，但在宋人論稼軒詞成爲單篇文章，這是唯一的，近人鄧廣銘在其所著《稼軒詞編年箋注》附錄〈舊本稼軒詞集序跋文〉，即將此篇收錄其中。吾人爲了討論方便，就隨鄧氏將它與三篇並列。其次也該說明的，范與二劉所序之稼軒詞集的流傳問題。根據梁啓超的考證，范開所序是四卷本的甲集，即明吳訥《唐宋名賢百家詞》所用的本子。另外汲古閣亦有影宋精抄之本。四卷本分甲、乙、丙、丁四集，除甲集外，乙集梁氏亦推測是范開所輯，丙丁集則不是❻。

---

❷ 見〔宋〕辛棄疾：《稼軒詞》，收入〔明〕吳訥：《唐宋元明百家詞》（臺北：廣文書局，1971年5月），冊5。

❸ 〔宋〕劉克莊：《後村先生大全集》（臺北：臺灣商務印書館，1975年《四部叢刊初編》本），卷98。

❹ 陳文見《懷古錄》卷中，收入鄧廣銘：《稼軒詞編年箋注》（臺北：華正書局，1975年9月），附錄，頁563－564。

❺ 〔宋〕劉辰翁：《須溪集》（臺北：臺灣商務印書館，1973年《四庫全書珍本》），卷6。

❻ 梁啓超：〈跋四卷本稼軒詞〉，見鄧廣銘：《稼軒詞編年箋註》，附錄，頁572－573。

二劉所序的詞集今已不見，但趙萬里認爲：「《劉須溪集》六載〈辛稼軒詞序〉，稱宜春張清則取稼軒詞刻之，是宋末又有宜春張氏刻本。宜春於宋世屬袁州，或與信州本相近」❼，信州本十二卷，是現在與四卷本並傳的兩種稼軒詞集。至於劉克莊所序的辛稼軒集，趙氏亦認爲此集必附載其詞，而《永樂大典》所根據者大概是這個本子❽。

按著介紹四篇詞序的作者，吾人較偏重於他們與稼軒之關係，及對詞之素養程度而言。

(一)范　開

他的生平事蹟不詳，在宋人傳記資料上亦「查無此人」。但我們從〈稼軒詞序〉知他是稼軒的門人，並且在稼軒詞集中可以發現稼軒與「范廓之」酬唱之作品甚多，據一般推測「廓之」即范開的字，信州本詞集遇「廓之」均改作「先之」，因寧宗名「擴」，即位後詔御名並同音十八字如「廓」、「郭」等均須回避。根據鄧廣銘《辛稼軒年譜》，范開是在淳熙九年（1182）始從稼軒受學，到了紹熙元年（1190）因朝廷屢詔甄錄元祐黨籍家，才離去，臨行時，稼軒曾作〈醉翁操〉詞送他，詞有題，即說明與范開同遊八年，日從事詩酒間，意甚相得。因范開長於楚詞而妙於琴，所以擬〈醉翁操〉作成詞送給他。又《至元嘉禾志》卷二十〈白龍潭記〉有「洛人范

---

❼　趙萬里：〈稼軒詞丁集校輯記〉，見《校輯宋金元人詞》：（臺北：臺聯國風出版社，1972年）。

❽　同前註。

開，久客錢門」之語，如果是同一人，范開可能就是洛陽人。鄧廣銘又根據〈醉翁操〉題「元祐黨籍家」及「異時縮組東歸」二語，推斷他似爲南城范柔中的後人❾。范開編刊《稼軒詞集》是在淳熙十五年（1188），稼軒四十九歲，這時稼軒在信州上饒家居，稼軒自一一八一年至一一九一年十年間均在上饒帶湖之濱過着閑退的生活，范開與他交游八年都在這段時期。雖然這次的編輯只有詞一百多首，也就是以後四卷本的甲集，但這時稼軒的作品已有獨到的風格，詞名滿天下，故有許多贋本流布，這也是范開編此集的原因。

(二)劉克莊

克莊生於淳熙十四年（1187），與稼軒相較，他小四十七歲，當稼軒去世時（1207），他已二十歲弱冠之年。雖然他是稼軒的晚輩，並無直接的交游關係，但在個性、理想、抱負上都與稼軒相似，尤其他本身也是一個詞人，詞風更是稼軒的追步者，清馮煦《蒿菴論詞》說：「後村詞與放翁、稼軒，猶鼎三足。其生丁南渡，拳拳君國似放翁，志在有爲，不欲以詞人自域似稼軒。又其宅心忠厚，亦往往於詞得之，豈剪紅刻翠者比耶？升庵稱其壯語，子晉稱其雄力，殆猶之皮相也。」所以這篇〈辛稼軒集序〉自有其價值。他字潛夫，號後村，莆田人（福建省莆田縣），淳熙六年（1246）賜進士出身，官龍圖閣直學士。在咸淳五年（1269）卒，年八十三歲，有《後村大全集》。這篇序即收在全集裏，我們從序中的一句話：「建炎省方晝淮而守者百三十餘年矣。」可大略推斷作序的時間，因建炎元年

---

❾　鄧廣銘：《辛稼軒年譜》（臺北：河洛圖書出版社，1979年6月），頁84。

（1127），加上一百三十年，所以這篇序大約作於一二五七年左右，是稼軒死後四十年。

(三)陳　模

字子宏，生平事蹟待考。他在〈論稼軒詞〉中說：「故稼軒歸本朝，晚年詞筆尤好。」知他也是南宋人無疑。南宋另有一個陳模，字中行，號可軒，著有《東宮備覽》，但決非一人。

(四)劉辰翁

字會孟，號須溪，廬陵（今江西吉安）人。生於紹定五年（123 1），也就是稼軒死後二十四年，他才出生。在景定三年（1262）廷試對策，忤賈似道，置丙第。以親老，請濂溪書院山長。薦居史館，又除太學博士，皆固辭。宋亡，隱居。元大德元年（1297）卒，年六十六。由此可見他是一個極尚氣節的人，雖然在元人統治下度了十八年，但他還算宋朝人，因此不管他這篇〈稼軒詞序〉是在宋末或元初寫的，它屬於宋人的意見應不成問題。劉辰翁也是一個詞人，他的詞況周頤《蕙風詞話》卷二曾評說：「須溪詞風格遒上似稼軒，情辭跌宕似遺山。有時意筆俱化，純任天倪，竟能略似坡公。往往獨到之處，能以中鋒達意，以中聲赴節。世或目爲別調，非知人之言也。」他不但在詞的造詣很深，而且喜歡評點詩集，如王維、孟浩然、杜甫、孟郊、李賀、王安石、蘇軾、陳與義等人的詩集他都評點過，因此他可以說兼具批評家的身份。

總括以上四位作者，一位是稼軒的門人，關係最爲密切，兩位是詞人，無論人格與詞風，皆可接武稼軒，另外一位生平雖然待考，

但也能斷定是宋人，因此這四篇文章，至少在宋人對稼軒詞的看法上，是具代表性的。

三、四篇詞序綜合探討

我國的文學批評一向都缺乏系統組織，尤其像序跋之類的評論意見，更多感興之作，較少完整性。以下我們大致將這四篇詞序所談到的問題，歸納成五個重點，來加以分析討論。

(一)作家的人格與作品之關係

范開在序文一開頭就說：「器大者聲必閎，志高者意必遠。知夫聲與意之本原，則知歌詞之所自出，是蓋不容有意於作為，而其發越着見於聲音言意之表者，則隨其所蓄之淺深，有不能不爾者存焉耳。」這說明了作品成就的大小，乃在於作家人格的高低，作品正是作者人格的體現。其實范開所講的「器大」、「志高」並不是他的創見，這是中國自古以來批評家常持的一種說法，推其源在於「氣」。我們看孟子所說的：「夫志，氣之帥也，氣，體之充也。夫志，至焉，氣，次焉，持其志毋暴其氣。」又說：「志壹則動氣，氣壹則動志」，「我知言，我善養吾浩然之氣」（《孟子·公孫丑篇》），孟子雖然一再強調志、氣的關係，其實歸結在養氣，「養氣」用現代的語言可以說就是人格的培養。所以孟子的文學批評觀在於「知人論世」。《文心雕龍》更把內在的人格支配文學的外在風格發揮到極致，〈神思篇〉說：「思理為妙，神與物遊；神居胸臆，而志氣統其關鍵。」〈體性篇〉也說：「夫情動而言形，理發而言見，

蓋沿隱以至顯，因內而符外者也。」又專立〈程器〉一篇，說：「君子藏器，待時而動，發揮事業，固宜蓄素以弸中，散采以彪外。」范開因襲前人的理論爲基礎，用來解釋稼軒詞的成就，實在恰當不過。序說：「稼軒居士辛公之詞似東坡，非有意於學坡也，自其發於所蓄者言之，則不能不坡若也。」又說：「公一世之豪，以氣節自負，以功業自許，方將欲藏其用以事清曠，果何意於歌詞哉？直陶寫之具耳。」「意不在於作詞，而其氣之所充，蓄之所發，詞自不能不爾也。」一般都認爲稼軒詞是學自東坡，豪放派的繼承人，其實這是皮相之見而已，稼軒之所以爲稼軒，最重要的，乃是詞中有個稼軒在，而稼軒之所以似東坡，也是在於兩者人格有相通之處，而不僅在形式上的相似而已。亞里士多德在其《詩學》音章即標榜「藝術源於模擬」，但「模擬非只是來自外在的世界，亦來自藝術家的內在的世界，包括藝術家自身的思想、感情，他的心靈活動與理想。藝術家在反映外界時，同時也反映了他自身的『人格』」❿。所以稼軒假使沒有自己的人格，或沒有類似東坡的地方，即使有意學東坡，也只不過學個軀殼貌似罷了，我想也就沒有今天的稼軒了。正如清謝章鋌《賭棋山莊詞話》所說：「稼軒是極有性情人，學稼軒者，胸中須先具一段眞氣、奇氣，否則雖紙上奔騰，其中俄空焉，亦蕭蕭索索，如牖下風耳。」劉克莊、劉辰翁在序文中也利用大半篇幅來敘述稼軒的志氣、才器與其遭時不遇，他們的用意也是想讓讀者透過稼軒人格的認識，以便進一步瞭解其作品的。

---

❿ 亞里士多德著，姚一葦譯註：《詩學箋註》（臺北：臺灣中華書，1978年12月），頁34。

㈡創作態度

由於詞的出身不太高尚，不是出自民間俚曲，就是酒樓妓館所歌者；其品性也不夠端莊，人說「詩莊詞媚」，所以在一般道學之士的眼光中，不僅不屑為之而已，常常被視為邪魔外道，程頤聽人頌晏幾道的艷句：「夢魂慣得無拘束，又踏楊花過謝橋」，連忙搖手說：「鬼語鬼語」。**⓫**高士陳烈遇着朋友的綺筵艷曲時，居然嚇得跳橋逃走，好像一沾上的話，會破壞到他們的道行似的。雖然表面上的環境如此，但人們內心的世界是不容許壓抑的，所以即使「鐵石心腸」，還是不得不吐「濃纖婉麗」之語，范仲淹作〈蘇幕遮〉、〈御街行〉，用麗語，寫柔情，歐陽修的《六一居士詞》，也無愧於唐人《花間集》，這些都是出自他們內心真正的感情，如果以他們的勳德望重，而否定這些作品的真實性，確實是迂腐之見。但不容否認的，當時作詞的態度充分表現「既愛又不敢」、「掩掩藏藏」、「偶而為之」、「遊戲之作」等等不平衡心態。胡寅在〈題酒邊詞〉裏說得好：「然文章豪放之士，鮮不寄意於此者，隨亦自掃其跡，曰謔浪遊戲而已也」**⓬**。所以范開序中也說：「苟不得之於嬉笑，則得之於行樂，不得之於行樂，則得之於醉墨淋漓之際。揮毫未竟而客爭藏去。或閑中書石，興來寫地，亦或微吟而不錄，漫錄而焚藁。以故多散佚，是亦未嘗有作之意。」這段話雖然和胡寅的話甚為類

⓫ 〔清〕張宗橚：《詞林紀事》（臺北：木鐸出版社，1982年4月），卷5，頁158。

⓬ 〔宋〕向子諲：《酒邊詞》，收入毛晉：《宋六十名家詞》（臺北：臺灣商務印書館，1956年《國學基本叢書》本）。

似，但我相信范開所要強調者並不在於「視歌詞爲小道」的心理，而是說明辛詞是出自自然的感情，「直陶寫之具」，而不是「有意於作爲」，任何文學作品若「有意於作爲」，往往會失去其眞面目，成爲僞作，《荀子‧性惡篇》楊倞注：「僞，爲也，矯也，矯其本性也。凡非天性，而人作爲之者，皆謂之僞」。趙明誠接到李清照所寄〈醉花陰〉時，忘食廢寢三日三夜，連作五十闋，竟然沒有一首能勝過她，原因即在此。創作的感情固然貴眞，但若缺少嚴謹的態度，對一種文學形式沒有一股創作的熱誠與執着，相信很難在這個範圍內有所建樹。劉辰翁序中說：「稼軒胸中今古，止用資爲詞，非不能詩，不事此耳。」正說明稼軒對詞的執着，稼軒沒有在詩中建立聲名，並不是才能不足爲詩，而是他把作詩的時間與精力轉移到詞上，換句話說，他是以人家作詩的態度，認眞去作詞，稼軒終於能以詞卓然名家。尤其稼軒晚年的詞作，不論章法結構，遣詞用字都更加精鍊，我們從岳珂《桯史》稼軒論詞條可以見到他這方面的苦心。楊愼《詞品》說：「辛詞當以京口北固亭懷古〈永遇樂〉爲第一」，而這首詞却曾受岳珂所指摘，謂「用事多耳」，稼軒也能夠虛心接納，「味改其語，日數十易，累月猶未竟。」由此我們可知一個成功的作家，一篇成功的作品，不僅只在於磅礴的才氣，最重要的，應該具有嚴肅的創作態度。

(三)詞的內容

前面引范開序已經說過，稼軒的詞是「得於談笑之間」、「直陶寫之具」，所以在內容上，「不主故常」，千變萬化，幾乎天地間無一事無一物不可入詞。今天我們讀稼軒的詞，不但有寫景敘事，

咏物說理，弔古傷時，也有政治議論，送別道情，嬉笑怒罵，所以
劉克莊序說：「公所作大聲鞺鞳，小聲鏗鍧，橫絕六合，掃空萬古，
自古蒼生以來所無。其穠纖綿密者，亦不在小晏、秦郎之下。」由
於題材廣泛，內容包羅萬象，不僅在詩中自古以來所無，簡直可比
擬爲文了。因此人家稱東坡以詞爲詩的「詞詩」尚不能概括他，必
須特別贈給他另外一個封號——「詞論」，以文爲詞了。正如劉辰
翁序中所說：「詞至東坡，傾蕩磊落，如詩如文，如天地奇觀，豈
與群兒雌聲學語較工拙，然猶未至用經用史，牽雅頌入鄭衛也。自
辛稼軒前，用一語如此者必且掩口。及稼軒橫豎爛漫，乃如禪宗棒
喝，頭頭皆是；又如悲笳萬鼓，平生不平事並后酒，但覺賓主酣暢，
談不暇顧。詞至此亦足矣！」不管任何內容，任何語言，以前人所
不敢表現者，在稼軒的筆下，都能隨心所欲，駕馭自如，詞的內容
到此已經解放到極限，大聲小聲，豪放穠纖，都納入稼軒的勢力範
圍，後人無論如何用力，總不外是孫行者在如來佛指掌之中，不可
能再有什麼突破了。由於范序標榜稼軒「清麗婉媚」的作品爲東坡
所無，劉克莊序亦稱「不在小晏秦郎之下」，所以有些人特別欣賞
這種內容的作品，如鄭振鐸在《插圖本中國文學史》論稼軒詞稱：
「他的代表作，決不是『我見青山多嫵媚，料青山見我應如是』，
『不恨古人吾不見，恨古人不見吾狂耳』（〈賀新郎〉），與夫『千
古江山，英雄無覓，孫仲謀處。……憑誰問，廉頗老矣，尚能飯否』
（〈永遇樂〉）之屬，而是那些很纏綿，很多情的許多作品。」❸其實

---

❸　鄭振鐸：《插圖本中國文學史》（臺北：盤庚出版社，1978年12月），頁
　　583。

這種看法太過於拘泥詞的正體，不容許變格產生，我相信稼軒的詞如果只有這些婉媚之作，今天鄭氏也不會有篇幅特別來介紹他，或者說如果稼軒沒有突破東坡的侷限，充其量也只能附在東坡之下。因此可以說稼軒作品最主要的，應該是那些內容充分表現「悲歌慷慨」、「奮發激越」的部分。

(四)詞的形式

稼軒詞在形式上的表現，自古以來一向為人所爭議，這方面有許多特點，我們擬從用典、以文為詞、音律三方面來加以探討。

1.用 典

稼軒在這方面是肆無忌憚地發揮博學，拼命掉書袋。陳模〈論稼軒詞〉說：「〈賀新郎〉云：『綠樹聽啼鴂，更那堪、杜鵑聲住，鷓鴣聲切。啼到春歸無尋處，苦恨芳菲都歇。算末抵、人間離別：馬上琵琶關塞黑，更長門翠輦辭金闕。看燕燕、送歸妾。　　　將軍百戰身名裂。向河梁回頭萬里，故人長絕。易水蕭蕭西風冷，滿座衣冠似雪。正壯士、悲歌未徹。啼鳥還知如此恨，料不啼清淚空啼血。誰伴我，醉明月？』此詞盡集許多怨事，全與太白擬〈恨賦〉手段相似。」這首詞可說全用典故組織而成：杜鵑啼血用蜀帝杜宇的故事，馬上琵琶句用漢王昭君出塞的故事，長門句用漢武帝陳皇后失寵的故事。看燕燕二句出自《詩經·邶風·燕燕篇》，是衛莊姜送歸妾的故事，將軍三句用李陵故事，易水三句用荊軻故事，全首為了寫別恨而用了七個典故，可以說是極用典之能事。稼軒雖然在戎馬倉皇之中成長，但所讀的書卻很廣博，兼之有超人的記憶力，所以運用典故能得心應手，清徐釚《詞苑叢談》卷四曾說：「詞至

稼軒，經子百家，行間筆下，驅斥如意。」但有時典故堆砌太多了，影響感情的自然流露，失去詞中的興味，容易造成晦澀難讀，因此劉克莊在《後村詩話》說：「放翁稼軒，一掃纖艷，不事斧鑿，高則高矣，但時時掉書袋，要是一癖」，「癖」雖未必盡是不好，但劉克莊的口氣中是含有相當程度的不滿。其實稼軒自身也未嘗不知道這種毛病，如前所述，岳珂曾指摘〈永遇樂〉詞用事太多，稼軒大喜曰：「夫君實中予痼」，於是日數十易，累月猶未竟。但提倡白話文反對用典的胡適之先生對他却表現出非常地寬宏大量，說：「古來批評他的詞的，或說他愛掉書袋，或說他的音節不很諧和。這都不是確論，他的詞確有許多用典之處，但他那濃厚的情感和奔放的才氣，往往使人不覺得他在那裏掉書袋。試看吳文英、周密諸人，一掉書袋，便被書袋壓死在底下，這是何等明顯的教訓，眞有內容的文學，眞有人格的詩人，我們不妨給他們幾分寬假。」⓮何況稼軒當時所處政治環境，有些關於敏感問題不能明說，必須借用古人古事來加以譏諷議論，以期收到效果，因此我們對於他的掉書袋也不應該再予苛責了。

　2.以文為詞

　　東坡以詩為詞，已經引起當時詞壇的軒然大波，稼軒恃其磅礴的才氣，雷霆萬鈞的魄力，在詞中表現包羅萬象的內容，因此他的作詞手法，又將東坡的「以詩為詞」作一個重大的突破。陳模〈論稼軒詞〉舉〈沁園春〉（杯汝來前）詞說：「此又如〈賓戲〉、〈解嘲〉等作。乃是把古文手段寓之於詞。」因為他以文為詞，所以將

⓮　胡適：《詞選》（臺北：臺灣商務印書館，1975年5月），頁217。

別人不敢用的古文句子全部融和在詞中，清吳衡照《蓮子居詞話》說：「稼軒別開天地，橫絕古今。《論》、《孟》、《詩小序》、《左氏春秋》、〈離騷〉、《史漢》、《世說》、選學、李杜詩，拉雜運用，彌見其筆力之峭。」近人陸侃如、馮沅君兩氏在論辛詞時，關於「辛詞多散文化」這點更詳加舉例證明❶，如「幾者動之微」（〈哨遍〉），「吾語汝」（〈六州歌頭〉）、「此地菟裘也」（〈卜算子〉）、「何幸如之」（〈一剪梅〉），都可證明辛詞的句法如何地接近散文。在詞的體製上亦非常奇特，有用對話體的，如〈沁園春〉（杯汝前來），裏面的對話直可說是有韻的散文。有用盟誓體的，如〈水調歌頭〉（帶湖吾甚愛），全詞大都是對鷗鷺的盟誓。有做〈天問〉體的，如〈木蘭花慢〉（可憐今夕月），全詞都是許多問句連綴而成的。有做〈招魂〉體的，如〈水龍吟〉（聽兮清珮瓊瑤些），此詞不獨句尾全用「些」字，而且「君無去此」、「虎豹甘人」等句亦襲〈招魂〉。此四者外，如〈水調歌頭〉（我志在寥闊），做〈抽思〉而用「少歌」，〈定風波〉（仄月高寒水石鄉）之集藥名，等等奇怪的體裁大都是空前的。由這一段的分析，我們可以知道在稼軒的心目中，任何體裁所能表達的，他都想用詞來嘗試，總之在他詞的體製上，沒有事物能讓他感到棘手的。以前韓愈「以文爲詩」，可以說爲詩風開拓另外一個境界，但所得到的評語却甚爲惡劣，如宋人沈括說韓詩只是押韻之文，格不近詩❶。韓愈的天才與氣魄並不是沒有，但

---

❶ 陸侃如、馮沅君：《中國詩史》（臺北：明倫出版社，1969年1月），頁679－681。

❶ 〔宋〕胡仔：《苕溪漁隱叢話》（臺北：長安出版社，1978年12月），前集，卷18，頁118引《隱居詩話》。

所缺少的是性情，與像稼軒那樣轟轟烈烈的經歷，所以稼軒以文爲詞，與韓愈同樣是變調，但在後世却被嘆爲觀止，豈止天壤之別？由此我們知道，任何一種文學作品成功的條件，不僅僅在外殼的形式而已，最重要的，在於作品的真性情，因此如果沒有像稼軒那樣風雲動蕩的身世，要想學稼軒，只不過落到「學我者病，似我者死」的地步罷了❼。

3.音　律

陳模在〈論稼軒詞〉最後說：「或曰：『美成、堯章，以其曉音律，自能撰詞調，故人尤服之。』」很顯然的，這是一種批評稼軒詞不合律的反話，也是蘇、辛派詞人常受譏彈的地方。李清照在論詞時就曾指出東坡詞「往往不協音律」❽，而以稼軒的性情與環境，當然也不願再斤斤於合樂不合樂這個問題上，但這並不代表蘇、辛兩人就真的不曉音律，宋沈義父《樂府指迷》說：「近世作詞者不曉音律，乃故爲豪放不羈之語，遂借東坡稼軒諸賢自諉，諸賢之詞固豪放矣，不放處未嘗不叶律也。如東坡之〈哨遍〉、〈楊花〉、〈水龍吟〉，稼軒之〈摸魚兒〉之類，則知諸賢非不能也。」由此我們可以知道稼軒並不是不曉音律，只不過在音樂性與文學性上，稼軒較爲注重後者。胡適之先生說得好：「古來批評他的詞的，……至於音樂一層，也是錯的，詞本出於樂歌，正與詩本出於樂歌一樣。詩可以脫離音樂而獨立，詞也應該脫離音樂而獨立。蘇軾、辛棄疾作詞，只是用一種

---

❼　鄭師因百：〈杜著辛棄疾評傳序〉，《從詩到曲》（臺北：中國文化雜誌社，1971年3月），頁134。

❽　同註❻，後集，卷33，頁254。

較自然的新詩體來作詩,他們並不想給歌童倡女作曲子,我們也不可用音律來衡量他們。」❶換句話說,稼軒所作的詞的節奏,並不是由宮商陰陽斟酌出來的人造音響,而是由詞的意境情調自身所散發出來的天籟,所以陳廷焯讀京口北固亭懷古〈永遇樂〉詞說:「句句有金石聲音,吾怖其神力。」❷梁啓超讀書江西造口壁〈菩薩蠻〉詞說:「〈菩薩蠻〉如此大聲鏜鎝,未曾有也。」❸試想一種文學作品所追求的音樂性能夠達到這種境界,已是出神入化,難道一定要真的能讓歌星酒女忸怩作態從口中唱出來才是嗎?

另外稼軒在用韻上也有他的特點,一是以鄉音叶韻。夏敬觀跋毛鈔本《稼軒詞》說:「稼軒詞往往以鄉音叶韻,全集中不勝枚舉」,「如〈浣溪沙〉之『臺倚崩崖玉滅瘢』句,是用《漢書・王莽傳》『美玉可以滅瘢』,此詞用元寒韻之『瘢』、『言』、『軒』,與真諄韻『鬟』、『村』同叶,殆亦其鄉音如此」,這是一個很值得注意的問題,稼軒以鄉音叶韻,對不懂山東腔的人而言,當然就無法領略其押韻的妙處,我想這與稼軒被人批評詞不合律多少有一種關連。但就稼軒自身或其同鄉而言,押韻符合口語,自然鏗鏘美妙,這種開放與大膽的作風,實在令現代人汗顏,現代人填詞作詩,不要說以鄉音叶韻,即使用標準的國音都被視為魔道,必須求助於《詩韻集成》或《詞林正韻》。一是喜歡「用前韻」。陸、馮兩氏說:

---

❶ 同註❶,頁217。

❷ 轉引自唐圭璋:《宋詞三百首箋注》(臺北:華正書局,1974年8月),頁161。唐氏謂出自《白雨齋詞話》,誤,應出自《雲韶集》評。見屈興國校注:《白雨齋詞話足本校注》(濟南:齊魯書社:1983年11月),頁93。

❸ 梁令嫻:《藝蘅館詞選》(臺北:臺灣中華書局,1970年10月),頁96。

「辛詞中『用前韻的凡三四十處，其中用的次數最多的當推〈卜算子〉。如：『一以我爲牛』、『夜雨醉瓜廬』、『千古李將軍』、『珠玉作泥沙』、『百郡怯登車』、『萬里蕭浮雲』等六闋，皆用『馬』、『者』、『瓦』、『也』四字爲韻，這種『用前韻』的風氣，雖不自辛棄疾始，但到辛更變本加厲。」❷❷「用前韻」的風氣並不值得稱許，這與作詩填詞的「和韻」是同樣一種方式，只不過「和韻」是以別人所用的韻字爲韻腳，較爲惡劣罷了。《滄浪詩話》詩評條說：「和韻最害人詩。古人酬唱不次韻，此風始盛於元白皮陸。本朝諸賢，乃以此而鬥工，遂至往復有八九和者。」話說這種作詩填詞的方式雖近於遊戲，但其中也不乏名作，詩不用舉了，就以詞而言，如蘇東坡的〈水龍吟〉（似花還似非花），原是次韻章質夫的楊花詞，但反而青出於藍，王國維說：「東坡〈水龍吟〉詠楊花，和均而似元唱。章質夫詞，原唱而似和均。才之不可強也如是。」❷❸以稼軒的才情，把自己用過的韻腳再重作幾闋，當然並非難事，也不爲過，但如果無這種功力，勿學捧心爲妙。

(五)詞的風格

范開〈稼軒詞序〉說：「故其詞之爲體，如張樂洞庭之野，無首無尾，不主故常，又如春雲浮生，卷舒起滅，隨所變態，無非可觀。」以稼軒的人格與個性。無論表現在詞的形式或內容上，我們

---

❷❷　同註❶❺，頁681。

❷❸　王國維著，徐調孚注，王幼安校訂：《人間詞話》（臺北：河洛圖書出版社，1975年10月），頁208。

可以看出這種「不主故常」的「豪邁」風格。陳模〈論稼軒詞〉也
說：「近時作詞者只說周美成、姜堯章等，而以稼軒詞爲豪邁，非
詞家本色。潘紫岩牫云：『東坡爲詞詩，稼軒爲詞論』，此說固當，
蓋曲者曲也，固當以委曲爲體，然徒狃於風情婉變，則亦不足以啓
人意，回視稼軒所作，豈非萬古一清風也哉。」如稼軒沒有自己獨
特的風格，與周、姜同樣一味委曲婉約，一定難以名家，「不足以
啓人意」，陳模所說的「萬古一清風」，誠是確切不移之論。所以
我們要瞭解稼軒的詞，就不能以一般的標準來衡量他，楊慎《詞品》
評辛稼軒詞說：「自非脫落故常者，未易闚其堂奧」❷❹。因爲稼軒是
如此豪放、不主故常，而讀者如不能脫落故常，當然就無法見其妙
處。如張炎《詞源》所說：「辛稼軒、劉改之作豪氣詞，非雅詞也。
於文章餘暇戲弄筆墨爲長短句之詩耳。」❷❺這確是一種「主故常」的
偏見。除了豪放的風格外，最能表現稼軒與東坡不同的地方，就是
《宋史·稼軒本傳》所說的「悲壯激烈」，這種風格的造成，不僅
在於人格與個性而已，最重要的，就是時代背景，東坡生在太平天
年，稼軒長在動蕩歲月，因此兩人雖然同樣豪放，但東坡多清曠，
稼軒多悲壯。也因爲如此的稼軒，才更能顯示出其價值來。如《四
庫提要》所說：「其詞慷慨縱橫，有不可一世之概，於倚聲家爲變
調，而異軍特起，能於剪紅刻翠之外，屹然別立一宗，迄今不廢」❷❻。
在軍事上的異軍稼軒抑鬱不得志，只能作「憑誰問，廉頗老矣，尚

---

❷❹ 〔明〕楊慎著，王幼安校點：《詞品》（臺北：河洛圖書出版社，1978年5月），頁131。
❷❺ 唐圭璋：《詞話叢編》（臺北：廣文書局，1980年9月），冊1，頁219。
❷❻ 〔清〕永瑢等：《合印四庫全書總目提要及四庫未收書目禁燬書目》（臺北：臺灣商務印書館，1971年7月），冊5，頁4442。

能飯否？」之嘆，但作爲詞壇上異軍的辛稼軒，却能披堅執銳，所向披靡，無不得心應手，以至建立起輝煌的霸業，這難道是稼軒的本意嗎？

四、結　語

由以上的探討，我們對稼軒的人格與風格，內容與形式，以及他的創作態度，必定有相當程度的認識與理解，很明顯地，我們作爲討論根據的，都是出自這四篇宋人的文章，換句話說，我們大致以四位作者在文中所提到的意見爲出發點，對他們的言論或加以闡述補充，使能夠更加明白，或表示不同的看法，不受前人的拘束。但大體而言，我們在補充闡述方面佔較多的比重，理由很簡單，因爲這四篇文章已經將稼軒詞的各方面特色都約略點到，所缺少的只不過是更有系統與周密的分析與歸納罷了。這正是以前批評家容易被人指摘的地方，但我們不可因此而輕視它，就如這四篇序文的作者，他們有的是稼軒的門生，有的是步武稼軒的詞人，都與稼軒同時或去稼軒未遠，所以儘管他們所說的話不多，立論不夠精密，但常常具體而微，一針見血，正是應該讓我們十分尊重的。

——原載《中華文化復興月刊》15 卷 5 期（1982 年 5 月），頁 40—45。

詞學的新發現——明抄本
《天機餘錦》之成書及其價值

一、前　言

　　明抄本《天機餘錦》是一部詞的總集，共有四卷，題程敏政編，現藏在臺北國家圖書館（前國立中央圖書館）。過去很少有人注意它，最近湖北大學人文學院院長王兆鵬博士主編《中國古籍總目提要·詞籍卷》，在查閱資料過程中，發現這部書可能是偽書，他根據《國立中央圖書館善本序跋集錄》所載《天機餘錦》程敏政的序❶：

　　余所藏名公長短句，裒合成編，或後或先，非有詮次。多是一家，難分優劣，涉諧謔則去之，名曰《天機餘錦》，編爲四卷。九重傳出，以冠于篇首，諸公轉次之。一代儒宗，風流自命，詞章幼眇，世所矜式。當時或作艷曲，謬爲公詞，今悉刪去，以俟詢訪，標目〈拾遺〉云。敏政識。

---

❶　《天機餘錦》程敏政序，收錄在《國立中央圖書館善本序跋集錄》（臺北：國立中央圖書館，1994年4月）。

認為是由宋曾慥《樂府雅詞·序》割裂而來，曾氏原序為：

> 余所藏名公長短句，裒合成篇，或後或先，非有詮次。多是
> 一家，難分優劣，涉諧謔則去之，名曰《樂府雅詞》。九重
> 傳出，以冠于篇首，諸公轉踏次之。歐公一代儒宗，風流自
> 命，詞章幼眇，世所矜式。當時小人或作艷曲，謬為公詞，
> 今悉刪除，凡三十有四家。雖女流亦不廢。此外又有百餘闋，
> 平日膾炙人口，咸不知姓名，則類于卷末，以俟詢訪，標目
> 〈拾遺〉云。紹興丙寅上元日溫陵曾慥引。❷

　　他經過比較之後，發覺「程序只是刪改了曾序的幾處字句，以
致文句不通，如『轉次之』云云，頗費解；『一代儒宗』前刪去『歐
公』（歐陽修），也使人不知所云」❸，因此他懷疑《天機餘錦》一
書可能也是偽造，由於無法看到原書，所以來函請筆者幫忙，繼續
將這部書考辨下去。個人基於彼此都是詞學界同好，研究學術的認
真態度一致，於是冒著溽暑，跑了好幾趟國家圖書館，借閱《天機
餘錦》的微捲及原書，經過一番比對之後，大致將這部書的成書過
程釐清，並且發現它在詞學研究方面尚有許多價值，因而將心得整
理成本論文，一方面對王先生有所交代，一方面也表示對詞學界奉
獻棉薄之力。

---

❷　〔宋〕曾慥：《樂府雅詞》（臺北：臺灣商務印書館，1979年11月《大本
　　原式精印四部叢刊正編》本）。

❸　王兆鵬先生於1997年6月13日來函所附考證。

二、《天機餘錦》的內容介紹

　　《天機餘錦》這部書分為四卷，書前有上述程敏政的序，每卷之前都有目錄，它是按照詞調來收錄詞家的作品，第一卷共有〈木蘭花慢〉、〈賀新郎〉、〈水龍吟〉、〈蝶戀花〉、〈蘇武慢〉、〈秦樓月〉、〈鷓鴣天〉等六個詞調。〈木蘭花慢〉收有京仲遠（鏜）、劉後村（克莊）等二十餘位詞人的作品四十五首；〈賀新郎〉收有以李玉為首十餘位詞人的作品五十四首；〈水龍吟〉收有以蘇東坡（軾）為首約二十位詞人的作品三十五首；〈蝶戀花〉也收有以蘇東坡為首二十餘位詞人的作品二十八首；〈蘇武慢〉收有虞伯生（集）、張仲舉（翥）等八位詞人的作品三十六首；〈秦樓月〉則只收曾舜卿（揆）一人的作品三首，〈鷓鴣天〉收有以辛幼安（棄疾）為首十七位詞人的作品多達七十五首，其中元遺山（好問）的作品就佔有二十八首；總共第一卷收錄六個詞調的作品有二七三首。

　　第二卷所收的詞調及作品數如下：〈滿江紅〉（四十六首）、〈倦尋芳〉（三首）、〈憶舊遊〉（十三首）、〈風流子〉（十首）、〈歸朝歡〉（五首）、〈聲聲慢〉（十三首）、〈惜餘春慢〉（一首）、〈金人捧露盤〉（五首）、〈清平樂〉（三十一首）、〈石州慢〉（八首）、〈喜遷鶯〉（六首）、〈慶宮春〉（二首）、〈丹鳳吟〉（二首）、〈祝英臺近〉（十三首）、〈白苧〉（一首）、〈風入松〉（十九首）、〈應天長〉（二首）、〈金菊對芙蓉〉（三首）、〈塞翁吟〉（三首）、〈女冠子〉（三首）、〈多麗〉（八首）、〈玲瓏四犯〉（二首）、〈玉蝴蝶〉（六首）、〈拜星月〉（二首）、〈永遇樂〉（四首）、〈八聲甘

州〉（十四首）、〈哨遍〉（二首）、〈玉女搖仙佩〉（一首）、〈法
曲獻仙音〉（三首）、〈洞仙歌〉（十八首）、〈木蘭花令〉（十首）、
〈過秦樓〉（一首）、〈大聖樂〉（二首）、〈浣溪沙〉（五十二首）、
〈木蘭花〉（二首），總共三十五個詞調，收詞三一六首。

　　第三卷所收的詞調更多，從〈生查子〉起到〈一萼紅〉，共有
五十九個詞調，收詞三二四首。其中除〈生查子〉（十六首）、〈踏
莎行〉（十三首）、〈如夢令〉（十八首）、〈齊天樂〉（十六首）、〈長
相思〉（二十五首）、〈減字木蘭花〉（十首）、〈憶秦娥〉（十七首）、
〈謁金門〉（二十七首）、〈阮郎歸〉（二十二首）、〈一萼紅〉（十
一首）等調收詞較多外，其他大都在二、三、四首左右。

　　第四卷所收的詞調最多，從〈萬年歡〉到〈清平樂〉，總共多
達一三三個詞調，超過前面三卷的詞調總和，收的詞有三三二首。
其中除〈唐多令〉（八首）、〈玉樓春〉（十五首）、〈一翦梅〉（十
一首）、〈好事近〉（十一首）、〈南柯子〉（二十首）、〈行香子〉
（十一首）、〈南鄉子〉（二十首）、〈青玉案〉（八首）、〈眼兒媚〉
（八首）、〈太常引〉（十一首）、〈漁家傲〉（十首）等調收詞較多
外，其他大都在一、二首左右。

　　卷末還附有從「詞註內選出」的詞作：〈念奴嬌〉、〈鴨頭綠〉、
〈憶秦娥〉、〈南歌子〉、〈賣花聲〉、〈西江月〉、〈滿江紅〉
等七個詞調各一首，共七首。另有「續添」題為「張天師」的詞作
〈行香子〉四首。

　　因此，總計《天機餘錦》這部詞集，除去卷末所附的詞作有五

個詞調重複外,共收有二三七個詞調❹,約爲現存詞調的十分之三
❺。所收錄的作品共有一二五六首,收錄的詞調及作品算是相當可觀。
《天機餘錦》所收錄的詞家,包含唐五代（如溫庭筠、李煜）、兩宋（如
歐陽修、蘇軾、劉克莊、劉過）、金（如元好問）、元（如趙孟頫、張翥）、
明（如瞿佑）等各朝代的作者,是一部屬於通代性質的詞總集。

三、《天機餘錦》的資料來源

　　《天機餘錦》的程敏政序既然是割裂曾慥《樂府雅詞·序》而
來,很容易給人直覺的印象,《天機餘錦》是否也從《樂府雅詞》
抄錄過來?但經過我的詳細比對,事實並非如此,而它編纂過程中
所根據的資料,確實也是有跡可循,大約可分爲下列數種,在選集
方面有:

(一)《類篇草堂詩餘》

　　《類篇草堂詩餘》四卷,爲明嘉靖二十九年（1550）顧從敬所刊
刻,題「武陵逸史編次,開雲山農校正」,「武陵逸史」其實就是

---

❹　《天機餘錦》所收的詞調,有些是同調異名,卻沒有合併,如卷一有〈秦
　　樓月〉,卷三又有〈憶秦娥〉,其實兩者是同調,諸如此類不少,本文統
　　計,只是按其所列詞調數目,也並未將同調異名合併。

❺　現存詞調的數目,〔清〕萬樹所編《（索引本）詞律》（臺北:廣文書局,
　　1971年9月）,含徐本三拾遺、杜文瀾補遺,共收八二五調。清聖祖敕撰《御
　　製詞譜》（臺北:聞汝賢據殿印本縮印,1976年1月）,則收八二六調。

顧從敬本人的自號❻。顧氏此編是依詞調排列，同調之詞放在一起，按詞調篇幅的短長，劃分爲小令、中調、長調三大類，共收錄一九三個詞調，詞作四四三首。

　　誠如前面的內容介紹，《天機餘錦》是按照詞調來收錄詞家的作品，單從這個外表形式，即很直接顯現《天機餘錦》與《類篇草堂詩餘》的密切關係。

　　我進一步利用臺北故宮博物院圖書文獻館所藏的《類篇草堂詩餘》（即明嘉靖二十九年顧從敬刊本），和《天機餘錦》詳加比對，赫然發現，《類篇草堂詩餘》所選的作品，大部分被《天機餘錦》抄錄進去，而且因襲之跡非常明顯，如《類篇草堂詩餘》卷一〈鷓鴣天〉，收錄黃庭堅的（黃菊枝頭破曉寒）及（西塞山邊白鷺飛）兩首，而作者一題「黃山谷」、一題「黃魯直」，卻不統一，《天機餘錦》卷一收錄這兩首詞時署名也是如此。又如《天機餘錦》卷一〈水龍吟〉，共收詞三十五首，前面八首及最後一首剛好就是《類篇草堂詩餘》所收錄的全部九首作品，只是順序稍微變動一下而已。大抵而言，

---

❻　王重民：《中國善本書提要》（臺北：明文書局，1984年）云：「何良俊序是書，稱爲『顧子汝所刻』，『提要』則謂爲『杭州顧從敬所刊』，但何序明云：『顧子上海名家』，則顧子非杭人也。觀其自署曰『武陵逸史』，武陵即上海矣（清金山顧觀號『武陵山人』疑用同一故事）。」（頁682—683）舍之〈歷代詞選集敘錄（二）草堂詩餘〉亦云：「嘉靖庚戌（1550），雲間顧從敬刻《類編草堂詩餘》四卷，題武陵逸史編次，開雲山農校正。以小令、中調、長調分編，間採詞話，有何良俊序，稱『從敬家藏宋刻，較世所行本多七十餘調』。實則顧氏取舊本按詞調長短重編，僞托依據宋刻以欺世也。」見《詞學》2輯（上海：華東師範大學出版社，1983年10月），頁227。

《天機餘錦》每一個詞調所收錄的作品，前面的幾首往往都是抄自《類篇草堂詩餘》，而且將它所收的作品全部收錄殆盡，如《類編草堂詩餘》卷一〈憶王孫〉三首、〈憶秦娥〉五首、〈謁金門〉五首、〈阮郎歸〉八首、〈南鄉子〉五首、〈踏莎行〉五首，全部被收錄，另外〈如夢令〉七首，收錄了六首，〈浣溪沙〉十八首，收錄了十六首，〈鷓鴣天〉八首，收錄了七首，〈玉樓春〉十一首，收錄了十首，諸如此類，絕不可能是巧合吧？

個人將《天機餘錦》抄錄自《類編草堂詩餘》的作品一一統計，總共收了二八一首，佔《類編草堂詩餘》全部作品（四四三首）的五分之三強，也占了《天機餘錦》全部作品（一二五六首）的五分之一強。換句話說，《天機餘錦》有五分之一以上是抄錄自《類編草堂詩餘》。

(二)《精選名儒草堂詩餘》

《精選名儒草堂詩餘》三卷，該書題「廬陵鳳林書院輯」，是元代刊行的一部詞選集，故又名《鳳林書院草堂詩餘》、《元草堂詩餘》、《續草堂詩餘》，也有省作《名儒草堂詩餘》者。

我根據國家圖書館藏元刊清繆氏藝風堂鈔補本《精選名儒草堂詩餘》來作比對，該書共收有宋、元間詞人六十三家，詞一九四首，結果發現《天機餘錦》將這本書的大部分作品收錄進去，如卷一〈木蘭花慢〉所收的劉太保、尹濟翁、周孚先、劉應雄、李琳、姚雲文、羅志仁、曹通甫等人的作品，〈水龍吟〉所收的楊樵雲、黃霽宇、周景、曾允元等人的作品，都是出自《精選名儒草堂詩餘》，而這些作品也都排列在一起，更露出因襲的痕跡。經過逐一比對之後，

《天機餘錦》總共從這本書抄錄了一二九首，佔全書作品一九四首的五分之三強，也占它自己全部作品（一二五六首）的十分之一強。換句話說，《天機餘錦》有十分之一以上是抄錄自《精選名儒草堂詩餘》。

(三)《增修箋注妙選群英草堂詩餘》

《增修箋注妙選群英草堂詩餘》分前集二卷，後集二卷。是目前現存最早的《草堂詩餘》版本，有元至正三年癸未（1343）廬陵泰宇書堂刊本（僅存前集），及元至正十一年辛卯（1351）雙璧陳氏刊本（前後集皆存）。後一版本卷首署有「建安古梅何士信君實編選」。此書前集分春景、夏景、秋景、多景四類，收詞二○五首，後集分節序、天文、地理、人物、人事、飲饌器用、花禽七類，收詞一七○首。每首詞都作有箋注。前面所舉明顧從敬刊刻的《類編草堂詩餘》，即根據此書加以重編，將分類本改爲分調本，並增加不少詞作（約六十八首），而將箋注刪去，僅留一小部分詞話。關於分類本早於分調本，趙萬里在《校輯宋金元人詞》卷前〈引用書目〉已有考辨❼，在此不贅。

雖然《增修箋注妙選群英草堂詩餘》成書較早，但《類編草堂詩餘》將它作品幾乎全部吸收，又加以分調重編，我們從《天機餘錦》的分調形式，及收錄的作品已超出《增修箋注妙選群英草堂詩

---

❼ 趙萬里：《校輯宋金元人詞》（臺北：臺聯國風出版社，1972年3月），卷前〈引用書目〉《類編草堂詩餘四卷》條曾舉出三點理由證明「必先有分類本而後有分調本」（頁4），其論證可信。

餘》的範圍，而這些作品有的正是《類編草堂詩餘》增加的部分，因此可斷定兩書重疊的作品，《天機餘錦》是根據《類編草堂詩餘》而來的。

但有一點要說明的，《天機餘錦》收錄的詞作也有《類編草堂詩餘》所無，而是《增修箋注妙選群英草堂詩餘》所獨有，如卷二僧皎如晦〈祝英臺近〉（剪酴醾）、及卷三周美成〈西平樂〉（稚柳蘇晴），在《類編草堂詩餘》皆未見，而我翻尋《增修箋注妙選群英草堂詩餘》（元至正十一年雙璧陳氏刊本微片，中央研究院傅斯年圖書館藏），卻都出現在前集卷上內。另外，《天機餘錦》卷末附有七首詞，卷四的目錄註明：「詞註內選出」，這七首詞有六首見於《類編草堂詩餘》所保留的詞話中，但有一首〈憶秦娥〉（風蕭瑟）卻未見，僅能從《增修箋注妙選群英草堂詩餘》前集卷上康伯可〈風入松〉一詞註內找到。

因此個人斷定，《天機餘錦》收錄《類編草堂詩餘》及《增修箋注妙選群英草堂詩餘》的作品時，用的本子一定是這兩書的合刻本，正如目前留傳下來的《類選箋釋草堂詩餘》這類的本子。因為《天機餘錦》的編者絕不可能先抄錄《類編草堂詩餘》的作品，再去找《增修箋注妙選群英草堂詩餘》中《類編草堂詩餘》所無的作品來抄錄，這是多麼麻煩的事，《天機餘錦》的編者不可能這樣做。《類選箋釋草堂詩餘》是根據《類編草堂詩餘》的分調，又保留《增修箋注妙選群英草堂詩餘》的箋注，將兩書合編在一起，國家圖書館藏有明萬曆四十二年（1614）的刊本，共六卷，題「上海顧從敬類選、雲間陳繼儒重校、吳郡錢允治參閱」，根據該書錢允治的序說：

先刻《草堂詩餘》，無如雲間顧汝所（按：即顧從敬）家藏宋
本爲佳，繼坊間有分類注釋本，又有毘陵長湖外史續集本，
咸鬻於書肆，而於國朝未遑也。惟注釋本脫落繆誤，至不可
句，太末翁元泰見而病之，博求諸刻，愈多愈繆，乃倩余任
校讐之役。

從這段序文，可知在明萬曆這個合刻本之前，早已有兩者合刻的「分
類注釋本」，《天機餘錦》用的就是這種坊間「脫落繆誤」甚多的
「分類注釋本」，所以有些詞的作者《天機餘錦》所題和《類編草
堂詩餘》、《類選箋釋草堂詩餘》不一致，如〈滿江紅〉（斗帳高眠）
一詞的作者，《天機餘錦》題「張仲宗」，而後兩書皆題「張安國」；
又如〈倦尋芳〉（歌鐶半掩），《天機餘錦》題「潘元質」，而後兩
書皆題「蘇養直」，像這種情況，可能是《天機餘錦》抄錄時誤植，
也可能是所根據的「分類注釋本」就已誤植，可惜當時坊間這種合
刻「分類注釋本」皆已失傳了，我們無法再作比對。而《天機餘錦》
是否有機會用到明萬曆四十二年（1614）的合刻本，答案是否定的，
因爲陳耀文編的《花草粹編》引用到《天機餘錦》，陳氏是明嘉靖
二十九年（1550）進士，他自己寫的〈花草粹編敘〉署「萬曆癸未（十
一年、1583）冬日之吉」（國家圖書館藏明萬曆刊本），從時間推算，《天
機餘錦》的成書是早於明萬曆的合刻本，因此不可能用到這個本
子。

除了上述三種選本之外，我們也發現《天機餘錦》在一個詞調
內，有喜歡收錄某些特定作家的習慣，如卷一第一個詞調〈木蘭花
慢〉，收錄劉克莊四首、張炎六首，第二個詞調〈賀新郎〉，收錄

劉克莊則高達二十八首,劉過也高達七首,諸如此類,〈天機餘錦〉所根據的資料就不是一般的選本,而必定是該作家的別集,因此我將《天機餘錦》收錄作品較多的詞人,以唐圭璋編的《全宋詞》及《全金元詞》作比對,並利用高喜田、寇琪合編的《全宋詞作者詞調索引》來檢索核對❽,以下即按時代先後,將《天機餘錦》可能取材自別集的詞家列出,宋代約有五家:

(一)劉過 (1154—1206)

過字改之,號龍洲道人,有詞集《龍洲詞》,《全宋詞》存其詞七十八首。《天機餘錦》收錄劉過的詞共有十七調、二十七首(按:《天機餘錦》錄詞時,常遺漏作者,本文統計,都有題作者,或未題作者而經比對可確定者,方才列入)。另有二首存疑(按:《天機餘錦》錄詞體例,同一作家的作品在第一首署名,其餘則從略,但也常因遺漏署名,而將不同作家混淆在一起,故本文將排列在某作家之後,而尚未能確定作者的作品,列為存疑詞)。

(二)曾揆 (生卒年未詳)

揆字舜卿,號嬾翁,詞集未見,《全宋詞》僅存其詞五首。《天機餘錦》收錄其詞共十四調、十五首,另有二十六首存疑。

---

❽ 唐圭璋:《全宋詞》(臺北:世界書局,1976年10月)、《全金元詞》(臺北:洪氏出版社,1980年11月),高喜田、寇琪合編:《全宋詞作者詞調索引》(北京:中華書局,1992年6月)。

(三)劉克莊（1187－1269）

克莊字潛夫，號後村。著有《後村大全集》，內有長短句五卷，《全宋詞》存其詞二六四首。《天機餘錦》收錄其詞共十三調、七十三首。

(四)張炎（1248－1320？）

炎字叔夏，號玉田，有詞集《山中白雲》，《全宋詞》存其詞三〇二首。《天機餘錦》收錄其詞最多，共有七十一調、一三四首。另有四首存疑。

(五)歐良（生卒年不詳）

良輯有《撫掌詞》，《全宋詞》（冊5，頁3683－3686）根據四印齋本《撫掌詞》收有十八首，題為「無名氏」，因歐良只是編者，並非原作者。《天機餘錦》收錄了七調、十二首，或題「歐良」，或未標作者。

金元詞人收錄較多的，亦有五家：

(一)元好問（1190－1257）

好問字裕之，號遺山，有詞集《遺山樂府》，《全金元詞》存其詞三七八首。《天機餘錦》共收錄其詞二十二調、七十二首。另外值得一提的，《遺山樂府》附收有李治（1192－1279，字仁卿）詞五首，《天機餘錦》也將下卷所附的兩首〈鷓鴣天〉收入。

(二)趙孟頫 (1254－1322)

孟頫字子昂,有《松雪齋文集》,第十卷末載詞二十首,《全金元詞》又從《花草粹編》等書輯得十四首,共收三十四首。《天機餘錦》收錄其詞十一調、十五首。

(三)虞集 (1272－1348)

集字伯生,號道園,又號邵庵。著有《道園類稿》,詞附其中。《全金元詞》存其詞三十一首。《天機餘錦》雖然只收錄其詞〈蘇武慢〉一調,虞集此調共作了十二首,《天機餘錦》則錄了八首,幾乎全收。

(四)張雨 (1277－1350)

雨字伯雨,一名天雨,號貞居。有詞集《貞居詞》。《全金元詞》存其詞五十一首。《天機餘錦》共收錄了二十調、二十六首。

(五)張翥 (1287－1368)

翥字仲舉(《天機餘錦》常誤作「仲峯」),有詞集《蛻巖詞》。《全金元詞》存其詞一三三首。《天機餘錦》共收錄四十六調、八十一首,佔其詞一半以上。另有十四首存疑。

明詞人亦有收錄,錄詞較多者有兩家:

(一)瞿佑 (1347－1433)

佑一作「祐」,字宗吉,號存齋,著有《樂府遺音》五卷、《餘

清詞》一卷❾。今常見者僅趙尊嶽輯《明詞彙刊》本〈樂府遺音〉一卷❿，存詞一一三首，附北曲十七首。《天機餘錦》共收錄瞿佑的詞五十五調，有署名及可確定者六十三首，存疑者八十二首，這些存疑詞皆未署名，緊接在署名瞿佑詞之後，而瞿佑詞大都排在每一個詞調之末，按體例這些詞應皆屬於瞿佑所作，故兩者加起來達一四五首，相當可觀。《天機餘錦》可能就是抄錄自《樂府餘音》五卷本。

(二)晏璧 (生卒年不詳)

璧字彥文，著有《史鉞》(國家圖書館藏明嘉靖二十七年刊本)，卷前有洪武三十一年 (1398) 董倫伯寫的序，及永樂八年 (1410) 作者寫的自序。又曾編選《乾坤清氣詩》，有烏斯道寫的序❶。詞集未見。《天機餘錦》收錄其詞共八調、八首，存疑三首亦應其作品，合計則十一首。

以上收錄較多的宋金元明詞人共十二家，總計作品包含存疑部分多達六五九首，佔《天機餘錦》全部作品 (一二五六首) 的一大半。因此，《天機餘錦》的主要資料來源，應該是《類篇草堂詩餘》和

---

❾ 〔清〕王昶：《明詞綜》(臺北：臺灣中華書局，1970年6月)，卷1，頁7。又《四庫全書總目提要》(臺北：臺灣商務印書館，1971年7月)卷200〈詞曲類存目〉著錄有《樂府遺音》五卷。

❿ 趙尊嶽：《明詞彙刊》(上海：上海古籍出版社，1992年7月)，又稱《惜陰堂彙刻明詞》、《惜陰堂明詞叢書》，是迄今輯刻明詞規模最大的叢書。

❶ 晏璧編的《乾坤清氣詩》已不見，烏斯道寫的序見《春草齋集》(臺北：臺灣商務印書館，1987年8月《景印文淵閣四庫全書》本)，卷3，頁22。

《增修箋注妙選群英草堂詩餘》的合刻本、《精選名儒草堂詩餘》
等選本,另外就是以上十二家的詞集或文集所附詞。剩下的部分,
尚有五十多位唐宋詞人,每人所收的作品都是一、二首或三、四首,
總共有一百三十首左右,這些恐怕也是從其他選本抄錄,或者就是
當時坊間「分類注釋本」《草堂詩餘》所增加進去的也不一定,由
於沒有直接證據,只能如此推論。另還有金元明詞人十位,他們收
入的作品不多,約有四十餘首,從當時選本或別集抄錄皆有可能。

四、《天機餘錦》的編者及其成書年代

《天機餘錦》這部書之所以會爲世人所知,應該歸功於明陳耀文編
《花草粹編》時曾加以引用,在其所收錄的詞作中,註明引自《天
機餘錦》的共有十六處之多❷,如卷一（十六字令）（眼）作者「周晴
川」之下,注明是引自「《天機餘錦》」,亦有省作「《天機》」
者,如卷七〈鳳凰閣〉（匆匆相見)作者「柳耆卿」之下則僅注「《天
機》」而已。經過《花草粹編》的傳播,大家於是知道有這麼一本
書。可是除了陳耀文之外,學界的人幾乎都無緣見到。

　　清初浙西詞派領袖朱彝尊（1629-1709）,爲了鼓吹他的詞學主
張編了一本名叫《詞綜》的詞選,其中卷二十四及三十共有四首詞
注:「見《天機餘錦》」,即無名氏的〈長相思〉、〈謁金門〉、

---

❷　《花草粹編》引自《天機餘錦》有註明者,計十六處之多,唯無名氏〈長
　　相思〉（清夜長）及〈少年遊〉（弄晴微雨細絲絲）兩首,明抄本《天機
　　餘錦》未見收錄,不知是《花草粹編》註有誤,或者是所根據之本與今存
　　之明抄本有出入。

〈風光好〉及周晴川〈十六字令〉❸，其實朱氏並沒有見到《天機餘錦》，這四首詞都轉引自《花草粹編》。另外乾嘉時期的考據學家錢大昕（1728－1804），他曾撰《補元史藝文志》❹，在卷四評注類把《天機餘錦》收進去，錢氏大概也沒有看到原書，否則《天機餘錦》卷首就題「明程敏政編」，卷內又收了許多明人詞作，怎麼會視而不見？他一定是轉錄自陳耀文的《花草粹篇》，因此推論陳既然是明嘉靖時候的人，引用的書歸入元人著作應不算離譜吧？民國以來，精於版本目錄學的趙萬里（1905－1980），他著有《校輯宋金元人詞》，特別從《花草粹編》注明引自《天機餘錦》的詞輯出，同樣地，他也是未見原書。

　　國家圖書館善本書室所藏的這部《天機餘錦》，是屬於明抄本，用左右雙欄的藍格紙抄寫，每張紙二十行，中間版心空白，也無標頁碼，四卷分裝四冊，每卷一冊。這部書過去大概未嘗被名藏書家收藏，裡面除中央圖書館館章外，一個藏書章都沒有；全書曾有人用朱筆點閱一遍，少數五、六首詞並作有簡短尾批，如卷四僧晦庵〈滿江紅〉（擾擾勞生）一詞批道：「醒人言之藥」，這樣即興式的批語，對詞境並無甚發明；另外某些明顯錯字，有直接用朱筆改正，但漏抄數句的地方，卻沒發現，如卷二收周邦彥〈應天長〉，從首句「條風布暖」到四句「正是夜堂無月」都遺漏了，點閱者茫然不知；而斷句錯誤的地方，更俯拾皆是，可見曾擁有《天機餘錦》的

---

❸　〔清〕朱彝尊：《詞綜》（臺北：世界書局，1980年5月），頁360、446。

❹　〔清〕錢大昕：《補元史藝文志》（臺北：新文豐出版公司，1984年6月《叢書集成新編》本）。

這位讀者,並不是什麼鴻儒碩學,因此這部書就默默地從明代留傳迄今,不為人所知曉。

　　《天機餘錦》的編者是誰?卷首題「明程敏政編」是否可靠?這是很值得探究的問題。所幸我們現在能掌握到程敏政的傳記資料及著作,還算充實,有助於釐清事情真相。程敏政重要的生平事蹟除《明史》卷一七四〈文苑傳〉有載外,汎東之撰〈篁墩程學士傳〉及周經撰〈程公畫像記〉都很詳贍,收在《篁墩程先生文集》卷首(國家圖書館藏明正德二年刊本)。而其文章,也盡在這部文集中,他的好友李東陽序說:「先生之文,有篁墩諸稿共百有餘卷,沒之七年,為正德丙寅(1506),其門人輩摘而刻于徽州,名曰《篁墩文粹》,論者以為未盡其選。越明年,丁卯,知府何君歆、暨休寧知縣張九逵、王鍇,徵於其子錦衣千戶壎,得全稿焉,將并鋟諸梓以示來者。」可見《篁墩先生文集》的完整性。以下根據這些資料,先介紹其生平大略。

　　敏政字克勤,號篁墩,明徽州休寧(今安徽休寧)人,生於英宗正統十年(1445),父程信官至南京兵部尚書。他是長子,天才早慧,十歲隨父到四川任所,巡撫羅綺以神童薦。英宗召試,極為賞識,詔讀書翰林院。成化二年(1466),中進士,授翰林院編修。翰林中,他以學問該博,和李東陽的文章古雅、陳音的性行真純,並稱一時。孝宗即位,擢少詹事兼侍講學士。敏政為名臣之子,才高負文學,難免俯視儕偶,也因此為人忌恨。弘治元年(1488),遭御史王嵩等以雨災彈劾而勒致仕,還鄉讀書休寧南山中。後經皇帝召回,改太常卿兼侍讀學士,掌院事。進禮部右侍郎,專典內閣誥敕。十二年(1499),與李東陽主持會試,舉人徐經、唐寅預作文,與試題合,

給事中華㫤㫤告他鬻題賣士，得錢無算，因而下詔獄調查。後雖查無事實，仍勒致仕。他出獄憤恚，發癰而卒，年五十五。贈禮部尚書。

從程敏政的傳記資料及著作顯示，個人認爲《天機餘錦》不可能是他編的，其原因有下列幾點：

(一)《天機餘錦》的序不可能出自程敏政之手

本文前言中王兆鵬先生已經考辨《天機餘錦》的序是割裂《樂府雅詞·序》而來，以程敏政的文才，要寫一篇像樣的序簡直易如反掌，怎麼可能去剽竊前人的文章，甚且割裂得如此不通，這豈不是滑天下人之大稽嗎？程敏政確實也曾寫了許多題跋、序文，都收在《篁墩程先生文集》卷二十一到卷三十九中，並沒有一篇類似《天機餘錦·序》這樣的文章，從序的僞托，《天機餘錦》藉此自抬身價，已經昭然若揭了。

(二)程敏政傳記所提到的著作，並無《天機餘錦》一書

根據汎東之撰〈篁墩程學士傳〉所載，敏政著有：《篁墩稿》、《篁墩續稿、三稿、新稿》，共百二十卷，《行素稿》一卷、《宋紀受終考》三卷。編有：《皇明文衡》一百卷、《蘇氏橋杌》若干卷、《道一編》六卷、《瀛賢奏對錄》若干卷、《新安文獻志》一百卷、《宋逸民錄》十五卷。修定有：《程氏統宗譜》四十卷、《陪郭支譜》三卷、《程氏貽範集》四十卷。附注有：《眞文忠公心經》三卷，《大學》有重定本等。記錄非常詳細，如果《天機餘錦》誠爲敏政所編，豈有不見著錄之理？由此也可證明此書是僞托。

㈢《天機餘錦》內容拼湊，體例雜亂無章，與程敏政爲學態度不合

敏政學問該博，又有修史的實際經驗，所以他的爲學態度是相當嚴謹的，徽州府儒學訓導周成進〈治安備覽〉，他奉詔看完之後，指摘「其中多竊宋趙善璙〈自警編〉，元張養浩〈牧民忠告〉，或襲用其標目，或全剽其語言，然此之猥不及彼之精」（汎東之〈篁墩程學士傳〉），其治學博洽嚴謹可見一斑。然而《天機餘錦》的資料來源，正如上節所述，由兩、三種選集及十餘種別集抄錄拼湊而成，而體例雖襲自《類篇草堂詩餘》，按詞調錄詞，卻又不守小令、中調、長調，依篇幅短長爲序，顯得雜亂無章，這樣的編纂態度，和程敏政的性格怎能相配呢？

㈣《天機餘錦》抄襲自顧從敬編刻的《類篇草堂詩餘》

顧氏《類篇草堂詩餘》刊刻時間爲明嘉靖二十九年（1550），而程敏政卒於弘治十二年（1495），兩者相去半世紀之久，敏政如何預見顧氏此編呢？

根據上述理由，我們斷定《天機餘錦》不是出自程敏政之手，應該是可以成立的。或者有人要問，編者是誰呢？個人認爲，《天機餘錦》既然僞托程敏政編，那麼編者想借程敏政之名以提高書的價值則相當明顯，因此這部書恐怕是當時書賈、或貪圖利益的士人所編造出來，至於確切是何人，就難以知曉了。

而另外我們必須關心的問題，就是這部書的成書時間。以下先將《天機餘錦》選錄的明詞人生卒年列出，不知生卒年者列其相關

行誼年代：

　㈠凌雲翰，字彥翀，生於元至治三年（1323），卒於明洪武二十
　　一年（1388）。**❺**

　㈡桂衡，字孟平，洪武（1368－1398）中爲錢唐學修業齋訓導。**❻**

　㈢劉醇，字文中，洪武末以儒士起家，年九十餘。**❼**

　㈣瞿佑，字宗吉，生於元至正七年（1347），卒於明宣德八年
　　（1433）。**❽**

　㈤晏璧，字彥文。所著《史鉞》有永樂八年（1410）寫的自序。
　　❾

　㈥王驥，字尙德，生於洪武十一年（1378），卒於天順四年（1460）。
　　❿

　　從這些詞人的相關年代，可以發現他們都是活動在明代初期的
作家，最晚一個年代是王驥的卒年（1460），而編者題程敏政，他的
生卒年是（1445－1499），可見作僞者選錄明人詞作時，一方面或許
已經考量時代先後問題，不敢選錄晚於程敏政的詞家，另方面則表

---

❺　〔明〕夏節：〈柘軒集行述〉，〔明〕凌雲翰撰：《柘軒集》（臺北：臺
　　灣商務印書館，1987年8月《景印文淵閣四庫全書》本），卷首。

❻　〔明〕田汝成撰《西湖遊覽志餘》（臺北：臺灣商務印書館，1985年8月，
　　《景印文淵閣四庫全書》本），卷12，頁31。

❼　〔清〕孫奇逢：《中州人物考》（臺北：臺灣商務印書館，1985年2月《景
　　印文淵閣四庫全書》本），卷8，頁27。

❽　陳慶浩：〈瞿佑和剪燈新話〉，《漢學研究》6卷1期（1988年6月），頁201、
　　206。

❾　〔明〕晏璧：《史鉞》（明嘉靖二十七年刊本，臺北：國家圖書館藏）。

❿　〔清〕張廷玉等撰：《明史》（臺北：鼎文書局，1975年5月），卷171。

示這些人的集子正在流傳，作偽者便於選錄而已。根據上述明人活動的年代判斷，《天機餘錦》的編成時代是不能早於程敏政的生年（1445），甚且或是卒年（1499），因人死後偽托的情形較可能發生。但如果我們再從《天機餘錦》抄襲《類編草堂詩餘》這個事實來看的話，顧從敬刊刻此書的時間爲嘉靖二十九年（1550），那麼《天機餘錦》的編成時間就不能早於這個年代。又由於陳耀文《花草粹編》曾加以引用，《花草粹編》陳氏自序題萬曆十一年（1583）❹，因此《天機餘錦》的編成不能比這個時間晚。從上述的考辨，我們可以論斷，《天機餘錦》是在嘉靖二十九年（1550）到萬曆十一年（1583），這三十多年之間編成的。

五、《天機餘錦》的價值

《天機餘錦》編成之後，除了陳耀文《花草粹編》曾加引用外，它的流傳不廣，影響自然也就有限。今天我們檢視全書，雖然發現它是偽托程敏政編，抄錄自兩、三種詞選集及十餘種別集，但畢竟它的編成時代距今已有四百多年之久，當年它所抄錄詞集的版本，除了當時明代的版本外，也一定含有宋、元時代的舊版，而這些版本有的我們已經看不到了，所以《天機餘錦》在保存詞學文獻方面，還是有它的價值。以下分從校勘與輯佚兩方面論述。

---

❹　〔明〕陳耀文：《花草粹編》（明萬曆刊本，臺北：國家圖書館藏）。

(一)校勘方面

　　前面探討《天機餘錦》資料來源時，曾列舉收錄作品較多的詞人十二家，他們的作品皆可能直接錄自其別集，而且所根據的也都屬於宋元或明初的版本，往往早於今天所能見到的版本，我們校勘這些詞家的作品時，如果參考《天機餘錦》，或許可幫助解決一些疑義。茲舉幾首詞為例：

1. 劉過〈祝英臺近〉（窄輕衫）一詞，《全宋詞》本（冊3、頁2156）下片第四句作「□似多情」，缺首字，《天機餘錦》卷二此句作「紅雨多情」，剛好可補缺字。又此詞題目作「遊師司東園贈歌者」，似乎比《全宋詞》作「同妓遊帥司東園」較合當時填詞的情況。

2. 劉過〈清平樂〉（忔憎憎地）一詞，《天機餘錦》調名作〈忔憎令〉。此調一般只知「《花庵詞選》名〈清平樂令〉；張輯詞有『憶著故山夢月』句，名〈憶夢月〉；張翥詞有『明朝來醉東風』句，名〈醉東風〉」（《御製詞譜》卷五），及王安中詞名〈破子清平樂〉，卻從不知另有這個調名。這個調名很明顯是由劉過詞首句而來，可增補〈清平樂〉的同調異名。

3. 劉克莊〈賀新郎〉（南國秋容晚）一詞的題目，錢仲聯《後村詞箋注》卷一校記云：「影舊鈔本、《彊村叢書》本俱作『戊戌壽張守』。朱校：宋本作『戊戌壽張使君九月十八日』，茲據改。毛本、陶刻影宋本『使君』作『史君』，宋人集中，

常用『史君』字。」❷而《天機餘錦》詞題剛好作「戊戌壽張
史君九月十八日」，和錢氏校語一字不差。又此詞第三句「菊
花臺榭」的「菊花」，錢仲聯引朱校云：「毛本作『芙蓉』」，
《天機餘錦》亦作「芙蓉」，值得參考。

4. 張炎〈風入松〉（向人圓月轉分明）一詞，黃畬《山中白雲詞箋》
在詞題「閏元宵」注釋引江昱疏證云：「元史世祖至元五年、
成宗大德十年、仁宗延祐四年俱閏正月，此詞未知何時作。」
❷而《天機餘錦》卷三詞題作「丙午閏元宵」，「丙午」也就
是仁宗延祐四年（1306），這首詞的創作時間豈不是迎刃而解
了嗎？此詞最末一句，吳則虞校輯《山中白雲詞》及黃畬《山
中白雲詞箋》，所根據的底本皆作「莫教遲了□青」❷，缺了
一個字，吳氏校勘云：「四印及《歷代詩餘》俱作『梅青』，
張（惠言）校云：『當是踏青踏字，蓋以入作平。』」我們根
據《天機餘錦》，這個缺字剛好作「踏」，除了解決問題之
外，也可看出張惠言判斷之精確。又《天機餘錦》將此詞的
調名作〈醉花邊〉，這也是前所未見，可增補為〈風入松〉
的異名。

5. 張炎〈祝英臺近〉（帶飄飄）一詞，《天機餘錦》卷二所錄與

---

❷ 〔宋〕劉克莊著，錢仲聯箋注：《後村詞箋注》（上海：上海古籍出版社，
1980年7月），頁22。

❷ 〔宋〕張炎著，黃畬箋：《山中白雲詞箋》（杭州：浙江古籍出版社，1994
年12月），頁380。

❷ 〔宋〕張炎著，吳則虞校輯：《山中白雲詞》（北京：中華書局，1983年
10月），頁125。黃畬：《山中白雲詞箋》，頁380。

目前所能看到的版本，異文相差甚大，茲以吳則虞校輯《山中白雲詞》的本子爲例，全詞是：「帶飄飄，衣楚楚，空谷飲甘露。一轉花風，蕭艾遽如許。細看息影雲根，淡然詩思，曾否被、生香輕誤。　此中趣。能消幾筆幽奇，羞掩眾芳譜。薜老苔荒，山鬼竟無語。夢遊忘了江南，故人何處，聽一片瀟湘夜雨。」而《天機餘錦》此詞上片幾乎完全不同：「珮飄飄，衣楚楚，標度淡如許。不減風流，那解爲春嫵。底須九畹滋香，低從濕露，又何似、雪根凝佇。」下片也有幾處不同，「幽奇」作「清奇」，「夢遊忘了江南，故人何處」，作「猗猗彈徹孤琴，所思何處」，最後「夜雨」作「風雨」。整首詞相差這麼大，頗值得探究。

6.元好問〈洞仙歌〉（青錢白璧）一詞，《全金元詞》本（冊1，頁82）下片第七句作「看胡蝶飛來澹無情」，「看」有注云：「原作雙，據凌張諸本改」，《天機餘錦》卷二錄此詞，亦作「看」，又可多得一個印證。

從這些例子，我們確實可以運用《天機餘錦》所錄的詞，來當作校勘時的參考，尤其張炎的作品部分，常有許多異文，頗值得我們注意。而比較可惜的，今日我們所能見到《山中白雲詞》的本子，裡面常有許多缺字，個人在核對《天機餘錦》時，常抱著無限希望，可是《天機餘錦》或沒有收這首詞，或收了也同樣有缺字，這實在令人相當遺憾。

(二)輯佚方面

個人將《天機餘錦》和《全宋詞》、《全金元詞》、《明詞彙

刊》等書詳加比對之後，發現《天機餘錦》中有許多詞作是這些書中所未見的，尤其宋、金、元詞部分，更屬可貴，這些佚詞的重現，是《天機餘錦》最值得大書特書的一件事。以下按時代先後將這些佚詞輯出，限於篇幅，只列詞調及首句。

宋詞部分

1.柳永 (字耆卿)：有〈金人捧露盤〉(控青絲) 一首，另一首同調（夜沈沈）緊接在後，未署名，依體例應是柳永作品，但《天機餘錦》常有漏寫作者情事發生，姑存疑之。下存疑詞皆同。

2.仲殊：有〈木蘭花令〉(浙浙霜風開宿霧) 一首，另有一首〈南柯子〉(歷歷風平水) 存疑。

3.李清照 (號易安居士)：有〈木蘭花令〉(沈水香消人悄悄) 一首。

4.劉過 (字改之)：有〈木蘭花慢〉(寶釵分股後) 一首。另有存疑詞〈祝英臺近〉(醒還愁)、〈好事近〉(抖擻少年狂) 等兩首。

5.曾揆 (字舜卿)：有〈秦樓月〉(山萬疊)、〈浣溪沙〉(啼鴃聲中春去忙)、〈踏莎行〉(風燒催春)、〈阮郎歸〉(春朝日色貴於金)、〈訴衷情〉(衫兒薔紫小花羅)、〈採桑子〉(林下路水邊亭涼)、〈武陵春〉(謝了海棠飄盡絮)、〈玉樓春〉(東風池館清明近)、〈一翦梅〉(木落千山水帶沙)、〈雨中花〉(春到清明寒未退)、〈青玉案〉(寒吹酒醒長安道) 等十一首。另有存疑詞〈秦樓月〉(簾半軸)、又(征棹停)、〈浣溪沙〉(西帝何時下玉京)、又(衫子新裁淺褐羅)、又(紅藕花香蛛網窠)、又(挑盡燈花懶上床)、又(節物催人有底忙)、又(一覺巫山夢又休)、又(一帽西風秋晚時)、又(繡幙層層護碧紗)、又(菊有黃花秋未霜)、〈謁金門〉(風十幅)、又(簾半揭)、又(春已老)、

又（梅子樹）、〈阮郎歸〉（晚春庭院日遲遲）、〈訴衷情〉（碧梧吹老一天秋）、又（重陽天氣做輕寒）、〈南柯子〉（鋪翠新冠子）、又（吹柳風纏起）、〈眼兒媚〉（遠山一黛水雙灣）、又（江頭話別許多時）、又（夜長無寐到窗明）等二十三首。另有〈謁金門〉（山無數）、〈眼兒媚〉（憶從溪上得相逢）、又（平生幾度怨長亭）等三首，因《花草粹編》引錄，而《全宋詞》（冊5、頁3838）又從《花草粹編》輯入，但作「無名氏」詞，其實這三首和前面存疑詞一樣，都緊接在曾揆詞之後，亦有可能是曾氏之作。總計《全宋詞》（冊4、頁2477）收錄曾揆的詞作僅有五首，而且除〈西江月〉輯自《絕妙好詞》卷三之外，其它四首都輯自《花草粹編》，也都是《天機餘錦》所有的作品，可見《天機餘錦》是保存曾揆作品最多的詞集，對我們瞭解這位詞人有莫大幫助。

6.趙文（字儀可）：有〈蝶戀花〉（自掩寒燈扃繡戶）、〈齊天樂〉（綠雲初合香羅髻）等兩首。

7.張炎：有存疑詞〈洞仙歌〉（清香萬斛）、〈減字木蘭花〉（年年秋到）、又（晚涼如水）、〈芭蕉雨〉（角聲高吹夢斷）等四首。

8.其他作者存疑及無名氏：張先〈醉落魄〉（春寒猶淺）、晏幾道〈鷓鴣天〉（一種穠花別樣妝）、秦觀〈畫堂春〉（殘春天氣放燈時）、〈木蘭花令〉（蘸甲不論行酒數）、趙令畤〈錦堂春〉（急雨聲喧荷背）、賀鑄〈浣溪沙〉（寶輊催呼嘆近前）、何籀〈宴清都〉（倦倚胡床坐）、康與之〈風入松〉（去年遊冶小園中）、劉景翔〈玉樓春〉（長源迤邐孤麋臥）、無名氏〈清平樂〉（夕陽紅樹）、〈長相思〉（二月時）、又〈風鳴窗〉、又（一聲雞）等十三首。

金元詞部分

1. 馮延登（字子駿、亦作子俊）：有〈蝶戀花〉（頗惱幽香通鼻觀）、〈鷓鴣天〉（冶紫妖紅謾得名）、〈滿江紅〉（庭戶初涼）、〈訴衷情〉（棄嘉笛裔散荊鑾）、〈一翦梅〉（珠履華簪照後車）等五首，另有存疑詞〈鷓鴣天〉（千疊終南浸曲江）、又（殷屋春聲曉月殘）、又（芳沿灣環侵翠微）、又（紫笋青芹傍舍生）。又（不到桃源仙洞家）、又（飲散匆匆出畫堂）、又（唱徹陽關三疊歌）、又（萬頃寒光畫不如）、又（天賦多情因甚空）、又（漠漠同雲到地垂）、及〈滿江紅〉（安石風流）等十一首。這些存疑詞排列位置單純，前後的作家都很確定，比較不會和其他作家參雜，故當作馮延登詞大抵不差。《全金元詞》只從《中州樂府》輯得馮延登〈玉樓春〉一首，如今有《天機餘錦》這十六首加入，其在詞史上的分量，勢必改觀。

2. 周玉晨（字晴川）：有〈水龍吟〉（去年多少閒情）、〈鷓鴣天〉（柳下人家自酒香）、〈滿江紅〉（風約湖光）等三首。《全金元詞》僅收周玉晨（十六字令）（眠）一首，此詞是從《花草粹編》卷一引《天機餘錦》轉錄，今亦見於《天機餘錦》卷四。

3. 張翥（字仲舉）：有存疑詞〈清平樂〉（夜闌人靜）、又（迢迢牛女）、又（秋深已許）、又（朱門新曉）、〈洞仙歌〉（瑤臺十二）、又（丹崖翠壁）、〈憶秦娥〉（花如雪）、〈感皇恩〉（時節過清明）、〈好事近〉（不暖不寒天）、又（翠幄護花鈿）、又（老翠出新黃）、又（簾捲滿樓風）、又（小閣晚涼生）、又（船繫畫橋東）等十四首。〈好事近〉六首中恐雜有明人之作。

4. 莫昌（初名惟賢、字景行）：有〈蘇武慢〉（山勢龍蟠）、（壁水

遊歌）、（四月清和）、（小小官稱）等四首，又同調（柳絮風寒）緊接在此詞之後，可能是莫氏的作品。又之前有同調（白下橋頭）、（君昔錢塘）、（富貴門中）、（自哭浮生）等四首皆未標作者，（白下橋頭）與（山勢龍蟠）詞題皆作「和桂孟平（衡）韻」，故此四詞亦可能是莫氏作，姑存疑之。按：莫昌生於元大德六年（1302），明初爲杭州府學訓導❷，《全金元詞》未收其詞。

5.王裕（字好問）：有〈鳳凰臺上憶吹簫〉（翠羽棲煙）一首。按：王裕，中元至正元年（1341）鄉試，教授于鄉❷，《全金元詞》未收其詞。

明詞部分

1.瞿佑（字宗吉）：《天機餘錦》收錄瞿佑詞作甚多，含存疑詞高達一四五首，但見於《樂府遺音》一卷本（即《明詞彙刊》本），僅寥寥十五首，而《四庫全書總目提要·詞曲類存目》所著錄的五卷本，臺灣各大圖書館並未收藏，今大陸正在陸續出版《四庫全書存目叢書》（臺灣由莊嚴文化事業公司代理，已出版史部、子部），俟存目五卷本能順利問世，將可作進一步比對，屆時《天機餘錦》是否有五卷本佚詞，當可知曉。

2.晏璧（字彥文）：收錄有〈木蘭花慢〉（渺平地綠皺）、〈倦尋芳〉（守宮搗血）、〈風流子〉（茱萸都插偏）、〈風入松〉（晚來閒步

---

❷　〔明〕凌雲翰：《柘軒集》，卷4，頁32—36，〈莫隱君墓誌銘〉。
❷　〔明〕蕭良幹修：《萬曆紹興府志》（明萬曆十四年刊本，臺北：中央研究院傅斯年圖書館藏），卷32、43。

出東城)、〈塞翁吟〉(夢出流鶯什)、〈永遇樂〉(宿雨初乾)、〈一翦梅〉(客路輕寒梅弊貂)、〈鳳棲梧〉(滿架花龍雲氣濕)等八首,另有〈木蘭花慢〉(夕陽猶在壁)、〈鳳棲梧〉(昨日看花無好伴)及(小雨調晴春未協)等三首緊接在晏氏詞之後,未署名,應亦是其作品。按:晏氏詞集未見,一般選集(如《明詞綜》)亦未選錄其詞,上述《天機餘錦》所收應可供編《全明詞》者參考。

　　3.其他:《天機餘錦》在〈蘇武慢〉調收有桂衡、王驥、劉醇之作品,桂衡有(七十人生)、(聞説登萊)、(從離錢塘)、(自哭生來)等四首。王驥有(大隱金門)、(解綬烏臺)、(少習詞章)、(華髮盈顛)、(舉目江山)、(筆下聲音)等六首。劉醇有(綠樹連村)一首。上述作品皆未見選家選錄,亦可供編《全明詞》採擇。

　　以上所輯,計宋詞部分有六十一首,金元詞部分有四十三首,明詞部分瞿佑不計外,亦有二十二首❷,《天機餘錦》保存這麼多其他詞集所未見的作品,對我們從事詞學研究,實有莫大的貢獻。

六、結　語

　　《天機餘錦》經過陳耀文《花草粹編》引用之後,歷經了四百多年,原本一直未被詞學界所發現,因此三十年代趙萬里輯錄《校輯宋金元人詞》時,特別從《花草粹編》輯出《天機餘錦》十六首,

---

❷　本文中的比對,都是筆者利用高喜田、寇琪編《全宋詞作者詞調索引》、及《明詞彙刊》所附索引,或直接翻尋《全宋詞》、《全金元詞》逐一檢查,恐有核對不週之處,日後將再利用電腦檢索,俟完全確定之後,再將這些佚詞整理,另文發表。

以供學界嘗鼎之一臠。今日個人有幸目睹明抄本全本，雖然抄寫者不免有許多錯漏之處，其中以作者遺漏最爲嚴重，而此書的編成主要是抄錄自《類篇草堂詩餘》、《精選名儒草堂詩餘》、《增修箋注妙選群英草堂詩餘》等選集，及宋金元明詞人十餘家之別集，並非編者用心廣泛挑選，編輯體例也雜亂無章，乏善可陳，因此可斷定書賈或士人爲了逐利倉促編成，並非如書前所題「程敏政編」，只是僞托以自抬身價而已。

　　由於此書是在明嘉靖二十九年 (1550) 至萬曆十一年 (1583) 之間所編成，時代日久，其所根據的詞集版本今或已不傳，其所抄錄的詞家詞作，某些亦未見收於其他詞集，故此書在保存詞學文獻，提供校勘、輯佚方面，尚有不容忽視之價值。尤其經過吾人比對之後，共輯出宋金元詞高達百餘首，明詞亦有罕見之作品二十餘首，這樣的成果，可以說是繼明抄本《詩淵》發現之後❷，另一次詞學的新發現，相信對詞學界是有相當大的幫助。

　　——原載《宋代文學研究叢刊》3 期 (1997 年 9 月)，頁 381－404。又載《詞學》12 輯 (2000 年 4 月)，頁 123－146。

---

❷　明抄本《詩淵》二十五冊，現藏北平圖書館，《全宋詞》編者只看到第一冊至第九冊，並做了輯錄。第十冊至第二十五冊，後來才編入目錄，孔凡禮從中輯得《全宋詞》未收的四百多首詞，出版了《全宋詞補輯》（北京：中華書局，1981年8月）。

《天機餘錦》見存宋金元詞輯佚

一、前 言

　　明抄本《天機餘錦》是一部詞的總集,共四卷,題程敏政編,現藏臺北國家圖書館(前國立中央圖書館)。這部詞集按詞調收錄唐、宋、金、元、明各朝代的詞,計收二三七個詞調,一二五六首作品,數量相當可觀。過去許多著名學者如朱彝尊、錢大昕、趙萬里、唐圭璋等都無緣見到此書,筆者有幸目睹此一祕籍,去年在《宋代文學研究叢刊》第三期撰寫一篇論文——〈詞學的新發現——明抄本《天機餘錦》之成書及其價值〉,將研究心得公諸於世。

　　文中除考訂此書編纂的資料來源、編者及成書時間外,並論及此書在保存詞學文獻上的價值。經個人將《天機餘錦》與唐圭璋編《全宋詞》、《全金元詞》詳加比對後,發現其中有宋金元佚詞百餘首,又與趙尊嶽輯《明詞彙刊》、王昶輯《明詞綜》等比對後,發現亦有許多罕見的明人詞作,尤其收錄瞿佑詞達一四五首最爲可觀。當時限於篇幅,無法將這些作品一併刊布,許多學界朋友讀了拙文之後,不斷催促筆者將佚詞輯出,俾供大家參考。於是我便將明人詞先行輯出,寫成〈《天機餘錦》見存瞿佑等明人詞〉一文,

發表於臺灣學生書局出版《中國書目季刊》三十二卷一期（1998 年 6 月），該文共輯有明初詞人瞿佑、晏璧、王驥、桂衡、王達、凌雲翰、劉醇等七人的詞作，計一七二首。而本文則擬將《天機餘錦》見存的宋金元佚詞輯出，加上新式標點並略作考校，以饗讀者。

《天機餘錦》所保存的宋金元佚詞，共一〇四首，即唐圭璋編《全宋詞》（臺北：世界書局，1976 年 10 月）、《全金元詞》（臺北：洪氏出版社，1980 年 11 月）所未收者。其中宋詞部分，有：柳永二首（一首存疑）、仲舒二首（一首存疑）、李清照一首、劉過五首（四首存疑）、曾揆三十四首（二十三首存疑）、趙文二首、張炎四首（皆存疑）、其他作者存疑及無名氏十四首，計六十四首。金元詞部分有：馮延登十六首（十首存疑）。周玉晨三首、張翥十四首（皆存疑）、莫昌六首、王裕一首，計四十首。以下則按作家時代先後爲序，同一作家之作品則根據《天機餘錦》錄詞之順序，一一加以輯出。

二、宋佚詞

(一)柳永二首

柳永，字耆卿，生平見《全宋詞》（冊 1，頁 13）。

金人捧露盤

控青絲，腰長劍，上平西。擁十里、小隊旌旗。天寒度隴，水邊雲凍不成飛。漏箭催曉，聽鳴笳、月滿征衣。　　盃中酒，琴中意，蘭中夢，錦中詩。謾回首、此意誰知。春風近也，戌樓天闊草萋萋。

有人可囑,杜陵雁、切莫先歸。

又

夜沉沉,人悄悄,恨悠悠。謾展轉、數盡更籌。欄干閣淚,試彈了又還自流。夢裏雖曾見伊,奈楚雨難留。　　樽前意,花前事,見時喜,別時愁。筭一一、都在心頭。天長地久,這煩惱幾時休。怎得鴛衾鳳枕,似舊日綢繆。

> 案:此詞未標注作者,《天機餘錦》編纂體例在同作者的作品第一首標注姓名,其餘不標,但也有漏標作者情形,此詞因上首題柳耆卿(永)作,姑列爲柳詞而存疑之。

(二)仲殊二首

仲殊,爲一僧人,生平見《全宋詞》(冊1,頁544)。

木蘭花令

淅淅霜風開宿霧。十里西陵紅葉路。飛雲步步送人行,直到山高水盡處。　　去年此日煙江渚。江上樓高煙淡竚。樓前流水聽人歌,歌罷水流人亦去。

南柯子

歷歷風平水,依依路帶沙。葉舟漁父入蘆花。惟有瀟湘一孤、草生涯。　　雲霧收殘暑,煙波浸曉霞。蕭蕭殘葦草鋪花。冷落竹籬茅舍、兩三家。

> 案:此詞未標注作者,因緊接在仲舒〈南柯子〉(十里青山遠)之後,姑列爲仲舒詞而存疑之。

(三)李清照一首

李清照，號易安居士，生平見《全宋詞》（冊 2，頁 925）。

木蘭花令

沉水香消人悄悄。樓上朝來寒料峭。春生南浦水微波，雪滿東山風未掃。　　金樽莫訴連壺倒。捲起重簾留晚照。為君欲去更憑欄，人意不如山色好。

(四)劉過五首

劉過，字改之，生平見《全宋詞》（冊 3，頁 2142）。

木蘭花慢

寶釵分股後，嘆荏苒，隔年華。漸魚雁音稀，馬牛風邈，秋月春花。恩情似隨遊水，望平蕪、杏靄塞塵遮。終日眉顰翠黛，十分腰褪裙紗。　　噓嗟隻影泛仙槎。念流落天涯。想此情兩處，神遊故園，夢繞胡沙。蘇郎料應仗節，奈上林、消息寄來賒。身似楊花無定，不知飛落誰家。

祝英臺近

醒還愁，醒又病，無計奈春恨。風雨窗深，幾日掩塵鏡。知伊杜牧南遊，蘭成北去，誰問青鸞傳信。　　悄無興。那更翠密紅稀，闌干倚苦暈。嫌殺垂楊，飛絮渺無定。是他春自無情，輕離輕別，更教得、行人薄倖。

案：此詞未標注作者，因緊接在劉過〈祝英臺近〉（窄輕衫）及〈笑
　　天涯〉兩首之後，姑列為劉詞而存疑之。

霜天曉角

蒲帆十幅。飛破瀟湘綠。再過垂虹亭下，煙波外，棹歌續。　　暮霜隨去目。蟹肥新酒熟。試問此行何事，西湖上，醉茱菊。

　案：此詞未標注作者，因緊接在劉過〈霜天曉角〉（霜天曉角）之後，姑列爲劉詞而存疑之。

定風波正調

玉壺敲缺。歌罷無腸結。記得小樓深處，纔相見，又輕別。　　恨切。音信絕。楚天依舊闊。但願年年長健，隔千里，共明月。

　案：此詞未標注作者，因緊接在劉過〈定風波正調〉（一瑣窗兒明快）之後，姑列爲劉詞而存疑之。又、詞調依格律應作〈霜天曉角〉。

好事近

抖擻少年狂，似覺老來無力。依舊窄衫騎馬，向江南爲客。　　玲瓏寶轡響東風，詩思助豪逸。彈鞚□花紅處，醉一鞭春色。

　案：此詞原未標注作者，因緊接在劉過〈好事近〉（誰斫碧琅玕）之後，姑列爲劉詞而存疑之。

㈤曾揆三十四首

　曾揆，字舜卿，生平見《全宋詞》（冊4，頁2477）。

秦樓月

山萬疊。別來又見清明節。清明節。落花枝上，杜鵑啼血。　　夜深客夢寒猶怯。香殘半被同誰說。同誰說。他鄉□對，故鄉明月。

案:「他鄉□對」,原脫一字,依律補;疑是「獨」字。

又

簾半軸。鳴鳩乳燕聲相逐。聲相逐。日長人困,午眠初熟。　　誰驚夢斷雲屏曲。一番新別還幽獨。還幽獨。無言空數,階前脩竹。

案:此詞與下首皆未標注作者,因上首題曾舜卿(揆)作,《天機餘錦》此調只收這三首,極可能皆是曾氏之作。《天機餘錦》編纂體例在同作者的作品第一首標注姓名,其餘不標,雖也有漏標作者情形,但某些作者作品排列頗為規律集中,則比較不會攪雜其他作者作品,曾揆作品或可作如是觀。

又

征棹停。雙鸞共跨登危亭。登危亭。肌膚雪白,標格梅清。　　當年盛事跨山陰。山陰怎得如而今。如而今。水晶宮冷,有箇人人。

浣溪沙

啼鴃聲中春去忙。殷勤誰勸送行觴。銀鉤小帖喚紅妝。　　芳臉如花花不語,纖腰似柳柳無香。洞房別有好風光。

又　　淡紅衫詠荷花

西帝何時下玉京。水仙無數笑相迎。淡紅衫子綠羅裙。　　剪剪香風殘酒醒,紛紛涼月晚妝新。游人錯認浣沙村。

案:此詞及以下九首皆未標注作者,因上首題曾舜卿作,依體例可能皆是曾氏之作。

又　翠圓荷

衫子新裁淺褐羅。鞵兒窣地一鉤多。烏雲斜插翠圓荷。半困半愁眉歛黛，瞥嗔喜眼最橫波。鳳幃深處奈伊何。

又

紅藕花香蛛網窠。淡雲疎雨冷斜河。誰教牛女暗相過。天上雙鴛嫌樂少，人間孤雁□愁多。一般夜有短長何。

案：「人間孤雁□愁多」，原脫一字，依律補。

又

挑盡燈花懶上床。又看明月到紗窗。今宵銀燭十分長。薄酒不供愁處醉，舊衾猶惹睡時香。此情誰信最難忘。

又

節物催人有底忙。登高眺遠倍淒涼。黃花只做舊時香。戚戚蛩聲吟落月，蕭蕭雁影帶重霜。不知過了幾重陽。

又

一覺巫山夢又休。夜寒誰與護衣篝。無言空只數更籌。吹鬢秋風潘令老，滴心夜雨庾郎愁。怎教人不悔風流。

案：「滴心夜雨庾郎愁」，「庾」原誤作「瘦」，今逕改。

又

一帽西風秋晚時。新寒早是怯羅衣。籬邊閑把菊花枝。銀漏漸長無夢到，玉京雖近得書稀。這般煩惱有誰知。

又

繡幬層層護碧紗。畫屏曲曲鬥紅牙。恍然身在謫仙家。　　鯨吸量
寬金盞小，蟬低影動玉釵斜。不知風雪到梅花。

又

菊有黃花秋未霜。溫柔鄉裏小紗窗。多情留得少年狂。　　暗起嬌
腮教舉酒，緩移纖手為傳香。今宵不是夢高唐。

踏莎行

風燒催春，月明欺晝。鳳城纔是多時候。嬌娥低顧畫樓邊，遊人緩
步華燈後。　　吹徹玉簫，滴殘銀漏。更闌漸覺寒生袖。而今多病
沒心情，舊房深處君之否。

　案：「舊房深處君之否」，「之」當作「知」。

謁金門

帆十幅。占盡滿溪寒綠。小店蟹肥新酒熟。樽前人似玉。　　欲說
離懷未足。怎得歡期重續。學取鴛鴦相對浴。蘆花深處宿。

　案：此詞原未標注作者，因緊接在曾揆〈謁金門〉（山銜日）及（深
　　　院寂）兩首之後，故可能為曾氏之作。

又

簾半揭。天氣中秋猶熱。玉枕藤床人獨歇。風流多間別。　　門外
棲烏飛絕。砌下啼螿聲咽。惱得相思無處說。西樓今夜月。

　案：此詞及以下二首皆未標注作者，《天機餘錦》在此詞之前收
　　　錄同調（山無數）一首，亦未標注作者，《花草粹編》卷三引
　　　《天機餘錦》則將（山無數）詞作無名氏，《全宋詞》（冊5，

頁 3838）從之。其實（山無數）詞緊接在上首（帆十幅）之後，極可能亦是曾揆作品，故此詞及以下二首皆姑列爲曾氏詞而存疑之。

又

春已老。柳下小亭春到。記得憑闌同語笑。心情無限好。　　燕子聲聲空巧。怎解說與伊道。多病不來空懊惱。一園花過了。

又

梅子樹。只在小窗橫處。日日杜鵑啼不住。夜深聲更苦。　　憶自送人南浦。衾鳳半閑金縷。天氣猶寒誰共語。那堪聽得雨。

阮郎歸

春朝日色貴於金。纔晴又布陰。曲闌干畔小中庭。梨花分外明。　　情默默，淚盈盈。燕來無信音。這般天氣更愁人。誰能去踏青。

又

晚春庭院日遲遲。鶯啼花亂飛。淡黃新染薄羅衣。偏他著得宜。　　羞色起，笑聲低。相引到屏幃。酒香也有著人時。風流只自知。

　案：此詞原未標注作者，因上首題曾舜卿作，故極可能爲曾氏之作。

訴衷情

衫兒蕃紫小花羅。髻子映雙螺。嬌羞向人無語，都付在橫波。　　纖玉笋，灩金荷。過雲歌。畫堂深處，今夜相逢，不醉如何。

　案：「都付在橫波」，「波」原誤作「淡」，未協，今依原書批點者改。

又

碧梧吹老一天秋。人在最高樓。迢迢夜長如水，喚誰護衣篝。　腸
欲斷，淚先流。幾時休。征鴻叫月，飢鼠窺燈，都是新愁。

　案：此詞及下首皆未標注作者，因上首題曾舜卿作，依體例極可
　　　能是曾氏之作。

又

重陽天氣做輕寒。病起怯衣單。殷勤未開丹桂，留待主人看。　深
院宇，小杯盤。怕花殘。冷香窘月，醉色迎風，秋在欄干。

搗練子

林下路，水邊亭。涼吹酒面散餘酲。小藤床、隨意橫。暗記得、舊
時經。翠荷鬧雨做秋聲。恁時節、不怕聽。

　案：詞調原誤作「採桑子」。「涼吹酒面散餘酲」，「酲」原誤
　　　作「醒」，今據《全宋詞》（冊5，頁3837）所收改。《全宋詞》
　　　錄自《花草粹編》卷一，《花草粹編》錄此詞無撰人姓氏，
　　　僅注「天機」，即注明出自《天機餘錦》，《全宋詞》因之
　　　收為無名氏詞。此詞《天機餘錦》有題「曾舜卿」撰，應是
　　　曾氏之作無疑。此詞《天機餘錦》另有重收，詞調作〈搗練
　　　子〉，不誤，但未標注作者。

武陵春

謝了海棠飄盡絮，猶是好年光。日日斜陽傍小窗。誰為解愁腸。　啼
鳥一聲驚夢破，獨坐細思量。不似爐煙卻久長。飛上枕屏香。

玉樓春

東風池館清明近。人與海棠相比並。纖腰瘦後轉添嬌，媚眼醉中仍帶困。　　歸來香入羅衣潤。花有盡時歡不盡。明朝酒醒試重看，滿地落紅深一寸。

一剪梅

木落千山水帶沙。瑟瑟西風，似怨年華。晚來獨自倚窗紗。兩兩三三，何處歸鴉。　　惹起閑愁沒計遮。月在樓頭，人在天涯。秋深底事未還家。過了重陽，猶有黃花。

雨中花　詠海棠

春到清明寒未退。最好海棠初醉。臉玉潮紅，袖沙卷翠。箅恐人難比。　　竟日徘徊香逕裏。猶自有、少年風味。倒盡金樽，燒殘銀燭，怎得與花同睡。

南柯子

鋪翠新冠子，銷金小襖兒。嬌柔一把好腰肢。眞箇芙蓉如面、柳如眉。　　縹緲歌金縷，殷勤捧玉卮。輕顰淺笑有誰知。應要蕭郎同跨、彩鸞歸。

案：此詞及下首原未標注作者，因緊接在曾揆〈南柯子〉（桐葉涼生夜）之後，故極可能皆爲曾氏之作。

又

吹柳風纔起，催花雨已收。畫橋□繫木蘭舟。有箇人人相伴、踏青遊。　　半醉嬌無奈，閑愁語又休。曲欄干畔小遲留。蝴蝶一雙飛上、玉搔頭。

案：「畫橋□繫木蘭舟」，原脫一字，依律補。

青玉案

寒吹酒醒長安道。見燕子、飛來了。都說清明時節好。笙簫亭院，
綺羅簾幕，人在蓬萊島。　　少年歡事能多少。便覺盧郎鏡中老。
午睡紗窗無夢到。春風因甚，也來階下，綠遍裙腰草。

案：「綺羅簾幕」，「幕」原誤作「暮」，今逕改。

眼兒媚

遠山一黛水雙灣。多病倦躋攀。燕兒歸了，雁兒來後，猶覺秋殘。
　　玉人別久無消息，愁抱倩誰寬。可堪向晚，黃花雨細，紅葉風
寒。

案：《天機餘錦》在〈眼兒媚〉調中，收一首題曾舜卿作的（芙蓉
　　帳冷翠衾單）之後，又收了五首，全未標注作者，這五首依體
　　例可能皆是曾氏之作。《全宋詞》從《花草粹編》卷四引《天
　　機餘錦》詞中，除將（芙蓉帳冷翠衾單）收為曾詞之外（冊4，頁
　　2477），另將兩首〈眼兒媚〉（憶從溪上得相逢）及（平生幾度怨
　　長亭），當作無名氏詞（冊5，頁3838），恐怕有待商榷。此詞
　　及下兩首因《花草粹編》未引，故《全宋詞》未見收錄，今
　　皆暫定為曾揆作品。

又

江頭話別許多時。日日守空閨。伴人無賴，塵飛玉雁，香冷金猊。
　　今年只道春來晚，懶去探芳菲。開窗卻怪，海棠枝紅，瘦不曾
知。

又

夜長無寐到窗明。風雪正愁人。平生識底，別離滋味，怎似而今。

　　燈昏火冷清清地，有酒共誰溫。一湯過也，不成教我，更負青春。

㈥趙文二首

趙文，字儀可，生平見《全宋詞》（冊5，頁3321）。

蝶戀花

自掩寒燈扃繡戶。一枕春愁，欲向何人訴。不是起來看綠樹。夢回只道聽秋雨。　　莫唱當時桃葉渡。此日淒涼，舊日人曾妒。滿院蒼苔深幾許。明朝更有行人路。

齊天樂

綠雲初合香羅髻，生來殺人春恨。寶瑟新調，銀箏試撥，猶帶吳音嬌軟。東風婉婉。早換葉移根，瑣窗深院。月下盟心，酒闌攜手幾曾見。　　而今何事寂寞，嘆雕闌玉砌，風物都換。花木重門，湖邊小舫，回首前歡夢斷。思深分淺。箏不忍重拈，舊時歌扇。莫怨盧郎，妾身生自晚。

㈦張炎四首

張炎，字叔夏，生平見《全宋詞》（冊5，頁3463）。

洞仙歌　梅上答與龔子敬賦

清香萬斛，更一枝竹外。蒼雪初凝凍蛟背。向黃昏飛去，萼綠華仙，

梳洗懶，缺處疑調獺髓。　　　前村深夜悄，把玉人歸，著破荷衣尚餘翠。誰噴曉龍寒，幾片梨花，又卻被、琅玕敲碎。怕搖動、霜禽舞青衣，正月落參差，那人猶醉。

> 案：此詞原未標注作者，因緊接在張炎〈洞仙歌〉（中峰豎立）及（野鵲啼月）兩首之後，姑列爲張詞而存疑之。《天機餘錦》收錄張炎詞甚多，共七十一調、一三四首，皆見《全宋詞》中，故這些在張詞之後而未標注作者姓名者，皆極可能不是張氏之作。

減字木蘭花

年年秋到。分別今年涼最早。猶倚危欄。人在斜陽山外山。　　　小亭別浦。認得舊時離別處。無恨丹青。一片傷心畫不成。

> 案：此詞及下首皆未標注作者，因緊接在張炎〈減字木蘭花〉（鎖亭春謝）之後，姑列爲張詞而存疑之。又由於此兩詞是排在〈減字木蘭花〉調之末，依《天機餘錦》編纂習慣，調末常收明人詞，尤其是瞿佑作品，故亦有可能爲瞿氏之作而漏題姓名。

又

晚涼如水。雪樣肌膚新浴起。薄薄衫兒。淡拂胭脂淺畫眉。　　　二三分醉。庭戶無聲人已睡。猶自嬌痴。要看荷花月上時。

芭蕉雨　梅

角聲高吹夢斷，月痕尚掛林梢。萬葉千花似掃。綠避紅逃，讓與寒梅獨殿還。愍了卻殘年，教人媿殺離騷。　　　富貴等鴻毛。紛紛侍春，穠李妖桃。自是冰魂欲解，謾倩并力，只道乾

坤閑氣，怎知他雪風饕。睡起望北斗闌干，人間翠羽嘈嘈。

案：此詞原未標注作者，因緊接在張炎〈梅子黃時雨〉（流水孤村）

　　一詞之後，姑列爲張詞而存疑之。

(八)其他作者存疑及無名氏十四首

鷓鴣天　　詠桃花菊

一種穠花別樣妝。留連春色到秋光。解將天上千年艷，番作人間九
日黃。　　凝薄霧，傲繁霜。東籬恰似武陵鄉。有時醉眼偷相顧，
錯認陶潛作阮郎。

案：此詞未標注作者，緊接在晏幾道〈鷓鴣天〉（彩袖殷勤捧玉鍾）

　　之後，而在辛棄疾同調（欲上高樓去散愁）之前，辛詞並漏題作

　　者，故此詞究屬晏幾道、辛棄疾或其他作者，尚難論定。

清平樂　　送人還豫章

夕陽紅樹。目送君先去。一片白鷗飛起處。便是豫章津渡。　　北
風過盡寒鴉。我來同訪龍沙。寄與蘇卿釀酒，休教卸了梅花。

案：此詞未標注作者，緊接在顏奎〈清平樂〉（留君且住）之後，

　　而顏詞卻漏題作者，故此詞究屬顏奎或其他作者，尚難論定。

風入松

去年遊冶小園中。有箇人同。歌低酒淺情無奈，相留戀、聽徹昏鐘。
楊柳閑眠夜月，海棠沈醉春風。　　如今時候又還逢。何處尋蹤。
曲欄小閣依然在，誰知得、酒懶歌慵。唯有定巢雙燕，笑人歸去匆
匆。

案：此詞未標注作者，緊接在同調（一宵風雨送春歸）之後，該詞作
　　者《全宋詞》一作田中行，一作康與之，而《天機餘錦》卻
　　題作柳耆卿（永）；又此詞之後收晏璧、瞿佑等明人詞，故此
　　詞究屬田中行、康與之、柳永或明人所作，尚難論定。

木蘭花令

蘸甲不論行酒數。百計相留無計住。別腸斷盡已無腸，又唱送君南
浦句。　　人欲出門船在渡。羞見溪頭楊柳絮。此身不及絮能飛，
吹上領襟隨得去。

案：此詞未標注作者，緊接在秦觀〈木蘭花令〉（秋容老盡芙蓉院）
　　之後，但秦觀該詞亦漏題作者，故此詞究屬秦觀或其他作者，
　　尚難論定。

浣溪沙

日轉花陰午篆殘。文楸一局賦清閑。瘦人須索要饒先。　　圓玉欲
敲春笋瘦，黛眉不展遠山寒。海棠深院雨餘天。

案：此詞未標注作者，緊接在李璟〈浣溪沙〉（菡萏香銷翠葉殘）之
　　後，而該詞作者卻誤題李後主；此詞之後為趙令畤同調（風急
　　花飛晝捲門），該詞並漏題作者；故此詞究屬李璟、李煜、趙
　　令畤或其他作者，尚難論定。

又

寶鞚催呼欲近前。映階紅蠟破春煙。烏沈香燄送群仙。　　不是無
心留醉客，慇懃特地促歸鞍。有人和月憑欄干。

案：此詞未標注作者，緊接在賀鑄〈浣溪沙〉（樓角紅銷一縷霞）之

後，而在歐陽修同調（葉底青青杏子垂）之前，賀、歐陽兩詞並
漏題作者，故此詞究屬賀鑄、歐陽修或其他作者，尚難論定。

宴清都　中秋

倦倚胡床坐。征帆卸，一篷初飯煙火。東山月出，中江斗落，水天
平妥。神仙只在人間，算未必、風流似我。謾不省、赤壁何年，自
擊尊破。　　空明四顧無人，良時美景，如此虛過。元規雅興，文
簫巧遇，兩情誰可。功名又有何好。總不是、西施一舸。到夜深、
露氣清寒，依然獨臥。

> 案：此詞未標注作者，緊接在何籀〈宴清都〉（細草沿階軟）之後，
> 又排在調末，亦可能為瞿佑作品，故此詞究屬何籀、瞿佑或
> 其他作者，尚難論定。

醉落魄

春寒猶冽。晴天飛下梅花雪。雁歸何處空咽。不為傳書，書上也莫
說。　　當時攜手行還歇。吹香弄蕊歡情愜。怎堪多病傷輕別。人
有新愁，月是舊時月。

> 案：此詞未標注作者，緊接在張先〈醉落魄〉（雲輕柳弱）之後，
> 而在張炎同調（柳侵闌角）之前，張炎詞並漏題作者，故此詞
> 究屬張先、張炎或其他作者，尚難論定。

長相思

二月時。三月時。梅子青青燕子歸。楊柳滿院飛。　　煙籠霞。月
籠沙。綠水堤邊賣酒家。門前桃杏花。

> 案：此詞未標注作者，緊接在白居易〈長相思〉（汴水流）之後，

而在歐陽修同調（蘋滿溪）之前，白、歐陽兩詞並漏題作者，歐陽詞在《全宋詞》中又別作張先、黃庭堅詞，故此詞究屬白居易、歐陽修、張先、黃庭堅或其他作者，尚難論定。

畫堂春

淺春天氣放燈時。半醺人意熙熙。晚妝別是一般宜。蓮步輕移。　　月好不如行遠，霜寒猶自歸遲。年年願似耍蛾兒。遶鬢邊飛。

案：此詞未標注作者，緊接在同調（東風吹柳日初長）之後，該詞作者在《全宋詞》一作黃庭堅，一作秦觀，而《天機餘錦》漏題作者，故此詞究屬黃庭堅、秦觀或其他作者，尚難論定。

錦堂春　雨後涼意

急雨聲喧荷背，小風涼入蕉心。行雲相續歸青岫，新水漲池萍。　　夢破慵欹枕玉，愁來閑撚釵金。鳴蟬又報愁消息，聲滿綠槐林。

案：此詞未標注作者，緊接在趙令畤〈錦堂春〉（樓上縈簾弱絮）之後，由於此調僅收兩首，依《天機餘錦》習慣，調末常收瞿佑詞，故此詞究屬趙令畤、瞿佑或其他作者，尚難論定。

長相思　雨鳴窗

風鳴窗。雨鳴窗。怨入啼烏聲更長。荷花鏡裏香。　　枕又涼。衾又涼。待得書來空斷腸。況無書一行。

案：此詞及以下兩首皆未標注作者，緊接在無名氏〈長相思〉（花滿枝）之後，並在無名氏同調（不思量）之前，故三首姑定爲無名氏詞。

又

一聲雞。兩聲雞。風自南來月落西。送人解纜時。　　憶歡期。數佳期。玉液人篘蟹又肥。不知何日歸。

又　雪霏

風淒淒。雪霏霏。家住斷橋流水西。梅開一兩枝。　　淚垂垂。恨依依。立盡黃昏欲寄伊。舉頭無雁飛。

三、金元佚詞

㈠馮延登十六首

馮延登，字子駿，亦作子俊，生平見《全金元詞》（冊1，頁50）。

蝶戀花　梅影和潘仲明

頗惱幽香通鼻觀。窗影虛明，喜識東風面。恰似孤山山外見。暮寒倚竹宮妝淺。　　老去芳溫緣未斷。月落參橫，惆悵行雲遠。暫慰天涯飢客眼。愁時不忍聞羌管。

鷓鴣天　木香

冶紫妖紅謾得名。人間不省見飛瓊。自從玉骨沈春甕，卻假酴醿以字行。　　看綽約，更輕盈。瑞龍香膩洗朝酲。夜深一覺遊仙夢，更愛冰魂到枕清。

案：「冶紫妖紅謾得名」，「冶」原誤作「治」，今逕改。

又　送行

千疊終南浸曲江。名臣自合領名邦。翠娥低處陽關咽，總把離愁付

酒缸。　　金絡馬，碧油幢。如君才氣世無雙。柳營威令宣沙漠，佇看河西築受降。

> 案：此詞及以下九首〈鷓鴣天〉詞原未標注作者，因上首題馮子俊作，依體例可能皆是馮氏之作，姑存疑之。《天機餘錦》編纂體例在同作者的作品第一首標注姓名，其餘不標，雖也有漏標作者情形，但這些詞排列位置單純，前後作家都很確定，比較不會和其他作家攪雜，故作馮延登詞大抵不差。

又

殷屋春聲曉月殘。宦途未得免飢寒。近來不舉齊眉案，政恐山家識伯鸞。　　嘗險阻，喜團欒。階庭玉樹照芝蘭。情知鞭策隨金絡，莫遣衰遲始掛冠。

又

芳沼彎環侵翠微。畫簷遠近漾清輝。花成步障圍歌榭，柳引晴絲拂釣磯。　　彈錦瑟，舞仙衣。潛鱗出聽鷺驚飛。餘糧委畝邊聲斷，日與仙翁倒載歸。

又

紫筍青芹傍舍生。瓦甌筠榼餉春耕。花深不見鞦韆架，風過微聞笑語聲。　　攜拄杖，叩柴荊。竹邊吠犬出籬迎。村村酒熟香粳賤，先向山間見太平。

又

不到桃源仙洞處。如何得見董雙成。凌波微步輕於燕，轉月清歌好似鶯。　　嬌滴滴，笑吟吟。捧盃須要十分斟。想伊有意教人醉，

圖得今宵夢裏尋。

又

飲散匆匆出畫堂。誰家姊妹一雙雙。輕如飛燕宜深皁，嬌似流鶯愛淡黃。　　行不止，見何妨。若教回首斷人腸。杜陵飢客歸來後，路隔蓬萊空自狂。

又

唱徹陽關三疊歌。此時無奈別離何。遠山淡抹眉間黛，野水明橫臉上波。　　從去後，肯來麼。舊曾行處惹愁多。春風不看人情面，吹得楊花歸袖羅。

又

萬頃寒光畫不如。倚欄陡覺粟生膚。蕭條野逕無人到，浩蕩江天有雁呼。　　傾酒玉，貫歌珠。今宵好做醉工夫。憑誰去向前村問，曾補梅花缺處無。

又

天賦多情因甚空。相逢早早別匆匆。昨宵燕子樓頭月，今日鴛鴦浦口風。　　歡幾許，恨何窮。十千沽酒與誰同。綠蕉卻解知人意，替展蕭娘信一封。

又

漠漠同雲到地垂。俄看萬鶴滿空飛。舞慵白玉堂前女，醉倒銷金帳裏兒。　　誰笑我，不如伊。閑披鶴氅也相宜。晚來自繞梅花樹，忍冷尋香折一枝。

滿江紅

庭戶初涼，河漢淡、靈光奕奕。人世遠、那知天上，謾猜靈匹。阮
子已窮詩尚拙，竿頭犢鼻經年易。望鳳車、鶴蓋久徘徊，今何夕。

秋渚淺，經年隔。長會合，天應惜。又烏啼鵲散，相望脈脈。
儻值秋楂經岸次，泝游爲覓支機石。待歸來、一笑問君平，還陳跡。

案：「靈光奕奕」，「光」原誤作「先」，今逕改。

又　　憶梅和潘仲明

安石風流，東山上、嘗攜縹緲。冰雪底、粲然孤秀，自殊群槁。一
自黃塵違雅志，無因舟得巡簷笑。笑崎嶇、歷落此生緣，花邊少。

溪路細，天寒早。斜月淡，林塘曉。一枝春先露，化工新巧。
想有綠毛么鳳到，等閑錯認金鈴小。望隴雲、惆悵夢空回，令人老。

案：此詞原未標注作者，因上首題馮子俊而定之。又詞題作「憶
　　梅和潘仲明」，前馮詞有一首〈蝶戀花〉（頗惱幽香通鼻觀），
　　其詞題亦作「梅影和潘仲明」，更可證此詞爲馮氏之作無疑。

訴衷情　　詠茶

葉嘉笛裔散荊蠻。萬里入秦關。江山蘊藉風味，長掛齒牙間。　　勞
素手，洗酡顏。鷓鴣班。一甌甘露，兩腋清風，歸去蓬山。

一剪梅

珠履華簪照後車。一門忠孝，父子司徒。沈煙斜裊博山爐。萬戶春
風，喜用眞儒。　　點古行歸王會圖。萬國衣冠，復會東都。未應
便伴赤松遊，且願汾陽，長在中書。

㈡周玉晨三首

周玉晨，字晴川，生平見《全金元詞》（冊 2，頁 860）。

水龍吟　元宵雨

去年多少閑情，老天何不留今夜。巷雨街風，教人想像，牙旗鐵馬。燭冷光痿，鼓寒聲澀，舞亭歌罷。任如何作意，疎狂放浪，十分興，都衰謝。　　莫說未生前話。只兒時，記眞成假。濕雲如夢，愁來有隙，月來無縛。穿市難嬉，期人不至，此懷誰寫。且留歡、更待明年，自對酒、重簾下。

鷓鴣天　酒家

柳下人家白酒香。小旗深巷弄斜陽。撮焦亭子船軒座，曲水簾兒回字窗。　　清受用，冷思量。故園多少菊花香。醉中笑拍闌干語，如此深秋無蟹嘗。

滿江紅　上巳客中平聲韻

風約湖光，似古鏡、新出翠函。盈盈看、水邊多麗，綠醉紅酣。半蕊海棠含雨態，千絲楊柳拂晴嵐。問世間、今日是何年，三月三。　　身猶在，山浦南。心已逐，楚江帆。把閑愁說破，梁燕呢喃。機杼漫勞縈錦字，剪刀還爲試春衫。想故園、桑梓小如錢，人掃蠶。

㈢張翥十四首

張翥，字仲舉，生平見《全金元詞》（冊 2，頁 997）。

清平樂

夜闌人靜。秋在梧桐井。測測輕寒吹酒醒。往事不堪重省。　　樹

頭百尺危樓。溪邊一葉扁舟。除卻清風明月，有誰知我離愁。

> 案：此詞及以下三首未標注作者，因緊接在張翥四首〈清平樂〉
> 之後，姑列爲張詞而存疑之。《天機餘錦》有題張翥之詞作，
> 在《全金元詞》所收《彊村叢書》本《蛻巖詞》中，皆可查
> 到，無一首超出範圍，故在張詞之後而未標注作者姓名者，
> 皆極可能不是張氏之作。

又

迢迢牛女。望斷銀河路。翠節紅旗相見處。也有人間離苦。　　短
宵無計留連。佳期重約明年。愁織鴛鴦機上，淚流烏鵲橋邊。

又

秋深已許。午晝渾無暑。燕子不知何處去。冷落綺窗朱戶。　　沈
郎多病因誰。新來帶減腰圍。怎奈風尖日淡，一番桂子香時。

又

朱門新曉。已覺春來早。錦羽粘雞釵畔小。映得臉兒越好。　　且
從今日傳盃。先尋近處梅開。懊恨東風無力，不吹香過墙來。

洞仙歌

瑤臺十二，又天花飄散。病後維摩意全懶。遠闌千萬點，整整斜斜，
如有意，可惜無人共翫。　　滿身留不住，結習雖空，未信三山舊
緣斷。借問許飛瓊，何處驂鸞，簫聲悄、驀天雲暗。便海角天涯。

> 案：「病後維摩意全懶」，「摩」原誤作「麼」，今逕改。「便
> 海角天涯」之後依律計脫十二字。此詞及下首未標注作者，
> 因緊接在張翥〈洞仙歌〉（功名利達）之後，姑列爲張詞而存

疑之。又、此兩詞排在調末,依《天機餘錦》編纂習慣,亦
有可能爲明人詞,或即瞿佑之作。

又　金碧仙景,為吳穎題

丹崖翠壁,是何年曾到。不是方壺即蓬島。彩雲中、兩兩鳳侶鶵儔。
飛舞處,約向丹丘問道。　　洞天深幾許,氣靄金銀,琪樹成行映
瑤草。學得紫簫成,信口輕吹,畫欄外、碧桃開早。但願得、春風
去還來,看人面如花,一年年好。

憶秦娥

花如雪。東闌又是清明節。清明節。韶華易老,少年輕別。　　子
規夜半猶啼血。聲聲啼落枝頭月。枝頭月。素光低照,夢雲重疊。

> 案:此詞未標注作者,因緊接在張翥兩首〈憶秦娥〉之後,姑列
> 　　爲張詞而存疑之。又、此詞排在調末,亦有可能爲明人詞,
> 　　或即瞿佑之作。

感皇恩

時節過清明,好花無數。怨綠啼紅向誰訴。欄干十二,望斷湖山何
處。輕衫都濕遍,長安雨。　　自憐雙鬢,星星如許。猶有傷春舊
情緒。吹香弄蕊,沒箇人人分付。依然空帶得,愁歸去。

> 案:此詞未標注作者,因緊接在張翥〈感皇恩〉(湘水冷涵秋)之
> 　　後,姑列爲張詞而存疑之。又、此詞排在調末,亦有可能爲
> 　　明人詞,或即瞿佑之作。

好事近

不暖不寒天,人坐春風簾幙。好是嬌波偷溜,更楚腰如削。　　玉

纖無力捧杯深，歌聲噴香薄。休向小亭兒畔，怕梅花羞落。

  案：此詞及以下五首〈好事近〉，皆未標注作者，因緊接在張翥
   〈好事近〉（門外晚風生）之後，姑列爲張詞而存疑之。又、
   這些詞排在調末，亦有可能爲明人詞，或即瞿佑之作。

   又

翠幄護花鈿，嬌困日長無力。都道盈盈粉面，似吳姬顏色。 瑤
臺影裏小徘徊，香逐晚風急。怕隨風歸去，向杯中留得。

  案：「怕隨風歸去」，依律應爲六字句，有脫字。

   又

老翠出新黃，猶學廣寒宮額。香帶天邊風露，怎龍涎當得。 一
枝好綴玉釵頭，無人寄消息。且插膽瓶兒裏，伴洞庭春色。

   又

簾捲滿樓風，便覺秋來無熱。碧甕旋篘瓊液，更桂花初折。 醉
來猶自挽人留，休問甚時節。記取纖纖春筍，指一鉤新月。

   又

小閣晚涼生，正是藕花時節。記得金波影裏，著扁舟一葉。 如
今興盡賦歸來，欹枕臥林樾。不夢香塵紅軟，只夢西湖月。

   又

船繫畫橋東，語燕殷勤留客。好去平分風月，更有誰消得。 綺
羅香暖酒杯深，小住醉今夕。已見繞溪楊柳，帶眉間黃色。

㈣莫昌六首

莫昌，初名惟賢，字景行，生於元大德六年（1302），明初爲杭州府學訓導。生平見凌雲翰《柘軒集》卷四〈莫隱君墓誌銘〉。《全金元詞》未收其詞。

蘇武慢　　和桂孟平韻

山勢龍蟠，石頭虎踞，自喜老年重到。燕子人家，鳳凰臺榭，依舊大江縈抱。薦藝天官，登明國子，隨例綠衫烏帽。朔望須朝，陰晴不阻，行路要人扶導。　　到春深、寒食梨花，清明楊柳，處處鶯啼雀噪。花半開時，柳爭垂處，映水綠斜紅倒。塵軟風香，泥融雨細，好景最宜晴燥。可怜情、草色青青，長遶玉街馳道。

> 案：此詞及以下三首〈蘇武慢〉皆和明初詞人桂衡（字孟平）韻，《天機餘錦》並收有桂衡原唱〈蘇武慢〉四首，題作「膠湄書事」，核兩人四首韻腳皆符，此詞已題莫惟賢，故以下三首雖未標注作者，亦是莫詞無疑。

又

壁水遊歌，金陵眺望，好景眼前都見。天塹天開，風波風動，平地穩如江面。芳草深青，妖桃淺絳，別是杏花深院。試羅衫、三月三時，催換苧零香薦。　　又誰家、柳館簾開，梨園樂奏，報道洗妝春宴。笑語聲中，歡娛隊裏，半醉半醒相勸。握槊探闍，從人賭勝，道二爭三難辨。是誰能、眞箇無心，滿座一回贏遍。

又

四月清和，一年好景，暖日正當停午。傍竹軒窗，依山屋舍，樂得

閑身天與。上國繁華,中年壽數,幸太平今睹。望金陵、鬱鬱蔥蔥,五彩氣成龍虎。　待明朝、禪袷初成,詠歌相趁,同去浴沂雩舞。又恐疎狂,不如淳粹,還踵孔顏庭戶。相與如愚,以思無益,獨有此情如縷。晝忘餐、終夜無眠,又早月沈西浦。

又

小小官稱,低低住止,相傍東籬西舍。茶盞招呼,詩筒賡和,只此過多經夏。桃李家園,松楸丘壠,未否先生歸也。笑東陽、帶減從前,自覺瘦腰盈把。　且偷閑、柳檻吟風,荷池聽雨,淅淅玉零珠洒。巾脫烏紗,衣寬白紵,祖袷從教蘿苴。來往重來,去從自去,懶與燕鴻分社。料今生、半是疎慵,半是老來山野。

又　題沈旻所藏雪夜泛舟圖

柳絮風寒,梨花雲暖,一片日光新霽。獨木橫橋,小溪流水,認得探梅竹處。泛泛扁舟,啞啞鳴艫,何必子猷同趣。傍彎碕、那箇人家,有酒有詩堪住。　近書來、報說松醪,就煨松火,來趁此時容與。飲待微醺,吟成新調,自按自歌隨意。愛我家童,驚他座客,偏是巧能言語。道前村、昨夜青山,都在白雲堆裏。

　　案:「泛泛扁舟」,「扁」原誤作「遍」,今逕改。此詞未標注
　　　　作者,因緊接在莫昌四首和桂衡〈蘇武慢〉詞之後,故定爲
　　　　莫氏之作。

清平樂　題沈旻所藏雪夜泛舟圖

故人何處。雪壓溪橋路。一葉扁舟乘興去。滿眼暮雲春樹。　行行意思闌珊。歸時漏盡更殘。笑殺風流老子,愛他一夜嚴寒。

案：此詞原未標注作者，因《天機餘錦》收有〈水龍吟〉（晚來一
陣嚴寒）、〈蘇武慢〉（柳絮風寒），兩首詞題皆作「題沈旻所
藏雪夜泛舟圖」，前詞余斷爲瞿佑作，後詞定爲莫昌作，此
詞題目與之相同，故作者可能是其中之一，由於〈清平樂〉
調末方收瞿佑兩首詞，此詞排在調中，按《天機餘錦》編纂
習慣，不太可能是瞿佑作，故定爲莫昌。

㈤王裕一首

王裕，字好問，元至正元年 (1341) 中鄉試，教授于鄉。生平見
蕭良幹修《萬曆紹興府志》（明萬曆十四年刊本），卷三二。《全金元
詞》未收其詞。

鳳凰臺上憶吹簫　詠鳳仙花

翠羽棲煙，絳唇含露，九苞五彩斑斕。想薦芳呈瑞，分秀舟山。疑
擁雞翹鸞尾，聯舞隊、楚袖春鬟。忺穠麗，移春繡檻，結綺雕欄。

開繁。紫簫一笛，吹巀谷朝陽，春透人間。笑杜鵑啼血，容易
凋殘。纖指搗香濃染。空誤認、紅淚凝殷。須攀摘，銀絲綴妝，簪
映嬌顏。

案：此詞作者題「王好問」，王氏於詞壇未見，或疑即「元好問」
之誤，然《天機餘錦》收元好問詞共二十二調、七十二首，
皆見於《全金元詞》中，未有佚詞。又、元好問詞皆題「元
遺山」，故此詞之「王好問」必非「元好問」明矣！

四、結 語

　　宋代為詞體創作最興盛、輝煌時期，名家輩出，佳作如林；金元承其餘緒，亦有相當不錯的成績。宋金元三朝詞作歷經前人辛勤搜集考校，再由唐圭璋集大成編纂了《全宋詞》、《全金元詞》兩部皇皇巨著，提供詞學界最完整便捷的研究材料，可謂功莫大焉。

　　這兩部詞作全集雖已頗為賅備，但由於某些圖書文獻的新發現，因而後人得以陸續拾遺補闕，使之更加周全。其中以孔凡禮從明抄本《詩淵》輯得《全宋詞》未收的四百多首詞，並出版了《全宋詞補輯》（北京：中華書局，1981年8月）最為可觀。

　　此次筆者從明抄本《天機餘錦》發現了宋金元佚詞一○四首，明詞一七二首，亦是繼《詩淵》發現之後一大收穫。據以上所輯出的宋金元佚詞而論，應以宋曾揆、金馮延登新出的作品最為豐富，此兩家增入這些佚詞之後，在詞史上勢必有不同的新面貌。另外元莫昌及王裕，兩人佚詞固然不多，卻是首次登上詞壇的人物，值得注意；其他像柳永、李清照、劉過等大家，雖然發現的佚詞僅一、二首，但吉光片羽，彌足珍貴。不過《天機餘錦》也由於編者或抄寫者的疏忽，誤植或遺漏作者的情形頗為嚴重，因此許多佚詞作者的歸屬還有不少疑義，筆者謹希望詞學界同好，能發揮學養與智慧，共同將這些疑義逐一加以化解，則不勝企盼之至。

　　——原載《宋代文學研究叢刊》4期（1998年12月），頁233－255。

《天機餘錦》──曾揆詞研究

一、前　言

　　曾揆，是南宋詞人。唐圭璋編《全宋詞》收他的詞只有五首❶，而且沒有一首騰播人口的名作，所以他不受後人注意，在詞史上也未被人提及，則是很自然的事。

　　今天之所以要特別研究他，是因為筆者於國家圖書館所藏的明抄本《天機餘錦》，發現了許多宋金元明佚詞，曾撰寫了一篇論文─〈詞學的新發現─明抄本《天機餘錦》之成書及其價值〉❷。後來並將這些佚詞輯出，寫成了〈《天機餘錦》見存宋金元詞輯佚〉❸、及〈《天機餘錦》見存瞿佑等明人詞〉❹二文。《天機餘錦》所保存的宋人佚詞中，以曾揆的佚詞最多，共達三十四首，因此本文擬將這位幾乎已被遺忘的詞人作一番探究。題目中的「天機餘錦」有雙關

---

❶　見唐圭璋：《全宋詞》（臺北：世界書局，1976年10月），冊4，頁2477－2478。

❷　發表於《宋代文學研究叢刊》3期（1997年9月），頁381－404。

❸　發表於《宋代文學研究叢刊》4期（1998年12月），頁233－255。

❹　發表於《中國書目季刊》32卷1期（1998年6月），頁23－56。

意義，一作保存曾揆詞的書名—《天機餘錦》；一作普通語詞解，曾揆的詞塵封了四百餘年，如今重見天日，正如上天冥冥中留給世人之餘錦，因以爲題名。

二、曾揆的生平及詞作

曾揆的生平事蹟，現在所能見到的資料非常有限，約有下列數處：

㈠南宋周密編，清查爲仁、厲鶚箋的《絕妙好詞箋》卷三之末，選有曾揆的一首〈西江月〉（檐雨輕敲夜夜），並有如下之作者簡介：「揆，字舜卿，號嬾翁，南豐人。」❺唐圭璋編《全宋詞》對曾揆的介紹，完全承襲《絕妙好詞箋》，沒有新增任何資料。

㈡元陳世隆輯《宋詩拾遺》卷二二，收有曾揆〈題資福院平綠軒〉一詩，並有如下之作者簡介：「曾揆，字聖卿，南豐人。」❻「聖卿」與《絕妙好詞箋》的「舜卿」雖然有一字之差，若根據《孟子·離婁下》：「舜，……東夷之人也。文王，……西夷之人也。……先聖後聖，其揆一也。」曾揆的字不管作「聖卿」或「舜卿」，皆能與其名呼應。但若根據《尚書·舜典》：「曰若稽古帝舜，……納于百揆，百揆時敘。」則應作「舜卿」爲是。以常見度而言，則

---

❺ 〔宋〕周密編，查爲仁、厲鶚箋：《絕妙好詞箋》（鄭州：中州古籍出版社，1990年6月），頁60。

❻ 〔元〕陳世隆：《宋詩拾遺》，今存有清抄本，清丁丙跋，藏於南京圖書館。本文轉引自北京大學古文獻研究所編：《全宋詩》（北京：北京大學出版社，1998年12月），冊72，頁45321。

亦應作「舜卿」，《天機餘錦》收曾揆的詞，即皆題作「曾舜卿」。

㈢清朱彝尊編《詞綜》卷二十三，亦收曾揆〈西江月〉（簷雨輕敲夜夜）一首，其作者介紹云：「曾揆，字舜卿，號懶翁。」❼「懶」與「嬾」爲異體字，故與《絕妙好詞箋》並無差別。❽

㈣清曾燠編《江西詩徵》卷十四，收有〈題資福院平綠軒〉一詩，其作者介紹云：「曾揆，字舜卿，南豐人。」❾資料亦不出《絕妙好詞箋》的範圍。

從上述的資料中，我們僅能知道曾揆的字（舜卿、或聖卿）、號（懶翁）、籍貫（南豐，今江西省南豐縣），其生卒年及事蹟則付之闕如。所幸周密編《絕妙好詞》的體例相當嚴謹，蕭鵬《群體的選擇—唐宋人選詞與詞選通論》說：

> 《絕妙好詞》是最早的一部完整的斷代詞選。所錄作品以詞
> 人分列，首張孝祥，末仇遠（今本）。除極個別者如卷二錄及

---

❼ 〔清〕朱彝尊：《詞綜》（臺北：世界書局，1980年5月），下冊，頁334。

❽ 朱彝尊編《詞綜》，選曾揆〈西江月〉一詞，應該是根據周密編《絕妙好詞》而來，因曾揆〈西江月〉僅見於《絕妙好詞》，他書未見。朱彝尊（1629－1709）的時代比厲鶚（1692－1752）早，《詞綜》成書亦早於《絕妙好詞箋》，《絕妙好詞箋》的作者介紹雖出自查爲仁、厲鶚之手，但亦有所本，錢遵王〈錢氏述古堂藏書題詞〉云：「此本（指《絕妙好詞》）又經前輩細看批閱，姓氏下各朱標其出處里第，展玩之，心目了然。」厲鶚題跋亦云：「幸虞山錢遵王氏，收藏抄本，禾中柯孝廉南陔，錢塘高詹事江邨，校刊以傳，是書乃流布人間矣。」（見同註❺，頁2，絕妙好詞題跋附錄）故曾揆的字號里籍，可能早已經前輩標出，亦爲朱彝尊編《詞綜》所本。

❾ 〔清〕曾燠：《江西詩徵》（清嘉靖九年〔1804〕南城曾氏賞雨茅屋刊本，臺北：國家圖書館藏）。

蔡松年之外，純乎南宋詞家。……卷一至卷四詞人世次遞降，
以各卷第一人爲例：卷一張孝祥生於紹興二年（1132），卷二
姜夔約生於紹興二十五年（1155），卷三劉克莊生於淳熙十四
年（1187），卷四吳文英約生於慶元六年（1200）前後，都大
體相隔一代。卷五至卷七（當爲卷八？）則基本上爲臨安詞人
群體，並且以西湖吟社的同人爲重心，不少都是周密自己的
詞友。❿

曾揆是列在以劉克莊爲首的卷三之末，我們再觀察同列卷三的詞
人，根據《全宋詞》其生卒年可考者如下：

劉克莊（1187－1269）、吳潛（1196－1262）、趙以夫（1189－1256）、
羅椅（1214－？）、方岳（1199－1262）、楊伯嵒（？－1254）、
馮去非（1192－？）、許棐（？－1249）、陸叡（？－1266）、趙
崇嶓（1198－？）、趙希彭（1205－1266）、王澡（1166－？）、
陳策（1200－1274）、李振祖（1211－？）

這些詞人生年最早的是王澡，生於孝宗乾道二年（1166），最晚的是
羅椅，生於寧宗嘉定七年（1214）；卒年最早的是許棐，卒於理宗淳
祐九年（1249），最晚的是陳策，卒於度宗咸淳十年（1274）；因此我
們大致可以認定，曾揆的生卒年約在孝宗乾道二年（1166）至度宗咸
淳十年（1274）之間。而劉克莊的生卒年與同卷的詞人都比較接近，
故將曾揆視爲和劉克莊同世代的詞人，大抵不差。

---

❿ 蕭鵬：《群體的選擇——唐宋人選詞與詞選通論》（臺北：文津出版社，
1992年11月），頁196－197。

　　曾揆的事蹟雖未見記載，但我們從元徐碩撰《至元嘉禾志》卷三十二，收有曾揆〈題資福院平綠軒〉一詩，詩云：

　　終日勤勞雁騖行，偶然來訪贊公房。扶疏草木四圍合，縈繞溪流一帶長。倚檻豈能成傑句，把杯多是說名方。問師乞取安心法，宴坐蒲團對佛香。⓫

　　資福院為一觀音佛寺，位在崇德縣（浙江省縣名，在杭州東北）西南一里，此寺西廡有軒瞰流扁平綠，故名「平綠軒」⓬。可見曾揆應該到過南宋京城臨安（今杭州），因此才會來到離此不遠的崇德縣資福院，並加題詠。詩首句云：「終日勤勞雁騖行」，應是曾揆為生活到處奔波的寫照。

　　曾揆的詞作，《全宋詞》收有五首，除〈西江月〉一首錄自《絕妙好詞》外，其他〈謁金門〉兩首及〈眼兒媚〉、〈南柯子〉，皆錄自《花草粹編》。而《花草粹編》則引自《天機餘錦》，這四首詞皆見於明抄本《天機餘錦》。另外，《全宋詞》又收有無名氏的〈謁金門〉（山無數）、〈眼兒媚〉（憶從溪上得相逢）、又（平生幾度怨長亭）等三首，也都是由《花草粹編》中錄出，《花草粹編》皆注引自《天機餘錦》⓭，這三首詞亦見於今存的明抄本《天機餘錦》中，因它們都緊接在曾揆的作品之後，依體例應該都屬於曾揆的作品。除這些作品之外，筆者又從《天機餘錦》輯出曾揆的詞

⓫　〔元〕徐碩：《至元嘉禾志》（臺北：臺灣商務印書館，1984年7月《景印文淵閣四庫全書本》），冊491，頁264。

⓬　同前註，頁91。

⓭　同註❶，冊5，頁3838。

作三十四首,發表於〈《天機餘錦》見存宋金元詞輯佚〉一文中。故曾揆的詞總共存有四十二首,其中四十一首皆保存在《天機餘錦》。

《天機餘錦》編纂過程中所根據的資料,主要是:《類篇草堂詩餘》、《精選名儒草堂詩餘》、《增修箋注妙選群英草堂詩餘》等三種選集,而某些收錄作品較多的詞人,則可能取材自該詞人的別集❹,因此曾揆當時應有詞集流傳,只可惜並未見書目著錄,並且該詞集約在《天機餘錦》編完之後不久就亡佚了。所幸靠《天機餘錦》保存,我們才能重見曾揆這四十一首詞,本文則以這些詞及《絕妙好詞》所保存的〈西江月〉一首為對象(請參見附錄〈曾揆詞出處、流傳及所歌詠主題一覽表〉),來探討曾揆創作詞的特色及成就。

三、曾詞內容以男女情思為主

前面我們將曾揆定為與劉克莊同世代的詞人,王兆鵬在《宋南渡詞人群體研究》一書中,曾將宋詞的發展歷程分為六個階段,他介紹第五個階段「苟安時代」(1208－1265)時說:

> 第五代詞人群,是以劉克莊(1187－1269)、吳文英(1200－1260)、陳人傑(？－1243)、孫惟信和黃升等為代表的「江湖詞人群」。他們生活在朝野上下醉生夢死的「苟安」時代(寧宗、理宗二朝),大多是寄人籬下,沒有獨立不倚的人格和社會地位,而又名動天下的江湖清客,是以「業文」為生

---

❹ 有關《天機餘錦》的資料來源,可參考拙文〈詞學的新發現──明抄本《天機餘錦》之成書及其價值〉,見同註❷,頁384－390。

的「專業」作家。其詞典型地反映出「苟安」時代「混世」與「厭世」的社會心理，呈現出江湖化傾向。陳人傑、劉克莊的詞頗多「別調」，又恰是對當時苟安心態的反撥。❶

曾揆與劉克莊同處在南宋中葉苟安的時代裡，上位者昏憒無能，小人當政，政治黑暗腐敗，士大夫沈醉在西湖銷金鍋裡，南宋王朝已奄奄無生氣了。劉克莊的詞繼承了辛棄疾的傳統，議論時事，抒發感慨，充滿豪言壯語，但這畢竟已不是時代的主旋律了，當時士大夫寄情歌酒聲色，寫的盡是「綺羅香澤」（胡寅〈題酒邊詞〉語）的詞作。即使劉克莊這樣「壯語足以立懦」（毛晉〈後村別調跋〉引楊慎語）的詞人也不能免，集中不乏婉麗之作，如〈清平樂〉：

> 宮腰束素。只怕能輕舉。好築避風臺護取。莫遣驚鴻飛去。
> 　一團香玉溫柔。笑顰俱有風流。貪與蕭郎眉語，不知舞錯伊州。❶

詞題作「贈陳參議師文侍兒」，是寫一位侑酒的舞妓。全詞不僅寫她「腰如束素」（宋玉〈登徒子好色賦〉）的體型，也寫她「翩若驚鴻」（曹植〈洛神賦〉）的舞姿，尤其最精彩之處，是寫她在跳舞時貪與意中人眉目傳情，結果舞錯了〈伊州〉曲，從中襯托出舞妓的貪戀多情，令人讚嘆。

曾揆走的就是〈清平樂〉這種路線，他的詞既沒有豪放雄奇的

---

❶　王兆鵬：《宋南渡詞人群體研究》（臺北：文津出版社，1992年3月），頁5。

❶　同註❶，冊4，頁2643。

志向，也沒有慷慨激昂的不滿，寫的盡是男女歡聚、離情別恨的作品，在四十二首詞中，這類作品約有三十一首，佔四分之三。如以下這首〈南柯子〉，即和劉克莊的〈清平樂〉極爲相似：

> 鋪翠新冠子，銷金小襖兒。嬌柔一把好腰肢。眞箇芙蓉如面、柳如眉。　縹緲歌金縷，殷勤捧玉巵。輕顰淺笑有誰知。應要蕭郎同跨、彩鸞歸。

曾揆所描寫的一位歌妓，和劉克莊所描寫的舞妓有許多共同點：舞妓「宮腰束素」，歌妓也是「嬌柔一把好腰肢」；舞妓「翩若驚鴻」舞〈伊州〉曲，歌妓則是歌聲縹緲唱〈金縷〉曲；舞妓「笑顰俱有風流」，歌妓也是「輕顰淺笑」；舞妓「貪與蕭郎眉語」，歌妓則進一步「應要蕭郎同跨、彩鸞歸」。

曾揆生活在這樣歌舞昇平享樂的環境中，他寫年少輕狂、流連溫柔鄉也是稀鬆平常的事，如這首〈浣溪沙〉：

> 菊有黃花秋未霜。溫柔鄉裡小紗窗。多情留得少年狂。　暗起嬌腮教舉酒，緩移纖手爲傳香。今宵不是夢高唐。

在黃菊盛開的季節，曾揆徜徉在溫柔鄉裡，有多情女子嬌滴滴地向他勸酒，纖細的玉手慢慢地點起爐香，使他覺得今晚就像楚王遊高唐與神女相會一般，但楚王只是一場夢境而已，自己的歡會卻是眞實的，所以更勝一籌。

曾揆寫他所喜歡的女子，經常都不惜筆墨詳加刻劃，如寫穿著：「淡黃新染薄羅衣，偏他著得宜」（〈阮郎歸〉）、「衫兒蕃紫小花羅」（〈訴衷情〉），衣服的色彩、質料、花樣一一呈現眼前。如寫

外貌:「肌膚雪白」(〈秦樓月〉)、「蟬低影動玉釵斜」(〈浣溪沙〉)、「鬢子映雙螺」(〈訴衷情〉)、「人與海棠相比並,纖腰瘦後轉添嬌」(〈玉樓春〉),將膚色、髮型、體態寫得美不勝收。如寫才藝:「畫屏曲曲鬥紅牙」(〈浣溪沙〉)、「吹徹玉簫」(〈踏莎行〉)、「過雲歌」(〈訴衷情〉),都寫女子之善於歌唱與吹簫。如寫美人的神情丰標:「標格梅清」(〈秦樓月〉)、「羞色起,笑聲低」(〈阮郎歸〉)、「嬌羞向人無語,都付在橫波」(〈訴衷情〉)、「媚眼醉中仍帶困」(〈玉樓春〉)、「半醉嬌無奈,閑愁語又休」(〈南柯子〉),無論氣質、表情、眼神、姿態都觀察入微。從曾揆這樣細膩的描寫女性,可見他對女性是多麼專注,當然難免就「兒女情長,英雄氣短」了。

曾揆流連於溫柔鄉,偎紅倚翠,然天下無不散之筵席,當巫山夢醒,美人去杳,許多離情別恨便湧上心頭,如這首〈眼兒媚〉,就是寫與美人久別之後的情懷:

> 遠山一黛水雙灣。多病倦躋攀。燕兒歸了,雁兒來後,猶覺秋殘。　　玉人別久無消息,愁抱倩誰寬。可堪向晚,黃花雨細,紅葉風寒。

上片開始寫秋日的秀麗山水,卻說自己多病而懶於登賞,其實作者的病應是相思引起,孤獨無伴而沒有心情去遊山玩水。接著寫燕歸雁來,方是入秋,而他整個心境已感受到晚秋的淒涼。下片前兩句則直接抒發相思愁緒,美人自分別之後久無消息,內心的憂愁請誰來寬慰呢?末尾則以景作結,透過傍晚時分的黃花紅葉、雨細風寒等蕭瑟淒涼景致,烘托出他相思之情的難堪。全詞文字淺白,沒有

刻意雕琢，感情相當強烈。

　　曾覿所撰寫的男歡女愛、兒女情長的許多作品中，除了以第一
人稱直接抒發對女子的情感外，也有一些用代言體的方式，爲女子
寫閨中心情，如他唯一入選《絕妙好詞》的作品〈西江月〉，就是
一首很好的閨怨詞：

> 檐雨輕敲夜夜，牆雲低度朝朝。日長天氣已無聊。何況洞房
> 人悄。　　眉共新荷不展，心隨垂柳頻搖。午眠彷彿見金翹。
> 驚覺數聲啼鳥。

這首詞是描寫一位女子獨居洞房的寂寞難耐之情，「上片寫環境愁
人，思婦孤寂無聊，以景襯情爲主。下片摹狀思婦眉、心，又敘其
午眠驚覺情事，以寫人寫情爲主。末句系用唐金昌緒〈春怨〉詩意。」
⓱「金翹」，是古代婦女的一種首飾，詞中女子思念離家遠行的丈夫，
眉頭深鎖，心神不寧，好不容易在午眠中夢見丈夫送給自己的首飾，
正感欣喜之際，卻被幾聲啼鳥的叫聲驚醒，美夢馬上成爲空幻，徒
增閨中孤獨無聊的痛苦。像這種「男子而作閨音」⓲的作品，本是唐
宋詞中一個相當奇特的文學現象，曾覿生活在南宋苟安、歌舞昇平
的環境裡，受時代感染創作閨怨詞，也就不足爲奇了。

⓱　秦寰明、蕭鵬合著《絕妙好詞注析》（西安：三秦出版社，1994年4月），
　　頁193。

⓲　〔清〕田同之：《西圃詞說·詩詞之辨》，見唐圭璋：《詞話叢編》（臺
　　北：新文豐出版公司，1988年2月），冊4，頁1449。

四、曾詞的個人境遇及詠物

曾揆的詞主要寫男女歡聚、離情別恨之內容外，也有一部分隱含有懷才不遇、年華老去的感傷，如這首〈浣溪沙〉：

> 一帽西風秋晚時。新寒早是怯羅衣。籬邊閑把菊花枝。　　銀漏漸長無夢到，玉京雖近得書稀。這般煩惱有誰知。

上片寫面對晚秋季節，西風蕭瑟，羅衣已擋不住新寒，但作者在籬邊賞玩菊花。首句「一帽西風」，融化了晉朝孟嘉於重陽宴席被風吹落帽的典故，暗示自己有如孟嘉般的文才。三句「籬邊閑把菊花枝」，是化用陶淵明〈飲酒之五〉：「採菊東籬下，悠然見南山」的句子，暗示自己有像菊花般的高潔。下片寫夜深孤獨無夢，夢往往代表著理想，「無夢到」暗示自己的理想無法實現。「玉京」是指京城，南宋京城在臨安，作者認為自己在京城附近是「近水樓臺先得月，向陽花木易為春」，理應早受到提拔重用，但卻是「得書稀」，隱然有孟浩然「不才明主棄，多病故人疏」（〈歲暮歸南山〉）的意味，所以最後感嘆這樣的煩惱沒人瞭解，發出知音難遇的不平之鳴！

另外如〈青玉案〉這首詞，也是和京城有關的作品：

> 寒吹酒醒長安道。見燕子，飛來了。都說清明時節好。笙簫亭院，綺羅簾幕，人在蓬萊島。　　少年歡事能多少。便覺盧郎鏡中老。午睡紗窗無夢到。春風因甚，也來階下，綠遍

裙腰草。

首句的「長安道」，原是漢樂府《橫吹曲》名，內容多寫長安道上的景象和客子的感受，故名。南朝陳後主、徐陵和唐代韋應物、白居易等均寫有此曲。如白居易〈長安道〉云：「花枝缺處青樓開，艷歌一曲酒一盃。美人勸我急行樂，自古朱顏不再來。君不見，外州客，長安道，一迴來，一迴老。」**⑲**隱含有人生短暫，應該及時行樂的意思。這裡的「長安」，指的是南宋京城臨安。上片是寫京城的太平景象，到處都是歌館（笙簫亭院）、青樓（綺羅簾幕），人好像活在蓬萊仙島之中。下片寫韶光易逝，樂事無多，人不知不覺中便已老去。次句「盧郎鏡中老」，盧郎，傳說唐時有盧家子弟，年老猶爲校書郎，晚娶崔氏女，崔有才華，結褵之後，微有慊色。盧因請以述懷爲戲，崔立成詩曰：「不怨盧郎年紀大，不怨盧郎官職卑，自恨妾身生較晚，不見盧郎年少時。」事見錢易《南部新書》。作者借用這個典故，表示自己年老不受重用。末句「綠遍裙腰草」，是化用白居易〈杭州春望〉詩句：「誰開湖寺西南路，草綠裙腰一道斜。」白居易自注云：「孤山寺路在湖洲中，草綠時，望如裙腰。」**⑳**作者正惆悵「無夢到」，和上首〈浣溪沙〉的「無夢到」一樣，暗示自己的理想無法實現，卻又看到春風將階下草都綠遍了，顯現春光已經無多，自己年華老去，充滿無限感慨。作者藉艷情寫自己的身世之感，隱約可見。另外這首詞用「長安道」及白居易〈杭州春

---

⑲　〔唐〕白居易著，顧學頡校點：《白居易集》（北京：中華書局，1988年3月），卷12〈感傷四〉，冊1，頁240。

⑳　同前注，卷20〈律詩〉，冊2，頁443。

望〉詩句，也透露出它的創作地點應該是在京城臨安，結合前面作者生平考辨，曾揆有〈題資福院平綠軒〉一詩，更可認定他確曾到過臨安。

曾揆爲生活到處飄泊，羈旅無聊，因此詞中也有一些思鄉之作，如這首〈秦樓月〉：

> 山萬疊。別來又見清明節。清明節。落花枝上，杜鵑啼血。
>   夜深客夢寒猶怯。春殘半被同誰説。同誰説。他鄉對（依格律應爲四字句，擬補一「獨」字，作「他鄉獨對」），故鄉明月。

上片以景烘情，作者寫在他鄉又遇到清明節，一個「又」字，表示離鄉已不止一年了，離鄉的時間既然久長，又是清明節，每逢佳節倍思親，這種心情尤其惡劣。同時聽到杜鵑的啼聲，聲聲像是催促「不如歸去!不如歸去!」使他的心也跟著淌血。下片則直接抒情，寫客中的孤獨凄涼，這種心情向誰訴説呢？詞中重複「同誰説」，和上片重複「清明節」，是〈秦樓月〉調子的特殊作法，經這樣的重複，使作者的感情愈加強烈表達出來。結尾「他鄉獨對，故鄉明月」，寫在他鄉獨自面對明月，更勾引起思鄉之情。

曾揆的思鄉作品，大都以節慶爲背景，除清明節外，重陽節也是最容易撩人鄉思的日子，如〈浣溪沙〉寫道：「節物催人有底忙。登高眺遠信凄涼。……不知過了幾重陽。」〈一翦梅〉也寫道：「秋深底事未還家。過了重陽，猶有黃花。」都因重陽佳節而使他思鄉之情倍感凄涼。

南宋詠物詞非常興盛，尤其處在偏安環境的作家，常喜歡詠物，他們藉著詠物，賣弄技巧，引用典故，藉此炫耀文才和博學。曾揆

在這種大環境的影響下，也留有一些詠物詞，如這首詠荷花的〈浣溪沙〉：

> 西帝何時下玉京。水仙無數笑相迎。淡紅衫子綠羅裙。　剪剪香風殘酒醒，紛紛涼月晚妝新。游人錯認浣沙村。

詞調下有題目作「淡紅衫詠荷花」，「淡紅衫」是本詞句子的語詞，作者大概想將〈浣溪沙〉調另立一個新名，這種情形在詞壇上頗爲常見，就以〈浣溪沙〉調而言，張泌詞有「露濃香泛小庭花」句，名〈小庭花〉；韓琥詞有「芍藥酴醾滿院春」句，名〈滿院春〉，又有「清和風裡綠陰初」句，名〈清和風〉，另有「一番春事怨啼鵑」句，名〈怨啼鵑〉等等㉑，作者本詞有「淡紅衫子綠羅裙」句，所以名〈淡紅衫〉。

這首詞旨在歌詠荷花，但和時事有密切關係，根據周密《武林舊事》卷三〈西湖遊幸〉條載：「淳熙間，壽皇以天下養，每奉德壽三殿，遊幸湖山，御大龍舟。宰執從官，以至大璫應奉諸司，及京府彈壓等，各乘大舫，無慮數百。時承平日久，樂與民同，凡遊觀買賣，皆無所禁。畫楫輕舫，旁午如織。……歌妓舞鬟，嚴妝自衒，以待招呼者，謂之『水仙子』。」㉒上片就是運用這則時事寫荷花，首句「西帝何時下玉京」，指孝宗皇帝出京城來到西湖。次句「水仙無數笑相迎」，以當時號爲「水仙子」的歌妓舞鬟來比擬荷

㉑ 見〔清〕清聖祖敕撰：《御製詞譜》（臺北：閱汝賢據殿印本縮印，1976年1月），卷4，頁75。

㉒ 〔宋〕孟元老等著：《東京夢華錄外四種》（臺北：大立出版社，1980年10月），頁375。

花。三句「淡紅衫子綠羅裙」，寫歌妓舞鬢的衣著，也是寫荷的紅花與綠葉。下片首兩句「剪剪香風殘酒醒，紛紛涼月晚妝新」，寫荷花的香味，及月色下的荷花。結句「游人錯認浣沙村」，「浣沙村」代指西施，以西施的美來形容荷花。這首詠物詞算是寫得相當成功。同時，我們由這則時事，也可斷定它是寫於淳熙年間（1174──1189）或之後，寫的應是西湖的荷花，如此與前面對曾揆生卒年的推斷，亦大致吻合。

曾揆另有一首〈浣溪沙〉（衫子新裁淺褐羅），因詞中有「烏雲斜插翠圓荷」句，故題作「翠圓荷」，也是用擬人法來詠荷花。除了荷花外，曾揆頗喜歡海棠，詞中有多處寫到海棠，如〈武陵春〉：「謝了海棠飄盡絮，猶是好年光」、〈玉樓春〉：「東風池館清明近，人與海棠相比並」等，因此有一首〈雨中花〉專詠海棠：

> 春到清明寒未退。最好海棠初醉。臉玉潮紅，袖沙卷翠。算恐人難比。　　竟日徘徊香逕裡。猶自有、少年風味。倒盡金樽，燒殘銀燭，怎得與花同睡。

上片將海棠寫成初醉的美女，而且人還比不上花嬌。下片寫自己終日徘徊海棠身邊，頗有少年風流韻味。等喝盡了酒，燒完了銀燭，還以不能與花同睡為憾，設想相當新奇。

五、曾詞形式技巧的特色

曾揆今存的四十二首詞中，所用的詞調有：〈浣溪沙〉（十首）、〈謁金門〉（七首）、〈眼兒媚〉（六首）、〈秦樓月〉、〈訴衷情〉、

〈南柯子〉（以上三首）、〈阮郎歸〉（二首）、〈西江月〉、〈踏莎行〉、〈搗練子〉、〈武陵春〉、〈玉樓春〉、〈一翦梅〉、〈雨中花〉、〈青玉案〉（以上皆一首），總共十五種詞調。

從這些詞調中，可見曾揆在選調有如下之特色：

㈠全用小令，絕無長調

《天機餘錦》所選錄的詞作有許多常用的長調，如〈賀新郎〉（五十三首）、〈滿江紅〉（四十七首）、〈木蘭花慢〉（四十五首）、〈蘇武慢〉（三十六首）、〈水龍吟〉（三十五首）、〈洞仙歌〉（十八首）、〈齊天樂〉（十六首）、〈八聲甘州〉（十四首）、〈聲聲慢〉（十一首）等，但未見曾揆有詞入選，可見他不擅長創作長調，所以在《天機餘錦》所呈現出來的作品全是小令。鄭師因百在〈柳永蘇軾與詞的發展〉一文中說：「有了長調，詞這種文體纔得發展的基礎；若是長久因襲唐五代的小令形式，恐怕詞的歷史在北宋就要終了。那樣形式簡短，內容狹窄的小玩藝，如何能卓然樹立，發揚光大。只有長調興起，這纔挽救了詞的危運。詞的波瀾壯闊、氣象弘偉，是長調興起以後的事。」❷❸曾揆的詞全用小令，內容大都麗情小唱，缺乏波瀾壯闊，氣象弘偉的作品，這也限制了他在詞史上的成就。

（二）全是常用調，絕無僻調

王兆鵬先生曾將《天機餘錦》所收詞在十首以上者三十五調，

---

❷❸ 鄭師因百：《從詩到曲》（臺北：中國文化雜誌社，1971年3月），頁119－120。

和《全宋詞》計算機檢索系統統計宋詞常用調三十八調,兩相比較,《天機餘錦》錄詞最多的三十五個詞調中,有二十一調是宋詞中使用頻率最高的詞調。由此可見《天機餘錦》的編選者,是有意多選錄常用調。㉔《天機餘錦》固然有意多選常用調,曾揆所用的詞調更是常用中的常用,十五種詞調屬於宋詞三十八種常用調的有:〈浣溪沙〉、〈謁金門〉、〈秦樓月〉(〈憶秦娥〉)、〈訴衷情〉、〈南柯子〉、〈阮郎歸〉、〈西江月〉、〈踏莎行〉、〈玉樓春〉等九調,共填有三十一首,常用詞調佔有五分之三,作品更高達四分之三的比例。而其他六調雖未列入宋詞的常用調,即〈眼兒媚〉、〈搗練子〉、〈武陵春〉、〈一翦梅〉、〈雨中花〉、〈青玉案〉等,但也都不是偏僻罕見的詞調。曾揆以常用調來創作詞,並大量重複使用,可見他並不是精於音律的詞人,無法創製新的詞調,對於一些冷僻的詞調也難以掌握,故只能在舊有的常用調中打轉,缺乏新的嘗試。

曾揆的這些小令詞,就遣辭用字、寫作技巧而言,也可看出幾點特色:

(一)清辭麗句,絕無鄙俗、塗飾

曾揆每一首詞,文字都很清新自然優美,讀來琅琅上口,如寫別後孤獨無聊:「一番新別還幽獨。還幽獨。無言空數,階前脩竹。」(〈秦樓月〉)、寫相思無心出遊:「情默默,淚盈盈。燕來無信音。這般天氣更愁人。誰能去踏青。」(〈阮郎歸〉)、寫相逢的歡樂:

㉔ 王兆鵬:〈詞學秘籍《天機餘錦》考述〉,《文學遺產》1998年5期,頁45。

「纖玉笋，灩金荷。過雲歌。畫堂深處，今夜相逢，不醉如何。」（〈訴衷情〉）等等，好像都是順口說出，沒有特別艱澀罕僻的詞語，但也不是鄙俚粗俗，庸濫不堪入目。

曾揆的詞也沒有過度雕琢，賣弄學問的毛病，詞中少有用典，偶一為之，也是普偏熟悉的典故，如「一覺巫山夢又休」（〈浣溪沙〉）、「今宵不是夢高唐」（〈浣溪沙〉）等，是用宋玉〈神女賦〉、〈高唐賦〉的典故。「雙鸞共跨登危亭」（〈秦樓月〉）、「應要蕭郎同跨、彩鸞歸」（〈南柯子〉）等，則是用〈列仙傳〉蕭史教秦穆公女弄玉吹簫，乘鸞成仙的典故。「吹鬢秋風潘令老，滴心夜雨瘦郎愁」（〈浣溪沙〉），前一句用《文選》潘岳〈秋興賦〉，潘岳感嘆中年鬢髮初白的典故。下一句「瘦」字恐怕有誤，因與「潘」對仗，應是一個姓，可能是「庾」字，若作「庾郎」，則指庾信。信原為南朝梁人，使西魏，阻於兵，留長安。北周代西魏後，官至驃騎大將軍、開府儀同三司。位雖通顯，而常有鄉關之思，曾作〈哀江南賦〉以寄意。事見《北史·庾信傳》。後世或以「庾郎」借指多愁善感的詩人，或以「庾愁」作為鄉思、故國之思。

曾揆的詞除事典用的少外，語典也不多見，偶一為之，也溶化得難見痕跡，如〈眼兒媚〉（江頭話別許多時）上片三句：「伴人無賴，塵飛玉雁，香冷金猊。」是用李清照〈鳳凰臺上憶吹簫〉（香冷金猊）：「香冷金猊，……任寶奩塵滿」的句子較為明顯外，下片三句：「開窗卻怪，海棠枝紅，瘦不曾知。」也是用李清照的詞〈如夢令〉（昨夜雨疏風驟）：「試問捲簾人，卻道海棠依舊。知否？知否？應是綠肥紅瘦。」則像鹽溶於水，融合得天衣無縫。又如〈訴衷情〉（碧梧吹老一天秋）下片首兩句：「腸欲斷，淚先流。」則是用范仲淹〈御

街行〉（紛紛墜葉飄香砌）的句子：「愁腸已斷無由醉，酒未到，先成淚。」而將之濃縮簡化，和下句「幾時休」融爲一體。

(二)善用映襯，增強語意效果

曾揆在描寫時，常常透過相反事物的對立比較，使詞的語氣增強，意義愈加明顯，深深地打動讀者。如〈浣溪沙〉（啼鴃聲中春去忙）下片前兩句：「芳臉如花花不語，纖腰似柳柳無香。」一方面用花來比喻歌女容貌之美，用柳來形容歌女腰圍之細，但馬上用「花不語」、「柳無香」連接起來，使之成強烈對比，襯托出歌女芳臉之美不僅如花，而且勝過花，因爲「花不語」；歌女纖腰之細不僅似柳，而且勝過柳，因爲「柳無香」。

又如另外一首〈浣溪沙〉（紅藕花香蛛網窠），以七夕爲背景寫離愁，下片云：「天上雙鴛嫌樂少，人間孤雁愁多（按格律爲七字句，有脫字，擬補一『苦』字，作『人間孤雁苦愁多』）。一般夜有短長何。」這是屬於映襯中的雙襯。黃慶萱《修辭學》曾對「雙襯」如此解說：「對同一個人、事、物，用兩種不同的觀點加以形容描寫的，叫做『雙襯』。」❷⑤曾揆寫同樣的夜—七夕，爲何有人感覺短，有人感覺長，因爲天上的牛郎織女在今夜相會，一年只有這麼一次，所以感覺七夕太短暫了。而世間有情人分隔兩地，獨處像孤雁一般，正爲離愁所苦，所以感覺七夕就太漫長了。這是對同一個時間，用天上與世間兩種不同的觀點加以形容描寫的「雙襯」，極有新意。

又如描寫閨怨的〈武陵春〉下片云：「啼鳥一聲驚夢破，獨坐

---

❷⑤　黃慶萱：《修辭學》（臺北：三民書局，1979年12月），頁294。

細思量。不似爐煙卻久長。飛上枕屏香。」曾揆寫思婦的美夢被啼鳥驚破，獨坐無聊望著爐煙，於是大發奇想，將美夢和爐煙對比，覺得美夢比不上爐煙久長，因爲美夢驚破之後徒增痛苦，而爐煙裊裊，即使消失，還在枕頭屏風上留香。經過這樣的映襯，思婦心中的痛苦則更加明顯。

六、結　語

　　曾揆生平事蹟的資料雖然有限，但經過前文的考辨推斷，他的生卒年約在孝宗乾道二年（1166）至度宗咸淳十年（1274）之間，與劉克莊應該是同世代的詞人。

　　曾揆的籍貫爲南豐（今江西省南豐縣）人，曾到過南宋京城臨安（今杭州），並至鄰近的崇德縣參訪觀音資福院，作〈題資福院平綠軒〉一詩，首句「終日勤勞雁鶖行」應是他到處奔波的寫照。

　　曾揆的詞今存四十二首，其中四十一首保存在《天機餘錦》中，一首保存在周密的《絕妙好詞》。陳耀文編《花草粹編》，曾從《天機餘錦》選錄曾揆的詞七首，但有三首漏題作者，故被後人誤作無名氏詞。根據《天機餘錦》錄詞的資料來源，曾揆當時應有詞集流傳，可惜很早就已亡佚了。

　　曾揆所留存的這些詞作，就其內容而言，是以男女歡聚、離情別恨爲主題，這正反映了南宋苟安時期，士大夫寄情歌酒聲色的風氣。另外，他也偶而會發出懷才不遇、年華老去的感傷，尤其羈旅無聊，每逢佳節所寫的思鄉之作，倍爲淒涼。幾首詠物詞以擬人手法詠荷、詠海棠，亦頗生動新奇。

就其形式技巧而言，曾詞在選調方面，全用小令，絕無長調，故其詞都屬麗情小唱，缺乏氣象弘偉之作。而且全是常用調，絕無僻調，可見他不是精於音律的詞人，在詞調上缺乏新的嘗試，無法促使詞的形式發展。在遣辭用字方面，所呈現的盡是清辭麗句，既無鄙俚粗俗，也無過度塗飾的毛病。而其善用映襯筆法，增強語意效果，亦值得肯定。

總之，曾揆以一首〈西江月〉（檐雨輕敲夜夜）入選《絕妙好詞》，《絕妙好詞》收錄許多小令佳作，無一闋淫詞、俚詞、戲詞、壽詞，乃至風格粗豪之詞，充分體現了南宋後期的文人雅詞觀，《四庫全書總目提要》推崇《絕妙好詞》去取謹嚴，在曾慥《樂府雅詞》、黃昇《花庵詞選》之上，並說：「宋人詞集，今多不傳，並作者姓名亦不盡見於世，零璣碎玉，皆賴此以存，於詞選中最為善本。」❷⑥今天我們能夠重睹與〈西江月〉同一風格的曾揆大量詞作，可說相當有幸，固然這些詞也算是南宋文人雅詞的一部分，不是波瀾壯闊的大手筆，因此曾揆無法成為詞壇大家，但在整個南宋詞的發展史上，也應該有一席之位。

---

❷⑥　〔清〕永瑢等撰：《合印四庫全書總目提要及四庫未收書目禁燬書目》（臺北：臺灣商務印書館，1971年7月），〈絕妙好詞箋提要〉，冊5，頁4460。

附錄：曾揆詞出處、流傳及所歌詠主題一覽表

序號	調 名	首 句	出 處	名字標示	流傳情形	主 題
1	西江月	簷雨輕敲夜夜	絕妙好詞卷三	曾揆	詞綜卷二三全宋詞	離情別恨
2	秦樓月	山萬疊	天機餘錦卷一（以下皆同，只標卷數）	曾舜卿		思 鄉
3	秦樓月	簾半軸	卷一	未標示（天機餘錦體例，與前首作者相同則不標，但也有漏標作者情形）		離情別恨
4	秦樓月	征棹停	卷一	未標示		男女歡聚
5	浣溪沙	啼鴂聲中春去忙	卷二	曾舜卿		男女歡聚
6	浣溪沙	西帝何時下玉京	卷二	未標示		詠 物
7	浣溪沙	衫子新裁淺褐羅	卷二	未標示		詠 物
8	浣溪沙	紅藕花香蛛網窠	卷二	未標示		離情別恨
9	浣溪沙	挑盡燈花懶上床	卷二	未標示		離情別恨
10	浣溪沙	節物催人有底忙	卷二	未標示		思 鄉
11	浣溪沙	一覺巫山夢又休	卷二	未標示		離情別恨

12	浣溪沙	一帽西風秋晚時	卷二	未標示		懷才不遇
13	浣溪沙	繡幬層層護碧紗	卷二	未標示		男女歡聚
14	浣溪沙	菊有黃花秋未霜	卷二	未標示		男女歡聚
15	踏莎行	風燒催春	卷三	曾舜卿		男女歡聚
16	謁金門	山銜日	卷三	曾舜卿	花草粹編卷三詞綜卷二八，作曾允元詞 全宋詞	離情別恨
17	謁金門	深院寂	卷三	未標示	花草粹編卷三 全宋詞	離情別恨
18	謁金門	帆十幅	卷三	未標示		離情別恨
19	謁金門	山無數	卷三	未標示	花草粹編卷三，注引天機餘錦 全宋詞，作無名氏詞	離情別恨
20	謁金門	簾半揭	卷三	未標示		離情別恨
21	謁金門	春已老	卷三	未標示		離情別恨
22	謁金門	梅子樹	卷三	未標示		離情別恨
23	阮郎歸	春朝日色貴於金	卷三	曾舜卿		離情別恨
24	阮郎歸	晚春庭院日遲遲	卷三	未標示		男女歡聚
25	訴衷情	衫兒蕃紫小花羅	卷四	曾舜卿		男女歡聚
26	訴衷情	碧梧吹老一天秋	卷四	未標示		離情別恨
27	訴衷情	重陽天氣做輕寒	卷四	未標示		傷　秋
28	搗練子（誤作「採桑子」）	林下路	卷四	曾舜卿	花草粹編卷一，無作者姓名，僅注「天機」 全宋詞，作無名氏詞	閑　適

29	武陵春	謝了海棠飄盡絮	卷四	曾舜卿		離情別恨
30	玉樓春	東風池館清明近	卷四	曾舜卿		男女歡聚
31	一剪梅	木落千山水帶沙	卷四	曾舜卿		思　鄉
32	雨中花	春到清明寒未退	卷四	曾舜卿		詠　物
33	南柯子	桐葉涼生夜	卷四	曾舜卿	花草粹編卷五 全宋詞	離情別恨
34	南柯子	鋪翠新冠子	卷四	未標示		詠　妓
35	南柯子	吹柳風纔起	卷四	未標示		男女歡聚
36	青玉棠	寒吹酒醒長安道	卷四	曾舜卿		嘆　老
37	眼兒媚	芙蓉帳冷翠衾單	卷四	曾舜卿	花草粹編卷四 全宋詞	離情別恨
38	眼兒媚	遠山一黛水雙灣	卷四	未標示		離情別恨
39	眼兒媚	江頭話別許多時	卷四	未標示		離情別恨
40	眼兒媚	憶從溪上得相逢	卷四	未標示	花草粹編卷 四，注引天機 餘錦 全宋詞，作無 名氏詞	離情別恨
41	眼兒媚	夜長無寐到窗明	卷四	未標示		離情別恨
42	眼兒媚	平生幾度怨長亭	卷四	未標示	花草粹編卷 四，注引天機 餘錦 全宋詞，作無 名氏詞	離情別恨

——原載《宋代文學研究叢刊》6 期（2000 年 12 月），頁 327－345。

《天機餘錦》見存金元佚詞析論

一、前 言

　　明抄本《天機餘錦》是一部詞的總集，共四卷，題程敏政編，現藏臺北國家圖書館（前國立中央圖書館）。這部詞集按詞調收錄唐、宋、金、元、明各朝代的詞，計收二三七個詞調，一二五六首作品，數量相當可觀。筆者承蒙詞友王兆鵬博士（原爲湖北大學人文學院院長，現任武漢大學中文系教授）之託，查考此書是否爲僞書，經比對後發現，此書的序文雖從宋曾慥《樂府雅詞·序》割裂而來，內容並非僞造，它是抄錄拼湊許多詞籍而成，於是將研究心得撰成〈詞學的新發現——明抄本《天機餘錦》之成書及其價值〉一文❶，始讓這部隱藏多時的詞學秘籍公諸於世。

　　該篇論文除考訂此書編纂的資料來源、編者及成書時間外，並論及此書在保存詞學文獻上的價值。經個人將《天機餘錦》與唐圭

---

❶　發表於《宋代文學研究叢刊》3期（1997年9月），頁381－404。又轉載於《詞學》12輯（2000年4月），頁122－146。

璋編《全宋詞》、《全金元詞》詳加比對後❷，發現其中有宋金元佚詞百餘首，又與趙尊嶽輯《明詞彙刊》、王昶輯《明詞綜》等比對後❸，發現亦有許多罕見的明人詞作，尤其收錄瞿佑詞達一四五首最爲可觀。當時限於篇幅，無法將這些作品一併刊布，於是後來便將宋金元及明人詞分別輯出，加上新式標點並略作考校，寫成〈《天機餘錦》見存宋金元詞輯佚〉及〈《天機餘錦》見存瞿佑等明人詞〉二文❹，以饗讀者。並且和王兆鵬先生合作，將《天機餘錦》全書加以校點，重新排印出版❺，這部秘籍從此化身千億，廣佈天下。

《天機餘錦》所保存的佚詞整理出來之後，筆者於是根據這些作品作爲研究資料，已撰寫有：〈天機餘錦──曾揆詞研究〉、〈瞿佑詞校勘輯佚及板本探究〉等文❻。今擬再針對《天機餘錦》所保存的金元佚詞，作整體的探討。

《天機餘錦》所保存的金元佚詞，計有：馮延登十六首（十首存疑）、周玉晨三首、張翥十四首（皆存疑）、莫昌六首（一首存疑）、

---

❷　唐圭璋：《全宋詞》（臺北：世界書局，1976年10月）、《全金元詞》（臺北：洪氏出版社，1980年11月）。

❸　趙尊嶽：《明詞彙刊》（上海：上海古籍出版社，1992年7月）、王昶輯：《明詞綜》（臺北：臺灣中華書局，1970年6月）。

❹　二文分別發表於《宋代文學研究叢刊》4期（1998年12月），頁233－255。及《中國書目季刊》32卷1期（1998年6月），頁23－56。

❺　王兆鵬、黃文吉、童向飛校點：《天機餘錦》（瀋陽：遼寧教育出版社，2000年1月）。

❻　二文分別發表於《宋代文學研究叢刊》5期（2000年12月），頁327－345。及《國文學誌》4期（2000年12月），頁1－30。

王裕一首,共四十首❼。以下則按作家時代先後爲序,逐一加以析論。

二、馮延登佚詞析論

(一)馮延登生平及詞作

馮延登,字子駿,亦作子俊❽,號橫溪翁,金吉州吉鄉(山西省吉縣)人。生於世宗大定十六年(1176),卒於哀宗天興二年(1233)❾,年五十八。

延登幼穎悟,長事舉業,承安二年(1197)登詞賦進士第;曾

---

❼ 這40首佚詞請見拙文:〈《天機餘錦》見存宋金元詞輯佚〉,《宋代文學研究叢刊》4期(1998年12月),頁246－255。

❽ 〔元〕劉祁:《歸潛志》(臺北:臺灣商務印書館,1985年6月《景印文淵閣四庫全書》本),卷4,頁250;及《欽定大清一統志》(臺北:臺灣商務印書館,1984年7月《景印文淵閣四庫全書》本),卷100,頁83,皆謂延登「字子俊」。按:「駿」與「俊」可通,《天機餘錦》亦作「子俊」。

❾ 馮延登的生卒年,史無明載,一般都根據〔金〕元好問:《遺山集》(臺北:臺灣商務印書館,1985年9月《景印文淵閣四庫全書》本)卷19〈國子祭酒權刑部尚書內翰馮君神道碑銘〉所載推論,文中云:「年二十三,登章宗承安二年(1197)詞賦進士第」及「得年五十有八」,由此則推出生於世宗大定十五年(1175),卒於哀宗天興元年(1232)。但文中又云:「以八年(1231)春奉國書見於虢縣之御營,……遷之豐州。壬辰(1232),河南破,車駕駐鄭州,有旨發還。……明年遭變,得年五十有八」,由此則推出生於世宗大定十六年(1176),卒於哀宗天興二年(1233)。所謂「明年遭變」,即《金史》卷124〈忠義傳·馮延登傳〉所云:「明年,大元兵圍汴京,……義不受辱,遂躍城旁井中」,故應以後者所推的生卒年方與史實吻合。

任德順州軍事判官、寧邊令、國史院編修官、國子祭酒等職。正大八年（1231）奉命使元，被留，蒙古人以死相脅，逼他招降鳳翔守將，抗節不屈，被割去鬚髯，監於豐州（今內蒙古呼和浩特一帶），二年後乃遭放還。又歷任禮部、吏部侍郎，權刑部尚書。元軍圍汴京，延登爲騎兵所獲，欲擁北行，他義不受辱，遂躍入城旁井中自盡。

延登爲人謹厚，好賢樂善，吏事亦精篤學問，讀書長於《易經》、《左氏傳》。任寧邊令時，適趙秉文守此州，兩人一起考論文義，所爲詩文皆有律度。嘗欲編《國朝百家詩》，但不及著手即死於戰亂中。著有《學易記》、《橫溪翁集》，皆已亡佚。《中州集》卷五存其詩十七首、《全金元詞》僅收其詞一首。❿

《全金元詞》所收馮延登詞一首，即〈玉樓春·宴河中瑞雲亭〉，乃錄自元好問《中州樂府》。《中州樂府》原本載此詞有云：「正大末，馮子駿奉命北使，見留不屈，……其所作〈玉樓春〉、〈臨江仙〉諸詞，亦不減『天涯池閣，雨過霞明』之句也。」⓫，但今本

---

❿ 有關馮延登傳記資料，參見〔元〕脫脫等撰：《金史》（臺北：鼎文書局，1983年11月），卷124，〈忠義傳·馮延登傳〉。〔金〕元好問：《遺山集》（臺北：臺灣商務印書館，1985年9月《景印文淵閣四庫全書》本），卷19，〈國子祭酒權刑部尚書內翰馮君神道碑銘〉。〔金〕元好問：《中州集》（臺北：臺灣商務印書館，1985年9月《景印文淵閣四庫全書》本），卷5，馮內翰延登小傳。

⓫ 〔清〕王奕清等編：《歷代詞話》卷9引《中州樂府》。按：今本《中州樂府》（臺北：臺灣商務印書館，1985年9月《景印文淵閣四庫全書》本《中州集》，附）未見。又〔清〕沈雄：《古今詞話·詞話》下卷引《中州樂府》述馮延登事蹟，並云：「有〈臨江仙〉、〈玉樓春〉詞入選。」但今本《中州樂府》僅收〈玉樓春〉一首，可見今本《中州樂府》並非完帙。以上《歷代詞話》及《古今詞話》見唐圭璋：《詞話叢編》（臺北：新文豐出版公司，1988年2月），冊2，頁1276；及冊1，頁788。

《中州樂府》只見錄〈玉樓春〉一首，〈臨江仙〉諸詞並未見，頗為可惜。

元好問《中州集》收馮延登的詩十七首，詩前作者小傳云：「有集號《橫溪翁》，予過大名，見於其子源，如〈賦德順道院隴泉〉云云，又〈登封途中遇雨留僧舍〉云云，皆其得意句也。」可見這些詩是直接錄自《橫溪翁集》，而《中州樂府》所載的〈玉樓春〉詞也應該出自《橫溪翁集》。《天機餘錦》編纂的資料來源，除了以《類篇草堂詩餘》、《精選名儒草堂詩餘》、《增修箋注妙選群英草堂詩餘》等三種選集為主外，另也有直接抄錄詞家的別集，如劉過、劉克莊、張炎、元好問、張翥等人的詞皆是⑫，因此，《天機餘錦》所收馮延登詞，極可能也是直接錄自《橫溪翁集》⑬。

《天機餘錦》收錄的詞作中，直接標注作者為「馮子俊」（即馮延登）的，計有：〈蝶戀花〉（頗惱幽香通鼻觀）、〈鷓鴣天〉（冶紫妖紅謾得名）、〈滿江紅〉（庭戶初涼）、〈訴衷情〉（葉嘉笛裔散荊蠻）、〈一剪梅〉（珠履華簪照後車）等五首，另有一首〈滿江紅〉（安石風流），雖未標注作者，但因緊接在〈滿江紅〉（庭戶初涼）之後，其詞題作「憶梅和潘仲明」，前馮詞有一首〈蝶戀花〉（頗惱幽香通鼻觀），其詞題亦作「梅影和潘仲明」，故可證此詞為馮氏之作無疑。另外有十首〈鷓鴣天〉（首句分別為「千疊終南浸曲江」、「般屋春聲曉月殘」、「芳沼彎環侵翠微」、「紫筍青芹傍舍生」、「不到桃源仙洞處」、「飲散匆

---

⑫ 參見拙文〈詞學的新發現——明抄本《天機餘錦》之成書及其價值〉，發表於《宋代文學研究叢刊》3期（1997年9月），頁381－404。
⑬ 《橫溪翁集》在清代藏書家黃虞稷的《千頃堂書目》卷29還見著錄，故《天機餘錦》編者應可見到此書。

匆出畫堂」、「唱徹陽關三疊歌」、「萬頃寒光畫不如」、「天賦多情因甚空」、「漠漠同雲到地垂」），皆未標注作者，因緊接在〈鷓鴣天〉（冶紫妖紅謔得名）之後，依《天機餘錦》編纂體例在同作者的詞第一首標注姓名，其餘不標，雖也有漏標作者情形，但這些詞排列位置單純，前面作家是（元）周玉晨，後面作家是（明）瞿佑，都很確定，比較不會和其他作家攙雜，故作馮延登詞大抵不差。本文就以這十六首作爲馮延登佚詞來探討。

(二)馮詞內容以反映太平景象爲主

馮延登的文學創作活動，如果以他在承安二年（1197）二十二歲登第入仕開始，至天興二年（1233）五十八歲去世爲止，這段期間一般文學史論者都以宣宗貞祐元年（1213）爲界，前期爲金代政治安定，文風鼎盛時期，後期則自貞祐南渡以後，北方土地被蒙古人奪去，金朝從此一蹶不振，憂時傷亂便成了這時期的文學主題。❶但觀察延登存世的作品，不管詩或詞，都是以吟風弄月、酬贈唱和等反映太平景象的作品居多。如《中州集》所保存的十七首詩中，就有：〈代郡楊鼢之與予同辰，月日時亦然，渠有詩，因爲次韻〉、〈射虎得山字〉、〈探春得波字〉等多首酬贈唱和的作品，由此可見當時士大夫經常以文會友的盛況。

《天機餘錦》收錄馮延登的十六首佚詞中，最直接描寫太平景

---

❶ 有關金代文學、詞史的分期，參見吳組緗、沈天佑：《宋元文學史稿》（北京：北京大學出版社，1989年5月），頁203－205；黃兆漢：《金元詞史》（臺北：臺灣學生書局，1992年12月），頁19－22。

象的作品，莫過於這首〈鷓鴣天〉：

> 紫筍青芹傍舍生。瓦甖筇橇餉春耕。花深不見鞦韆架，風過
> 微聞笑語聲。　　攜拄杖，叩柴荊。竹邊吠犬出籬迎。村村
> 酒熟香粳賤，先向山間見太平。

上片寫農村的所見所聞：屋舍旁邊種滿了名茶（紫筍）及蔬菜（青芹），
正值春耕農忙，家家戶戶用瓦罐、竹筒盛飯湯送給田裡工作的人吃。
由於庭院花木扶疏，鞦韆架都被遮掩看不見了，但風吹過來，還隱
隱約約可聽到裡面人家玩鞦韆的笑語聲。短短四句透過視覺與聽覺
的摹寫，以優美的對仗，讓人深深感受到繁榮歡樂的氣氛。下片開
頭寫村中老人家串門子，狗汪汪叫著從籬笆跑出來迎接，進一步表
現農村人情味之濃厚。最後結尾寫每個村莊酒都釀熟了，米價也很
便宜，表示農村生活富足，先從偏僻的山間看見太平的景象，其他
各地就更不用說了。

　　其次，馮延登描寫歌妓的作品有〈鷓鴣天〉（不到桃源仙洞處）及
（飲散匆匆出畫堂）、（唱徹陽關三疊歌）、（天賦多情因甚空）等多首，
這也反映了生活在太平環境中的文人，參加酒宴歌席，與歌妓之間
的互動關係。如他在（不到桃源仙洞處）這首，寫歌妓步伐輕盈：「凌
波微步輕於燕」，寫歌妓歌聲美妙：「轉月清歌好似鶯」，最後寫
歌妓「嬌滴滴，笑吟吟」的熱情勸酒，作者解釋為：「想伊有意教
人醉，圖得今宵夢裏尋」，充滿浪漫的想像，令人激賞。尤其寫與
歌妓濃厚的感情，相當深刻，如這首：

> 天賦多情因甚空。相逢早早別匆匆。昨宵燕子樓頭月，今日

鴛鴦浦口風。　　歡幾許，恨何窮。十千沽酒與誰同。綠蕉
卻解知人意，替展蕭娘信一封。

全詞幾乎都用對比的方式，如「多情」與「空」、「相逢早早」與
「別匆匆」、「昨宵燕子樓頭月」與「今日鴛鴦浦口風」、「歡幾
許」與「恨何窮」等，將相聚的短暫，離別的痛苦，很鮮明的呈現
出來。接著設問：「今後買了美酒有誰與我共飲呢？」結尾作者看
到綠蕉展葉，又以擬人的筆法，說綠蕉好像瞭解自己的心情，所以
它展開葉子，以便讓我把情意寫在上面寄給歌妓，聯想新奇，表現
手法非常高明。

　　馮延登除了以詩和人酬贈唱和外，詞也有多首是應酬之作。有
些作品在歌功頌德之同時，反映出金朝政治清明、國力強大的盛況。
如這首〈一剪梅〉：

珠履華簪照後車。一門忠孝，父子司徒。沈煙斜裊博山爐。
萬戶春風，喜用真儒。　　點古行歸王會圖。萬國衣冠，復
會東都。未應便伴赤松遊，且願汾陽，長在中書。

作者雖然沒有明說是贈給何人，但從詞意知道是為某位司徒而作。
根據《金史・百官志》卷五十五載，司徒與太尉、司空各一員，合
稱三公，為正一品官，論道經邦，燮理陰陽。詞開始即描寫司徒衣
著光鮮亮麗，在副車中最為搶眼。而且家人能盡忠行孝，父子先後
都當上了司徒。接著以博山爐點燃沉香斜煙裊裊，象徵司徒薰陶化
育之功。所以萬戶百姓如沐春風，歡喜君王用真正的儒者。下片更
稱美司徒政績恩德遠播，使四夷歸順，萬邦來朝。這裡「王會圖」，

是用唐代畫家閻立本繪四夷朝會圖的典故❺。最後更推崇司徒，不應
輕言退休，期望他長久在位，爲國效勞。結尾用唐汾陽郡王郭子儀
的典故，郭子儀任中書令甚久，主持官吏的考績達二十四次❻，後世
以此稱頌秉政大臣位高任久。作者運用典故讚揚司徒，固然難免有
誇張之嫌，但全詞氣勢宏大，文字典雅，恐怕也是處於太平時代的
產物。

　　馮延登的詠物詞，如詠木香的〈鷓鴣天〉（冶紫妖紅謾得名）、詠
茶的〈訴衷情〉（葉嘉笛裔散荊鑾）等作品，也可看出他生活優雅閒適
的一面。木香，是酴醾花的別名，爲蔓生的觀賞植物，春末夏初開
白色或黃色花，略有香氣。作者批評世人只知觀賞大紅大紫的花卉，
不懂得欣賞潔白的木香，所以開首即云：「冶紫妖紅謾得名。人間
不省見飛瓊。」尤其木香所散發出清白純淨的品質，更爲延登所激
賞，因此將它形容作「冰魂」，結尾寫道：「夜深一覺遊仙夢，更
愛冰魂到枕清。」可見作者與眾不同的品味。再舉詠茶的〈訴衷情〉
爲例：

　　葉嘉笛裔散荊鑾。萬里入秦關。江山蘊藉風味，長掛齒牙間。

---

❺　〔五代〕劉昫等撰：《舊唐書·南蠻西南蠻傳·東謝蠻》（臺北：鼎文書
　　局，1983年11月）卷一百九十七：「貞觀三年，元深入朝，冠鳥熊皮冠，
　　若今之兜鍪，以金銀絡額，身披毛帔，韋皮行縢而著履。中書侍郎顏師古
　　奏言：『昔周武王時，天下太平，遠國歸款，周史乃書其事爲〈王會篇〉。
　　今萬國來朝，至於此輩章服，實可圖寫，今請撰爲〈王會圖〉。』從之。」
❻　《舊唐書·郭子儀傳》卷一百二十：「天下以其身爲安危者殆二十年，校
　　中書令考二十有四，權傾天下而朝不忌，功蓋一代而主不疑，侈窮人欲而
　　君子不之罪。富貴壽考，繁衍安泰，哀榮終始，人道之盛，此無缺焉。」

　　　勞素手，洗酲顏。鷓鴣班。一甌甘露，兩腋清風，歸去
蓬山。

這首詞首句費解，恐怕有些錯字，個人認爲整句應作「葉家嫡裔散
荊蠻」，因爲福建建谿有一種名茶叫「葉家白」，也稱「葉家春」**⑰**，
蘇軾〈岐亭〉詩五首之三有云：「仍須煩素手，自點葉家白。」施
元之注引《茶錄》云：「建州葉氏多茶山，每歲貢焉。」**⑱**所以馮延
登歌詠的茶應是「葉家白」，「勞素手」句出自蘇詩，亦可佐證。
另外「鷾鴣班」，即「鷓鴣斑」，是福建特製的一種茶碗，上面有
鷓鴣斑點的花紋。**⑲**剛好也和「葉家白」的產地呼應。因此首句是說
葉家嫡系後代流落荊蠻，生產出福建名茶「葉家白」。作者在北方
獲得這種高貴的茶，於是次句說「萬里入秦關」。接著寫喝了茶之
後，江山所蘊涵的特殊風味，將長留齒牙之間。下片開頭用擬人化
的手法，以女子纖纖素手幫忙擦洗紅顏，比擬「葉家白」可以解酲，
「素」手和葉家「白」相應。最後又稱讚「葉家白」像甘露，喝了
使人飄飄欲仙。從作者特意詠茶，也可看出他高雅的生活品味。

---

⑰　〔宋〕梅堯臣〈王仲儀寄鬥茶〉詩云：「白乳葉家春，銖兩直錢萬。」

⑱　〔宋〕施元之注，〔清〕邵長蘅、李必恆續補遺：《施註蘇詩·續補遺》
　　（臺北：臺灣商務印書館，1985年9月《景印文淵閣四庫全書》本），卷21，
　　頁403。

⑲　〔清〕朱琰：《陶說》（臺北：臺灣商務印書館，1969年5月《人人文庫》
　　本），卷5，頁65，引《清異錄》云：「閩中造茶琖，花紋鷓鴣斑點，試茶
　　家珍之。」

(三)馮詞中變亂的影子及忠貞性格的呈現

　　馮延登在《中州集》所保存的詩,固然多吟風弄月、酬贈唱和,但也有一些直接反映戰亂的作品,如〈鄖城道中〉寫道:「赤子弄兵更可惻,路旁僵尸衣血新。野叟傴僂行拾薪,欲語辟易如驚麋」,將戰爭帶給人民的災難,血淋淋的表現出來。又如〈元日隆安道中〉寫自己在動盪時代的感受:「老境飄零情更惡,又從馬上得新年」,也很真實深刻。可是在留存的詞作中,就缺少如此鮮明的反映,這或許是詩、詞兩種文體本質上的差異吧!

　　《天機餘錦》所保存的馮延登詞,有〈蝶戀花〉(頗惱幽香通鼻觀)、〈滿江紅〉(安石風流)等兩首在詞題直接標明:「和潘仲明」,雖然「潘仲明」的生平無法得知,但應該是和馮延登唱和的文友知己。這兩首和詞很巧合的,都是以「梅」為題材,一首寫「梅影」,一首寫「憶梅」。茲將〈蝶戀花〉錄之如下:

> 頗惱幽香通鼻觀。窗影虛明,喜識東風面。恰似孤山山外見。暮寒倚竹宮粧淺。　　老去芳溫緣未斷。月落參橫,惘悵行雲遠。暫慰天涯飢客眼。愁時不忍聞羌管。

這首和詞既然寫的是「梅影」,所以作者一直都沒有讓梅形現身,首句先從撲鼻的幽香下筆,由誘人的嗅覺引發視覺的搜尋,終於找到映在窗上的梅影,梅影也透露春天來臨的訊息,所以作者說:「喜識東風面」,這句化用朱熹〈春日〉:「等閒識得東風面,萬紫千紅總是春」的詩句。接著作者透過想像,將眼前的梅影,比擬為林

和靖隱居西湖孤山時所植的梅，加入「梅妻鶴子」的故事⓴，梅與人的關係更為親密了。上片末句化用杜甫〈佳人〉：「天寒翠袖薄，日暮倚修竹」的詩句，並用南朝宋壽陽公主「梅花粧」的典故⓴，這兩種聯想使梅花既有「佳人」的堅貞高潔，又有「公主」的高貴素雅。下片作者寫自己雖然年華老去，但愛梅之情不減，一直欣賞到月亮西沉、參星橫斜，當梅影消失時使他非常惆悵。這裡用趙師雄醉憩梅花下的「月落參橫」典故⓴，以及巫山神女的「行雲」典故，使梅影猶如神女飄忽遠去。窗上的梅影雖然消失了，但它總算給淪落天涯的自己帶來短暫的安慰，只是在憂愁時不忍心再聽到羌笛吹奏〈梅花落〉的曲子，意謂捨不得梅花凋零。

馮延登這首〈蝶戀花〉，表面是在寫「梅影」，但從詞中的「老去」、「惆悵」、「天涯飢客」、「愁」、「羌管」等字眼，似乎與作者於正大八年（1231）使元，被監於豐州時的處境有關，所以恐怕不能當作尋常的應酬之作。另一首也是和潘仲明的〈滿江紅〉（安

⓴　〔宋〕阮閱：《詩話總龜‧隱逸》（臺北：臺灣商務印書館，1985年12月《景印文淵閣四庫全書》本）：「林逋隱于武林之西湖，不娶，無子。所居多植梅畜鶴，泛舟湖中，客至則放鶴致之，因謂『梅妻鶴子』云。」

⓴　〔宋〕李昉等撰：《太平御覽》（臺北：新興書局，1958年）卷970引《宋書》：「武帝女壽陽公主，人日臥于含章簷下。梅花落公主額上，成五出之華，拂之不去，皇后留之。自後有梅花粧，後人多效之。」按：今本《宋書》無此文。

⓴　舊題〔唐〕柳宗元：《龍城錄‧趙師雄醉憩梅花下》（臺北：臺灣商務印書館，1985年6月《景印文淵閣四庫全書》本）載，隋代趙師雄過羅浮山，天寒日暮，在酒肆遇一淡妝素服女子，芳香襲人，語言極清麗，與之對飲甚歡。酒醒後發覺自己「乃在大梅花樹下，上有翠羽啾嘈相須（顧），月落參橫，但惆悵而爾」。「月落參橫」便成為詠梅詩詞常用的典故。

石風流），題作「憶梅」，作者藉著追憶故鄉梅花，隱約透露個人的
遭遇，如上片寫道：「一自黃塵違雅志，無因舟得巡簷笑。笑崎嶇、
歷落此生緣，花邊少。」意謂自從走上仕途之後，就無法返鄉，也
沒有閒情逸致欣賞梅花了。「巡簷笑」語出杜甫〈舍弟觀赴藍田取
妻子到江陵喜寄三首〉之二：「巡簷索共梅花笑，冷蕊疏枝半不禁」，
杜甫弟弟在安史亂中赴藍田取妻子到江陵，能夠來往家中簷前和梅
花共笑，而延登則沒有這麼幸運，他推說自己無船可以回去「巡簷
笑」，實際上是在表現亂世中仕途的艱辛。下片結尾又寫道：「望
隴雲、惆悵夢空回，令人老。」這裡和前文「一枝春先露」，是出
自陸凱折梅寄長安范曄詩：「折梅逢驛使，寄與隴頭人。江南無所
有，聊寄一枝春。」❷❸延登詞是和「潘仲明」，想念這位故鄉文友，
所以用此典故。他眺望隴頭雲，無法回去，只有在夢中歸鄉，但醒
來又是一場空，益加惆悵，會使人年老。這首詞和上一首詞雖沒有
明白描述變亂，但都藉著詠梅，隱含有亂世的悲情在裡面。

　　前面介紹過馮延登酬贈某位司徒的〈一剪梅〉（珠履華簪照後車），
展現了太平的氣象，但以下這首題為「送行」的〈鷓鴣天〉，雖也
是酬贈的作品，則在歌頌聲中，含有戰爭的影子，茲將全詞引之如
下：

> 千疊終南浸曲江。名臣自合領名邦。翠娥低處陽關咽，總把
> 離愁付酒缸。　　金絡馬，碧油幢。如君才氣世無雙。柳營
> 威令宣沙漠，佇看河西築受降。

---

❷❸　《太平御覽》卷970引南朝宋盛弘之《荊州記》：「陸凱與范曄相善，自江
　　南寄梅花一枝，詣長安與曄，並贈花詩曰云云。」

作者沒明說所送行的是何人，由詞意可知他送的對象為鎮守前線的
將領。開首兩句點出將領要去鎮守的地方。「終南」即終南山，「曲
江」即曲江池，千疊的終南山映照在曲江池中，這種景象前人已曾
吟詠，如唐邊塞詩人高適〈同薛司直諸公秋霽曲江俯見南山作〉詩
云：「南山鬱初霽，曲江湛不流。」馮延登藉此景象代表古都長安，
也就是將領所要去鎮守的「名邦」。三、四句寫送別的場面，歌女
哽咽唱著〈陽關三疊〉，大家藉著喝酒來消解離愁。下片首兩句以
優美的對句，寫出發時所乘的華麗座車來凸顯將領的氣派，並稱讚
他才氣舉世無雙。結尾則是祝福與期待，希望他能像漢朝周亞夫一
樣治軍嚴明，揚威沙漠，等著看他在河西築受降城❷，接受敵人投降，
意即期盼他凱旋歸來。這首詞固然歌頌所送行的將領，但從離愁與
祝願中，似乎也令人感受到有戰爭的氣氛在裡面。

　　馮延登是一位志節忠貞的文士，出使元朝不畏威逼，並被拘
留二年，蒙軍包圍汴京，他又以投井結束生命，因此《金史》將
他列入〈忠義傳〉。在延登留下來的詞作中，亦可體會到他的忠
貞性格。如酬贈司徒的〈一剪梅〉（珠履華簪照後車），特別強調司
徒「一門忠孝」，又鼓勵司徒「未應便伴赤松遊」，不能輕易言退，

---

❷　漢曾於塞外築城以接受敵人投降，《史記・匈奴列傳》（臺北：鼎文書局，
　　1983年11月）卷110：「漢使貳師將軍廣利西伐大宛，而令因杅將軍教築
　　降城。」唐亦曾於河北築三受降城以鞏固邊防，《新唐書・張仁愿傳》（臺
　　北：鼎文書局，1983年11月）卷111：「時默啜悉兵西擊突騎施，仁愿請乘
　　虛取漠南地，於河北築三受降城，絕虜南寇路。」「佇看河西築受降」這
　　句詞，除了祝福將領打敗敵人、凱旋榮歸之外，亦有勉勵他盡心鞏固邊防、
　　以絕外患之意。

要「長在中書」，爲國效勞。又如送行將領的〈鷓鴣天〉（千疊終南浸曲江），祝願將領「柳營威令宣沙漠，佇看河西築受降」，凱旋榮歸等，公忠體國的用心昭然若揭。此外，延登在詠物詞中，最喜愛歌詠的莫過於梅花，前面介紹過的兩首和詞就都是詠梅，從他對梅花的情有獨鍾，作者的性格似乎與花品結合在一起，再舉這首〈鷓鴣天〉爲例：

> 漠漠同雲到地垂。俄看萬鶴滿空飛。舞慵白玉堂前女，醉倒銷金帳裏兒。　　誰笑我，不如伊。閑披鶴氅也相宜。晚來自繞梅花樹，忍冷尋香折一枝。

上片首句寫降雪前的徵兆，同雲密布。「同雲」語出《詩·小雅·信南山》：「上天同雲，雨雪雰雰。」朱熹《詩集傳》云：「同雲，雲一色也，將雪之候如此。」次句寫不久就看到下雪的景象，作者用萬鶴滿天飛舞，比喻雪花飄落，極爲生動。接著描寫那些富貴人家的歌女及公子哥兒，在雪天裡極度狂歡，不是舞跳累了，就是醉倒了。「白玉堂」、「銷金帳」，都是指富貴人家的邸宅、帷幔，兩句對仗工整。下片以設問的口氣說：「誰笑我不如他們呢？」作者認爲自己披著鶴衣，晚上冒著寒冷在梅樹下徘徊，尋找剛開的梅花，折一枝欣賞，這樣的生活品味怎麼會不如富貴人家呢？全詞展現馮延登不與世俗合流，特立獨行的風格。尤其喜愛在雪天綻放的梅花，正代表著他在惡劣環境中不妥協的忠貞性格，梅花是作者的自我寫照，則不言可喻了。

㈣馮氏佚詞的價值

馮延登的詩文，前人已有一些品評，如元好問云：「（延登）在寧邊日，學詩於閑閑公（趙秉文），從是詩律大進，緻密工巧，於時輩少見。」❷⑤劉祁亦云：「為文苦思，尚奇澀，詩亦新巧可稱。」❷⑥他的詞僅靠元好問《中州樂府》保存〈玉樓春〉一首，並稱讚說：「其所作〈玉樓春〉、〈臨江仙〉諸詞，亦不減『天涯池閣，雨過霞明』之句也。」❷⑦其它則未見評論，這與作品的失傳有密切關係。今天我們根據《天機餘錦》所保存的十六首佚詞發現，馮延登雖然曾學詩文於趙秉文，詞亦應受其影響，但兩人的詞風並不一致。蓋趙秉文仰慕東坡，詞風高曠飄逸，豪邁疏放❷⑧，而馮延登的作品，如前面所析論，在形式技巧上，大都有用典豐富、對仗工整、修辭優美等特點，而內容也多吟風弄月、酬贈唱和，傾向於描寫太平景象，表現出典雅清麗、細緻工巧的詞風。雖然他的詞比較缺乏直接反映金朝晚年的政治現實，但透過婉約的文字，某些作品也可感受到變

---

❷⑤ 〔金〕元好問：〈國子祭酒權刑部尚書內翰馮君神道碑銘〉，見《遺山集》（臺北：臺灣商務印書館，1985年9月《景印文淵閣四庫全書》本），卷19，頁223。

❷⑥ 〔元〕劉祁：《歸潛志》（臺北：臺灣商務印書館，1985年6月《景印文淵閣四庫全書》本），卷4，頁250。

❷⑦ 〔清〕王奕清等編：《歷代詞話》卷9引《中州樂府》。見唐圭璋：《詞話叢編》（臺北：新文豐出版公司，1988年2月），冊2，頁1276。

❷⑧ 有關趙秉文的詞風，參見張子良：《金元詞述評》（臺北：華正書局，1979年7月），頁77－82；及黃兆漢：《金元詞史》（臺北：臺灣學生書局，1992年12月），頁109－112。

亂的影子，尤其作者藉著物象，呈現忠貞不屈的性格，更值得讀者仔細玩味。所以馮延登可說是橫跨金代詞史中、晚兩期的作家，其地位不容忽視。

三、周玉晨佚詞析論

(一)周玉晨生平及詞作

周玉晨，字晴川，錢塘（浙江省杭州市）人。生卒年不詳，只知他常與朱晞顏唱和、會飲❷，兩人應是同時代的知己好友。朱晞顏，字景淵（一作名景淵，字晞顏），生於宋寧宗嘉定十四年（1221），卒於宋帝昺祥興二年（1279，元世祖至元十六年）。❸又根據《松筠錄》云：「宋季高節，蓋推盧陵、吉水、涂川，亦同一派。……周晴川，名玉晨，皆忠節自苦，沒齒無怨者。必欲屈抑之為元人，不過以詞章闡揚之，則亦不幸甚矣。」❸可知周玉晨是宋末元初人，而且是遺民中以氣節自持之文士。或謂玉晨為北宋大詞人周邦彥之從子❸，但兩

---

❷ 朱晞顏《瓢泉吟稿》中有〈水龍吟〉（一春膡雨慳晴）題序云：「簡周晴川教授會飲和韻，其兄晴山，有《吹塤吹篪詞稿》。」又有〈大聖樂〉（霜護庭鴛）題序云：「至日與周晴川兄弟會飲。」見唐圭璋：《全金元詞》，冊2，頁856、857。

❸ 姜亮夫：《歷代人物年里碑傳綜表》（臺北：華世出版社，1976年12月），頁348，據《漫塘集》考定。

❸ 〔清〕沈雄：《古今詞話·詞話》卷上引。見唐圭璋：《詞話叢編》，冊1，頁775。

❸ 〔清〕沈雄：《古今詞話·詞辨》卷上云：「因考周玉晨為邦彥從子，號晴川，有《晴川詞》，此乃周玉晨所作。」見唐圭璋：《詞話叢編》，冊1，頁887。

人時代相隔久遠，此說並不可信。

　　周玉晨曾擔任教授，其兄晴山，也是能詞之士，著有《吹壎吹篪詞稿》。❸玉晨的詞集名《晴川詞》❹，但未見傳本。《全金元詞》僅收其詞一首。

　　《全金元詞》所收周玉晨詞一首，即〈十六字令〉（眠），乃錄自《花草粹編》，❺而《花草粹編》則標注錄自《天機餘錦》。❻楊慎《詞品》引錄此詞，也說見於《天機餘錦》，只不過將作者誤爲周邦彥。❼今存的明抄本《天機餘錦》除仍收有此詞外，另又收錄：〈水龍吟〉（去年多少閑情）、〈鷓鴣天〉（柳下人家自酒香）、〈滿江紅〉（風約湖光）等三首，作者皆標注「周晴川」，相當明確。因此，《天機餘錦》可說是唯一保存周玉晨作品的詞籍。以下則針對這三首新發現的詞作探討。

(二)周詞小令詞簡思深

　　周玉晨過去雖然僅以一首〈十六字令〉（眠）傳世，但此首相當受到肯定，茲將錄之如下：

---

❸　同注❷。

❹　同注❷。

❺　唐圭璋：《全金元詞》，冊2，頁861。

❻　〔明〕陳耀文：《花草粹編》（明萬曆刊本，臺北：國家圖書館藏），卷1。

❼　〔明〕楊慎《詞品》卷2云：「周美成〈十六字令〉云云，詞簡思深，佳詞也。其《片玉集》中不載，見《天機餘錦》。」（《詞話叢編》案：此周晴川詞，見《花草粹編》卷1，《詞品》誤作周邦彥詞。《詞統》、毛刻《片玉詞補遺》並承其誤。）見唐圭璋：《詞話叢編》，冊1，頁458。

眠。月影穿窗白玉錢。無人弄,移過枕函邊。

全詞短短的十六個字,比五言絕句的字數還少,而作者透過豐富的
想像力,將穿窗的月影比擬爲白玉錢,並說白玉錢無人玩弄,一直
望著它移到枕箱那邊去了。可見作者雖眠,卻澈夜難眠,其心事則
盡在不言中了。楊愼《詞品》稱讚此詞說:「詞簡思深,佳詞也。」
❸確有見地。再看《天機餘錦》所保存另一首題爲「酒家」的小令〈鷓
鴣天〉:

> 柳下人家白酒香。小旗深巷弄斜陽。撮焦亭子船軒座,曲水
> 簾兒回字窗。　　清受用,冷思量。故園多少菊花香。醉中
> 笑拍闌干語,如此深秋無蟹嘗。

上片以寫景爲主,作者描述漂泊異鄉,來到酒家所聞所見之景物。
首句先透過嗅覺,寫聞到柳下賣酒人家的酒香,次句再以視覺,寫
酒旗在深巷中迎著夕陽招徠客人。三、四句寫酒家的建築,「撮焦
亭子」,疑即「撮角亭子」,在元雜劇中常見,❸指的是四檐有尖角
而上翹的亭子。「曲水簾兒」,應是指畫有曲水流觴的簾幕。兩句
是說四角亭的座席就像在船屋一樣,曲水簾幕之後爲回字形的窗
戶,從建築的意象中隱約透露作者「搭船回鄉」的願望。下片則抒
發想念故鄉之情。作者在酒家飲酒,思量故鄉,內心淒涼冷清,他
用故鄉兩種最具代表性的景物:秋菊飄香與深秋蟹肥,來表達對故

---

❸　〔明〕楊愼:《詞品》卷2,見唐圭璋:《詞話叢編》,冊1,頁458。

❸　如〔元〕關漢卿《蝴蝶夢》第二折:「你看那百花爛熳,春景融和,兀那
　　花叢裡一個撮角亭子,亭子上結下個蜘蛛羅網。」

鄉的深深懷念，所以「醉中笑拍闌干」的動作，反而是一種痛苦的發洩。整首詞所花費的文字不多，作者的心情卻很深刻的呈現出來，令人玩味無窮，也是屬於「詞簡思深」之作。

(三)周詞長調沉鬱頓挫

周玉晨處於宋末元初，以「忠節自苦，沒齒無怨」，已如上述。讀《天機餘錦》所保存他的兩首長調詞，寫的都與節序有關，並沒有佳節的歡愉，而多是低沉憂傷的情調，內心深處的悲哀隱含其中。如這首題爲「元宵雨」的〈水龍吟〉：

> 去年多少閑情，老天何不留今夜。巷雨街風，教人想像，牙旗鐵馬。燭冷光痿，鼓寒聲澀，舞亭歌罷。任如何作意，疏狂放浪，十分興，都衰謝。　　莫說未生前話。只兒時，記真成假。濕雲如夢，愁來有隙，月來無罅。穿市難嬉，期人不至，此懷誰寫。且留歡、更待明年，自對酒、重簾下。

元宵節是過年後最熱鬧的節日，所謂「花市燈如畫，月上柳梢頭，人約黃昏後」（歐陽修〈生查子〉）、「東風夜放花千樹，更吹落、星如雨」（辛棄疾〈青玉案〉），都是詞中描繪元宵勝狀的名句。但作者所描寫的卻是下雨的元宵，大街小巷風雨交加，就像旗幟飛揚、戰馬奔騰的戰爭景象。原本應該燈火通明、鼓聲沸騰、歌舞酣暢的夜晚，卻變成「燭冷光痿，鼓寒聲澀，舞亭（通「停」）歌罷」的淒涼場面，即使想要刻意放浪狂歡，可是滿懷的興致都被雨澆熄了。下片更進一步抒發愁緒，既寫濕雨不停，難以嬉遊，又寫等人不來，情懷無法傾訴，所以在重重簾幕的室內，獨自借酒銷愁。這場元宵

風雨，恐怕隱含有宋元易代的影子，仔細觀察整首詞，除有「牙旗鐵馬」的戰亂影像，而作者透過時間先後的比較，寫往日繁華消逝，今日獨留淒涼，則非常明顯。如開首兩句「去年多少閑情，老天何不留今夜」，就以問天的口吻，懷念去年多少美好日子，埋怨老天讓今宵如此慘淡。下片前三句「莫說未生前話。只兒時，記真成假」，將時間拉到更遠的過去，在自己未生之前的繁華不用提了，僅是兒時的真實盛況，如今都已成空。但最後他還希望明年能夠恢復過去的光明日子，大概作者對抗元勢力仍有所期待吧！

另外一首題為「上巳客中平聲韻」的〈滿江紅〉，則是以禊飲踏青的上巳節日為描寫對象：

> 風約湖光，似古鏡、新出翠函。盈盈看、水邊多麗，綠醉紅酣。半蕊海棠含雨態，千絲楊柳拂晴嵐。問世間、今日是何年，三月三。　　身猶在，山浦南。心已逐，楚江帆。把閑愁說破，梁燕呢喃。機杼漫勞縈錦字，剪刀還為試春衫。想故園、桑梓小如錢，人掃蠶。

〈滿江紅〉這個調子，一般都是用入聲韻，如柳永（暮雨初歇）、蘇軾（家住江南）、岳飛（怒髮衝冠）、辛棄疾（家住江南）等皆是，它的聲情激越，適合抒發豪壯情感與恢張襟抱，[40]但後來姜夔（仙姥來時）改用平聲韻，當作迎送神曲，情調變為從容和緩多了。周玉晨學姜夔也用平聲韻，抒發上巳客中的心情，愁緒顯得低沉綿長。上片以寫景為主，將上巳時節的湖光水色、紅花綠樹，渲染得如畫境一般。

---

[40] 龍沐勳：《唐宋詞格律》（臺北：里仁書局，1979年3月），頁106。

因爲眼前的景色愈優美，流落異鄉愈顯得孤寂，愈勾起對家鄉的懷念。下片則轉爲抒情，寫想念故鄉的心情。作者漂泊在外，說自己的心已隨著船回故鄉去了。又設想妻子正爲他織錦字，裁春衫，以襯托思念妻子之苦。最後又以春日開始採桑養蠶的具體景象，凸顯作者對故園的心牽夢縈。全詞儘管春光明媚，卻蒙上一層暗鬱的色彩，沒有慷慨激越的言語，只有深沉的感傷，就像呢喃細語的燕子，把作者的閒愁說破了。

(四)周氏佚詞的價值

朱彝尊《詞綜》卷三十引程雪樓云：「予於近世諸家樂府，唯清眞犁然當於心，晴川殊有家風。雨坐空山，試閱一解，便如輕衫駿騎，上下五陵，花發鶯啼，垂楊拂面時也。」❹程雪樓，名文海，字鉅夫，生於宋理宗淳祐九年（1249），卒於元仁宗延祐五年（1318），著有《雪樓集》，《全金元詞》收其詞五十六首。❷可知程雪樓大約比周玉晨稍晚二、三十年，由於他本身也是一位詞人，所以這一則讀周詞的心得應該有其根據。程氏除稱讚玉晨有周邦彥的詞風外，另外用形象化的語言試圖說出晴川詞的好處，他認爲讀了晴川詞，會給人一種輕鬆愉快、生意盎然的感覺。但《天機餘錦》所保存的四首晴川詞，除了〈滿江紅〉（風約湖光）上片寫景有這種感覺之外，

---

❹ 〔清〕朱彝尊：《詞綜》（臺北：世界書局，1980年5月），卷30，頁446。

❷ 程文海生平著作見：〔明〕宋濂：《元史》（臺北：鼎文書局，1983年11月），卷172，本傳。〔清〕永瑢等撰：《合印四庫全書總目提要及四庫未收書目禁燬書目》（臺北：臺灣商務印書館，1971年7月），〈雪樓集三十卷〉提要，卷166，頁3494。唐圭璋：《全金元詞》，冊2，頁785。

其它的感覺剛好相反,而且讀完〈滿江紅〉下片之後,不但輕鬆愉快一掃而空,反而更加悲傷低沉。程氏大概比較偏愛歡愉的作品,觀察他自己寫的詞大半是祝壽、唱和,或可印證。其實程氏說玉晨有周邦彥的詞風是正確的,周邦彥雖然擅長以鋪敘的手法,大量將景物寫入詞中,但整首詞觀之,多半缺乏歡愉的情調,總是籠罩在憂鬱的氣氛之中;而且擅用婉轉曲折的筆法,吞吞吐吐,不直接說破,韻味悠長。❸陳廷焯《白雨齋詞話》卷一云:「詞至美成,乃有大宗。……然其妙處,亦不外沉鬱頓挫。頓挫則有姿態,沉鬱則極深厚。既有姿態,又極深厚,詞中三昧亦盡於此矣!」❹周玉晨無論小令的詞簡思深,或長調的沉鬱頓挫,都有周邦彥的影子,如果僅就同樣寫元宵的一首詞比較觀之,周邦彥〈解語花〉（風銷絳蠟）的抑鬱之氣,恐怕還比不上周玉晨〈水龍吟〉（去年多少閒情）來得強烈呢!因此,儘管周玉晨那些明朗輕快的作品沒有保存下來,但今天有幸看到這些詞簡思深的小令、與沉鬱頓挫的長調,《天機餘錦》保存文獻之功不可沒。

四、張翥存疑佚詞析論

(一)張翥生平及詞作

張翥,字仲舉,號蛻巖,元晉寧（山西省臨汾縣）人。生於世祖至

---

❸　參見拙著:《北宋十大詞家研究》（臺北:文史哲出版社,1996年3月）,頁338。

❹　唐圭璋:《詞話叢編》,冊4,頁3787。

元二十四年（1287），卒於順帝至正二十八年（1368），年八十二。

張翥少時隨父游宦江南，負才不羈，好蹴踘，喜音樂，後折節讀書，受業於江東大儒李存，習道德性命之學；又從仇遠學詩詞，盡得其門徑，以是知名於時。游揚州，學者及門甚眾。至元末，有以隱逸薦於朝，至正初，召爲國子助教，分教上都。尋退居淮東，會朝廷修宋、遼、金三史，起爲翰林國史院編修官。史成，歷翰林應奉、修撰、直學士、侍講學士，以翰林學士承旨致仕。卒後數月，元朝亦亡。

張翥長於詩，其近體、長短句尤工；文不如詩，而每以文自負。平日善諧謔，出談吐語，輒令人失笑，一座盡傾。所爲詩文甚多，無子，身死國亡，遂多散佚。史稱僅有律詩、樂府三卷傳世，而洪武刊本作《蛻巖詩集》四卷，今《四部叢刊》續編據此影印。另有張翥方外之友釋大杼手抄《蛻菴集》五卷，爲《四庫全書》所本。清人朱祖謀編《彊村叢書》，曾將張翥詞匯輯爲《蛻巖詞》上下二卷。❹

《全金元詞》根據《彊村叢書》本存有張翥詞一三三首。《天機餘錦》所收錄的張翥詞甚多，共計四十六調、八十一首，佔其存詞總數的五分之三。另有十四首未標注作者的詞，因都緊接在張翥詞之後，依《天機餘錦》編纂體例，在同作者的詞第一首標注姓名，其餘不標，按體例這些詞應屬於張翥的作品。但《天機餘錦》也常

---

❹　張翥生平著作見：〔明〕宋濂：《元史》，卷186，本傳。〔清〕永瑢等撰：《合印四庫全書總目提要及四庫未收書目禁燬書目》，〈蛻菴集五卷〉提要，卷167，頁3531。饒宗頤：《詞集考》（北京：中華書局，1992年10月），頁315－316。

有漏標作者的情形，尤其《天機餘錦》題爲張翥之詞作，在《全金元詞》中，皆可查到，無一首超出範圍，文字也沒有什麼差異，換言之，兩者的版本應該系出同源，故在張詞之後而未標注作者姓名者，皆極可能不是張氏之作。而且這些詞大都排在調末，依《天機餘錦》編纂習慣，瞿佑等明人詞大都排在調末，張翥之後也常接著是瞿佑，所以有可能爲明人詞，或即是瞿佑之作。但在還沒確認作者之前，暫時繫在張翥名下而存疑之。

張翥這十四首存疑詞的調名及首句，依《天機餘錦》收錄順序如下：〈清平樂〉有（夜闌人靜）、（迢迢牛女）、（秋深已許）、（朱門新曉）四首，〈洞仙歌〉有（瑤臺十二）、（丹崖翠壁）二首，〈憶秦娥〉（花如雪），〈感皇恩〉（時節過清明），〈好事近〉有（不暖不寒天）、（翠幄護花鈿）、（老翠出新黃）、（簾捲滿樓風）、（小閣晚涼生）、（船繫畫橋東）六首。❹由於這些詞的作者尚未確定，以下則按照詞調爲單位，加以探討。

(二)〈清平樂〉四首抒愁寫恨

〈清平樂〉是由仄韻轉平韻的詞調，適合表達淒楚纏綿的感情，唐宋的一些名作如：李煜的（別來春半）寫亡國之悲，晏殊的（紅箋小字）寫離愁別恨，黃庭堅的（春歸何處）寫春天消逝的憂傷等皆是，因此，《天機餘錦》收錄的這四首〈清平樂〉佚詞，寫的內容也都和愁恨有關，如：

---

❹ 這十四首佚詞見拙文：〈《天機餘錦》見存宋金元詞輯佚〉，《宋代文學研究叢刊》4期（1998年12月），頁249－252。

　　夜闌人靜。秋在梧桐井。測測輕寒吹酒醒。往事不堪重省。
　　　樹頭百尺危樓。溪邊一葉扁舟。除卻清風明月，有誰知
我離愁。

上片寫夜深人靜，秋天悄悄來到人間，蕭瑟寒風吹醒了酒意，但往
事不堪回首。下片開頭兩句對仗，並且以「百尺危樓」的高，和「一
葉扁舟」的小，構成強烈對比，表示樓中人極目眺望舟上遊子，遊
子當然也無時無刻惦念著樓中人。所以結尾寫清風徐來、明月高照
的秋夜，勾起作者無限的離愁，但又有誰知道呢？作者在秋夜獨自
發愁，沒有人知道，卻說「除卻清風明月」，好像還有清風明月知
道，其實這一轉折，使文氣委婉許多，又強烈襯托出離愁的沒人知。
這兩句仿自韋莊〈女冠子〉（四月十七）下片：「不知魂已斷，空有
夢相隨。除卻天邊月，沒人知。」只是作者用反問句取代韋莊的直
述句，語氣愈加婉轉而已。

　　又如這首（迢迢牛女）的〈清平樂〉，則以七夕牛郎織女相會為
題材，感嘆兩人會面時間的短暫，分離日子的漫長：「短宵無計留
連，佳期重約明年。」結尾更用工整的對仗，分寫兩人離別的痛苦：
「愁織鴛鴦機上，淚流烏鵲橋邊。」這種以天上的牛郎織女，來表
現人間的離苦，在詩詞中頗為常見。另外，（秋深已許）這首，上片
描繪出深秋時節的冷落淒涼，下片並用沈約的典故，寫道：「沈郎
多病因誰，新來帶減腰圍。」[47]以多病消瘦凸顯作者愁恨之深。而（朱

---

[47]　〔唐〕姚思廉：《梁書・沈約傳》（臺北：鼎文書局，1983年11月）卷13
　　載沈約與徐勉書云：「百日數旬，革帶常應移孔；以手握臂，率計月小半
　　分，以此推算，豈能支久？」言以多病而腰圍減損，後因以沈腰作身體瘦
　　損的通稱。

門新曉）這首，季節雖已轉換到了春天，但作者的愁恨依然未消，下片寫道：「且從今日傳盃。先尋近處梅開。懊恨東風無力，不吹香過牆來。」本以爲春天已經來臨，想從今日開懷宴飲，找尋近處梅花，可是東風仍然微弱無力，不能將梅香吹過牆來。表示作者還是無法掃除陰霾，內心難以舒暢起來。

(三)〈洞仙歌〉二首富有神仙風味

〈洞仙歌〉這個調子的由來，蘇軾塡作〈洞仙歌〉（冰肌玉骨）一詞有序交代，說他七歲時得自眉山老尼，而老尼是隨其師入蜀主孟昶宮中，親聞蜀主與花蕊夫人納涼時所作。❹所以這個調子正如調名，頗有神異色彩。《天機餘錦》所收錄的這兩首〈洞仙歌〉佚詞，一首借用天女散花、及仙女許飛瓊的典故❹，寫道：「滿身留不住，結習雖空，未信三山舊緣斷。借問許飛瓊，何處驂鸞，簫聲悄、驀天雲暗。便海角天涯。」表示對仙境的嚮往，但又遙不可及。另一首題爲：「金碧仙景，爲吳穎題」，可知是作者爲他人所作的題畫詞，全詞如下：

> 丹崖翠壁，是何年曾到。不是方壺即蓬島。彩雲中、兩兩鳳

---

❹ 唐圭璋：《全宋詞》（臺北：世界書局，1976年10月），冊1，頁297。
❹ 天女散花，典出《維摩詰經·觀眾生品》（高雄：佛光出版社，1997年）：「時維摩詰室有一天女，見諸天人聞所說法，便現其身，即以天華（花）散諸菩薩大弟子上。華（花）至諸菩薩即皆墮落，至大弟子便著不墮。」按菩薩道行高深，故花不著身，弟子結習未盡，花即著身。許飛瓊，傳說中的仙女，爲西王母之侍女。《漢武帝內傳》云：「（西王母）又命侍女許飛瓊鼓震靈之簧。」

　　侶鵷儔。飛舞處，約向丹丘問道。　　洞天深幾許，氣靄金
銀，琪樹成行映瑤草。學得紫簫成，信口輕吹，畫欄外、碧
桃開早。但願得、春風去還來，看人面如花，一年年好。

詞的內容是根據畫境而來，既然畫是「金碧仙景」，詞當然也充滿
著仙山（方壺、蓬島）、仙氣（彩雲、氣靄金銀）、仙侶（鳳侶鵷儔）、仙
人（以仙地「丹丘」借代）、仙居（洞天）、仙物（琪樹瑤草、紫簫、碧桃）
等仙境風光，「吳穎」可能是一位喜歡繪畫的年輕女子，所以詞下
片用秦穆公女弄玉學簫成仙的典故❺，結尾又祝福她「人面如花，一
年年好」，從畫境再切合作畫的人，使人畫合一，頗爲可取。這兩
首詞很可能是瞿佑的作品，除因排在調末，符合《天機餘錦》收錄
瞿佑詞的習慣外，又《天機餘錦》所收錄的瞿佑詞，❺有多首是題畫
詞，如〈水龍吟〉（晚來一陣嚴寒），是「題沈旻所藏雪夜泛舟圖」、
〈蝶戀花〉（落盡嫣紅春不管），是「閻仲彬墨萱，爲張克敬題，克敬
與予皆無母」，尤其有一首〈賀新郎〉（風露非人世），是「題秦女
吹簫圖」，詞末也以祝願作結：「願人間、夫婦咸如是。歡樂事，
莫相棄。」和〈洞仙歌〉的結尾：「但願得、春風去還來，看人面
如花，一年年好。」多麼相似，所以應該是同一人的筆法。

---

❺　舊題〔漢〕劉向：《列仙傳》（臺北：新文豐出版公司，1985年《叢書集
　　成新編》本）卷上云：「蕭史者，秦穆公時人也。善吹簫，能致孔雀白鶴
　　于庭。穆公有女字弄玉，好之，公遂以女妻焉。日教弄玉作鳳鳴，居數年，
　　吹似鳳聲，鳳凰來止其屋。公爲作鳳台，夫婦止其上下。數年，一旦皆
　　隨鳳凰飛去。」

❺　參見拙文：〈《天機餘錦》見存瞿佑等明人詞〉，《中國書目季刊》32卷1
　　期（1998年6月），頁23－56。

㈣〈憶秦娥〉、〈感皇恩〉的清明感懷

清明本是二十四節氣之一，後成為掃墓、踏青的節日，在民俗節慶中佔有很重要的地位，也經常引發騷人墨客的靈思，寫下許多著名的作品。最令人琅琅上口的莫過於杜牧的〈清明〉詩，它為這個細雨紛紛的節日立下了感傷的情調。《天機餘錦》所收的〈憶秦娥〉、〈感皇恩〉這兩首佚詞，剛好都是以清明節為背景，或抒發離別情懷，或表達失意落寞。〈憶秦娥〉寫清明節夜晚的感傷：

> 花如雪。東闌又是清明節。清明節。韶華易老，少年輕別。
> 　子規夜半猶啼血。聲聲啼落枝頭月。枝頭月。素光低照，
> 夢雲重疊。

作者看到東欄的花像雪般的飄零，想又是清明節，春光很快就要消逝了，而自己過去卻仗恃年少，輕易離別。已經半夜了，仍然聽到杜鵑哀啼，聲聲「不如歸去！不如歸去！」好像在訴說自己的心事，直到月亮西沉，低過枝頭，仍然輾轉難眠，縱使有夢，還是重覆相逢的美夢，令人徒增傷感而已。詞中透過整個夜晚杜鵑不停的啼聲，凸顯離別的悲哀，把西沉的月亮說成被杜鵑啼落，設想新奇，相當精彩。〈感皇恩〉則寫京城倦客的傷春情緒：

> 時節過清明，好花無數。怨綠啼紅向誰訴。欄干十二，望斷
> 湖山何處。輕衫都濕遍，長安雨。　　自憐雙鬢，星星如許。
> 猶有傷春舊情緒。吹香弄蕊，沒箇人人分付。依然空帶得，
> 愁歸去。

這首詞的時空非常清楚，時序是「時節過清明」，地點是「長安」，也就是指京城。作者面對清明節過後的景像，可供玩賞的好花很多，由於在京城並不如意，好花也只讓他徒增傷感、「怨綠啼紅」而已，可是又要向誰傾訴呢？他倚遍了所有的欄杆，極目遙望故鄉湖山，望到輕衫都被雨濕透了，可見作者眺望時間之久，想念故鄉之深，而故鄉又在何處呢？下片說自己雙鬢已見白髮，年華老去，但傷春念遠的情懷仍然還在，只是當賞花憐花之際，沒有親愛的人在身邊可以寄托情意，最後使他依舊只帶著滿懷的愁悵回去。作者在詞中並沒有明說政治上的遭遇，但從他的「怨綠啼紅」、「自怜」、「傷春」、「帶愁」等感傷用語，再加上富有象徵意義的「輕衫都濕遍，長安雨」，舒適的輕衫都被京城的雨淋到濕透了，隱隱約約也透露出作者的挫折，所以才興起如此強烈的思鄉情愁，值得玩味。

㈤〈好事近〉六首風流多情

詞本是花間尊前的產物，供賓筵別席，遣情寄興，酒綠燈紅，淺斟低唱，因此晚唐五代詞大抵以吟風弄月、醉別相思為主。流風所及，後代詞人也不乏這類的作品。《天機餘錦》所保存的六首〈好事近〉佚詞，有的全篇描寫歌妓，極誇讚之能事，如這首：

> 不暖不寒天，人坐春風簾幙。好是嬌波偷溜，更楚腰如削。
> 　　玉纖無力捧杯深，歌聲噴香薄。休向小亭兒畔，怕梅花羞落。

寫歌妓的眼神是「嬌波偷溜」，身材是「楚腰如削」，多麼嬌美，惹人憐愛；勸酒時「玉纖無力捧杯深」，唱歌時「歌聲噴香薄」，

又是多麼盛情，多麼賣力，令人陶醉。最後更以「休向小亭兒畔，
怕梅花羞落」，誇張地稱讚歌妓之美貌，會讓梅花羞愧飄落。有的
詞更融入作者的感情，如（簾捲滿樓風）這首下片寫道：「醉來猶自
挽人留，休問甚時節。記取纖纖春筍，指一鉤新月。」作者和歌妓
喝酒，興致高昂，最後還捨不得讓人走，他也不管是什麼時間了，
只記得美麗的歌妓，以她纖細的玉手，指著天邊一鉤新月，表示夜
是多麼深了。作者風流多情從中可見。另外有兩首專門詠花，作者
或用美女比擬花容：「都道盈盈粉面，似吳姬顏色」，或以龍涎襯
托花香：「香帶天邊風露，怎龍涎當得」，最後並抒發愛花憐花的
浪漫情懷。還有一首比較特殊的是懷念西湖游賞，但作者已經由絢
爛歸於平淡：

> 小閣晚涼生，正是藕花時節。記得金波影裏，著扁舟一葉。
> 　　如今興盡賦歸來，欹枕臥林樾。不夢香塵紅軟，只夢西
> 湖月。

作者在蓮藕開花的夏夜，追憶過去風流浪漫的往事，曾乘著一葉扁
舟，盪漾在西湖的金光波影之中。但如今歸隱山林，欹枕高臥，連
做夢也不會夢見「香塵紅軟」─指過去賞花冶游的風流往事，而只
夢見西湖高潔的明月。從夢境可見作者的心境與意境，確實已經超
脫凡塵了。

㈥張翥存疑佚詞的價值

　　《天機餘錦》所收錄的以上十四首佚詞，作者雖然還無法完全
確定，但有的抒愁寫恨，有的富有神仙風味，有的清明感懷，有的

風流多情，內容相當豐富，表現手法也各有特色，如果能進一步使它們重歸原主，如〈洞仙歌〉兩首極可能即是瞿佑的作品，或許更能增加作者創作歷程的完整性。

五、莫昌佚詞析論

(一)莫昌生平及詞作

莫昌，初名維賢，字景行，號隱君、廣莫子。錢塘（浙江省杭州市）人。生於元大德六年（1302）六月二十一日，約卒於明太祖洪武二十一年（1388）之前❷。

莫昌少穎悟，知為學，長益俊邁，知治家。除替父親獨擔家務外，兼做學問，書無不讀，藝無不游。曾與張雨、張翥同門，受教於仇遠。通曉《詩·傳》，為場屋文。延祐七年（1320）辦科舉，莫昌年方十九，因以前有落第經驗，寧可藏璞守身，而不願再試，以免遭受羞辱。翰林待制楊剛中舉辟他，授以要職，也不為所動。居家交友日眾，學問益富，延名師教弟及子姪輩，日與講明，以求極至。洪武三年（1370），建學立師，莫昌以《詩經》為杭州府學訓導❸，所教者成一鄉之俊士。後為小人所間，遂以疾辭。

---

❷ 莫昌生平，見〔明〕凌雲翰：《柘軒集》（臺北：臺灣商務印書館，1985年9月《景印文淵閣四庫全書》本），卷4，〈莫隱君墓誌銘〉。但該墓誌銘只記生年，未記卒年。考雲翰於洪武辛酉（1381）以薦舉召授四川成都教授，戊辰（1388）卒於官（見《柘軒集》卷首，夏節：〈柘軒集行述〉）。故莫昌之卒年，應在明太祖洪武21年（1388）之前。

❸ 訓導，明代學官名，為府、州、縣儒學的輔助教職。〔清〕張廷玉等撰：

　　莫昌待人寬厚，通佛、老，學內外丹訣，樂於下棋彈琴，收藏法書名畫古器甚多，曾編目爲《雲房玩餘集》。晚懼族譜散佚，前往祖籍吳興，搜訪故蹟，編纂《吳興莫氏家乘》。又將與諸子唱和之作〈茗溪紀行〉、及訪吳松故時所過題詠〈雲間紀遊〉、加上平日所爲詩詞等合編爲《廣莫子稿》；又有《和陶詩集》、《纂名物抄》等，惜皆失傳。❺❹《全金元詞》未見收錄其詞。

　　《天機餘錦》保存莫昌的詞計有六首，即「和桂孟平韻」的〈蘇武慢〉（山勢龍蟠）、（壁水遊歌）、（四月清和）、（小小官稱）等四首，另一首〈蘇武慢〉（柳絮風寒），爲「題沈旻所藏雪夜泛舟圖」，雖未標注作者，因緊接在以上四首和詞之後，而在標注瞿佑的詞之前，按《天機餘錦》的體例及編輯習慣，故定爲莫氏之作。尚有一首〈清平樂〉（故人何處），未標注作者，題目也是「題沈旻所藏雪夜泛舟圖」，暫列爲莫昌存疑作品一併討論。

(二)〈蘇武慢〉四首和韻高雅，金陵書事

　　明太祖開國之後，結束了元朝異族統治，洪武初年，便開始重視文教，「建立學校，招延文學老成、經明行修之士，訓迪生徒」，❺❺當時所設的杭州府學，曾網羅了一批人材，推動教育工作。他們從事教育之餘，也經常以文會友，詩詞唱和，形成了一股文學創作風

　　《明史·職官志》（臺北：鼎文書局，1983年11月）卷75云：「儒學：府，教授一人，從九品，訓導四人。州，學正一人，訓導三人。縣，教諭一人，訓導二人。教授、學正、教諭，掌教誨所屬生員，訓導佐之。」
❺❹　莫昌生平及著作，皆根據凌雲翰：〈莫隱君墓誌銘〉，見同註❺❷。
❺❺　〔明〕夏節：〈柘軒集行述〉，見同註❺❷。

氣。《天機餘錦》所收錄的詞人如：莫昌、王裕、瞿佑、凌雲翰等，都具備這種背景。

　　莫昌四首〈蘇武慢〉，第一首題云：「和桂孟平韻」，《天機餘錦》並收有桂衡(字孟平)原唱〈蘇武慢〉四首，題作「膠湄書事」，核對兩人四首韻腳全部吻合，可知四首皆是和韻之作。桂衡，仁和(浙江省杭州市)人，洪武中，爲杭州府錢唐縣學訓導，後遷山東。建文二年(1400)秋，權停江北五布司學校，齎印納禮部，授谷府奉祀，卒於長沙。❺❻桂衡這四首〈蘇武慢〉原唱，根據《天機餘錦》收瞿佑和詞第一首題云：「次桂孟平膠湄書事韻四首，蓋爲平度州訓導日所作也。」可知是從錢唐縣學遷到山東平度州學訓導後所作。桂衡來到山東工作，將自己的生活狀況及感受寫成詞，寄給過去在杭州時的朋友，因此這些朋友便寫詞與之和韻，莫昌就是其中之一。爲了討論方便，先舉桂衡原唱〈蘇武慢〉第一首：

　　　　七十人生，明年撚指，五十又三來到。去鄉漸遠，子燠妻煎，
　　　　只得自寬懷抱。一領青衫，數莖白髮，消不過這枚紗帽。改
　　　　幾篇、者也之乎，怎地便稱訓導。　　這些時、那討風流，
　　　　也無花草，落得耳根聒噪。架上詩書，人前言語，常是七顛
　　　　八倒。草地茫茫，風沙陣陣，春夏秋冬枯燥。破天荒、寫箇
　　　　詞兒，說與故人知道。

桂衡年過半百，遠離故鄉，只爲訓導這頂烏沙帽，加上山東生活環

---

❺❻　〔清〕錢謙益：《列朝詩集小傳》（臺北：世界書局，1961年2月），乙集
　　〈桂奉祀衡〉，頁190。

境艱苦，心情難免鬱悶，但作者個性開朗，並沒有一味沉溺於悲情，反而運用通俗的筆調自我調侃，呈現出詞中鮮有的幽默感，瞿佑推崇他「善於俳諧」❺❼，由這四首「膠湣書事」即可印證。

莫昌的四首〈蘇武慢〉既是和韻，除了韻腳遵照桂衡原唱亦步亦趨外，在內容上是否有所呼應？試觀莫昌和韻第一首：

> 山勢龍蟠，石頭虎踞，自喜老年重到。燕子人家，鳳凰臺榭，依舊大江縈抱。薦藝天官，登明國子，隨例綠衫烏帽。朔望須朝，陰晴不阻，行路要人扶導。　　到春深、寒食梨花，清明楊柳，處處鶯啼雀噪。花半開時，柳爭垂處，映水綠斜紅倒。塵軟風香，泥融雨細，好景最宜晴燥。可怜情、草色青青，長遠玉街馳道。

相對於桂衡原唱的通俗諧謔，莫昌的和韻就顯得高雅許多了。莫昌寫的是來到京城－金陵的生活情況，詞開始數句就以典故帶出金陵這個地方。「山勢龍蟠，石頭虎踞」，典出諸葛亮對金陵形勢的讚語。❺❽「燕子人家，鳳凰臺榭」，則分別用劉禹錫與李白描寫有關金陵的詩句。❺❾並且原唱寫山東環境「也無花草」、「草地茫茫，風沙

---

❺❼ 錢謙益《列朝詩集小傳》云：「孟平刻意於詩，日課不輟，又喜為小詞，善於俳諧，瞿宗吉極推之。」見同注❺❻。

❺❽ 《太平御覽》卷156引晉張勃《吳錄》：「劉備曾使諸葛亮至京，因睹秣陵（即金陵）山阜，嘆曰：『鍾山龍盤，石頭虎踞，此帝王之宅。』」

❺❾ 「燕子人家」，語出劉禹錫〈烏衣巷〉詩：「舊時王謝堂前燕，飛入尋常百姓家。」「鳳凰臺榭」，語出李白〈登金陵鳳凰臺〉詩：「鳳凰臺上鳳凰遊，鳳去臺空江自流。」

陣陣，春夏秋多枯燥」，極為荒涼，而和韻剛好相反，寫金陵春天花木扶疏，「鶯啼雀噪」、「塵軟風香，泥融雨細，好景最宜晴燥」，多麼引人入勝。所以莫昌和韻與原唱無論文字或題材都有很大的差異，兩者的風格基本上是不同的。但這並不妨礙兩人的感情交流，原唱寫在山東的工作情形：「改幾篇、者也之乎，怎地便稱訓導」，和韻也寫在金陵的上班情況：「朔望須朝，陰晴不阻，行路要人扶導」，兩人互吐苦水，而且原唱在結尾云：「破天荒、寫箇詞兒，說與故人知道」，這是對老友平日關懷的回應，和韻在結尾則說：「可憐情、草色青青，長遶玉街馳道」，意思是說看到已綠的青草，可是卻未見您這個王孫從馳道歸來，表示對故人的無限思念。因此就題旨而言，和韻呼應原唱是相當成功的。

　　莫昌這四首詞除了與桂衡原唱呼應外，從中也反映出明朝建都之後，金陵太平繁華的景象，如第二首（璧水遊歌）寫宴會歡娛的景況：「誰家、柳館簾開，梨園樂奏，報道洗粧春宴。笑語聲中，歡娛隊裏，半醉半醒相勸。握槊探鬮，從人賭勝，道二爭三難辨。」第三首（四月清和）更直接歌頌所目睹的太平盛況：「上國繁華，中年壽數，幸太平今睹。望金陵、鬱鬱蔥蔥，五彩氣成龍虎。」這應該都是符合史實的。

　　另外，莫昌的性格及人生態度，從詞中也可很清晰的勾勒出來，如第三首（四月清和）寫道：「傍竹軒窗，依山屋舍，樂得閑身天與」、「待明朝、褝祫初成，詠歌相趁，同去浴沂雩舞」，第四首（小小官稱）寫道：「茶盞招呼，詩筒賡和，只此過冬經夏」、「料今生、半是疏慵，半是老來山野」等，都在在顯示作者淡泊名利，追求自由自在、與世無爭的生活。所以莫昌這四首詞，不能因為是和韻，而

以尋常的應酬之作視之。

(三)〈蘇武慢〉、〈清平樂〉同題異趣，意境高遠

　　莫昌〈蘇武慢〉、〈清平樂〉這兩詞，題目都作「題沈旻所藏雪夜泛舟圖」，沈旻的生平不可考，大蓋是作者的朋友，喜歡收藏字畫，所以藏有〈雪夜泛舟圖〉。由於作者本身也是書畫古器物的收藏家，見到名畫當然砰然心動，於是在欣賞名畫之後，並寫下了自己的觀感。「雪夜泛舟」，一般都會直接聯想到王徽之乘舟冒雪夜訪戴逵的故事[60]，因此這兩首詞都用了這個典故，先看〈蘇武慢〉：

> 柳絮風寒，梨花雲暖，一片日光新霽。獨木橫橋，小溪流水，認得探梅竹處。泛泛扁舟，啞啞鳴艫，何必子猷同趣。傍彎碕、那箇人家，有酒有詩堪住。　　近書來、報說松醪，就煨松火，來趁此時容與。飲待微醺，吟成新調，自按自歌隨意。愛我家童，驚他座客，偏是巧能言語。道前村、昨夜青山，都在白雲堆裏。

作者根據「雪夜泛舟」的畫境，將自己融入畫中，以第一人稱寫雪夜乘舟拜訪朋友的過程。詞省略了雪夜泛舟這段，開始就直接從天亮寫起，作者已來到朋友的住處。依照典故，王徽之乘興泛舟訪戴

---

[60]　〔南朝宋〕劉義慶：《世說新語·任誕》（臺北：臺灣中華書局，1976年3月）載：「王子猷（徽之）居山陰，夜大雪，眠覺，開室命酌酒。四望皎然，因起徬徨，詠左思〈招隱詩〉，忽憶戴安道（逵）。時戴在剡，即便夜乘小船就之，經宿方至，造門不前而返。人問其故，王曰：『吾本乘興而行，興盡而返，何必見戴？』」

達，到了門前，即興盡而返，並沒有登門造訪，但作者反用典故，不認同王徽之的作法，說：「何必子猷同趣」，並說：「傍彎碕、那箇人家，有酒有詩堪住」，認爲朋友是「有酒有詩」的雅士，不僅應該拜訪，而且可以住下來跟他飲酒作詩。更何況他最近曾來信邀請，趁松醪酒熟的時刻，一面喝酒，一面烤火，可以很從容悠閒。作者終於在朋友家喝到微醺，隨意作曲唱歌，相當盡興。最後結尾寫到家童，他語驚四座：「道前村、昨夜青山，都在白雲堆裏。」意思是說家童善於譬喻，把前村的青山，經過一夜降雪，現在白雪皚皚，說成是在白雲堆裡。這樣的結尾也眞是語驚四座，不僅以家童的文化素養來襯托自己，更因爲家童的話，作者訪友的前段過程：「雪夜泛舟」才有著落，換言之，作者直到最後才不留痕跡地將題旨點出，手法可說高明之至。

接著再看〈清平樂〉：

故人何處。雪壓溪橋路。一葉扁舟乘興去。滿眼暮雲春樹。
　　行行意思闌珊。歸時漏盡更殘。笑殺風流老子，愛他一夜嚴寒。

這首詞雖然也是題〈雪夜泛舟圖〉，並且同樣用王徽之訪戴逵的典故，但作者是根據典故正面吟詠，典故說王徽之「乘興而行，興盡而返」，所以上片云：「一葉扁舟乘興去」，下片云：「行行意思闌珊。歸時漏盡更殘」。另外「滿眼暮雲春樹」，則是出自杜甫〈春日憶李白〉詩：「渭北春天樹，江東日暮雲」，表示對友人的思念。最後結尾說：「笑殺風流老子，愛他一夜嚴寒」，凸顯「雪夜泛舟」的老子，是多麼風流灑脫、特立獨行，與世俗的品味不同。

〈清平樂〉過去我將它視爲莫昌的作品，所持的理由是與〈蘇武慢〉同題，**㊿**，但經過以上的分析，個人願意作修正，因爲既然是同詠一幅〈雪夜泛舟圖〉，作者就不應該對畫境有矛盾的詮釋，一說是「何必子猷同趣」，一說是「行行意思闌珊。歸時漏盡更殘」，則又與子猷同趣。除非是不同的畫，或者不同作者的詮釋，才有此可能。個人比較傾向於不同作者的詮釋，其理由是《天機餘錦》另收有一首〈水龍吟〉（晚來一陣嚴寒），題目也作「題沈旻所藏雪夜泛舟圖」，這首詞緊接在瞿佑作品之後，可斷爲瞿佑所作。〈水龍吟〉對〈雪夜泛舟圖〉的圖面詮釋和〈清平樂〉相同，下片寫道：「來時乘興，歸時盡興。」但對子猷的作法也並不認同，所以緊接著說「自誇高致」，後面又說：「想鄰船笑倒，漁翁被裡，醺醺沉醉。」這一點又和〈蘇武慢〉的看法相近。因此，沈旻所藏的〈雪夜泛舟圖〉，應該是經過三個人的一起品題，除了莫昌、瞿佑外，另一個大概也是曾在杭州府學任職的同事，才會一起賞畫，一起填詞題畫，如：凌雲翰、王裕等皆當過杭州府學訓導，《天機餘錦》也收有他們的詞，則比較可能。

㈣莫氏佚詞的價值

莫昌平生雅好文學，所創作的詩詞曾編爲《廣莫子稿》，但由於他只在明初當過杭州府學訓導小官，所以後來作品都失傳了。雖然《天機餘錦》保存他的作品也不多，但從〈蘇武慢〉四首和韻詞，

㊿ 參見拙文：〈《天機餘錦》見存宋金元詞輯佚〉，《宋代文學研究叢刊》4期（1998年12月），頁253。

除可看出其文風崇尚典雅外，亦可看到明太祖建都金陵的繁華盛況，以及作者淡泊名利的高尚品格。另一首〈蘇武慢〉題畫詞，從他對〈雪夜泛舟圖〉的詮釋，不學王徽之臨門折返，可見他的清高，並不是矯揉造作的孤芳自賞，而是順應自然、富有人情味的適性表現。這些作品無論內容與藝術技巧，都可圈可點，並非泛泛之作。凌雲翰曾稱讚莫昌說：「思昔從仇山村（遠）游時，同輩有二人焉：一則張雨，字伯雨，以高道顯；一則張羽，字仲舉，以名宦顯；與君皆傾瀉。或者以君隱名，可匹顯名，則道德文章而言，非以地也。」❻❷話雖如此，張雨、張羽皆因有作品流傳，尚爲後人所熟知，而莫昌則如其號（隱君），隱沒無聞，今從佚詞印證其人格，或許還能發潛德之幽光，因此這五首詞更值得珍視。

六、王裕佚詞析論

王裕，字好問，山陰（浙江省紹興縣）人。《天機餘錦》收錄〈鳳凰臺上憶吹簫〉（翠羽棲煙）一首，作者題「王好問」。根據王羽〈柘軒集原序〉云：「聖朝更化，尤重儒術，首聘先生（凌雲翰）訓迪，時則石林葉廣居居仲、始豐徐一夔大章、會稽王裕好問，同官者也。」❻❸夏節〈柘軒集行述〉亦云：「國朝洪武初，建立學校，招延文學老成、經明行修之士，訓迪生徒，時則典教葉居仲（廣居）、徐大章（一夔），司訓王好問（裕）、瞿士衡（佑）、莫景行（昌）、何彥恭（敬），

---

❻❷　〔明〕凌雲翰：〈莫隱君墓誌銘〉，同注❺❷，頁846。
❻❸　同注❺❷，卷首，頁734。

適同其事，咸稱得人。」❻❹可知「王好問」即是「王裕」，他於洪武初年曾任杭州府學訓導，與莫昌、凌雲翰、瞿佑等人同事。又根據凌雲翰〈畫並序〉云：「王裕好問，…則山陰人也。」及〈悼王觀用賓〉自注云：「同年好問之子。」❻❺凌雲翰與王裕既是同事，又是好友，所以說王裕爲「山陰人」較爲可信。考凌雲翰生於元英宗至治三年（1323）❻❻，因此「同年」的王好問亦應生於是年。❻❼《萬曆紹興府志》載有一位也是字好問的王裕，山陰（浙江省紹興縣）人，早歲融貫經史，既長，以文辭鳴。元順帝至元中，領浙江鄉薦省元（鄉試第一名），授校官，既歸，以五經教授于鄉，門徒常百餘人，工於詩文，有集若干卷。❻❽雖未記載當過「杭州府學訓導」，但由於時代符合，里籍亦同，所以應該是同一人。王裕的詩文集已失傳，《全金元詞》亦未收其詞。

《天機餘錦》收錄王裕的詞僅〈鳳凰臺上憶吹簫〉一首，題作「詠鳳仙花」。此首之後，緊接著收錄凌雲翰（彥翀）同調（菊婢標名）、瞿佑同調（涼露階除），這兩首也都題作「詠鳳仙花」，因爲王裕與凌雲翰、瞿佑都當過杭州府學訓導，由此可知，這三首詞是他們同詠一題的酬唱之作。茲將王裕的詞錄出：

---

❻❹　同注❺❷，卷首，頁735。

❻❺　同注❺❷，卷1，頁754；卷2，頁791。

❻❻　同注❺❷，卷首，頁734。

❻❼　「同年」可指同年生，也可指同年中科舉，考凌雲翰是在至正19年（1359）登鄉試（見同注❺❷，卷首，頁735），王裕則於至元中領鄉薦（《萬曆紹興府志》卷32，見同下注），兩人既非同年中科舉，則應指同年生。

❻❽　見蕭良幹、張元忭等纂修：《萬曆紹興府志》（臺南：莊嚴文化事業公司，1996年8月《四庫全書存目叢書》影明萬曆刻本），卷32、43，頁119、324。

　　　翠羽棲煙，絳唇含露，九苞五彩斑斕。想薦芳呈瑞，分秀舟
　　　山。疑擁雞翹鸞尾，聯舞隊、楚袖春襻。恢穠麗，移春繡檻，
　　　結綺雕欄。　　　開繁。紫簫一笛，吹嶰谷朝陽，春透人間。
　　　笑杜鵑啼血，容易凋殘。纖指搗香濃染。空誤認、紅淚凝殷。
　　　須攀摘，銀絲綴粧，簪映嬌顏。

鳳仙花，為一年生草本植物，花多側垂，單生或數朵簇生葉腋，花
色繁多，有白、粉、紅、紫、雪青等類，花形優美，宛如飛鳳，頭
翅尾足俱全，其紅花加明礬搗爛可染指甲，故又稱「指甲花」，另
外也稱「金鳳花」、「小桃紅」、「急性子」等。❸作者和朋友一起
用〈鳳凰臺上憶吹簫〉這個詞調，來歌詠像鳳凰的鳳仙花，調名與
題材相呼應，選調已見用心。詞一開始，寫像鳳凰般五彩繽紛的花
色，是從鳳仙花的「鳳」字而來，其次針對「仙」字著墨，說它想
要「分秀舟山（在杭州灣東南的島嶼）」，開給神仙欣賞。接著寫滿園
穠麗的鳳仙花，疑似成群結隊拿著雞翹鸞尾跳舞的舞女，想像力相
當豐富。因為調名是由蕭史教弄玉吹簫引鳳凰成仙的典故而來，所
以下片由鳳凰聯想到簫，寫鳳仙花盛開，彷如聽到簫聲一響，吹起
了山谷朝陽，春到人間。其次以杜鵑花容易凋殘，襯托鳳仙花的長
開。最後又寫到鳳仙花可染指甲的特殊用途，但作者不希望女子用
它，因為會使人誤認為是凝結的紅淚，倒希望女子把鳳仙花摘下，
插在頭上，可以和嬌顏輝映。結尾人和花融合在一起，漂亮的女子
也襯托出花的嬌媚。

---

❸　參見張秉戌、張國臣：《花鳥詩歌鑒賞辭典》（北京：中國旅遊出版社，
　　1992年12月），頁295。

這首詠物詞，只是純粹就物象本身描寫，看不出有什麼比興寄托，也看不出作者的借物抒情，就內容深度而言，是比較不足的。但作者用華麗的文字，生動的比喻，將鳳仙花描繪得栩栩如生，嬌艷動人，這也反映出明代初年天下底定之後，朝庭重視文教，這群從事教育的杭州府學訓導，在衣食無虞匱乏之下，追求生活雅趣之一斑。

七、結　語

《天機餘錦》所保存的金元佚詞四十首，經過以上的分析探討，其中馮延登佚詞高達十六首，內容以反映太平景象爲主，也有一些時代變亂的影子及忠貞性格的呈現，詞風傾向於典雅清麗、細緻工巧，是經歷金朝由興盛到衰亡的詞人，過去他只有一首詞流傳，如今透過這些佚詞的瞭解，馮氏創作詞的輪廓已經可以比較清晰的認識。

宋末元初的周玉晨，以忠節自苦，他流傳一首〈十六字令〉，詞簡思深，頗獲選家青睞，今從《天機餘錦》再增加三首，除有一首小令可印證原本的詞風外，另有兩首長調，分別以元宵與上巳爲背景，沒有佳節的歡愉，只有深沉的感傷，風格沉鬱頓挫，即使和北宋大家周邦彥相比，一點也不遜色，眞不愧爲周氏本家。

另外比較麻煩的，是排在張翥詞之後的十四首佚詞，這些詞的作者還無法完全確定，但以同調的詞爲單位分析之後，發現它們的內容相當豐富，表現手法也各有特色，並不能因爲它們似流浪兒而等閒視之，更何況〈洞仙歌〉兩首，從各種跡象顯示，極可能是明

初重要詞家瞿佑的作品，其他的也有此可能，只是需要更多的佐證。

　　莫昌和王裕，都是元末明初的讀書人，洪武建國興學，兩人也都曾擔任杭州府學訓導，只是他們的作品都已亡佚而隱沒不彰。今天從《天機餘錦》保存的莫昌五首佚詞來看，有〈蘇武慢〉四首屬和韻，是和桂衡的詞作「膠湄書事」，當時另有王達、瞿佑和韻，作品都保存在《天機餘錦》中。瞿佑、莫昌、王裕都是杭州府學的同事，桂衡也曾在杭州府錢唐縣學擔任訓導，彼此交游酬唱，可見杭州府學文風鼎盛之一斑。莫昌另有一首〈蘇武慢〉題畫詞，是「題沈旻所藏雪夜泛舟圖」，《天機餘錦》中還可見到兩首與此同題的題畫詞，一是瞿佑的〈水龍吟〉，一是佚名的〈清平樂〉。過去本人將〈清平樂〉歸為莫昌作品，但經過分析之後，和莫昌寫法不同，應是杭州府學某位同仁與莫昌、瞿佑一起題畫之作。王裕的佚詞僅有一首，是與凌雲翰、瞿佑一起用〈鳳凰臺上憶吹簫〉詠鳳仙花，凌雲翰也曾當杭州府學訓導，這又是府學中人酬唱之一例。

　　莫昌、王裕的作品雖都屬應酬之作，但莫昌的〈蘇武慢〉四首和韻高雅，寫金陵的生活情況，反映出當時金陵建都的繁華景像，也表現出作者淡泊名利、與世無爭的人生態度。而〈雪夜泛舟圖〉的題畫詞，作者對畫境有超人意表的銓釋，筆法特殊，是一首含有作者身影的優秀作品。王裕的詠鳳仙花詞，只是純粹描摹物象，深度固然不夠，但文字華麗、描繪生動，也可看出太平時代文人的優雅情趣，凡此種種，都值得大家重視。

　　——原載《宋元文學學術研討會論文集》（臺北：東吳大學中國文學系，　　2002 年 3 月），頁 289－337。

《天機餘錦》見存瞿佑等明人詞

一、前　言

　　明抄本《天機餘錦》是一部詞的總集，共四卷，題程敏政編，現藏臺北國家圖書館（前國立中央圖書館）。這部詞集按詞調收錄唐、宋、金、元、明等朝代的詞，計收二三七個詞調，一二五六首作品，數量相當可觀。但過去學界罕有人注意它，筆者去年受湖北大學人文學院院長王兆鵬先生之託，開始探究此書，撰寫了一篇論文——〈詞學的新發現——明抄本《天機餘錦》之成書及其價值〉。❶

　　文中考訂此書編纂的資料來源，其主要是抄錄自《類篇草堂詩餘》、《精選名儒草堂詩餘》、《增修箋注妙選群英草堂詩餘》等選集，及宋金元明人十餘家之別集，並非用心廣泛挑選，編輯體例也雜亂無章，乏善可陳，因此可斷定是書賈或士人爲了逐利倉促編成，並非如書前所題「程敏政編」，只不過僞託以自抬身價而已。

　　《天機餘錦》的成書時間，經筆者的考證，應該是在明嘉靖二十九年（1550）至萬曆十一年（1583）之間編成。由於時代日久，其所

---

❶　該文發表於《宋代文學研究叢刊》3期（1997年9月），頁381－404。

根據的詞集版本今或已不傳，其所抄錄的詞家詞作，某些亦未見收於其他詞集，故此書在保存詞學文獻，提供校勘、輯佚方面，尚有不容忽視之價值。

筆者將《天機餘錦》所收詞，逐一與唐圭璋編《全宋詞》、《全金元詞》詳加比對之後❷，發現其中有宋金元佚詞百餘首。又與趙尊嶽輯《明詞彙刊》、王昶輯《明詞綜》等比對之後❸，發現亦有許多罕見的明人詞作，當時限於篇幅，無法將這些作品刊布，因此本文擬將《天機餘錦》見存的明人詞作先行輯出，加上新式標點並略作考校，以供學界參考。

《天機餘錦》所收的明人詞作，以瞿佑一四五首爲最多，晏璧十一首居次；另王驥六首，桂衡、王達各四首，凌雲翰一首，劉醇一首；總計七位詞人，詞一七二首。這些作品有少數見於作者留傳之詞集，但文字上常有一些差異，故本文不惜篇幅，將明人作品全部輯出，有見於其它詞集者另加案語說明。以下按作家收詞之多寡爲序，同一作家之作品則根據《天機餘錦》錄詞之順序，一一加以輯出。

---

❷ 唐圭璋：《全宋詞》（臺北：世界書局，1976年10月）、《全金元詞》（臺北：洪氏出版社，1980年11月）

❸ 趙尊嶽：《明詞彙刊》（上海：上海古籍出版社，1992年7月），又稱《惜陰堂彙刻明詞》、《惜陰堂明詞叢書》，是迄今輯刻明詞規模最大的叢書。〔清〕王昶：《明詞綜》（臺北：臺灣中華書局，1970年6月）。

二、瞿佑詞一四五首

　　瞿佑，佑一作「祐」，字宗吉，號存齋，錢塘（今浙江杭州）人。生於元惠宗至正七年（1347），卒於明宣宗宣德八年（1433），年八十七。❹少時，以和凌雲翰「梅柳爭春」詞知名，❺又嘗作〈賦鞋杯〉詞，呈楊維楨，大受讚賞。❻洪武中，以薦舉授臨安學訓導，累升周府長史。永樂間，以詩禍下錦衣獄，謫戍保安十年。❼洪熙元年（1425）

---

❹　有關瞿佑的生卒年，一般皆以生於元至正元年（1341），卒於明宣德二年（1427），最為流行。如梁廷燦《歷代名人生卒年表》（臺北：臺灣商務印書館，1970年）及姜亮夫《歷代人物年里碑傳綜表》（臺北：華世出版社，1976年12月）等都是這種說法。他們係根據錢謙益《列朝詩集小傳》中含糊的資料誤推所致。陳慶浩：〈瞿佑和剪燈新話〉一文（發表於《漢學研究》6卷1期，1988年6月）指出，瞿佑晚年著作敍跋多署年歲日期，皆可推出彼之生年，如〈重校剪燈新話後序〉署：「永樂十九年歲次辛丑正月燈夕，七十五歲翁錢塘瞿佑宗吉甫書於保安城南寓舍」、〈樂全詩序〉署：「宣德三年歲在戊申陽月吉日，八十二歲翁錢塘瞿佑宗吉書」等，以此推出生於至正七年（1347），再以其年壽八十七推出其卒年，應是宣德八年（1433），這種說法最可信，今從之。

❺　瞿佑撰《歸田詩話》（臺北：弘道文化事業公司，1971年3月，《詩話叢刊》本）卷下〈鍾馗圖〉云：「（凌雲翰）繼以梅詞〈霜天曉角〉一百首，柳詞〈柳梢青〉一百首，號『梅柳爭春』者，屬予和之。予亦依韻和就，大加賞拔。」

❻　瞿佑撰《歸田詩話》卷下〈香奩八題〉云：「（楊維楨）因以『鞋杯』命題，予製〈沁園春〉以呈。大喜，即命侍妓歌以行酒。詞云云。歡飲而罷，袖其稿以去。」

❼　〔明〕田汝成：《西湖遊覽志餘》（臺北：臺灣商務印書館，1974年10月

釋歸，復原職，內閣辦事。❽佑著述豐富，其詞集有《天機雲錦》、
《餘清曲譜》（又名《餘清詞》）、《樂府遺音》等三種。❾前兩種今
已不傳；《樂府遺音》有五卷本，《四庫全書總目提要·詞曲類存
目》曾著錄，但今已難見。❿目前瞿佑詞僅趙尊嶽輯《明詞彙刊》本
《樂府遺音》一卷流傳，計存詞一一三首，附北曲十七首。⓫

《景印文淵閣四庫全書》本），卷12，頁23。

❽ 〔明〕郎瑛：《七修類稿》（臺北：世界書局，1963年），卷33。

❾ 有關瞿佑的著作，瞿佑於永樂十九年（1421）正月燈夕在保安寫的〈重校
剪燈新話後序〉有詳細說明，其中他自言「填詞則有《餘清曲譜》、《天
機雲錦》。」他的同鄉徐伯齡在《蟬精雋》（臺北：臺灣商務印書館，1985
年6月，《景印文淵閣四庫全書》本）卷四「呂城懷古」條中，也談及瞿佑
的著作頗為詳細，其中詞集增加了《樂府遺音》，而《天機雲錦》已被列
為失亡不可復得之作。陳霆撰《渚山堂詞話》（臺北：新文豐出版公司，
1988年2月《詞話叢編》本）卷二云：「瞿宗吉，號山陽道人，有《餘清》
及《樂府遺音》等集，皆南詞也。」王昶輯《明詞綜》卷一亦載瞿佑有「《樂
府遺音》五卷、《餘清詞》一卷」。《餘清詞》應是《餘清曲譜》之別名。

❿ 《四庫全書總目提要·詞曲類存目》著錄《樂府遺音》五卷云：「是集自
卷一至卷二，皆古樂府。自卷三至卷五，皆詞曲。」可知此五卷本中有三
卷是詞曲。大陸目前正在陸續出版《四庫全書存目叢書》（臺灣由莊嚴文
化事業公司代理，已出版史部、子部），但經查詢編纂人員，並未搜集到
五卷本。又陳慶浩在〈瞿佑和剪燈新話〉一文（見同註❶）註六十中指出，
丁立中《八千卷樓書目》卷二十著錄有《樂府遺音》五卷抄本，今八千卷
樓書皆入南京圖書館，又云五卷本有上海大東書局一九二六年刊本。但經
請託南京師範大學文學研究所所長鍾振振先生代為尋訪，南京圖書館並未
藏有五卷抄本，而上海大東書局五卷刊本亦未見。或許《樂府遺音》五卷
本已不存於世間。

⓫ 除趙尊嶽輯《明詞彙刊》本《樂府遺音》一卷流傳外，任遵時曾撰〈瞿存
齋詩詞輯佚〉一文（發表於《醒吾學報》6期，1982年6月），從方志及詞

　　《天機餘錦》共收瞿佑詞五十五調、一四五首（含〈殿前歡〉曲一首），其中僅〈木蘭花慢〉（問前朝舊事）、〈賀新郎〉（風露非人世）等十七首為《樂府遺音》一卷本所收，但文字頗有差異，其餘一二八首則是首次發現。個人覺得，《天機餘錦》的編者或許還看到瞿佑《天機雲錦》的殘卷，所以大量收錄瞿氏作品，並將書名題為《天機餘錦》。而《天機雲錦》的部分作品，有些經瞿氏修改後收入較晚成書的《樂府遺音》中，所以同一首詞在《天機餘錦》和《樂府遺音》有那麼多的文字差異。茲將這一四五首詞錄之如后：

木蘭花慢　和李泖布政中秋試院贈何性存憲副韻
正車書混一，文運啓，士風新。看場屋初開，魚龍同隊，頭角難分。朱衣偶然點首，便人間、平地有青雲。瑞應桂花盈樹，祥占月色重輪。　　廟堂元老自能文。下筆語驚人。況水部名家，翰林華裔，才品超群。秋圍對持文柄，要搜羅、奇俊出凡塵。從此儒宮增重，諸生喜遇昌辰。

　　案：此詞原未標注作者，《天機餘錦》編者體例在同作者的作品

話等書共輯得詞二十六首，但由於他未見趙尊嶽的《明詞彙刊》，所以這些佚詞大都見於《樂府遺音》，及《古今詞匯》、《明詞綜》等選集，真正佚詞只有七首，即：〈點絳唇·題菊〉（花裏中黃）（見《蟬精雋》卷五）、〈摸魚兒·平湖秋月〉（望西湖）（見《古今圖書集成·乾象典》及《杭州府志》卷廿二）、〈摸魚兒·南屏晚鐘〉、〈摸魚兒·花港觀魚〉、〈摸魚兒·三潭印月〉（三首首句皆作「望西湖」，並見於《萬曆本杭州府志》卷廿二）、〈買坡塘·柳浪聞鶯〉（按詞調應作〈摸魚兒〉，首句亦作「望西湖」，見於《乾隆本杭州府志》卷廿七）、〈滿庭芳〉（月老難憑）（見《剪燈新話·秋香亭記》）等。而這七首詞也全未見之《天機餘錦》。

　　第一首標注姓名，其餘不標，此首可能漏標作者，故後面有

同調（問前朝舊事）爲瞿佑作而未標作者，由後往前推，該

詞前之作品皆可能瞿佑作，此詞亦同。

　　又　玉臺新詠十首‧畫板鞦韆

正簷花影顫，又搖動，柳絲烟。稱織錦縧長，鏤金板狹，碾玉環圓。
何須鳳笙鸞駕，便超然、飛上麗人天。卻笑凌波羅襪，應嫌襯地金
蓮。　　瑤釵不整翠鬟偏。遺下小花鈿。似星度銀潢，雲行楚峽，
月墜湘川。身輕欲隨風去，奈情緣、猶在未能仙。到晚歸來力倦，
向人軃袖垂肩。

　　案：此詞以下十首，爲聯章體，原未標注作者，因後有同調（問前
　　　朝舊事）可斷爲瞿佑作，故依編者體例皆定爲瞿佑所作。

　　又　雕籠鸚鵡

料多情更苦，定愁對，荔支圖。悵響板猶敲，琵琶何在，且莫驚呼。
幾番分明低訴，恨合歡、籠內影常孤。巧語已輸梁燕，嬌啼不數城
烏。　　日長消盡繡工夫。紅袖戲槃扶。把玉鎖偷開，金經慢教，
暗記明珠。只愁向人饒舌，算功勞、不與守宮殊。從此西廂待月，
夜深不敢踟躕。

　　案：「夜深不敢踟躕」，原「夜」上衍一「月」字，今逕刪。

　　又　金爐夜香

泛晴烟一縷，漸飛遠，博山情。更暖炙金匙，寒煨銀葉，著意調停。
好將薔薇花露，便等閑、洒透水晶屏。灰燼輕飄蝶粉，火光低度螢
星。　　碧雲遙隔鳳凰翎。夜光入高冥。把羅帕微薰，瑤箏慢撥，

留住芳馨。只愁銅壺催漏,望隔河、牛女枉勞形。拜月亭前舊事,
可憐立盡娉婷。

又　玉砧秋杵

聽秋聲四起,力雖盡,響還低。正金斗熨香,玉盆染色,縫紝初齊。
梧桐半簾殘月,照南飛、烏鵲累驚棲。靜裏非金非石,鬧中如鼓如
鼙。　　夢魂不到鎖帷犀。燒盡麝香臍。儘搗碎愁心,敲枯恨淚,
此意猶迷。再三托他邊使,願殷勤、及早寄遼西。更把銀釭頻剔,
親將錦字封題。

案:「更把銀釭頻剔」,原脫「釭」字,今依原書批點者補。

又　粧閣花鈿

便春生一笑,要開落,總由他。任暮雨催香,朝雲妒色,不委塵沙。
時將眼波流潤,仗心田、方寸發萌芽。眉柳平分翠靄,臉桃同炫紅
霞。　　釵頭雙意舞風斜。飛下探花華。記月老當年,定婚店裏,
奇事堪誇。燈街上元到也,鬧娥兒、多少去年些。寄語含章簷下,
從今不數梅花。

又　繡床綵線

乍冰蠶吐出,又顏色,染丹青。愛洗茜成紅,揉藍作翠,猶帶芳聲。
好將續成長命,向黃金、釧側絆娉婷。著眼宜牽錦幔,斷腸莫引銀
瓶。　　唾茸香滿瑞雲□。繡幀幾曾停。嘆費盡工夫,棠梨半萼,
鸂鶒雙翎。憶曾繫他燕足,望天涯、別語甚丁寧。最恨年年乞巧,
金針獨對雙星。

案:「唾茸香滿瑞雲□」,「雲」原下脫一韻字,依律補。

又　風簾鐵馬

戰西風未已，怜涼月，轉三更。似營壘初開，刀鎗突出，金鐵齊鳴。
夜深不聞號令，但畫簷、側畔起邊聲。旋轉驚飛燕雀，鏗鏘踏碎瑤
瓊。　　　纖塵不動四蹄輕。誰與定輸贏。恨玉塞人遙，功名未就，
怨恨難平。甚時鞭敲金鐙，動雕鞍、綉勒趲歸程。幾度珊瑚枕上，
教人殘夢猶驚。

又　月舒燈下

笑園花夜合，特留意，惱鴛房。愛芳信偷傳，倡條巧綴，艷蕾輕裝。
兒家重重門戶，又幾曾、遮得住春光。凝碧雙懸蜻眼，舞紅獨斷鸞
腸。　　　絳紗籠內好隄防。生怕粉蛾狂。向漏永更深，玉某敲影，
金剪分香。頻將鏡奩收拾，要殷勤、付與畫眉郎。爲問前朝螺黛，
何如此夜蘭芳。

又　香篋剪刀

把春衣製就，正深院，日初長。儘魯縞齊紈，越羅蜀錦，都屬裁量。
忽聞一聲響動，又雙環、開闔冷光鋩。鉸出聯飛翡翠，分開並繡鴛
鴦。　　　并州舊樣鍊純鋼。深貯縷金箱。且牢鎖猿心，休開燕尾，
怕損鸞腸。吳松半江流水，也等開、劃破碧淋浪。最愛合歡花朵，
莫教坼散紅芳。

又　玉奩粧鏡

是何人鑄就，似明月，出天宮。但丹桂收香，素娥停舞，玉兔潛蹤。
勤將粉綿揩拭，怕飛塵、容易蝕青銅。煙鎖柳尖凝綠，露含櫻顆添
紅。　　　淡粧濃抹爲誰容。春在笑釐中。對一片菱花，芳姿易老，
畫筆難工。樂昌當時遷次，嘆新官、重與舊官逢。縫得光輝再滿，

卻憐背面難同。

又　亂後適西路場，夜經黃灣道中有感

望平蕪極目，嘆民業，盡凋零。但白鳥呼風，□狐拜月，黑鯉朝星。摩挲沉沙斷鐵，問當時、何事苦勞形。故壘冤魂聚哭，長沙戰血流腥。　　蒼藤老樹寄精靈。遺恨入幽冥。對古廟荒墳，神燈鬼火，數點晶熒。髑髏似知春到，向目中、抽出草青青。見說前途更惡，客驂何處宜停。

案：此詞原未標注作者，因次首同調（問前朝舊事）可斷爲瞿佑作，故依體例定爲瞿佑所作。「□狐拜月」原脱一字，依律補。

又　次韻于舜臣先輩題金故宮白蓮

問前朝舊事，曾此地，會神仙。記羅襪凌波，霓裳舞月，無限芳鮮。韶華已隨流水，嘆人間、無處覓嬋娟。喚醒三生舊夢，還魂誰爇香烟。　　淡粧照影水中天。畫筆巧難傳。奈默默無言，依依有恨，愁思相牽。凄涼廢臺荒沼，縱芳菲、終不似當年。好伴汴宮楊柳，一般憔悴風前。

案：此詞原未標注作者，《明詞彙刊》本《樂府遺音》收有〈木蘭花慢〉（記前朝舊事）一詞，題作「金故宮太液池白蓮」，其中文字相異甚大，但開首三句及結尾兩句卻幾乎相同。陳霆《渚山堂詞話》卷二曾舉瞿佑另一首〈木蘭花慢〉詞，開首三句亦相同，云：「瞿詞雖多，予所賞愛者，此闋惟最。然瞿有〈詠故宮白蓮〉詞，即用此腔，而語意亦仍之。首云：『問前朝舊事，曾此地，會神仙。』即此起句也。是知此詞爲瞿得意者，故疊用如此。」可見此詞應是瞿佑所作。

賀新郎　送春

風雨催春去。更那堪、桃花亂落，鳥聲如訴。待得明年春重到，只
恐朱顏遲暮。試把酒、留春且住。錦瑟調絃金縷唱，舉春衫半醉殷
勤舞。花影鬧，酒痕污。　　舊遊曾記尋春路。到如今、小橋流水，
依然如故，不見鞦韆粉牆內，寂寞笑聲歡語。又辜負、重來崔護。
惆悵才華緣病減，便錦囊、縱有相思句。吟不到，斷腸處。

　案：「重來崔護」之「崔」，原誤作「催」，今逕改。

又　錢舜舉紅白蓮花卷，為湛文衡題

西子湖邊路。愛韶華、淡粧濃抹，摠宜晴雨。山色水光鍾秀氣，幻
作嬌花解語。只疑是、舊家兒女。惆悵雙投遺恨在，願托身長傍鴛
鴦浦。迎似笑，背如訴。　　樽前勝賞休辜負。儘宜他、雪兒歌曲，
紅兒題句。只恐芳姿容易改，寂寞天寒日暮。又化作、驚鴻飛去。
賴有溪翁知此意，爲施朱、傅白調秋露，留艷質，在縑素。

　案：此詞及以下四首原未標注作者，因上首題瞿佑作，故依體例
　　　皆定爲同作者。

又　題紅拂妓畫像

破鏡重圓後。恨誰知、世間別有，因緣邂逅。彼此笑啼俱不敢，惟
有兩眉愁鬪。正紅拂、嬌持時候。向晚梳粧都改盡，又紫衣烏帽安
排就。將春去，與誰受。　　鸞飛鳳逸難尋究。畫圖中、偶然相見，
儀容如舊。試問虯髯成底事，終去扶餘爲寇。但默默、無言垂首。
却恨世人渾未識，便殷勤、說破君知否。越公妾，衛公婦。

又　畫寢

撲帳春雲暖。晝沉沉、翠簾慵倦，樹陰移滿。蝶粉蜂黃顏色褪，從此惜花心懶。儘一把、柳絲難挽。靜院閑庭深幾許，正黑甜一枕初攤飯。鶯韻巧，又驚斷。　　夢魂猶在瀟湘岸。對東風、欠伸纔罷，暫開愁眼。落佩倒冠都莫問，拂面鬢絲零亂。任拍手、兒童輕慢。病後全無雲雨意，但安排、茶竈并書案。賓客至，共吟翫。

又　送都司掾張彥剛棄職歸雲中

睡起搴羅幬。看桃花、一番過雨，一番零落。先自逢春多感慨，何況別離情惡。試把酒、筵前親酌。爲問雲中何處是，但長城萬里連沙漠。春樹遠，暮雲薄。　　人間那有揚州鶴。便當來、勒勳彝鼎，圖形臺閣。何似急流中勇退，整頓綠蓑青篛。與老圃、老農相約。舊日征衫今在否，儘從他、弊盡何須著。身外事，一丘壑。

又　題秦女吹簫圖

風露非人世。正良宵、月華如水，雲開天霽。十二臺高無人到，只有彩鸞飛至。便同跨、排空雙翅。手弄參差瓊玉管，向曲中吹出求鳳意。霄漢上，共遊戲。　　香風淡蕩飄霞帔。儘由他、翠鬟不整，金釵低墜。償盡平生于飛興，到處相隨尤瘥。果然是、赤繩雙繫。天若有情天也許，願人間、夫婦咸如是。歡樂事，莫相棄。

案：此詞《明詞彙刊》本《樂府遺音》有收。

水龍吟　水閣納凉

白團何用輕搖，照人冰玉凉無汗。炎天赤日，一塵不到，仙家樓觀。竹簟藤床，魂清骨冷，釵橫鬢亂。把眞珠簾捲，珊瑚鈎掛，薰爐內，

香煙散。　　檀板歌聲頻按。似春鶯、隔花嬌喚。纏頭費盡，評音賞曲，少年曾慣。幾陣涼風，青蒲弄葉，紅藥脫瓣。畫欄邊兩兩，睡鴛驚起，過垂楊岸。

案：「炎天赤日」之「赤」，原誤作「亦」；「仙家樓觀」之「仙」，原誤作「先」；「把眞珠簾捲」之「眞珠」，原誤作「珠眞」；今逕改。

　　又　　夜宿村店

滿天霜氣凝寒，北風獵獵鳴枯柳。荒村古店，夜闌人靜，不堪回首。山鬼吹燈，妖狐拜月，神魚朝斗。況頹墙鼠竄，疎籬犬吠，空林下，寒熊吼。　　十載東西奔走。畫堂深、有人儜儜。無端姑負，枝間芍藥，梢頭荳蔻。淚滿青衫，恨銷紅蠟，兩眉愁鬬，籌艱難險阻，備嘗之矣，問天知否。

案：此詞及下首原未標注作者，因上首題瞿佑作，故依體例皆定爲同作者。「梢頭荳蔻」之「蔻」，原誤作「寇」；「備嘗之矣」之「嘗」原誤作「賞」；今逕改。

　　又　　題沈旻所藏雪夜泛舟圖

晚來一陣嚴寒，凍雲深鎖前山翠。是誰試手，雕瓊鏤玉，縱橫交墜。落鴈汀洲，尋梅村塢，一般明媚。對良宵如此，故人何在，忍姑負，天家瑞。　　幸有扁舟堪載，到前頭、往來隨意。來時乘興，歸時盡興，自誇高致。吟聳鳶肩，困盤鶴膝，癡頑無睡。想鄰舡唉倒，漁翁被底，醺醺沉醉。

案：「困盤鶴膝」之「膝」，原誤作「滕」，今逕改。

蝶戀花　閭仲彬墨萱為張克敬題，克敬與予皆無母

落盡嫣紅春不管。風信南來，萬綠盈池舘。若個花枝偏入眼。釵頭
么鳳黃金軟。　　悵望高堂人去遠。浪說忘憂，無計能排遣。壽酒
一盃空戀戀。雨昏煙暗年華晚。

　案：此詞《明詞彙刊》本《樂府遺音》有收。

又　題西湖隱居

湖上好山分一段。結箇茅廬，尋箇漁樵伴。抱甕何妨園內灌。汲泉
自愛門前鍛。　　浮世紅塵都隔斷。問菊栽松，點看閑公案。殘月
曉風楊柳岸，夜來醉倒無人喚。

　案：此詞原未標注作者，因上首題瞿佑作而定之。

蘇武慢　次桂孟平膠湄書事韻四首，蓋為平度州訓導日所作也

北去南來，山長水遠，果是這番親到。投老還朝，微官薄俸，依舊
遺經獨抱。贏得人呼，杜陵野客，一樣蹇驢破帽。便幾回、隔水臨
花，却也無人引導。　　鬧穰穰、逐隊隨群，車塵馬足，滿耳市聲
喧噪。雙袖龍鍾，一鞭搖曳，泥滑隄防跌倒。朝罷還家，柴門反閉，
仍更硯乾筆燥。縱然間、吟就詩篇，那得知音稱道。

又

同宦京華，街南街北，且得時常相見。不掌樞機，不登臺閣，也不
去當方面。一逕莓苔，四簷風露，好箇清閑書院。儘從教、白首馮
唐，狗監何須推薦。　　是和非、掃去腦中，置諸膜外，對酒便宜
開宴。起舞非狂，高眠非傲，未辭催教重勸。白雪陽春，君歌我和，
曲調誰能分辨。筭從來、為米折腰，好箇東坡哨徧。

　案：此詞及以下兩首原未標注作者，因上首題瞿佑作，題目並云：

　　「次桂孟平膠湄書事韻四首」，故皆可斷爲瞿佑作無疑。

又

　纔聽鐘鳴，又看日上，轉盼光陰停午。急景無情，拋人先去，怎得天公多與。花落花開，流年暗換，況是目前親覩。嘆誰能、採藥求仙，寶鼎丹成龍虎。　　沒來由、一頂儒冠，受他拘束，誤了村歌社舞。何似全家，老妻稚子，相共負暄蓬戶。榾柮煙生，茅柴酒熟，管甚衣裳襤褸。醉來時、夢到家鄉，漠漠煙光漁浦。

又

　夢裏家鄉，眼前兒女，便好求田問舍。剗地如今，尋章摘句，猶道音諧韶夏。自古儒流，做成底事，要甚之乎者也。悔當初、不學兵機，辜負龍泉一把。　　待何時、忙裏抽身，閑中著腳，免被風吹雨洒。披領綈袍，拖條筇杖，任使人呼蒭荁。一曲滄浪，數間茅屋，老圃老農同社。共交遊、有意相尋，咦指錢塘之野。

　案：「要甚之乎者也」，「者也」原誤作「也者」，未協，《天

　　機餘錦》收桂衡原唱〈蘇武慢〉（自咲生來）正用「也」協

　　韻，今據改。

又　春遊

　月冷秦臺，雨昏巫峽，浪隔海山仙洞。人間別有，霧閣雲牕，留住九苞丹鳳。簾影低垂，爐篆微銷，花壓畫欄紅重。對東風、滿眼芳華，閑把翠簫吹弄。　　何必更、鈿合盟心，金屏射目，王子數年先種。薄情杜宇，苦死催歸，愁洒淚鉛偷送。只恐重來，路阻藍橋，無處再圓春夢。但殷勤、記取絳桃，深院綠陽斜衖。

案：此詞原未標注作者，因前詞皆爲瞿佑作而定之。

鷓鴣天　丙午暮秋，寓居吳江別業，隣翁王韶頗好客，日釀蓮花白酒相邀，且請留題，以志一時之樂。醉後率口成俚語四章，走筆戲書，付樵童牧豎，擊壤而歌之，叩牛角而和之，甚有山野意趣，於是賓主樂甚，劇飲而歸。

村酒頻篘不用錢。菱腰荳莢上盤筵。釣來溪鱔長如秤，摸得田螺大似拳。　　丹桂熟，白魚鮮。西風千里菊花香。官租納罷私租畢，便是農家快活年。

案：「西風千里菊花香」，原脫「風」字，今據《明詞彙刊》本《樂府遺音》所收補。以下三首與此首爲聯章體，屬於題目所云「率口成俚語四章」，故皆定爲瞿佑作。

又

坡壟高低水四圍。人家相並列柴扉。休畊老叟模糊醉，失學頑童薑董肥。　　斜日墜，暮煙微。出門黃葉打頭飛。數聲短笛騎牛過，一丈長竿趕鴨歸。

案：此詞《明詞彙刊》本《樂府遺音》有收。

又

無辱無榮百自由。閑於鷗鳥拙於鳩。醉來便好長伸腳，歌罷何妨笑點頭。　　楓葉岸，荻花州。三間草舍一漁舟。玉樓金屋深如海，見說重重只鎖愁。

又

村北村南打稻聲。今年不枉費經營。黃頭稚子攔門臥，赤腳村姑渡

水行。　　逢大熟，趁新晴。山歌社舞樂昇平。貴人白髮三千丈，盡是閑愁織染成。

又

此地曾聞振玉珂。十年世事暗消磨。路人曾唱新行令，忘却陰山勑勒歌。　　新歲月，舊山河。西風荊棘漫銅駝。紫微樓上團圓月，照盡繁華奈爾何。

案：此詞及以下九首原未標注作者，因上四首皆爲瞿佑作而定之。

又　有感

得避乖時且避乖。青黃終是木枝災。祭餘芻狗嗟何及，入廟犧牛更不回。　　歌一曲，飲三盃。逢人長抱笑顏開。阿奴自足持門戶，碌碌何勞嘆不才。

又　久雨喜晴

桃李無言信不通。相思鳥閉合歡籠。小橋東畔長隄北，泥濘連朝莫怨儂。　　蒼柳暗，紫苔封。紗牕日色漸曈曨。出門便是尋春路，多買香醪琥珀濃。

案：「曈曨」原誤作「瞳曨」，今逕改。

又　山居日暮

半掩山家白板扉。兒童嬉笑競牽衣。有情燕子留連語，無主楊花自在飛。　　雲四散，日斜暉。此身冥與世相違。閑人已作騰騰困，遊子方思緩緩歸。

又　登吳山瑞雲寺閣

醉赴瑤池賞碧蓮，經過此地駐吟鞭，長空孤鳥銷沉外，落日征鴻滅

沒邊。　　吹短笛，問飛仙。海波今見幾桑田。雨巾風帽誰知我，透入青冥一點煙。

又　書懷

少日馳驅下澤車。中年翻覆古人書。誰藏鐘乳三千兩，自種桑秧八百株。　　怜塞馬，笑黔驢。出門豈待鬼揶揄。相如臏賣臨邛酒，不願登朝賦子虛。

又

虎豹天關隔九重。春風無信夢雲開。鴛鴦已作籠中鳥，忍更防閑托守宮。　　金屋閉，玉樓封。此生無復宋家東。多情惟有嬋娟月，分送清光到綺櫳。

又

得寵貪歡失寵悲。羊車到處不教知。春蘭秋菊同瑤圃，各把芳華擅一時。　　含露蕊，倚雲枝。承恩元不在多姿。昨宵別院笙歌響，又賞新來綠荔支。

又

紅葉題情出御溝。相思都付水東流。葉間一點臙脂淚，流到相思盡處休。　　銀燭夜，畫屏秋。當時猶自笑牽牛。鵲橋尚有重逢日，一入長門便白頭。

又

玉臂蒙恩繫絳紗。親情一旦隔天涯。人間易得王郎子，世外難尋古押衙。　　眉刷翠，鬢堆鴉。倚欄羞見並頭花。自憐不及梁間燕，得到尋常百姓家。

滿江紅　癸酉暮春和胡子固教授韻

人事忽忽，等閑過、一番春色。相思調、琵琶撥起，玉盤珠撒。世
上知音從古少，癡心枉自成愁絕。望天涯、惟有夢相尋，魂飛越。

鴛帳底，春雲熱。鸞鏡裏，韶華歇。漸綠陰青子，滿枝都結。
一任楊花飄蕩盡，明朝又有新條發。笑東風、未肯等閑休，吹簷鐵。

案：「等閑過」之「閑」，原誤作「問」，今逕改。

又　過太湖

楓落吳江，早催併、一年秋景。還又過，垂虹橋下，水長天迥。鷗
外遙山煙數點，鴈邊落日波千頃。嘆如今、無語弔興亡，才客窘。

驚浪起，西風緊。烏帽側，青衫冷。便鱸肥酒美，誰堪同飲。
銅笛一聲吹暮色，蒲帆十幅搖秋影。賴波神、有意獨憐才，扁舟穩。

案：此詞及以下三首原未標注作者，因上首為瞿佑作而定之。「楓
　　落吳江」，「吳」原作「吾」，今依原書批點者改。

又　紫陽洞

一劍騰空，筹不負、遊山仙興。何況是、篝燈爇石，舊曾題詠。鶴
影摩霄頻聚散，松陰向日皆端正。便鏘然、嘯作鳳鸞鳴，聲相應。

泉細細，龍蛇徑。雲苒苒，猿猱磴。喜經過地僻，遨遊人靜。
野客常存蕭散意，山僧久證圓明性。奈清談、未足又催歸，三茅磬。

又　送金君祥西溪巡司秩滿

祖帳凌空，遮不住、溪頭行色。爭信道、赴功趨事，三年一日。夜
月深村無吠犬，春風野多行客。笑弓刀虛設，簿書閑，多良策。　　荷
鋤叟，田中立。拋梭婦，前織。問民安歲阜，誰功誰勣。老驥暫淹

追電足，大鵬未展垂天翼。便從今、始是著鞭時，難追及。

又　昔姜堯章泛巢湖，作平聲滿江紅，為神媛壽，百年以來，罕有能賦之者。至正壬寅冬，自四明回錢塘，舟過曹娥江，至孝女祠下，遂效其體，作此詞，書于殿壁，俟來知音者，共裁度之。

香火依然，對古殿、簾影翠重重。江濤內、客帆來往，共仰靈蹤。德祖聰明憐小慧，阿瞞跋扈玷華宗。記當年、絕妙好辭成，加顯封。

遨遊地，再□逢。折楊柳，採芙蓉。向鶴汀鳧渚，想像音容。扶輦勒回雙綵鳳，負舟呼起兩黃龍。料神魂、只在會稽山，三兩峯。

案：此詞原未標注作者，詞題云：「自四明回錢塘」，瞿佑為錢塘人，此詞必為瞿佑作無疑。「孝女祠」之「孝」，原誤作「李」；「書于殿壁」之「壁」，原誤作「璧」；今逕改。「再□逢」應為三字句，中有脫字。

憶舊遊　題盧東牧寒江雪景

正江空歲晚，雲歛濃陰，梅悶寒香。望舊時遊處，徧前山後嶺，粉黛新粧。冰泥把斷行路，僕馬凍還僵。記僧寺裁詩，歌樓按曲，多少思量。　扁舟眇何許，似棹入瑤池，槎犯銀潢。滿簑衣沾綴，儘梨花柳絮，無此風光。鱸魚肥美堪釣，斫膾薦瓊漿。且暫泊蘋洲，驚鴻飛起三兩行。

案：「扁舟」之「扁」，原誤作「遍」；「斫膾薦瓊漿」之「膾」，原誤作「繪」；今逕改。

風流子　賞牡丹

紅雲飛不去，園林內、輕薄萬千花。愛瑞煙籠護，重重繡幄，東風

搖動，小小香車。可人處，醉顏釅宿酒，仙骨換靈砂。綵筆蘸金，粧描苞萼，絳囊盛露，培養根芽。　　沉香亭前事，三生夢、人世幾換年華。莫把閑情題起，惹恨興嗟。對舊譜新聲，秦箏趙瑟，清歌妙舞，越女吳娃。笑折一枝穠艷，斜插烏紗。

又　戍婦

芳年容易過，西風緊、吹不斷閑愁。但織成錦字，停梭獨語，描成畫幀，對鏡含羞。玉門遠，鴈書無處寄，鴛夢有時留。身上鐵衣，還應守塞，腰間金印，難得封侯。　　何時歸來也，簷前鵲、幾度相誤凝眸。自恨此身薄命，誰怨誰尤。儘傾城唐宮漢殿，爲雲爲雨，楚舘秦樓，便做海枯石爛，未肯休休。

　案：此詞原未標注作者，因上首題瞿佑作而定之。「海枯石爛」
　　　之「爛」，原誤作「欄」，今逕改。

歸朝歡　壬寅歲初，自渢東回，舟遊湖山

浮世紅塵容易老，湖山也道歸來好。彩雲不隔鳳凰簫，香風吹入蓬萊島。琪樹珍禽噪。聲聲報我初來到。試重□，桃溪杏逕，依舊春光鬧。　　群仙故意頻相惱。似怪他鄉歸不早。傾盃澆濕綠羅衫，插花簽破烏紗帽。沉醉眠芳草。玉山不待人推倒。向花陰，齁齁鼻息，忘了邯鄲道。

　案：「試重□」原脫一字，依律補，疑作「遊」。

又　德清界中

桑柘陰陰迷四顧。扁舟又被漁郎誤。一溪綠水泛紅桃，流愁不去流春去。風景非前度。掀篷驚起雙棲鷺。望橫塘，東西極目，不見凌

波步。　　杜鵑聲滿斜陽樹。正是行人腸斷處。青旗遙指那人家，白雲向隔前村路。莫唱公無渡。忙催沽酒休遲暮。便都將，黃金用盡，猶有凌雲賦。

案：此詞原未標注作者，因上首題瞿佑作而定之。

金人捧露盤　詠芙蓉

甚花神，偏留意，惱吟腸。正千林、一掃疎黃。娉娉嫋嫋，綠雲堆裏出紅粧。可憐相遇，太遲暮、滿目斜陽。　　斷籬下，飛孤蝶，空階下，怨寒螿。更唧蘆、鴈陣翱翔。嫣然一笑，且留孤注伴吟觴。碧桃紅杏，在何處、各自時光。

案：「娉娉嫋嫋」原脫一「娉」字，今依律逕補。「滿目斜陽」
　　之「目」，原誤作「日」，今逕改。

清平樂　聞蟬

風前吹噪。著意尋難到。夢入華胥雲滿道。忽被一聲驚覺。　　起來重省清音。元來只在高林。似曲方堪才聽，又因何事停吟。

案：「又因何事」之「因」，原誤作「音」，今逕改。

又

丁巳端午，歲歉民荒，風景寥落，午窗草酌，偶成此詞

午窗閑望。榴藥紅相向。蒲酒自斟還自唱。做箇端陽模樣。　　滿城苦霧愁霖。糟糠猶換羅衾。珍重彫盤角黍，包金真是包金。

案：此詞原未標注作者，因上首題瞿佑作而定之。

石州慢　艤舟垂虹

兩腋清風，飛過洞庭，遙指歸路。等閑三百闌干，又被白雲留住。一聲長嘯，世間甲子須臾，桑田滄海皆非故。天地本無情，嘆人生

多誤。　　回顧。蓴洲飽雨滄波，橘里醉霜紅樹。去棹征帆，出沒渺茫煙霧。三高亭下，數盃白酒留連，飄飄朗誦凌雲句。驚起兩沙鷗，入蘆花深處。

案：「艤舟垂虹」之「虹」，原誤作「紅」；「雨腋」之「雨」，

　　原誤作「雨」；「回顧」之「顧」，原誤作「顏」；今逕改。

喜遷鶯　秋望

登山臨水。正桂嶺瘴開，蘋洲風起。玄鶴高翔，蒼鷹遠擊，白鷺欲飛還止。江上澄波似練。沙際行人如蟻。目斷處，見遙峯簇翠，殘霞浮綺。　　　千里。關塞遠，鴈陣不來，猶把闌干倚。數疊悲歌，一行征旆，城郭幾番成毀。白塔前朝陵寢，青嶂故都營壘。念往事，但寒烟滿目，愁蟬盈耳。

案：此詞作者題瞿佑，而《草堂詩餘續集》卷下誤爲趙彥端詞，

　　《詞綜》卷二十六則誤爲王特起詞，毛晉校《介庵詞》曾引

　　《餘清詞》斷爲瞿佑作。見《全宋詞》趙彥端存目詞。

祝英臺近　詠梁山伯、祝英臺

合歡花，連理樹。那解此情苦。有底風光，欲去又還舞。斷腸粉翅香鬚，同飛同宿。怎知舊家兒女。　　　幾今古。尚想當日雲軿，愁經故人墓。艷魄芳魂，生死願同路。老天應妒風流，冤家相聚，卻怎早、不教成處。

又

風吹衣，月當戶，黃昏鼓初打。蘸水荷花，粉面嬌相亞。恰如好底人，晚妝初罷。微步處、香飄蘭麝。　　　景瀟灑。坐久不記觥籌，銀河已低瀉。懂思無涯，歸去怎生捨。便占取須今宵，枕敧寒玉，

閑相伴、簾兒下。

案：此詞原未標注作者，因上首題瞿佑作而定之。

風入松　題閻仲彬墨菊

金錢不惜賞秋風。日日醉籬東。延年自有神仙術，何須去、問道崆峒。追逐南陽壽客，招邀彭澤吟翁。　滿身香染麝煤濃。夢到黑甜中。覺來知是玄霜降，殷勤更、點檢芳叢。誰向石闌干畔，銀燈閑照芙蓉。

又　重陽有感

滿城風雨近重陽。誰更說潘郎。牛山千古傷心地，青衫上、淚流淋浪。水遠長江泛碧，天高落水飄黃。　關河千里鴈飛忙。辜負紫萸囊。劉郎也是人間客，題糕字、畢竟何妨。博得老兵一笑，烏紗大勝紅粧。

案：此詞及以下三首皆未標注作者，因上首題瞿佑作而定之。

又　醉歸

東風吹盡小桃枝。垂柳綠絲絲。雙飛燕子啣春去，芳塵遠、後會難期。不惜樽前盡醉，從教酒暈淋漓。　玉人應自恠來遲。疑恨入雙眉。倚門獨托香腮立，鐘聲斷、月影頻移。聞道珂聲近也，忙教炙上燈兒。

又　拜先壠

啼呼梨棗一童孩。書卷懶能開。暑窓清晝寒窓夜，殷勤教、惟望成才。訓誨方初入耳，悲傷早又盈懷。　如今携穉却重來。踏遍墓門苔。細思二十年前事，西風裏、淚點凝腮。儘把芳樽酹盡，可憐

不到泉臺。

案：「拜先壠」之「壠」，原誤作「瓏」，今逕改。

> **又** 次韻貝廷琚助教寄凌彥翀迷懷之敎

招呼舞女與歌童。追逐訪花翁。逢春便好薑騰醉，何須更、怨雨愁風。萬事回頭盡錯，百年撚指成空。　古人只有大江東。幾度夕陽紅。將身躍上崑崙頂，觀人世、九點煙中。寄謝紛紛燕雀，那知黃鵠蒼鴻。

> **多麗** 春晚雨晴，遊園偶作

雨晴時。園林景物尤奇。恨春光、暗中偷度，飛花滿地臙脂。牡丹屛、霞明醉頰，荼蘼加、雪瑩芳肌。扇展芭蕉，絮飛楊柳，暖烟無力颭遊絲。等閑是、燕泥狼籍，點污石盤棊。紅墻角，苔痕散漫，鳥篆參差。　是誰家、採芳遊女，頻聞笑語熙熙。鳳凰裙、風吹影顫，鴛鴦襪、露沁行遲。繡幀初抛，鞦韆乍折，難禁睡思入雙眉。遶逕戲攀梅豆，貪揀合歡枝。爭知道，太湖石畔，暗有人窺。

> **又** 江樓晚眺

海門秋。蘋風吹滿汀洲。望波光、滔滔東去，長江何處安流。怒潮迎、三千強弩，危堤聳、十二高樓。踏浪紅旗，浣沙白紵，無端驚起一雙鷗。記當日、東西爭霸，兩岸限鴻溝。依稀似，黃牛峽口，白馬津頭。　聽漁翁、滄浪歌起，暮雲千里初收。斷虹邊、蕭山古塔，斜陽外、漁浦歸舟。孤鶴來飛，神魚起舞，老龍分雨過靈湫。寄聲問、素車冤魂，遺蹟尚存留。何須恨，越臺吳舘，總是荒丘。

案：此詞原未標注作者，因上首題瞿佑作而定之。「東西爭霸」，

　　「霸」原作「覊」；「黃牛峽口」，「峽」原作「唊」；皆

依原書批點者改。

玉蝴蝶　*初夏遊柳川*

布襪青鞋何處，湧金門外，閑踏晴沙。綠水紅橋，驚起兩兩啼鴉。柳隄長、路通佛刹，槐院靜、門掩僧家。畫廊斜。齋魚罷擊，法鼓停撾。　　堪誇。行吟坐賞，銅瓶汲井，石臼敲茶。半日清閑，絕勝絃管競紗譁。水珠明、露傾荷葉，金粉碎、風落松花。思無涯，題詩素壁，不用籠紗。

　案：「門掩僧家」之「掩」，原誤作「俺」；「題詩素壁」之「壁」，
　　　原誤作「璧」；今逕改。

八聲甘州　*至正丙午季秋，重到姑蘇，登樓有感*

倚危樓、矯首問天公，何時故鄉歸。對碧雲千里，綠波一道，山色周圍。風景不殊疇昔，城郭是耶非。滿目新亭淚，獨自沾衣。　　遙望白雲飛處，念堂堂甘旨，久誤庭闈。況兵塵四起，海內故人稀。負元龍、舊時豪氣，恨金戈、無計挽斜暉。闌干外、白鷗驚起，未信忘機。

　案：「姑蘇」之「姑」，原誤作「孤」；「風景不殊疇昔」，原
　　　脫「風」字，今據陳霆《渚山堂詞話》卷三引校補。

浣溪沙

十二樓中夜月明。鈿蟬金鴈列縱橫。那知此地遇瓊瓊。　　愁遏翠絃歸別調，春隨銀甲放嬌聲。沈郎多病不勝情。

又　*秋思*

金井梧桐噪暮鴉，西風凉透小窓紗。全無心緒理琵琶。　　銀燭落

殘無數葉，木犀開盡許多花。薄情猶自在天涯。

案：此詞與下首原未標注作者，因上首題瞿佑作而定之。

又　句容道中

馬首黃塵十丈高。行人無處浣征袍。吟鞭搖斷首頻搔。　烏喚離
愁聲斷續，山遮望遠碧周遭。故園歸思正勞勞。

生查子

東風何處來，滿地梨花謝。燕子不知愁，並立鞦韆架。　無人獨
倚欄，膽小多驚怕。兜上鳳頭鞋，墜下鮫綃帕。

案：此詞《明詞彙刊》本《樂府遺音》有收。

又

誰家玉笛聲，吹落關山月。一曲小梅花，幾處問嗚咽。　驚鴻嘹
唳飛，怨鶴淒涼別。燭暗夜香銷，正是愁時節。

案：此詞及以下六首皆未標注作者，因上首題瞿佑作而定之。「驚
　　鴻嘹唳飛」之「唳」，原誤作「淚」，今逕改。

又　詠手

秋葉未脫紅，春筍初抽綠。落盡鳳仙花，不染纖纖玉。　閑揮麈
尾塵，笑剝雞頭肉。行過小荷池，戲把清泉掬。

又

天邊有去鴻，波內無來鯉。十二曲闌干，鎮日愁相倚。　閑調綠
綺琴，悶寫紅箋紙。愛殺太平錢，心在團圓裏。

案：此詞《明詞彙刊》本《樂府遺音》有收，唯上闋文字差異極
　　大，下闋大抵相同。

又　　釵頭鳳

月窺窗色明，風撼簾聲重。正是夜長時，拆損釵頭鳳。　　魂隨香篆消，淚共寒衾擁。惟有小屏山，不隔相思夢。

又　　梅為侶，詠臘梅

天生一種花，色染薔薇露。風韻不爭多，好與梅為侶。　　頓向暖窗邊，頻有清香度。引得蜜蜂兒，日日來還去。

又　　立黃昏

春光飛燕來，人以驂鸞去。翠閣與紗窗，總是思量處。　　獨立自黃昏，誰念愁如許。相伴有梅花，點點啼寒雨。

又　　後堂春

後堂春未深，綠髻雲爭裊。嬌態百般宜，花也饒伊好。　　杯持筍指纖，歌發櫻唇小。不怕夜寒濃，只怕東窗曉。

婆羅門引　七夕

鵲橋駕就，銀河如練月如鈎。梧桐方始驚秋。夜靜西風頻起，露葉響蕭颼。問天孫河鼓，底事遲留。　　新恨舊愁。盡都付、水東流。何況唐宮私語，漢殿閑遊。穿針乞巧，漏聲斷、華筵向未收。人正在、十二紅樓。

江城梅花引　梅花

東風吹醒向南枝。雪為姿。玉為肌。比似去年，覺道瘦些兒。笑又不成愁又惱，香浮動，影橫斜、果為誰。　　夢回。夢回。夜深時。蝶未飛，蜂未知。把酒把酒，問明月、少慰相思。分付枝間、翠鳥莫驚疑。明月易低人易醉，東方曉，恨師雄，不解詩。

踏莎行　秋夜

涼露園林，西風臺榭。葡萄落盡惟空架。數行燭淚畫屏秋，一方月色中庭夜。　　蛩韻凄清，螢光高下。畏寒牢裏吳綾帕。木犀花底立多時，待他後院燒香罷。

案：此詞《明詞彙刊》本《樂府遺音》有收。

桂枝香　過吳江遇風

龍驤萬斛，掛席起、怒濤驚浪相續。惟恨西風太緊，去程頻促。天吳紫鳳紛顛倒，對斜陽、乍驚心目。馮夷前導，靈胥後殿，馳驟秋綠。　　似轉動、天關地軸。儘深谷為陵，高岸為谷。方倍桑田滄海，等閑翻覆。也知造物多深意，向長途聊慰窮獨。叩舷歌唱，清斯濯纓，濁斯濯足。

案：「濁斯濯足」之「濯」，原誤作「濁」，今逕改。

最高樓　蘆川南樓

三百尺，手可摘星辰。一覽四郊春。碧潭深佇龍髯雨，青山遙隔馬頭塵。畫簷邊，烏鵲喜，白鷗馴。　　便錦瑟清樽、宜午醉。更翠箔銀屏、宜晚睡。來與往莫辭頻。有時低唱揮紅拂，有時大笑落烏巾。任兒童，齊拍手，笑狂人。

案：「任兒童」之「兒」，原誤作「見」，今逕改。

齊天樂　燈宴醉歸

羅幃繡幕圍春夜，吳娃對歌金縷。火樹光濃，星毬影粲，簇簇鬧蛾兒舞。談今論古。是月地雲階，舊時賓主。最愛燈花，向人一點瑞紅吐。　　青年容易過盡，況良辰樂事，風雨多阻。後會難期，前盟久冷，生怕別離情苦。譙樓畫鼓。又抵死相催，去鞭輕舉。扶醉

歸來,滿街聞笑語。

　　又　題茹雲谷溪山夏景

幽居占得林巒好,門前一川新漲。檻影侵鷗,簷光逼鷺,終日被風搖蕩。憑闌遠望。愛淺碧粼粼,老魚吹浪。一點塵埃,料應不到釣臺上。　　溪山佳致如許,況脩篁遶屋,自成屏障。客抱琴來,相逢大笑,拋下手中筇杖。君彈我唱,便旋摘園蔬,新簝家釀。弄盞傳盃,為君添飲量。

　　案:此詞《明詞彙刊》本《樂府遺音》有收。

　　又　夏日

簾風吹碎參差影,蓮香忽來何許。蔗枕凝霜,綌衣挂雪,清晝自能無暑。拋書過午。問益睡丹方,一慵如土。夢覺窗陰,碧梧枝上不知雨。　　幽懷新浴正,起來微覺健,分飲花露。玉骨貪涼,冰肌熨冷,苟倩情癡漫苦。閑揮白羽,儘汗滲綃丈,髻鬆釵股。夜闌無眠,月明聽鶯語。

　　案:此詞原未標注作者,因上兩首皆為瞿佑作而定之。「幽懷新浴正」為六字句,有脫字。

　　巫山一段雲　望湖樓夏景三首

陣陣荷盤雨,絲絲柳線風。石榴顛倒落淺紅。萱草綠成叢。　　蚱蜢雙跳遠,螳螂獨步雄。翻翩蝴蝶化青蟲。飛過竹籬東。

　　案:「翻翩蝴蝶化青蟲」,原脫「蝴」字,今據《明詞彙刊》本《樂府遺音》補。以下兩首與此詞同屬「望湖樓夏景三首」之聯章體,故皆可定為瞿佑作。

又

扇上乘鸞女，屏間跨鶴仙。香毬高噴水沉烟。浮動畫欄邊。　醉
起揮紅拂，詩成寫綠箋。銀屏井底引清泉。培養並頭蓮。

案：此詞《明詞彙刊》本《樂府遺音》有收。

又

濾蜜調冰水，摶酥沃蔗漿。金盤雪藕玉絲長。石鼎煑茶香。　並
宿鶼鶼穩，雙飛燕燕忙。風車頻轉月侵廊。受用晚西涼。

案：「濾蜜」之「濾」，原誤作「瀘」，今逕改。

長相思　詠荷花

蓮葉東。蓮葉西。兩兩魚梭戲碧溪。東西路易迷。　一花高。一
花低。同受恩波出洿泥。高低不並齊。

案：此詞原未標注作者，《明詞彙刊》本《樂府遺音》有收，故
可定為瞿佑作。

又　南樓夜飲

酒如澠。肉如陵。明月當筵不用燈。瑤臺第一層。　量難勝。醉
薔騰。一任傍人喚不應。科頭更曲肱。

案：此詞原未標注作者，因上首為瞿佑作而定之。

醉太平　送人往嘉興

鴛湖釣舟。紅橋酒樓。春風綺陌東頭。是當時舊遊。　金鞍紫騮。
羅巾翠裘。少年錦帶吳鉤。去休教久留。

又　閑居偶成

床頭酒壺。屏間畫圖。窗前書卷香爐。傲紅塵仕途。　漁樵笑呼。

兒童醉扶。傍人問我誰乎。是閑居野夫。

案：此詞原未標注作者，因上首題瞿佑作而定之。

鳳凰臺上憶吹簫　詠鳳仙花

凉露階除，晚風籬落，誰家小小亭臺。愛碎紅輕綴，嫩白微開。疑是桃花半謝，還彷彿、杏瓣雙裁。風流甚，佳人染指，著意安排。

休猜。槀泉夢斷，多定是香魂，艷魄重來。奈玉簫聲遠，翠袖塵埋。惆悵情緣未盡，思往事、無恨傷懷，傷懷處，臙脂淚痕，滴滿青苔。

疎影　歲晚渡浙江

龍飛鳳舞。望海門一點，春色如故。彈鋏歸來，歲晚江空，扁舟何處堪渡。吳頭楚尾三年客，被利鎖、名韁相誤。似失群、斷鴈低飛，嘹唳向誰悲訴。　好在堤邊楊柳，是當日手種，今已成樹。歲月催人，潮湧新沙，改換舊時洲渚。征衫著破何須浣，嘆受盡、幾多塵土。對滄浪、濯足高歌，驚起一行鷗鷺。

案：「名韁相誤」之「韁」，原誤作「疆」；「濯足高歌」之「足」，原誤作「只」，今逕改。

又　鄉友張行中詣闕獻八陣圖解，并上陳情表，為親雪冤，辭官而回

知音者少。嘆丈夫志氣，高出穹昊。讀盡詩書，所見分明，何須管內窺豹。翩然勇叩黃金闕，對玉斧、絳紗相照。向龍墀、拜舞纔終，果是蒙天一笑。　細講縱橫八陣，筭人世兵術，今古同道。風木催殘，烏鳥哀鳴，別有陳情丹表，進賢大羽參差列，萬口共、一聲忠孝。把榮名、不受辭歸，閑種石田瑤草。

案：此詞原未標注作者，因上首題瞿佑作而定之。

天仙子 江寧道中

不爲貲財并祿仕。行李何緣來及此。黃塵撲面路崎嶇，山十里。水十里。回首家鄉烟霧裏。　　料得慈親門獨倚。望斷音書無一紙。相思兩處繫離腸，風又起。雨又起。催併行人愁欲死。

畫堂春 寒夜起坐

相思無夢到青綾。枕屏空掩花藤。數條凉月界窻稜。霜信嚴凝。　　夜永愁腸繚亂，天寒病骨凌兢。玉盂茶水已成冰。剔盡銀燈。

三奠子 悼顧漢文

記河橋送別，曾唱陽關。隄畔柳，爲君攀。錦囊題恨去，舟桃載愁還。虛窻雨，空梁月，有無間。　　生存華屋，零落丘山。歌扇棄，舞裙閑。倚門悲鶴髮，對鏡泣紅顏。黃壚酒，從今後，共誰歡。

蘇幕遮 新秋凉意

水連天，風送雨。畫閣生凉，燕子和愁語。隔戶金砧敲玉杵。斷續聲中，消盡人間□。　　翠屏圍，羅袖舉。笑對金釵，何用藏鐘乳。後夜牽牛邀織女。幾處高樓，準備穿紅縷。

　案：「消盡人間□」，「間」下脫一字，依律應押韻，當是「暑」字。

殿前歡 題趙太祖蹴毬圖

宋君臣。戲場中，龍虎會風雲。拍肩把臂衣衫褪，氣合情親。　　衝開戰馬塵。喝散迷魂陣。踢轉昇平運。消磨日月，整頓乾坤。

　案：此首爲曲，《明詞彙刊》本《樂府遺音》有收。

摘紅英 過舊遊

長街側。橫街北。角門深掩苔花碧。前朝病。今朝困。不是無情，

自緣無分。　　香煙寂。茶煙息。一床金鴨都拋擲。傳芳信。攜芳醞。待他起後，再來相慶。

更漏子　晚粧

麝香塵，蝴蝶粉。濃抹淡粧都穩。開笑口，斂愁眉。問郎宜不宜。　　雲鬟嚲。釵梁墮。暫把鏡奩收過。步玉砌，倚瑤臺。蟾宮謫下來。

醜奴兒　折花

櫻桃樹下薔薇架，揀得雙枝。驚起蜂兒。飛到墻陰靜處窺。　　吳音嬌軟吳粧媚，輕拂胭脂。蓮步頻移。笑問仙郎插處宜。

謁金門　漁父曲四首

漁父醉。對酒薔騰思睡。明月清風無一事。不知名與利。　　座上鄉鄰三四。案上殽蔬一二。為問醉鄉何處是。此中方寸地。

又

漁父笑。都把眠鷗驚覺。一尺鱸魚初上釣。白蘋吹滿棹。　　不願五花官誥。不愛七絃朝帽。懼禍憂讒何日了。幾人能到老。

　　案：此詞與以下兩首原未標注作者，因上首題瞿佑作而定之。

又

漁父唱。舡尾月華初上。牧豎樵童齊撫掌。鬧翻蓮葉蕩。　　驚動一川烟浪。響徹千里雲嶂。絕勝鸞笙并鳳管。知音誰與賞。

又

漁父坐。納了官司魚課。世上清閑誰似我。往來無不可。　　醉把

簑衣踏破。笑把綸竿擲過。唱罷滄浪還自和。獨歸蓬底臥。

阮郎歸　泊舟三塔灣

扁舟一葉載書還。斜陽三塔灣。西風吹浪鷺鷥寒。飛歸紅蓼灘。　　烟寺靜，水田寬。楓林霜葉丹。隔河茅屋兩三間。漁樵相對閑。

又　得書

今朝有客過吾廬。携來雙鯉魚。呼童烹鯉付庖廚。中藏尺素書。　　詞繾綣，意躊躇。開封頻捲書。行間紅淚滴成珠。相思眞不虛。

案：此詞原未標注作者，因上首題瞿佑作而定之。

一萼紅　題錢舜舉四美人圖，秦女吹簫

鳳凰簫。把新聲吹徹，休負可憐宵。金屋春寒，瑤臺夜冷，塵世難著妖嬈。便乘此、清風歸去，也不管、遺下翠雲翹。霞□玲瓏，霓裳綽約，烟袖飄颻。　　試問銀河清淺，笑牽牛織女，猶待星橋。跨虎仙娥，騎鯨醉客，應羨飛舞丹霄。奈他日、曩泉夢破，又依舊、瘦損沈郎腰。回首函關，斷魂無計能招。

案：「霞□玲瓏」，缺字漫漶不清，疑作「珮」。「曩泉夢破」
　　之「曩」，原誤作「襄」，今逕改。此首作者題瞿佑，以下
　　四首則題「前人」，故皆爲瞿佑所作。

又　二喬觀書

合歡床。襯交加玉樹，蓮蕊並頭芳。扇影搖風，簟紋如水，消遣夏日炎長。莫便道、妖姿麗質，都不解、數墨與尋行。一種風流，唐宮秦虢，湘浦英皇。　　堪嘆三方鼎峙，把奇篇妙策，試與參詳。赤壁□磯，金陵帝業，費盡多少思量。望檣櫓、灰飛烟滅，天與便、眞箇爲周郎。若□□□，□□□□□□□。

案：缺字處皆漫漶不清。

又　西廂待月

拂牆花。是何人搖動，又是後樓鴉。香霧空濛，清輝皎潔，無限夜
景堪誇。悵立盡、玉壺殘漏，願風信、及送靈槎。朱戶微開，銀釭
明滅，繡幕深遮。　　草草鸞分鳳拆，但茵留淚跡，臂印粧華。寫
恨書傳，會眞詩續，回首海角天涯。彩雲散、百勞飛去，怎棄得、
春在蒺藜沙。艷曲新腔，至今唱滿吳娃。

案：「朱戶微開」之「微」，原誤作「徹」，今逕改。「銀釭明
　　滅」，原缺「明」字，今依原書批點者補。

又　御溝流水

碧潺湲。把小情付託，好去到人間。芳信□□，□□□□，流出虎
豹重關。怎知是、斷腸詩句，莫把做、隨水□□□。□□□鮮，墨
痕翠濕，霜信紅乾。　　絕勝蜂媒蝶使，恰□□□□，□□□還。
瓊篋塵生，彩毫鋒退，歷幾度悲歡。老天也、樂□□□，□□□、
紫鳳會蒼鸞。鈿合金釵，直教兩處重完。

案：缺字處皆漫漶不清。「虎豹重關」之「豹」，原誤作「貌」，
　　今逕改。

又　暮春

問東風。恰春光纔到，爭忍又成空。芳草天涯，落花水上，望極烟
雨濛濛。悵蝶粉、蜂黃褪盡。對桃李、不是舊時容。鏡掩鉛華、爐
銷香篆，畫閣塵封。　　寂寞江淹賦就，儘柔情雖在，芳信難通。
金谷歌殘，高陽飲散，往日樂事都慵。杜鵑也、不知人意，向樹底、
啼血□□□。莫倚危闌，斷腸水遠山重。

案：缺字處皆漫漶不清。

糖多令　重過吳江黎州

柳外酒旗斜，東風捲岸沙。二年前、曾泛靈槎。記得小紅橋下路，脩竹裏、那人家。　　流水映桃花。故人今在麼。恨仙瓢、不泛胡麻。明日片帆從此去，嘆依舊、隔天涯。

御街行　尋春

東風不到鞦韆院。曉夢起、閑尋遍。桃花依舊拂墻開，難覓去年人面。徘徊立久，合歡枝下，榴損嫣紅片。　　多情惟有雙飛燕。不肯去、還相戀。重重簾幙曲闌干，驀聽一聲金釧。如簧巧語，再三傳到，却是流鶯囀。

解環令　四月二十三日與蔡希孟、王士中遊北山回，飲于合澗橋酒家，明日，士中作此詞，予次韻

晴烟薰草。新泉水沼。畫橋邊、花開多少。路轉峰迴，認得那家分曉。惜當壚、欠他小小。　　雕盤粽巧。磁甌酒好。儘開懷、消除愁惱。會寡離頻，嘆白頭、易催人老。怎能教、醉狂到了。

案：詞調「解環令」，即「解佩令」。「飲于合澗橋酒家」之「于」，原誤作「手」，今逕改。

落梅風　為人題摺疊扇

風光動，紙價高。似明蟾、半輪偏好。要團圓，把輕羅重製造。却隄防、受他圈套。

一剪梅　渭塘道中

傍水園林柳半遮。不是村家。恐是仙家。東風點綴太紛華。紅是桃

花。白是梨花。　　敲門試覓一甌茶。驚散群鴉。喚出雙鴉。躊躇
立久自咨嗟。景又堪誇。人又堪誇。

案：此詞《明詞彙刊》本《樂府遺音》有收，唯首句作「水邊亭
　　館傍晴沙」，其餘大致相同。

又　別意

一夜東風滿鳳城。做弄新晴。催趲行程。忽忽去也莫教驚。坐到三
更。守到天明。　　瑤臺不見許飛瓊。誰聽歌聲。誰續詩盟。他時
相見訴離情。口吸瑤笙。手按銀箏。

案：此詞原未標注作者，因上首題瞿佑作而定之。

雨中花　謁吳山城隍祠

絳霧青煙遮殿閣。畫橋畔、翠屏珠箔。見燭影蟠龍，香烟舞鳳，飛
下雲間鶴。　　浙水吳山蒙寄托。對一片、烟花城郭。願甘雨隨時，
祥風應候，民物同安樂。

案：「浙水吳山」之「浙」，原誤作「淛」，今逕改。

千秋歲　春遊

柳陰搖翠。燕閃迎風翅。芳草長，飛花墜。屏間龜甲小，簾捲鰕鬚
細。誰得見，忽聞金釧搖瓊臂。　　應擲青梅戲。不愜遊春至。歸
繡戶，忙回避。尚傳鸚鵡語，莫寄鴛鴦字。留過客，有情却是薔薇
刺。

南柯子　步虛詞四首，寓居嘉興中玄道院，為提點馮時中賦

端簡朝金闕，焚香禮玉真。驂鸞騎鶴自由身。笑把琪花、插滿紫綸
巾。　　寶鼎交龍虎，玄洲育鳳麟。閑觀夜氣識金銀。回首人間、
知隔幾重塵。

案：此詞題瞿佑作，以下三首與此詞同屬「步虛詞四首」之聯章
　　體，故皆可定爲瞿佑作。

又

劍影隨身過，簫聲信口吹。親曾寫字用榴皮。試看石盤、猶有著殘
棋。　　寄信雙青鳥，偷桃一小兒。瑤池會上舊吟詩。記得誤翻、
王母紫霞卮。

又

翡翠開瓊扇，珍珠捲玉鈎。瑞香繚繞五城樓。料得群仙、正待玉宸
遊。　　笑整青霞珮，忙披紫綺裘。兒童不用苦相留。我亦翩然、
飛上翠峰頭。

又

丹熟龍頭鼎，香銷鵲尾爐。往來雲路有雙鳧。爲問桑田滄海、幾番
枯。　　醉倚三珠樹，貪觀五岳圖。偶然遺下藥葫蘆。多少世人仰
面、共驚呼。

又　書吳興客舍

古郡山連野，長溪水貫城。駱駝橋下舊經行。曾聽小樓、人弄玉簫
聲。　　綠葉成陰後，青春結子成。重來雖未隔三生。誰信茶烟、
吹滿鬢絲輕。

案：此詞原未標注作者，因《明詞彙刊》本《樂府遺音》有收，
　　故可定之。

又　春寒

粉褪梅腮雪，脂銷杏臉霞。畫梁雙燕隔天涯。但對一簾斜日、凍蜂

衙。　　煙樹迷瑤圃，寒泉嗽玉沙。衣篝火冷更添些。準備海棠時
節、過東家。

> 案：此詞原未標注作者，因前詞皆爲瞿佑作而定之。「凍蜂衙」
> 之「蜂」，原誤作「峰」，今逕改。

行香子　春晚即事

啼罷林鴉。鬧罷池蛙。樹陰中、散罷蜂衙。漏聲未動，簾影西斜。
對一爐香，一庭月，一甌茶。　　聽盡琵琶。數盡飛花。小樓間、
掩盡窗紗。睡魔不倒，詩興渾家。問酒存乎，琴在否，客來麼。

> 案：此詞《明詞彙刊》本《樂府遺音》有收。

又　吳江阻風

昨日風波。今日風波。問風波、明日如何。縱橫蛟鰐，出沒黿鼉。
嘆濟川人，問津者，盡蹉跎。　　來客難過。去客難過。縱輸他、
閑客閑歌。垂虹酒美，平望魚多。便罄千錢，求一醉，盡由他。

> 案：此詞與下首原未標注作者，因上首題瞿佑作而定之。

又　寫夢

翠柏屏邊。紅藥階前。粉牆東、蹴罷秋千。香奩麗句，錦瑟華年。
奈翠禽飛，紅娘去，信誰傳。　　踏遍苔錢。拾得花鈿。聽珮環、
餘韻鏘然。今番別後，再會無緣。但賦篇詞，作回夢，記遊仙。

南鄉子　題橫舟圖

嘉樹蔭清流。知是吾鄉某水丘。遊遍江湖今已倦，歸舟。怕向蘆汀
蓼岸頭。　　萬事付休休。拋下綸竿撇下鈎。仰面看天成獨笑，沙
鷗。不用驚飛過別洲。

案：此詞《明詞彙刊》本《樂府遺音》有收。

　　又　嘉興客館酌別，妓陶氏唱打油歌，戲贈

簾捲水西樓。一曲新腔唱打油。宿雨眠雲年少夢，休謳。且盡筵前酒一甌。　　明日又登舟。却指今朝是舊遊。同是天涯淪落客，休愁。月子彎彎照幾州。

案：此詞《明詞彙刊》本《樂府遺音》有收。

　　又　丙辰閏重陽

今歲閏重陽。正稱黃花晚節香。蝶不須愁蜂莫怨，商量。有伴狂夫一度狂。　　攜酒上高岡。牢裏烏紗穩處床。盡醉歸來兒女候，參詳。頗似前時五柳庄。

案：此詞與下首原未標注作者，因上兩首皆爲瞿佑作而定之。

　　又　夜起坐對月

風蹙繡簾旌。香霧清輝似有情。瑤簟生寒金鴨冷，低聲。問道今宵是幾更。　　涼露滴金莖。時有驚蟬一箇鳴。銀漢無波星暗度，吹笙。同跨青鸞赴玉京。

　　獅兒詞　詠梅花仇山村韻

凌寒向暖，問底事、一種春風，自分南北。堪愛□間，么鳳羽衣渾綠。相看面熟。記夢裏、羅浮同宿。傷心處、當年別後，幾遷陵谷。

　　一笑相逢意足。便竹籬茅舍，何須金屋。弄藥攀條，幾度暗香飛撲。歲寒耐久，只除是、後凋松竹。莫嫌獨。好與共論心曲。

案：「堪愛□間」原脫一字，依律補。

太常引 閑居

門前流水綠潺潺。種柳已堪攀。一笑自怡顏。筭難得、朝閑暮閑。

床頭書亂，案頭塵積，庭草不須刪。乘醉出柴關。儘遊遍、前山後山。

案：「庭草不須刪」，「刪」原作「刑」，今依原書批點者改。

漁家傲 題中堂小魚

淺淺春波浮綠綺。霏霏夜雨生香芷。同隊相忘私自喜。遊且止。忍飢不去吞香餌。　一任江湖寬萬里。藏身且在圈兒裏。受用仁風長不死。波浪起。乘時自有龍門鯉。

又 遊嘉興毗湖

綠水連天塵不到。白蘋吹滿鴛鴦棹。古岸垂楊皆合抱。沉醉好‧花枝插帽紅顛倒。　笑俯新波觀舊貌。狂瀾不定頻驚撓。只恐驪龍容易覺。去歸早。一雙白鷺爲前導。

案：此首與以下兩首原皆未標注作者，因上首題瞿佑作而定之。

又 春夜

香鼎茶甌皆已罷。看看月過秋千架。遊子不歸將半夜。歌舞榭。貪歡定把雕鞍卸。　睡又不成行又怕。從來膽小多驚訝。粧淚斕班淹手帕。花影下。再三題起名兒罵。

又

南浦春風樓下路。□舡裝了人將去。萬疊陽關留不住。空相覷。淚痕點點燕支污。　今日重來分袂處。一雙燕子窺簾語。似訴經年離別苦。無情緒。海棠花上黃昏雨。

案：「□缸裝了人將去」原脫一字，依律補。

桃源憶故人　感舊

畫樓十二凌雲起。翠袖娉婷同倚。回首綠波千里。流盡相思水。　　人
生得意都能幾。無復春風羅綺。舊事不堪重理。擘碎紅牋紙。

三、晏璧詞十一首

晏璧，字彥文，廬陵（今江西吉安）人。生卒年不詳。洪武間，
任國子監助教；永樂時，官提刑按察司僉事兼文淵閣修書總裁。❷
著有《史鉞》，又曾編選《乾坤清氣詩》。❸詞集未見。《天機餘錦》
共收晏璧詞八調、十一首，茲錄之如下：

木蘭花慢　送春

渺平池綠皺，又春到，渚蒲芽。嘆鶯懶芳殘，鵑啼夢斷，虛負年華。
滿城落紅無數，甚多情、半逐指南車。草色青青不住，市帘沽酒誰
家。　　綠楊風舞亂啼鴉。晴影碎蓮花。正倦倚闌干，遊絲日靜，
雙燕風斜。依稀老人謾記，較春歸、早似去年些。望斷不須回首，
陽關只在天涯。

---

❷　見晏璧：〈史鉞序〉、董倫伯：〈史鉞序〉、謝少南：〈刻蕭本史鉞序〉，
　　晏璧：《史鉞》（明嘉靖二十七年蕭世延刊藍印本，臺北：國家圖書館藏），
　　卷首。
❸　晏璧編的《乾坤清氣詩》今已不存，烏斯道寫的序見《春草齋集》（臺北：
　　臺灣商務印書館，1965年12月《景印文淵閣四庫全書》本），卷3，頁22。

又 上元

夕陽猶在壁，紅燭動，爍春晴。看蠶織毯星，虹穿簾月，魚戲壺冰。街衢翠來珠往，喜依稀、風景似承平。雪顫蛾兒欲去，雲欹鬢影如傾。　　分明過眼亂丹青。爭艷冶妒娉婷。有飛蓋移涼，小車伺倦，恣意閑行。歸時尚開笑語，道明宵、更約看殘花。一夜愁風怕雨，老天何苦無情。

> 案：此詞原未標注作者，因上首題晏璧作而定之。「爭艷冶妒娉
> 婷」原爲五字句，「冶」疑是衍字；「婷」原誤作「停」，
> 今逕改。

倦尋芳 端午

守宮搗血，蠅虎跳丸，還作端午。節物娛人，堪笑世間兒女。髻插千年無病艾，臂纏五色長生縷。又爭知，一年年景至，一年年去。　　便掃退、離騷休讀，如此清時，醒又何苦。只合當筵，共唱玉蒲金黍。羅雪香消梅子溽，扇風涼捲榴花雨。醉歸來，又黃昏，月鈎新吐。

> 案：「醒又何苦」，「又」原誤作「佑」，今逕改。

風流子 重陽

茱萸都插徧。重陽好、卻不負今年。正黃雀雨新，釀芙蓉水，鯉魚風起，做菊花天。最可笑，老潘推敗興，彭澤恨無錢。衣白底來，酒堪同酌，索租人去，詩可成篇。　　登高眞閑事，平地自是神仙。竹帽多情吹不落，短髮見無緣。也不須戲馬，當時偶爾，不須愁蝶，明日依然。惟願眼中節物，長伴尊前。

風入松　螺浦

晚來閑步出東城。微雨初晴。鈿車如水花如錦，忽忽到處逢迎。只
道東風已老，吹香猶解多情。　　飛來飛去蝶身輕。欲往還驚。玉
鞍馱得誰家好，小池邊、遙聽鞭聲。且過松陰小憩，休休莫與春爭。

塞翁吟　夏院

夢出流鶯午，窗暗樹影微偏。傍枕石，入簾泉。看畫裏愁懸。輪風
送得凉如水，吹散炷鼎龍涎。綠玉簟，自雙鴛。奈無意情緣。　　翛
然。身心懶、爭棋讓陸，都不似、茶甌酒船。筭別有、靈犀辟暑，
素琴在、挂壁無絃。殘陽漸少，竹下胡床，高座聽蟬。

案：「挂壁無絃」，「壁」原誤作「璧」，今逕改。

永遇樂　元宵晴

宿雨初乾，春晴猶嫩，風試輕暖。門巷燒燈，市橋立馬，一路簫聲
遠。幽歡自適，閒愁自苦，徹底天都不管。風情比、去年人減，輸
他酒樓花館。　　帕羅分果，巾紗插柳，說著此心先懶。剪燭聽歌，
出門迎笑，舊恨無深淺。今朝有酒，明朝無事，儘可隨緣消遣。且
休睡、闌干月在，莫嫌夜短。

一剪梅　花朝雨

客路輕寒梅弊貂。一半春銷。一半魂銷。滿城風雨老蕭蕭。去歲花
朝。今歲花朝。　　記得樓西畫扇招。汗濕鮫綃。淚濕鮫綃。別時
楊柳又長條。人在溪橋。月在溪橋。

鳳棲梧　飲花架下

滿架花龍雲氣濕。一丈東風，細白先春立。新葉嫩黃如梅汁。樹陰

日影光初入。　　芳草笑人樽易泣。勸坐柔茵，寶靨青堪拾。頭上花枝香繞笠。隔林啼鳥催歸急。

又　看花雨

昨日看花無好伴。花下歸來，又似何曾看。失却夜寒因酒暖。綉衾閑却鴛鴦半。　　睡不多時魂夢短。空裏遊絲，苦被風吹斷。斜月入簾光未滿。梧桐枝上啼春換。

案：此詞與下首皆未標注作者，因上首題晏璧作而定之。

又　初春

小雨調晴春未協。嫩日侵簾，樹影相重疊。寶鴨旋添香一捻。羅衣薰透寒猶怯。　　半蕰海棠紅妥帖。嫌殺東風，花不多於葉。出柳陰閑步履。隔墻飛過雙蝴蝶。

案：「嫌殺東風」之「風」，原誤作「鳳」，今逕改。「出柳陰閑步履」爲七字句，有脫字。

四、王驥詞六首

王驥，字尚德，束鹿（今河北束鹿）人。生於明太祖洪武十一年（1378），卒於英宗天順四年（1460），年八十三。長身偉幹，曉暢戎略，永樂四年（1406）中進士。爲兵科給事中，官至兵部尚書。卒贈靖遠侯，諡忠毅。❹《明史》卷一七一有傳。驥爲武將，著作未見。

---

❹　〔清〕張廷玉等撰：《明史》（臺北：鼎文書局，1983年11月），卷171，頁4555－4560。

《天機餘錦》收其詞〈蘇武慢〉一調、六首，全是和曹柱二先生韻，茲錄之如下：

蘇武慢　六首和曹柱二先生韻

大隱金門，司兵方外，兩箇蓬萊仙客。學契天人，心懷忠孝，曾獻董生三策。愧我棲遲，無媒追待，地位清高誰得。笑談中、共說家鄉，歸夢小舟行色。　　賦新詞、落落珠璣，瀼瀼風露，興在餘賸墨。寫寄空山，長吟秋晚，水涸沙明江窄。慨想情懷，吁嗟世事，雅調盡非雕刻。把鸞笙、吹度銀河，斗柄正回天地。

> 案：「興在餘賸墨」，「墨」下脫一韻字。此詞作者題王驥，據
> 　　題目云：「六首和曹柱二先生韻」，知以下五首亦皆王驥作
> 　　無疑。

又

解綬烏臺，挐舟湘浦，一向雨棲烟泊。天發雷霆，地掀江海，幸免膽寒心躍。花底鸞笙，窗前寶瑟，有甚情懷拈著。棄黃鐘、大呂希聲，任聽樵歌村樂。　　喜如今、治化熙熙，登庸袞袞，技癢竟然忘昨。茅屋風欺，石田旱苦，未必子雲投閣。白首無謀，黃金殆盡，正要探些名爵。見先生、盡道歸休，又且暫留江郭。

又

少習詞章，晚窮道學，得意往時非喜。對白抽黃，裁金補玉，用盡工夫差矣。三尺儒童，兩端叩我，自覺瓶空罍恥。若程朱、復起當今，立雪願為徒弟。　　堪笑也、許大乾坤，無窮日月，捉甚等閑來比。剖剔羲經，搜尋蟻穴，直到地頭方已。策馬長途，乘桴瀚海，依舊轉還家裏。猛醒來、舉臂伸腰，都道整冠偷李。

又

華髮盈顛，浮生半百，幾度交年逢節。易葛思裘，開爐罷扇，罕見
夏寒冬熱。凍野桃開，霜田蛙跳，那討這般時月。眾都稱、陽氣南
來，中外萬人欣悅。　　獨有我、兀坐茅齋，沉吟草閣，自唉憂天
愁客。三白呈祥，六花變瑞，寧忍坐冰眠鐵。天絕飛禽，門無過客，
一任往來疎契。便殭埋、玉樹瓊林，不負水明山潔。

又

舉目江山，回首宮闕，住近玄都華麗。草閣談經，青囊賣藥，此外
別無他計。渴飲瓊漿，飢餐玉粒，涵泳太和真味。夜深時、九轉丹
成，散作一天霞氣。　　覺身輕、兩腋生風，凌空飛步，蕭洒自忘
塵世。桐栢仙人，崆峒老子，訪老水邊林際。笑指西烏，還看東兔，
何不把繩來繫。片言間、頓悟長生，便是亨而還利。

案：「頓悟長生」，「悟」，原誤作「悞」，今逕改。

又

筆下聲音，胸中律呂，真是天生靈物。獨步崑崙，眇看渤海，眼外
杳然超忽。倦鳥知還，閑雲出岫，繼寫鶴鳴仙曲。立東風、慢慢低
謳，又早柳搖花拂。　　常記得、白髮坡翁，中秋水調，驚動紫皇
親續。一語高寒，孤忠貫日，不在樓臺金玉。仕矣思歸，歸而欲仕，
怎辨誰清誰俗。待來春、別度新腔，送子從王之國。

案：「歸而欲仕」原脫「歸」字，今逕補。

五、桂衡詞四首

　　桂衡，字孟平，仁和（今浙江杭州）人。生卒年不詳。博學能文，詩極穠麗，每一篇出，人競傳錄。❶洪武中，為錢唐學修業齋訓導，遷山東。建文二年庚辰（1400），權停江北五布司學校，賫印納禮部，授谷府奉祀。卒於長沙。孟平刻意於詩，日課不輟，又喜為小詞，善於俳諧，瞿佑極推之。❶著有《桂孟平文》一卷、《紫薇稿》。❶詞集未見，《天機餘錦》收其詞〈蘇武慢〉一調、四首，茲錄之如下：

　　蘇武慢　膠湄書事
七十人生，明年撚指，五十又三來到。去鄉漸遠，子燨妻煎，只得自寬懷抱。一領青衫，數莖白髮，消不過這枚紗帽。改幾篇、者也之乎，怎地便稱訓導。　　這些時、那討風流，也無花草，落得耳根聒噪。架上詩書，人前言語，常是七顛八倒。草地茫茫，風沙陣陣，春夏秋冬枯燥。破天荒、寫箇詞兒，說與故人知道。

　　案：此詞作者題桂衡，以下三首與此首同屬「膠湄書事」之聯章
　　　　體，故皆可定為桂衡作。當時莫昌、瞿佑、王達等人皆曾用

---

❶　〔清〕嵇曾筠等修：《浙江通志》（臺北：臺灣商務印書館，1984年7月《景印文淵閣四庫全書》本），卷178，頁12。

❶　見〔明〕田汝成：《西湖遊覽志餘》，卷12，頁31。及〔清〕錢謙益：《列朝詩集小傳》（臺北：世界書局，1961年2月），乙集〈桂奉祀衡〉，頁190。

❶　〔清〕黃虞稷：《千頃堂書目》（臺北：臺灣商務印書館，1984年10月《景印文淵閣四庫全書》本），卷17，頁26。

同調和桂衡（孟平）韻各四首，誠屬一時之盛。除莫昌時代較早歸元朝外，其它在本文中皆有輯出，可參閱。

又　膠湄書事

聞說登萊，魂飛目斷，怎想這回親見。大風忽起，走石飛沙，塵土滿頭滿面。關說東西，屋分南北，小小道堂僧院。更休提、旅店民居，一色土床蒲薦。　　到人家、擡上卓兒，展開箔子，便就露天筵宴。酒必雙鐘，殽無兼味，勸了又還來勸。日晏晴波，天寒煖炕，婦女男兒休辨。渴來也、待喝口茶湯，把後睡前村尋徧。

又

從離錢塘，自來平度，早又三回重午。前年旅邸，舊載病鄉，今歲謝天容與。酒浸荼蘼，茶煎茉藜，除是夢中仍覩。且收將、艾葉青青，試教癡兒縛虎。　　憶當時、新浴蘭湯，淺斟蒲醑，彩袖翩翩雙舞。獻壽歸來，餘歡猶在，新月一鉤當戶。驀聽西湖，錦雲深處，風度數聲金縷。怕夜涼、睡煞鴛鴦，小舟撑回南浦。

又　膠湄書事

自咲生來，幾時曾慣，居住這般房舍。屋簷數尺，土壁四傍，只好露天過夏。出戶低頭，入門強項，常是躬恭如也。更當門、安個鍋兒，客至旋燒草把。　　那裏討、壁上梅花，窗前脩竹，小小松房瀟洒。一陣風來，屋前屋後，掃了又生土苴。莫要安排，休教戾契，到處隨鄉入社。任九年、考滿歸時，人道先生村野。

案：「到處隨鄉入社」，「社」原誤作「杜」，未叶，瞿佑和韻〈蘇武慢〉（夢裏家鄉）正作「社」，今據改。

六、王達詞四首

　　王達，字達善，無錫（今江蘇無錫）人。洪武中，舉明經，除國子助教。永樂中，擢翰林編修，遷侍讀學士。⑱能詞，有《耐軒詞》傳世，見吳訥編《唐宋元明百家詞》中。⑲《天機餘錦》收其詞〈蘇武慢〉一調、四首，爲《耐軒詞》所未見，茲錄之如下：

　　蘇武慢　和桂孟平韻
白下橋頭，烏衣巷口，四十年前曾到。鍾阜雲橫，秦淮天塹，依舊水環山抱。故舊無人，後生可畏，箇箇錦衣花帽。長安市、冠蓋相望，誰是謝安王導。　　老無成、試我王官，任輕事簡，管甚鵲鳴鴉噪。寸木楂天，盂漿救火，一任無顚無倒。蓺火烹茶，典衣沽酒，聊免口焦唇燥。猛思鄉、愁憑闌干，望斷來時官道。

　　案：此詞及以下三首皆和桂衡（孟平）韻，未標作者，雖前首同調
　　　　〈蘇武慢〉（清露晨流）爲張雨詞，依編者體例似爲張雨所作，
　　　　但桂衡原唱（七十人生）闋云：「怎地便稱訓導」，瞿佑和桂
　　　　衡詞（北去南來）序更明確指出：「蓋爲平度州訓導日所作也。」
　　　　錢謙益《列朝詩集小傳》乙集〈桂奉祠衡傳〉云：「洪武中，
　　　　爲錢塘學訓導，遷山東。庚辰秋，權停江北五布司學校，費
　　　　印納禮部，授谷府奉祠。」據此，桂衡於建文二年庚辰（1400）

---

⑱　〔清〕錢謙益：《列朝詩集小傳》，乙集〈王讀學達〉，頁176。
⑲　〔明〕吳訥：《唐宋元明百家詞》（臺北：廣文書局，1971年8月），收《耐
　　軒詞》共十六調、二十四首詞。

秋始離山東平度州學訓導任,則其任平度州學訓導必在洪武末年至建文二年之間。而張雨卒於元至正十三年(1350),不可能在明建文初與桂衡唱和,故此四首詞決非張雨所作。王兆鵬根據《歸田詩話》,謂與瞿佑、桂衡交游的友人尚有「亦好作詞」的「鄰堂王達善」,又下一首詞中作者自稱與桂衡「居止相鄰,東西咫尺,只隔數家庭院」,故疑此四首即王達善所作(見〈詞學秘籍《天機餘錦》考述〉,尚未發表),其說言之有據,今從之。

又

君昔錢塘,我曾吳下,因甚不曾相見。傾蓋都城,歡然如故,難比等閑生面。居止相鄰,東西咫尺,只隔數家庭院。君未老、我已龍鍾,同領王門之薦。　　秀才家、慣受清貧,官微祿薄,喫飯便同開宴。主僕三人,朝飱晚饍,一飽不須人勸。畫鳳描龍,從他眞假,誰敢強詞分辨。但天公、雖說公平,雨露尙難周徧。

　案:「誰敢強詞分辨」,「辨」原誤作「辦」,今據桂衡原唱〈蘇
　　武慢〉(聞說登萊)改。

又

富貴門中,利名場上,去去來來傍午。造物無窮,生涯有限,誰取又還誰與。早歲容顏,如今嘴臉,羞向鏡中重覷。可憐人、一片雄心,猶待睯蛟捕虎。　　醉酣也、夢入西湖,百花舡上,依舊按歌兒舞。睡覺三更,滿天涼月,還是夜來窗戶。愁不成眠,按歌長咏,咽咽萬絲千縷。南樓外、寒鴈多情,叫斷西風秋浦。

又

自哎浮生，青衫白馬，誰到竹籬茅舍。今歲吳山，明年楚甸，衮衮
秋冬春夏。千里無家，一身爲客，吾未知之何也。過西風、幾度重
陽，愁折黃花滿把。　　異鄉中、雖是漂零，月窗雲戶，到處一般
瀟洒。對酒當歌，登高作賦，不肯生疎土苴。亂後還家，黃童白叟，
儘好雞豚鄉社。是如何、又出山來，笑殺孟郊東野。

案：「儘好雞豚鄉社」，「社」原誤作「杜」，未協，瞿佑〈蘇
　　武慢〉（夢裏家鄉）和桂衡韻正作「社」，今據改。

七、凌雲翰詞一首

　　凌雲翰，字彥翀，別號柘軒⑳，仁和 (今浙江杭州) 人。生於元英
宗至治三年 (1323)，卒於明太祖洪武二十一年 (1388)，年六十六㉑。
博通經史，工詞章，領至正十九年 (1359) 鄉薦、除學正，不赴，作
梅詞〈霜天曉角〉一百首，柳詞〈柳梢青〉一百首，號「梅柳爭春」，
韻調俱美。洪武初，舉杭州府學訓導，陞成都府學教授。著有《柘
軒集》。㉒其詞收在《柘軒集》卷五。《天機餘錦》僅收雲翰詞〈鳳
凰臺上憶吹簫〉一首，此詞亦見於《柘軒集》中，茲錄之如下：

　　鳳凰臺上憶吹簫　詠鳳仙花

---

⑳　王羽：〈柘軒集原序〉，凌雲翰：《柘軒集》（臺北：臺灣商務印書館，
　　1985年12月《景印文淵閣四庫全書》本），卷首。
㉑　夏節：〈柘軒集行述〉，凌雲翰：《柘軒集》，卷首。
㉒　見同註❺及註⑮，卷178，頁11。

菊婢標名，鳳仙題品，紛紛隨處成叢。甚玉釵渾小，寶髻微鬆。依舊花分五彩，毗陵畫、總付良工。誰為伴，雞冠染紫，鴈陣來紅。

玲瓏。英英秀質，多想是花神，剪綵鋪茸。卻易分高下，難辯雌雄。宜把守宮同搗，端可愛、深染春葱，開還謝，從風亂飄，好上梧桐。

案：「依舊花分五彩」，原脱「依」字，今據《柘軒集》卷五補。

八、劉醇詞一首

劉醇，字文中，號菊莊，祥符（今河南開封）人。生卒年不詳。能詩善屬文，元季隱居不仕；洪武末，以儒士起家，累官周府右長史致仕，年九十餘。著有《菊莊集》。㉓《菊莊集》今已不存，其詞亦罕見詞集選錄。《天機餘錦》僅收劉醇詞〈蘇武慢〉一首，屬於和韻，至於和何人之作則待考。茲將此詞錄之如下：

蘇武慢　和韻
綠樹連村，白雲凝岫，大臥柴門幽靜。濁酒頻篘，新詩屢改，旋種菊花三逕。解組歸來，朝吟暮醉，學取漉巾陶令。唉浮生、慢爾勞形，榮悴事皆前定。　　記當年、為客長安，虛名薄利，朝夕看人奔競。世故多端，人情翻覆，不覺誤投機穽。走馬章臺，看花梁苑，無復少年心性。倚危樓、目斷歸鴻，慷慨賦成秋興。

案：「榮悴事皆前定」，原脱「榮」字，今依原書批點者補。

㉓ 〔清〕王士俊等修：《河南通志》（臺北：臺灣商務印書館，1984年7月《景印文淵閣四庫全書》本），卷65，頁11。

九、結　語

　　明詞在過去一直不受重視，所以明人詞集也不斷亡佚，即以明初詞家瞿佑爲例，其詞集有《天機雲錦》、《餘清詞》、《樂府遺音》等三種；《天機雲錦》在明人徐伯齡撰《蟫精雋》時謂已亡佚㉔，可置之不論，而其它兩種如何呢？清毛晉校《介庵詞》時，曾引《餘清詞》斷定〈喜遷鶯〉（登山臨水）一詞非趙彥端作，而是瞿佑所作㉕，而今《餘清詞》安在哉？《四庫全書總目提要》曾將《樂府遺音》五卷本列爲〈詞曲類存目〉予以著錄，然而以趙尊嶽之苦心搜輯明詞，亦無法得見此五卷本，而只獲一卷本而據以刻入《明詞彙刊》中，如今吾人所能閱讀的瞿佑詞也僅止於此一卷本、一一三首而已。所幸《天機餘錦》收錄大量瞿佑的詞作，其中爲一卷本所無者高達一二八首，增加了一倍以上，相信兩者合起來，必能較完整看出瞿佑創作詞的全貌。至於晏璧、王驥、桂衡、王達、凌雲翰、劉醇等人的詞作，《天機餘錦》收錄較少，但這些明初詞人的作品均已罕見，對瞭解明初詞壇狀況，《天機餘錦》所保存的作品，或許不無小補哉！

——原載《書目季刊》32 卷 1 期（1998 年 6 月），頁 23－56。

㉔　同註❾。

㉕　唐圭璋：《全宋詞》，冊3，頁1464，趙彥端存目詞〈喜遷鶯〉（登山臨水）附注。

明初杭州府學詞人群體研究
——以酬唱詞爲對象

一、前　言

　　明詞在整個中國詞史上，是最不受重視的階段。當然不容諱言的，詞到了明朝已經逐漸衰落，正如明人錢元治〈類編箋釋國朝詩餘序〉所云：「我朝悉屏詩賦，以經術程士，士不囿於俗，間多染指，非不斐然。求其專工稱麗，千萬之一耳。」❶但明詞在不受大家重視的同時，也難免有一些批評指責並不盡客觀，近代詞論家況周頤統括明詞價值時說：「明詞專家少，粗淺、蕪率之失多，誠不足當宋元之續。」但他也指出：「世譏明詞纖靡傷格，未爲允協之論。……唯是纖靡傷格，若祝希哲、湯義仍（義仍工曲，詞則敝甚）、施子野輩，僂指不過數家，何至爲全體詬病。」❷尤其明詞的作家及數量亦相當

---

❶　〔明〕錢元治：《類編箋釋國朝詩餘》，見趙尊嶽：《明詞彙刊》（上海：上海古籍出版社，1992年7月），冊下，頁1484。

❷　況周頤：《蕙風詞話》卷5，見唐圭璋：《詞話叢編》（臺北：新文豐出版公司，民國1988年2月），冊5，頁4510。

可觀❸，詞也算是明人抒發情意的重要體裁，因此撰寫中國文學史者對此隻字不提，或一筆帶過，總是令人覺得有所缺憾。❹

洪武建國之後的明代初年，是一般公認的文學興盛時期，如馬積高、黃鈞《中國古代文學史》所云：「明初經濟得到迅速恢復和發展，又由於民族壓迫的解除，漢族文化傳統受到尊重，故元末明初文學上出現了短暫的繁榮。」❺作為明代文學一體的詞，其發展情況也隨著整個文學大勢升降起伏，所以明初的詞還是有相當不錯的成績，張璋說：「縱觀明詞的發展，大體可分爲三個階段，它在整個詞史大馬鞍形之中，又出現了一個由高到低、由低到高的小馬鞍形。」❻張璋的意思是將明初和明末的詞視爲明詞史的兩個高峰，明代中期則是衰落時期。但學界在論述明初的詞時，大都只舉劉基、楊基、高啓等三大家，偶而才提及瞿佑，至於明初其它詞家、或詞人間的互動關係，則鮮見論及。❼

---

❸ 根據張璋編纂《全明詞》搜輯的資料，計有作者一千三百餘家，詞一萬八千餘首，其規模約與《全宋詞》相當（《全宋詞》收作者一千三百餘家，詞一萬九千餘首）。見張璋：〈聽我說句公道話－論明代的詞及《全明詞》的編纂〉，《國文天地》6卷2期（1990年7月），頁38。

❹ 如劉大杰：《校訂本中國文學發展史》（臺北：華正書局，1977年5月）、馬積高、黃鈞：《中國古代文學史》（臺北：萬卷樓圖書公司，1998年7月）等文學通史皆未見專章介紹明詞，即使文學斷代史如吳志達：《明清文學史·明代卷》（武漢：武漢大學出版社，1994年3月），對明詞也未特別論述。一般詞史都只專注於唐宋金元清等朝代，明代幾乎都被忽略了。

❺ 馬積高、黃鈞：《中國古代文學史》，同註❹，冊4，頁6。

❻ 同註❸。

❼ 如郭揚：《千年詞》（南寧：廣西人民出版社，1988年8月）、張建業、李勤印：《中國詞曲史》（臺北：文津出版社，民國1996年8月），論明初詞

　　筆者於四、五年前，從現藏臺北國家圖書館的明抄本《天機餘錦》詞集中，發現存有許多宋金元明佚詞，除撰寫〈詞學的新發現——明抄本《天機餘錦》之成書及其價值〉一文介紹外❽，後來又將宋金元及明人詞分別輯出，加上新式標點並略作考校，寫成〈《天機餘錦》見存宋金元詞輯佚〉及〈《天機餘錦》見存瞿佑等明人詞〉二文發表。❾並且和武漢大學中文系教授王兆鵬先生合作，將《天機餘錦》全書加以校點，重新排印出版❿，使這部秘籍得以廣爲流傳。《天機餘錦》所保存的一百七十餘首明詞，都屬於明初詞家的作品，而且這些詞家大都曾在杭州府學擔任訓導，有許多詞就是他們彼此間的酬唱之作，可見當時塡詞風氣之盛。因此本文擬以杭州府學詞人爲中心，並擴及與他們酬唱的詞人，透過這樣一個特殊的文學群體，或許可以更瞭解明初詞壇狀況，由於篇幅有限，研究的範圍就界定在最能代表群體互動的酬唱詞上。

　　時都以三大家爲主；施議對介紹明初詞壇，除三大家外，也述及瞿佑，見施議對：〈明代詞〉，《中國大百科全書·中國文學》（北京：中國大百科全書出版社，1988年9月），冊1，頁560。李正輝、李華豐：《中國古代詞史》（臺北：志一出版社，1995年12月），介紹明初詞壇較爲詳細，但只臚列許多詞家及列舉許多詞作，缺少分析，無法看出詞人的互動關係，整個詞壇介紹如同記流水帳，無法構成一個有機體。

❽　發表於《宋代文學研究叢刊》3期（1997年9月），頁381－404。又轉載於《詞學》12輯（2000年4月），頁122－146。

❾　二文分別發表於《宋代文學研究叢刊》4期（1998年12月），頁233－255。及《中國書目季刊》32卷1期（1998年6月），頁23－56。

❿　王兆鵬、黃文吉、童向飛校點：《天機餘錦》（瀋陽：遼寧教育出版社，2000年1月）。

二、杭州府學及其詞人

　　朱元璋以民族主義為號召，將統治中國近百年的蒙元政權推翻，建立了明朝。建國之初，他有感於元朝不重視文教，鄙視讀書人，並深刻認識到學校教育對治理國家的重要性，於是積極發展教育事業，他曾告諭中書省臣說：「治國以教化為先，教化以學校為本。京師雖有太學，而天下學校未興。宜令郡縣皆立學校，延師儒，授生徒，講論聖道，使人日漸月化，以復先王之舊。」⓫因此朱元璋在京師興辦太學以後，接著又採取興辦地方教育的措施。根據《明史》記載：洪武二年 (1369) 以後，「大建學校，府設教授，州設學正，縣設教諭，各一。俱設訓導，府四，州三，縣二。生員之數，府學四十人，州、縣以次減十。師生月廩食米，人六斗，有司給以魚肉。學官月俸有差。生員專治一經，以禮、樂、射、御、書、數設科分教。務求實才，頑不率者黜之。」⓬至此，全國從中央到地方都設有學校，建立了完整的學校教育網絡，這種措施是前所未有的。

　　杭州府，在南宋時，曾建為都城，稱為臨安府；元朝改為杭州路，屬江浙行省。⓭明太祖則設為杭州府，領有：錢唐、仁和、海寧、富陽、餘杭、臨安、於潛、新城、昌化等九縣。⓮由於杭州自然環境

⓫　〔清〕張廷玉等撰：《明史·選舉志》（臺北：鼎文書局，1983年11月），卷69。

⓬　同前註。

⓭　〔明〕宋濂：《元史·地理志》（臺北：鼎文書局，1983年11月），卷62。

⓮　〔清〕張廷玉等撰：《明史·地理志》（臺北：鼎文書局，1983年11月），

優美，物質條件富庶，又曾是宋南渡後的政治中心，所以成爲人文薈萃、文風鼎盛的地區。明太祖廣設學校，於是在杭州府成立府學，按照當時編制，設教授一人，從九品，掌教誨所屬生員；訓導四人，輔佐教授教誨生員。❺根據夏節〈柘軒集行述〉所載：「國朝洪武初，建立學校，招延文學老成、經明行修之士，訓迪生徒，時則典教葉居仲（廣居）、徐大章（一夔），司訓王好問（裕）、瞿士衡（佑）、莫景行（昌）、何彥恭（敬），適同其事，咸稱得人。」❻可知杭州府學設有二名教授，訓導除上述四人外，再加上〈柘軒集行述〉所介紹的凌雲翰，則有五人。由於葉廣居、徐一夔、何敬等三人未見詞作流傳，姑置之不論，以下則按生年先後爲序，介紹有詞作流傳的四位訓導。另有一位名叫桂衡者，在洪武中曾擔任錢塘縣學訓導，因錢塘縣隸屬於杭州府，他又與杭州府學諸訓導關係密切，故也附在最後介紹。

(一)莫　昌

　　莫昌，初名維賢，字景行，號隱君、廣莫子。錢塘（浙江省杭州市）人。生於元大德六年（1302）六月二十一日，卒於明太祖洪武二

　　卷44。及趙爾巽、柯紹忞等撰：《清史稿・地理志》（臺北：鼎文書局，1983年11月），卷65。

❺　〔清〕張廷玉等撰：《明史・職官志》（臺北：鼎文書局，1983年11月），卷75。

❻　〔明〕凌雲翰：《柘軒集》（臺北：臺灣商務印書館，1985年9月《景印文淵閣四庫全書》本），卷首，頁735。

十一年（1388）之前。**⑰**

　　莫昌少穎悟，知爲學，長益俊邁，知治家。除替父親獨擔家務外，兼做學問，書無不讀，藝無不游。曾與張雨、張羽同門，受教於仇遠。通曉《詩·傳》，爲場屋文。延祐七年（1320）辦科舉，莫昌年方十九，因以前有落第經驗，寧可藏璞守身，而不願再試，以免遭受羞辱。承蒙翰林待制楊剛中舉辟，授以要職，也不爲所動。居家交友日眾，學問益富，延名師教弟及子姪輩，日與講明，以求極至。洪武三年（1370），建學立師，莫昌以《詩經》爲杭州府學訓導，所教者成一鄉之俊士。後爲小人所間，遂以疾辭。

　　莫昌待人寬厚，通佛、老，學內外丹訣，樂於下棋彈琴，收藏法書名畫古器甚多，曾編目爲《雲房玩餘集》。晚懼族譜散佚，前往祖籍吳興，搜訪故蹟，編纂《吳興莫氏家乘》。又將與諸子唱和之作〈茗溪紀行〉、及訪吳松故時所過題詠〈雲間紀遊〉、加上平日所爲詩詞等合編爲《廣莫子稿》；又有《和陶詩集》、《纂名物抄》等，惜皆失傳。**⑱**《全金元詞》未見收錄其詞。《天機餘錦》保存莫昌的詞計有五首，即「和桂孟平韻」的〈蘇武慢〉（山勢龍蟠）、（壁水遊歌）、（四月清和）、（小小官稱）等四首，另一首〈蘇武慢〉（柳絮風寒），爲「題沈旻所藏雪夜泛舟圖」，雖未標注作者，因緊接在以上四首和詞之後，而在標注瞿佑的詞之前，按《天機餘錦》

---

⑰　莫昌生平，見〔明〕凌雲翰：〈莫隱君墓誌銘〉，同前註，頁844－846。但該墓誌銘只記生年，未記卒年。考雲翰於洪武辛酉（1381）以薦舉召授四川成都教授，戊辰（1388）卒於官（見《柘軒集》卷首，夏節撰：〈柘軒集行述〉）。故莫昌之卒年，應在洪武戊辰（1388）之前。

⑱　莫昌生平及著作，見同前註。

的體例及編輯習慣，故定爲莫氏之作。

㈡凌雲翰

凌雲翰，字彥翀，別號柘軒❶，仁和（浙江省杭州市）人。生於元英宗至治三年（1323），卒於明太祖洪武二十一年（1388），年六十六。❷

雲翰早年游於程文之門，博通經史，尤潛心易理；工詞章，其詩文受知於朱仲誼，稱之爲奇士。領至正十九年（1359）鄉薦，以路梗不及赴都，授紹興路蘭亭書院山長，不赴。教授姑蘇之常熟。高郵張士誠舉兵，退居吳興梅林村，號避俗翁。洪武初，舉杭州府學訓導，當同仁莫昌爲小人所間以疾辭，雲翰亦繼以疾辭。❸洪武十四年（1381），以薦舉召授四川成都教授，在任以乏貢舉，謫南荒以卒。❹

雲翰曾作梅詞〈霜天曉角〉一百首，柳詞〈柳梢青〉一百首，號「海柳爭春」，韻調俱美，屬同鄉晚輩瞿佑和韻，大加賞拔，兩人遂爲忘年之交❺，唯「梅柳爭春」唱和作品並未見傳世。著有《柘

---

❶ 〔明〕王羽：〈柘軒集原序〉，〔明〕凌雲翰撰：《柘軒集》（臺北：臺灣商務印書館，1985年9月《景印文淵閣四庫全書》本），卷首，頁735。

❷ 〔明〕夏節：〈柘軒集行述〉，同註❶，頁735。

❸ 〔明〕凌雲翰：〈莫隱君墓誌銘〉，同註❶，頁846。

❹ 凌雲翰生平，見王羽：〈柘軒集原序〉、夏節：〈柘軒集行述〉，同註❶，頁734－736。又見瞿佑：《歸田詩話·鍾馗圖》，《詩話叢刊》（臺北：弘道文化事業公司，1971年3月），冊上，頁206－208。

❺ 瞿佑：《歸田詩話·鍾馗圖》，同前註。

軒集》，其詞收在《柘軒集》卷五，計有二十七首。❷ 《天機餘錦》
收雲翰詞僅〈鳳凰臺上憶吹簫〉（菊婢標名）一首，此詞亦見於《柘
軒集》中。

(三)王　裕

王裕，字好問，山陰（浙江省紹興縣）人。生於元英宗至治三年(1323)
❷，卒年不詳。

王裕早歲融貫經史，既長，以文辭鳴。元順帝至元中，領浙江
鄉薦省元（鄉試第一名），授校官。洪武初年，任杭州府學訓導。既
歸，以五經教授于鄉，門徒常百餘人，工於詩文，有集若干卷。❷
王裕的詩文集早已失傳，其詞僅存在《天機餘錦》收錄的〈鳳
凰臺上憶吹簫〉（翠羽樓煙）一首。

(四)瞿　佑

瞿佑，字宗吉，號存齋，錢塘（浙江省杭州市）人。生於元順帝至正
七年 (1347)，卒於明宣宗宣德八年 (1433)，年八十七。❷

---

❷　同註❶。
❷　根據凌雲翰〈畫並序〉云：「王裕好問，…則山陰人也。」及〈悼王觀用
　　賓〉自註云：「同年好問之子。」考凌雲翰生於元英宗至治三年（1323），
　　因此「同年」的王好問亦應生於是年。見同註❶，卷1，頁754；卷2，頁791。
❷　〔明〕蕭良幹、張元忭等纂修：《萬曆紹興府志》（臺南：莊嚴文化事業
　　公司，1996年8月《四庫全書存目叢書》影明萬曆刻本），卷32、43，頁119、
　　324。
❷　瞿佑的生卒年，陳慶浩：〈瞿佑和剪燈新話〉一文（發表於《漢學研究》6
　　卷1期，1988年6月），根據瞿佑晚年著作序跋所署年歲日期，推出其生年，
　　再以年壽推出其卒年，最為可信。

　　瞿佑少時，以和凌雲翰「梅柳爭春」詞知名；又嘗作〈沁園春·賦鞋杯〉詞，呈楊維楨，大受讚賞❷。洪武年間，任杭州府學訓導外，亦曾任仁和、臨安、宜陽等縣學訓導，累升周府右長史。❷永樂間，以詩禍下錦衣獄，謫戍保安（察哈爾省涿鹿縣）十年。❸洪熙元年（1425）釋歸，復原職，內閣辦事。❸

　　瞿佑平生著述豐富，有《剪燈新話》、《歸田詩話》等書傳世。其詞集有《天機雲錦》、《餘清曲譜》（又名《餘清詞》）、《樂府遺音》等三種，但僅見《樂府遺音》一卷（趙尊嶽輯《明詞彙刊》本）流傳，計存詞一一三首，附北曲十七首。筆者除了從明抄本《天機餘錦》輯得瞿佑詞一四五首外，又從明清詞選、詞話、方志、類書及筆記等搜輯到不少瞿佑詞，並作瞿佑詞校勘輯佚及板本探究，發現《天機餘錦》所收的瞿佑詞出自《天機雲錦》，《餘清曲譜》的詞也有十餘首保存在明清詞選等書中，去除重複，目前各書所保存的瞿佑詞約有二百七十餘首，應已接近全貌。❸

---

❷　瞿佑：《歸田詩話·鍾馗圖》及《歸田詩話·香奩八題》，同註❷，頁206－208及203。

❷　〔清〕朱彝尊：《明詩綜》（臺北：臺灣商務印書館，1986年3月《景印文淵閣四庫全書》本），卷22，頁592。

❸　〔明〕田汝成：《西湖游覽志餘》（臺北：臺灣商務印書館，1984年10月《景印文淵閣四庫全書》本），卷12，頁23。

❸　〔明〕郎瑛：《七修類稿》（臺北：世界書局，1963年），卷33。

❸　參見拙文：〈《天機餘錦》見存瞿佑等明人詞〉，《中國書目季刊》32卷1期（1998年6月），頁23－56。及〈瞿佑詞校勘輯佚及板本探究〉，《國文學誌》4期（2000年12月），頁1－30。

(五)桂　衡

桂衡，字孟平，仁和（浙江省杭州市）人。約生於元順帝至元二年（1336）之前❸，卒年不詳。博學能文，詩極穠麗，每一篇出，人競傳錄。洪武中，爲錢唐縣（浙江省杭州市）學訓導，遷平度州（山東省平度縣）學訓導。建文二年（1400）秋，權停江北五布司學校，齎印納禮部，授谷府奉祀。卒於長沙。桂衡刻意於詩，日課不輟，又喜爲小詞，善於俳諧，瞿佑極推之。❸桂衡任錢唐訓導時，亦曾爲瞿佑《剪燈新話》題詩，事載《歸田詩話》中。❸著有《桂孟平文》一卷、《紫薇稿》，❸皆已亡佚。詞集未見，《天機餘錦》收其詞〈蘇武慢〉四首。

三、詠花酬唱

在宋代的酬唱詞中，最爲人所津津樂道者，莫過於蘇軾與章楶（字

---

❸ 桂衡生年史無明載，考《天機餘錦》卷一收其〈蘇武慢〉（七十人生）詞云：「明年撚指，五十又三來到」，此詞作於山東平度州學訓導任上，因莫昌有和韻，而莫昌卒於洪武二十一年（1388）之前，故桂橫衡原唱詞亦不能晚於此年，由此上推五十二年，則約生於元順帝至元二年（1336）之前。

❸ 桂衡生平見〔清〕嵇曾筠等：《浙江通志》（臺北：臺灣商務印書館，1984年7月《景印文淵閣四庫全書》本），卷178，頁12。及〔清〕錢謙益：《列朝詩集小傳》（臺北：世界書局，1985年2月），乙集〈桂奉祀衡〉，頁190。

❸ 瞿佑：《歸田詩話·桂孟平題新話》，同註㉒，頁208－210。

❸ 〔清〕黃虞稷：《千頃堂書目》（臺北：臺灣商務印書館，1984年10月《景印文淵閣四庫全書》本），卷17，頁26。

直夫）的詠楊花詞，章楶以〈水龍吟〉調詠楊花，蘇軾用同調和其韻，
兩人都是借楊花以寫思婦，寄託情志。王國維《人間詞話》評論兩
人的詞說：「東坡〈水龍吟〉詠楊花，和韻而似原唱；章直夫詞，
原唱而似和韻。才之不可強也如是！」並推許東坡這首〈水龍吟〉
和韻，爲詠物詞中最工。❸宋南渡之後，詞人詠花酬唱風氣愈盛，最
著名的是向子諲、陳與義、朱敦儒、蘇庠、韓璜、劉邠等六人同賦
木犀（即桂花），王灼《碧雞漫志》曾記其事云：「向伯恭（子諲）用
〈滿庭芳〉曲賦木犀，約陳去非（與義）、朱希眞（敦儒）、蘇養直（庠）
同賦，『月窟蟠根，雲巖分種』者是也。然三人皆用〈清平樂〉和
之。…後伯恭再賦木犀，亦寄〈清平樂〉，贈韓璜叔夏云云，韓和
云云。初，劉原父（邠）亦於〈清平樂〉賦木犀云云。同一花一曲，
賦者六人，必有第其高下者。」❸可見當時文人風雅之一斑。由於有
這些詠花酬唱的歷史背景，明初杭州府學詞人的酬唱詞中，也以詠
花爲最多，所吟詠的花計有：鳳仙花、白蓮、梅花等三種。

（一）詠鳳仙花

在《天機餘錦》卷三的〈鳳凰臺上憶吹簫〉調中，收錄有王裕、
凌雲翰、瞿佑等三人的詞各一首，皆題作「詠鳳仙花」，可見是他
們同詠一題的酬唱之作。王裕的詞寫道：

> 翠羽棲煙，絳唇含露，九苞五彩斑斕。想薦芳呈瑞，分秀舟
> 山。疑擁雞翹鷩尾，聯舞隊、楚袖春翾。恢穠麗，移春繡檻，

---

❸ 王國維：《人間詞話》，同註❷，冊5，頁4247、4248。
❸ 〔宋〕王灼：《碧雞漫志》卷2，同註❷，冊1，頁88－89。

結綺雕欄。　　閒繁。紫簫一笛，吹峭谷朝陽，春透人間。
笑杜鵑啼血，容易凋殘。纖指搗香濃染，空誤認、紅淚凝殷。
須攀摘，銀絲綴粧，簪映嬌顏。

凌雲翰的詞寫道：

菊婢標名，鳳仙題品，紛紛隨處成叢。甚玉釵渾小，寶髻微
鬆。依舊花分五彩，毗陵畫、總付良工。誰為伴，雞冠染紫，
鴈陣來紅。　　玲瓏。英英秀質，多想是花神，剪綵鋪茸。
卻易分高下，難辯雌雄。宜把守宮同搗，端可愛、深染春蔥。
開還謝，從風亂飄，好上梧桐。

瞿佑的詞寫道：

涼露階除，晚風籬落，誰家小小亭臺。愛碎紅輕綴，嫩白微
開。疑是桃花半謝，還彷彿、杏瓣雙裁。風流甚，佳人染指，
著意安排。　　休猜。蘘泉夢斷，多定是香魂，艷魄重來。
奈玉簫聲遠，翠袖塵埋。惆悵情緣未盡，思往事、無恨傷懷。
傷懷處，臙脂淚痕，滴滿青苔。

鳳仙花，為一年生草本植物，花多側垂，單生或數朵簇生葉腋，
花色繁多，有白、粉、紅、紫、雪青等類，花形優美，宛如飛鳳，
頭翅尾足俱全，其紅花加明礬搗爛可染指甲，故又稱「指甲花」，
另外也稱「金鳳花」、「小桃紅」、「急性子」等。❸王裕、凌雲翰、

---

❸　參見張秉戍、張國臣主編：《花鳥詩歌鑑賞辭典》（北京：中國旅遊出版
社，1992年12月），頁295。

瞿佑一起用〈鳳凰臺上憶吹簫〉這個詞調,來歌詠像鳳凰的鳳仙花,調名與題材相呼應,可見選調之用心。三首詞的韻腳不同,因此並不屬於和韻之作,可能三人相約,用同調吟詠鳳仙花。觀察三首詞,在體物方面,都能夠將鳳仙花的特色描繪出來,如王裕開頭寫道:「翠羽棲煙,絳唇含露,九苞五彩斑斕」,寫鳳仙花像鳳凰般五彩繽紛的花色,是從鳳仙花的「鳳」字而來,其次針對「仙」字著墨,說它想要「分秀舟山(在杭州灣東南的島嶼)」,開給神仙欣賞。接著寫滿園穠麗的鳳仙花,疑似成群結隊拿著雞翹鸞尾跳舞的舞女,想像力相當豐富。凌雲翰開頭以「菊婢標名,鳳仙題品」,凸顯花名的強烈對比,由於有人視此花爲花卉的下品,稱之爲「菊婢」,也有人欣賞它,品題爲「鳳仙」。儘管它「玉釵渾小,寶髻微鬆」,有點「菊婢」的味道,但「花分五彩,毗陵畫、總付良工」,又充滿「鳳仙」的光彩。上片結尾除以「紫」、「紅」寫其豔麗色彩外,更以「雞」、「鴈」相伴,強化了「鳳」爲群鳥之首的地位。瞿佑開頭則寫鳳仙花所處位置不起眼:「涼露階除,晚風籬落,誰家小小亭臺」,也表示鳳仙花不受人重視,但作者特別欣賞它「碎紅輕綴,嫩白微開」,美妙的花形花色;並且用具體的譬喻:「桃花半謝」、「杏瓣雙裁」,來加以形容。

王裕、凌雲翰、瞿佑三人除了刻劃鳳仙花的形色之外,對於它的功用─染指甲,也都有所著墨。如王裕寫道:「纖指搗香濃染,空誤認、紅淚凝腮」,凌雲翰寫道:「宜把守宮同搗,端可愛、深染春蔥」,瞿佑也寫道:「風流甚,佳人染指,著意安排」,三首詞的寫法雖然有別,但顯現鳳仙花可以染指甲的目的則一。由於鳳仙花像鳳凰,〈鳳凰臺上憶吹簫〉調名,又是由蕭史教弄玉(秦穆公

女) 吹簫引鳳凰成仙的典故而來，所以典故融入詞中乃屬自然之事，如王裕寫道：「紫簫一笛，吹嶰谷朝陽，春透人間」，瞿佑寫道：「橐泉夢斷，多定是香魂，艷魄重來。奈玉簫聲遠，翠袖塵埋」，「橐泉」為秦穆公的宮殿名，「紫簫」、「玉簫」很明顯都和蕭史典故有關。凌雲翰雖沒有用蕭史典故，但他在詞末寫道：「開還謝，從風亂飄，好上梧桐」，則用《莊子·秋水》所云鳳凰非梧桐不棲的典故，以凸顯鳳仙花有如鳳凰般的高貴。因此，三人都擅長借用典故以擴充詠物的內涵，增進文字典雅之美。

唯在詠物之中，三人所透露出來的情志，似乎有所不同，王裕詞末寫道：「須攀摘，銀絲綴粧，簪映嬌顏」，希望女子把鳳仙花摘下，插在頭上，可以和嬌顏輝映，似寓有珍惜青春之意。凌雲翰用《莊子·秋水》典故，寫鳳仙花即使謝了，也要隨風飄上梧桐，表現了至死堅持品格不變之用心。瞿佑在三人中最年輕，感情特別強烈，所以借用蕭史、弄玉情緣，抒發感觸，寫道：「惆悵情緣未盡，思往事、無恨傷懷」，感傷的氣息相當濃厚。

(二)詠白蓮

凌雲翰的《柘軒集》卷五中，有一首〈木蘭花慢〉，題作：「賦白蓮和宇舜臣韻」，全詞如下：

> 悵波翻太液，誰留住，蕊珠仙。向水殿雲廊，玉容花貌，幾度爭鮮。人間延秋無計，掩霓裳、猶憶舞便娟。畫裡傾城傾國，望中非霧非煙。　　鴈飛不到九重天，水調謾流傳。奈花老房空，蒻存心苦，藕斷絲連。西風環珮輕解，有冰絃、

誰復記華年。留得錦囊遺墨,魂消古汴宮前。

《天機餘錦》卷一也收錄瞿佑的一首〈木蘭花慢〉,題作:「次韻于舜臣先輩題金故宮白蓮」,全詞如下:

> 問前朝舊事,曾此地,會神仙。記羅襪凌波,霓裳舞月,無限芳鮮。韶華已隨流水,嘆人間、無處覓嬋娟。喚醒三生舊夢,還魂誰爇香煙。　　淡妝照影水中天。畫筆巧難傳。奈默默無言,依依有恨,愁思相牽。淒涼廢臺荒沼,縱芳菲、終不似當年。好伴汴宮楊柳,一般憔悴風前。

瞿佑的《樂府遺音》一卷本另收有一首〈木蘭花慢〉,題作:「金故宮太液池白蓮」,雖然首尾數句相同,但其他文字皆異,韻字也不一樣,題目也就沒有「次韻于舜臣先輩」等字眼,因此應以《天機餘錦》收錄爲準,探討他與凌雲翰次韻于舜臣的情形。于舜臣之姓,《柘軒集》作「字」,由於姓「于」者較常見,故從《天機餘錦》作「于」。于舜臣的生平不詳,凌雲翰除這首〈木蘭花慢〉和其韻外,在《柘軒集》所有詩文中,並沒有發現兩人交游的蛛絲馬跡。但從瞿佑稱他爲「先輩」,知此人的年歲輩份應不亞於凌雲翰。

于舜臣的原唱詞雖已失傳,但從凌雲翰、瞿佑的和韻詞觀之,他應是藉吟詠金故宮太液池白蓮,抒發朝代興廢陵替之感。于、凌、瞿三人以白蓮爲酬唱吟詠對象,就塡詞發展史而言,是可看出其脈絡。在南宋末年,都城臨安遭元軍攻破後,皇室、宮人都被擄北上,當時有一位宮人王昭儀(名清惠),曾以〈滿江紅〉題一詞於汴京夷

山驛中，詞開始寫道：「太液芙蓉，渾不似、舊時顏色。」即藉著南宋宮苑的白蓮，抒發亡國之恨，故上片又寫道：「忽一聲、鼕鼓揭天來，繁華歇。」下片另寫道：「千古恨，憑誰說？對山河百二，淚盈襟血。」此詞一出，全國傳誦，當時有高度民族氣節之士人，如文天祥、鄧光薦、汪元量等，均有和作。❹宋亡之後，詞壇詠物風氣極爲興盛，有一群遺民如：王沂孫、周密、張炎、陳恕可、仇遠及唐珏等，共十一人，曾於詞社集會中，分詠五物，借詠物之詞以寓寫家國之恨，後來這些詞編爲一集，名曰《樂府補題》。在歌詠的龍涎香、蟬等五物中，其中之一就是白蓮。❹基於以上的歷史文化背景，宮中白蓮就如洛邑黍離，寓有亡國之悲。

　　凌、瞿兩人的和韻詞，都將白蓮擬人化，並且運用楊貴妃的典故，如：「掩霓裳、猶憶舞便娟」、「畫裡傾城傾國」、「霓裳舞月，無限芳鮮」等，這和唐玄宗稱讚楊貴妃爲「解語花」的典故有關。根據五代王仁裕《開元天寶遺事・解語花》載：「明皇秋八月，太液池有千葉白蓮數枝盛開，帝與貴戚宴賞焉。左右皆歡羨，久之，帝指貴妃示於左右曰：『爭如我解語花？』」由於這則故事，使白蓮成爲楊貴妃的化身，楊貴妃的美貌及悲慘命運，也正如亡國之後的宮中白蓮，詞人在感嘆朝代興亡之時，故常將兩者融合在一起。

---

❹　王清惠作〈滿江紅〉詞事，載於〔宋〕周密《浩然齋雅談》卷下，見唐圭璋編：《詞話叢編》（臺北：新文豐出版公司，1988年2月），冊1，頁229－230。有關當時人的和韻，參閱繆鉞：〈論王清惠滿江紅詞及其同時人的和作〉，《詞學古今談》（臺北：萬卷樓書公司，1992年10月），頁113－122。

❹　佚名編：《樂府補題》，〔明〕吳訥：《唐宋元明百家詞》（臺北：廣文書局，1971年5月），冊1。

　　凌、瞿兩人既然都是和于舜臣的韻，所以韻腳除了下片「連」
和「牽」稍有出入外，其他都亦步亦趨，完全吻合；內容也都以「題
金故宮白蓮」爲中心，藉詠白蓮抒發興亡之感。只不過凌雲翰在人
情與物理的結合上，較爲細密，如「奈花老房空，菂存心苦，藕斷
絲連」數句，透過蓮的特徵，表現人的感情，有一語雙關之妙。而
瞿佑則在藉物抒情方面，顯得特別強烈，如結尾：「淒涼廢臺荒沼，
縱芳菲、終不似當年。好伴汴宮楊柳，一般憔悴風前」數句，寫白
蓮依舊，宮廷已非的悲涼，透人肌骨。

(三)詠梅花

　　杭州府學詞人中，以莫昌的年歲最長，輩份最高，他曾受教於
仇遠。仇遠字仁近，號山村民，學者稱山村先生。錢塘（浙江省杭州
市）人。生於宋理宗淳祐七年（1247），咸淳間以詩名，與白珽並稱
「仇白」。元初隱居於錢塘，曾與王沂孫、周密、唐珏等人，於餘
閒書院以〈齊天樂〉賦蟬，抒發亡國之歎，收入《樂府補題》中。
元大德九年（1305），嘗爲溧陽教授；後改杭州知事，尋罷歸，優游
湖山以終。❷其詞集名《無絃琴譜》，《全宋詞》收其詞一百二十首。
由於凌雲翰與莫昌交遊，並同爲杭州府學訓導，對平日所崇拜的先
輩詞人仇遠❸，認識當然更加深刻，也因此有追和仇遠的詞作產生。

---

❷　仇遠生平事蹟見柯劭忞：《新元史》（臺北：臺灣開明書店，1962年），
　　卷237，〈文苑傳·吾邱衍傳〉。

❸　據凌雲翰〈莫隱君墓誌銘〉云，兩人交遊始於至正十九年（1359）鄉舉。
　　在此之前，凌雲翰因莫昌嘗學詩於仇遠，曾從外叔祖想求見莫昌，卻未果。
　　可見他對仇遠之景仰。同註❶，頁846。

仇遠在《全宋詞》中有一首〈雪獅兒〉詠梅，全詞如下：

> 武林春早，乘興試問孤山，枝南枝北。見說椒紅初破，芳苞
> 猶綠。羅浮夢熟。記曾有、幽禽同宿。依稀似、縞衣楚楚，
> 佳人空谷。　　嬌小春意未足。甚嬌羞，怕入玉堂金屋。誤
> 學宮妝，紛頰蜂黃輕撲。江空歲晚，最難是、舊交松竹。忒
> 幽獨。笛倚畫樓西曲。

凌雲翰的《柘軒集》卷五中，也有一首〈雪獅兒〉，題作：「賦梅
和仇山村韻」，即是追和仇遠這首詠梅詞，全詞如下：

> 蹇驢破帽，知是幾度尋春，山南山北。惆悵亭荒仙遠，苔枝
> 空綠。村醪正熟。爲花醉、何妨留宿。春光似、怕人冷落，
> 先回空谷。　　瀟灑生意自足。有高標，不厭矮籬低屋。與
> 雪相期，側耳隔窗蟲撲。晚晴縱步，又還信、一枝筇竹。莫
> 嫌獨。月在畫闌東曲。

《天機餘錦》卷四收有一首瞿佑的〈獅兒詞〉，題作：「詠梅花仇
山村韻」，也是追和仇遠這首詠梅詞，全詞如下：

> 凌寒向暖，問底事、一種春風，自分南北。堪愛□問么鳳，
> 羽衣渾綠。相看面熟。記夢裏、羅浮同宿。傷心處、當年別
> 後，幾遍陵谷。　　一笑相逢意足。便竹籬茅舍，何須金屋。
> 弄蕊攀條，幾度暗香飛撲。歲寒耐久，只除是、後凋松竹。
> 莫嫌獨。好與共論心曲。

　除了凌雲翰、瞿佑兩首追和之詞外，仇遠的三位得意弟子之一、

後來棄家爲道士的張雨（另二位即：張翥、莫昌），也有一首〈獅兒詞〉，
題作：「賦梅次仇山村韻」，《全金元詞》（冊2、頁913）有收。可
見仇遠這首詠梅詞深受門弟子喜愛，所以影響所及，使凌雲翰、瞿
佑也特別欣賞而追和這首詞。兩人的和韻詞，韻腳和仇遠原唱完全
吻合，唯瞿佑和詞第二句較原唱多一個字，觀察張雨的和詞第二句
作：「便句引、游騎尋芳」，和瞿佑相同，因此這一句應該可以有
這樣的作法。並且張雨和瞿佑的調名皆作〈獅兒詞〉，大概當時是
〈雪獅兒〉的別名。凌雲翰、瞿佑的和韻詞，結尾倒數第二句皆作：
「莫嫌獨」，顯示出兩人的追和並非個別行爲，而是有彼此之連繫。

　　詠梅的文學創作固然可溯自《詩經》，但梅花的廣被喜愛則始
於宋人。黃大輿曾編《梅苑》十卷，將唐代至南北宋間之詠梅詞輯
爲一集。《四庫全書總目提要·梅苑》云：「昔屈宋遍陳香草，獨
不及梅，六代及唐篇什，亦寥寥可數。自宋人始重此花，人人吟詠。
方回撰《瀛奎律髓》，於著題之外，別出梅花一類，不使溷於群芳，
大輿此集，亦是志也。」❹❹宋人喜愛梅花，尤其生逢亂世之文人，更
欣賞梅花不畏冰雪之特性，與人品之節操相結合，而大加歌頌。仇
遠的原唱詠梅，當然脫離不了鄉前輩林逋的影響；林逋不求名利，
隱居西湖孤山，不娶無子，植梅蓄鶴以自伴，人稱「梅妻鶴子」。❹❺
所以仇遠開始即用林逋典故云：「武林春早，乘興試問孤山，枝南
枝北。」接著又用了許多與梅花相關的典故，如「羅浮夢熟」，用

---

❹❹　〔清〕永瑢等撰：《合印四庫全書總目提要及四庫未收書目禁燬書目》（臺
　　北：臺灣商務印書館，1971年7月），冊5，頁4458－4459。

❹❺　〔宋〕阮閱：《詩話總龜·隱逸》（臺北：臺灣商務印書館，1985年12月
　　《景印文淵閣四庫全書》本）。

趙師雄過羅浮山遇梅花仙女的故事❹，「誤學宮妝」，用壽陽公主梅花妝的故事❼等，文筆典雅，但全詞主要在表現梅花的孤高特質，以凸顯作者人格之高潔。凌雲翰的和韻，比較少用典故，更直接歌頌梅花：「瀟灑生意自足。有高標，不厭矮籬低屋」，與人品的連繫則愈發明顯。瞿佑的和韻不僅與原唱密切呼應，如「記夢裏、羅浮同宿」同用趙師雄過羅浮山的典故，「歲寒耐久，只除是、後凋松竹」與原唱「江空歲晚，最難是、舊交松竹」，都是根據「歲寒三友」的說法而來。此外，瞿佑與凌雲翰的和詞，也有相應之處，如「一笑相逢意足。便竹籬茅舍，何須金屋」，很顯然是從「瀟灑生意自足。有高標，不厭矮籬低屋」及原唱「甚嬌羞，怕入玉堂金屋」融化而來，但瞿佑的和詞將梅品與人品結合更加緊密，如結尾：「莫嫌獨。好與共論心曲」，詞人和梅花可以對話，而不覺孤獨了。

四、題畫酬唱

文學與藝術關係至為密切，所以詩、書、畫被合稱為「三絕」。

---

❹ 舊題〔唐〕柳宗元：《龍城錄·趙師雄醉憩梅花下》（臺北：臺灣商務印書館，1985年6月《景印文淵閣四庫全書》本）載，隋代趙師雄過羅浮山，天寒日暮，在酒肆遇一淡妝素服女子，芳香襲人，語言極清麗，與之對飲甚歡。酒醒後發覺自己「乃在大梅花樹下，上有翠羽啾嘈相須（顧），月落參橫，但惆悵而爾」。

❼ 〔宋〕李昉等撰：《太平御覽》（臺北：新興書局，1958年）卷970引《宋書》：「武帝女壽陽公主，人日臥于含章檐下。梅花落公主額上，成五出之華，拂之不去，皇后留之。自後有梅花粧，後人多效之。」按：今本《宋書》無此文。

詩與畫的結合由來已久，題畫詩也是中國詩歌史上的一項特色。或
謂題畫詩產生於兩晉南北朝，成型於唐、五代，發展於宋、金、元，
鼎盛於明、清，延續於近、現代。❹元末明初題畫詩相當興盛，試觀
凌雲翰《柘軒集》卷一至卷三所收的詩中，大半都是題畫詩可見一
斑。同爲詩歌一體的詞，似乎也隨著題畫詩的腳步發展出題畫詞來。
凌雲翰《柘軒集》卷五所收的詞中，即有一首「詠梨花鳥圖」的〈滿
江紅〉（誰寫瓊英），瞿佑的題畫詞更爲可觀，無論《樂府遺音》或
《天機餘錦》所收，都有相當的數量。因此，文人一同賞畫、評畫，
乃至於一起題詩、題詞的風雅情事自然就產生了。

　　《天機餘錦》卷一收有莫昌的一首〈蘇武慢〉，題目作「題沈旻
所藏雪夜泛舟圖」，同卷又收有瞿佑的一首〈水龍吟〉，題目也
作「題沈旻所藏雪夜泛舟圖」，卷二則另收有一首〈清平樂〉，作
者尚難確定❹，題目也作「題沈旻所藏雪夜泛舟圖」，三首詞雖不同
調，但題目一字不差，可見是三首詞的作者共同題畫酬唱之作。茲
依次錄出這三首題畫酬唱詞，先錄莫昌的〈蘇武慢〉：

---

❹　張晨：〈中國題畫詩發展的歷史線索〉，《中國題畫詩分類鑑賞辭典》（瀋
　　陽：遼寧美術出版社，1992年6月），頁609。

❹　《天機餘錦》收錄〈蘇武慢〉、〈水龍吟〉雖未標示作者，但因緊接在莫
　　昌、瞿佑詞之後，依《天機餘錦》的體例，同作者則不再標示，故可斷定
　　爲兩人作品。〈清平樂〉因接在張炎詞之後，而《天機餘錦》所收的張炎詞
　　均未超出《全宋詞》收錄範圍，故此詞不可能是張炎佚詞。又因〈清平樂〉
　　與〈蘇武慢〉、〈水龍吟〉都是同題酬唱之作，故個人認爲應是杭州府學
　　訓導如：凌雲翰、王裕等所作。有關考證，參閱拙文：〈《天機餘錦》見
　　存金元佚詞析論〉，宋元文學學術研討會會議論文，東吳大學中文系主辦，
　　2001年12月15、16日。

柳絮風寒，梨花雲暖，一片日光新霽。獨木橫橋，小溪流水，
認得探梅竹處。泛泛遍（應作「扁」）舟，啞啞鳴艣，何必子
猷同趣。傍彎碕、那箇人家，有酒有詩堪住。　　近書來、
報說松醪，就煨松火，來趁此時容與。飲待微醺，吟成新調，
自按自歌隨意。愛我家童，驚他座客，偏是巧能言語。道前
村、昨夜青山，都在白雲堆裏。

次錄瞿佑的〈水龍吟〉：

晚來一陣嚴寒，凍雲深鎖前山翠。是誰試手，雕瓊鏤玉，縱
橫交墜。落鴈汀洲，尋梅村塢，一般明媚。對良宵如此，故
人何在，忍姑負，天家瑞。　　幸有扁舟堪載，到前頭、往
來隨意。來時乘興，歸時盡興，自誇高致。吟聳鳶肩，困盤
鶴膝，癡頑無睡。想鄰舡笑倒，漁翁被底，醺醺沉醉。

再錄〈清平樂〉：

故人何處。雪壓溪橋路。一葉扁舟乘興去。滿眼暮雲春樹。
　　行行意思闌珊。歸時漏盡更殘。笑殺風流老子，愛他一
夜嚴寒。

　　題目中的畫作收藏者「沈旻」，生平不可考，大蓋是莫昌等人
的朋友，喜歡收藏字畫，所以藏有〈雪夜泛舟圖〉。由於莫昌本身
是書畫古器物的收藏家，瞿佑也是擅長題畫詞的藝術鑑賞家，因此
他們見到名畫會砰然心動，於是在欣賞名畫之後，相約以此為題而
寫下這些題畫詞，從中也抒發了自己的觀感。

　　莫昌等三人所題的畫既然是〈雪夜泛舟圖〉，而史上最著名的「雪夜泛舟」，莫過於王徽之乘舟冒雪夜訪戴逵的故事⑩，所以三首詞都以這個典故爲基礎，分別寫出自己的看法。莫昌的〈蘇武慢〉詞是將將自己融入畫中，以第一人稱寫雪夜乘舟拜訪朋友的過程。詞省略了雪夜泛舟這段，開始就直接從天亮寫起，作者已來到朋友的住處。依照典故，王徽之乘興泛舟訪戴逵，到了門前，即興盡而返，並沒有登門造訪，但作者反用典故，不認同王徽之的作法，說：「何必子猷同趣」，並說：「傍彎碕、那箇人家，有酒有詩堪住」，認爲朋友是「有酒有詩」的雅士，不僅應該拜訪，而且可以住下來跟他飲酒作詩。更何況他最近曾來信邀請，趁松醪酒熟的時刻，一面喝酒，一面烤火，可以很從容悠閒。作者終於在朋友家喝到微醺，隨意作曲唱歌，相當盡興。最後結尾寫到家童，他語驚四座：「道前村、昨夜青山，都在白雲堆裏。」意思是說家童善於譬喻，把前村的青山，經過一夜降雪，現在白雪皚皚，說成是在白雲堆裡。這樣的結尾也眞是語驚四座，不僅以家童的文化素養來襯托自己，更因爲家童的話，作者訪友的前段過程：「雪夜泛舟」才有著落，換言之，作者直到最後才不留痕跡地將題旨點出，手法可說高明之至。

　　瞿佑的〈水龍吟〉詞，則根據畫意「雪夜泛舟」與王徽之典故加以鋪寫，上片描繪夜晚降雪的明媚景象，面對如此良宵，因而興

---

⑩　〔南朝宋〕劉義慶：《世說新語·任誕》（臺北：臺灣中華書局，1976年3月）載：「王子猷（徽之）居山陰，夜大雪，眠覺，開室命酌酒。四望皎然，因起徬徨，詠左思〈招隱詩〉，忽憶戴安道（逵）。時戴在剡，即便夜乘小船就之，經宿方至，造門不前而返。人問其故，王曰：『吾本乘興而行，興盡而返，何必見戴？』」

起了拜訪故人的念頭。下片進一步描寫雪夜乘舟訪友，並將典故的主要意涵「乘興而行，興盡而返」加以點出，但瞿佑並不認同子猷的做法，所以緊接著說「自誇高致」，意思是說這種做法太過造作，只爲了贏得「高致」的美名而已。後面又指出，與其如此辛苦受凍蜷縮無法入睡，只爲了得到虛名，倒不如像鄰船漁翁在被裡醺醺沉醉還比較自然，因此詞末以漁翁笑倒沉醉被裡作結，見解新奇，頗爲有趣。

〈清平樂〉是一首篇幅較短的小令，作者只是按照典故正面吟詠，典故說王徽之「乘興而行，興盡而返」，所以上片云：「一葉扁舟乘興去」，下片云：「行行意思闌珊。歸時漏盡更殘」。另外「滿眼暮雲春樹」，則是出自杜甫〈春日憶李白〉詩：「渭北春天樹，江東日暮雲」，表示對友人的思念。最後結尾說：「笑殺風流老子，愛他一夜嚴寒」，凸顯「雪夜泛舟」的老子，是多麼風流瀟脫、特立獨行，與世俗的品味不同。

比較這三首題畫酬唱詞，〈清平樂〉只是重複敘述畫境，別無新意，莫昌與瞿佑則用翻案的寫法，否定王徽之「乘興而行，興盡而返」是「高致」的行爲，莫昌表現在與朋友吟詩暢飲歡聚的實際行動上，瞿佑則表現在鄰船漁翁的嘲笑上，雖各有千秋，還是莫昌的寫法較爲自然親切，尤其沒有直接描寫「雪夜泛舟」，不受畫意牽絆，直到詞末方才點出，這種不即不離的表現手法，似乎又比瞿佑高出一籌。

五、書事酬唱

　　《天機餘錦》所收的酬唱詞中，以桂衡〈蘇武慢〉四首的回響最爲可觀，計有：莫昌、瞿祐、王達等三人和韻❺，共填了十二首詞，連原唱合計的話，則高達十六首，可見這次酬唱情況之熱烈。

　　桂衡原唱題作「膠湄書事」，根據《天機餘錦》卷一收瞿佑和詞第一首題云：「次桂孟平膠湄書事韻四首，蓋爲平度州（山東省平度縣）訓導日所作也。」可知是桂衡從錢唐縣學遷到山東平度州學訓導後所作，約作於洪武二十一年（1388）之前。❺桂衡來到山東工作，將自己的生活狀況及感受寫成一組四首聯章體的詞，或寄給過去在杭州時的朋友，或在回京後送給朋友，因此這些朋友也用聯章體寫詞與之酬答和韻。爲了討論方便，先將桂衡原唱〈蘇武慢〉四首聯章體一併錄出：

---

❺　王達（字達善）四首〈蘇武慢〉和詞，原未標示作者，雖之前的同調〈蘇武慢〉（清露晨流）爲張雨詞，依編者體例似爲張雨的作品，但桂衡原唱是山東平度州學訓導任上所作，考桂衡任平度州學訓導是在洪武中至建文二年（1400）之間。而張雨卒於元至正十三年（1350），不可能在此時與桂衡唱和，故此四首詞決非張雨所作。王兆鵬根據《歸田詩話》，謂與瞿佑、桂衡交游的友人尚有「亦好作詞」的「鄰堂王達善」，又和詞中作者自稱與桂衡「居止相鄰，東西咫尺，只隔數家庭院」，故疑此四首即王達所作（見〈詞學秘籍《天機餘錦》考述〉，《文學遺產》1998年第5期，頁48-49），其說言之有據，今從之。

❺　桂衡四首〈蘇武慢〉的創作時間，見同註❸。

（一）

七十人生，明年撚指，五十又三來到。去鄉漸遠，子爐妻煎，
只得自寬懷抱。一領青衫，數莖白髮，消不過這枚紗帽。改
幾篇、者也之乎，怎地便稱訓導。　　這些時、那討風流，
也無花草，落得耳根聒噪。架上詩書，人前言語，常是七顛
八倒。草地茫茫，風沙陣陣，春夏秋冬枯燥。破天荒、寫箇
詞兒，說與故人知道。

（二）

聞說登萊，魂飛目斷，怎想這回親見。大風忽起，走石飛沙，
塵土滿頭滿面。關說東西，屋分南北，小小道堂僧院。更休
提、旅店民居，一色土床蒲薦。　　到人家、抬上卓兒，展
開箔子，便就露天筵宴。酒必雙鐘，殽無兼味，勸了又還來
勸。日晏晴波，天寒煖炕，婦女男兒休辨。渴來也、待喝口
茶湯，把後睡前村尋遍。

（三）

從離錢塘，自來平度，早又三回重午。前年旅邸，舊載病鄉，
今歲謝天容與。酒浸荼蘼，茶煎茉藜，除是夢中仍睹。且收
將、艾葉青青，試教癡兒縛虎。　　憶當時、新浴蘭湯，淺
斟蒲醑，彩袖翩翩雙舞。獻壽歸來，餘歡猶在，新月一鉤當
戶。驀聽西湖，錦雲深處，風度數聲金縷。怕夜涼、睡煞鴛
鴦，小舟撐回南浦。

（四）

自笑生來，幾時曾慣，居住這般房舍。屋簷數尺，土壁四傍，

只好露天過夏。出戶低頭，入門強項，常是躬恭如也。更當
門、安個鍋兒，客至旋燒草把。　　那裏討、壁上梅花，窗
前脩竹，小小松房瀟洒。一陣風來，屋前屋後，掃了又生土
苴。莫要安排，休教戾契，到處隨鄉入社。任九年、考滿歸
時，人道先生村野。

　　桂衡年過半百，遠離故鄉，只爲訓導這頂烏沙帽，加上山東生
活環境艱苦，心情難免鬱悶，但作者個性開朗，並沒有一味沉溺於
悲情，反而運用通俗詼諧的筆調自我解嘲，呈現出詞中鮮有的幽默
感，瞿佑推崇他「善於俳譫」，由這四首「膠湣書事」即可印證。
第一首敘述自己來到山東當訓導的無奈，及在此偏遠地區生活的無
聊，所以忍不住第一次提筆塡詞向老朋友傾訴。第二首進一步描述
山東自然環境及生活條件之惡劣，另也寫出民風淳樸及人情味濃厚
之一面。第三首細述離開錢塘之後，三個端午節的過節情況：前年
住在旅館，去年得思鄉病，今年已從容自得，喝酒飲茶，教小孩做
艾虎。以此代表三年來的生活歷程，第一年旅途勞頓，第二年爲鄉
愁所困，直到如今第三年才獲得適應。但作者還是念念不忘過去在
故鄉過端午節的歡樂情景，表示仍然心繫故鄉。第四首又詳細描寫
居住房舍之低矮簡陋，但他已經能順應自然，入鄉隨俗，最後以九
年任滿變成「村野」的自我調侃作結。整組詞在描繪環境惡劣及居
住簡陋，文字淺白生動，如：「草地茫茫，風沙陣陣，春夏秋冬枯
燥」、「大風忽起，走石飛沙，塵土滿頭滿面」、「更休提、旅店
民居，一色土床蒲薦」、「屋簷數尺，土壁四傍，只好露天過夏」
等，好像是從口中自然說出，卻使人強烈感受到作者身處山東荒隅

之艱困，而產生無限同情。但作者的詼諧個性，也使原本不如意的題材變成輕鬆許多，如：「出戶低頭，入門強項，常是躬恭如也」、「任九年、考滿歸時，人道先生村野」等，化解了抑鬱低沉的氣氛，使人破涕爲笑。

莫昌的四首和韻，除了韻腳遵照桂衡原唱亦步亦趨外，在內容上是否有所呼應？試觀莫昌和韻第一首：

> 山勢龍蟠，石頭虎踞，自喜老年重到。燕子人家，鳳凰臺榭，依舊大江縈抱。薦藝天官，登明國子，隨例綠衫烏帽。朔望須朝，陰晴不阻，行路要人扶導。　到春深、寒食梨花，清明楊柳，處處鶯啼雀噪。花半開時，柳爭垂處，映水綠斜紅倒。塵軟風香，泥融雨細，好景最宜晴燥。可怜情、草色青青，長遶玉街馳道。

相對於桂衡原唱的通俗諧謔，莫昌的和韻就顯得高雅許多了。莫昌寫的是來到京城—金陵的生活情況，詞開始數句就以典故帶出金陵這個地方。「山勢龍蟠，石頭虎踞」，典出諸葛亮對金陵形勢的讚語。「燕子人家，鳳凰臺榭」，則分別用劉禹錫與李白描寫有關金陵的詩句。❸並且原唱寫山東環境「也無花草」、「草地茫茫，風沙陣陣，春夏秋冬枯燥」，極爲荒涼，而和韻剛好相反，寫金陵春天

---

❸　〔宋〕李昉等撰：《太平御覽》（臺北：新興書局，1958年）卷156引晉張勃《吳錄》：「劉備曾使諸葛亮至京，因睹秣陵（即金陵）山阜，嘆曰：『鍾山龍盤，石頭虎踞，此帝王之宅。』」「燕子人家」，語出劉禹錫〈烏衣巷〉詩：「舊時王謝堂前燕，飛入尋常百姓家。」「鳳凰臺榭」，語出李白〈登金陵鳳凰臺〉詩：「鳳凰臺上鳳凰遊，鳳去臺空江自流。」

花木扶疏，「鶯啼雀噪」、「塵軟風香，泥融雨細，好景最宜晴燥」，多麼引人入勝。所以莫昌和韻與原唱無論文字或題材都有很大的差異，兩者的風格基本上是不同的。但這並不妨礙兩人的感情交流，原唱寫在山東的工作情形：「改幾篇、者也之乎，怎地便稱訓導」，和韻也寫在金陵的上班情況：「朔望須朝，陰晴不阻，行路要人扶導」，兩人互吐苦水，而且原唱在結尾云：「破天荒、寫箇詞兒，說與故人知道」，這是對老友平日關懷的回應，和韻在結尾則說：「可憐情、草色青青，長遶玉街馳道」，意思是說看到已綠的青草，可是卻未見您這個王孫從馳道歸來，表示對故人的無限思念。因此就題旨而言，和韻呼應原唱是相當成功的。

莫昌這四首詞除了與桂衡原唱呼應外，從中也反映出明朝建都之後，金陵太平繁華的景象，如第二首（璧水遊歌）寫宴會歡娛的景況：「誰家、柳館簾開，梨園樂奏，報道洗粧春宴。笑語聲中，歡娛隊裏，半醉半醒相勸。握槊探鬮，從人賭勝，道二爭三難辨。」第三首（四月清和）更直接歌頌所目睹的太平盛況：「上國繁華，中年壽數，幸太平今睹。望金陵、鬱鬱蔥蔥，五彩氣成龍虎。」這應該都是符合史實的。

另外，莫昌的性格及人生態度，從詞中也可以很清晰的勾勒出來，如第三首（四月清和）寫道：「傍竹軒窗，依山屋舍，樂得閑身天與」、「待明朝、禪衲初成，詠歌相趁，同去浴沂雩舞」，第四首（小小官稱）寫道：「茶盞招呼，詩筒賡和，只此過多經夏」、「料今生、半是疏慵，半是老來山野」等，都在在顯示作者淡泊名利，追求自由自在、與世無爭的生活。所以莫昌這四首詞雖是和韻，內涵還是相當充實的。

接著介紹王達的和詞。王達，字達善，無錫（今江蘇無錫）人。
洪武中，舉明經，除國子助教。永樂中，擢翰林編修，遷侍讀學士。
❺能詞，有《耐軒詞》傳世，見吳訥編《唐宋元明百家詞》中。❺❺《天
機餘錦》所收的四首〈蘇武慢〉和詞，《耐軒詞》並未見。王達的
和詞應作於建文二年（1400）之後，也就是桂衡從山東返南京任谷府
奉祠時，出示舊作給國子助教瞿佑、王達等人，才引發瞿、王的和
韻。❺相對於莫昌的曠達灑脫，王達的和詞則有較多的不滿牢騷。茲
舉第二首為例：

> 君昔錢塘，我曾吳下，因甚不曾相見。傾蓋都城，歡然如故，
> 難比等閒生面。居止相鄰，東西咫尺，只隔數家庭院。君未
> 老、我已龍鍾，同領王門之薦。　　秀才家、慣受清貧，官
> 微祿薄，喫飯便同開宴。主僕三人，朝餐晚膳，一飽不須人
> 勸。畫鳳描龍，從他真假，誰敢強詞分辨。但天公、雖說公
> 平，雨露尚難周遍。

---

❺ 王達生平，見〔清〕錢謙益：《列朝詩集小傳》，乙集〈王讀學達〉，頁
176。同註❸。

❺❺ 〔明〕吳訥：《唐宋元明百家詞》（臺北：廣文書局，1971月5月），冊8，
收《耐軒詞》共十六調、二十四首詞。

❺ 瞿佑《歸田詩話》云：「庚辰（建文二年，1400）歲秋，權停江北五布司
學校，予在河南，孟平（桂衡）在山東，各齎學印，赴禮部交納。孟平訪
予於大中街旅社，相見甚歡。予置酒，出〈紀行返棹編〉示之，孟平贈詩，
有：『江湖得趣詩盈卷，故舊忘懷酒滿樽』之句。予後授太學助教，孟平
授谷府奉祠，寄小詞，末句云：『捲起綠袍袖，舞個大齋郎』，鄰堂王達
善助教，亦好作詞，見之大笑，喜其善謔也。」從這一段記載，及瞿、王
兩人和詞內容都與京城生活有關，可知和詞應作於桂衡返京之後。

王達一方面寫與桂衡的相識經過，兩人雖相見恨晚，但也慶幸能在都城一見如故，而且更難得的又是鄰居，同在王門當官。另一方面則寫生活的清苦，呼應桂衡在山東的艱困日子，詞末更以天公的雨露不均，諷刺朝廷之用人不公。像這樣的牢騷愁悶，在其他三首也處處可見，如第一首寫道：「故舊無人，後生可畏，箇箇錦衣花帽。長安市、冠蓋相望，誰是謝安王導」，意謂後生晚輩善於鑽營，個個飛黃騰達，京城冠蓋雲集，可是有誰像謝安、王導一樣眞正的人才呢？作者旨在批評朝廷所用非人。第三首則自顧自憐寫道：「早歲容顏，如今嘴臉，羞向鏡中重睹。可憐人、一片雄心，猶待嚐蛟捕虎」，是說自己懷才不遇，形容憔悴，本有屠龍之雄心壯志，如今卻落得要去捕捉蛟虎，比喻有高超的才能，卻要降格以求，等待機會，這是多麼可悲！所以第四首寫京華倦客的無奈與愁悵：「千里無家，一身爲客，吾末知之何也。過西風、幾度重陽，愁折黃花滿把」，最後並以一生求爲世用卻貧苦交迫的孟郊嘲笑作結：「是如何、又出山來，笑殺孟郊東野」，意謂自己的遭遇連孟郊都不如，眞是狼狽。

瞿佑與桂衡同回京城，當了太學助教，他並沒有還朝的喜悅，與王達一樣，四首〈蘇武慢〉和韻詞中，也有許多牢騷要發洩，如第一首：

> 北去南來，山長水遠，果是這番親到。投老還朝，微官薄俸，依舊遺經獨抱。贏得人呼，杜陵野客，一樣蹇驢破帽。便幾回、隔水臨花，卻也無人引導。　　　鬧穰穰、逐隊隨群，車塵馬足，滿耳市聲喧噪。雙袖龍鍾，一鞭搖曳，泥滑隄防跌

倒。朝罷還家，柴門反閉，仍更硯乾筆燥。縱然間、吟就詩
篇，那得知音稱道。

　　瞿佑寫自己南北漂泊，好不容易來到京城，只當了小官，薪俸
微薄，即使滿腹經綸，卻和杜甫一樣落魄。眼睜睜看到人家出門前
呼後擁，無限風光，自己孤伶伶地散朝回家，獨鎖在房內作詩，可
是得不到知音稱賞。全詞吐露自己空有才能，沒有獲得賞識的不滿
情緒。但瞿佑不同於王達的滿腹愁悵，倒是比較能夠自我超脫，第
二首便寫道：「是和非、掃去腦中，置諸膜外，對酒便宜開宴」，
並以東坡檃括陶淵明〈歸去來辭〉爲〈哨遍〉詞作結：「箏從來、
爲米折腰，好箇東坡哨遍」，表示自己的清高，不與世俗同流合汙。
第三首則寫自己蹉跎歲月，誤了與家人共處時間，而勾起思鄉情懷。
第四首順著這股思鄉情懷，寫道：「自古儒流，做成底事，要甚之
乎者也。悔當初、不學兵機，辜負龍泉一把」，對自己鑽研儒術，
不受重用，再次表示感慨之外；同時也以如何抽身，歸隱田園作結：
「一曲滄浪，數間茅屋，老圃老農同社。共交遊、有意相尋，笑指
錢塘之野」，準備回到錢塘家鄉，過著與世無爭、逍遙自在的生活。

　　總括四人的酬唱詞，就文字而言，桂衡原唱最爲通俗詼諧，王
達亦淺白流暢，而莫昌與瞿佑則較爲典雅，尤其莫昌描寫京城春日
風光，特別引人入勝。四人的筆調雖然有所差異，但都能將自己的
生活處境娓娓道來，並抒發感觸，所以不能因爲是酬唱之作而等閒
視之。

六、抒懷酬唱

　　《天機餘錦》卷二收有一首瞿佑的〈風入松〉，題作「次韻貝廷琚助教寄凌彦翀迷懷之教」，貝廷琚，即貝瓊，崇德（浙江省桐鄉縣）人。生於元仁宗延祐元年（1314），卒於明洪武十一年（1378），年六十五。貝瓊四十八歲始領鄉薦，值元末戰亂，退居殳山。洪武三年，應聘預修《元史》，既成，受賜歸。六年，授國子助教。九年，改官中都國子監，教勳臣子弟。洪武十一年致仕。著有《貝瓊集》，集中有〈送王好問赴春官〉、〈送凌彦沖（翀）歸杭〉等詩，❺❼可見他與杭州府學詞人有所交往。《明詞彙刊》收其《清江詞》計十五首。貝瓊這首「迷懷之教」，調名也是〈風入松〉，《明詞彙刊》有收，茲錄之如下：

> 踏槐猶記伴兒童。今日總成翁。十年不到西湖路，輕孤負、秋月春風。回首桃花水遠，傷心燕子樓空。　　倡條冶葉自西東。何處託流紅。繁華夢斷愁多少？都分付、鸚鵡桮中。莫問今來古往，倚樓閒送飛鴻。

貝瓊將詞寄給凌雲翰之後，凌雲翰也和了一首，見收在《柘軒集》卷五，茲錄之如下：

---

❺❼　貝瓊生平，見全明詩編纂委員會：《全明詩》（上海：上海古籍出版社，1994年9月），冊3，頁556，作者小傳。〈送王好問赴春官〉、〈送凌彦沖（翀）歸杭〉詩，分別見《全明詩》頁594、630。

> 誰教齒豁更頭童。從喚作衰翁。惜花已自因花瘦，況飄零、
> 萬點隨風。須信人生如夢，休言世事皆空。　　紫騮嘶過畫
> 橋東。猶記軟塵紅。重來綠遍西湖路，消魂是、杜宇聲中。
> 經眼倚粧飛燕，傷心照影驚鴻。

瞿佑大概看了這兩詞之後，也跟著和韻，即《天機餘錦》所收的這首〈風入松〉：

> 招呼舞女與歌童。追逐訪花翁。逢春便好賡騰醉，何須更、
> 怨雨愁風。萬事回頭盡錯，百年撚指成空。　　古人只有大
> 江東。幾度夕陽紅。將身躍上崑崙頂，觀人世、九點煙中。
> 寄謝紛紛燕雀，那知黃鵠蒼鴻。

　　貝瓊的原唱感慨韶光易逝，年華老去，對世事的變化莫測，充滿著無奈與愁悵，但最後他借酒以擺脫悲情，並看透人生的無常，說道：「莫問今來古往，倚樓閒送飛鴻」，正如蘇軾〈和子由澠池懷舊〉所云：「人生到處知何似，應似飛鴻踏雪泥。泥上偶然留指爪，鴻飛那復計東西。」貝瓊以悠閒自在的態度倚樓送飛鴻，表示他已經能以平常心來看待古往今來的流轉變化，不再執著於無謂的世事紛擾之中。

　　凌雲翰的和韻很特別，並不完全呼應原唱對人生世事的看法。他認同貝瓊對人生短暫的感觸，卻不認為世事皆空。所以他重新來到春天已過的西湖，面對曾經擁有的美好事物，仍然無法忘情，使他陷入極端的痛苦中。詞末「經眼倚粧飛燕」，化自李白〈清平調〉：「可憐飛燕倚新粧」，「傷心照影驚鴻」則化自陸游〈沈園〉：「傷

心橋下春波綠，曾是驚鴻照影來」，李、陸詩句原是指唐玄宗寵愛的楊貴妃及陸游難忘的前妻唐琬，凌氏以兩個悲劇女主角借指無法忘情的美好事物，當然更加黯然銷魂，難以看透虛空了。

瞿佑的和韻也相當特別，他跳脫貝、凌兩人對人生短暫的感傷，而以及時盡情歡樂來取代哀愁，不讓有限的生命留下遺憾。並且他對古人只知感慨「大江東去」、「幾度夕陽紅」，頗不以爲然，認爲只要將自身躍上崑崙山頂，俯瞰天下九州也只不過是九點煙而已，換言之，就是人應該以超脫的態度來看待人生世事，不須斤斤計較。所以他用「燕雀安知鴻鵠之志」的典故，嘲諷那些心胸狹小的人，是無法瞭解胸襟廣闊的人所認識的人生。

貝、凌、瞿三人分別以詞來表達對人生的感受與看法，彼此有相同呼應之處，也有自己獨特的體悟，這樣的酬唱詞已經擺脫一般的虛應故事，其價值是不容抹煞的。

七、祝壽酬唱

《明詞彙刊》本《樂府遺音》收有瞿佑一首〈漁家傲〉，題作：「壽楊復初先生」，詞末並有註云：「復初以村居自號，凌先生彥翀壽以〈漁家傲〉詞。復初從而和之，邀予繼和。按此詞舊譜皆以仄聲起，歐公呼范文正爲『窮塞主』之詞，首句所謂『塞上秋來』者正此格也。他如王荊公之『平岸小橋千嶂抱』、周清眞之『幾日春陰寒惻惻』、謝無逸之『秋水無痕清見底』、張仲宗之『釣笠披雲青嶂繞』，亦皆如是。今二公起語以平聲易之，予迫於酬和，不

敢有違，特著於此，以俟知音者詳云。凌詞云云，楊和韻云云。」❺❽
楊復初，名明，錢塘人，與凌雲翰交遊唱和❺❾，凌氏《柘軒集》有多
首詩即爲楊明所作，如〈墨菊爲楊復初賦〉、〈己未端四，復初以
村居述懷及午日書事見示，因次其韻〉、〈南山紀事詩爲楊復初賦〉
等皆是。❻❿楊明的作品多已失傳，僅有瞿佑這則紀事所載的〈漁家傲〉
和詞流傳。凌雲翰爲楊明祝壽的原唱在今存的《柘軒集》並未收，
茲根據《樂府遺音》所載，錄之如下：

> 采芝步入南山道。山深宛似蓬萊島。聞說村居詩思好。還被
> 惱。蒼苔滿地無人掃。　　載酒亭前松合抱。客來便許同傾
> 倒。玉兔已將靈藥搗。秋意早。月華長似人難老。

楊明的和韻亦錄之如下：

> 當時承望求仙道。那知薄命如郊島。留得殘生猶自好。多懊
> 惱。塵緣俗慮何時掃。　　子已成童無用抱。醉眠任使和衣
> 倒。今歲砧聲秋未搗。涼氣早。看來只懼中年老。

瞿佑的和韻也一併錄出：

---

❺❽ 此則祝壽酬唱紀事，楊慎《詞品》卷6（見同註❷，冊1，頁528）、田汝成
　　《西湖游覽志餘》卷12（見同註❸❿，頁449）皆有收錄。
❺❾ 凌雲翰《柘軒集》卷1〈畫并序〉云：「王謙自牧、楊明復初……皆錢塘人
　　也。」夏節〈柘軒集行述〉云：「（雲翰）飲酒不過多，朋友至者，則必
　　與傾倒盡歡。雅善張昱光弼、王謙自牧、宋祀授之、楊明復初……。」見
　　同註❶❻，頁754，及頁736。
❻❿ 同註❶❻，頁762，頁794，及頁816。

喜來不涉邯鄲道。愁來不竄沙門島。惟有村居閒最好。無事
惱。苔階竹徑頻頻掃。　　有酒可斟琴可抱。長年擬看三松
倒。臼內靈砂親自搗。歸隱早。朝廷未放玄眞老。

　　楊明築室南山，以村居自號，因此凌雲翰的祝壽詞先以楊明的
居家環境寫起，並將南山比喻爲仙島，開頭就已顯示祝壽之意。接
著推崇楊明的詩才與好客，同時也以「蒼苔滿地無人掃」隱含楊明
的懷才不遇。結尾配合壽辰秋天時節，以玉兔搗靈藥再祝福楊明長
生不老，回歸壽詞本意。

　　楊明的和韻一方面呼應原唱，訴說自己懷才不遇，如薄命的孟
郊、賈島；另方面則自我安慰，幼子已經成童，比較沒有負擔，可
以暢飲無虞。最後也以生辰正逢秋涼，寫出對年華老去的憂懼。

　　瞿佑的和韻對楊明退隱南山表示肯定，首兩句認爲人不在官
場，可以免除像邯鄲夢般的升官之喜，也沒有被流竄到沙門島（在山
東省蓬萊縣西北海中，宋元時流放罪犯之地）的憂慮。接著誇讚隱居的悠
閒生活，如此必能長壽勝過松樹（作者以看到松樹倒下比喻人之長壽，因
爲松樹長青不老，松樹倒下則要歷時長久）；並以親自搗靈藥祝福楊明長
生不老，詞意切合祝壽主題。結尾則又轉而替楊明太早歸隱感到惋
惜，想朝廷應該不會讓他就這樣在江湖中老去，將來一定會再重新
起用他。

　　凌、楊、瞿三人的酬唱，除在內容上彼此互相呼應外，根據瞿
佑自註所云，可知他對平仄非常留意，明明知道凌、楊的首句與舊
譜不合，並舉許多前人作品來印證自己的說法，但爲了酬和，他還
是遵照凌、楊的作法。瞿佑所指的首句應以仄聲起，檢查《全宋詞》

收的兩百六十多首詞，並無一首例外❻，可見宋人的格律確實如此，由此也凸顯出瞿佑填詞態度之嚴謹。

八、結　語

　　明初設立杭州府學，網羅了一批飽學之士爲國家訓練人才，雖然府學的教育內容是儒學，訓導也都是擁有一經專長之學者，但從他們的酬唱詞觀察，這些訓導在從事教學研究之餘，還是相當熱愛文學，彼此以詞爲應酬工具，共同詠花、題畫，或書事、抒懷，祝壽時亦不忘唱和，由此可見當時填詞風氣之盛。

　　杭州府學詞人群體就現存的酬唱詞觀之，以凌雲翰、瞿佑的酬唱最爲頻繁，換言之，此一詞人群體是以凌、瞿兩人爲中心，結合一些喜歡填詞的同仁、朋友而成。從唱和的對象也可看出詞壇傳承的蛛絲馬跡，杭州府學詞人以莫昌的輩份最高，他曾受教於宋末元初《樂府補題》作家之一的仇遠，凌雲翰、瞿佑亦有詞追和仇遠，可見兩人對仇遠之景仰，凌雲翰又是瞿佑的長輩，極爲欣賞瞿佑的才華，經常唱和，因此我們可約略看出：仇遠→莫昌→凌雲翰→瞿佑這樣的傳承關係。

　　杭州府學成立，莫昌、凌雲翰、王裕、瞿佑等人因緣際會在一起從事教育，除了王裕是山陰人不屬於杭州府外，其他或爲錢塘人、或爲仁和人，都隸屬杭州府，因此杭州府學詞人群體有其地緣關係。

---

❻　根據高喜田、寇琪編：《全宋詞作者詞調索引》（北京：中華書局，1962年6月）所列〈漁家傲〉兩百六十多首的首句，全部都是仄起，無一首例外。

如桂衡雖未任教於杭州府學，但由於他是仁和人，又曾擔任錢塘縣學訓導，所以很自然地會與莫昌、瞿佑等人唱和。楊明是錢塘人，中年即歸隱，歷任職位不詳，他與凌雲翰、瞿佑有詞唱和，應該也是地緣關係。

杭州府學詞人的酬唱詞，就內容而言，以詠花酬唱最多，這應該承繼自南宋以來詞壇喜歡結社詠物的風氣；題畫酬唱則與當時題畫詩的興盛有密切關係；書事、抒懷、祝壽等酬唱，作者都能將個人的生活經歷、思想懷抱、生命體悟等融入其中，藉詞吐露心曲，使深層的情志得以交流，故不能因爲是應酬文字而等閒視之。

就形式而言，有的是以不同調又不和韻的方式共詠一個主題，如莫昌、瞿佑等人的題畫酬唱即是；有的是以同調不和韻的方式共詠一件事物，如王裕、凌雲翰、瞿佑等人以〈鳳凰臺上憶吹簫〉詠鳳仙花酬唱即是；而最常見的是以同調和韻的方式共詠一個主題，如凌雲翰、瞿佑以〈木蘭花慢〉次韻于舜臣題金故宮白蓮；莫昌、王達、瞿佑以〈蘇武慢〉次韻桂衡膠湄書事等皆是。他們酬唱所選用的詞調，有時亦可見其用心，如以〈鳳凰臺上憶吹簫〉詠鳳仙花，調名和內容相當切合。和韻時不僅韻腳用字亦步亦趨，有的詞人還注意格律的吻合，如瞿佑次韻凌雲翰祝賀楊明的壽詞，明知首句的格律與舊譜不符，但爲了和韻完整，寧願失律也不敢逾越，可見酬唱態度之嚴謹。

杭州府學詞人酬唱固然顯現明初塡詞風氣之盛，但遺憾的是這些詞人的遭遇都相當不幸，如莫昌遭小人所間，不得不以疾爲由辭去訓導職位；凌雲翰基於義憤，亦跟隨莫昌辭職，後來雖獲召爲成

都教授，卻又以在任乏貢舉，謫南荒而卒。王裕晚年遭喪子之痛㉒，離開杭州府學訓導之後，教授終老於鄉。瞿佑的境遇也很悲慘，永樂間，以詩禍下錦衣獄，謫戍保安十年。其他與杭州府學詞人交游酬唱者，如桂衡到山東偏遠的平度州任訓導，飽受風沙之苦，楊明懷才不遇，有如孟郊、賈島，因而中年歸隱。在如此惡劣的處境下，這個詞人群體最後也隨著物換星移而煙消雲散了，他們的作品也大多亡佚失傳，所幸《天機餘錦》的收錄保存，我們大致還可以重回文學現場，體會當時杭州教育界以詞酬唱盛況之一斑。

——原載《建構與反思——中國文學史的探索學術研討會論文集（上）》（臺北：臺灣學生書局，2002 年 7 月），頁 135—177。

㉒　凌雲翰《柘軒集》卷二有一首題〈悼王觀用賓〉，題下註云：「同年好問之子」，詩中對王裕晚年喪子表示哀悼。見同註⑯，頁791。

瞿佑詞校勘輯佚及板本探究

一、前 言

　　瞿佑，字宗吉，號存齋，錢塘（今浙江省杭州市）人。生於元惠宗至正七年（1347），卒於明宣宗宣德八年（1433），年八十七。

　　佑少時，以和凌雲翰「梅柳爭春」詞知名；又嘗作〈沁園春·賦鞋杯〉詞，呈楊維楨，大受讚賞（《歸田詩話》卷下）。平生著述豐富，有《剪燈新話》、《歸田詩話》等書傳世。其詞集僅《樂府遺音》一卷（趙尊嶽輯《明詞彙刊》本）流傳，計存詞一一三首，附北曲十七首。

　　筆者於三年前，從國家圖書館所藏的明抄本《天機餘錦》中，發現了它保存許多宋金元明佚詞，曾撰寫〈詞學的新發現——明抄本《天機餘錦》之成書及其價值〉一文（發表於《宋代文學研究叢刊》3期，1997年9月）。後又特別將這些佚詞一一輯出，明詞部分撰成〈《天機餘錦》見存瞿佑等明人詞〉一文（發表於《中國書目季刊》32卷1期，1998年6月）。其中所保存的以瞿佑詞最為可觀，計有五十五調，一四五首（含〈殿前歡〉曲一首）。

　　《天機餘錦》所收的瞿佑詞，和《樂府遺音》比對之後，計有

〈賀新郎〉（風露非人世）、〈齊天樂〉（幽居占得林巒好）等十八首相同，但文字差異甚大，因此引起筆者校勘瞿佑詞的動機。

瞿佑詞除《樂府遺音》、《天機餘錦》所保存的之外，也散見於明清的詞選、詞話、方志、類書及筆記等書。任遵時先生曾撰〈瞿存齋詩詞輯佚〉一文（發表於《醒吾學報》6 期，1982 年 6 月），從《渚山堂詞話》、《萬曆杭州府志》、《古今圖書集成》等書，共輯得瞿佑詞二十六首，但由於他當時並未能見到趙尊嶽的《明詞彙刊》，所以這些所謂佚詞，其實大半都還保存在《樂府遺音》中。

任先生搜輯瞿佑詞的苦心固然值得肯定，但許多明清人所編的詞選他卻沒有注意到，如他從各書中輯了瞿佑詠西湖十景的〈摸魚兒〉詞，只有八首，而《草堂詩餘新集》、《精選古今詩餘醉》、《御選歷代詩餘》卻都完整的保存了十首。另外像《古今詞統》、《詞菁》、《延碧堂詩餘彙選》、《古今詞匯二編》等書，也都選有瞿佑的詞。因此筆者以任先生所輯為基礎，再全面加以搜尋，將散見在各處的瞿佑詞全部彙集在一起，同時將各本所錄的詞比對，校勘文字之異同，如此也可確定《樂府遺音》及《天機餘錦》所收之外，尚有那些佚詞，最後並根據各本所錄瞿佑詞的情形，作板本探究。

由於《樂府遺音》與《天機餘錦》保存瞿佑詞最多，《樂府遺音》又是瞿佑留傳的唯一詞集，因此先將《樂府遺音》與《天機餘綿》共收錄的詞作校勘，並以《樂府遺音》為底本，如尚有其他書收錄也一一注明出處，並在校記中指出文字上的差異，也儘可能判斷正誤。接著是《天機餘錦》未收，而為《樂府遺音》與他書共收錄的詞，仍然以《樂府遺音》為底本來從事校勘。其次是《樂府遺

音》未收，而爲《天機餘錦》與他書共收錄的詞，這時則以《天機餘錦》爲底本來校勘。最後是《樂府遺音》與《天機餘錦》皆未收錄的詞，其中以見於《草堂詩餘新集》，歌詠西湖十景的〈摸魚兒〉十首最爲完整且較早，因此特立一項，並用他書所錄來與之校勘。另外還有見於《剪燈新話》這部小說及《蟬精雋》中的詞，也一一加以錄出。

二、《樂府遺音》與《天機餘錦》共收錄者

賀新郎　題秦女吹簫圖

風露非人世。正良宵、月華如畫，雲開天霽。十二臺高無人到，只有彩鸞飛至。便同跨、搏風雙翅。手弄參差瓊玉琯，向曲中吹出求風意。霄漢上，共遊戲。　　祥飆浩蕩吹香袂。任釵橫鬢亂，嬾把妝梳重試。償盡平生于飛願，到處相隨尤殢。果然是、赤繩雙繫。天若有情天也許，願人間、夫婦咸如是。歡樂事，莫相棄。

出處《樂府遺音》、《天機餘錦》卷一、《古今詞統》卷十六、《古今詞匯二編》卷四、《御選歷代詩餘》卷九十六。

校記

如畫：《天機餘錦》「畫」作「水」。

十二臺高：《御選歷代詩餘》「臺」作「樓」。

搏風：《天機餘錦》作「排空」。

參差：《古今詞匯二編》作「參空」，不通。

吹出：《古今詞統》、《御選歷代詩餘》「吹」作「寫」，詞意不順。

祥飆浩蕩吹香袂：《天機餘錦》作「香風淡蕩飄霞帔」。

任釵橫鬢亂，嬾把妝梳重試：《天機餘錦》作「儘由他、翠
　　鬟不整，金釵低墜」。文字與句法皆不同。

平生：《古今詞統》、《古今詞匯二編》、《御選歷代詩餘》
　　「平」作「三」，應是形近而誤。

于飛願：《天機餘錦》「願」作「興」，應是音近而誤。

願人間：《古今詞統》、《古今詞匯二編》、《御選歷代詩
　　餘》「願」作「許」，應是涉上「許」字而誤。

齊天樂　題茹雲谷夏日幽居小景

幽居占得林巒好，門前一川新漲。檻影迎鷗，簹光送鷺，終日被風
搖蕩。汀洲在望。愛淺碧粼粼，老魚吹浪。一點炎塵，料應不到釣
臺上。　　雖無四鄰依傍，有青山繞屋，自成屏障。客抱琴來，相
逢大笑，拋下手中筇杖。君彈我唱，便旋網谿鱗，新篘家釀。弄盞
傳梧，為君添飲量。

出處《樂府遺音》、《天機餘錦》卷三。
校記

題目：《天機餘錦》「夏日幽居小景」作「溪山夏景」。

迎鷗：《天機餘錦》「迎」作「侵」。

送鷺：《天機餘錦》「送」作「逼」。

汀洲在望：《天機餘錦》作「憑闌遠望」。

炎塵：《天機餘錦》作「塵埃」。

雖無四鄰依傍，有青山繞屋：《天機餘錦》作「溪山佳致如
　　許，況脩篁遶屋」。

便旋網谿鱗：《天機餘錦》「網谿鱗」作「摘園蔬」。

一翦梅　舟次渭塘書所見

水邊亭館傍晴沙。不是村家。恐是仙家。竹枝低亞柳枝斜。紅是桃花。白是梨花。　　敲門試覓一甌茶。驚散群鴉。喚出雙鴉。臨流久立自咨嗟。景又堪誇。人又堪誇。

出處《樂府遺音》、《天機餘錦》卷四。

校記

> 題目：《天機餘錦》作「渭塘道中」。
>
> 水邊亭館傍晴沙：《天機餘錦》作「傍水園林柳半遮」。
>
> 竹枝低亞柳枝斜：《天機餘錦》作「東風點綴太粉華」。
>
> 臨流久立：《天機餘錦》作「躊躇立久」。

南鄉子　嘉興客館聽陶氏歌

簾卷水西樓。一曲新腔唱打油。宿雨眠雲年少夢，休謳。且盡尊前酒一甌。　　明日又登舟。卻指今宵是舊遊。同是他鄉淪落客，休愁。月子彎彎照幾州。

出處《樂府餘音》、《天機餘錦》卷四、《堯山堂外紀》卷八十、《堅瓠七集》卷二。

校記

> 題目：《天機餘錦》作「嘉興客館酌別，妓陶氏唱打油歌，戲贈」。
>
> 尊前：《天機餘錦》「尊」作「筵」，《堯山堂外紀》、《堅瓠七集》作「生」。
>
> 今宵：《天機餘錦》「宵」作「朝」。
>
> 他鄉：《天機餘錦》作「天涯」。

踏莎行　秋夜

涼露階除，西風臺樹。葡萄落盡惟空架。數行燭淚畫屏秋，一方月
色中庭夜。　　蛩韻淒清，螢光高下。畏寒牢裏吳綾帕。木犀花底
立多時，待他後院燒香罷。

出處《樂府遺音》、《天機餘錦》卷三。

校記

　　　階除：《天機餘錦》作「園林」。

蝶戀花　墨萱為張克敬題，克敬與予皆無母

落盡嫣紅春不管。長養薰風，萬綠盈庭苑。若箇花枝偏入眼。釵頭
么鳳黃金軟。　　悵望高堂人去遠。浪說忘憂，無計能排遣。采得
一枝徒戀戀。雨昏煙暗年華晚。

出處《樂府遺音》、《天機餘錦》卷一。

校記

　　　題目：《天機餘錦》在「墨萱」之上多「閻仲彬」三字。「題」
　　　　　作「顯」，形近而誤。

　　　長養薰風：《天機餘錦》作「風信南來」。

　　　庭苑：《天機餘錦》作「池館」。

　　　采得一枝徒戀戀：《天機餘錦》作「壽酒一盃空戀戀」。

南鄉子　罷釣扇面為張麟題

嘉樹蔭清流。知是吾鄉某水丘。遊遍江湖今已倦，歸休。笑指蘆花
古渡頭。　　風月一扁舟。拋下綸竿撇下鉤。波浪不生塵不起，清
幽。相近相親是白鷗。

出處《樂府遺音》、《天機餘錦》卷四。

校記

> 題目：《天機餘錦》作「題橫舟圖」。
>
> 歸休：《天機餘錦》「休」作「舟」。
>
> 笑指蘆花古渡頭：《天機餘錦》作「怕向蘆汀蓼岸頭」。
>
> 風月一扁舟：《天機餘錦》作「萬事付休休」。
>
> 波浪不生塵不起：《天機餘錦》作「仰面看天成獨笑」。
>
> 清幽：《天機餘錦》作「沙鷗」。
>
> 相近相親是白鷗：《天機餘錦》作「不用驚飛過別洲」。

長相思　詠蓮

蓮葉東。蓮葉西。兩兩魚梭戲碧谿。東西路易迷。　　一花高。一花低。同受恩波出淤泥。高低不並齊。

出處《樂府遺音》、《天機餘錦》卷三。

校記

> 題目：《天機餘錦》作「詠荷花」。
>
> 淤泥：《天機餘錦》「淤」作「洿」。

南柯子　舟次湖州

古郡山連野，長谿水貫城。駱駝橋下舊經行。曾聽小樓、人弄玉簫聲。　　綠葉成陰後，青春結子成。重來雖未隔三生。堪恨茶煙、吹滿鬢絲輕。

出處《樂府遺音》、《天機餘錦》卷四。

校記

> 題目：《天機餘錦》作「書吳興客舍」。

堪恨：《天機餘錦》作「誰信」。

生查子　春詞

東風何處來，滿地梨花謝。燕子不知愁，並立鞦韆架。　　無人獨倚闌，膽小多驚怕。兜上鳳頭鞋，掉下鮫綃帕。

出處《樂府遺音》、《天機餘錦》卷三。

校記

題目：《天機餘錦》缺。

掉下：《天機餘錦》「掉」作「墜」。

生查子

煙消鑪內香，雨滴簷前水。蕩子不歸來，悶把屏山倚。　　閒調綠綺琴，碎擘紅箋紙。愛殺太平錢，心在團圓裏。

出處《樂府遺音》、《天機餘錦》卷三。

校記

上闋：《天機餘錦》作「天邊有去鴻，波內無來鯉。十二曲
　　　闌干，鎮日愁相倚。」

碎擘：《天機餘錦》作「悶寫」。

木蘭花慢　金故宮太液池白蓮

記前朝舊事，曾此地，會神仙。向鵁鵊橋頭，花迎鳳輦，浪捧龍船。繁華已成塵土，但一池、秋水浸長天。白鷺曾窺舞扇，青鸞慣遞吟箋。　　多情惟有舊時蓮。照影夕陽邊。甚冷豔幽香，濃涵晚露，澹抹昏煙。堪嗟後庭玉樹，共幽蘭、遠向汝南遷。留得宮牆楊柳，一般顲頷風前。

出處《樂府遺音》、《天機餘錦》卷一。

校記

題目:《天機餘錦》作「次韻于舜臣先輩題金故宮白蓮」。

全詞:《天機餘錦》除首尾數句相同外,其他皆異,茲整首
錄之如下:「問前朝舊事,曾此地,會神仙。記羅襪凌
波,霓裳舞月,無限芳鮮。韶華已隨流水,嘆人間、無
處覓嬋娟。喚醒三生舊夢,還魂誰爇香煙。　淡妝照
影水中天。畫筆巧難傳。奈默默無言,依依有恨,愁思
相牽。淒涼廢臺荒沼,縱芳菲、終不似當年。好伴汴宮
楊柳,一般憔悴風前。」

　　鷓鴣天　吳江村中

塍隴相連水四圍。雞塒豚柵傍柴扉。休耕父老糢糊醉,失學頑童蓍
菫肥。　　楓葉浦,荻花磯。白鷗低拂釣船飛。夕陽牛背眞堪畫,
載得昏鴉幾箇歸。

出處《樂府遺音》、《天機餘錦》卷一。

校記

題目:此首與下闋同屬聯章體,《天機餘錦》題目見下闋。

塍隴相連:《天機餘錦》作「坡壠高低」。

雞塒豚柵傍柴扉:《天機餘錦》作「水家相並列柴扉」。

父老:《天機餘錦》作「老叟」。

下片:《天機餘錦》全部相異,茲錄之如下:「斜日墜,暮
煙微。出門黃葉打頭飛。數聲短笛騎牛過,一丈長竿趕
鴨歸。」

鷓鴣天

酒熟雞肥不用錢。菱腰豆角上盤筵。釣來谿鱔長如秤，摸得田螺大似拳。　　丹橘賤，白魚鮮。西風千里菊花天。官租納罷私租畢，便是儂家快活年。

出處《樂府遺音》、《天機餘錦》卷一。

校記

> 題目：《天機餘錦》作「丙午暮秋，寓居吳江別業，鄰翁王韶頗好客，日釀蓮花白酒相邀，且請留題，以志一時之樂。醉後率口成俚語四章，走筆戲書，付樵童牧豎，擊壤而歌之，叩牛角而和之，甚有山野意趣，於是賓主樂甚，劇飲而歸」。按，《天機餘錦》除收錄《樂府遺書》此首與上首〈鷓鴣天〉外，另錄有同調〈無辱無榮百自由〉及〈村北村南打稻聲〉兩首，正符合題目「率口成俚語四章」之數。
>
> 酒熟雞肥：《天機餘錦》作「村酒頻篘」。
>
> 豆角：《天機餘錦》作「苴莢」。
>
> 丹橘賤：《天機餘錦》作「丹桂熟」。
>
> 西風千里菊花天：《天機餘錦》脫「風」字，「天」作「香」。
>
> 儂家：《天機餘錦》「儂」作「農」。

巫山一段雲　夏景

陣陣荷盤雨，絲絲柳線風。石榴顛倒落殘紅。萱草綠成叢。　　蚱蜢雙跳遠，螳螂獨步雄。翩翩蝴蝶喜相逢。飛過畫闌東。

出處《樂府遺音》、《天機餘錦》卷三。

校記

題目：《天機餘錦》作「望湖樓夏景三首」。按，《天機餘
錦》除收錄《樂府遺音》此首與下首〈巫山一段雲〉外，
另錄有同調（濾蜜調冰水）一首，正符合題目「三首」
之數。

殘紅：《天機餘錦》「殘」作「淺」，平仄不合格律，應是
形近而誤。

翩翻蝴蝶喜相逢：《天機餘錦》「翩翻」倒作「翻翩」，誤。
「蝴蝶」脫一「蝴」字。「喜相逢」作「化青蟲」。

畫闌：《天機餘錦》作「竹籬」。

巫山一段雲

扇上乘鸞女，屏間跨鶴仙。博山香裊水沈煙。飛燕蹴箏絃。　　珍
簟波紋細，風車月暈圓。銀瓶引綆汲新泉。培養並頭蓮。

出處《樂府遺音》、《天機餘錦》卷三、《渚山堂詞話》卷一。
校記

博山香裊：《天機餘錦》作「香毬高噴」。

飛燕蹴箏絃：《天機餘錦》作「浮動畫欄邊」。

珍簟波紋細，風車月暈圓：《天機餘錦》作「醉起揮紅拂，詩
成寫綠箋」。《渚山堂詞話》「珍」作「水」。

銀瓶引綆汲新泉：《天機餘錦》「瓶」作「屏」，應是音同而
誤。「引綆」作「井底」。「汲」作「引」。

行香子　暮景

啼罷林鴉。鬧罷池蛙。樹陰中、散罷蜂衙。漏聲未動，禁鼓初撾。

對一鑪香，一簾月，一甌茶。　　看盡殘霞。數盡飛花。小樓東、掩盡窗紗。睡魔不到，詩思偏佳。問酒存乎，琴在否，客來麼。

出處　《樂府遺音》、《天機餘錦》卷四、《古今詞統》卷十、《延
　　　碧堂詩餘彙選》卷二。

校記

題目：《天機餘錦》作「春晚即事」。《古今詞統》、《延
　　　碧堂詩餘彙選》作「閒情」，應是詞選編者所題。

禁鼓初揭：《天機餘錦》作「簾影西斜」。

一簾月：《天機餘錦》「簾」作「庭」。

看盡殘霞：《天機餘錦》作「聽盡琵琶」。

小樓東：《天機餘錦》「東」作「間」。

睡魔不到：《天機餘錦》「到」作「倒」。《古今詞統》、
　　　《延碧堂詩餘彙選》「魔」作「思」，應是涉下「思」
　　　字而誤。

詩思偏佳：《天機餘錦》作「詩興渾家」。

殿前歡　題趙太祖蹴球圖

宋君臣。戲場中，龍虎會風雲。拍肩把臂衣衫褪，氣合情親。　　衝
開戰馬群。喝破迷魂陣。踢轉昇平運。消磨日月，整頓乾坤。

出處　《樂府遺音》、《天機餘錦》卷三。

校記

調名：此首為曲。

戰馬群：《天機餘錦》「群」作「塵」。

三、《樂府遺音》與他書共收錄者

滿庭芳　　西湖夜泛

露葦催黃，煙蒲駐綠，水光山色相連。紅衣落盡，辜負采蓮船。點檢六朝楊柳，但幾箇、抱葉殘蟬。秋容晚，雲寒雁背，風冷鷺鶯肩。

　　華筵。容易散，愁添酒量，兵減詩顛。況情懷沖澹，漸入中年。掃退舞裙歌扇。盡付與、一枕高眠。清閒好，脫巾露髮，仰面看青天。

出處　《樂府遺音》、《西湖遊覽志餘》卷十二、《詞品》卷六、《萬曆杭州府志》卷二二、《草堂詩餘新集》卷四、《古今詞統》卷十二、《詞菁》卷一、《古今詞匯二編》卷三、《延碧堂詩餘彙選》卷三、《御選歷代詩餘》卷六一、《古今圖書集成·山川典》卷二九一、《雍正浙江通志》卷二七八。

校記

　　題目：除《萬曆杭州府志》未標題目、《古今圖書集成》缺「夜泛」兩字外，其他《西湖遊覽志餘》等各本『夜』皆作「秋」。

　　駐綠：《萬曆杭州府志》、《古今圖書集成》「駐」作「注」，《草堂詩餘新集》「駐」下云：「一作注」。「注」應是音同而誤。

　　六朝：《西湖遊覽志餘》等各本「朝」皆作「橋」，應作「橋」較合題意。

殘蟬：《古今圖書集成》「殘」作「寒」，與下文「雲寒」
　　　重複，不佳。

兵減：《西湖遊覽志餘》等各本「兵」皆作「病」，「病」
　　　與「愁」相對，而且詞意較順，應作「病」爲是。

沖澹：《萬曆杭州府志》、《古今詞匯二編》、《古今圖書
　　　集成》「沖」作「冷」，《草堂詩餘新集》「沖」下云：
　　　「一作冷」，唯「冷澹」過於激切，不佳。

仰面：《延碧堂詩餘彙選》作「搔首」，詞意造作，不佳。

沁園春　詠鞋杯

一掬嬌春，弓樣新裁，蓮步未移。笑書生量窄，愛渠儘小，主人情
重，酌我休遲。醞釀朝雲，斟量暮雨，能使麴生風味奇。頻分付，
愼莫教浣卻，酒暈淋漓。　　　傳觀到手爭持。便豪吸狂吞不用辭。
任淩波南浦，惟誇羅韈賞花上苑，共飲瑤巵。綾帕高擎，銀瓶低注，
全勝翠裙深掩時。華筵散，奈此心先醉，此恨誰知。

出處《樂府遺音》、《歸田詩話》卷下、《西湖遊覽志錄》卷十
　　　一、《詞品》卷六、《唐宋元明酒詞》卷下、《堯山堂外紀》
　　　卷八十、《草堂詩餘新集》卷五、《古今詞統》卷十五、《精
　　　選古今詩餘醉》卷十二、《御選歷代詩餘》卷九一、《詞苑
　　　叢談》卷八、《古今詞話·詞話》卷下、《詞壇記事》卷下、
　　　《堅瓠七集》卷二、《詞苑萃編》卷十六。

校記

題目：《唐宋元明酒詞》作「席中贈妓」，《草堂詩餘新集》、
　　　《古今詞統》、《精選古今詩餘醉》作「鞋盃」。按，

瞿佑撰《歸田詩話》云:「因以鞋盃命題,予製〈沁園
春〉以呈,大喜,即命侍妓歌以行酒,詞云云。歡飲而
罷,袖其稿以去。」故作「詠鞵栖」、「鞋盃」爲是(「鞵
栖」與「鞋盃」爲異體字),而非「席中贈妓」。

頻分付,慎莫教浣卻,酒暈淋漓:《歸田詩話》等各本皆作
「何須去,向花塵留蹟,月地偷期」。

傳觀到手爭持:除《西湖遊覽志餘》、《唐宋元明酒詞》作
「風流到處偏宜」,《詞品》作「風流到處便宜」外,
《歸田詩話》等各本皆作「風流到手偏宜」,《草堂詩
餘新集》「偏」下云:「一作處便誤」。

狂吞:《歸田詩話》等各本「狂」皆作「雄」。

羅韈:《堅瓠七集》「韈」作「袴」,誤。

共飲瑤巵:《歸田詩話》等各本皆作「祗勸金巵」。

綾帕:《歸田詩話》等各本「綾」皆作「羅」。

全勝:《歸田詩話》等各本「全」皆作「絕」。

全勝:《歸田詩話》等各本「全」皆作「絕」。

翠裙:《御選歷代詩餘》「翠」作「湘」。

念奴嬌 悼友人陳嵩歿於閩中妓館

海山何處,歎人間、別有芙蓉城闕。霧閣雲窗,深幾許、獨駕青騾
超越。香藹雲屏,被翻錦浪,波捧龍綃韈。鏡鸞舞罷,半簾鐙影明
滅。　　誰信一飲瓊漿,玉山自倒,魂逐驚鴻沒。瘴雨蠻煙歸夢斷,
愁滿空梁殘月。疇昔相期,殺雞炊黍,中道成長別。故山秋晚,何
人共采薇蕨。

出處《樂府遺音》、《西湖遊覽志餘》卷十六，《古今詞匯二編》
　　卷四、《歷選歷代詩餘》卷六九。

校記

　　題目：《古今詞匯二編》作「悼陳子蕭」。按，《西湖遊覽
　　　　志餘》云：「錢唐陳崵子肅者，喜遊俠，爲奇俊語，存
　　　　齋瞿宗吉甚奇之。…後商於閩中，盤桓妓館，…逾一歲
　　　　而卒，年二十三云。宗吉作〈念奴嬌〉詞悼之云云。」
　　　　可知「蕭」當作「肅」，形近而誤。《御選歷代詩餘》
　　　　缺題目。

　　海山：《古今詞匯二編》、《御選歷代詩餘》「山」作「天」。

　　芙蓉：《古今詞匯二編》作「夫容」，可通。

　　錦浪：《古今詞匯二編》「錦」作「翠」，《御選歷代詩餘》
　　　　作「紅」。

　　長別：《御選歷代詩餘》「長」作「相」，不佳。

　　　卜算子　　暮春

雙鵲喚春來，雙燕銜春去。春去春來爲底忙，有似波光注。　　一
陣雨催花，一陣風吹絮。惟有啼鶯不負春，強要留春住。

出處《樂府遺音》、《渚山堂詞話》卷二。

校記

　　題目：《渚山堂詞話》云：「僧如晦作春歸云云，瞿宗吉一
　　　　曲云云。二詞皆詠春歸，皆寄〈卜算子〉。」

　　雙鵲喚春來：《渚山堂詞話》作「雙蝶送春來」。

　　爲底忙：《渚山堂詞話》作「總屬人」。

有似波光注：《渚山堂詞話》作「誰與春爲主」。

啼鶯不負春：《渚山堂詞話》作「啼鵑更迫春」。

強要留春住：《渚山堂詞話》作「不放從容住」。

漁家傲　壽楊復初先生

喜來不涉邯鄲道。愁來不竄沙門島。惟有村居閒最好。無事惱。苔階竹徑頻頻掃。　　有酒可斟琴可抱。長年擬看三松倒。臼內靈砂親自搗。歸隱早。朝廷未放玄眞老。

> 復初以村居自號，凌先生彥翀壽以〈漁家傲〉詞。復初從而和之，邀予繼和。按此詞舊譜皆以仄聲起，歐公呼范文正爲「窮塞主」之詞，首句所謂「塞上秋來」者正此格也。他如王荊公之「平岸小橋千嶂抱」、周清真之「幾日春陰寒惻惻」、謝無逸之「秋水無痕清見底」、張仲宗之「釣笠披雲青嶂繞」，亦皆如是。今二公起語以平聲易之，予迫於酬和，不敢有違，特著於此，以俟知音者詳云。凌詞云：「采芝步入南山道。山深宛似蓬萊島。聞説村居詩思好。還被惱。蒼苔滿地無人掃。　　載酒亭前松合抱。客來便許同傾倒。玉兔已將靈藥搗。秋意早。月華長似人難老。」楊和韻云：「當時承望求仙道。那知薄命如郊島。留得殘生猶自好。多懊惱。塵緣俗慮何時掃。　　子已成童無用抱。醉眠任使和衣倒。今歲砧聲秋未搗。涼氣早。看來只懼中年老。」

出處《樂府遺音》、《詞品》卷六。

校記

朝廷：《詞品》「廷」作「來」。

桂枝香　秋懷用前韻六首，答楊文卿、顧中道二友

珠簾卷雨。渺萬里素秋，無復炎暑。惟見棲烏繞樹，來鴻邊渚。交游零落繁華過，遇良辰、有誰興舉。故宮禾黍，長江波浪，那更愁佇。　把自古、賢豪歷數。便伊呂勳庸，何似巢許。誰更求名著就，陸生新語。維摩病後心情嬾，但蕭然丈室容與。不將經卷，閒開引他，散花天女。

出處《樂府遺音》、《古今詞統》卷十三。

校記

　題目：《古今詞統》只收四首，故題作「秋懷答文卿、顧中道」。

　珠簾卷雨三句：《古今詞統》誤作「纔晴又雨。直恁地不容，些個餘暑」，此為另一首前三句。

桂枝香

闌風伏雨。盡四海八荒，驅退殘暑。偏稱開尊月地，投竿煙渚。年來自喜狂心減，敢呼他、大兒文舉。松菊三徑，圖書四壁，聊其觀佇。　任當道、群賢不數。儘布韈青鞋，歡樂自許。結友漁樵習得，賀公吳語。全家受用清閒福，願天公此福多與。挽鬢自有，頑童畫眉，豈無嬌女。

出處《樂府遺音》、《古今詞統》卷十三。

校記

　挽鬢：《古今詞統》「鬢」作「鬚」，按格律作「鬚」為是。

　頑童：《古今詞統》「童」作「兒」。

桂枝香

斜風細雨。漸歲月逼人，消減隆暑。還見雲歸越岫，波澄吳渚。年
來三傳登高閣，抱遺經、不求科舉。太公谿上，龐公隴上，耕釣堪
佇。　　歎小器、何須算數。愧社友鄉翁，過矣稱許。道拙才疏學
問，止于論語。齋居冷落交游少，但參乎點也吾與。不曾爲宰，中
都任誰，受他齊女。

出處《樂府遺音》、《古今詞統》卷十三。

桂枝香

虹光截雨。爲甚事晚來，渾沒些暑。無奈風搖野樹，潮吞洲渚。平
生臨水登山興，歎新來、此歡慵舉。客還知否，吾衰久矣，誰肯迎
佇。　　喜姓字、無人薦數。尚不識眞卿，何況張許。里社浮沈老
圃，老農相語。同時校尉封侯盡，問將軍射獵誰與。短衣匹馬，山
中往來，但逢毛女。

出處《樂府遺音》、《古今詞統》卷十三。

校記

> 潮吞洲渚：《古今詞統》「吞」作「生」，涉下文「平生」
> 　而誤。

> 迎佇：《古今詞統》「迎」作「延」。按，「延佇」一詞常
> 　見於古籍，如陶潛〈停雲〉詩：「良朋悠邈，搔首延佇。」
> 　故作「延」爲是。

西江月　妓朱觀奴營造求題疏

傾國傾城美貌，爲雲爲雨芳年。金沙灘上舊因緣。重到人間示現。

欲搆雲窗霧閣，奈慳寶鈔金錢。諸公有意與周旋。請看桃花好面。

出處《樂府遺音》、《西湖遊覽志餘》卷十六、《堯山堂外紀》
卷八十、《詞苑萃編》卷二二。

校記

題目：《西湖遊覽志餘》云：「甲妓朱觀奴者，居鹽橋，頗
通文義。嘗欲搆室，而募緣於人，求題詞于瞿宗吉。宗
吉援筆書云云。人以宗吉故，喜捐貲焉。」

望江南　為太原陳壅千戶賦西湖景

西湖景，春日最宜晴。花底管絃公子宴，水邊羅綺麗人行。十里按
歌聲。

西湖景，夏日正堪遊。金勒馬嘶垂柳岸，紅妝人泛采蓮舟。驚起水
中鷗。

西湖景，秋日更宜觀。桂子崗巒金粟富，芙蓉洲渚綵雲間。爽氣滿
前山。

西湖景，多日轉清奇。賞雪樓臺評酒價，觀梅園圃訂春期。共醉太
平時。

出處《樂府遺音》、《西湖遊覽志餘》卷十二、《詞品》卷六、
《萬曆杭州府志》卷二二、《草堂詩餘新集》卷一、《御選
歷代詩餘》卷一、《堅瓠六集》卷一、《古今圖書集成·歲
功典》卷八、《雍正浙江通志》卷二七八、《詞苑萃編》卷
七。

校記

> 題目：《草堂詩餘新集》四首皆標「西湖」，另分別標「春、夏、秋、冬」；其它除《雍正浙江通志》作「西湖四首」外，《西湖遊覽志餘》等各本皆作「西湖四時」。按各本只標出內容，《樂府遺音》兼含創作動機，較詳備可取。
>
> 宜觀：《雍正浙江通志》「觀」作「看」，不佳。各本皆作「觀」。
>
> 前山：《西湖遊覽志餘》、《詞品》、《萬曆杭州府志》作「山前」，《草堂詩餘新集》「前山」下注云：「一作山前」。按作「山前」較佳，作「前山」過於板滯，不妥。
>
> 賞雪：《詞苑萃編》「賞」作「貫」，形近而誤。

望江南　庚子元夕

元宵景，澹月伴疏星。戌卒抱關敲木柝，歌童穿市唱金經。簫鼓憶杭城。

元夕城市寂寥，惟聞戌卒擊柝聲，幼童數輩沿街歌唱佛曲而已。懷想故鄉，慨然有作。

出處《樂府遺音》、《西湖遊覽志餘》卷十二、《堯山堂外紀》卷八十、《詞苑叢談》卷八、《詞壇記事》卷下。

校記

> 題目：《西湖遊覽志餘》等各本皆將此詞與下四首合併，並云：「永樂間，宗吉以詩禍下錦衣獄，盱江胡子昂亦以

詩禍踵至。……已而，宗吉謫戍保安者十年，時興河失守，
邊境蕭條。永樂己亥，降佛曲於塞下，選子弟唱之。時
值元宵，宗吉淒然作〈望江南〉五首云云。」（《堯山
堂外紀》等三本敘述較簡）。按，《樂府遺音》所標注
時間及自注創作動機皆非常清楚，應較可據。

望江南　辛丑元夕

元宵景，野燒照山明。風陣摩天將半夜，斗杓插地過初更。鐙火憶
杭城。

元宵景，巷陌少人行。舍北孤兒偎冷坑，牆東嫠婦哭寒檠。士女憶
杭城。

元宵景，刁斗擊殘更。數點夕烽明遠戍，幾聲寒角響空營。歌舞憶
杭城。

元宵景，默坐自傷情。破竈三梠黃米酒，寒窗一盞濁油鐙。宴賞憶
杭城。

自興河失守後，民多逃竄，城市蕭索，唱佛曲者亦不復出。學子王和
侍寢，因與話吾鄉風景之盛於枕上，賦〈望江南〉四闋，歌以授之。
和，南京直隸廣德人，省父來此，相從數載矣。年十六，能通《四書》
大義，工五七言律詩，異日南還，如詠此曲，當記一時師友相聚之好
也。

出處　《樂府遺音》、《西湖遊覽志餘》卷十二、《堯山堂外紀》
　　　卷八十、《詞苑叢談》卷八、《詞壇紀事》卷下。

校記
　　　題目：見同上首〈望江南〉。

半夜：《西湖遊覽志餘》等各本皆倒作「夜半」，與下句「初
更」不能對仗，誤。

默坐：《詞苑叢談》、《詞壇紀事》「默」作「獨」。

宴賞：《詞苑叢談》、《詞壇紀事》「賞」作「坐」，涉上
文「默坐」而誤。

醉太平　妓館

風鑪煮茶。霜刀剖瓜。暗香吹透窗紗。是池中藕花。　　高梳髻鴉。
濃妝臉霞。玉纖彈起琵琶。問香醪飲麼。

出處《樂府遺音》、《珊瑚網名畫題跋》卷六、《全宋詞》冊一
〈米芾詞〉。

校記

作者：《珊瑚網名畫題跋》題爲「米芾」，《全宋詞》從之。

調名：《珊瑚網名畫題跋》缺，《全宋詞》補爲〈醉太平〉，
但當作詞，與《樂府遺音》當作「北曲」有別。

題目：《珊瑚網名畫題跋》、《全宋詞》缺。

玉纖彈起琵琶：《珊瑚網名畫題跋》、《全宋詞》作「玉尖
彈動琵琶」。

四、《天機餘錦》與他書共收錄者

喜遷鶯　秋望

登山臨水。正桂嶺瘴開，蘋洲風起。玄鶴高翔，蒼鷹遠擊，白鷺欲
飛還止。江上澄波似練。沙際行人如蟻。目斷處，見遙峰簇翠，殘

霞浮綺。　　千里。關塞遠，雁陣不來，猶把闌干倚。數疊悲歌，一行征旆，城郭幾番成毀。白塔前朝陵寢，青嶂故都營壘。念往事，但寒煙滿目，愁蟬盈耳。

出處　《天機餘錦》卷二、《花草粹編》卷十一、《草堂詩餘續集》
　　　卷下、《精選古今詩餘醉》卷七、《詞綜》卷二十六。

校記

　　作者：《天機餘錦》題作瞿佑，而《草堂詩餘續集》、《精
　　　選古今詩餘醉》都誤爲趙彥端（字德莊），《花草粹編》
　　　未題作者，《詞綜》則誤爲王特起作。毛晉校《介庵詞》
　　　曾引《餘清詞》斷爲瞿佑作（見《全宋詞》趙彥端存目
　　　詞）。

　　澄波：《詞綜》「澄」作「層」，音近而誤。

　　簇翠：《草堂詩餘續集》、《精選古今詩餘醉》「簇」皆作
　　　「蹙」。

　　悲歌：《花草粹編》等各本「歌」皆作「笳」。

　　陵寢：《花草粹編》、《草堂詩餘續集》、《精選古今詩餘
　　　醉》皆倒作「寢陵」，失律，誤。

　　八聲甘州　　至正丙午季秋，重到孤蘇，登樓有感
倚危樓、矯首問天公，何時故鄉歸。對碧雲千里，綠波一道，山色
周圍。風景不殊疇昔，城郭是耶非。滿目新亭淚，獨自沾衣。
遙望白雲飛處，念堂堂甘旨，久誤庭闈。況兵塵四起，海內故人稀。
負元龍、舊時豪氣，恨金戈、無計挽斜暉。闌干外、白鷗驚起，未
信忘機。

出處《天機餘錦》卷二、《渚山堂詞話》卷三引前闋。

校記

題目：《渚山堂詞話》作「丙午秋，重到姑蘇，登樓有作」。

按，《天機餘錦》「孤蘇」之「孤」，應作「姑」，音同而誤。

倚危樓：《渚山堂詞話》「倚」作「荷」，誤。

矯首：《渚山堂詞話》「矯」作「翹」。

風景：原脫「風」字，今據《渚山堂詞話》補。

五、《樂府遺音》與《天機餘錦》皆未收錄者

㈠見於《草堂詩餘新集》者

摸魚兒　西湖十景。蘇堤春曉

望西湖、柳煙花霧，樓臺非遠非近。蘇堤十里籠春曉，山色空濛難認。風漸順。忽聽得、鳴榔驚起沙鷗陣。瑤階露潤。把繡幕微搴，紗窗半啓，未審甚時分。　　憑欄處，水影初浮日暈。遊船未許開盡。賣花聲裡香塵起，羅帳玉人猶困。君莫問。君不見、繁華易覺光陰迅。先尋芳信。怕綠葉成陰，紅英結子，留作異時恨。

出處《草堂詩餘新集》卷五、《渚山堂詞話》卷一引末三句、又卷二引自敘、《萬曆杭州府志》卷二二、《古今詞統》卷十五引自敘、《精選古今詩餘醉》卷十一、《御選歷代詩餘》卷九二、《明詞綜》卷一。

校記

題目：《渚山堂詞話》引瞿佑自敘云：「丁巳歲夏，寄居富
氏餘清樓，頻視西湖，如開一鏡。凡陰晴風雨，寒暑畫
夜，未嘗不與水光山色相接也。技癢不能忍，因製望西
湖十闋。其腔即晁无咎〈買陂塘〉舊譜也。」按，〈買
陂塘〉即〈摸魚兒〉同調異名。而《古今詞統》引瞿佑
自敘，文字頗有差異，其云：「梅深張子成賦〈應天長〉，
草窗周公謹賦〈木蘭花慢〉，皆晚宋文士以詞名家，惜
其工夫有餘而氣韻不足。丁亥夏，寄居外家富氏餘清樓，
俯瞰西湖，如開一鏡，技癢不能自忍，製望西湖十闋。
每篇末效辛稼軒『君不見』之句，寓傷感焉。嗚呼！樂
極悲生，詞淚俱發，三百篇大半孤臣孽子、放妻棄婦不
得其平而作，夫子不棄，余之製豈過乎？」按瞿佑生平，
《古今詞統》所載「丁亥」，應是「丁巳」之誤。丁巳，
為洪武十年（1377），時瞿佑三十一歲。《古今詞話·
詞評》卷下引《樂府紀聞》曰：「（佑）永樂中，以詩
禍謫戍保安。嘗居西湖富清樓，製《摸魚子》十首，曰
西湖十景，梅深張子成賦〈應天長〉，草窗周公謹賦〈木
蘭花慢〉，皆晚宋名家。惜工夫有餘而氣韻不足，故每
篇末必寓以傷感焉。」所敘內容大抵與《古今詞統》相
同，但「富清樓」應是「富氏餘清樓」之誤。

紅英：《渚山堂詞話》「英」作「花」。

摸魚兒　平湖秋月

望西湖、斷虹收雨，長天秋水一色。姮娥捧出黃金鏡，照我清尊瑤席。風浪息。想此際、驪龍熟睡蛟人泣。吹殘短笛。對香霧雲鬟，清輝玉臂，今夕是何夕。　　憑欄處，聽盡更籌漏刻。人間此景難得。滿身風露颼颼冷，何用水晶屏隔。君莫惜。君不見、坡仙樂事俱塵跡。扁舟二客。向赤壁重遊，山高水落，孤鶴夢中識。

出處《草堂詩餘新集》卷五、《萬曆杭州府志》卷二二、《精選古今詩餘醉》卷十一、《御選歷代詩餘》卷九二、《古今圖書集成·乾象典》卷四一。

校記

蛟人泣：《萬曆杭州府志》、《御選歷代詩餘》、《古今圖書集成》「蛟」皆作「鮫」。按，作「鮫」爲是。

摸魚兒　斷橋殘雪

望西湖、玉花飄後，嫩寒猶自凝冱。瑤臺夢破飛瓊老，惆悵今吾非故。斜日暮。試指點、橋南橋北經行路。佳期又誤。正環玦隨波，淚鉛成水，流入裡湖去。　　憑欄處，十里銀沙分布。水泥深阻行步。孤山欲訪梅花信，除是扁舟飛渡。君莫訴。君不見、酒樽誰酹逋仙墓。詩魂未遇。但寂寞黃昏，月香水影，吟盡斷腸句。

出處《草堂詩餘新集》卷五、《萬曆杭州府志》卷二二、《古今詞統》卷十五、《精選古今詩餘醉》卷十一、《古今詞匯二編》卷四、《御選歷代詩餘》卷九二、《古今圖書集成·乾象典》卷九一。

校記

> 猶自：《古今詞統》、《古今詞匯二編》「自」作「是」，
> 不佳。
>
> 夢破：《御選歷代詩餘》、《古今圖書集成》「破」作「斷」。

摸魚兒　雷峰夕照

望西湖、雷峰夕照，霞光雲彩紅粲。相輪高聳猶難礙，何況鈴音低喚。堪愛玩。最好是、前山紫翠蜂腰斷。平喃一半。似金鏡初分，火珠將墜，萬丈瑞光散。　　憑欄處，催罷舞群歌伴。遊船競泊芳岸。雕軨繡勒爭門入，贏得六街塵亂。君莫歎。君不見、疏星淡月橫微漢。敲棋待旦。聽鯨吼華鐘，鼉鳴急鼓，光景暗中換。

出處《草堂詩餘新集》卷五、《精選古今詩餘醉》卷十一、《御選歷代詩餘》卷九二。

摸魚兒　麴院風荷

望西湖、藕花風起，紗窗午夢初覺。吳娃小艇貪遊戲，衝破浮萍一道。閒自料。多應是、凌波競赴仙娥召。輕搖桂棹。愛香袖翻空，明妝映水，齊唱採蓮調。　　憑欄處，兩岸波光相照。樓臺簾影顛倒。蜻蜓飛去鴛鴦散，應有玉顏歡笑。君莫誚。君不見、流光過眼催年少。新涼又到。漸苦入芳心，絲纏香蕊、荷背雨聲鬧。

出處《草堂詩餘新集》卷五、《萬曆杭州府志》卷二二、《古今詞統》卷十五、《精選古今詩餘醉》卷十一、《古今詞匯二編》卷四、《御選歷代詩餘》卷九二。

校記

> 題目：《御選歷代詩餘》「風荷」作「荷風」，誤。

午夢：《萬曆杭州府志》「夢」作「睡」。

荷背：《萬曆杭州府志》作「高枕」。《古今詞統》作「荷背」，並評云：「荷背、鵬背兩背字都奇。」按，「鵬背」見下詞〈兩峰插雲〉句末，可見作「荷背」較佳。

摸魚兒　花港觀魚

望西湖、兩堤新漲，粼粼綠痕微起。水香波暖魚初上，來往岸唇沙嘴。遊棹蟻。又驚散、茫然一去可曾止。春融十里。愛桃浪翻紅，萍星散紫，此樂可知矣。　　憑欄處，閒把金鉤垂水。波心頻掣雙鯉。纖絲暗逐長竿裊，牽動一奩紋綺。君莫喜。君不見、區區名利皆香餌。朝恩暮死。便紫綬金章，不如簑笠，長臥釣船裡。

出處《草堂詩餘新集》卷五、《萬曆杭州府志》卷二二、《精選古今詩餘醉》卷十一、《御選歷代詩餘》卷九二。

校記

遊棹蟻：《萬曆杭州府志》「蟻」作「艤」，《御選歷代詩餘》作「檥」。按，作「艤」或「檥」為是。

可曾止：《御選歷代詩餘》「可」作「何」。

春融十里：《精選古今詩餘醉》「春」作「香」。按，「香」與前後文皆重複，作「春」較佳。

一奩紋綺：《御選歷代詩餘》「奩」作「簾」。

朝恩暮死：《御選歷代詩餘》「死」作「已」。

摸魚兒　南屏晚鐘

望西湖、暮天雲歛，夕陽冉冉西墜。落霞孤鶩齊飛處，認得南屏古寺。行樂地。便一霎、柳昏花暝松煙翠。鐘聲三四。見竹院僧歸，

蘭舟人散，寂寞鳳城閉。　　憑欄處，望斷朱樓十二。有人獨自憔悴。青禽不到紅娘去，誰把錦書重寄。君莫睡。君不見、月華星彩尤增媚。張燈就醉。怎料得明朝，憂愁風雨，日出更多事。

出處《草堂詩餘新集》卷五、《萬曆杭州府志》卷二二、《精選古今詩餘醉》卷十一、《御選歷代詩餘》卷九二。

校記

柳昏花暝：《御選歷代詩餘》「柳」作「夜」，不佳。

憂愁風雨：《萬曆杭州府志》作「憂風愁雨」。

摸魚兒　柳浪聞鶯

望西湖、六橋新柳，曉煙籠絡不定。迎風翠浪高低起，天賦水情雲性。宜掩映。都漲滿、杏花深巷桃花徑。青濃綠淨。看鷗鷺驚飛，魚龍起舞，畫楫去相並。　　憑欄處，兩兩金梭拋競。綿蠻巧語如詠。銀屏記豆紅牙按，提起去年遊興。君莫聽。君不見、歌樓多少新翻令。鳳笙同韻。好留取長條，渭城朝雨，重與故人贈。

出處《草堂詩餘新集》卷五、《精選古今詩餘醉》卷十一、《御選歷代詩餘》卷九二、《乾隆杭州府志》卷二七。

校記

提起：《乾隆杭州府志》「提」作「啼」。

摸魚兒　三潭印月

望西湖、暮蟾初出，金波十里如瀉。就中勝景三潭好，不照綺羅游冶。誰與話。問素娥、廣寒獨宿何曾嫁。纖雲怎慈。看笑弄蘭芳，輕搖桂影，拭目辨真假。　　憑欄處，盡把閒情陶寫。冰輪容易西下。舞衫踏破歌裙褪，喚起更將泉酒。君莫捨。君不見、世間誰是

長年者。今宵醉也。任顛倒綸巾，淋漓宮錦，休放碧瑤琴。

出處《草堂詩餘新集》卷五、《萬曆杭州府志》卷二二、《精選古今詩餘醉》卷十一、《御選歷代詩餘》卷九二。

校記

纖雲怎慈：《萬曆杭州府志》「慈」作「惹」。按，作「慈」失律，形近而誤，應作「惹」。

摸魚兒　　兩峰插雲

望西湖、兩峰齊聳，亭亭南北相對。玉山高並三千丈，俯視渺茫塵界。雲靉靆。遮不盡、七層窗戶雙飛蓋。經時歷代。向僧定人歸，鈴音自語，也似說成敗。　　憑欄處，幾度晴明陰晦。山光依舊如黛。白衣蒼狗多更變，識破世間情態。君莫怪，君不見、英雄往日今何在。群仙久待。更乘之清風，問之明月，穩跨大鵬背。

出處《草堂詩餘新集》卷五、《古今詞統》卷十五、《精選古今詩餘醉》卷十一、《古今詞匯二編》卷四、《御選歷代詩餘》卷九二。

校記

憑欄處：《古今詞匯二編》脫「處」字。

更乘之清風：《古今詞統》、《古今詞匯二編》、《御選歷代詩餘》皆作「便乘此清風」。

㈡見於《剪燈新話》者

金縷詞

夢覺黃粱熟。恠人間、曲吹別調，莫翻新局。一片殘山并剩水，幾

度英雄爭鹿。算到了、誰榮誰辱。白髮書生差耐久，向林間嘯傲山間宿。耕綠野，飯黃犢。　　市朝遷變成陵谷。問東風、舊家燕子，飛歸誰屋。前度劉郎今尚在，不帶看花之福。但兔麥、燕葵盈目，羊胛光陰容易過，嘆浮生待足何時足。樽有酒，且相屬。

出處　《剪燈新話句解》卷上、乾隆本《剪燈新話》卷二〈天台訪
　　　隱錄〉。

校記

　　算到了：乾隆本「了」作「今」。

　　兔麥燕葵：乾隆本作「燕麥兔葵」。

　　羊胛：乾隆本作「浮世」。

　　浮生：乾隆本作「人生」。

木蘭花慢

記前朝舊事，曾此地，會神仙。向月地雲階，重攜翠袖，來拾花鈿。繁華總隨流水，嘆一場、春夢杳難圓。廢港芙蕖滴露，斷隄楊柳搖烟。　　兩峰南北只依然。輦路草芊芊。悵別館離宮，烟銷鳳蓋，波沒龍船。平生銀屏金屋，對漆屋、無焰夜如年。落日牛羊隴上，西風燕雀林邊。

出處　《剪燈新話句解》卷上、乾隆本《剪燈新話》卷一〈滕穆醉
　　　遊聚景園記〉、《渚山堂詞話》卷二。

校記

　　題目：《渚山堂詞話》云：「聚景園有故宋宮人殯宮，瞿宗
　　　吉嘗作〈木蘭花慢〉云云。」

　　月地雲階：乾隆本「地」作「砌」。

楊柳搖烟：乾隆本「搖」作「垂」。

悵別館離宮：《渚山堂詞話》作「悵波冷山空」。

烟銷鳳蓋：《渚山堂詞話》「烟」作「翠」。

波沒龍船：《渚山堂詞話》「波」作「紅」。

對漆屋：《渚山堂詞話》作「黯漆燈」，乾隆本「屋」作「燈」。

齊天樂

恩情不把功名誤。離筵又歌金縷。白髮慈親，紅顏幼婦。君去有誰為主。流年幾許。況悶悶愁愁，風風雨雨。鳳拆鸞分，未知何日更相聚。　蒙君再三分付。向堂前侍奉，休辭辛苦。官誥蟠花，宮袍製錦，要待封妻拜母。君須聽取。怕日薄西山，易生愁阻。早促回程，綵衣相對舞。

出處《剪燈新話句解》卷下、乾隆本《剪燈新話》卷二〈愛卿傳〉。
校記

鳳拆鸞分：乾隆本「拆」作「折」，形近而誤。

官誥蟠花，宮袍製錦：乾隆本作「萬里皇恩，五花官誥」。

沁園春

一別三年，一日三秋君何不歸。記尊姑老病，親供藥餌，高塋埋葬，親曳麻衣。夜卜燈花，晨占喜鵲，雨打梨花晝掩扉。誰知道，把恩情永隔，書信全稀。　干戈滿目交揮。奈命薄時乖履禍機。向銷金帳底，猿驚鶴怨。香羅巾下，玉碎花飛。要學三貞，須拼一死，免被旁人話是非。君相念，算除非畫裏，得見崔徽。

出處《剪燈新話句解》卷下、乾隆本《剪燈新話》卷二〈愛卿傳〉。

校記

　　高塋：乾隆本「塋」作「墳」。

　　晨占喜鵲：乾隆本「喜鵲」作「鵲喜」，顛倒而誤。

　　要學三貞：乾隆本「要」作「而」，形近而誤。

臨江仙

曾向書齋同筆硯，故人今作新人。洞房花燭十分春。汗沾胡蝶粉，身惹麝香塵。　　殢雨尤雲渾未慣，枕邊眉黛羞顰。輕憐痛惜莫嫌頻。願郎從此始，日近日相親。

出處《剪燈新話句解》卷下、乾隆本《剪燈新話》卷二〈翠翠傳〉。

校記

　　書齋：乾隆本「齋」作「窗」。

　　莫嫌頻：乾隆本「嫌」作「辭」。

臨江仙　　次韻

記得書齋同講習，新人不是他人。扁舟來訪武陵春。仙居鄰紫府，人世隔紅塵。　　誓海盟山心已許，幾番淺笑輕顰。向人猶自語頻頻。意中無別意，親後有誰親。

出處《剪燈新話句解》卷下、乾隆本《剪燈新話》卷二〈翠翠傳〉。

校記

　　講習：乾隆本作「筆硯」。

　　誓海盟山：乾隆本作「海誓山盟」。

　　淺笑輕顰：乾隆本「輕」作「深」。

滿庭芳

月老難憑，星期易阻，御溝紅葉堪燒。辛勤種玉，擬弄鳳凰簫。可

惜國香無主,零落盡、露蕊煙條。尋春晚,綠陰青子,鵾鴂已無聊。

藍橋。雖不遠,世無磨勒,誰盜紅綃。悵歡蹤永隔,離恨難消。回首秋香亭上,雙桂老、落葉飄颻。相思債,還他未了,腸斷可憐宵。

出處《剪燈新話句解》附錄、乾隆本《剪燈新話》卷二《秋香亭記》。

校記

　　堪燒:乾隆本「燒」作「標」。

　　零落盡、露蕊煙條:乾隆本作「儘零落、路口山腰」。

　　青子:乾隆本作「清晝」。

㈢見於《蟫精雋》者

點絳唇　　題菊

花槀中黃,挺然獨立風霜表。冒寒開來,占得秋多少。　　　正是重陽,蝶亂蜂兒遶。歸田早,為誰傾倒,有箇柴桑老。

出處《蟫精雋》卷五。

六、板本探究

　　瞿佑平日勤於著述,有關他的著作,瞿佑於永樂十九年 (1421) 正月燈夕,在保安 (今察哈爾省涿鹿縣) 寫的〈重校剪燈新話後序〉(日本慶安元年刻本《剪燈新話》) 有詳細說明,其中他自言:「填詞則有《餘清曲譜》、《天機雲錦》。」但接著他感嘆說:「自戊子歲獲譴以來,散亡零落,略無存者。」「戊子」為永樂六年 (1408),時

瞿佑六十二歲，以詩禍謫戍保安。由此可知，瞿佑在永樂六年以前，曾著有《餘清曲譜》、《天機雲錦》兩本詞集，但因被貶，以致於散亡。

瞿佑過世後，姪兒瞿暹爲他刊刻《樂府遺音》，根據陳敏政寫的〈樂府遺音序〉署年是在天順七年（1463），也就是瞿佑卒後三十年。陳敏政在序上說：「適先生猶子暹攜《樂府遺音》集過予曰：『先伯遺文甚多，知者往往來索觀，酬應弗給也。今將是集刊梓，以應朋友之求，幸先生有以序其首。』……乃伏而讀之，則見其五七言古近體，可與唐之儲、王諸作者並駕，而長短句、南北詞，直與宋之蘇、辛諸名公齊驅。非獨詞調高古，而其間寓意諷刺，所以勸美而懲惡者，又往往得古詩人之遺意焉。」（《明詞彙刊》本《樂府遺音》）可知《樂府遺音》是含有詩、詞、曲等作品的一本集子。

由於《樂府遺音》的刊刻，生活於天順年間的徐伯齡，在所著《蟫精雋》卷四〈呂城懷古〉條中，談及瞿佑的著作頗爲詳細，其中詞集除了《餘清曲譜》外，也增加了《樂府遺音》，但《天機雲錦》已被放在失亡不可得之列。

從此之後，明代凡是介紹瞿佑詞的著作，皆只有《餘清曲譜》及《樂府遺音》，《天機雲錦》就沒有再被提及了。如陳霆撰《渚山堂詞話》卷二云：「瞿宗吉，號山陽道人，有《餘清》及《樂府遺音》等集，皆南詞也。」《萬曆杭州府志》卷五三〈藝文·歌詞類〉著錄瞿佑有《鼓吹續音》、《餘清曲譜》。這裡的《鼓吹續音》，瞿佑在〈重校剪燈新話後序〉自言是詩集，所以《萬曆杭州府志》著錄有誤。

《餘清曲譜》及《樂府遺音》在清代的流傳如何呢？清初毛晟

校趙彥端《介庵詞》時，曾引《餘清詞》斷定〈喜遷鶯〉（登山臨水）一詞，非趙彥端作，而是瞿佑所作（見唐圭璋編《全宋詞》，冊3，頁1464，趙彥端存目詞〈喜遷鶯〉附注）。王昶輯《明詞綜》卷一亦載瞿佑有《樂府遺音》五卷、《餘清詞》一卷。《餘清詞》應是《餘清曲譜》之別名，但以後再也見不到《餘清曲譜》的蹤跡了。

《樂府遺音》五卷本，《四庫全書總目提要・詞曲類存目》亦曾著錄「浙江汪啓淑家藏本」，並云：「是集自卷一至卷二，皆古樂府。自卷三至卷五，皆詞曲。」其內容與陳敏政〈樂府遺音序〉所言大抵相符。今存趙尊嶽輯《明詞彙刊》本〈樂府遺音〉雖僅一卷，但根據卷末丁丙的題識，是「從明影鈔天順七年刊本」，它的內容也是有詞有曲，所以應該是取自五卷本卷三至卷五的詞曲部分，而將之合爲一卷。

以上是從文獻資料敘述瞿佑詞集的流傳情形。接著我們根據瞿佑詞的輯佚校勘所得，探究這些詞的板本歸屬，共有下列三點主要發現：

㈠《天機餘錦》所收的瞿佑詞，應該出自《天機雲錦》這本詞集

《天機餘錦》收瞿佑詞有一四五首（含〈殿前歡〉曲一首），今存《樂府遺音》一卷本，收瞿佑詞一一三首，附北曲十七首。經過比對之後，兩者只有十八首相同，而且文字常有很大的差異。可見《天機餘綿》絕對不是選自《樂府遺音》本。

再從內容觀察，《樂府遺音》所收的詞「大半皆塞垣所作」（《明詞彙刊》本《樂府遺音》卷末丙題識），換言之，這些詞大半是瞿佑在

永樂六年（1408）被貶到保安之後的作品。而《天機餘錦》所收的瞿佑詞，無論就題目所注的時間，或內容的描寫，都沒有屬於被貶之後的情況。瞿佑謫居保安的時間很長，直到洪熙元年（1425）冬才被召還（〈樂全詩序〉），前後達十八年之久，所以較容易區分。

前引瞿佑〈重校剪燈新話後序〉，他自言被貶之前有《餘清曲譜》、《天機雲錦》兩本詞集，但謫戍保安之後皆「散亡零落，略無存者」。實際上《餘清曲譜》還有流傳，《天機雲錦》則早就不見蹤影。所以後來瞿佑除了將貶謫之後的新作收入《樂府遺音》之外，並且也將部分記憶所得或殘存的《天機雲錦》舊作，經過修改之後，一併收入《樂府遺音》。這是為什麼《天機餘錦》和《樂府遺音》有十八首詞相同，文字上卻有那麼大的差異，而且這十八首都不屬於「塞垣之作」的緣故。

我們再觀察《樂府遺音》與《天機餘錦》共收錄的這十八首詞，其中有〈賀新郎〉（風露非人世）、〈南鄉子〉（簾卷水西樓）、〈巫山一段雲〉（扇上乘鸞女）、〈行香子〉（啼罷林鴉）等四首另有他書收錄，但它們的文字和《樂府遺音》都大抵相同，而和《天機餘錦》的出入較大，可見它們是出自《樂府遺音》。

由於《樂府遺音》在世上流傳，所以除了上述四首外，《樂府遺音》尚有〈滿庭芳〉（露葦催黃）、〈沁園春〉（一掬嬌春）等共二十首被他書所收錄。而《天機餘錦》錄自《天機雲錦》，《天機雲錦》早已亡佚，《天機餘錦》也少見流傳，所以《天機餘錦》與他書共收錄的詞只有兩首，而〈喜遷鶯〉（登山臨水）一詞，是因為《餘清曲譜》也有收，故被《草堂詩餘續集》等書誤作趙彥端詞選錄。另外一首《八聲甘州》〈倚危樓〉，《渚山堂詞話》卷三引前闋及

自敘，但同書卷二言瞿佑有《餘清》及《樂府遺音》等集，則可能是引自《餘清曲譜》。

《天機餘錦》的編者大概獲有《天機雲錦》的全本或殘卷，所以大量將瞿佑的作品編入《天機餘錦》中，或者有少數幾首取自《餘清曲譜》，也可能《天機雲錦》與《餘清曲譜》有少數作品重複，所以《天機餘錦》會有兩首詞和他書共收錄的情況發生。

《天機餘錦》既然根據《天機雲錦》大量收錄瞿佑詞，所以書名就將「雲」改為「餘」，這不是暗示此書就是《天機雲錦》之「餘」嗎？

㈡今存《樂府遺音》一卷本應該就是《樂府遺音》五卷本的詞曲部分

根據《四庫全書總目提要·詞曲類存目》著錄，《樂府遺音》五卷本的卷三至卷五皆詞曲，如果今存的《樂府遺音》一卷本是這三卷詞曲的殘卷，那麼他書根據《樂府遺音》五卷本所收錄的詞，在今存的一卷本中必有許多無法見到，但《樂府遺音》一卷本與他書共收錄的詞高達二十四首（其中四首是與《天機餘錦》共收錄，但其來源還是出自《樂府遺音》，因文字出入較少），而《樂府遺音》一卷本未收的有二十首。這二十首除〈金縷曲〉（夢覺黃粱熟）等七首是瞿佑《剪燈新話》所有外，其它十三首則全部出自《餘清曲譜》（理由見下）。換言之，《樂府遺音》一卷本就是《樂府遺音》五卷本的詞曲部分，所以才會呈現這樣的情況。

㈢今存《樂府遺音》與《天機餘錦》未收錄的詞，皆應該出自《餘清曲譜》

　　瞿佑曾用〈摸魚兒〉歌詠西湖十景，一景一首，共作了十首。這些詞常被選錄，如《萬曆杭州府志》卷二二錄了八首，《古今詞統》卷十五錄了三首，《古今圖書集成·乾象典》也錄了兩首。只有《草堂詩餘新集》、《精選古今詩餘醉》、《御選歷代詩餘》完整保存了十首，但《樂府遺音》與《天機餘錦》卻一首都未見收錄。

　　陳霆《渚山堂詞話》卷二曾引瞿佑西湖十景自敘云：「丁巳歲夏，寄居富氏餘清樓，頻視西湖，如開一鏡。凡陰晴風雨，寒暑晝夜，未嘗不與水光山色相接也。技癢不能忍，因製望西湖十闋。其腔即晁无咎〈買陂塘〉舊譜也。」丁巳歲即洪武十年（1377），故丁丙在《樂府遺音》卷末題識云：「洪武十年，先生三十一歲，寄居外家富子明氏，有餘清樓，調寄〈摸魚兒〉，製西湖十景詞十闋，盛傳人口。此卷〈沁園春〉詞有陳士謙爲余製吳山舊隱圖題，云『烏龍潭畔』、『城隍祠後』，正其地也。」由此可知，瞿佑曾寄居外家富氏餘清樓一段時間，除撰寫歌詠西湖十景的〈摸魚兒〉十首外，應該還有一些詞，這些作品後來就合爲一集，並以「餘清樓」爲名，題作《餘清曲譜》。

　　《餘清曲譜》所收錄的詞是以西湖十景〈摸魚兒〉十首爲主體，《天機餘錦》與他書共收錄的〈喜遷鶯〉（登山臨水）及〈八聲甘州〉（倚危樓），如前所述，也都可能出自《餘清曲譜》。

　　《樂府遺音》與《天機餘錦》皆未收錄的〈點絳唇〉（花裹中黃）一詞，是《蟬精雋》卷五所引，這本書曾言及瞿佑的詞集有《餘清

曲譜》及《樂府遺音》,而且將《天機雲錦》放在失亡不可得之列,所以這首詞也應該出自《餘清曲譜》。

七、結　語

根據前面就瞿佑詞的校勘輯佚及板本探究,我們可以發現,瞿佑的詞集《天機雲錦》、《餘清曲譜》、《樂府遺音》五卷本,雖多已亡佚不可得,但它們還是大多保存在下列諸書中:

㈠《天機餘錦》收錄瞿佑詞一四五首（含〈殿前歡〉曲一首）,是錄自《天機雲錦》,所以《天機餘錦》保存了大部分《天機雲錦》的作品。

㈡《草堂詩餘新集》收錄瞿佑西湖十景〈摸魚兒〉十首,這十首是《餘清曲譜》的主體,另外散見於《草堂詩餘續集》的〈喜遷鶯〉（登山臨水）、《渚山堂詞話》的〈八聲甘州〉（倚危樓）、《蟫精雋》的〈點絳唇〉（花稟中黃）等三首,也應該是《餘清曲譜》之遺。

㈢《樂府遺音》一卷本收錄瞿佑詞一一三首,附北曲十七首,它應該是完全出自《樂府遺音》五卷本詞曲部分。

因此,以目前所能見到的瞿佑詞共有二七七首（包括《剪燈新話》中的七首,但不含曲）,這應該已經非常接近瞿佑創作詞的全貌,尤其當年瞿佑被貶之後已經「散亡零落」的《天機雲錦》,居然藉《天機餘錦》的收錄而重見天日,這恐怕連瞿佑在世時都不敢置信吧?

引用書目

樂府遺音　（明）瞿佑撰　明詞彙刊本　上海　上海古籍出版社
　　1992年7月

歸田詩話　（明）瞿佑撰　詩話叢刊本　臺北　弘道文化事業公司
　　1971年3月

剪燈新話句解　（明）瞿佑撰　垂胡子集釋　古本小說集成據日本
　　內閣文庫藏明嘉靖刻本影本　上海　上海古籍出版社　1985年

剪燈新話　（明）瞿佑撰　明清善本小說叢刊初編據乾隆五十六年
　　刊本影印　臺北　天一出版社　1985年5月

蟫精雋　（明）徐伯齡撰　影印文淵閣四庫全書本　臺北　臺灣商
　　務印書館　　1985年2月

渚山堂詞話　（明）陳霆撰　詞話叢編本　臺北　新文豐出版公司
　　1988年2月

西湖遊覽志餘　（明）田汝成撰　影印文淵閣四庫全書本　臺北　臺
　　灣商務印書館　1984年10月

天機餘錦　題（明）程敏政編　明抄本　臺北　國家圖書館藏

詞品　（明）楊慎撰　詞話叢編本　臺北　新文豐出版公司　1988
　　年2月

萬曆杭州府志　（明）陳善等修　明萬曆七年刊本　臺北　國家圖
　　書館藏

花草粹編　（明）陳耀文編　明萬曆十一年刊本　臺北　國家圖書
　　館藏

唐宋元明酒詞　（明）周履靖編　明萬曆間金陵荊山書林刊本　臺
　　北　國家圖書館藏

堯山堂外紀　（明）蔣一葵撰　明萬曆三十三年晉陵蔣氏刊本　臺
　　北　國家圖書館藏

草堂詩餘續集　（明）沈際飛評選　鐫古香岑批點草堂詩餘四集　明
　　崇禎間太末翁少麓刊本　臺北　國家圖書館藏

草堂詩餘新集　（明）沈際飛評選　鐫古香岑批點草堂詩餘四集　明
　　崇禎間太末翁少麓刊本　臺北　國家圖書館藏

古今詞統　（明）卓人月編　明崇禎間刊本　臺北　國家圖書館藏

詞菁　（明）陸雲龍評選　明崇禎四年刊本　上海　復旦大學圖書
　　館藏

精選古今詩餘醉　（明）潘游龍編　明崇禎十年海陽胡氏十竹齋刊
　　本　臺北　國家圖書館藏

珊瑚網名畫題跋　（明）汪砢玉輯　民國五年烏程張氏刊本　臺北
　　國家圖書館藏

古今詞匯二編　（清）卓回編　明詞彙刊本　上海　上海古籍出版
　　社　1992年7月

延碧堂詩餘彙選　（清）沈士昇編　清康熙十年編者手稿本　臺北
　　國家圖書館藏

御選歷代詩餘　（清）沈辰垣、王奕清等編　臺北　廣文書局　1972
　　年5月

詞苑叢談　（清）徐釚撰　臺北　木鐸出版社　1982年2月

古今詞話　（清）沈雄撰　詞話叢編本　臺北　新文豐出版公司
　　1988年2月

詞壇紀事 （清）李良年編 臺北 廣文書局 1981年8月

堅瓠六集、七集 （清）褚人穫編 叢書集成三編本 臺北 新文
　　豐出版公司 1997年3月

古今圖書集成 （清）陳夢雷編 臺北 鼎文書局 1977年4月

雍正浙江通志 （清）嵇曾筠等監修 影印文淵閣四庫全書本 臺
　　北 臺灣商務印書館 1984年7月

乾隆杭州府志 （清）鄭澐修 清乾隆四十九年刊本 臺北 故宮
　　博物院圖書館藏

詞綜 （清）朱彝尊編、王昶續補 臺北 世界書局 1980年5月

明詞綜 （清）王昶編 明詞彙刊本 上海 上海古籍出版社 1992
　　年7月

詞苑萃編 （清）馮金伯編 詞話叢編本 臺北 新文豐出版公司
　　1988年2月

四庫全書總目提要 （清）永瑢等撰 臺北 臺灣商務印書館 1971
　　年7月

全宋詞 唐圭璋編 臺北 世界書局 1976年10月

瞿存齋詩詞輯佚 任遵時撰 醒吾學報 6期 1982年6月

瞿佑和剪燈新話 陳慶浩撰 漢學研究 6卷1期 1988年6月

詞學的新發現——明抄本《天機餘錦》之成書及其價值 黃文吉撰
　　宋代文學研究叢刊 3期 1997年9月

《天機餘錦》見存瞿佑等明人詞 黃文吉撰 中國書目季刊 32卷1
　　期 1998年6月

——原載《國文學誌》4 期（2000 年 12 月），頁 1-31。

梁任公的詞學

一、前　言

　　在清末民初的政治界、思想界、學術界、以至於文學界，無疑地，梁任公是一個重量級的人物。所以許多學者在這方面都有所論述。如果以區區的詞學來談梁任公，或許與他這樣偉大的身份有點不配，就好像有人見到范仲淹、歐陽修作小詞不能適應的心情是一樣的。但情感是本能的，是神聖的，是一切動作的原動力，只能宣導而無法壓抑。任公在其夫人去世之前臥病期間，他內心苦痛至極，如何來排愁解悶呢？他說：「我桌子上和枕邊擺着一部汲古閣的《宋六十家詞》，一部王幼霞刻的《四印齋詞》，一部朱古微刻的《彊村叢書》。除却我的愛女之外，這些『詞人』便是我唯一的伴侶。」❶他的愛女令嫻也說：「令嫻校課之暇，每嗜音樂，喜吟詠間，伊優學爲倚聲，家大人謂是性情所寄，弗之禁也。」❷所以任公喜歡讀詞、背詞、評詞，對詞人作研究，最後竟以身殉稼軒，

---

❶　梁啓超：《飲冰室詩話》（臺北：臺灣中華書局，1957年），頁113。

❷　梁令嫻：《藝蘅館詞選》（臺北：臺灣中華書局，1970年10月），自序。

未曾留下遺言，我想稼軒的熱情與抱負，大概就是任公一生最佳的詮釋，又何復多言呢？❸除了欣賞、研究外，任公對詞也頗有創作，他常寄詞給其愛女，尤其在感觸甚多時，則填詞以寄，如他遊臺灣就填了數闋，有附記說：「三年不填詞，游臺灣根觸舊恨，輒復曼吟，手寫數闋寄仲策，自謂不在古人下，儻亦勞者之歌，發於性情，故爾入人耶？」❹因為任公是性情中人，雖然詞是小道，不能標顯他的成就，但由此我們得窺他的情感，或瞭解他以詞自娛的情形，也未嘗不是對任公的一種認識吧？

二、詞的起源論

詞起於何時呢？這是每一個研究詞的人最先所要面臨的問題，任公也曾對此很扼要地提出自己的看法。他在《中國之美文及其歷史》一書中，講到唐宋時代的美文，就專論詞的起源。他總括宋人論詞起源的意見，有三種說法：

---

❸ 梁任公晚年編《辛稼軒先生年譜》，未竟而死。弟啓勳在年譜末有跋記說：「伯兄所著《辛稼軒先生年譜》屬稿於十七年九月十日，不旬日而痔瘡發，乃於同月之二十七日入協和醫院就醫。病榻岑寂，惟以書自遣，無意中獲得資料數種，可爲著述之助，遂不俟全愈，携藥出院，於十月五日回天津執筆，側身坐繼續草此稿，如是者凡七日，至月之十二日不能支乃擱筆臥床，旋又到北平入醫院，遂以不起。譜中錄存稼軒〈祭朱晦翁文〉至『凜凜猶生』之『生』字，實伯兄生平所書最後之一字矣！時則十二日午後三時許也。稼軒先生卒於寧宗開禧三年丁卯九月初十日，年六十又八，此譜止於六十一歲，尚缺七年未竟。」見梁啓超：《辛稼軒先生年譜》（臺北：臺灣中華書局，1960年），頁61。
❹ 梁啓超：《飲冰室文集》（臺北：臺灣中華書局，1960年），冊16，頁98。

(一)晚唐說

陸游是這種說法,《渭南文集》卷十四〈長短句序〉說:「倚聲製詞,起於唐之季世。」

(二)中唐說

這是沈括的意見,《夢溪筆談》卷五說:「詩之外又有『和聲』,則所謂曲也。古樂府皆有聲有詞,連屬書之,如曰:『賀賀賀』『何何何』之類,皆和聲也。今管絃中之『纏聲』,亦其遺法也。唐人乃以詞填入曲中,不復用『和聲』,此格雖云自王涯始,然貞元、元和之間,爲之者已多,亦有在涯之前者。」

(三)盛唐說

這是胡仔《苕溪漁隱叢話》後集卷三十三所載李清照的說法:「樂府聲詩並著,最盛於唐。開元、天寶間,有李八郎者,能歌擅天下。──自後鄭衛之聲日熾,流靡之變日煩,已有〈菩薩蠻〉、〈春光好〉、〈莎雞子〉、〈更漏子〉、〈浣溪沙〉、〈夢江南〉、〈漁父〉等詞,不可徧舉。」

最後任公並作結論說:「右三說若極不相容,其實皆是也。大抵新體的『樂府聲詩』,當開元天寶間已盛起,『以詞填入曲中』,實託始於貞元元和之際,至嚴格的『倚聲製詞』,每調字句悉依其譜,則歷唐季五代始能以附庸蔚爲大國也。」❺任公這種解釋是相當

---

❺ 梁啓超:《中國之美文及其歷史》(臺北:臺灣中華書局,1956年),頁179。

合理的。胡適之在論詞的起原說：「長短句的詞起於中唐，至早不得過西曆第八世紀的晚年。」❻這也是指「以詞填入曲中」而言。若以詞的鼻祖──聲詩來說，則在初盛唐早已發生，但若嚴格的詞，必須等到晚唐五代才興盛起來。

三、論詞無門派之見

　　清人論詞，常畫分門派，有的宗蘇辛，偏豪放（如陽羨派），有的宗白石、玉田，重格律（如浙西派），也有的尊溫庭筠、周邦彥，以比興寄託為旨（如常州派），但任公並不受這種風氣的影響，他談論詞，一以情感為主，不分豪放婉約，都能夠欣賞。他說：「廻盪的表情法用來填詞，當然是最相宜，但向來詞學批評家，還是推尊蘊藉，對於熱烈盤礡這一派，總認為別調，我對於這兩派，也不能偏有抑揚（其實亦不能嚴格的分別）。」❼這種客觀的論詞態度，或許與任公的個性大有關係，他自己曾說：「啟超與康有為有最相反之一點，有為太有成見，啟超太無成見，其應事也有然，其治學也亦有然。」❽所以他對於有人拿耆卿的「曉風殘月」和東坡的「大江東去」比較，估算兩家品格的高下，認為這種作法是不對的，而應該問那一種情感該用那一種方式❾。任公的論詞態度雖然如此，但以他的性情而言，無論如何都較接近蘇辛這一派的，所以他在汪莘《方

---

❻　胡適：《胡適文存》（臺北：遠東圖書公司，1953年），第3集卷7，頁637。
❼　梁啟超：《中國韻文裏頭所表現的情感》，見同註❹，冊13，頁93。
❽　梁啟超：《清代學術概論》（臺北：水牛出版社，1971年5月），頁149。
❾　同註❼，頁97。

壺詩餘·自序》所說的:「詞至東坡而一變,其豪妙之氣,隱隱然流出言外,天然絕世,不假振作。二變而爲朱希眞,多塵外之想,雖雜以微塵,而其清氣自不可沒。三變而爲辛稼軒,乃自寫其胸事,尤好稱淵明。」上作眉批道:「獨推三家,可謂巨眼」⑩,由此可見,他對這三家讚揚備至。蘇、辛詞之所以被喜歡,大家都可瞭解,不用多談,而朱希眞的詞爲何有這麼高的評價,則恐怕不是一般人所能明白。朱希眞的詞集《樵歌》,《宋史》卷四四五〈文苑傳〉說:「婉麗清暢」,這固是一個很恰當的評語,但推究他的特異處,則是在於口語化的白描技巧,加上自然率眞的感情。胡適曾推尊他爲「詞中的陶淵明」⑪,梁任公在給弟弟仲策的信也說:「近詞皆學《樵歌》,此間可闢新國土也,但長調較難下手耳。」⑫梁任公由常帶感情的筆鋒所創的新文體,正是胡適白話文運動的先聲,所以兩人對朱希眞的欣賞是很自然的事。任公欣賞豪放,但對於豪放之弊的「粗獷」則不喜歡,他說:「名家的詞,最粗獷的莫過劉後村,幾乎全部集子都是這一類的話,……這一派詞,我本來不大喜歡,因爲他有爛名士愛說大話的習氣。」⑬鄭師因百也把「粗獷」和「纖佻」同視爲詞之魔道,一概在《詞選》屏除之列⑭,所以詞只要過偏,產生

---

⑩　梁啓勳:《詞學銓衡》(臺北:河洛圖書出版社,1980年8月),頁60。
⑪　胡適:《詞選》(臺北:臺灣商務印書館,1975年5月),頁190。
⑫　丁文江:《梁任公先生年譜長編初稿》(臺北:世界書局,1972年),民國十四年六月二十□日繫事。頁674。
⑬　同註❼,頁108。
⑭　鄭師因百:《詞選》(臺北:華岡出版部,1973年8月)例言二說:「本書於各種風格,兼收並錄,不立宗派。凡傳誦之作,即使編者所持宗旨不同,亦均選錄。惟有二種風格在屏除之列:粗獷,纖佻。二者於詞爲魔道,亦詞之敵也。」

流弊，不論豪放與婉約，大家都不會欣賞的。另外任公也頗知格律派的優點，曾在信上告訴其弟仲策說：「近尚有塡詞否？前寄示數闋，意態雄傑，遠過初況，所寄琢句，尚有疵纇，宜稍治夢窗以藥之。」⑮由此我們可以知道，任公固然因性情所近，喜好豪放之詞，但對婉約格律派的佳處，亦能取其所長，所以概括說來，他並沒有門派之見的。

四、詞的情感表現法

任何文學作品都不能缺少情感，詞非但不例外，而其中所蘊含的情感更加豐盛，所以詞動人也深，愛之者亦眾。但這些情感藉著詞的形式，用什麼方法把它表現出來，則是一個很值得探究的問題。任公在〈中國韻文裏頭所表現的情感〉文中⑯，就曾廣泛的以所有的韻文作例子，歸納出一個完整的表情法系統來，以下我們就專門介紹他對詞的看法。

任公在所講的十二章中，我們可以理出他論表情法的兩個重點，一是就技巧方面的，一是就派別方面的。在技巧方面，可分為

---

⑮　同註⑫，宣統元年五月二十五日繫事。頁300。

⑯　任公於民國十一年春，在清華學校講授國史，而該校文學社的學生，請求爲他們作文學的課外講演。於是他便拈了「中國韻文裏頭所表現的情感」這個題目，講義隨講隨編，預定講十四章，但最後並沒有講完，只講到十二章寫實派的表情法，剩下的兩章：文學裏頭所顯的人生觀、表情所用文體的比較，則沒講到，以後講義發表在《改造雜誌》第四卷第六、八兩期，也缺了這兩章，並未補齊。現已收在《飲冰室文集》（臺北：臺灣中華書局，1960年），冊13，另外還有單行本。

奔迸的表情法、迴盪的表情法，蘊藉的表情法；在派別方面，則分為象徵派的表情法、浪漫派的表情法、寫實派的表情法。

所謂奔迸的表情法，是把情感忽然奔迸一瀉無餘，如碰着意外的過度刺激，大叫一聲或大哭一場或大跳一陣，在這時候，含蓄蘊藉是一點用不着。因為詞家最講究纏綿悱惻，這種方法不是寫這種情感的好工具，所以詞裏頭這種表情法就很少。任公舉辛稼軒的〈菩薩蠻〉上半闋為例：「鬱孤臺下清江水，中間多少行人淚，西北是長安，可憐無數山。」並解說：「這首詞是在徽欽二宗北行所經過的地方題壁的，稼軒是比岳飛稍為晚輩的一位愛國軍人，帶着兵駐在邊界，常常想要恢復中原，但那時小朝廷的君臣都不許他，到了這個地方，忽然受很大的刺激，由不得把那滿腔熱淚都噴出來。」

迴盪的表情法，是「一種極濃厚的情感蟠結在胸中，像春蠶抽絲一般，把他抽出來。這種表情法，看他專從熱烈方面盡量發揮，和前一類正相同，所異者，前一類是直線式的表現，這一類走曲線式或多角式的表現。前一類所表的情感，是起在突變時候，性質極為單純，容不得有別種情感攙雜在裏頭，這一類所表的情感，是有相當的時間經過，數種情感交錯糾結起來，成為網形的性質。」這種表情法用來填詞，當然是最相宜，但因一般詞學批評家推尊蘊藉，所以對這一派，總認為別調。任公也舉了不少實例，並且又細分為四種方式：螺旋式，如辛稼軒的〈摸魚兒〉（更能消幾番風雨）；引曼式，如《詩經》的〈黍離〉，未見舉詞例；堆疊式，如辛稼軒的賀新郎（綠樹聽啼鴃）；吞咽式，如李清照的〈聲聲慢〉（尋尋覓覓）；前兩種都是曼聲，後兩種則是促節。

蘊藉的表情法，也就是我們常說的「含蓄」，任公說：「這種

表情法，向來批評家認為文學正宗，或者可以說是中華民族特性的最眞表現。這種表情法，和前兩種不同，前兩種是熱的，這種是溫的，前兩種是有光芒的火燄，這種是拿灰蓋著的爐炭。」這種表情法在詞中最常見，所以任公沒有舉例了。

在派別方面，任公雖然講到象徵派、浪漫派、寫實派等三種派別的表清法，但在舉文學作家當例子時，並未以詞人作進一步的分析，因此我們也無法多加介紹。

任公這篇文章因為是對全部中國韻文而言，所以如果只要瞭解詞的話，倒不如參考他弟弟仲策的《詞學》下編，這本書畢竟將任公的東西繼承過濾，讀起來則更加清晰，下面就將他所作的表列出，一方面我們也可知道他受哥哥影響之深：

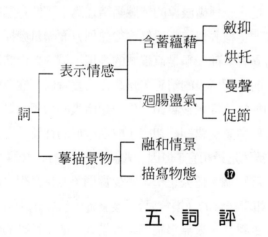

五、詞　評

對一首詩或一闋詞作很扼要的評語，這是中國欣賞文學作品的

⓱　梁啓勳：《詞學》（臺北：河洛圖書出版社，1978年12月），下編，頁3。

一項特色，雖然這些評語常流於主觀、印象式的批評，但無可否認的，這種靈光一現、豁然貫通的感想，簡短幾句或隻字片語，對後學卻常有無限的啓導。任公沒有詞話、詞選這類的著作，但他的愛女令嫻有《藝蘅館詞選》一書，在眉批上常錄有任公的評語，共有二十三條之多，由此我們可歸納他評詞所用的方式。

(一)比較式

這種方法是將兩個詞人或兩闋詞作比較的批評方式。如宋徽宗的〈燕山亭〉（裁剪冰綃）評：「昔人言宋徽宗爲李後主後身，此詞感均頑豔，亦不減簾外雨潺潺諸作。」是以李後主與宋徽宗相比。又如歐陽修的〈蝶戀花〉（誰道閒情拋棄久）評：「稼軒〈摸魚兒〉起處，從此奪胎，文前有文，如黃河伏流，莫窮其源。」柳永〈八聲甘州〉（對蕭蕭暮雨灑江天）評：「飛卿詞照花前後鏡，花面交相映，此詞境頗似之。」姜夔〈玲瓏四犯〉（疊鼓夜寒）評：「與清眞之斜陽冉冉春無極同一風格。」等等都是，這種方式任公最常用。

(二)轉引式

是將別人的評語加以轉引。如晏幾道〈臨江仙〉（夢後樓臺高鎖）評：「康南海謂起二句純是華嚴境界。」即是轉述其師康有爲的評語。又如陳克〈菩薩蠻〉（綠蕪牆遶青苔院）評：「亡友陳通父最賞此語。」辛棄疾〈鷓鴣天〉（枕簟溪堂冷欲秋）評：「譚仲修最賞此二語，謂學詞者當於此中消息之。」陳允平〈絳都春〉（鞦韆倦倚）評：「陳通甫最賞之，謂其怨而不怒。」等都是轉引別人的意見。

(三)異同式

是對別人的看法有異議或表贊同，我把它定爲「異同式」。如王安石〈桂枝香〉（登臨送目）評：「李易安謂介甫文章似西漢，然以作歌詞，則人必絕倒，但此作却頡頏清眞、稼軒，未可謾詆也。」是批駁李清照的看法。又如周邦彥〈西河〉（佳麗地）評：「張玉田謂清眞最長處在善融化古人詩句如自己出，讀此詞可見此中三昧。」則是印證張炎的話。

(四)摘句式

是將全篇中最突出之句子加以提出讚賞。如周邦彥〈蘭陵王〉（柳陰直）評：「斜陽七字，綺麗中帶悲壯，全首精神提起。」〈大酺〉（對宿煙收）評：「流潦妨車轂等語，託想奇拙，清眞最善用之。」把邦彥這兩闋詞的妙句點出。又如辛棄疾〈賀新郎〉（綠樹聽啼鴂）評：「〈賀新郎〉調以第四韻之單句爲全首筋節，如此句最可學。」也是用這種方式。

(五)傳記式

將詞中的感情、主題，印證作者之身世，即是一種「傳記式」的評法。任公對稼軒體認甚深，作有《辛稼軒先生年譜》，所以評他的詞就常用此法。如〈青玉案〉（東風夜放花千樹）評：「自憐幽獨，傷心人別有懷抱。」〈念奴嬌〉（野塘花落）評：「此南渡之感。」〈破陣子〉（醉裏挑燈看劍）評：「無限感慨，哀同甫亦自哀也。」等等都是以稼軒的身世背景而發的。

㈥印象式

對一闋詞以自己主觀的感想作為評語,就是這種方式。如朱敦儒〈好事近〉五首評:「五詞飄飄有出塵想,讀之令人意襟翛遠。」又如辛稼軒〈賀新郎〉（鳳尾龍香撥）評:「琵琶故事網羅臚列,亂雜無章,殆如一團野草,惟其大氣足以包舉之,故不覺粗率,非其人勿學步也。」等都是任公一種主觀印象式的批評。

任公所用的方式雖然很多,有的甚至兩者合用,如辛稼軒〈菩薩蠻〉（鬱孤臺下清江水）評:「〈菩薩蠻〉如此大聲鏜鞳,未曾有也。」一方面既是印象式,一方面又是比較式,這些評語對我們去欣賞一闋詞是有不少幫助的。

六、辛稼軒先生年譜

任公為何想為稼軒作年譜呢?他的動機在那裏?說穿了不外乎他對辛詞的喜愛與對稼軒人格的崇拜。為任公整理遺稿編《飲冰室合集》的林志鈞說:「王靜庵謂南宋詞人其堪與北宋頡頏者,唯幼安一人,其推挹也如此。飲冰室好之尤篤,平時談詞,輒及稼軒,蓋其性情懷抱均相近,晚乃有《稼軒年譜》之作。」**⓳**這說明了任公由於個性近于稼軒,故對辛詞有特別的感情。另外仲策也說:「伯兄嘗語余曰:『稼軒先生之人格與事業,未免為其雄桀之詞所掩,使世人僅以詞人目先生,則失之遠矣!』意欲提出整個之『辛棄疾』

⓳ 梁啟勳:《稼軒詞疏證》（臺北:廣文書局,1977年）,林志鈞序。

以公諸世，其作《辛稼軒年譜》之動機實緣於此。」⓳但爲稼軒作年譜任公並非第一人，清辛敬甫已先有編撰，附刻於《稼軒集抄存》卷首，可是此譜過於簡陋，任公當然也爲了補正他的闕失而作的。

學術是不斷進步的，後人之所以能超越前賢，正因爲有前賢的肩膀提供後人墊腳，在任公所作的年譜之後，又有陳慈首、鄭師因百爲稼軒作年譜⓴，以及最晚出的鄧廣銘所作的《辛稼軒年譜》，鄧氏因有前人的基礎，當然容易後出轉精，在眾多年譜中，是資料最爲豐富、考證敘述都較爲精審詳盡的，但我們不能因此將前人努力的心血一筆抹煞，這未免有「過河拆橋」之嫌了。所以鄧氏在年譜編例說：「後出之梁、陳、鄭三譜，均爲補正辛譜之闕失而作，然其結果則不唯辛譜之錯誤未得是正，反以滋異說之紛紜，蓋作者均勇於臆測，疏於尋證，勢固不得不爾也。是譜間有引及辛譜、梁譜之處，陳譜、鄭譜則一未引用。對各譜誤謬處亦一概不加糾駁，以糾之不可勝糾，浪費筆墨爲可惜也。」㉑實在言之過重了。

任公年譜在資料及考證上的疏漏，因有鄧氏年譜比照，我們不煩贅言，現在就分點舉出他成就的地方：

(1)年譜除了記載稼軒生平事蹟外，並附有詞作時代之考證，把作品與生平事蹟印證，這對於我們瞭解稼軒的詞有莫大的幫

⓳ 同前註，序例。

⓴ 陳慈首所編的年譜，原載《東北叢刊》第七、八兩期内，別有《遼海叢書》之單行本。鄭師因百所編的，有（北平：協和書局，1938年5月）初版，後補訂版由（臺北：華世出版社，1977年1月）印行。

㉑ 鄧廣銘：《辛稼軒年譜》（臺北：河洛圖書出版社，1979年6月），編例，頁2。

助。其實任公在年譜對詞所作的考證，就是爲稼軒詞編年作準備，所以任公死後，弟仲策即繼承此未竟之業，作成了《稼軒詞疏證》，當然與後來鄧廣銘的《稼軒詞編年箋注》難相抗衡，但啓導之功還是不可沒。

⑵除了詞外，詩、文亦同樣予以繫年考證，使稼軒的全部作品犁然有序，後人對稼軒能夠有更深一層的認識。鄧廣銘也作了《稼軒詩文鈔存》一書，使這方面的資料更加完整❷。

⑶提示的稼軒詞編年方法甚有價值。任公在年譜乾道五年擬有「編年詞略例附說」，云：「全集詞題中記某年作者僅十九首，詞句中可證明爲某年作者亦僅二十餘首。但先生歷年宦跡及家居年分略可考定，（自註：其中當然有疑問者，但上下亦不過一兩年間。）故題中句中地名，多足爲編年之助。在某地所與往還唱和之人，分別部居亦十得五六，故人名又可爲編年之助。又，宋四卷本之稼軒詞甲乙丙丁集，雖非純粹編年，然甲集爲先生門人范開手編，有淳熙戊申（十五年）元日自序，則所收諸作斷無在丁未除夕以後者可知。乙丙丁集編成年月雖無考，然以吾鉤稽所得，則乙集無帥閩以後作，丙丁集無帥越以後作，幾可認爲絕對的原則。（自註：甲乙集時代頗分明，丙丁集則通各時代皆有。）略以此本畫出一時代的粗線，然後將各時代游宦或家居時之地與人互相證勘，其年分明確者隸於本年，不甚明確者，則總載或附錄於某地宦跡之末一年，則

---

❷　鄧廣銘：《稼軒詩文鈔存》（臺北：華正書局，1979年3月）。

雖不敢謂爲正確之編年，然失之亦不遠矣！」㉓任公所定區劃
年限的方法甚爲正確，所以鄧廣銘作《稼軒詞編年箋注》時，
也採用這種規矩㉔。其實這個方法除了用在稼軒詞編年以外，
如果我們想作任何文學家的作品繫年時，不是也告訴了我們
一個簡單可循的絕妙方法嗎？

(4)年譜在考證方面也有精當的地方，如辨〈美芹十論〉及〈九
議〉兩文非作於一時，指正舊譜及本傳的錯誤，論定〈十論〉
作於乾道元年，〈九議〉作於乾道六年㉕，則甚有見識。鄧廣
銘根據後村所作〈稼軒集序〉，證知梁說是正確的，所以特
加採錄。

總之，儘管任公沒有完成全部的稼軒年譜，但對以後研究稼軒
者的影響還是相當深遠的，我想這就是一個學者鞠躬盡瘁最值得安
慰的地方了。

七、詞人及詞籍之考辨

任公在晚年（即民國十七年）曾寫了幾篇詞籍跋文，《飲冰室文集》

㉓　梁啓超：《辛稼軒先生年譜》（臺北：臺灣中華書局，1960年）頁23。
㉔　鄧廣銘在《稼軒詞編年箋注》（臺北：華正書局，1975年9月）例言頁3説：
　　「今案梁氏所舉各例，如謂甲集無丁未除夕以後之作，乙集無帥閩以後之
　　作等，均未爲精當；然其所定區劃年限之方法則甚是。茲編之編年及彙列
　　年分不甚明確諸詞，大體均以梁氏所提之方法爲準則。」。
㉕　同註㉓，乾道六年考證。

收有六篇，另外有一篇〈跋稼軒集外詞〉㉖，文集並未收，不知何故？以下就分別討論這七篇的成就。

(一)跋四卷本稼軒詞

此文斷定吳訥所輯《唐宋名賢百家詞》內的《稼軒集》就是《文獻通考》著錄的四卷本，並推證這四卷本的甲乙丙丁四集都是在稼軒生存時即已編成，編者不一，甲乙集皆范開所稱，丙丁集則非，亦不知何人所輯。任公更進一步指出，此本含有編年意味，所以對稼軒詞的編年有莫大的用處。

(二)跋稼軒集外詞

任公在此文中將信州十二卷本《稼軒長短句》所未收的詞四十八首，錄出詞目，稱爲《集外詞》，並對前人所懷疑數闋，略爲評判。

任公除了年譜及這兩篇跋文是研究稼軒的成績外，又曾用武進陶氏涉園景宋淳熙三卷本，校臨桂王氏四印齋景元大德信州十二卷本，這些校勘文字以後仲策作《稼軒詞疏證》都用上了，因此我們知道任公對稼軒的研究是面面俱到的。

(三)跋程正伯書舟詞

楊愼《詞品》說程正伯（垓）是東坡中表之戚，毛晉跋所刻《書

㉖ 梁啓勳《稼軒詞疏證》序例說：「昨從子廷燦，復從伯兄遺稿中，檢得與稼軒詞有關係之文字兩篇，一跋四卷本，一跋十二卷本以外諸詞，皆余當時所未及見者。」首篇文集有收，次篇則無。今從鄧廣銘《稼軒詞編年箋注》後之附錄可見。

舟詞》也說:「正伯與子膽,中表兄弟也,故集中多溷蘇作。」所以後人都沿用這種說法,把他當作北宋人,其實這是錯的,任公考辨結果,正伯與尤延之、陸放翁同時,決非東坡中表。並且可證是為蜀人無疑,但是否眉山,則尚待考證。近人饒宗頤在其所著《詞籍考》更進一步說,正伯是子膽中表程正輔之孫,也是眉山人㉗,所以任公的考證基本上還是正確的。

四吳夢窗年齒與姜石帚

前人以夢窗〈惜紅衣〉調下題注有「余從姜石帚游苕霅間三十五年矣」一語,遂以石帚即白石。王國維嘗疑其非,任公此文即考證夢窗與白石年代實不相及,定石帚非白石,夏承燾認為他的說法是對的,但徵據多不可盡信㉘。

五記蘭畹集

此文考辨·《蘭畹集》的編者是孔方平,蓋元祐間人,與李方叔為友。此書的編成時間,任公認為比《尊前集》還早,大約與楊元素的《時賢本事曲子集》相同,但楊集只收北宋「時賢」,此集兼及唐五代,所以不限年代的詞家總集,應當以此為首。卷數根據歐陽修《近體樂府》〈水調歌頭〉調下注,至少有五卷,在慶元時尚存,以後藏書家未見著錄,大概亡於宋元之際。

㉗　饒宗頤:《詞籍考》(香港:香港大學出版社,1963年2月),頁181。

㉘　夏承燾:〈夢窗詞集後箋〉,《唐宋詞論叢》(臺北:宏業書局,1979年1月),頁205。

㈥記時賢本事曲子集

任公考證此書是最古的宋詞總集，而且覼述掌故，也可稱爲最古的詞話。著者是楊元素，任公並談及他的生平事蹟，與東坡的關係，最後又輯錄此書的佚文五則。此書在南宋尙有傳本，入元以後則全佚了。

㈦靜春詞跋

《靜春詞》是宋遺民袁通甫（易）撰，但傳本絕稀，任公從子廷燦鈔自吳訥《唐宋百家詞》，共得三十四首，合爲一卷，所以任公作此跋敍述此本之可貴，並言及作者生平，與張炎之交往情形，說他的詞品「淸空綿眇，也玉田之亞也。」

以上這些文章，我們可以看出，任公每每言之有物，所下的斷言都有根據，因此對後人的研究，常提供了很正確的路線。

八、詞的集聯及創作

詩的集聯我們可以見到很多，而詞的集聯則少之又少。當然集聯這種玩意兒並不值得提倡，但當消遣或引發讀詞的興趣則未嘗不可，任公在民國十二年參加陳師曾的追悼會，在會場見到展覽陳的作品中有一副篆書的對聯：「歌扇輕約飛花，高柳垂陰，春漸遠汀洲自綠。　畫橈不點明鏡，芳蓮墜粉，波心蕩冷月無聲。」都是姜白石句，非常工麗，於是觸動了任公㉙。而最主要的是民國十三年他

㉙　同註❶，頁114。

的夫人臥病去世，在病榻無聊的時候，把詞中好句子集句做對聯鬧著玩，共集成二三百副之多，後來錄出一半，題名爲〈苦痛中的小玩意兒〉，發表在《晨報》紀念增刊上，今已收在《飲冰室詩話》後的附錄。以下我們錄出他比較得意的幾聯當作參考：

（一）

臨流可奈清癯，第四橋邊，呼棹過環碧。

此意平生飛動，海棠影下，吹笛到天明。

輯自：吳夢窗〈高陽臺〉、姜白石〈點絳脣〉、陳西麓〈秋霽〉。

辛稼軒〈清平樂〉、洪平齋〈眼兒媚〉、陳簡齋〈臨江仙〉。

這一聯是任公送給徐志摩的，也是所輯之中最得意的一聯，他說：「此聯極能表出志摩的性格，還帶著記他的故事，他曾陪泰戈爾遊西湖，別有會心，又嘗在海棠花下做詩做個通宵。」

（二）

最有味，是無能，但醉來還醒，醒來還醉。

本不住，怎生去，笑歸處如客，客處如歸。

輯自：朱希眞〈江城子〉、張梅厓〈水龍吟〉。

劉須溪〈賀新郎〉、柴仲山〈齊天樂〉。

這一聯是送給龔季常，任公說：「此聯若是季常的朋友看見，我想無論何人，都要拍案叫絕，說能把他的情緒全盤描出。」由此可見他集此聯是如何得意，若眞像他所說的那樣，恐怕比刻意作對子還高出一籌。

(三)

　　蝴蝶兒，晚春時，又是一般閒暇。

　　梧桐樹，三更雨，不知多少秋聲。

　　輯自：張泌〈蝴蝶兒〉、辛稼軒〈醜奴兒近〉。
　　　　　溫飛卿〈更漏子〉、張玉田〈清平樂〉。

　　這一聯是任公輯好，胡適之挑爲自己所有。但我們也可看出胡適之那種文學家氣質，及憂國憂民的心情，難怪適之會喜歡它。

　　集聯是揀人家現成的句子拼合起來，就像大雜燴一般，但有時也蠻有味道的，我們稍微品嚐一下就可以，不必多舉了。而眞正要瞭解任公的感情所在，就必須讀他自己所創造出來的詞。任公不輕易作詞，而且「不自以工，隨手棄去」❸，所以《飲冰室文集》所收的詞只有六十六闋（當然有些是遺漏了），但仔細吟讀，每一闋都是有感而發，絕非浮辭濫造。

　　任公的詞有婉約，也有豪放，他的千金似乎較喜歡婉約方面的詞，所以《藝蘅館詞選》所選的兩首：〈采桑子〉及〈金縷曲〉（丁未五月歸國，旋復東渡，却寄滬上諸子）都是這一類的，茲將〈采桑子〉引出：

　　沈沈一枕扶頭睡，直到黃昏。猶掩重門。門外梨花有濕痕。
　　　　薰篝蕭瑟爐烟少，不道衣單。却道春寒。絲雨濛濛獨倚闌。

詞的情味悠長，意境也非常淒美，是不失爲上乘之作。但我認爲他

---

❸　同註❷，頁262。

的長處，還是在於那些富有磅礴之氣的長調，換句話說，就是與稼軒氣味相近的詞才可表現任公的熱情與抱負，如文集中的第一闋〈水調歌頭〉，是作於光緒二十年，剛好是甲午之戰，任公才二十二歲，但詞中的憂國憂民、英豪之氣已顯露無遺：

> 拍碎雙玉斗，慷慨一何多。滿腔都是血淚，無處著悲歌。三百年來王氣，滿目山河依舊，人事竟如何。百戶尚牛酒，四塞已干戈。　　千金劍，萬言策，兩蹉跎。醉中呵壁自語，醒後一滂沱。不恨年華去也，只恐少年心事，強半爲銷磨。願替眾生病。稽首禮維摩。

寫得慷慨激昂，志亦不凡。又如下面一闋，是任公宣統三年遊臺灣時所作，題目「基隆懷古」，調用〈西河〉：

> 沈恨地。百年戰伐能記。層層劫燼閱重淵，潛虯不起。但看東海長紅桑，蓬萊極目無際。　　耿長劍，誰更倚。虞泉墜日難繫。鼓聲斷處月沈沈，浪淘故壘。返魂槎客若重來，酬君清淚鉛水。夕陽一霎見蜃市。又罡風、吹墮千里。欲問人間世。看寒流湧出，漢家明月。消瘦姮娥山河裏。

此闋是用美成「金陵懷古」韻，寫得非常沈痛，任公身歷其境，看到漢家山河，淪爲倭寇之地，豈不哀歎？任公在臺期間，與抗日志士林獻堂等交歡，雖然前後停留僅十五日，但詞作甚豐，共有十二闋之多❸，而且首首可傳，非一般應酬文字可比。

---

❸　任公〈遊臺第六信〉說：「復有詞數闋，託美人芳草，以寫哀思並以寄上，

晚年任公的詞偏向希真，他給仲策的信曾說：「近詞皆學《樵歌》」（見前引），這是民國十四年的事，這年他作有〈浣溪沙〉（乙丑端午夕俄公園夜坐）、〈鵲橋仙〉（成容若卒於康熙乙丑五月十六日，今年今日共二百四十年周忌也。深夜坐月，諷納蘭詞，根觸成詠）、〈虞美人〉（自題小影寄思順）、〈鵲橋仙〉（自題小影寄思成）、〈好事近〉二首（代思禮題小影寄思順）等詞，都是這種風格，錄〈鵲橋仙〉以見一斑：

> 也還美睡，也還善飯。忙處此心常暇，朝來點檢鏡中顏。好像比去年胖些。　　天涯游子，一年惡夢，多少痛愁驚怕。開緘還汝百溫存，「爹爹裏好尋媽媽」。

全闋平白如話，末句用來信語意，感情純真自然，毫不造作，這就是希真的特點，任公已把它表現出來了。

總之，任公的詞是脫不了模擬的，因為詞這種形式畢竟是一種舊殼子，必須歷經學習做作，否則就沒有詞的味道，變得不倫不類，任公不但自己多方模擬，也勸其弟仲策要多學，所以任公的詞從外表看還是有跡可循，脫離不了前人的模子，但在內在的情感而言，是豐沛的、真誠的，尤其他作詞的態度也相當認真，經常改易，年譜所錄書信有詞原稿，常與文集在字句上有很大出入；也肯請人指

試讀之，或可喻其言外之意耶，三年不填詞，今又破戒矣！」信末段又說：「此行乃得詩八十九首，得詞十二首，真可謂玩物喪志，抑亦勞者思歌，人之情歟？」任公遊臺灣書牘附在《新大陸遊記節錄》（臺北：臺灣中華書局，1957年）。

教㉜，不斷修正，所以這些詞還是有它存在的價值。

九、結　語

　　「將政事付與同胞，以詞學傳給骨肉」，這恐怕是任公於公於私的最好寫照。任公從年輕時就捲入政治的漩渦裏，到處奔走，席不暇暖，參與多次影響深遠的政治活動，他有許多理想抱負，但礙於局勢的混亂總無法實現，所以從民國七年，便放棄上層的政治活動，致力於培植人才的教育事業，把往後的政治責任交與後起之秀。而他留給家屬的是甚麼呢？從任公平日與弟弟仲策、女兒令嫻的來往書信中，知道他不但常將自己的詞作寄給他們，而且不斷給予指導，現在我們在詞學的領域裏，可以見到仲策、令嫻的名字，相信都是得任公之賜。尤其仲策，著有《稼軒詞疏證》、《詞學》、《詞學銓衡》等書，又有詞集《海波詞》一卷，邵伯絅評其詞云：「構思奧衍，出筆秀逸，不雕琢而自成格調；宋人之佳境也。」㉝成就不在任公之下，可謂能繼承又善發揚光大者也。

　　——原載《中華文化復興月刊》16卷4期（1983年4月），頁51－57，轉頁60。

㉜　如民國十四年七月三日與適之書説：「拙作〈沁園春〉過拍處誠如尊論犯複，俟有興，當更改之，但已頗覺不易。又有寄兒曹三詞寫出呈教，乞賜評。公勿笑其瀆黷否？」見《梁任公年譜長編初稿》，頁676。

㉝　同註⑰，文前的作者簡介。

從詩到曲，一代宗師
——鄭因百先生

　　高中國文第六冊〈詞曲的特質〉作者鄭騫（字因百）先生，不幸於七月廿八日下午六時三十分，在三軍總醫院去世，距生於民國前六年六月二十日，享壽八十六歲。這是按照因百師自己的算法，如果以傳統的算法，應該是八十七歲。

　　老師從小身體孱弱，十四歲生一場大病，幾乎不起，並留下腸胃時常發炎的後遺症。十九歲又患嚴重的神經衰弱症，休學一年。曾給人家算過命，都說他活不過六十。所以老師自稱「蒲柳之質，望秋先零」。尤其六十七歲以後，體力漸衰，當時指導吳宏一先生的博士論文，據鄭師母說：「老師很擔心沒有辦法將他指導完」。老師不但指導完吳先生的論文，而且六十九歲從臺大退休後，轉任東吳大學、輔仁大學研究講座，繼續指導無數的研究生完成博、碩士論文。老師像一盞微弱的燈，充滿堅韌的生命力，日復一日，年復一年，許許多多的學生就靠這盞微弱的燈不斷地照拂，修完學業，如今老師卻「搖盡餘光吐盡絲」，沒有達成「九秩盼能圓」的願望，令學生心痛！

老師在七、八歲的時候，就對活人的年齡，死人的壽數特別感興趣，每逢客人走後，總要問大人：「這個人多大歲數了」？親友死去，總要問「他活了多少歲」？等到看懂訃聞之後，首先要看的便是「享壽或享年若干歲」。如果有那一家沒有提到年壽，便會覺得悵然如有所失。對朋友學生的年齡，他也喜歡知道，而且永記不忘。老師自認爲前生大概是一位頗爲高明的算命先生，才會有這種與生俱來的癖好。因此老師做學問，喜歡讀年譜、編年譜，共編過四本年譜：《辛稼軒年譜》、《陳簡齋年譜》、《白仁甫年譜》、《陳後山年譜》，及一本《宋人生卒考示例》。

編年譜固然是老師的興趣，其實也是老師做學問紮實的地方。老師年輕時喜歡豪放詞，對辛棄疾的詞尤其欣賞。受到摯友顧隨（羨季）的鼓勵，從民國二十年在匯文中學教書時，開始作《稼軒詞校注》，《辛稼軒年譜》就是同時完成的著作。《年譜》在民國廿七年出版時，顧先生曾爲他寫序。顧隨先生（1897—1960），比老師大九歲，民國十六年出版第一部詞集《無病詞》，老師從沈尹默（秋明）先生在課堂上的評介，知有其人其書後，經朋友介紹才定交的。民國十八年，老師還在燕京大學讀書時，曾向學校請假一年，到河北省立女子師範學院擔任教授兼系主任，就是顧先生推薦的。可見兩人相知之深，情誼之厚，老師來臺後，時常在詩作中念念不忘這位好友。

老師編《陳簡齋年譜》，也是作《陳簡齋詩集合校彙注》的產物。老師在燕大中文系求學時，受教於沈尹默先生，得到他的影響非常深。民國十六年，老師聽沈先生講授歷代詩選，才知有簡齋其人其詩，後來老師花了四十多年的工夫，網羅各種板本，互爲校勘，彙合舊注，自撰補箋，又輯各家評語，完成《陳簡齋詩集合校彙注》，

有詩記載此事：「彙箋合校簡齋詩，三絕韋編勞不辭。長記燕園春晝永，秋明升座講書時。」（〈論詩絕句百首〉之六十三）。老師可算是陳簡齋的知音、功臣，對學界喜歡簡齋詩者有莫大幫助。《陳后山年譜》、《宋人生卒考示例》，則是老師編《陳簡齋年譜》的副產品，從老師這些著作的啓示，做學問必須一點一滴很踏實去搜集資料，才能聚沙成塔，完成大學問，否則恃才不肯下苦功，學問沒有根柢，必流於空疏。

老師在民國二十年燕大畢業後，正式成為匯文中學教員，這所學校是華北著名中學，學生素質好，教員上課時數少，待遇高，老師在這裡教了七年，過著逍遙快樂的日子：「每值周末，下午看日場電影，或看平劇，在餐館晚飯，飯後復往劇場。午夜方歸，習以為常」（〈八十自述〉詩注），是很標準的戲迷，老師自謂對傳統戲劇的了解及相關知識，實肇基於此。老師一生對曲學下了極深的工夫，恐怕這段因緣促成的吧？老師在曲學最大的貢獻就是對北曲格律的研究，先後完成《北曲新譜》及《北曲套式彙錄詳解》兩部著作。《北曲新譜》是老師鑑於各種舊譜未能盡滿人意，乃遍讀現存元代及明初北曲，包括小令、散套與雜劇三者，取每一牌調的全部作品，比較歸納，定其格式，將每一牌調的字數、句數、句式、平仄、韻協及增句等項目，都考訂清楚，是一本值得研習曲藝者信賴的文字譜。這部著作從民國三十四、五年開始，民國五十七年完成，共花了老師二十多年的時間。

《北曲套式彙錄詳解》，是老師鑑於蔡瑩在民國二十二年所撰《元劇聯套述例》有許多缺失，已不適用，因此繼《北曲新譜》之後，撰作此書。本書彙輯現存元代及明初雜劇六百餘套及散曲四百

餘套之套式，參訂比較分析種類，並加說明。每一宮調分概說、聯套法則及實例等三項，讀者從此書對北曲聯套所用牌調的名目、先後關係、數量多寡等，即可充分瞭解。

　　校訂《元刊雜劇三十種》也是老師在戲曲方面的一大成就。這本書從民國二十一年開始校訂，到民國五十年完成，首尾共三十年。計校訂文字三千五百多條，格律一百四十餘條，增補全曲十六支，從這些數目，可見老師花了多少心血。這本書經老師校訂後，才方便閱讀，對研究元代雜劇者而言，實在功德無量。另外老師又校點《南詞韻選》，該書是沈璟選輯的一部南曲選，他所選的小令套數，都是韻律精嚴、文字優美的作品，可惜沒有足本傳世。老師根據國立中央圖書館藏及吳梅藏的兩部殘本，加以校點，並作考訂整理，使它能夠流傳。老師將此書和沈璟的《紅葉記傳奇》（在美國獲得的明刻本照片）、凌景埏所撰的《三沈年譜》，合為一冊出版。凌景埏（敬言），是老師在燕京同學同事，先後多年，過從甚密，凌先生於民國四十九年在南京被馬車撞死，老師重印他的遺作，固可使研究詞曲的學者，對一代曲學名家有較多的認識，而更令人感動的是表現出老師對故人的深厚情誼。

　　老師雅好鑑賞書畫，常不吝惜金錢購買名家眞迹，與國畫大師張大千亦有交往。民國五十八年老師到香港擔任新亞書院中文系主任，和大千居士同住在樂斯酒店，居士剛好完成〈蜀江圖〉長卷，就請老師題四絕句在卷末，這幅長卷現歸國立歷史博物館藏。老師當時在九龍古董店買到居士哥哥張善子未完成的墨筆山水畫，經居士鑑定為眞迹，並加以補完，老師曾作〈題張善子大千兄弟合作墨筆山水並序〉一詩，這也算是藝文界的一椿美談。而老師眞正沈迷

畫學，是在民國六十四年秋天，故宮博物院舉辦「吳派畫九十年展」，老師去參觀並購買該院出版的《吳派畫九十年展》影印書畫冊才開始的。因爲醉心畫學，看了很多有關書籍，發現許多《唐伯虎全集》所無的題畫詩，因此引發老師輯錄唐伯虎逸詩的興趣，從民國六十五年開始，花了四、五年的時間，輯到三百零二首，達全集所收四百九十餘首的五分之三，老師又進一步蒐集資料，爲詩作箋注，附輯雜文，並辨證僞作，終於完成《唐伯虎詩輯逸箋注》一書。這種做學問的方式，將給後學很好的示範作用。

老師所有的著作中，影響青年學生最深遠的莫過於《從詩到曲》這本書。高中國文所選的〈詞曲的特質〉一文，即出自於此。老師從年輕開始就不喜歡跳舞、打牌，讀書寫作變成老師的樂趣。除了上述專著外，老師經常在報章雜誌發表有關詩、詞、曲方面的文章，民國五十年，老師從過去的文章中，選出三十一篇，編成《從詩到曲》一書。由於這些文章篇幅較短，內容淺近而富啓發性，加上老師善於比喻、生動活潑的文筆，所以一版再版，廣獲青年學生的喜愛，對古典詩歌知識的傳播，立下極大的功勞。民國六十年，老師又把以前所寫的零篇文章合爲《景午叢編》一書，該書依內容性質分爲二集。上集除《從詩到曲》全部外，又續添三十一篇，都是屬於詩詞曲通論、書評、雜文等性質的文章。下集收專著二十四篇，都是考據性質的文章，內容以詩、詞、曲劇爲主，並旁及史傳與小說。而老師從出版《景午叢編》以後，二十年來，又寫了無數的文章，老師生前已交給臺灣大學中文系教授樂蘅軍整理，正準備出版。

老師在民國三十七年秋天，應老友友靜農先生之邀，渡海來臺，擔任臺灣大學教授，臺灣由於光復未久，教材普遍缺乏，當時教育

部長張其昀先生請許多名學者如屈萬里、戴君仁等先生編撰教材，老師負責編撰《詞選》、《續詞選》、《曲選》，老師沈潛詞曲研究多年，對名家名作知之甚稔，加上老師態度客觀嚴謹，不立宗派，入選作品都有可觀，因此廣受各大學中文系採用，對臺灣詞曲教育發揮極大的影響力。其實這三本書並不僅限於教材功能而已，裡面的注釋往往有老師獨特的見解，在學術界常常被引用，如詞學界的名學者繆鉞先生、葉嘉瑩女士都曾引用肯定老師的說法。老師還編有一本《宋詩補選》教材，是補充戴君仁先生《宋詩選》之不足，因只供上課講義用，沒有正式出版，所以鮮爲外界所知。

老師年輕時，頗熱中填詞，民國十八年曾自印一部詞集叫《永陰集》，到了民國二十二年，作了一首〈鷓鴣天〉，結句云：「文章漫說千秋業，已爲鍾期廢此聲。」從此就很少填詞，民國三十一年正式封筆，四、五十年來從未破戒，這是什麼原因呢？詞中所說「鍾期」究指何人？我沒聽老師說過，是否有人知道？老師停止填詞，卻傾全力在作詩上，民國六十四年曾出版一部《桐陰清晝堂詩存》，共收三百二十二首作品。以後老師又不斷創作，在民國六十八年、七十四歲以前所作的詩都是近體，古風歌行不過四首短篇。七十四歲以後，作了近八百首，古風歌行有一百六、七十首，篇幅有長達一千數百字的作品，老師自稱「晚成」，是有道理的。老師早在民國二十八年曾用聯章體作〈讀詞絕句三十首〉，民國七十一年冬，老師突發奇興，作〈論書絕句一百首〉，並逐篇作注，對書藝鑑賞、古今碑帖、書法家都有極深刻的見解。以百首絕句歌咏書林，誠曠古未有的大手筆。七十五年又繼作〈論詩絕句一百首〉，計詠古今詩人九十五家，融學術與創作於一爐，是老師研究詩學的

結晶。民國七十七年，老師把以上所有的詩作，及早年部分詞作，合爲《清畫堂詩集》出版，並開詩壇創舉，自己作注，如果要瞭解老師的性情襟抱及一生行誼，這本詩集算是最完整的資料。

老師一生的時間大都投入在古典詩歌的研究、創作及教學上，去年十二月，老師榮獲七十九年度行政院文化獎，這是國家對老師弘揚中華文化的肯定，事後我向老師道賀，老師卻回答說：「我老了，這應該頒給年輕人，多鼓勵年輕人。」這種期許年輕人的胸襟，是令人感動的。老師看到古典文學逐漸式微，難免會發出「生逢末運，徒喚奈何」之感嘆，但老師卻知道「時運交移，質文代變」之理，並不鼓勵年輕人繼續從事古典詩歌創作，老師不只一次指出創作古典詩歌是沒有前途的，在〈論詩絕句一百首〉（其二）自注說：「古典詩形式久已僵化，作用漸趨狹窄，日薄崦嵫，復興無望。古人名篇巨構之欣賞價值則永遠存在，譬如日月，光景長新。現代新體詩，仍處於暗中摸索階段，其發展成熟，未知何年何月，予不及見矣！」因此老師以古典詩歌的終結者自居，〈編定詩稿題四絕句〉說：「錦繡園林全盛時，嬌紅豔白鬥芳姿。春風吹落千桃李，剩得庭前最晚枝。」（其三）如今老師走了，古典詩歌最後一枝奇葩從此凋零，如何傳承薪火，繼續提升國人鑑賞古典詩歌的興趣與能力，並爲民國詩壇開創新局，這是我們無法旁貸的責任。

附錄：鄭因百先生專著目錄

1. 永陰集（詞集）　天津：自印本，1929年初版（部分收入《清畫堂詩集》）。

2. 辛稼軒年譜　北平：協和書局，1938年初版；臺北：華世出版社，1977年1月補訂一版。

3. 稼軒詞校注　北平：燕京大學中文系講義，1940年初版。

4. 詞選　臺北：中華文化出版事業委員會，1952年初版；臺北：華岡出版部，1973年8月重版；臺北：中國文化大學出版部，1982年4月新一版。

5. 曲選　臺北：中華文化出版事業委員會，1953年初版；臺北：華岡出版有限公司，1967年11月重版；臺北：中國文化大學出版部，1981年8月新一版。

6. 續詞選　臺北：中華文化出版事業委員會，1955年初版；臺北：華岡出版部，1973年8月重版；臺北：中國文化大學出版部，1982年5月新一版。

7. 從詩到曲（論文集）　臺北：科學出版社，1961年初版；臺北：中國文化雜誌社，1971年3月重印版；臺北：順先出版社，1976年10月重印版（全部收入《景午叢編》）。

8. 校訂元刊雜劇三十種　臺北：世界書局，1962年4月初版。

9. 校點南詞韻選（與紅蕖記傳奇、吳江三沈年譜合刊）　臺北：北海出版社，1971年3月初版。

10. 景午叢編（論文集）　臺北：臺灣中華書局，1972年1月初版。

11.北曲新譜　臺北：藝文印書館，1973年4月初版。

12.北曲套式彙錄詳解　臺北：藝文印書館，1973年4月初版。

13.桐陰清畫堂詩存　臺北：藝文印書館，1975年初版（全部收入《清畫堂詩集》）。

14.陳簡齋詩集合校彙注　臺北：聯經出版事業公司，1975年10月初版。

15.宋人生卒考示例　臺北：華世出版社，1977年1月初版。

16.唐伯虎詩輯逸箋注　臺北：聯經出版事業公司，1982年7月初版。

17.陳後山年譜　臺北：聯經出版事業公司，1984年7月初版。

18.清畫堂詩集　臺北：大安出版社，1988年12月初版。

19.永嘉室雜文　臺北：洪範書店，1992年1月初版。

20.龍淵述學　臺北：大安出版社，1992年12月初版。

——原載《國文天地》7卷4期（1991年9月），頁54—58。

愛桐陰滿庭清晝──敬悼因百師

七月廿七日（星期六）下午，國立編譯館召開中國古典詩歌欣賞系列國中組編審委員會議，商討選詩篇目，其中有位委員提供鄭因百（騫）老師的一首詩──〈文章〉：

> 自古文章有變遷，後生何必愧前賢！四時代謝功成退，春柳寒松各自妍。

這首詩很具象地將正確的文學觀念凸顯出來，對後學甚有鼓勵作用，是頗適合國中生誦讀的，可惜限於體例，大家只好割愛。當時我猛然興起要去看鄭老師的念頭，孰料老師卻在隔天（星期日）下午六點廿分去世，噩訊傳來，內心不勝悵惘與淒愴，再見老師已是不可能，一切只有掉進回憶之中。

上課時言語幽默 · 氣氛輕鬆

老師從民國六十三年台大退休後，即轉來東吳大學中文研究所任教，第二年我大學部畢業考上研究所，即有幸接受教誨，當時老師開「詩詞專題討論及研究」課程。記得老師第一次上課點過名之

後，每一位同學的名字他都叫得出來，老師的記憶力著實驚人，所以許多很長的古體詩，老師也都能琅琅上口。而老師自嘲式的幽默，往往讓課堂充滿輕鬆的氣氛，老師近視很深，看不到後面的同學，但報紙上的小字卻可看得很清楚、老師就引孟子的話說自己的視力是：「明足以察秋毫之末，而不見輿薪。」又說自己的名字「騫」，郵差常常把它唸成「賽」。近年來老師走路很困難，常對人說：「現在我的機器配件都壞了，只剩主機還好的。」予人感傷中有幾分的寬慰。

老師上課或言談中，也常具有詩人善喻的特質，很多學問經他脫口而出的妙喻一點，無不令人豁然開朗，像老師講杜甫重視格律時說：「杜詩就像七四七客機一樣，看起來非常偉大，而且裏面每個零件都非常精細，一點也不馬虎。」批評明朝學者貴古賤今的復古思想，以唐朝的趣味來衡量宋詩，是「寧可用鼎煮米，而不肯用電鍋燒飯」。學界最津津樂道的比喻，莫過於他在〈詞曲的特質〉一文中，把詞比作「翩翩佳公子」，把曲比作「多少有點惡少氣味」。這些都是長久沈潛其中，靈光一現的智慧結晶。

愛心・細心・責任心

研究所二年級分配論文指導教授，同學有一位研究詩，就請鄭老師指導，我和另一位同學想研究詞，分別由盧聲伯（元駿）、袁帥南老師指導，不幸兩位老師一年內先後去世，我們的論文只好轉向鄭老師求援。老師頗同情我們的處境，一一慨允，鄭師母半開玩笑說他專門收容學術孤兒，老師卻正經地說：「如果我不指導，要讓

學生怎麼辦？」聽了老師的話，一股暖流充滿心頭。後來我考上博士班，老師繼續指導我的論文，我擔心老師身體不好，每寫完一章，就先送給老師看，免得老師負擔太重。但老師卻擔心把我的論文遺失，要我全部寫完再拿給他看，我向老師說我有影印留底，他才放心。最令我難忘的是，七十三年春天，鄭師母去世，老師在極悲痛的時候還勉勵我：「沒關係，你的論文繼續寫，我會抽空替你看。」我的論文最後幾章，是老師在這段心力交瘁的日子中幫我看完的。老師對學生的愛心、細心與責任心，教我如何不感動呢？

隨遇而安·心境豁達

老師溫州街的房子在六十八年快改建完成時，他所租的房子突然被房東索回，正苦無住處，有位學弟剛好在青年公園附近有間空房子，便熱心提供給老師，由於房子是一樓店面，本不適合住家，去看老師的時候，只見書籍堆積如山，吃住都在一個房間，覺得很難受，老師卻安之若素。我向老師開玩笑：「老師現在真像顏回居陋巷」，老師回答這樣可以體會民生疾苦，詩集中有〈陋巷〉詩四首，就是這時所作。詩中的句子像：「餐後倚欄閒佇望，流空月色滿緇衣」、「歸去休嫌簡齋陋，老夫胸次尚崢嶸」，可見老師隨遇而安的豁達心境。等老師搬進溫州街新居後，東吳博士班的研究生便改到老師家上課，剛開始還滿寧靜的，後來老師門口的巷道都被攤販盤據，我問老師為什麼不把他們趕走，老師回答：「這些攤販要養家活口，也很辛苦」，現在反覆吟咏老師的詩句：

夜深叫賣聲，淒涼透重簷，一身養全家，冒此寒霜嚴。擁衾
得高臥，敢嗔睡不甜。（試用現代語詠所居環境）

對老師寬厚憫人之心更肅然起敬。

老師說他很喜歡春夏天正午前後的庭園，紅日中天，綠陰滿地，
偶然有一陣清風，數聲幽鳥，眞是恬靜得令人心曠神怡，所以他特
別欣賞辛棄疾詞：「愛桐陰滿庭清晝」的句子。其實老師在學界就
像一株高大的梧桐，在這功利瀰漫的烈日下，提供莘莘學子一片清
涼之地，如今梧桐雖已凋零，但老師的人格與學問，卻永遠活在學
生心中。

　　　　——原載《中華日報》（1991 年 8 月 10 日）第 11 版〈中華副刊〉

從詞學界的「北山」談學術交流

「北山」是誰呢？是不是「于北山」？

這個問題曾困惑我一段時間。我在編纂《詞學研究書目（1912－1992）》（臺北：文津出版社，1993 年 4 月）的過程中，時常發現許多論文的作者，是用筆名、字號發表，如我的指導教授鄭騫先生，二十八歲的時候，就曾以他的字「因百」發表一篇文章〈跋稼軒集鈔存〉，刊登在《燕京大學圖書館報》四十六期（1933 年 2 月）。也有作者省去姓，只用名字發表的，如俞平伯先生用「平伯」、施蟄存先生用「蟄存」。像這種情形，我們編作者索引時，最好儘可能將它歸入本名之下，並在字號或筆名下，註明見某某某（本名），經過如此處理，我們就可瞭解作者在詞學領域的研究總成果。

這樣的體例固然很好，但如何將作者的筆名、字號、名字與姓名貫穿起來，則不是容易的事。有些可以利用工具書解決，有些也須要判斷。如華東師範大學出版社出版的《詞學》刊物，有許多補白的小文章，皆署名「蟄存」，因施蟄存先生是該刊物主編之一，所以「蟄存」就是「施蟄存」應該沒什麼問題。

但「北山」是否就是「于北山」？于北山先生致力於宋代文學研究，曾著有《陸游年譜》（上海：中華書局，1961 年 12 月初版；上海：

上海古籍出版社，1985 年 11 月增訂版）、《范成大年譜》（上海：上海古籍出版社，1987 年 11 月）；所以當我接觸到署名「北山」的篇目時，直覺上的反應「他是不是于北山？」後來編作者索引時，我就把「北山」歸入「于北山」名下。

在《詞學研究書目》出版的同時，由中央研究院中國文哲研究所籌備處主辦的「第一屆詞學國際研討會」剛好召開，這是詞學界的盛會，從四月二十二－二十四日一連三天，除由詞學界前輩饒宗頤、葉嘉瑩兩位先生專題演講外，共有二十三位海內外學者發表論文，其中來自大陸的學者有十位，個人由於研究及主編這部《書目》的關係，對他們早就知之甚稔，因此與這些詞學界的先進、同好相見時，就倍感親切。

記得剛與劉揚忠先生見面時，我迫不及待地問他：「您的名字『揚』是手旁？還是木旁？」當他回答是「手旁」時，我才鬆了一口氣。為什麼會提這個問題呢？因為我收錄他的著作時，如《稼軒詞百首譯析》（石家莊：花山文藝出版社，1983 年 11 月）、《周邦彥傳論》（西安：陝西人民出版社，1991 年 7 月），書的封面皆作木旁的「楊」，但扉頁、版權頁則作手旁的「揚」，這是很傷腦筋的事，到底要從「木」？還是從「手」？後來我根據他發表的多數文章都從「手」的事實，判斷從「手」作「揚」比較正確，經當面求證的結果，知道自己的判斷沒有錯，則非常欣慰。

大陸使用簡體字，許多字都混淆了。如「鐘」和「鍾」的簡體字都一樣。南京師範大學中文系教授鍾振振博士，他是與會的大陸學者中最年輕的，曾與他的指導教授唐圭璋先生主編《金元明清詞鑑賞辭典》（南京：江蘇古籍出版社，1989 年 5 月），當他遞名片給我時，

一再解釋「鐘」是印錯了，是從「重」的「鍾」才對，他印的時候特別交待排版工人，結果還是印錯，害他每次和人交換名片時都要費一番口舌更正。幸好我收錄他的著作時，沒有將他的姓弄錯，否則要向他道歉了。

「蔣哲倫教授是女的？」和我一起編《書目》的編輯從我口中獲知他是女的都嚇一跳，蔣教授的名字很男性化，所以常被誤以為是男的。她曾校編《周邦彥集》（南昌：江西人民出版社，1983 年 2 月），「出版社只讓我看了一遍就匆匆付印，所以發生了不少錯誤。」她很遺憾的向我解釋。蔣教授曾當過詞學前輩胡雲翼先生的助教，由於胡先生治詞偏重詞的思想、內容，蔣教授為了要多瞭解格律派的作品，因此她從周邦彥著手，校編了這本書。

當我收錄施議對先生的著作時，覺得很納悶，他的碩士論文題目《詞與音樂之關係》，後來增訂出版改名《詞與音樂關係研究》（北京：中國社會科學出版社，1985 年 7 月.），一九八六年他獲得博士學位的論文題目也是《詞與音樂關係研究》，我以為自己抄錄資料的過程中弄錯了，後來向他當面求證，事實就是如此，他說他的碩士、博士論文都由吳世昌先生指導，因此他一直針對「詞與音樂」的主題做研究。

楊海明先生和嚴迪昌先生都是蘇州大學中文系教授，蘇州大學就是原來的「東吳大學」，我個人從大學到研究所，都是在臺北外雙溪的東吳大學就讀，因此對這兩位「學長」有一份特殊的感情。尤其楊教授寫過《唐宋詞史》（南京：江蘇古籍出版社，1987 年 12 月）、嚴教授寫過《清詞史》（南京：江蘇古籍出版社，1990 年 1 月），我個人也從事詞史的研究，寫過《宋南渡詞人》（臺北：臺灣學生書局，1985

年5月），彼此許多觀點都有交集。楊教授此行另一意外收穫，他從
我編的《書目》發現，他所著的《唐宋詞風格論》（上海：上海社會科
學院出版社，1986年3月），臺灣有出版社翻印，並改名《唐宋詞風格
學》，我向他解釋臺灣以前翻印大陸書的背景之後，他也頗能理解，
後來我幫他向這家出版社要了幾本書，以資紀念。嚴教授新出了一
本《唐宋友情詞選》（南京：江蘇古籍出版社，1992年8月），我的《書
目》來不及收錄，覺得很抱歉。

　　王水照先生是復旦大學中文系教授，溫文儒雅，不抽煙，不喝
酒，是用功甚勤的讀書人。他的著作在臺灣流行甚廣，國文天地雜
誌社就替他出了《蘇軾》及《蘇軾選集》兩本書，《蘇軾選集》也
已經再版。王教授由於研究關係，很想得到由國立臺灣大學中國文
學研究所主編的《宋代文學與思想》（臺北：臺灣學生書局，1989年8
月）這本書，當我把書送到他手上時，讀書人愛書所表現出來的感激
之情洋溢在臉上。

　　馬興榮先生是大陸學者中年紀較大的，已經七十歲，身體非常
硬朗，從他溫和的舉止，及笑容可掬中流露出長者風範。他主編《詞
學》這一刊物，對大陸詞學研究風氣有推波助瀾之功，可比美三十
年代龍沐勛先生主編的《詞學季刊》。目前這個刊物已出到第九輯，
我耳聞它因財力困難將停刊，覺得很惋惜向馬教授求證，馬教授說
沒這回事，而且第十輯近期即將出版，十一、十二輯也已編的差不
多了，這才讓我放心。另外，我特別向馬教授請教，「北山是誰？
是不是于北山？」因為署名「北山」者，都在《詞學》介紹新出詞
籍及寫短文作為補白，馬教授應該最熟悉。果然沒錯，馬教授給我
的答案：「北山」不是「于北山」，而是《詞學》另一主編「施蟄

存」先生。「北山樓」是施先生的書齋名之一，所以署名「北山」。
施老先生已經八十九歲（1905年生）高齡，還如此勤奮為新出詞籍撰
寫提要，其精神今人感動。馬教授還向我透露，施老先生在《詞學》
寫提要，除用「北山」之外，其他署名「止水」、「秋浦」、「丙
琳」也都是施老先生。而于北山先生比施老先生小十二歲（1917年生），
在完成《范成大年譜》不久後去世（1987年）。聽了馬教授這一席話，
我固然為自己的疏忽感到內疚，但問一得三，則是增加不少見聞。
馬教授和施老先生主編的《詞學》，是大陸少數用正體字出版的期
刊之一，他們在困難的環境下，對學術的堅持，實在值得我們尊敬。

經過編纂這部《詞學研究書目》，及參加第一屆詞學國際研討
會，深深覺得學術交流的重要，透過學術會議，讓學術界的同好共
聚一堂，彼此切磋，互相勉勵，對學術的進步將大有助益。臺灣近
幾年來主辦的大型學術會議，從議程的安排、與會人員的招待、會
議的熱烈討論，都充分顯示主辦單位的用心，與學術民主化的氣息。
反觀大陸所主辦的學術會議，則大都流於形式化，缺少質疑問難的
機會，而更不合理的地方，要求與會學者自己影印論文，並繳納一
筆不少的註冊費，其他旅費、飲食費自理更不在話下，像這樣不尊
重讀書人，而且跡近剝削讀書人的作法，對學術交流實在是一大妨
礙，我們希望大陸當局能夠仔細深思這個問題，並加以檢討改進。

——原載《國文天地》9卷2期（1993年7月），頁94—97。

衣帶漸寬終不悔──我編《詞學研究書目（1912－1992）》

高速公路的車禍現場。

一輛疾駛的轎車想變換車道，被另一輛不讓的砂石車連續追撞兩次，整個車子稀爛。交通警察馬上趕到現場處理，轎車駕駛從駕駛座被拖出來。過了片刻，有人看到全毀的轎車，問車主送到那家醫院？大家居然找不到車主，只看到一位長相斯文的中年人沿著管制的高速公路在撿書。

這不是賣車廣告，而是一位大學教授的眞實故事。這位教授在出了車禍之後，第一件事就是把行李箱飛出去的書撿回來。當過兵的人都曾聽班長說：「槍是軍人的第二生命」，相信眞正的讀書人是把書當作自己的生命一樣寶貴。

學術就是靠這股力量不斷在推動。現在學術之所以能夠一日千里，並不是後人比前人聰明，而是後人踏在前人的肩膀上，藉著前人累積的成果，繼續發揚光大。因此想研究任何一門學問，對前人的研究成果不能不知曉，這也是爲什麼讀書人對書那麼熱愛了。

我自從民國六十二年隨盧聲伯（元駿）老師學詞以來，對倚聲之
學即興致高昂，後讀研究所在鄭因百（騫）老師的指導下，先後完成
了以詞爲研究主題的碩士、博士論文。這些年來在中文系任教，教
詞也變成例行工作。但在教學與研究當中，發現國內學術資訊的流
通非常閉塞，因此許多別人研究的成果不但不能分享，並且研究的
主題、內容往往雷同，平白浪費許多力氣。在戒嚴時期，個人因任
教軍事院校的關係，比一般人方便能看到大陸的出版品，對大陸的
學術狀況略有所悉。開放之後，搜集到的資料更加豐富，爲了增進
臺灣對大陸學術的瞭解，於是和一些志同道合的年輕朋友，共同編
輯大陸出版文史哲圖書總目（1949－1990），這項工作在七十九年的
夏天進行了好幾個月，當時參與工作的有：李光筠、孫秀玲、陳恆
嵩、黃蕙菁、林美蘭、江淑美。資料的建立大致完成，等再增補一
些資料及分類之後，即可出版。

　　個人由於從事詞學研究的需要，於是先將詞學部分的書目加以
整理，爲了讓詞學界及早分享成果，使用更加方便，民國八十年我
計劃編纂《詞學研究書目》，網羅民國以來所有與詞學相關的專書
及論文。經過一、二年的努力，這部目錄終於完成，在出版前夕，
個人願意先將這部目錄的幾項特點加以說明。

一、它是第一部詞學專科目錄

　　大陸研究詞學的風氣頗爲興盛，近幾年也編了不少詞學工具
書，如《唐宋詞百科大辭典》（王洪主編，北京：學苑出版社，1990 年 9
月）、《宋詞大辭典》（張高寬等主編，瀋陽：遼寧人民出版社，1990 年 6

月）、《宋詞研究之路》（劉揚忠編著，天津：天津教育出版社，1989 年 7 月）等，裏面也附有唐、宋詞研究相關論著目錄，但都是斷代及選擇性的目錄，無法全面反映詞學研究的總成績。個人編的這部詞學論著目錄，包括從唐到民國所有的詞人、詞作及詞學家的研究，是通代的，而且從民國到現在所有的專著、論文，有目必錄，不僅涵蓋了臺灣、香港、大陸，也搜集了日本、韓國、美國等地的論著，可說是呈現全世界詞學研究的總成績。計收錄專書二千五百多種，論文一萬餘篇，兩者共一萬二千七百零二條。

二、分類力求精密

這麼龐大數目的條目，如何讓使用者很快找到自己所需要者，必須靠細密的分類，我按照時代先後，以每位詞人、詞學家爲主軸，設置類目，在每位詞人之下，依照條目的多寡，再加細分，基本上分成「背景資料」及「作品研究」。「背景資料」包括傳記、年譜、生平考辨、思想等，這些背景資料的論著可幫助我們對其作品的瞭解。「作品研究」包括詞集、作品總論及作品分論。重要作家的作品總論按需要再分爲概述、內容、思想、形式、技巧、格律、風格、評價等細目，作品分論則按詞牌標目，詞牌的排列以條目的多寡爲序，多的放在前面，少的放在後面，從詞牌的先後順序也反映作家的作品受後人喜愛的程度。某些作家有特別受人關注的主題，如李白作品的眞僞，討論者很多，因此在李白下立了「作品考辨」的類目。李清照是否改嫁也是詞學界爭訟不休的話題，我不得不爲她立了「改嫁問題」的類目。姜夔的作品有十七首附有工尺譜，成爲研

究詞樂的重要資料，這類的論著不少，所以也爲他設立「詞樂」的類目。類目除了方便檢索之外，同時也客觀凸顯詞學界整個研究現象。

三、條目著錄儘量完備

專書條目除著錄作者、書名、出版地、出版者、頁數、出版年月外，每一本書如曾經由別家出版社出版，都按出版時間先後一一加以著錄，即使是市面上出現的盜印本，也不例外，我們只在詳實記錄這本書的出版情況。論文條目除著錄作者、篇名、卷期、頁次、發表年月外，如有在另外期刊發表，或收入論文集者，也都根據時間先後一一著錄·這樣做固然增加我們編輯工作的負擔，但能帶給檢索者莫大的方便，因爲多一種著錄，將提供檢索者多一次機會找到這篇論文。

四、兼具考證版本功能

臺灣在戒嚴時期，許多出版社翻印大陸的圖書，爲了避免查禁，往往將作者、書名改得面目全非，這是舊時代的畸形現象，目前是一個嶄新開放的時代，我們應該以正常心理來面對學術著作，這些面目全非的著作也該還它眞面目，因此我竭盡所能，考證這些著作的原書名、原作者，在該條目之後加以標注，對考證版本、辨明學術源流具有正面的意義。

五、增加一些必要的附錄

在正文之後，附有引用期刊、報紙、論文集的一覽表，每一種期刊、報紙都註明創刊時間，出版地及出版者，論文集則標明作（編）者，出版地、出版者及出版年月，這些附錄，除可瞭解正文條目的全部出處外，也可幫助檢索者尋找期刊、報紙、論文集的功能。最後我們還製作了作者索引，它除了有輔助尋找條目的用處外，也呈現八十年來每位詞學研究者的總成績。

詞自從唐代興起之後，它的優美形式深受大眾喜愛，千年來產生了不少偉大的作家及傑出的作品，固然這種形式已不符合當代創作的需要，但前人的作品卻亙古常新，並不因時代差異而妨害我們欣賞，它是我們的文化精神寶藏，值得大家不斷去探勘開採，希望藉著這部目錄的編成，增加詞學界研究成果的交流，進而提昇詞學研究的水準，這是個人所熱切盼望的。

編輯目錄是一項極瑣碎、枯燥的艱苦工作，一般人在檢索方便之餘，很難體會編輯者所付出的心血，這一段詞學論著目錄的編纂路程，我非常感謝本書的三位編輯──東吳大學中文研究所研究生曾秀華小姐、啟智學校國文教師劉民英小姐，及內人劉克敏女士，她們經常犧牲假期，不眠不休地投入編輯工作，如果沒有她們的幫助，這部目錄決不可能完成。國立彰化師範大學自成立國文學系以來，在李威熊主任的領導策劃之下，積極推展學術活動，鼓勵同仁學術研究，因此將本目錄納入國立彰化師範大學國文學系研究叢刊

之一，同時也感謝文津出版社邱鎮京教授熱心學術，不惜斥資出版，在這麼多人的支持協助，個人的辛苦也就微不足道了。

——原載《國文天地》8 卷 11 期（1993 年 4 月），頁 24－27。

詞學資料的檢索與利用

一、前 言

　　詞自唐五代興起之後，大盛於宋金，綿延於元明，復興於清，迄今共有千餘年之歷史，其間產生許多偉大的作家及傑出的作品，這是人類的文化資產、精神寶藏。填詞在今天或許因為時代差異而不甚流行，但保存文化資產、挖掘精神寶藏的詞學研究，則甚具價值，這也是為什麼有如此多的中外學者投入這門學問之緣故。

　　目前臺灣增加了不少大學，各大學也擴充了許多系所，與中國文學相關的系所又陸續成立，一般大學中文系都會修習「詞選」課程，有的研究所也會開設「詞學研究」之類科目，每年都有不少研究生以詞學作為研究論文；因此，如何引導這些對詞學有興趣的後起之秀，讓他們能夠掌握詞學研究之鑰，以開啓詞學研究方便之門，則是相當重要的課題。以下根據個人多年來的研究經驗，將詞學資料的檢索與利用分數點介紹於後。

二、歷代詞人的作品在哪裡

　　從事文學研究，最先要掌握的是作品，因此，有志於詞學研究者，首先要面對的是作品在哪裡？由於前人花了許多心力，從事詞籍的蒐集、考辨、校勘等整理工作，然後將各朝代的詞人作品匯集一編，也就是全集的編纂，透過這些全集，我們可以很輕鬆獲得某個朝代所有詞人的作品，茲將已經出版的各個朝代詞的全集錄之如下：

1.《全唐五代詞》　張璋、黃畬編　上海：上海古籍出版社　1986年2月　臺北：文史哲出版社翻印　1986年

2.《全唐五代詞》　曾昭岷等編　北京：中華書局　1999年12月

3.《全宋詞》　唐圭璋編　北京：中華書局　1965年6月　臺北：世界書局翻印　1976年10月

4.《全宋詞補輯》　孔凡禮輯　北京：中華書局　1981年8月　臺北：源流出版社翻印　1982年12月

5.《全宋詞》　唐圭璋編　王仲聞參訂　孔凡禮補輯　北京：中華書局　1999年1月（此書是將上列的《全宋詞》、《全宋詞補輯》匯爲一編，並作修訂，雖有利於讀者，但以簡體字橫排對古籍整理實在不妥當。）

6.《全金元詞》　唐圭璋編　北京：中華書局　1979年10月　臺北：洪氏出版社翻印　1980年11月

7.《全清詞》（順康卷，20冊）　南京大學中國語文學系全清

詞編纂委員會　北京　中華書局　1994年5月－2002年

　　從上面所列可以發現，目前缺少的是《全明詞》，《全清詞》也還沒出齊，在這種情況下，要找明代的詞，可用趙尊嶽輯的《明詞彙刊》（上海：上海古籍出版社，1992 年 7 月）；清代的詞則可用陳乃乾編《清名家詞》（上海：開明書店，1937 年；臺北有鼎文書局翻印，書名改作《清詞別集百三十四種》，1976 年 8 月），因爲這兩部書蒐集的明、清詞較多。

　　掌握上列全集之後，如果再配合相關的索引，使用起來則更加便利。如胡昭著、羅淑珍根據張璋、黃畬編的《全唐五代詞》，編了《唐五代詞索引》（北京：當代中國出版社，1996 年 5 月），讀者可透過每句詞的首字查到該句及該句所屬作者、詞調。高喜田、寇琪則根據中華書局 1965 年版《全宋詞》和 1981 年版《全宋詞補輯》，編有《全宋詞作者詞調索引》（北京：中華書局，1992 年 6 月），讀者可透過調名及首句找到整首作品，並可統計每一詞調現存有多少作品。

　　目前因電腦的普遍使用，上述的索引已被電腦檢索系統取代了，如果要檢索唐宋詞，可上網到羅鳳珠所規劃主持的「網路展書讀」網站（http://cls.admin.yzu.edu.tw/），透過「唐宋詞」資料庫的檢索系統，在彈指之間即可找到所需要的唐宋詞人及其作品。另外也可上網到南京師範大學（http://www.njnu.edu.cn/），使用「全唐宋金元詞文庫及賞析系統」，該資料庫除唐宋詞外，還包含《全金元詞》，收錄更廣，但因爲使用簡體字，對臺灣讀者恐怕較爲不便。

　　如果研究某一詞家，需要了解其詞集的流傳情形，可查閱饒宗頤著《詞集考》（北京：中華書局，1992 年 10 月），該書將唐五代宋金

元的詞人所流傳下來的詞集，能見到的各種版本都一一著錄，讀者可據此找尋詞家不同版本的詞集。另外，如果要查清人詞集的話，則可利用吳熊和等人合編的《清詞別集知見目錄彙編》（臺北：中央研究院中國文哲所籌備處，1997 年 6 月），即能知道該詞人有哪些不同版本的詞集流傳，目前庋藏在何處。

三、古人的詞學論評何處尋

研讀詞人的作品之後，我們想要參考古代詞評家的意見時，要從哪裡找到資料呢？詞和詩一樣，詩有詩話，詞也有詞話，古人的詞學論評常透過詞話的形式來表達，因此我們必須先掌握詞話的資料。歷代的詞話不少，經唐圭璋的苦心蒐集整理，將歷代詞話編成《詞話叢編》（北京：中華書局，1986 年 11 月；臺北：新文豐出版社翻印，1988 年 2 月）一書，如今只要擁有此書，從宋到清的八十五種詞話都在我們的手中了。

有了《詞話叢編》之後，再配合李復波編《詞話叢編索引》（北京：中華書局，1991 年 9 月），則有事半功倍之效。如過去我們要找有關柳永的評論資料，則必須將《詞話叢編》翻尋一遍，非常費時，如今我們只要查《詞話叢編索引》，根據柳永條目下所列的頁碼，就可找到《詞話叢編》中所有柳永的評論資料。

但《詞話叢編索引》只限「人名索引」及「書名索引」，如果我們想要找尋詞學相關主題的資料就無能爲力。這時可上網到中央研究院漢籍電子文獻瀚典全文檢查系統（http://www.sinica.edu.tw/~tdbproj/handy1/），利用文哲所提供的《詞話集成》資料庫檢索，目

前這個資料庫已收二十八種詞話，預計收到105種，擬補入《詞話叢編》未收的20種，如果完成的話，對詞學研究者將更形便利。

除了詞話之外，古人的詞學論評意見也發表在詞籍序跋上，但序跋都隨附在詞籍，某些詞籍找尋不易而且費時，目前已經有學者將詞籍序跋匯聚在一起，如：金啓華等編《唐宋詞集序跋匯編》（臺北：臺灣商務印書館，1993年2月）、施蟄存主編《詞籍序跋匯編》（北京：中國社會科學出版社，1994年12月），前書只收唐宋兩代的詞籍序跋，後書則收集更廣，除唐宋遼金元明清等歷代詞別集序跋外，還將總集、選集、詞話、詞譜、詞律等各種序跋收入，可讓讀者省下不少力氣。

我們解讀一首詞時，有關該詞的本事或傳說，也需要參考。因此清人張宗橚就編有《詞林紀事》，今人楊寶霖又做補正，出版了《詞林紀事、詞林紀事補正合編》（上海：上海古籍出版社，1998年11月）；唐圭璋也編了《宋詞紀事》（上海：上海古籍出版社，1982年11月），更嚴謹的從宋人書籍中錄出有關宋詞本事，頗具參考價值。目前學界又將詞的本事和評論匯聚一起，編出一套《歷代詞紀事會評叢書》（合肥：黃山書社，1995年12月），其中已出版有：史雙元編著《唐五代詞紀事會評》、鍾陵編著《金元詞紀事會評》、尤振中、尤以丁編著《明詞紀事會評》及《清詞紀事會評》、嚴迪昌編著《近現代詞紀事會評》，尚缺宋詞部分，如果全部出齊，要掌握歷代詞的本事或評論資料則更輕而易舉了。

四、現代人的研究論著如何找

　　相對於古人詞話式的論評意見，現代人除了專著外，就是撰寫論文，民國以來已經累積了不少研究成果，這些論文除了部份曾結集成書外，大多散見在報紙、期刊中，書海茫茫，要找尋這些資料猶如大海撈針，常讓年輕學子視找資料爲畏途。筆者爲了自助助人，於是蒐集了臺灣、大陸、香港、新加坡、韓國、日本、歐洲、美國、蘇聯等地有關詞學研究的專書和論文篇目，主編了一套《詞學研究書目（1912－1992）》（臺北：文津出版社，1993 年 4 月），透過該書目，我們就知道現代人在詞學研究上有哪些成果，一方面可按圖索驥參考前人的研究成果，一方面也可避免和前人的論題重複，而白費工夫。兩年後林玫儀也主編了《詞學論著總目（1901－1992）》（臺北：中央研究院中國文哲所籌備處，1995 年 6 月），增補了一些條目，同樣可提供學界檢索近百年詞學研究論著上的便利。

　　以上兩種目錄只收到 1992 年，近十年的研究論著要如何找呢？筆者後來又繼續編了〈1993－1995 年臺灣詞學研究論著索引〉，發表在《中國書目季刊》（30 卷 1 期，1996 年 6 月）及《詞學研究年鑑（1995－1996）》（武漢：武漢出版社，2000 年 3 月）；最近又編了《1997－2001 年臺灣宋代文學研究論著索引》，發表在《宋代文學研究年鑑（2000－2001）》（武漢：武漢出版社，2002 年 10 月），臺灣近十年的詞學研究成果大致可從此兩篇索引中去尋找。而大陸方面的研究成果，也可從上述的《詞學研究年鑑》及《宋代文學研究年鑑》所刊載的論著索引獲悉。

在電腦檢索方面，我們可以上網到國家圖書館全球資訊網
（http://www.ncl.edu.tw/ncl1.htm），使用國家圖書館資訊網路系統，
從中去檢索臺灣有關詞學的專著、期刊論文、博碩士論文等資訊；
1991年以來某些期刊論文甚至可從中華民國期刊論文索引影像系統
（http://www2.read.com.tw/cgi/ncl3/m_ncl3）直接閱讀或列印。大陸
1994年以後某些期刊論文，我們也可透過中國期刊網（http://democjn.
csis.com.tw/help/help.asp）取得。日本小樽商科大學教授萩原正樹所
設立的網頁（http://www.res.otaru-uc.ac.jp/~hagiwara/），上面載有松
尾肇子編〈日本國內詞學文獻目錄補稿〉（1998年7月24日版），也可
提供查尋日本有關詞學研究的期刊論文篇目。

五、調名、格律、用韻如何檢索

　　詞是詩的一體，它有特殊的形式體製，每個詞調都有其來歷，
清毛先舒曾撰《填詞名解》，試圖就詞調名稱的來源加以探究解說。
萬樹《詞律》、康熙《欽定詞譜》等書，也都涉及詞調來源考辨。
聞汝賢根據上述眾書，又徵引許多資料，編成《詞牌彙釋》（臺北：
聞汝賢自印本，1963 年 5 月）一書，今天我們想要檢索詞調來源或同調
異名等資料，應以此書較為方便。

　　詞原本是配合曲譜來歌唱的歌詞，後來曲譜亡佚了，後人為了
能夠繼續填詞，則從前人的作品歸納其句法字數、平仄押韻等規律，
這是文字譜，如張綖《填詞圖譜》、萬樹《詞律》、康熙《欽定詞
譜》等都是。其中以萬樹《詞律》最受學界肯定。潘慎花了 30 年心
血完成的《詞律辭典》（太原：山西人民出版社，1991 年 9 月），不但詞

調與調體增加了，也有不少獨特的見解，加上編排創新，頗方便檢索。

上述的詞譜旨在求完備，另有人針對填詞需要，選擇一些常用的詞調而編成的詞譜，如清舒夢蘭所編的《白香詞譜》，選有一百調，最受初學者喜愛使用。龍沐勛也選擇了一百五十餘調，編成《唐宋詞格律》（上海：上海古籍出版社，1978 年 10 月；臺北：里仁書局翻印，1979 年 3 月），該書考辨精詳，除標平仄外，某字如一定要用去聲時，也特別附註說明。另外某些詞調若能確定適合表達何種感情，也予以說明；這些對學習填詞者皆相當有用。羅鳳珠的「網路展書讀」網站（http://cls.admin.yzu.edu.tw/），在「倚聲填詞」系統中，就採用《唐宋詞格律》，依據該書的詞調格律，利用電腦自動檢測填詞是否合律，對詞的創作教學頗有助益。

唐人開始填詞時，並無特別的詞韻用書，直到南北宋之交，朱敦儒才擬應制詞韻十六條，另外列入聲韻四部，但該書早已亡佚，難得其詳。而世傳的宋《菉斐軒詞林要韻》，乃是後人謬託，實為曲韻之書。清代學者熱中編纂詞韻用書，如沈謙《詞韻略》、李漁《詞韻》、許昂霄《詞韻考略》、吳烺等編《學宋齋詞韻》等，數量雖多，但各有其缺失；直到戈載編的《詞林正韻》問世之後，才成為倚聲家所認同的詞韻用書。因此，今天無論填詞或考察詞人用韻情形，大家都以《詞林正韻》為依據。上述的「倚聲填詞」系統，也可以檢索《詞林正韻》，對填詞者相當方便。

六、其他工具書的利用

研讀歷代詞人的作品時，如果遇到典故，我們除了可用一般的辭典如：《辭海》、《辭源》、《中文大辭典》、《漢語大詞典》等來解決外，另外也有專為讀詞而編的典故辭典，如：葛成民、謝亞非等編《唐宋詞典故大辭典》（南寧：廣西人民出版社，1994 年 7 月）、金啓華主編《全宋詞典故考釋辭典》（長春：吉林文史出版社，1991 年 1月）等，這兩部典故辭典所舉例子，唐五代詞是根據張璋、黃畲編的《全唐五代詞》，宋詞則根據唐圭璋編一九六五年版《全宋詞》，並都標註該書的頁碼，便於讀者檢查原詞，所以讀者除可了解典故的意義外，還可透過所舉的用例，了解該典故在唐宋詞中被運用的情況。

讀詞遇到生難字詞或典故時，如果都靠自己一一查尋辭書，相當費時費力，因此藉著專家學者的注釋，是讀詞的一條便捷道路。目前各詞家別集、選集的注本實不勝枚舉，今舉收詞較多的大部頭注本，如：孔范今主編《全唐五代詞釋注》（西安：陝西人民出版社，1998 年 10 月）、馬興榮等主編《全宋詞廣選新注集評》（瀋陽：遼寧人民出版社，1997 年 7 月），前書共三冊，後書計五冊，收羅的作家與作品非常廣泛，平日所見的唐宋詞，遇到理解上的困難，翻檢這兩部書應可找到注釋。尤其後書還有集評，對研究者甚有幫助。

如果想要更深入了解一首詞，這時就得借助專家學者的賞析，大陸出版界曾出現一股「鑑賞辭典熱」，筆者曾發表〈必也正名乎──談「鑑賞辭典」〉一文（《國文天地》7 卷 7 期，1991 年 12 月），當時

附錄的書目所收的各種鑑賞辭典已達一一九種，數量相當驚人。茲舉詞的鑑賞辭典數種，以供參考：

1. 《唐宋詞鑑賞辭典》　唐圭璋主編　南京：江蘇古籍出版社　1986年12月　臺北：新地出版社翻印　1991年4月（書名改作《唐宋詞鑑賞集成》）

2. 《唐宋詞鑑賞辭典》（唐五代北宋卷、南宋遼金卷）　唐圭璋、繆鉞等撰　上海：上海辭書出版社　1988年4、8月　臺北：地球出版社　1990年1月（書名改作《宋詞新賞》）　臺北：五南圖書公司　1991年6月（書名改作《唐宋詞鑑賞集成》）

3. 《唐五代詞鑑賞辭典》　潘慎主編　北京：北京燕山出版社　1991年5月

4. 《宋詞鑑賞辭典》　賀新輝主編　北京：北京燕山出版社　1987年3月

5. 《全宋詞精華分類鑑賞集成》　潘百齊主編　南京：河海大學出版社　1991年12月

6. 《全宋詞鑑賞辭典》　賀新輝主編　北京：中國婦女出版社　1995年1月

7. 《金元明清詞鑑賞辭典》　王步高主編　南京：南京大學出版社　1989年4月

8. 《金元明清詞鑑賞辭典》　唐圭璋主編　南京：江蘇古籍出版社　1989年5月

9. 《元明清詞鑑賞辭典》　錢仲聯等著　上海：上海辭書出版社　2002年12月

最後，還有綜合詞學各種課題於一編的「百科大辭典」，其內

容涵蓋：詞學知識、詞人生平、風格流派、詞集、論著、詞樂、詞譜、詞調、語詞、典故、詞話集錦、名作評介、名句精析等，非常多樣，案頭有此一書檢索，平常的詞學問題多半能獲得解決，茲舉數種以供參考：

1. 《唐宋詞百科大辭典》　王洪主編　北京：學苑出版社　1990年9月
2. 《宋詞大辭典》　張高寬等主編　瀋陽：遼寧人民出版社　1990年6月
3. 《宋詞百科大辭典》　程自信、許宗元主編　合肥：安徽教育出版社　1994年12月
4. 《中國詞學大辭典》　馬興榮等主編　杭州：浙江教育出版社　1996年10月

七、結　語

我們常說：「工欲善其事，必先利其器」，做學問也是如此，如果能夠充分掌握工具，必能節省許多時間力氣。尤其現在是一個電腦時代，透過電腦檢索資料，更是快速準確。詞學這門學問，經過許多同好的努力耕耘，成果相當可觀，不論是歷代詞全集的編纂、詞話及詞籍序跋的收集，或現代研究論著目錄、各類辭典、工具書等的編輯，都有可觀的成績；而電腦檢索系統的開發，網站、網頁的架設，對詞學資料的獲得、研究資訊的流通，更是如虎添翼。我們很幸運處在這個高科技的時代，可以很有效率獲得資料從事研究；但話說回來，光有好的工具，並不能保證事情一定做得完美，

使用工具者的學養功力尤其重要。過去的學者靠逐字逐句逐行逐頁尋找資料，過程固然艱辛，但也不知不覺閱讀了許多書籍，增加了無數功力，寫下許多擲地有聲的著作；因此，我們在利用工具方便之餘，平日也應該做完整的閱讀，增加自己的學養功力，如此才是善用工具之道。

　　——原載《國文天地》18卷8期（2003年1月），頁21－27。又載《學術資料的檢索與利用》（臺北：萬卷樓圖書公司，2003年3月），頁327－337。

詞學論評的總匯
──增訂本《詞話叢編》評介

　　詞從晚唐五代興起之後，到了宋代就成為宋人表達情感的主要工具，名家輩出，佳作如林，在文學史上創下輝煌的一頁。任何一種文體廣受眾人喜愛之後，批評風氣也隨之產生，詩如此，詞也是如此，詩有所謂的「詩話」，詞也有所謂的「詞話」。詞話最早是寄生在詩話裏頭，如陳師道（後山詩話）就有許多條是評論詞人的文字；以後才有詞話的專著產生，南宋時王灼的《碧雞漫志》、張炎的《詞源》、沈義父的《樂府指迷》，都是大家耳熟能詳的重要著作。尤其有清一代，詞壇派別繁多，各種主張的詞話不斷推出，可謂達到汗牛充棟的地步。

　　唐圭璋先生一生奉獻於詞學研究，除編纂詞作總集──《全宋詞》、《全金元詞》等巨著外，另外他也編纂詞話總集──《詞話叢編》，對藝林有極大的貢獻。此書初刊於民國二十三年，由南京詞話叢編社出版，臺北廣文書局有影印本。共收錄詞話六十種：宋代七種，如玉灼《碧雞漫志》、吳曾《能改齋漫錄》、胡仔《苕溪漁隱詞話》、張炎《詞源》、沈義父《樂府指迷》等。元、明兩代

六種，如吳師道《吳禮部詞話》、陳霆《渚山堂詞話》、楊慎《詞品》等。清代最多，達四十一種，如李漁《窺詞管見》、周濟《介存齋論詞雜著》、吳衡照《蓮子居詞話》、宋翔鳳《樂府餘論》、謝章鋌《賭棋山莊詞話、續詞話》、馮煦《蒿庵詞話》、劉熙載《詞概》、陳廷焯《白雨齋詞話》等。民國也有六種，如王國維《人間詞話》、陳洵《海綃翁說詞稿》、潘蘭史《粵詞雅》等。

　　唐氏初編此書，限於當時的條件，難免有些缺失，但他彙聚群籍，供學者之資，對五十多年來的詞學研究，實在功不可沒。尤其他孜孜不輟，推陳出新，一九五九年起，利用療病期間，修訂《詞話叢編》的精神，更令人感佩。增訂本《詞話叢編》終於在一九八六年，由北京中華書局出版，此間目前也有新文豐出版公司影印本。

　　我們將增訂本《詞話叢編》與舊版稍作比較，可發現它有不少優點：

一、收集的詞話增多

　　舊版共收詞話六十種，某些重要的詞話，如況周頤《蕙風詞話》都遺漏了，增訂本不但彌補了遺漏，某些已佚的詞話，後人有輯本的，增訂本也很珍惜地把它收入，如趙萬里輯宋楊繪《時賢本事曲子集》、楊湜《古今詞話》、鮰陽居士《復雅歌詞》等都是。某些重要詞選上的評語，增訂本也不放過，如《湘綺樓詞選》王闓運的評語、《藝蘅館詞選》梁啓超的評語等都是。又某些載於《詞學季刊》上的詞話，如鄭文焯《大鶴山人詞話》、張爾田《近代詞人軼事》、朱祖謀《彊村老人評詞》、夏敬觀《忍古樓詞話》等都有收

入。所以增訂本共收詞話達八十五種之多，比舊版多二十五種。

二、全部新校標點

　　舊版沒有標點，而且錯字很多，增訂本則用新式標點符號重新加以標點，對讀者而言方便不少。舊版與增訂本的〈例言〉都說：「是編所收詞話，有精校本，有增補本，有注釋本，有罕見之珍本。」但舊版排印錯誤甚多，如《詞品》就是。王幼安先生曾據明刊陳繼儒本加以校正，至於原書誤刊或刊本有遺漏的地方，他也盡量參考別的書籍來校正，出版了校點本《詞品》（北京：人民文學出版社，1960年）。增訂本《詞話叢編》除了改正排印的錯誤外，並採用很多王幼安先生校正的意見，不足之處，唐氏自己又加補正，所以增訂本後出轉精，精確度最高。

三、每則詞話增添小標題，並在書前編有目錄，便利讀者翻尋

　　歷代的詞話，有的依照每則內容設有小標題，如《能改齋漫錄》、《詞品》、《詞源》等，有的則無標題，如《碧雞漫志》、《苕溪漁隱詞話》、《渚山堂詞話》等。舊版《詞話叢編》收錄詞話時，皆保存其原貌，因此要找尋一則與自己研究有關的詞話，相當不易，增訂本則把沒設標題的詞話，根據其內容，重新一一加以增列標題，使每則詞話眉目清楚，並在每本詞話之前編有標題的目錄，查閱甚為方便。

四、詞話內容有明顯錯誤之處，增訂本都用案語加以指出，免得繆種流傳，貽誤後學

　　如歐陽修〈生查子〉（去年元夜時）這首詞，自從楊慎《詞品》把它誤作朱淑真作的，並在上面大發繆論，說：「豈良人家婦所宜邪？」後來的詞話很多因襲這種錯誤的說法。增訂本《詞話叢編》在頁四五一、八六八、九〇〇、一九七二等四處，加有如下之案語：「元夕詞乃歐陽修作，見《廬陵集》卷一百三十一」、「此乃歐公詞，楊慎誤作朱淑真，後人亦多沿誤」、「此詞乃歐公作，《詞品》誤以為朱詞」、「此乃歐詞，非朱詞」，不殫其煩地在各處加案糾正，使讀者不致上當，朱淑真地下有知，當感激涕零了。

五、某些詞話坊間若有箋注本，增訂本並加案語說明

　　如張炎《詞源》，在目錄卷上附加案語云：「《詞源》有蔡楨疏證」，卷下案語云：「此卷有夏承燾注」；沈義父《樂府指迷》也有案語云：「蔡嵩雲曾有《樂府指迷箋釋》」；這些案語都有指引讀者參考之功用。

　　如上所述，增訂本《詞話叢編》比起舊版有很大的進步，今後它勢必取代舊版，繼續給學術界更良好的服務，但如果我們求全責備的話，它應該還有一些值得改善的地方：

(一)某些詞話可考慮收入

本書既然名曰《詞話叢編》，應以搜羅齊全爲要務，它對於博采各家之說薈萃成書的詞話，如王又華《古今詞論》、沈雄《古今詞話》、王弈清等《歷代詞話》、馮金伯《詞苑萃編》等都不排斥，就是這個道理。但編者不如何故，却單獨不收徐釚《詞苑叢談》，唐氏曾校注過此書（上海：上海古籍出版社，1981 年），他不收或許有其理由，但個人認爲還是以收入爲佳。此外，如清人徐釚的《南山草堂詞話》、方成培《香研居詞麈》、毛先舒《塡詞名解》、汪汲《詞名集解·續編》等，或輯詞家故實，或述詞調源流，也不應割捨才對。

(二)標點缺少私名號、書名號

我們觀察這些年來大陸出版的詞話校點本，如《白雨齋詞話》（杜未末校點，北京：人民文學出版社，1959 年）、《渚山堂詞話、詞品》（王幼安校點，北京：人民文學出版社，1960 年），《人間詞話、蕙風詞話》（王幼安校訂，北京：人民文學出版社，1960 年）等，人名、詞牌名旁都加有私名號、書名號，如果要在其中尋找有關某位詞人的詞話，由於人名標有私名號，一目了然，方便不少。增訂本沒將人名、詞牌名標出，實在是美中不足。

(三)詞話編者自加小標題部分，沒附案語說明

增訂本爲了使讀者查閱方便起見，某些沒有標題的詞話，編者都依其內容增列，但編者沒加附案，往往會使讀者誤以爲標題是原

詞話所有，而不知其原貌，這是編者不夠嚴謹之處。

㈣某些詞話有箋注本，編者遺漏附案

前面說過，增訂本爲了引導讀者參考，詞話若有箋注本，編者都加案語說明，但也有遺漏的，如《人間詞話》有徐調孚注（北京：人民文學出版社，1960年），又有滕咸惠新注（濟南：齊魯書社，1981）；《白雨齋詞話》有屈興國的足本校注（濟南：齊魯書社，1983年）。臺灣地區也有劉紀華《張炎詞源箋訂》（臺北：國立政治大學中文研究所碩士論文，1970年）、徐信義《碧雞漫志校箋》（臺北：國立臺灣師範大國文研究所博士論文，1981年）等。

增訂本《詞話叢編》雖然有上述的小缺失，但瑕不掩瑜，它對未來的詞學研究將有很大的貢獻，所謂「前人種樹，後人乘涼」，後人在使用方便之餘，除了感謝之外，也應該做些有益於學術界的工作，個人認爲，《詞話叢編》還有些後續工作值得我們去完成的：

1.做《詞話叢編》補編的工作

《詞話叢編》囿於體例：「前人所作詩詞話，詩詞雜陳，非專論詞者，不以入錄」，其實某些詩話或筆記小說，論及詞者，也有可取之處。夏敬觀先生從五十種宋人筆記、詩話中，編成《彙輯宋人詞話》（臺北：廣文書局，1970年）。以補《詞話叢編》之不足。他的這項工作還可擴大範圍繼續做，如能把明、清部分也一併輯出，則更加理想、另外，詞集的序跋，《詞話叢編》也沒有收錄，《全宋詞》及《全金元詞》在收各家詞集時，序跋亦刪去。序跋固然多揄揚之語，但也有不少精闢之論，如黃庭堅〈小山詞序〉、張耒〈東

山詞序〉、孫覿〈竹坡老人詞序〉、胡寅〈酒邊詞序〉、范開〈稼
軒詞序〉、曾慥〈東坡詞拾遺跋〉、李之儀〈吳師道小詞跋〉、關
注〈石林詞跋〉等都非常有名,如果我們能把所有的詞集序跋搜輯
在一起,當作《詞話叢編》的補編,對於學界將是很有意義。

　2.編《詞話叢編》的人名索引,或分類索引

　　增訂本《詞話叢編》中的每一種詞話,都立有小標題及目錄,
雖然比舊版方便翻檢,但還是不夠迅捷,如果能編人名索引,我們
想要研究某位詞人,只要根據人名索引,就可尋得這位詞人在《詞
話叢編》中所有的資料,既不勞逐一翻尋,又免得有遺漏之虞。另
外也可編詞話分類索引,將詞話的內容加以分類,訂出許多類目來,
如論詞的起源、論詞的創作、論詞的風格流派等等,然後再做索引,
使讀者按類尋得自己所要的資料,對詞學研究者而言,將可省去許
多找資料的時間。

　　總之,我們從增訂本《詞話叢編》可看出學術前輩搜集、整理
資料的苦心,由於他們辛勤做這些基礎工作,使得以後的學者能夠
省時有效地掌握資料,直接投入研究專題裏面,當然某些研究的基
礎工作還有待後人去做,但最重要的是,能夠以新方法、新觀念去
運用這些資料,創造更有價值的研究成果出來,才是後生學者所應
深自期許的。

　　　　——原載《國文天地》4卷11期(1989年4月),頁100－103。

臺灣五十年來唐五代詞研究綜述

一、前　言

　　唐五代是詞體萌芽發展的階段，當時爲了配合新興的燕樂，所填的長短句歌詞，於是產生了詞。詞從民間開始流行起來，如敦煌發現的《雲謠集》就是民間詞的代表；後來中唐詩人如白居易、劉禹錫等的參與嘗試，使詞體逐漸爲文人接受與喜愛，到了晚唐五代，填詞風氣便發展開來。晚唐五代產生兩個填詞中心，一在西蜀，一在南唐，西蜀一地所創作的詞，後來都被收入《花間集》中，南唐一地的詞人，以中主、後主及馮延巳爲代表。因此這階段的詞學論題主要有：唐五代詞綜論、詞的起源、詞調的創立及詞律的形成、李白是否爲塡詞之祖、敦煌曲子詞、《花間集》及其詞人、南唐二主及馮延巳等。由於敦煌文學已和詩、詞、文、小說並立爲唐代文學中的一類，所以有關敦煌曲子詞的論著就列入敦煌文學中介紹，以下根據詞學主要論題，擇要介紹臺灣五十年來的唐五代詞研究成果。

二、綜　論

　　綜論係涵蓋唐五代詞的整體研究，這方面有的是選錄唐五代詞代表作家及作品的選集，其中最重要且影響最深的莫過於鄭騫的《詞選》（臺北：中華文化出版事業委員會，1952 年 7 月初版；臺北：中國文化大學出版部，1982 年 4 月新一版），本書選錄唐宋代表作家三十人之作品及不成家數之名篇佳作。第一編收唐五代代表作家：溫庭筠、韋莊、顧敻、孫光憲、馮延巳、李煜等六家六十七首作品。第七編收李白、張志和、白居易、李珣、歐陽炯、李璟等十二人的名篇佳作二十八首。編者研究詞學用力甚深，識見卓越，所選的作家及作品都極精審，並具代表性，故本書不僅是大學「詞選」課程的優良教材，也是值得詞學界參考的學術著作。鄭騫另有一篇論文〈詞曲的特質〉（《中國文化論集》1 輯，1953 年 3 月；又載《景午叢編・上編》1972 年 1 月），透過形式規律、內容風格比較詞曲之異同，其中將詞曲比作同胞兄弟，說：「這弟兄兩個的性行都是偏向瀟灑輕俊美秀疏放，而缺少莊嚴厚重雄峻，它們都只能作少爺而不能作老爺。所不同者：詞是翩翩佳公子，曲則多少有點惡少氣味。詞所表現是中國文化的陰柔美，曲所表現的則是中國文化衰落時期一般文人對於現實的反應。」經過如此生動貼切的譬喻，使讀者對詞曲的特質留下深刻的印象。

　　有的是唐五代詞發展歷程的介紹，如陳弘治《唐五代詞研究》（臺北：文津出版社，1980 年 3 月）一書，分為「緒論」、「詞體」、「詞風」、「詞家」、「成就」、「結論」六大綱領，對唐五代詞作全面性與綜合性的探討。陳氏尚有兩篇相關論文：一是〈唐五代詞的

發展趨勢〉（《中國文化復興月刊》12 卷 4 期，1979 年 4 月），論述中唐
之詞未脫於詩，晚唐五代之際是詞的滋長時期，其性質只是一種徒
供歌唱玩賞的艷曲。但是經過韋莊、馮延巳及李後主用以抒寫身世
之感，注入新鮮的生命和個性後，它便逐漸開始突破題材狹隘的藩
籬，拓展高遠的境界。另一是〈唐五代幾位關鍵性的詞家〉（《慶祝
陽新成楚望先生七秩誕辰論文集》，1981 年 2 月），所論述的詞家是：溫
庭筠、韋莊、馮延巳和李煜等四位，作者一一介紹他們在唐五代詞
體發展過程中的貢獻。葉嘉瑩也曾針對此四位詞家寫了一篇論文：
〈從《人間詞話》看溫韋馮李四家詞的風格—兼論晚唐五代時期詞
在意境方面的拓展〉（《純文學》5 卷 5 期、6 卷 2、3 期，1969 年 5、8、9
月；又載《唐宋詞名家論集》，1987 年 11 月），文章以《人間詞話》對四
家詞的評語為基礎，詳加闡發他們的風格，並進而將溫韋馮三人作
史的聯繫，認為：由飛卿之客觀唯美的香艷的歌詞，到端己之主觀
抒情的戀愛的詩篇，再轉而為正中之表現為經過綜合醞釀以後的一
種感情之境界，使得原以唯美與言情為主的艷詞染上了一種理想化
的象喻化色彩，而且深深地影響了北宋初年如大晏、歐陽等一些重
要的作者，這是晚唐、五代詞在意境方面極可注意的一大演進。另
外也對李後主作定位，認為：後主在意境方面的成就則不是屬於歷
史演進過程的一種天才的突現，乃是可遇而不可求的，所以後主成
就雖高，然而就詞之演進而言，實在反不及正中之更為重要。孫康
宜著、李奭學譯的《晚唐迄北宋詞體演進與詞人風格》（臺北：聯經
出版事業公司，1994 年 6 月）一書，前三章也和晚唐五代的詞體演進有
關：首章〈詞源新譚〉，旨在說明「詞」乃通俗文學直接瀹啓下的
產物，在發展成「體」之前，乃為通俗曲詞或娛眾佳音。而詞人不

斷把通俗曲詞成爲文人詞的努力，在詞體的發展史上亦轍跡分明。
第二章〈溫庭筠與韋莊——朝向詞藝傳統的建立〉，認爲溫韋代表
兩種重要的詞風，下開後世的兩大詞派。第三章〈李煜與小令的全
盛期〉，論述李煜匯集溫韋兩種詞風於一身，錘鍊新技的結果，使
他變成令詞的分水嶺。

　　有的是將唐五代的文人詞、民間詞作爲研究對象，如鄭憲哲的
《唐五代詞研究－以《花間》、《尊前》、《雲謠》三集爲範圍》（臺
北：國立臺灣大學中國文學研究所博士論文，1993 年），係針對最早出現的
兩部文人詞總集《花間集》、《尊前集》，及一部民間詞總集《雲
謠集》，作綜合研究，作者將文人詞與民間詞一併按序討論、個別
分析、互相比較，試圖爲唐五代詞重塑一個更具接近事實的客觀面
貌，勾劃出一段更完善的詞史。另外楊肅衡的碩士論文《唐代文人
詞之研究》（臺北：國立臺灣師範大學國文研究所碩士論文，1999 年 6 月），
則以唐代文人詞爲對象，探討文人詞在唐代的形式起源、主題風格、
意象浮現、修辭技巧、以及文學史上的地位與價值。

　　也有的從某一意象爲切入點，作唐五代詞的研究，如王酒貴的
《唐五代詞「夢」運用現象研究》（臺北：私立輔仁大學中國文學系碩士
論文，1996 年 6 月），歸納夢在唐五代詞的運用，有反映現實、超越
時空、寄寓理想等三點關連性。謝奇懿的《五代詞中山的意象研究》
（臺北：國立臺灣師範大學國文研究所碩士論文，1997 年 7 月），探討山的
意象在五代時除了地理景致、閨閣擺飾、畫中之山與女子之妝飾等
四個範疇外，並呈現多元發展，使山的意象沈浸於女子的愁思之中，
形成閨閣化。黃文吉的〈「漁父」在唐宋詞中的意義〉（《第一屆詞
學國際研討會論文集》，1994 年 11 月）一文，則研究唐宋詞人筆下的「漁

父」，它所代表的或是隱者的形象，或蒙上佛家色彩成爲釋徒說法的方式，或反映詞人尋找的心靈歸宿，但都欠缺現實的透視，未能表現眞正漁人的個性與生活風貌。

另外有的從結構分析、鑑賞方法著手，如陳滿銘《詞林散步——唐宋詞結構分析》（臺北：萬卷樓圖書公司，1990 年）一書，具體地從事作品的結構分析，所選的作品以兩宋爲主，並兼及唐五代，唐五代共十家，二十九首；每家之前綴以小傳；每首詞作之後，另加「注釋」、「分析」兩欄，並附以「結構分析表」。在分析方面，是以闡明作品義蘊及結構技巧爲主。結構分析表則層次井然，便於讀者掌握聯絡的關鍵與布局的技巧。而李若鶯《唐宋詞鑑賞通論》（高雄：復文圖書出版社，1996 年 9 月）一書，則嘗試建立詞的析賞架構，他認爲讀者要先有一些基本的概念，然後才能進入詞的本體欣賞，因此先論述詞的相關知識，圍繞在詞的起源、特質、作者、流派等問題上。接著提出本體欣賞方面的見解，則以內容、結構、修辭、意境等爲其重點。本書爲詞的欣賞建立了一個整體的方法，頗具實用價值。

三、詞的起源

有關詞的起源，歷代有各種不同的說法，因此學界對此問題討論相當熱烈。王熙元〈詞體興起的因素〉（《文藝復興》159 期，1985 年 1 月；又載《古典文學散論》，1987 年 3 月）一文，以文學史的眼光，全面觀察，就詞的體制特徵，舉出詞體興起的重要因素：長短句的淵源、增字襯詩的歌法、外族音樂的影響、民間作者的創作等四種加以論說。臺靜農〈從「選詞以配音」與「由樂以定辭」看

詞的形成〉（《現代文學》33 期，1967 年 12 月；又載《靜農論文集》，1989
年）一文，論述「選詞以配樂」，使整齊的詩不得不變爲長短句，「由
樂以定辭」，則詞便不得不成爲長短句，由此說明了詞的形成兩種
原因。張夢機〈詞體起源之多元性〉（《慶祝陽新成楚望先生七秩誕辰論
文集》，1981 年 2 月；又載《詞律探原》，1981 年 11 月）及〈隋唐燕樂對
詞體形成之影響〉（《詞律探原》，1981 年 11 月；又載《中國學術年刊》4
期，1982 年 6 月）二文，也是從音樂的角度探索詞的起源，前文認爲
詞乃融合漢魏六朝以來舊曲、隋唐新生樂曲、外來胡曲等多元性之
音樂，歷長遠之變化，而逐漸形成的一種音樂文學。後文則進一步
考察詞體之醞釀與形成，在隋唐燕樂，詞調之淵源，也在隋唐燕樂，
因此總結隋唐燕樂對詞體產生有重大的影響。徐信義〈唐宋曲子漸
興於隋說〉（《慶祝陽新成楚望先生七秩誕辰論文集》，1981 年 2 月）一文，
則是根據王灼《碧雞漫志》所云「蓋隋以來，今之所謂曲子者漸興」
一語，加以論述。唐宋曲子的音樂，唐時屬俗樂，宋時屬燕樂，燕
樂即俗樂，唐之俗樂自隋代俗樂而來。作者分從曲子名、樂調、音
樂流變，來探討「曲子漸興於隋」之說，可以成立。

　　楊侗的《詞的發生及其理論研究》（臺北：私立中國文化學院中國
文學研究所碩士論文，1975 年 6 月），以中國傳統音樂典籍爲依據，進
行考證辨析，說明文學與音樂的關係，並從古今音樂的流變，對民
間文學的影響，推論「詞」這一文體的起源。陳玫秀的《詞體起源
與唐聲詩關係之研究》（臺中：私立逢甲大學中國文學系碩士論文，2000
年），討論唐聲詩與詞體的關連，並勾勒出聲詩演變到詞的過渡性質，
由此證明「詞體實源於唐聲詩，受到唐聲詩之影響也最爲明顯。」
黃文吉〈唱和與詞體的興衰〉（《國立彰化師範大學國文系集刊》1 期，

1996 年 6 月）一文認為，唐五代時一個詞調有那麼多的文人來填它，是因為「唱和」造成的。唐五代的文人，聽到某支曲子非常優美，當興起「和」的念頭，有些人哼哼就算了，有些人覺得曲子雖然優美，但沒有歌詞，或者雖有歌詞，但覺得不滿意，因此按照曲拍填上文字，這就是「曲子詞」，也就是「詞」。當時「和」詞的做法隨著曲拍、題意來填詞，還沒有人把它當作詩一樣「次韻」、「依韻」來作，當時所強調的重點在配合音樂歌唱而已。

四、詞調的創立及詞律的形成

有關詞調創立的探討，以〈菩薩蠻〉最受重視，因它的創立時間，關係著「平林漠漠煙如織」一詞是否為李白所作。張琬〈菩薩蠻及其相關之諸問題〉（《大陸雜誌》20 卷 1－3 期，1960 年 1、2 月）一文，首先探討《杜陽雜編》所記「女蠻國」的位置，斷定「女蠻國」應是「驃國」之誤，其國址在今印度支那半島上的緬甸國境中。因此〈菩薩蠻〉曲，可能原來就是驃國的樂曲，也就是現在緬甸國的樂曲。並考證敦煌曲子〈菩薩蠻〉是龍興寺僧於天寶元年寫在卷上，所以可確定〈菩薩蠻〉曲在開元末年已傳入中土。據此，作者進一步考定〈菩薩蠻〉（平林漠漠煙如織）一詞，是李白的作品；「游人盡道江南好」一詞，是韋莊的作品。邱燮友在〈菩薩蠻的創調與流傳〉（《唐代文化研討會論文集》，1991 年 7 月）文章中，也有類似的看法，他根據《教坊記》和敦煌曲，論定盛唐開元天寶年間，〈菩薩蠻〉已創調，並認為文人所填寫的〈菩薩蠻〉，是從李白開始的。而其流行，至晚唐、五代，可謂極盛，北宋以後，漸次消竭。邱氏另有

一篇〈李白菩薩蠻探述〉（《第一屆詞學國際研討會論文集》，1994 年 11
月），更由以下四點考察：㈠從〈菩薩蠻〉的創調，與李白的年代吻
合。㈡從〈菩薩蠻〉發現的地點，與李白的行跡吻合。㈢從〈菩薩
蠻〉詞語句法的運用，與李白的詩語句法吻合。㈣從〈菩薩蠻〉境
界風格，與李白詩歌風格吻合。由此證明李白填寫〈菩薩蠻〉是不
必置疑的。但廖美玉在〈李白—「百代詞曲之祖」？〉（《東海學報》
21 期，1980 年）一文中，則和上述的見解不同，他除了從文體的演進
觀點論斷〈菩薩蠻〉、〈憶秦娥〉非李白填寫外，並詳細說明後人
之所以將此二詞嫁名李白之緣故，亦有其見地，值得參考。

　　另外，〈楊柳枝〉是中唐盛行的調子，沈冬〈楊柳枝詞調析論〉
（《臺大中文學報》11 期，1999 年 5 月）一文特別加以探討，他推測〈楊
柳枝〉淵源於北朝〈折楊柳〉，原屬華聲，並非胡曲，所以胡樂對
於詞體的影響，須由各調分別研究，才能獲致較客觀的結論。並觀
察〈楊柳枝〉的發展過程中，「添聲填實」的現象具體存在，然而
在「添聲填實」之前，〈楊柳枝〉早已活躍於酒筵歌席之間，除了
欠缺長短句的形式之外，其他與詞無別，因此，「添聲填實」不僅
不能作為詞起於絕句的實證，反而由中唐〈楊柳枝〉流行的盛況，
讓我們重新開展詞的概念，思考文體遞嬗如江河一脈不可割裂的特
質，檢視可歌的絕句與詞之間存在斷限的必要與否。

　　有關詞律的形成，張夢機《詞律探源》（臺北：文史哲出版社，1981
年 11 月）一書有相當周密的研究，其內容包含四個部份：首章〈中國
詩樂關係略說〉，歷述詩樂遞衍的軌跡。次章〈樂曲嬗變與詞體之
建立〉，從多元化角度，揭露出詞體源起的多樣因素。三章〈詞樂
之音律與宮調〉，結合現代樂理，分析古籍所言之七聲、十二律呂；

以聲學原理，詳計中國音樂中的音數、律數。從宮調之組成，乃至燕樂二十八調的沿革，一一洞悉。四章〈唐五代詞考源及訂律〉，分析考訂唐五代一百五十五個詞調的始末，爲詞牌格律做出詳實的歸納。本書無論在沿波逐源，或是在稽求宮調、譜式方面，均極富參考價值。徐信義《詞譜格律原論》（臺北：文史哲出版社 1995 年 1月）一書也是探討詞律形成之作，全書共分五章，除緒論、結論外，正文以三篇論文做爲主幹，分別是：〈詞譜格律的形成〉、〈詞譜格律與音樂的關係〉、〈詞譜格律與語言音律的關係〉。本書最大的貢獻是將詞譜格律放入音樂、語言兩個方向去思考，對歷來詞譜沒有解決的基本理論，予以釐清。作者在古代音樂資料不足、語音隔代變遷的背景下，分析出詞譜格律與兩者之間的關係，用心誠屬可貴。另外王偉勇〈以唐、五代小令爲例試述詞律之形成〉（《東吳文史學報》11 期，1993 年 3 月）一文，則就《御製詞譜》所列之唐、五代小令爲例，並自體製、句法（含音樂技巧）、平仄、用韻等四方面，探討詞律之形成，實來自三方面：一爲承傳自近體詩之規矩，一爲將古詩之各種不規則現象，加以「律化」，一爲自闢蹊徑，力求突破創新。文章舉證歷歷，亦有其價值。

五、《花間集》

《花間集》爲五代後蜀趙崇祚於廣政三年編纂而成，是一部保存唐末諸名家詞的重要總集。蕭繼宗評點校注《花間集》（臺北：臺灣學生書局，1977 年 1 月），每一首詞先有「音釋」，解釋字詞之聲讀與意義，以助欣賞。再列「校記」，大體采近人所編《宋紹興本花

間集附校注》一書，參校其他版本。次附「集評」，將每首詞之各種詞話評語列出，俾助了解歷代評論家之意見。末附「宗按」，加上作者的評論與解釋，有一些獨到的見解，常獲學界援引。臺灣研究《花間集》用力最深、成就最大的，莫過於張以仁。張氏撰寫一系列有關《花間》詞的研究論文，後來出版爲《花間詞論集》（臺北：中央研究院中國文哲研究所籌備處，1996 年 12 月），共收十四篇論文，前七篇都與溫庭筠有關，另六篇探討的花間詞人爲皇甫松、薛昭蘊各兩篇，孫光憲、鹿虔扆各一篇，末篇爲〈花間詞舊說商榷〉。就其內容而言，雖可分爲：舊說商榷、考證、賞析、論詞結構等四大類，但諸篇論文中，從題旨的商榷，文字的校理，到篇章結構的分析，句法與詞彙的討論與詮釋，都屬於訓詁的範圍。尤其是題旨的商榷，在十四篇中經常涉及，它是詞句訓解的指針。作者精讀細品研究詞作，以訓詁這一主線，透過精密的詮釋，往往能呈現詞家的匠心，對研究《花間》詞者深具參考價值。張氏後又陸續撰寫《花間》詞相關論文，其中一篇爲〈花間集中的非情詞〉（《文史哲學報》48、49 期，1998 年 6、12 月），從《花間集》五百首詞中，論定一百二十四首爲非男女情詞。並對非情詞的主要內容，分別作了重點的介紹；對有關題旨的不同意見，也作了深入的討論。由統計所得非情詞的內容共有十六類，可破歷來學者誤以《花間》寫作範圍狹隘的成見。

　　由於近年來女性主義盛行，《花間集》中又多是「男子作閨音」之作，因此許多研究《花間集》者都從「女性敘寫」入手。葉嘉瑩〈論詞學中之困惑與花間詞之女性敘寫及其影響〉（《中外文學》20 卷 8、9 期，1992 年 1、2 月；又載《詞學古今談》，1992 年 10 月）一文，可說是此方面的開山之作。作者從西方女性文評中所提出的「女性形

象」與「女性語言」兩方面，對詞之所以形成其幽微要眇具含豐富之潛能的因素，做了相當的探討；對於中國之「詞」這種特別女性化之文類的美學特質之形成與演變，並做出一番反思，有助於解答舊日詞學中的困惑與爭議問題。多篇研究《花間集》的學位論文，視角也都和「女性敘寫」有關。洪華穗《花間集的主題與感覺》（臺北：文津出版社，1999 年 12 月）一書，原是作者就讀國立政治大學中國文學系碩士班，於 1997 年通過的碩士論文，他分從「主題內容」與「感覺意像」二個切入點研究《花間集》，一方面以主題來規畫分類，觀察其所呈現的文學內容與社會風情；另一方面以五根（視、聽、嗅、味、觸）爲分析指標，全面觀察《花間集》各主題所使用的感覺意象所重爲何，以作爲了解花間詞人表現技巧及思想文化的橋樑。綜觀兩者，則更可證明《花間集》實具有生香活色的女性敘寫特質。王怡芬的《花間集女性敘寫研究》（臺南：國立成功大學中國文學系碩士論文，1999 年 6 月），綜合中西理論兼容並蓄的方式，針對女性的外在形貌、女性所處環境、女性心緒等三大主題作分析，以彰顯女性敘寫在文學領域的獨特價值。李宜學的《李商隱詩與花間集詞關係之研究－以「女性敘述者」爲主的考察》（高雄：國立中山大學中國文學系碩士論文，1999 年），由「女性敘述者」爲觀察角度，借用敘述學理論解析「女性敘述者」的種種現象，以詩歌本質出發，分析中國詩歌應具的美學效果，並透過詞彙現象、時空意識、情感形態等議題的討論，突顯李商隱詩與《花間集》詞「女性敘述者」文本之藝術特質。

另外，也有研究《花間集》的意象與格律，如包根弟〈談花間集中的「月」與「柳」〉（《輔仁學誌·文學院之部》13 期，1984 年 6 月）

一文，統計《花間》詞中所應用之景物，以「月」與「柳」最多。《花間》詞中的月，十九是陪伴著憂傷之人，其中以殘月出現次數最多。《花間》詞中寫柳，計有一百零七首敘述柳景，也以陪伴哀傷之人為多。文中指出「月」與「柳」意象的許多特點，顯現出作者歸納能力之強。徐信義〈論花間集詞的格律現象〉（《中山人文學報》5 期，1997 年 1 月）一文，則將《花間集》中同詞牌諸詞的格律加以比對，考察其語言音律的差異。檢視其每句字數、平仄、韻腳位置及押韻方式；並分析每一小句之音節形式。發現同一詞牌諸作，在音節形式、平仄、字數、韻腳，格律完全相同的有三十一曲，佔40.26%，其中有的是一人作；作者兩人以上的只有六曲，佔 7.79%；比例不高。詞牌格律有異的四十六曲，佔 59.74%，其中全異者十曲，佔 12.99%。

順便值得一提的，就是與《花間集》並稱的《尊前集》，但研究者甚少，劉少雄有〈尊前集考〉（《中國文哲通訊》3 卷 3 期，1993 年 9 月）一文，旨在重加考述此書之編者及年代，作者根據相關資料，證實明刊二卷本所題編者顧梧芳為非，並認同《尊前》是為補《花間》而編，《花間》序刊於大蜀廣政三年(940)，則《尊前》成書應在此年之後。

六、《花間》詞人

《花間集》共收了十八位詞人的作品，陳慶煌〈花間十八家詞研析〉（《晚唐的社會與文化》，1990 年 9 月）一文，即針對每位《花間》詞人的特色一一加以研析。《花間》詞人中最受矚目的，莫過於溫

庭筠，因此有關溫庭筠的研究論文涵蓋層面相當廣泛。有綜論溫詞的，如葉嘉瑩〈溫庭筠詞概說〉（《淡江學報》1 期，1958 年 8 月；又載《迦陵論詞叢稿》，1981 年 9 月），先論溫詞之有無寄託，再述溫詞多為客觀之作、多為純美之作等兩點特色。張以仁〈溫飛卿詞舊說商榷〉（原係二篇，分別載《臺大中文學報》3 期，1989 年 12 月；及《中國文哲研究集刊》1 期，1991 年 3 月。後合為一篇，載《花間詞論集》，1996 年 12 月）一文，係商榷有關溫庭筠詞舊有之說，凡三十一詞六十三條七十七事，涵校勘、語義、音韻、句法、篇章結構、藝術賞析、名物考定等多方面，涉及相關作者三十餘家。有從詞調、格律入手的，如賴橋本〈溫庭筠與詞調的成立〉（《國文學報》8 期，1979 年 6 月；又載《詞曲散論》，1990 年 3 月）一文指出，溫庭筠現存的詞，共十九調七十首，其中沿用舊調的只有四調，其他十五調大抵皆是溫庭筠的創作。而他所創的詞調，不但當時流行一時，即使後代也有人繼續寫作，流傳不已。徐信義〈溫庭筠詞的格律〉（《第四屆中國詩學會議論文集》，1998 年 5 月）一文，考查《花間集》所錄溫氏詞，發現溫氏對於詞之平仄格律，守之甚嚴；溫氏的五、七言句，不依近體詩的平仄寫作；已有以入代平的現象等格律上的特點。由於溫庭筠是從詩到詞的關鍵人物，所以有就其詩詞作比較，如羅宗濤〈溫庭筠詩詞比較研究〉（《古典文學》7 集，1985 年 8 月）一文，發現溫氏詩詞相同或相似的詞句雖然很多，但溫詞的用語比較通俗淺顯，而詩的用語則比較典雅凝鍊。溫詩包含的內容豐富多樣，境界大小兼備，足以表現其大部分的生活；而其詞則內容貧乏單調，意境狹窄，集中表現生活中的一小部分。溫氏主要工夫都用在詩的創作上，而詞只是他以餘力所作的新嘗試，往往作來讓伶工唱給大眾聽的，似乎不大

可能在詞中寓以深意。李恩禧的《溫庭筠詩詞中感覺之表現》（臺北：
國立政治大學中國文學研究所碩士論文，1992 年 6 月），將溫庭筠詩詞中感
覺之運用情形，分爲視覺、聽覺、嗅覺、膚覺、味覺五大類來作分
析，並比較詩與詞對感覺的運用，發覺其中頗多相似。也有將溫詞
與李商隱詩作比較的，呂正惠〈論李商隱詩、溫庭筠詞中「閨怨」
作品的意義及其與「香草美人」傳統的關係〉（《中國文學理論與批評
論文集》，1995 年 10 月）一文指出，就形式來講，溫庭筠的詞不同於
李商隱的「詩」；但就境界來說，溫詞中的女性世界與李詩中的女
性世界極爲神似；而不同的是，溫詞個別看來，確實像是單純的相
思之作，在文字上比較找不到「託寓」聯想的痕跡。但綜合起來，
這個以女性爲中心的獨特的生命世界，卻又像可以引發「象徵」作
用，讓我們不願意把它們看成單純的愛情小詞。是晚唐這個毫無希
望的時代，促使兩個敏感的詩人，「不知不覺」間都表達出同樣的
生命哀感，都哀嘆生命無奈與空虛，並因此而在相同的文學傳統的
影響下，營造出極爲相似的藝術世界。由於溫詞大多與女性有關，
所以張以仁〈溫庭筠詞中的女性稱謂詞彙〉（《傳統與創新──中央研
究院中國文哲研究所十週年紀念論文集》，1999 年 12 月）一文，統計溫詞
的女性稱謂詞彙，共有十一種凡十六見，出現於十四首詞中，出現
率爲百分之二十一強。這些詞彙大抵屬於歡場女性。這些稱謂詞，
「宮女」之外，沒有官稱、職稱，也沒有親屬稱謂。稱謂詞彙少，
也顯示人物簡單，溫詞將近百分之八十是一人的獨白。本文也統計
溫詞的男性稱謂詞彙，及韋莊詞的男、女性稱謂詞彙，並作比較。
溫詞的男性稱謂詞彙出現率大過女性稱謂詞彙，正與溫詞爲女性書
寫相契合；而溫、韋相異的現象，應是由於二人寫作方式不同之故。

張淑香〈男性情色幻想的美典—溫庭筠詞的女性再現〉（《中國文哲研究集刊》17 期，2000 年 9 月）一文，則從流行歌曲的消費與欲望、性別、意識形態、文化製作的互動關係此一思考架構，來探討飛卿詞中的女性再現之美學策略及其涵蘊的性別意義，發現飛卿詞這種特爲男性全方位需要而訂做的女性肖像，不僅是男性情色幻想的虛構，也是一種性別政治的建構。以女性肖像作爲娛樂消費的應歌背後，實隱藏著文化制作的玄機。

溫庭筠詞中以〈菩薩蠻〉十四首最受爭議，主要的問題有二：十四首詞是否聯章？是否有寄託？張以仁〈溫飛卿菩薩蠻詞張惠言說試疏〉（《中國文哲研究集刊》2 期、1992 年 3 月；又載《花間詞論集》，1996 年 12 月）一文，取張氏之說十一條作整體之探討，發現張說從主旨、篇法、諸章結體之方式、首尾之呼應，無一顧及；且不僅仔細分析各章間之關係，又合數章爲一段，亦闡明各段落之聯繫。本文雖同意其「感士不遇」之主旨，而視十四詞爲聯章體，然於寄寓之細節，各詞之題旨，則頗有商榷之處，而提出批評。張以仁另有〈溫庭筠菩薩蠻詞的聯章性〉（《花間詞論集》，1996 年 12 月）一文，更進一步討論溫庭筠的〈菩薩蠻〉十四詞是否聯章，他分別從內、外條件，舉出許多證據說明十四詞的聯章性。但吳宏一〈溫庭筠菩薩蠻十四首的篇章結構〉（《中國文化研究所學報》新 7 期，1998 年）一文，則根據前人對十四首聯章性的正反意見，加以分析或質疑，最後提出結論：溫庭筠的〈菩薩蠻〉十四首，只能說是組詞，而不能視爲聯章之作。洪華穗〈試從文類的觀點看溫庭筠詞的聯章性〉（《中華學苑》51 期，1998 年 2 月）一文，則先探討「聯章詞」的判斷方式，並藉由「花間鼻祖」溫庭筠的詞作，來看當時的聯章詞具有什麼特色，

可作為研究後世聯章詞的參考模式。另外，也有單獨探討溫庭筠的某一首詞，如張以仁〈試論溫庭筠的一首荷葉盃詞〉（《第一屆詞學國際研討會論文集》，1994 年 11 月；又載《花間詞論集》，1996 年 12 月）一文，分別對該詞題旨、舊注、內容有所討論，判斷此詞的題旨係寫「一個斷腸人眼中的荷塘景色」。

　　《花間》詞人中，溫庭筠與韋莊成就最高，兩人並稱「溫韋」。因此研究者經常將兩人相提並論，鄭騫〈溫庭筠韋莊與詞的創始〉（《文學雜誌》4 卷 1 期，1958 年 3 月；又載《景午叢編·上編》，1972 年 1 月）一文指出，溫韋兩家的詞，作品數量比以前多，形式比以前開始像詞，作風則是開後來婉約豪放兩大派之先河，所以說他們的貢獻在詞的創始。耿湘沅〈花間詞人溫庭筠與韋莊〉（《中華學苑》37 期，1988 年 10 月）一文也指出，溫詞的風格特色是精美與客觀，極穠麗而無生動的感情及生命，亦缺乏顯明的個性。韋莊詞的風格特色，清麗秀雅，顯明真切，極具個性。二家詞風的差異，溫庭筠為「密而隱」，韋莊則為「疏而顯」。孫康宜著、李奭學譯〈朝向詞藝傳統的建立——論溫庭筠與韋莊的詞〉（《中外文學》19 卷 12 期，1991 年 5 月；又載《晚唐迄北宋詞體演進與詞人風格》，1994 年 6 月）一文，運用西方古典修辭學術語比較溫韋，認為溫詞婉約，藉景抒情，使用「並列結構」；韋詞豪放，直抒胸臆，使用「附屬結構」；溫韋代表兩種重要的詞風，下開後世的兩大詞派。除了溫韋並論之論文外，臺灣學者則少單獨去討論韋莊，江聰平的《韋端己及其詩詞研究》（高雄：國立高雄師範大學國文學系博士論文，1997 年 6 月），除探討韋莊的時代背景、生平事蹟外，並綜合論述其詩詞的修辭藝術、風格及評價，可說是較全面性的研究韋莊。

　　溫韋之外的《花間》詞人，如皇甫松、薛昭蘊、孫光憲、鹿虔

展等，張以仁都有論文論及，或論其人其詞，如：〈花間詞人皇甫
松〉、〈花間詞人薛昭蘊〉（《臺大中文學報》4 期，1991 年 6 月），或
論其單一詞篇，如：〈試釋皇甫松夢江南之一〉（《臺大中文學報》6
期，1994 年 6 月）、〈試釋薛昭蘊浣溪沙詞一首〉（《臺大中文學報》5
期，1992 年 6 月），也有數首詞合論，如：〈試論皇甫松的兩首浪淘
沙〉（《臺大中文學報》9 期，1997 年 6 月）、〈試論孫光憲的四首楊柳
枝〉（《中國文哲研究集刊》4 期，1994 年 3 月）、〈從鹿虔扆的臨江仙
談到他的一首女冠子〉等，以上有兩篇未在期刊發表，只載於《花
間詞論集》（臺北：中央研究院中國文哲研究所籌備處，1996 年 12 月），
其他已在期刊發表的，後來也大都收入《花間詞論集》中。

七、南唐二主及馮延巳

　　南唐與西蜀為唐五代兩大塡詞中心，西蜀以《花間》詞人為主，
南唐則以二主、馮延巳為代表。南唐中主雖與後主合稱「二主」，
但由於中主詞傳世甚少，所以論者不多。葉嘉瑩〈論南唐中主李璟
詞〉（《國文天地》2 卷 11 期，1987 年 4 月；又載於《唐宋詞名家論集》，
1987 年 11 月）是一篇專門探討李璟詞的力作，他認為，李璟詞最值得
注意的一點特色，乃在於其能在寫景抒情遣辭造句之間，自然傳達
出來一種感發的意趣。其所以然者，蓋由於李璟在抒情寫景之際，
最長於在情景之間作交感相生之敘寫，或由景而生情，或融情而入
景，故能使其情不虛發、景無空敘。其情景間相互之關係，皆莫不
映帶自然，全無絲毫安排造作之意，這實在是李璟詞之最大長處和
特色。被稱為「詞帝」的李後主，則是詞學界爭相探討的對象。蔣

勵材《李後主詞傳總集》（臺北：國立編譯館中華叢書編審委員會，1962
年 3 月初版，1978 年 3 月增訂再版）一書，是集合傳記和詞作整理之著
作，計分爲導論、校釋、輯評、附錄四個部分。導論主要是介紹後
主的身世背景，當可視爲傳記。在校釋部分，是以明萬曆庚申常熟
呂遠本爲主，與其他各本或別書選載者互校。輯評中集錄了歷代名
家對於後主詞作的評語。至於書末附錄部分，所錄者有〈南唐後主
本紀〉與後主之世系、年表、年譜。劉維崇《李後主評傳》（臺北：
黎明文化事業公司，1978 年）一書，則以探索後主的生平際遇爲主，兼
及其文學成就。作者敘述後主之生平經歷極爲詳盡，除了介紹後主
一生的遭遇之外，也加強分析他的家世、思想與重臣這幾個部分。
評論後主之文學作品時，據其內容情感，以開寶八年亡國作爲分水
嶺，亡國之前，所寫的詩文，洋溢著幸福的氣氛；亡國之後，所寫
的詩文，充滿了痛苦的情調。另外，也述及後主對書法、繪畫的喜
好與成就。陳芊梅的《李後主研究》（臺北：國立臺灣大學中國文學研究
所碩士論文，1972 年 5 月），旨在探討後主的生平、爲人及其詞之成就，
前兩章介紹後主的家世、生平及其爲人，末章則專論後主的文學，
作者歸納李後主的詞有：創新格與開後路、純情的詞人、高遠的詞
境、有我之境、慣用白描、「花」「月」與「夢」等六點特色。唐
文德《李後主詞創作藝術的研究》（臺中：光啓出版社，1975 年）一
書，主要分爲：「李後主詞的創作與風格」與「李後主詞的剖
析與欣賞」兩大部分。前部分歸納後主詞的特色爲：眞情流露、
善用白描、境界深遠。並自此推論後主詞之所以特出，在於後
主的天才橫溢、家學淵源、文學風氣與身世境遇的影響。後部
分註解詮釋了三十六闋的後主詞，先臚列「異文」，標識出版

本的異同與優劣，以確保分析意境的正確性。次列「集評」，
爲詞作賞析更添依據。末爲「意境析賞」，作者不厭其煩地說
解後主詞的情感、意境與作詞技巧，是本書的重點所在，也是
作者的用心之處。

除了上述的專書外，研究後主詞的論文也有多篇。莊嚴〈李煜〉
（《中國文學史論集㈡》，1958 年 4 月）一文，先簡介後主的生平，再
分析後主詞超絕的背景，計有：天賦的絕世才華、生在帝王家、動
亂的時代、眞與實的情操等四種原因；最後以開寶八年亡國爲界分
兩期來論述後主詞的特色。黃雅莉〈論李煜詞的精神內涵及開拓表
現〉（《國立編譯館館刊》29 卷 1 期，2000 年 6 月）一文指出，李煜詞的
精神內涵有三個特點，即：自然眞率的感情、對宇宙人生的懷疑和
悲憫、從醉夢中尋求心靈的寄託。另外，李煜詞在風格上的拓展，
因其情感渲瀉奔騰放縱、心理時空描寫之境界的擴大、塑造形象眞
實而生動，使之變成豪放詞風的先河。孫康宜著、李奭學譯〈李煜
與小令的全盛期〉（《中外文學》19 卷 11 期，1991 年 4 月；又載《晚唐迄
北宋詞體演進與詞人風格》，1994 年 6 月）一文論述，後主只有五首詞是
從女性的立場發話，而且除了他早期所塡的一些敘事詞外，他的作
品根本就是直接在抒發自己的情感，王國維所謂的「士大夫之詞」，
指的可能就是這種逐步揭露個人感性的詞。李煜以達意爲導向的詞
風，雖然融進了感性意象，但基本上走的仍然是韋莊的路子。晚年
的李煜精力所注，大多在縮短詞我的距離，而把勢如排山倒海的外
在現實轉化爲抒情自我的內在感性世界的附加物。化外相爲抒情的
手法，對詞藝的發展影響至鉅。李煜之後的宋人柳永，就進一步在
他的慢詞中借用過類似的技巧，並使之成爲這種詞體最重要的美學

原則之一。

　　中主宰相馮延巳也是一個重要詞家，鄭騫〈論馮延巳詞〉（《景午叢編・上編》，1972 年 1 月）一文對馮延巳的創作背景與詞風，有相當深刻的論述。文章指出，馮延巳是個熱中功利的人，又生在五代那樣喪亂相尋的時代。他在南唐作宰相，屢次遇到失意的事，他的政敵又多，彼此傾壓排擠，這樣的政治生涯使他的心情空虛、不安；而當時社會的普遍現象又是從來亂世所共有的現象，一面是黑暗與恐怖，一面是沉湎與放縱。政治的遭遇與社會的氣氛合併起來，使馮延巳總是抱著滿腔空虛苦悶，去過看花飲酒奢佚的生活。這與謝靈運的縱情山水是同樣的心情。所以馮詞的風格與謝詩一樣，在高華濃麗的底面蘊藏著無限悲涼，這就是王國維所謂的「和淚試嚴妝」。另外有林文寶《馮延巳研究》（臺北：嘉新水泥公司文化基金會，1974 年 11 月）一書，原是作者就讀私立輔仁大學中國文學研究所，於1970 年通過的碩士論文，內容可大別爲兩個部份，一是傳記，二是詞作。在傳記方面，作者根據夏承燾所撰之〈馮正中年譜〉一文，再加上自身的研究所得，寫成一篇簡明的馮延巳傳記。在詞作方面，則先介紹《陽春集》之版本情況，繼而考辨其眞僞問題。關於詞集本身的探討，作者分就各個方面論述：在聲律與體制方面，馮氏不僅參照舊調而自製新聲，甚且有自度新曲之可能；在語言世界方面，馮詞有當時地理的影子及大量疊字的應用，可看出所謂「不失五代風格而堂廡特大」的意義；在感情境界方面，馮詞是屬於一種無可理會的執著，也是一種永遠落空的等待；在風格及分類方面，馮詞可以元宗保大四年首次拜相爲限而分爲前後兩期，前期以「俊朗高遠」爲多，後期則以「和淚試嚴妝」爲主。

八、結　語

　　總括以上各節所述，臺灣五十年來有關唐五代詞的研究，除了單獨研究韋莊詞的論著較少外，其他重要的議題如詞的起源、〈菩薩蠻〉的創立時間等，或重要的詞家如溫庭筠、李後主等，都有許多專書或論文加以討論。在研究方法上，有的運用傳統訓詁方式，實事求是，努力去掌握正確的題旨；有的則引用西方的文學理論，希望對詞史的演進、詞家的創作背景及作品，有更圓通的詮釋；不管所用的方法如何，只要精心研讀詞作，不脫離文本，其研究成果都有可取之處。即使對同一問題的意見相左，如〈菩薩蠻〉（平林漠漠煙如織）一詞是否李白所作，雖然論者各執己見，但雙方論辯的邏輯、所舉的論證，都值得參考。基本上，臺灣研究唐五代詞的學者並不是很多，但五十年來詞學界的努力，已經累積了可觀成果。而且像鄭騫這樣祖師輩的學者雖已經過世了，但目前尚有不少老中青的學者持續在這塊園地耕耘，可以發現薪火正在代代相傳，這是頗值得可喜的現象。假如要指出未來還可以用力的地方，就是學界對唐五代詞的研究，應朝深度與廣度的方向拓展，如對詞家的研究，可針對某一特色或某一首詞，作更深入的探討，而不是人云亦云，泛泛之論。同時也不應侷限在少數詞家的討論，如花間詞人除溫、韋之外，對於牛嶠、張泌、毛文錫、顧敻、毛熙震、李珣等詞人，是不是也應該多給予關注？如此未來唐五代詞的研究成果則將更為輝煌。

　　　　——擬載《當代中國唐代文學研究叢書·臺灣部分》（西安：三
　　　　秦出版社，2004 年）〈詞學研究導言〉。

詞學研究要籍目錄

一、叢刻、全集

1. 敦煌曲校錄　任二北著　上海　上海文藝聯合出版社　1955年5月　臺北　世界書局　1967年〈收在《全唐五代詞彙編・溫韋年譜》內〉

2. 敦煌雲謠集新書　潘重規著　臺北　石門圖書公司　1977年1月

3. 敦煌雲謠集新校訂　沈英名著　臺北　正中書局　1979年9月

4. 敦煌歌辭總編　任半塘編　上海　上海古籍出版社　1987年12月

5. 敦煌歌辭總編匡補　項楚著　臺北　新文豐出版公司　1985年1月　成都　巴蜀書社　2000年6月

6. 隋唐五代燕樂雜言歌辭集　任半塘、王昆吾編　成都　巴蜀書社　1990年6月

7. 花間集評注　李冰若評注　上海　開明書店　1935年　臺北　鼎文書局　1974年（書名改作《花間集注》）

8. 花間集注　華連圃注　上海　商務印書館　1937年2月　鄭州　中州書畫社　1983年3月　臺北　天工書局　1992年3月

9. 花間集　趙崇祚輯　蕭繼宗評點校注　臺北　臺灣學生書局

1981年10月

10.花間集注釋　李誼注釋　成都　四川文藝出版社　1986年6月

11.花間集新注　沈祥源、傅生文注　南昌　江西人民出版社　1997年2月

12.彊村叢書　朱祖謀校輯　臺北　廣文書局　1970年3月

13.唐宋全詞　李君等主編　深圳　海天出版社　1994年8月

14.唐五代詞　林大椿編　鄭琦校訂　北京　文學古籍刊行社　1956年7月　臺北　世界書局　1976年7月（書名改作《校註唐五代詞》）

15.全唐五代詞　張璋、黃畬編　上海　上海古籍出版社　1986年2月　臺北　文史哲出版社　1986年

16.唐五代詞索引　胡昭著、羅淑珍主編　北京　當代中國出版社　1996年5月

17.全唐五代詞　曾昭岷等編　北京　中華書局　1999年12月

18.全宋詞　唐圭璋編　北京　中華書局　1965年6月　臺北　世界書局　1976年10月

19.全宋詞補輯　孔凡禮輯　北京　中華書局　1981年8月　臺北　源流出版社　1982年12月

20.全宋詞作者詞調索引　高喜田、寇琪編　北京　中華書局　1992年6月

21.全宋詞　唐圭璋編　王仲聞參訂　孔凡禮補輯　北京　中華書局　1999年1月

22.全金元詞　唐圭璋編　北京　中華書局　1979年10月　臺北　洪氏出版社　1980年11月

23.明詞彙刊　趙尊嶽編　上海　上海古籍出版社　1992年7月

24.全清詞（順康卷，20冊）　南京大學中國語文學系全清詞編纂委員會　北京　中華書局　1994年5月－2002年

25.清名家詞　陳乃乾編　上海　開明書店　1937年　臺北　鼎文書局　1976年8月（編者改作「楊家駱」，書名改作《清詞別集百三十四種》）

26.全清詞鈔　葉恭綽編　北京　中華書局　1982年5月　臺北　河洛圖書出版社　1975年

二、選　集

1.樂府雅詞　曾慥編　四部叢刊初編縮本　臺北　臺灣商務印書館　1975年6月

2.唐宋諸賢絕妙詞選　黃昇編　四部叢刊初編縮本　臺北　臺灣商務印書館　1975年6月

3.中興以來絕妙詞選　黃昇編　四部叢刊初編縮本　臺北　臺灣商務印書館　1975年6月　影印文淵閣四庫全書本　臺北　臺灣商務印書館　1986年3月（書名作《花菴詞選》）

4.陽春白雪　趙聞禮編　葛渭君校點　上海　上海古籍出版社　1983年6月

5.絕妙好詞箋　周密編　查為仁、厲鶚箋　四部備要本　臺北　臺灣中華書局　1970年6月

6.增修箋注妙選草堂詩餘　佚名編　四部叢刊初編縮本　臺北　臺灣商務印書館　1975年6月

7.草堂詩餘　佚名編　影印文淵閣四庫全書本　臺北　臺灣商務印

書館　1986年3月

8.名儒草堂詩餘　鳳林書院編　宛委別藏本　臺北　臺灣商務印書
館　1981年10月

9.詞林萬選　楊愼編　四庫全書存目叢書本　台南　莊嚴文化公司
1997年6月

10.天機餘錦　題程敏政編　王兆鵬、黃文吉、童向飛校點　瀋陽　遼
寧教育出版社　2001年1月

11.花草粹編　陳耀文編　影印文淵閣四庫全書本　臺北　臺灣商務
印書館　1986年3月

12.詞綜　朱彝尊編、王昶續補　臺北　世界書局　1980年5月

13.明詞綜　王昶編　臺北　臺灣中華書局　1970年6月

14.詞選、續詞選箋注　張惠言選、董毅續選　姜亮夫箋註　臺北　廣
文書局　1980年12月

15.蓼園詞選　黃蘇編　清人選評詞集三種　濟南　齊魯書社　1988
年9月

16.宋四家詞選　周濟編　臺北　廣文書局　1962年11月

17.詞則　陳廷焯編　上海　上海古籍出版社　1984年5月

18.御選歷代詩餘　沈辰垣、王奕清等奉敕編　臺北　廣文書局
1972年　影印文淵閣四庫全書本　臺北　臺灣商務印書館　1986
年3月

19.歷朝名家詞選　夏秉衡編　臺北　廣文書局　1972年9月

20.唐五代兩宋詞選釋　俞陛雲編　上海　上海古籍出版社　1985年9
月　臺北　文史哲出版社　1988年7月

21.詞選　胡適編　上海　商務印書館　1927年　臺北　臺灣商務印

書館　1975年5月

22.唐宋名家詞選　龍榆生編　上海　開明書店　1934年　臺北　臺
灣開明書店　1976年8月

23.藝蘅館詞選　梁令嫻編　上海　中華書局　1935年　臺北　臺灣
中華書局　1970年10月

24.詞選　鄭騫編　臺北　中華文化出版事業委員會　1952年7月
臺北　中國文化大學出版部　1982年4月

25.詞選注　盧元駿編　臺北　正中書局　1970年9月

26.唐宋詞選釋　俞平伯編　北京　人民文學出版社　1979年10月
臺北　木鐸出版社　1980年6月

27.唐宋詞選　中國社會科學院文學研究所編　北京　人民文學出版
社　1981年1月

28.唐五代兩宋詞簡析　劉永濟編　上海　上海古籍出版社　1981年
2月　臺北　龍田出版社　1982年1月

29.唐宋詞選　夏承燾、盛弢青編　北京　中國青年出版社　1981年6
月

30.唐宋詞簡釋　唐圭璋編　上海　上海古籍出版社　1981年7月
臺北　宏業書局　1983年4月

31.唐宋詞選注　張夢機、張子良編　臺北　華正書局　1981年

32.唐宋詞選注　唐圭璋等編　北京　北京出版社　1982年4月

33.歷代詞選注　閔宗述等選注　臺北　里仁書局　2002年8月

34.宋詞舉　陳匪石編　南京　正中書局　1947年4月　臺北　正中
書局　1970年9月

35.宋詞三百首箋註　朱祖謀編、唐圭璋箋註　上海　中華書局

1958年8月　臺北　華正書局　1974年8月

36.宋詞選　胡雲翼編　上海　中華書局　1962年2月　上海　上海
　古籍出版社　1982年10月　臺北　明文書局　1987年8月

37.宋詞賞析　沈祖棻著　上海　上海古籍出版社　1988年2月

38.歷代名家詠花詞全集　孫云谷編　北京　博文書社　1990年6月

39.唐宋詞精華分卷　王洪主編　北京　朝華出版社　1991年10月

40.詞林觀止　陳邦炎主編　上海　上海古籍出版社　1994年4月
　臺北　臺灣古籍出版公司　2002年5月

41.全唐五代詞釋注　孔范今主編　西安　陝西人民出版社　1998年
　10月

42.全宋詞簡編　唐圭璋編　上海　上海古籍出版社　1986年11月

43.全宋詞選釋　李長路等編　北京　北京出版社　1992年6月

44.全宋詞精華　俞朝剛、周航主編　瀋陽　遼寧古籍出版社　1995
　年6月

45.宋詞精華分類品匯　程自信、許宗元主編　北京　中國青年出版
　社　1994年3月

46.全宋詞廣選新注集評　馬興榮等主編　瀋陽　遼寧人民出版社
　1997年7月

47.豪放詞　彭國忠、劉鋒杰譯注　合肥　安徽文藝出版社　1997年7
　月

48.豪放詞　谷聞編注　西安　西北大學出版社　1994年12月

49.婉約詞　惠淇源編著　合肥　安徽文藝出版社　1989年12月　臺
　北　天一圖書公司　1994年1月

50.婉約詞　谷聞編注　西安　西北大學出版社　1994年12月

51.續詞選　鄭騫編　臺北　中華文化出版事業委員會　1955年6月　臺北　中國文化大學出版部　1982年5月

52.近三百年名家詞選　龍榆生編　上海　古典文學出版社　1956年9月　臺北　世界書局　1970年　臺北　宏業書局　1979年

53.金元明清詞選　夏承燾、張璋編　吳無聞等注釋　北京　人民文學出版社　1983年1月

54.金元明清詞精選　嚴迪昌編　南京　江蘇古籍出版社　1992年12月

55.清代詞選　胡雲翼編　上海　文力出版社　1946年

56.清詞選　張伯駒、黃君坦編　黃畲箋注　鄭州　中州書畫社　1982年3月

三、別　集（校注本）

1.溫韋馮詞新校　曾昭岷校訂　上海　上海古籍出版社　1988年12月

2.韋莊詞校注　劉金城校注　北京　中國社會科學出版社　1985年4月

3.韋莊集校注　李誼校注　成都　四川社會科學院出版社　1986年1月

4.陽春集校注　馮延巳著　黃畲校注　天津　天津古籍出版社　1993年3月

5.南唐二主詞彙箋　唐圭璋編注　南京　正中書局　1936年12月　臺北　正中書局　1976年5月

6.南唐二主詞校訂　王仲聞校訂　北京　人民文學出版社　1957年
6月　臺北　世界書局　1959年（校訂者改作「王次聰」，書名改
作《南唐二主詞校注》）　臺北　河洛出版社　1975年10月

7.李璟、李煜詞　詹安泰編注　北京　人民文學出版社　1987年5月
臺北　天工書局　1991年12月（書名改作《南唐二主詞》）

8.李後主詞傳總集　蔣勵材著　臺北　國立編譯館中華叢書編審委
員會　1962年3月

9.柳永詞詳注及集評　姚學賢、龍建國纂　鄭州　中州古籍出版社
1991年2月

10.樂章集校注　柳永著　薛瑞生校注　北京　中華書局　1994年12
月

11.柳永詞校注　賴橋本校注　臺北　黎明文化事業公司　1995年4
月

12.張先集編年校注　吳熊和、沈松勤校注　杭州　浙江古籍出版社
1996年1月

13.珠玉詞　晏殊著　吳林抒校箋　南昌　江西人民出版社　1985年
12月

14.歐陽修詞研究及其校注　李栖著　臺北　文史哲出版社　1982年
3月

15.歐陽修詞箋注　黃畬箋注　北京　中華書局　1986年12月

16.小山詞校箋注　晏幾道著　李明娜箋注　臺北　文津出版社
1981年6月

17.東坡樂府箋　蘇軾著　龍楡生箋　上海　商務印書館　1936年
臺北　華正書局　1974年6月

18. 東坡樂府校訂箋注　蘇軾著　鄭向恆箋注　臺北　學藝出版社
1977年8月

19. 蘇東坡詞　蘇軾著　曹樹銘編　臺北　臺灣商務印書館　1983年
12月

20. 傅幹注坡詞　蘇軾著　傅幹注　劉尚榮校證　成都　巴蜀書社
1993年7月

21. 東坡樂府編年箋注　蘇軾著　石聲淮、唐玲玲箋注　武昌　華中
師範大學出版社　1990年7月　臺北　華正書局　1993年8月

22. 東坡樂府編年箋證　蘇軾著　薛瑞生箋證　西安　三秦出版社
1998年9月

23. 東坡詞編年校注　蘇軾著　鄒國慶、王宗堂校注　北京　中華書
局　2002年9月

24. 山谷詞校注　黃庭堅著　譚錦家校注　臺北　學海出版社　1984
年7月

25. 山谷詞　黃庭堅著　馬興榮、祝振玉校注　上海　上海古籍出版
社　2001年6月

26. 淮海詞箋注　秦觀著　王輝曾箋注　北平　文化學社　1934年
北京　中國書店　1985年6月

27. 淮海居士長短句箋釋　秦觀著　包根弟箋釋　臺北　嘉新水泥公
司文化基金會　1972年10月

28. 淮海詞箋注　秦觀著　楊世明箋注　成都　四川人民出版社
1984年9月

29. 淮海居士長短句　秦觀著　徐培均校注　上海　上海古籍出版社
1985年8月

30.東山詞箋注　賀鑄著　黃啓方箋注　臺北　嘉新水泥公司文化基
金會　1969年8月

31.東山詞　賀鑄著　鍾振振校注　上海　上海古籍出版社　1989年
12月

32.晁氏琴趣外篇、晁叔用詞　晁補之、晁沖之著　劉乃昌、楊慶存
校注　上海　上海古籍出版社　1991年2月

33.晁補之詞編年箋注　喬力校注　濟南　齊魯書社　1992年3月

34.片玉詞校箋　周邦彥著　張曦校箋　臺北　文津出版社　1972年
12月

35.清眞詞訂校注評　周邦彥著　洪惟助校注　臺北　華正書局
1982年3月

36.周邦彥清眞集箋　羅慷烈箋　香港　三聯書店　1985年2月

37.清眞集校注　周邦彥著　孫虹校注　薛瑞生訂補　北京　中華書
局　2002年12月

38.樵歌注　朱敦儒著　沙靈娜注　貴陽　貴州人民出版社　1985年
12月

39.樵歌　朱敦儒著　鄧子勉校注　上海　上海古籍出版社　1998年
7月

40.李清照集校注　王學初校注　北京　人民文學出版社　1979年10
月　臺北　文源書局　1980年　臺北　里仁書局　1982年　臺北
漢京文化事業公司　1984年

41.李清照詞　邵夢蘭注　臺北　廣文書局　1979年12月

42.李易安集繫年校箋　李清照著　何廣棪校箋　臺北　里仁書局
1980年1月

43.重輯李清照集　黃墨谷輯注　濟南　齊魯書社　1981年11月

44.李清照詩詞評釋　藍天等評釋　廣州　廣東人民出版社　1983年
7月

45.漱玉集注　李清照著　王延梯注　濟南　山東文藝出版社　1984
年1月

46.李清照詩詞評注　侯健、呂智敏注　太原　山西人民出版社
1985年8月

47.李清照全集評注　徐北文主編　濟南　濟南出版社　1990年12月

48.李清照詩詞文存　曹樹銘校釋　臺北　臺灣商務印書館　1992年
1月

49.李清照集箋注　徐培均箋注　上海　上海古籍出版社　2002年

50.酒邊詞箋注　向子諲著　王沛霖、楊鍾賢箋注　南昌　江西人民
出版社　1994年8月

51.蘆川詞　張元幹著　曹濟平校注　上海　上海古籍出版社　1991
年11月

52.朱淑眞集注　鄭元佐注　冀勤校點　杭州　浙江古籍出版社
1985年1月

53.朱淑眞集　張璋、黃畲校注　上海　上海古籍出版社　1986年6月

54.放翁詞編年箋注　陸游著　夏承燾、吳熊和箋注　上海　上海古
籍出版社　臺北　木鐸出版社　1982年5月　臺北　漢京文化事業
公司　1984

55.石湖詞校注　范成大著　黃畲校注　濟南　齊魯書社　1989年6
月

56.張孝祥詞箋校　宛敏灝箋校　合肥　黃山書社　1993年9月

57.稼軒詞疏證　辛棄疾著　梁啓勳疏證　臺北　廣文書局　1977年　北京　中國書店　1982年

58.稼軒詞編年箋注　辛棄疾著　鄧廣銘箋注　上海　古典文學出版社　1957年11月　上海　上海古籍出版社　1978年1月　臺北　華正書局　1980年

59.龍川詞校箋　陳亮著　夏承燾校箋　牟家寬注　上海　上海古籍出版社　1982年4月　臺北　臺灣學生書局　1971年3月

60.陳龍川詞箋注　陳亮著　姜書閣箋注　北京　人民文學出版社　1980年9月

61.龍洲詞校箋　劉過著　馬興榮校箋　南昌　江西人民出版社　1999年9月

62.姜白石詞編年箋校　姜夔著　夏承燾編年箋校　上海　上海古籍出版社　1981年5月　臺北　臺灣中華書局　1984年10月

63.姜白石詞校注　姜夔著　吳無聞注釋　夏承燾校　廣州　廣東人民出版社　1983年11月

64.姜白石詞詳注　姜夔著　黃兆漢編著　臺北　臺灣學生書局　1998年2月

65.姜夔詞新釋集評　劉乃昌編著　北京　中國書店　2001年1月

66.梅溪詞　史達祖著　雷履平、羅煥章校注　上海　上海古籍出版社　1988年4月

67.後村詞箋注　劉克莊著　錢仲聯箋注　上海　上海古籍出版社　1980年7月　臺北　大立出版社　1982年

68.劉克莊詞新釋集評　歐陽代發、王兆鵬編著　北京　中國書店　2001年1月

69.夢窗詞全集箋釋　吳文英著　楊鐵夫箋釋　臺北　學海出版社
1975年2月

70.夢窗詞箋　吳文英著　黃少甫箋　臺北　嘉新水泥公司文化基金
會　1968年12月

71.須溪詞　劉辰翁著　吳企明校注　上海　上海古籍出版社　1998
年11月

72.草窗詞校注　周密著　史克振校注　濟南　齊魯書社　1993年12
月

73.花外集　王沂孫著　吳則虞箋注　上海　上海古籍出版社　1988
年7月

74.山中白雲詞箋　張炎著　黃畲校箋　杭州　浙江古籍出版社
1994年12月

75.遺山樂府編年小箋　元好問著　吳庠箋　香港　中華書局　1982
年7月　臺北　源流文化事業公司　1983年4月

76.元好問詩詞集　賀新輝輯注　北京　中國展望出版社　1987年2
月

77.梅村詞　吳偉業著　李少雍校　廣州　廣東人民出版社　1985年
9月

78.吳梅村全集　吳偉業著　李學穎集評標校　上海　上海古籍出版
社　1990年12月

79.朱彝尊詞集　屈興國、袁李來點校　杭州　浙江古籍出版社
1994年5月

80.曝書亭集詞注　朱彝尊著　李富孫注　臺北　廣文書局　1978年

81.衍波詞　王士禛著　李少雍編校　廣州　廣東人民出版社　1986

年4月

82.飲水詞箋　納蘭性德著　李勗箋　臺北　正中書局　1973年

83.納蘭詞箋注　納蘭性德著　張草紉箋注　上海　上海古籍出版社　1995年10月

84.納蘭詞箋注　納蘭性德著　張秉戍箋注　北京　北京出版社　1996年10月

85.飲水詞箋校　納蘭性德著　趙秀亭、馮統一箋校　瀋陽　遼寧教育出版社　2001年7月

86.納蘭性德詞新釋輯評　張秉戍編　北京　中國書店　2001年1月

87.水雲樓詞疏證　蔣春霖著　周夢莊疏證　臺北　黎明文化事業公司　1989年10月

88.彊村語業箋注　朱孝臧著　白敦仁箋注　成都　巴蜀書社　2002年1月

89.王國維詞注　田志豆注　香港　三聯書店　1985年　臺北　遠流出版事業公司　1988年7月

90.呂碧城詞箋注　李保民箋注　上海　上海古籍出版社　2001年6月

91.夏承燾詞集　吳無聞注釋　長沙　湖南人民出版社　1980年3月

92.天風閣詞集　吳無聞注　天津　百花文藝出版社　1984年7月

四、詞　話

1.詞話叢編　唐圭璋編　北京　中華書局　1986年11月　臺北　新文豐出版公司　1988年2月

2.詞話叢編索引　李復波編　北京　中華書局　1991年9月

3.歷代詞話敘錄　王熙元著　臺北　臺灣中華書局　1973年7月

4.中國歷代詩詞曲論專著提要　霍松林主編　北京　北京師範學院出版社　1991年10月

5.中國古代詩話詞話辭典　張葆全主編　桂林　廣西師範大學出版社　1992年3月

6.詩話和詞話　張葆全著　上海　上海古籍出版社　1983年11月臺北　國文天地雜誌社　1991年2月

7.詞話學　朱崇才著　臺北　文津出版社　1995年1月

8.歷代詞論新編　龔兆吉編　北京　北京師範大學出版社　1984年11月　臺北　祺齡出版社　1994年12月

9.詞話十論　劉慶雲編著　長沙　岳麓書社　1990年1月　臺北祺齡出版社　1995年1月

10.中國歷代詞學論著選　陳良運主編　南昌　百花洲文藝出版社1998年8月

11.唐宋人詞話　孫克強編著　開封　河南文藝出版社　1999年

12.宋元詞話　施蟄存、陳如江輯錄　上海　上海書店出版社　1999年2月

13.碧雞漫志校正　王灼著　岳珍校正　成都　巴蜀書社　2000年7月

14.詞源注　張炎著　夏承燾校注　北京　人民文學出版社　1981年1月　臺北　木鐸出版社　1982年5月

15.詞源疏證　蔡楨著　北京　中國書店　1985年9月　臺北　學海出版社　1988年

16.張炎詞源箋訂　劉紀華著　臺北　嘉新水泥公司文化基金會
1974年

17.詞源解箋　張炎著　鄭孟津、吳平山箋　杭州　浙江古籍出版社
1990年12月

18.樂府指迷箋釋　沈義父著　蔡嵩雲箋釋　北京　人民文學出版社
1981年1月　臺北　木鐸出版社　1982年5月

19.升庵詞品校證　楊愼著　劉眞倫校證　臺北　華正書局　1996年
6月

20.詞品　楊愼著　陳穎杰注釋　北京　北方文藝出版社　2000年

21.藝苑卮言校注　王世貞著　濟南　齊魯書社　1992年7月

22.藝概箋注　劉熙載著　王氣中箋注　貴陽　貴州人民出版社
1986年6月

23.劉熙載和藝概研究　王氣中著　上海　上海古籍出版社　1987年
4月

24.詞曲概、經義概注譯　鄧雲等注譯　北京　光明日報出版社
1991年10月

25.白雨齋詞話足本校注　陳廷焯著　屈興國校注　濟南　齊魯書社
1983年11月

26.蕙風詞話、人間詞話　徐調孚注　王幼安校訂　北京　人民文學
出版社　1960年4月　臺北　河洛圖書出版社　1975年10月

27.況周頤與蕙風詞話研究　孫惟城、張傳信著　合肥　黃山書社
1995年5月

28.人間詞話新注　王國維著　滕咸惠校注　濟南　齊魯書社　1986
年8月　臺北　里仁書局　1987年8月

29.人間詞話譯注　王國維著　施議對譯注　南寧　廣西教育出版社
1990年4月　臺北　貫雅文化事業公司　1991年5月

30.論王國維人間詞話　周策縱著　香港　萬有圖書公司　1972年

31.人間詞話研究彙編　何志韶編　臺北　巨浪出版社　1975年7月

32.王國維及其文學批評　葉嘉瑩著　廣州　廣東人民出版社　1982
年　臺北　桂冠圖書公司　1992年4月

33.王國維與人間詞話　祖保泉、張曉雲著　上海　上海古籍出版社
1990年3月

34.王國維詞論研究　葉程義著　臺北　文史哲出版社　1991年7月

35.詞苑叢談注　唐圭璋校注　上海　上海古籍出版社　1983年5月
臺北　木鐸出版社　1982年2月　臺北　仁愛書局　1985年

36.詞苑叢談校箋　徐釚編著　王百里校箋　北京　人民文學出版社
1988年11月

37.詞林紀事、詞林紀事補正合編　張宗橚編、楊寶霖補正　上海　上
海古籍出版社　1998年11月

38.唐五代詞紀事會評　史雙元編著　合肥　黃山書社　1995年12月

39.宋詞紀事　唐圭璋編著　上海　上海古籍出版社　1982年11月

40.金元詞紀事會評　鍾陵編著　合肥　黃山書社　1995年12月

41.明詞紀事會評　尤振中、尤以丁編著　合肥　黃山書社　1995年
12月

42.清詞紀事會評　尤振中、尤以丁編著　合肥　黃山書社　1995年
12月

43.近現代詞紀事會評　嚴迪昌編著　合肥　黃山書社　1995年12月

44.唐宋詞集序跋匯編　金啓華等編　臺北　臺灣商務印書館　1993

年2月

45.詞籍序跋匯編　施蟄存主編　北京　中國社會科學出版社　1994年12月

46.宋代詞學資料匯編　張惠民編　汕頭　汕頭大學出版社　1993年11月

五、詞學通論

1.詞學指南　謝无量著　上海　中華書局　1918年11月　臺北　臺灣中華書局　1979年5月

2.詞學概論　胡雲翼著　上海　世界書局　1934年　臺北　啓明書局　1958年　臺北　莊嚴出版社　1981年9月（在《詞的欣賞與寫作》內）

3.詞學通論　吳梅著　臺北　臺灣商務印書館　1972年12月

4.詞曲研究　盧冀野著　上海　中華書局　1932年　臺北　臺灣中華書局　1979年5月

5.詞學研究法　任二北著　上海　商務印書館　1933年6月

6.詞學　梁啓勳著　北京　京城印書局　1932年　臺北　河洛圖書出版社　1978年12月

7.詞曲概論　龍榆生著　上海　上海古籍出版社　1980年5月

8.詞論　劉永濟著　上海　上海古籍出版社　1981年3月　臺北　龍田出版社　1982年1月

9.詞學概說　吳丈蜀著　北京　中華書局　1983年6月

10.詞學發微　徐信義著　臺北　華正書局　1985年7月

11.詞學概論　宛敏灝著　上海　上海古籍出版社　1987年7月

12.詞學名詞釋義　施蟄存著　北京　中華書局　1988年6月

13.詞學十講　龍榆生著　福州　福建人民出版社　1988年7月

14.中國詞學的現代觀　葉嘉瑩著　臺北　大安出版社　1988年12月　長沙　岳麓書社　1990年7月

15.詞學綜論　馬興榮著　濟南　齊魯書社　1989年11月

16.詞學新論　蕭延恕著　長沙　湖南師範大學出版社　1996年3月

17.二十世紀中國文學史論文精粹──詩詞曲論卷　王鍾陵主編　石家莊　河北教育出版社　2001年1月

18.袖珍詞學　張麗珠　臺北　里仁書局　2001年5月

19.讀詞常識　陳振寰著　上海　上海古籍出版社　1982年12月　臺北　國文天地雜誌社　1990年3月

20.讀詞常識　夏承燾、吳熊和著　北京　中華書局　1962年9月

21.詞學理論綜考　梁榮基著　北京　北京大學出版社　1991年8月

22.微睇室說詞　劉永濟著　上海　上海古籍出版社　1987年5月

23.詞林新話　吳世昌著　吳令華輯注　施議對校　北京　北京出版社　1991年10月

24.詞與音樂　劉堯民著　昆明　雲南人民出版社　1982年8月

25.詞與音樂關係研究　施議對著　北京　中國社會科學出版社　1985年7月

26.詞的藝術世界　錢鴻瑛著　上海　上海文藝出版社　1992年10月

27.古典詩詞藝術探幽　艾治平著　長沙　湖南人民出版社　1981年12月　臺北　學海出版社　1984年10月

28.中國詩詞風格研究　楊成鑒著　臺北　洪葉文化事業公司　1995

年12月

29.古典詩詞時空設計美學　仇小屏著　臺北　文津出版社　2002年
11月

30.詞的審美特性　孫立著　臺北　文津出版社　1995年2月

31.中國詞的物體意象　唐景凱著　廣州　廣東人民出版社　1993年
8月

32.詞曲通　劉慶雲、劉建國著　長沙　湖南大學出版社　1999年9月

33.隋唐五代燕樂雜言歌辭研究　王昆吾著　北京　中華書局　1986
年11月

34.唐聲詩　任半塘著　上海　上海古籍出版社　1982年10月

35.敦煌曲初探　任二北著　上海　上海文藝聯合出版社　1954年11
月

36.敦煌詞話　潘重規著　臺北　石門圖書公司　1981年3月

37.雲謠集研究彙錄　陳人之、顏廷亮編　上海　上海古籍出版社
1998年4月·

38.花間詞論集　張以仁著　臺北　中央研究院中國文哲研究所籌備
處　1996年12月

39.花間集的主題與感覺　臺北　文津出版社　1999年12月

40.花間詞研究　高峰著　南京　江蘇古籍出版社　2001年9月

41.花間詞藝術　艾治平著　上海　學林出版社　2001年10月

42.唐代酒令藝術　王小盾著　臺北　文津出版社　1993年3月　上
海　知識出版社　1995年1月（作者標作「王昆吾」）

43.唐五代詞的文化觀照　劉尊明著　臺北　文津出版社　1994年12
月

44.晚唐五代詞研究　成松柳著　長沙　湖南人民出版社　2000年

45.唐宋詞研究　劉維治著　瀋陽　遼寧師範大學出版社　1996年1月

46.唐宋詞體通論　苗菁著　鄭州　中州古籍出版社　1998年3月

47.唐宋詞話　王仲厚著　哈爾濱　黑龍江教育出版社　1994年10月

48.百家唐宋詞新話　傅庚生、傅光編　成都　四川文藝出版社　1989年5月

49.唐宋詞——本體意識的高揚與深化　錢鴻瑛、喬力、程郁綴著　桂林　廣西師範大學出版社　2000年

50.唐宋詞社會文化學研究　沈松勤著　杭州　浙江大學出版社　2000年

51.唐宋詞與唐宋歌妓制度　李劍亮著　杭州　浙江大學出版社　1999年5月

52.唐宋詞風格論　楊海明著　上海　上海社會科學院　1986年3月　臺北　木鐸出版社　1987年6月（書名改作《唐宋詞風格學》）

53.唐宋詞美學　鄧喬彬著　濟南　齊魯書社　1993年12月

54.唐宋詞美學　楊海明著　南京　江蘇教育出版社　1998年6月

55.唐宋詞審美觀照　吳惠娟著　上海　學林出版社　1999年8月

56.詩詞鑑賞通論　李善奎著　濟南　齊魯書社　1995年1月

57.唐宋詞鑑賞通論　李若鶯著　高雄　復文圖書出版社　1996年9月

58.詞林散步－唐宋詞結構分析　陳滿銘著　臺北　萬卷樓圖書公司　2001年1月

59.群體的選擇－唐宋人選詞與詞選通論　蕭鵬著　臺北　文津出版

社 1992年11月

60.宋詞辨 謝桃坊著 上海 上海古籍出版社 1999年9月

61.宋詞文化學研究 蔡鎮楚著 長沙 湖南人民出版社 1999年7月

62.宋詞文化與文學新視野 沈家莊著 北京 人民文學出版社 2001年

63.宋詞與佛道思想 史雙元著 北京 今日中國出版社 1992年11月

64.宋詞與人生 鄧喬彬著 上海 上海古籍出版社 2001年

65.心靈的歌吟——宋代詞人的情感世界 張晶著 保定 河北大學出版社 2001年

66.宋詞審美淺說 黎小瑤著 廣州 中山大學出版社 1992年5月

67.宋詞流派的美學研究 陳振濂著 南京 江蘇教育出版社 1994年11月

68.宋代詞學審美理想 張惠民著 北京 人民文學出版社 1995年4月

69.宋人雅詞原論 趙小蘭著 成都 巴蜀書社 1999年9月

70.宋詞的登望意識與境界 王隆升 臺北 文津出版社 1998年9月

71.宋詞的時空觀 黎活仁等主編 臺北 大安出版社 2001年10月

72.宋詞與唐詩之對應研究 王偉勇著 臺北 文史哲出版社 2003年6月

73.宋詞研究之路 劉揚忠編著 天津 天津教育出版社 1989年7月

74.宋詞研究述略　崔海正著　臺北　洪葉文化事業公司　1999年3月

75.柳蘇周三家詞之聲律比較研究　韋金滿　臺北　天工書局　1997年1月

76.柳蘇周三家詞之修辭比較研究　韋金滿　臺北　天工書局　1997年2月

77.柳永、蘇軾、秦觀與宋代文化　黎活仁等主編　臺北　大安出版社　2001年10月

78.明清之際江南詞學思想研究　李康化著　成都　巴蜀書社　2001年11月

79.金元詞論稿　趙維江著　北京　中國社會科學出版社　2000年

80.明代詞選研究　陶子珍著　秀威資訊科技公司　2003年7月

81.清代詞學的建構　張宏生著　南京　江蘇古籍出版社　1998年7月

六、詞　史

1.詞史　劉毓盤著　上海　群眾圖書公司　1931年2月　臺北　臺灣學生書局　1972年8月（作者改作「劉子庚」）

2.詞曲史　王易著　上海　神州國光社　1931年11月　臺北　廣文書局　1960年4月　臺北　洪氏出版社　1981年1月（書名改作《中國詞曲史》）

3.中國詞史大綱　胡雲翼著　上海　北新書局　1933年9月　臺北　啓明書局　1958年12月　臺北　經氏出版社　1977年（書名改作

《中國詞史》）

4. 詞史（上）　黃拔荊著　福州　福建人民出版社　1989年4月

5. 中國詞史　許宗元著　合肥　黃山書社　1990年12月

6. 中國詞史論綱　金啓華著　南京　南京出版社　1992年4月

7. 中國古代詩詞曲史　陳玉剛著　南昌　百花洲文藝出版社　1995年2月

8. 中國古代詞史　李正輝、李華豐著　臺北　志一出版社　1995年12月

9. 詞學評論史稿　香港　龍門書店　1966年1月

10. 中國詞學史　謝桃坊著　成都　巴蜀書社　1993年6月

11. 中國詞學批評史　方智範等著　北京　中國社會科學出版社　1994年7月

12. 女性詞史　鄧紅梅著　濟南　山東教育出版社　2000年

13. 宋詞研究——唐五代北宋篇　村上哲見著　東京　創文社　1976年3月

14. 唐五代北宋研究　村上哲見著　楊鐵嬰譯　西安　陝西人民出版社　1987年8月

15. 晚唐迄北宋詞體演進與詞人風格　孫康宜著　李奭學譯　臺北　聯經出版事業公司　1994年6月

16. 唐宋詞通論　吳熊和著　杭州　浙江古籍出版社　1985年1月

17. 唐宋詞史　楊海明著　南京　江蘇古籍出版社　1987年12月　高雄　麗文文化事業公司　1996年

18. 唐宋詞史稿　蕭世杰著　武昌　華中師範大學出版社　1991年4月

19.唐宋詞研究　青山宏著　東京　汲古書院　1991年　程郁綴譯　北京　北京大學出版社　1995年1月

20.唐宋五十名家詞論　陳如江著　上海　華東師範大學出版社　1992年7月

21.唐宋詩詞史　馬承五、戴建業著　武漢　湖北科技出版社　1995年1月

22.唐宋詞流變史　劉揚忠著　福州　福建人民出版社　1999年2月

23.唐宋詞流變　木齋著　北京　京華出版社　1997年11月

24.唐宋詞史論　王兆鵬著　北京　人民文學出版社　2000年1月

25.婉約詞派的流變　艾治平著　瀋陽　遼寧大學出版社　1994年1月

26.唐五代詞研究　陳弘治著　臺北　文津出版社　1980年3月

27.宋詞研究　胡雲翼著　北京　中華書局　1926年3月　成都　巴蜀書社　1989年5月　台南　大行出版社　1990年6月

28.宋詞通論　薛礪若著　臺北　臺灣開明書局　1980年1月

29.宋詞縱橫　陳邇冬著　北京　人民文學出版社　1987年4月

30.宋詞概論　謝桃坊著　成都　四川文藝出版社　1992年8月

31.宋代女詞人評述　任日鎬著　臺北　臺灣商務印書館　1984年12月

32.論宋六家詞　趙仁珪著　北京　北京師範大學出版社　1999年12月

33.北宋詞壇　陶爾夫著　太原　山西人民出版社　1986年6月

34.北宋六大詞家　劉若愚著　王貴苓譯　臺北　幼獅文化事業公司　1986年6月

35.北宋十大詞家研究　黃文吉著　臺北　文史哲出版社　1995年3月

36.徽宗詞壇研究　諸葛憶兵著　北京　北京出版社　2001年

37.宋南渡詞人　黃文吉著　臺北　臺灣學生書局　1985年5月

38.宋南渡詞人群體研究　王兆鵬著　臺北　文津出版社　1992年3月

39.南宋詞研究　王偉勇著　臺北　文史哲出版社　1987年9月

40.南宋詞史　陶爾夫、劉敬圻著　哈爾濱　黑龍江人民出版社　1992年12月

41.宋代齊魯詞人概觀　崔海正著　北京　中國文聯出版社　2000年4月

42.金元詞述評　張子良著　臺北　華正書局　1979年7月

43.金元詞史　黃兆漢著　臺北　臺灣學生書局　1992年12月

44.金代前期詞研究　劉鋒燾著　西安　陝西師範大學出版社　1998年5月

45.金元詞通論　陶然著　上海　上海古籍出版社　2001年

46.金元明清詩詞理論史　丁放著　合肥　安徽大學出版社　2000年2月

47.明詞史　張仲謀著　北京　人民文學出版社　2002年2月

48.清代詞學概論　徐珂著　上海　大東書局　1926年10月　臺北　廣文書局　1979年5月

49.論清詞　賀光中著　新加坡　東方學會　1958年

50.清詞金荃　汪中著　臺北　臺灣學生書局　1965年6月　臺北　文史哲出版社　1971年11月

51.清詞史　嚴迪昌著　南京　江蘇古籍出版社　1990年1月

52.常州派詞學研究　吳宏一著　臺北　嘉新水泥公司文化基金會
1970年6月

53.陽羨詞派研究　嚴迪昌著　濟南　齊魯書社　1993年2月

54.日本填詞史話　神田喜一郎著　程郁綴、高野雪譯　北京　北京
大學出版社　2000年10月

七、詞家研究

1.溫庭筠辨析　萬文武著　西安　陝西人民出版社　1992年7月

2.馮延巳研究　林文寶著　臺北　嘉新水泥公司文化基金會　1994
年11月

3.李後主詞創作藝術的研究　唐文德著　台中　光啓出版社　1975
年

4.南唐二主詞研究　詹幼馨著　武漢　武漢出版社　1992年6月

5.李煜詞討論集　游國恩等著　北京　作家出版社　1957年1月

6.李後主詞研究　謝世涯著　上海　學林出版社　1994年4月

7.二晏研究論集　吳林抒、萬斌生著　上海　學林出版社　1991年9
月

8.珠玉詞研究　蔡茂雄著　臺北　文津出版社　1975年7月

9.小山詞研究　楊繼修著　臺北　黎明文化事業公司　1980年3月

10.張先及其安陸詞研究　劉文注著　北京　北京大學出版社　1990
年3月

11.柳永詞研究　葉慕蘭著　臺北　文史哲出版社　1983年1月

12.柳永及其詞之研究　梁麗芳著　香港　三聯書店香港分店　1985年6月

13.柳永和他的詞　曾大興著　廣州　中山大學出版社　1990年6月

14.柳永論稿　宇野直人著　上海　上海古籍出版社　1998年12月

15.柳永新論　劉慶雲主編　福州　海峽文藝出版社　2002年7月

16.東坡詞研究　王保珍著　臺北　長安出版社　1979年4月

17.東坡在詞風上的承繼與創新　郭美美著　臺北　文津出版社　1990年12月

18.東坡詞研究　崔海正著　濟南　山東大學出版社　1992年6月

19.蘇軾詞研究　劉石著　臺北　文津出版社　1992年7月

20.大江東去——蘇軾〈念奴嬌〉正格論集　黃坤堯、朱國藩主編　香港　吳多泰中國語文研究中心　1992年8月

21.東坡樂府研究　唐玲玲著　成都　巴蜀書社　1993年2月

22.蘇軾論稿　王水照著　臺北　萬卷樓圖書公司　1994年12月

23.蘇詞彙評　曾棗莊、曾濤編　臺北　文史哲出版社　1998年5月

24.蘇軾詩詞專題論集　江惜美著　臺北　萬卷樓圖書公司　1999年9月

25.蘇辛詞比較研究　陳滿銘著　臺北　文津出版社　1980年10月

26.蘇辛詞論稿　陳滿銘著　臺北　文津出版社　2003年8月

27.淮海詞研究　王保珍著　臺北　學海出版社　1984年5月

28.北宋詞人賀鑄研究　鍾振振著　臺北　文津出版社　1994年8月

29.周詞訂律　楊易霖著　上海　開明書店　1937年3月　臺北　學海出版社　1975年

30.周邦彥（美成）詞研究　香港　學津書店　1980年2月　臺北　莊

嚴出版社　1984年9月

31. 清眞詞研究　王支洪著　臺北　東大圖書公司　1978年9月

32. 周邦彥研究　錢鴻瑛著　廣州　廣東人民出版社　1990年6月

33. 李清照研究　何廣棪著　臺北　九思出版社　1977年12月

34. 李清照及其作品　平慧善著　長春　時代文藝出版社　1985年9月

35. 李清照研究叢稿　王璠著　呼和浩特　內蒙古人民出版社　1987年4月

36. 李清照新論　劉瑞蓮著　太原　山西人民出版社　1990年2月

37. 李清照研究論文集　濟南市社會科學研究所編　北京　中華書局　1984年5月

38. 李清照研究論文選　濟南市社會科學研究所編　上海　上海古籍出版社　1986年12月

39. 李清照研究論文集　孫崇恩、傅淑芳主編　濟南　齊魯書社　1991年5月

40. 李清照辛棄疾研究論文集　中國李清照辛棄疾學會、濟南二安紀念館籌備處編　濟南　山東大學出版社　1997年11月

41. 李清照研究資料彙編　存萃學社編　香港　崇文書店　1974年1月

42. 李清照資料彙編　褚斌杰等編　北京　中華書局　1984年5月

43. 李清照改嫁問題資料彙編　何廣棪著　臺北　九思出版社　1990年8月

44. 李清照志　劉乃昌主編　濟南　山東人民出版社　1999年11月

45. 張元幹研究　黃珮玉著　香港　三聯書店香港分店　1986年11月

45.張元幹詞研究　曹濟平著　濟南　齊魯書社　1993年12月

47.朱淑眞及其作品　黃嫣梨著　臺北　新文豐出版公司　1991年8
月　上海　三聯書店上海分店　1992年8月（書名改作《朱淑眞研
究》）

48.放翁詞研究　翟瞻納著　臺北　嘉新水泥公司文化基金會　1972
年3月

49.釵頭鳳與沈園本事考略　黃世中著　桂林　廣西師範大學出版社
1998年2月

50.范成大研究　張劍霞著　臺北　臺灣學生書局　1985年6月

51.稼軒詞論叢　劉乃昌著　濟南　山東人民出版社　1979年

52.稼軒詞研究　陳滿銘著　臺北　文津出版社　1980年9月

53.稼軒詞縱橫談　鄭臨川著　成都　巴蜀書社　1987年6月

54.辛棄疾詞心探微　劉揚忠著　濟南　齊魯書社　1990年2月

55.辛棄疾研究論文集　孫崇恩等主編　北京　中國文聯出版公司
1993年2月

56.稼軒詞探賾　李卓藩著　臺北　天工書局　1999年10月

57.宋姜白石創作歌曲研究　楊蔭瀏、陰法魯著　北京　人民音樂出
版社　1957年8月

58.白石道人歌曲通考　丘瓊蓀著　北京　音樂出版社　1959年6月

59.姜白石與音樂　上海　上海音樂出版社　1988年4月

60.宋姜夔詞樂之研析　林明輝著　高雄　復文圖書出版社　1992年
1月

61.海綃翁夢窗詞說詮評　陳文華著　臺北　里仁書局　1996年2月

62.周密及其詞研究　金啓華、蕭鵬著　濟南　齊魯書社　1993年1月

63.碧山詞研究　王筱芸著　南京　南京出版社　1991年12月

64.王碧山詞之藝術研究　黃瑞枝著　高雄　復文圖書出版社　1991年10月

65.蔣捷及其詞研究　陳燕著　臺北　華正書局　1983年3月

66.張炎詞及其詞學之研究　黃瑞枝著　屏東　宏仁出版社　1986年10月

67.張炎詞研究　楊海明著　濟南　齊魯書社　1989年10月

68.元好問研究文集　山西省古典文學學會、元好問研究會編　太原　山西人民出版社　1987年11月

69.紀念元好問八百年誕辰學術研討會論文集　紀念元好問八百年誕辰學術研討會籌備會編　臺北　行政院文化建設委員會　1991年12月

70.紀念元好問八百年誕辰文集　劉澤、孫安邦選編　太原　山西人民出版社　1992年5月

71.楊慎研究資料彙編　賈順先、林慶彰編　臺北　中央研究院中國文哲研究所　1992年10月

72.陳子龍柳如是詩詞情緣　孫康宜著　李奭學譯　臺北　允晨文化實業公司　1992年2月

73.朱彝尊及其詞研究　蘇淑芬著　臺北　文史哲出版社　1986年3月

74.納蘭容若其人其詞　曾國福著　高雄　新民書局　1971年

75.納蘭容若及其詞研究　李惠霞著　臺北　中國文化大學出版部　1982年10月

76.納蘭性德和他的詞　黃天驥著　廣州　廣東人民出版社　1983年

10月

77.紀念納蘭逝世三百年論文　納蘭學會輯　1985年

78.納蘭性德與其詞作及文學理論之研究　徐照華著　臺中　大同資
訊企業公司　1989年

79.厲鶚及其詞學之研究　徐照華著　高雄　復文圖書出版社　1998
年

80.清代女作家專題——吳藻及其相關文學活動研究　鍾慧鈴著　臺
北　樂學書局　2001年9月

81.王鵬運及其詞　譚志峰著　桂林　漓江出版社　1991年5月

82.苕華詞與人間詞話述評　王宗樂著　臺北　東大圖書公司　1976
年

83.論王國維人間詞　周策縱著　臺北　時報文化出版事業公司
1981年9月

84.陳述叔與海綃詞　芝園著　香港　商務印書館　1962年1月　臺
北　谷風出版社　1986年9月

85.詞人陳述叔　杆庵著　香港　商務印書館　1962年1月　臺北
谷風出版社　1986年9月

八、詞　律

1.（索引本）詞律、附拾遺、補遺　萬樹著、徐本立拾遺、杜文瀾
補遺　臺北　廣文書局　1971年9月

2.御製詞譜　清聖祖敕編　臺北　聞汝賢據殿本縮印　1976年1月
臺北　洪氏出版社　1980年

3.白香詞譜　舒夢蘭輯　韓楚原重編　謝朝徵箋　臺北　世界書局
1953年　臺北　文光圖書公司　1970年

4.漢語詩律學　王力著　上海　新知識出版社　1958年1月　臺北
文津出版社　1970年（書名改作《中國詩律學》）　臺北　臺灣
商務印書館　1999年

5.唐宋詞格律　龍榆生著　上海　上海古籍出版社　1978年10月
台北　里仁書局　1979年3月（作者改作「龍沐勛」）

6.實用詩詞曲格律辭典　李新魁編著　廣州　花城出版社　1991年
7月

7.詞律辭典　潘慎主編　太原　山西人民出版社　1991年9月

8.詩詞韻律　徐志剛著　濟南　濟南出版社　1992年12月

9.詞律探原　張夢機著　臺北　文史哲出版社　1980年11月

10.詩詞曲格律淺說　呂正惠著　臺北　大安出版社　1986年12月

11.詞範　徐柚子著　上海　華東師範大學出版社　1993年4月

12.詞譜格律原論　徐信義著　臺北　文史哲出版社　1995年1月

13.填詞名解　毛先舒著　詞學全書本　臺北　廣文書局　1971年4月

14.詞調溯源　夏敬觀著　臺北　臺灣商務印書館　1972年4月

15.詞牌彙釋　聞汝賢著　臺北　作者自印本　1963年5月

16.詞名索引　吳藕汀著　北京　中華書局　1958年4月　臺北　世
界書局　1968年（書名改作《詞調辭典》）　臺北　仁愛書局　1985
年10月

17.詞調與大曲　梅應運著　香港　新亞研究所　1961年10月

18.詞牌釋例　嚴建文著　杭州　浙江文藝出版社　1984年7月

19.常用詞牌詳介　陳明源著　北京　人民日報出版社　1987年10月

20.宋人擇調之翹楚——浣溪沙詞調研究　林鍾勇著　臺北　萬卷樓圖書公司　2002年9月

21.詞林正韻　戈載著　臺北　文史哲出版社　1966年　臺北　世界書局　1982年11月

22.作詞法　夏承燾著　臺北　偉文圖書公司　1978年9月

23.填詞捷徑暨歷代絕妙詞選論　容劍斌著　臺北　五南圖書出版公司　1991年8月

24.倚聲藝術新論——填詞技巧　周雲龍著　海口　南海出版公司　1997年1月

九、期刊·論文集

1.詞學季刊（1卷1號－3卷3號合訂本，1933年4月－1936年9月）龍沐勛主編　臺北　臺灣學生書局　1967年　上海　上海書店　1985年12月

2.詞學（1輯－13輯）　詞學編輯委員會　上海　華東師範大學出版社　1981年11月－2001年11月

3.中華詞學（1輯、2輯）　東南大學中華詞學研究所編　南京　東南大學出版社　1994年7月、1995年

4.詞學通訊（1、2期）　王兆鵬主編　武漢　湖北大學詞學研究中心　1996年6月、1997年9月

5.詞學研究年鑑（1995－1996）中國社會科學院文學研究所、湖北大學人文學院主辦　武漢　武漢出版社　2000年3月

6.宋代文學研究年鑑（1997－1999）、（2000－2001）　中國宋代文學學會、中國社會科學院文學研究所、武漢大學人文學院、湖北大學人文學院主辦　武漢　武漢出版社　2001年10月、2002年10月

7.詞學論薈　趙爲民、程郁綴選輯　北京　中國文聯出版公司1985年　臺北　五南圖書出版公司　1989年7月

8.唐宋詞研究論文集　中國語文學社編　香港　同編者　1969年

9.詞學論稿　華東師範大學中文系中國古典文學研究室編　上海華東師範大學出版社　1986年9月

10.詞學研究論文集（1911－1948）　華東師範大學中文系中國古典文學研究室編　上海　上海古籍出版社　1988年3月

11.詞學研究論文集（1948－1979）　華東師範大學中文系中國古典文學研究室編　上海　上海古籍出版社　1982年3月

12.日本學者中國詞學論文集　王水照、保刈佳昭編選　上海　上海古籍出版社　1991年5月

13.中國首屆唐宋詩詞國際學術討論會論文集　南京師範大學中文系編　南京　江蘇教育出版社　1994年8月

14.第一屆詞學國際研討會論文集　中央研究院中國文哲研究所籌備處主編　臺北　同編者　1994年11月

15.詞學研討會論文集　林玫儀主編　臺北　中央研究院中國文哲研究所籌備處　1996年6月

16.冒鶴亭詞曲論文集　冒廣生著　冒懷辛編　上海　上海古籍出版社　1992年8月

17.唐宋詞論叢　夏承燾著　上海　中華書局　1962年　臺北　宏業

書局 1979年1月

18.月輪山詞論集 夏承燾著 北京 中華書局 1979年9月

19.唐宋詞欣賞 夏承燾著 天津 百花文藝出版社 1980年7月
臺北 文津出版社 1983年10月（作者改作「夏瞿禪」）

20.天風閣學詞日記 夏承燾著 杭州 浙江古籍出版社 1984年12
月

21.瞿髯論詞絕句 夏承燾著 吳無聞注 北京 中華書局 1983年
2月

22.論詩詞曲雜著 俞平伯著 上海 上海古籍出版社 1983年10月
臺北 長安出版社 1986年4月（書名改作《俞平伯詩詞曲論著》）

23.唐宋詞學論集 唐圭璋、潘君昭著 濟南 齊魯書社 1985年2月

24.詞學論叢 唐圭璋著 北京 中華書局 1986年11月 臺北 宏
業書局 1988年9月

25.詞學的輝煌——文學文獻學家唐圭璋 鍾振振主編 南京 南京
大學出版社 2001年

26.龍榆生詞學論文集 龍榆生著 上海 上海古籍出版社 1997年
7月

27.宋詞散論 詹安泰著 廣州 廣東人民出版社 1982年1月

28.詹安泰詞學論稿 湯擎民整理 廣州 廣東人民出版社 1984年
1月

29.詩詞散論 繆鉞著 上海 開明書店 1948年 臺北 臺灣開明
書店 1953年11月

30.從詩到曲 鄭騫著 臺北 中國文化雜誌社 1971年3月

31.景午叢編（上、下） 鄭騫著 臺北 臺灣中華書局 1972年1、

3月

32.樂府詩詞論藪　蕭滌非著　濟南　齊魯書社　1985年5月

33.羅音室學術論著（第二卷）——詞學論叢　吳世昌著　北京　中國文聯出版公司　1991年11月

34.詩詞賦散論　胡國瑞著　上海　上海古籍出版社　1992年8月

35.詞曲論稿　羅慷烈著　香港　中華書局　1977年8月　臺北　木鐸出版社　1982年6月

36.詩詞曲論文集　羅慷烈著　香港　三聯書店、廣州　廣東人民出版社聯合出版　1982年5月

37.兩小山齋論文集　羅慷烈著　北京　中華書局　1982年7月

38.詞學雜俎　羅慷烈著　成都　巴蜀書社　1990年6月

39.詩詞論叢　金啓華著　武漢　湖北人民出版社　1984年5月

40.詩詞札叢　吳小如著　北京　北京出版社　1988年9月

41.迦陵談詞　葉嘉瑩著　臺北　純文學出版社　1970年1月

42.迦陵論詞叢稿　葉嘉瑩著　上海　上海古籍出版社　1980年11月　臺北　明文書局　1981年9月

43.唐宋詞名家論集　葉嘉瑩著　臺北　國文天地雜誌社　1987年11月

44.靈谿詞說　繆鉞、葉嘉瑩著　臺北　國文天地雜誌社　1989年12月

45.詞學古今談　繆鉞、葉嘉瑩著　臺北　萬卷樓圖書公司　1992年10月

46.清詞名家論集　葉嘉瑩、陳邦炎著　臺北　中央研究院中國文哲研究所籌備處　1996年12月

47.清詞叢論　葉嘉瑩著　石家莊　河北教育出版社　1997年7月

48.唐宋文學論集　王水照著　濟南　齊魯書社　1984年7月

49.吳熊和詞學論集　吳熊和著　杭州　杭州大學出版社　1999年4月

50.唐宋詩詞論稿　劉繼才著　瀋陽　遼寧人民出版社　1987年11月

51.清代詞學四論　吳宏一著　臺北　聯經出版事業公司　1990年7月

52.唐宋詞論稿　楊海明著　杭州　浙江古籍出版社　1988年5月

53.唐宋詞縱橫談　楊海明著　蘇州　蘇州大學出版社　1994年8月　高雄　麗文文化事業公司　1995年10月（書名改作《唐宋詞主題探索》）

54.宋詞正體——施議對詞學論集第一卷　施議對著　澳門　澳門大學出版中心　1996年12月

55.詞曲四論　洪惟助著　臺北　華正書局　1979年12月

56.詞學考詮　林玫儀著　臺北　聯經出版事業公司　1987年12月

57.黃文吉詞學論集　黃文吉著　臺北　臺灣學生書局　2003年11月

58.詞學專題研究　王偉勇著　臺北　文史哲出版社　2003年4月

59.詞學論稿　孫克強著　延邊　延邊大學出版社　2001年

十、工具書

1.詞學研究書目（1912－1992）　黃文吉主編　臺北　文津出版社　1993年4月

2.詞學論著總目（1901－1992）　林玫儀主編　臺北　中央研究院中國文哲研究所籌備處　1995年6月

3.詞集考　饒宗頤著　北京　中華書局　1992年10月

4.清詞別集知見目錄彙編　吳熊和等編　臺北　中央研究院中國文哲研究所籌備處　1997年6月

5.詞學辭典　陳果青主編　貴陽　貴州人民出版社　1990年6月

6.詞學辭典　林煥文主編　成都　四川辭書出版社　1991年6月

7.唐宋詞百科大辭典　王洪主編　北京　學苑出版社　1990年9月

8.宋詞大辭典　張高寬等主編　瀋陽　遼寧人民出版社　1990年6月

9.宋詞百科辭典　程自信、許宗元主編　合肥　安徽教育出版社　1994年12月

10.中國詞學大辭典　馬興榮等主編　杭州　浙江教育出版社　1996年10月

11.歷代詞人品鑒辭典　吳相洲、王志遠編　北京　北京大學出版社　1996年12月

12.詩詞曲語辭匯釋　張相著　北京　中華書局　1953年6月　臺北　華正書局　1981年3月　臺北　洪葉文化事業公司　1993年4月

13.唐宋詞常用詞辭典　溫廣義著　呼和浩特　內蒙古人民出版社　1988年9月

14.唐宋詩詞常用語詞典　盧潤祥著　長沙　湖南出版社　1991年1月

15.詩詞曲語辭集釋　王瑛、曾明德著　北京　語文出版社　1991年10月

16.唐宋詞典故大辭典　葛成民、謝亞非等編　南寧　廣西人民出版社　994年7月

17.全宋詞典故考釋辭典　金啓華主編　長春　吉林文史出版社
1991年1月

18.中國古典詩詞地名辭典　魏嵩山主編　南昌　江西教育出版社
1989年4月

19.全宋詞佳句類典　競鴻、陸力主編　海口　南海出版公司　1992
年10月

20.全宋詞佳句精編　謝鈞祥編著　鄭州　中州古籍出版社　1992年
12月

21.歷代詞賞析辭典　章泰和主編　牡丹江　黑龍江朝鮮民族出版社
1988年11月

22.歷代詩詞千首解析辭典　奚少庚、趙麗雲主編　長春　吉林文史
出版社　1992年5月　臺北　建宏出版社　1996年2月

23.歷代詞分類鑑賞辭典　張秉戍主編　北京　中國旅遊出版社
1993年1月

24.古代愛情詩詞鑑賞辭典　李文祿、宋緒連主編　瀋陽　遼寧大學
出版社　1990年7月

25.中國歷代咏花詩詞鑑賞辭典　孫映逵主編　南京　江蘇科學技術
出版社　1989年5月

26.古代咏花詩詞鑑賞辭典　李文祿、劉維治主編　長春　吉林大學
出版社　1990年8月

27.歷代婦女詩詞鑑賞辭典　沈立東、葛汝桐主編　北京　中國婦女
出版社　199年4月

28.唐宋詞鑑賞辭典　唐圭璋主編　南京　江蘇古籍出版社　1986年
12月　臺北　新地出版社 1991年4月（書名改作《唐宋詞鑑賞集

成》）

29.唐宋詞鑑賞辭典（唐五代北宋卷、南宋遼金卷）　唐圭璋、繆鉞
等著　上海　上海辭書出版社　1988年4月、8　臺北　地球出版
社　1990年1月（書名改作《宋詞新賞》）　臺北　五南圖書公司
1991年6月（書名改作《唐宋詞鑑賞集成》）

30.唐宋詩詞評析辭典　吳熊和主編　杭州　浙江人民出版社　1990
年11月

31.唐宋元小令鑑賞辭典　陳緒萬、李德身主編　西安　華岳文藝出
版社　1990年3月

32.唐五代詞鑑賞辭典　潘慎主編　北京　北京燕山出版社　1991年
5月

33.全宋詞精華分類鑑賞集成　潘百齊主編　南京　河海大學出版社
1991年12月

34.宋詞鑑賞辭典　賀新輝主編　北京　中國婦女出版社　1995年1
月

35.休閒宋詞鑑賞辭典　劉尊明、朱崇才編　武漢　湖北辭書出版社
1997年

36.宋詞鑑賞大典　蕭劍主編　長征出版社　1999年

37.金元明清詞鑑賞辭典　王步高主編　南京　南京大學出版社
1989年4月

38.金元明清詞鑑賞辭典　唐圭璋主編　南京　江蘇古籍出版社
1989年5月

39.金元明清詩詞曲鑑賞辭典　田軍等主編　北京　光明日報出版社
1990年8月

40.唐詩宋詞分類描寫辭典　關瀅等主編　瀋陽　遼寧人民出版社
1989年3月

41.宋詞藝術技巧辭典　宋緒連、鍾振振主編　長春　吉林文史出版
社　1998年1月

42.中國詩詞曲藝術美學大百科　王鍾陵主編　成都　四川辭書出版
社　1992年9月

43.唐宋名家詞檢索大全　孫公望編　武昌　華中師範大學出版社
1990年12月

國家圖書館出版品預行編目資料

黃文吉詞學論集

黃文吉著. – 初版. – 臺北市：臺灣學生，
2003[民 92]
面；公分

ISBN 957-15-1199-4 (精裝)
ISBN 957-15-1200-1 (平裝)

1. 詞 – 評論

823.88   92020999

黃 文 吉 詞 學 論 集 (全一冊)

著　作　者：黃　　　　文　　　　吉
出　版　者：臺 灣 學 生 書 局 有 限 公 司
發　行　人：盧　　　　保　　　　宏
發　行　所：臺 灣 學 生 書 局 有 限 公 司
　　　　　　臺 北 市 和 平 東 路 一 段 一 九 八 號
　　　　　　郵 政 劃 撥 帳 號 ： 0 0 0 2 4 6 6 8
　　　　　　電　話　： (0 2) 2 3 6 3 4 1 5 6
　　　　　　傳　眞　： (0 2) 2 3 6 3 6 3 3 4
　　　　　　E-mail：student.book@msa.hinet.net
　　　　　　http：//www.studentbooks.com.tw

本書局登
記證字號：行政院新聞局局版北市業字第玖捌壹號

印　刷　所：宏 輝 彩 色 印 刷 公 司
　　　　　　中 和 市 永 和 路 三 六 三 巷 四 二 號
　　　　　　電　話　： (0 2) 2 2 2 6 8 8 5 3

定價：精裝新臺幣六五〇元
　　　平裝新臺幣五七〇元

西 元 二 〇 〇 三 年 十 一 月 初 版

臺灣學生書局 出版

中國文學研究叢刊

❶ 詩經比較研究與欣賞　　　　　　　　　　裴普賢著

❷ 中國古典文學論叢　　　　　　　　　　　薛順雄著

❸ 詩經名著評介　　　　　　　　　　　　　趙制陽著

❹ 詩經評釋(全二冊)　　　　　　　　　　　朱守亮著

❺ 中國文學論著譯叢　　　　　　　　　　　王秋桂著

❻ 宋南渡詞人　　　　　　　　　　　　　　黃文吉著

❼ 范成大研究　　　　　　　　　　　　　　張劍霞著

❽ 文學批評論集　　　　　　　　　　　　　張　健著

❾ 詞曲選注　　　　　　　　　　　　　王熙元等編著

❿ 敦煌兒童文學　　　　　　　　　　　　　雷僑雲著

⓫ 清代詩學初探　　　　　　　　　　　　　吳宏一著

⓬ 陶謝詩之比較　　　　　　　　　　　　　沈振奇著

⓭ 文氣論研究　　　　　　　　　　　　　　朱榮智著

⓮ 詩史本色與妙悟　　　　　　　　　　　　龔鵬程著

⓯ 明代傳奇之劇場及其藝術　　　　　　　　王安祈著

⓰ 漢魏六朝賦家論略　　　　　　　　　　　何沛雄著

⓱ 古典文學散論　　　　　　　　　　　　　王安祈著

⓲ 晚清古典戲劇的歷史意義　　　　　　　　陳　芳著

⓳ 趙甌北研究(全二冊)　　　　　　　　　　王建生著

⓴ 中國兒童文學研究　　　　　　　　　　　雷僑雲著

㉑ 中國文學的本源　　　　　　　　　　　　王更生著

㉒ 中國文學的世界　　　　　　前野直彬著，龔霓馨譯

㉓ 唐末五代散文研究　　　　　　　　　　呂武志著
㉔ 元代新樂府研究　　　　　　　　　　　廖美雲著
㉕ 五四文學與文化變遷　　　　中國古典文學研究會主編
㉖ 南宋詩人論　　　　　　　　　　　　胡　明著
㉗ 唐詩的傳承—明代復古詩論研究　　　陳國球著
㉘ 中外比較文學研究　第一冊(上、下)　李達三、劉介民主編
㉙ 文學與社會　　　　　　　　中國古典文學研究會主編
㉚ 中國現代文學新貌　　　　　　　　　陳炳良編
㉛ 中國古典文學研究在蘇聯　(俄)李福清著，田大長譯
㉜ 李商隱詩箋釋方法論　　　　　　　　顏崑陽著
㉝ 中國古代文體學　　　　　　　　　　褚斌杰著
㉞ 韓柳文新探　　　　　　　　　　　　胡楚生著
㉟ 唐代社會與元白文學集團關係之研究　馬銘浩著
㊱ 文轍(全二冊)　　　　　　　　　　饒宗頤著
㊲ 二十世紀中國文學　　　　　中國古典文學研究會主編
㊳ 牡丹亭研究　　　　　　　　　　　　楊振良著
㊴ 中國戲劇史　　　　　　　　　　　　魏子雲著
㊵ 中外比較文學研究　第二冊　　李達三、劉介民主編
㊶ 中國近代詩歌史　　　　　　　　　　馬亞中著
㊷ 近代曲學二家研究—吳梅・毛季烈　　蔡孟珍著
㊸ 金元詞史　　　　　　　　　　　　　黃兆漢著
㊹ 中國歷代詩經學　　　　　　　　　　林葉連著
㊺ 徐霞客及其遊記研究　　　　　　　　方麗娜著
㊻ 杜牧散文研究　　　　　　　　　　　呂武志著
㊼ 民間文學與元雜劇　　　　　　　　　譚達先著
㊽ 文學與佛教的關係　　　　　中國古典文學研究會主編
㊾ 兩宋題畫詩論　　　　　　　　　　　李　栖著

㊿ 王十朋及其詩　　　　　　　　　　　鄭定國著

(51) 文學與傳播的關係　　　　　中國古典文學研究會主編

(52) 中國民間文學　　　　　　　　　　　高國藩著

(53) 清人雜劇論略　　　　　　黃影靖著，黃兆漢校訂

(54) 唐伎研究　　　　　　　　　　　　　廖美雲著

(55) 孔子詩學研究　　　　　　　　　　　文幸福著

(56) 昭明文選學術論考　　　　　　　　　游志誠著

(57) 六朝情境美學綜論　　　　　　　　　鄭毓瑜著

(58) 詩經論文　　　　　　　　　　　　　林葉連著

(59) 傜族敘事詩研究　　　　　　　　　　鹿憶鹿著

(60) 蔣心餘研究(全三冊)　　　　　　　　王建生著

(61) 眞善美的世界—高中高職國文賞析　　戴朝福著

(62) 何景明叢考　　　　　　　　　　　　白潤德著

(63) 湯顯祖的戲曲藝術　　　　　　　　　陳美雪著

(64) 姜白石詞詳注　　　　　　　　　　黃兆漢等編著

(65) 辭賦論集　　　　　　　　　　　　　鄭良樹著

(66) 走看臺灣九〇年代的散文　　　　　　鹿憶鹿著

(67) 唐賢三體詩法詮評　　　　　　　　　王禮卿著

(68) 清初前期話本小說之研究　　　　　　徐志平著

(69) 文心雕龍要義申說　　　　　　　　　華仲麐著

(70) 楚辭詮微集　　　　　　　　　　　　彭　毅著

(71) 智賦椎輪記　　　　　　　　　　　　朱曉海著

(72) 韓柳新論　　　　　　　　　　　　　方　介著

(73) 西崑研究論集　　　　　　　　　　　周益忠著

(74) 李白生平新探　　　　　　　　　　　施逢雨著

(75) 中國女性書寫—國際學術研討會論文集　淡江大學中國文學系主編

76 杜甫夔州詩現地研究　　　　　　　　簡錦松著

⑦ 近代中國女權論述─國族、翻譯與性別政治　　　　　　　劉人鵬著

⑦ 香港八十年代文學現象(全二冊)　　　　　　　　　　黎活仁等主編

⑦ 中國夢戲研究　　　　　　　　　　　　　　　　　　　廖藤葉著

⑧ 晚明閒賞美學　　　　　　　　　　　　　　　　　　　毛文芳著

⑧ 中國古典戲劇語言運用研究　　　　　　　　　　　　　王永炳著

⑧ 中國古典詩論中「語言」與「意義」的論題
　　　　──「意在言外」的用言方式與「含蓄」的美典　蔡英俊著

⑧ 近代傳奇雜劇史論　　　　　　　　　　　　　　　　　左鵬軍著

⑧ 外遇中國──
　　　中國域外漢文小說國際學術研討會論文集　　國立中正大學中文系
　　　　　　　　　　　　　　　　　　　　　語言與文學研究中心主編

⑧ 琵琶記的表演藝術　　　　　　　　　　　　　　　　　蔡孟珍著

⑧ 物‧性別‧觀看──明末清初文化書寫新探　　　　　　毛文芳著

⑧ 清代賦論研究　　　　　　　　　　　　　　　　　　　詹杭倫著

⑧ 世情小說傳統的承繼與轉化：張恨水小說新論　　　　　趙孝萱著

⑧ 古典小說縱論　　　　　　　　　　　　　　　　　　　王瓊玲著

⑨ 建構與反思──
　　　中國文學史的探索學術研討會論文集　　　輔仁大學中國文學系
　　　　　　　　　　　　　　　　　　　中國古典文學研究會主編

⑨ 東坡的心靈世界　　　　　　　　　　　　　　　　　　黃啓方著

⑨ 曲學探贖　　　　　　　　　　　　　　　　　　　　　蔡孟珍著

⑨ 挑撥新趨勢─第二屆中國女性書寫國際學術研討會論文集　范銘如主編

⑨ 南宋詠梅詞研究　　　　　　　　　　　　　　　　　　賴慶芳著

⑨ 感傷的旅程：在香港讀文學　　　　　　　　　　　　　陳國球著

⑨ 中國小說史論　　　　　　　　　　　　　　　　　　　龔鵬程著

⑨ 文學散步　　　　　　　　　　　　　　　　　　　　　龔鵬程著

⑨ 黃文吉詞學論集　　　　　　　　　　　　　　　　　　黃文吉著